BESTSELLER

NORA ROBERTS

El devenir

El Legado del Dragón
Libro 2

Traducción de
Pilar Ramírez Tello

DEBOLS!LLO

Papel certificado por el Forest Stewardship Council®

Penguin
Random House
Grupo Editorial

Título original: *The Becoming*

Primera edición en Debolsillo: julio de 2025

© 2021, Nora Roberts
© 2022, 2025, para todo el mundo, excepto EE.UU., Canadá, Filipinas y Puerto Rico,
Penguin Random House Grupo Editorial, S.A.U.
Travessera de Gràcia, 47-49. 08021 Barcelona
© 2022, Pilar Ramírez Tello, por la traducción
Diseño de la cubierta: Penguin Random House Grupo Editorial
basado en el diseño original de Ervin Serrano
Imagen de la cubierta: © Getty Images y © Shutterstock

Printed in Spain – Impreso en España

ISBN: 978-84-663-7334-0
Depósito legal: B-8.851-2025

Impreso en Black Print CPI Ibérica
Sant Andreu de la Barca (Barcelona)

P 373340

Para mis niñas, Laura y JoAnne
que son muy inteligentes

PRIMERA PARTE

EL REGRESO

Si con mi vida o mi muerte
puedo protegerte, así lo haré.

J. R. R. TOLKIEN

PRÓLOGO

Tiempo atrás, los mundos de los dioses, los hombres y las hadas coexistían. En época de paz, en época de guerra, en época de abundancia y en época de carestía, todos se mezclaban libremente.

A medida que la rueda del tiempo giraba, hubo quienes dejaron a un lado a los viejos dioses para adorar a los de la codicia, para dejarse llevar por el deseo de dominar tierra y aire y de alcanzar la gloria de lo que algunos consideraban progreso.

Del estercolero de la codicia, la ambición y la gloria brotaron el miedo y el odio. Algunos dioses entraron en cólera ante aquella pérdida de respeto y homenaje, y, en algunos, esa ira tornó en una sed de posesión y destrucción. Sin embargo, en su mayoría eran más sabios y templados, así que vieron que la rueda del tiempo giraba como debía y expulsaron a aquellos de los suyos que usaban sus grandes poderes para asesinar y esclavizar.

Mientras los mundos de los hombres convertían a los dioses en objeto de mitos, los que se consideraban santos perseguían a cualquiera que decidiera adorar según las costumbres antiguas. Tales actos, antes tan comunes como las flores silvestres de un prado, se castigaban con tortura y una muerte desagradable.

El miedo y el odio no tardaron en alargar sus frágiles dedos hacia las criaturas feéricas. Las sabias, antes veneradas por sus poderes, de repente se consideraban seres malvados, igual que los *sidhe*, que no se atrevían a extender las alas por miedo a la flecha de un cazador. Los cambiaformas se convirtieron en monstruos malditos que devoraban carne humana, y las sirenas, en criaturas que tentaban a los marineros para procurarles la muerte.

Con el miedo y el odio, las persecuciones sacudieron los mundos y enfrentaron a hombres contra hombres, hadas contra hadas y hombres contra hadas en una época sangrienta y brutal alentada por los que afirmaban pisar suelo sagrado.

Así que, en el mundo de Talamh y en otros, llegó el momento de tomar una decisión. El líder ofreció a los seres feéricos, a todas sus tribus, la misma elección: darles la espalda a las costumbres antiguas y seguir las leyes de los hombres o conservar las suyas y su magia y aislarse de los otros mundos.

Las hadas eligieron la magia.

Al final, después de los largos y justos debates que tales temas requerían, el *taoiseach* y el consejo llegaron a un acuerdo. Escribieron leyes nuevas. Se animaba a todos a viajar a otros mundos, a aprender de ellos, a probarlos. Quien decidiera vivir fuera cumpliría las normas del otro mundo y una única ley inquebrantable de Talamh: la magia nunca debe usarse para hacer daño a los demás, sino para salvar vidas. E incluso en ese caso era obligatorio regresar para un juicio en el que se aclarase la pertinencia de tales actos.

Así que, generación tras generación, lograron mantener la paz en sus fronteras. Algunos se marcharon a otros mundos; otros se trajeron parejas de esos mundos y se asentaron en Talamh. Los cultivos crecían en los verdes campos, los troles trabajaban en las profundidades de las minas, los animales deambulaban por los densos bosques y las dos lunas brillaban sobre las colinas y los mares.

No obstante, los lugares tan pacíficos, verdes y fértiles siembran el hambre en los corazones oscuros. Con el tiempo, un dios desterrado se coló entre los mundos y llegó a Talamh con ansias de venganza. Se ganó el corazón de la joven *taoiseach*, que lo veía como él deseaba que lo viera: alguien guapo, bueno y cariñoso.

Juntos tuvieron un hijo, puesto que eso era lo que él buscaba: un niño por el que corría la sangre de la *taoiseach*, que era sangre de las sabias con unas cuantas gotas de la de los *sidhe*, y la suya, la sangre de un dios.

Todas las noches, mientras la madre dormía un sueño encantado, el dios oscuro se bebía el poder del bebé, lo consumía para añadirlo al propio. Pero la madre despertó y lo vio por lo que era. Salvó a su hijo y lideró las tropas de Talamh en una gran batalla para expulsar al dios caído.

Cuando lo consiguieron y cerraron con hechizos los portales para evitar que volvieran a cruzarlos él y sus seguidores, la *taoiseach* entregó el bastón y lanzó de nuevo la espada al Lago de la Verdad para que otra persona la empuñara, para que otra persona liderara.

Crio a su hijo y, cuando llegó la hora, tal y como decretaba la rueda del tiempo, el joven sacó la espada de las aguas del lago para ocupar su lugar como líder de las hadas. Y, como líder sabio que era, mantuvo la paz estación tras estación, año tras año. Durante sus viajes, conoció a una mujer humana y se enamoraron. La llevó a su mundo, a su gente, a la granja que era de su madre y de él, y que había sido de la familia de su madre, y de la familia de su familia, antes de eso.

Fueron días felices, tanto que juntos tuvieron un bebé. Durante tres años, la niña creció sin conocer nada más que el amor, la magia y la paz que su padre predicaba con la misma fuerza con la que la tomaba de la mano.

Aquella niña tenía un valor incalculable, ya que no se conocía a nadie más que llevara la sangre de las sabias, los *sidhe*, los dioses y los seres humanos. El dios oscuro fue a buscarla usando los retorcidos poderes de una bruja traidora para atravesar el portal. La encerró en una jaula de cristal que colocó en las profundas aguas verde pálido del río en el que pensaba dejarla hasta que sus poderes crecieran un poco más. Esta vez no tendría que beberse un bebé poco a poco, sino tragarse otro de golpe, cuando estuviera maduro.

Sin embargo, ella ya era más poderosa de lo que él sospechaba. Más de lo que incluso ella sospechaba. Sus gritos atravesaron el portal y llegaron hasta Talamh. Su rabia rompió el cristal embrujado e hizo retroceder al dios incluso antes de que las hadas, conducidas por su padre y su abuela, entraran en batalla.

Aunque la niña estaba a salvo, el castillo del dios había quedado destruido y se alzaron protecciones nuevas en el portal, la madre de la niña no descansaba tranquila. Exigió que regresaran al mundo de los hombres, sin la magia que ahora consideraba perversa, y que mantuvieran allí a su hija sin que recordara su lugar de nacimiento.

Desgarrado entre el amor y el deber, el *taoiseach* vivió en ambos mundos, creando el mejor hogar posible para su hija, regresando a Talamh para gobernar y, así, mantener a salvo tanto su mundo como a su niña.

El matrimonio no sobrevivió y, con el girar de la rueda del tiempo, tampoco lo hizo el *taoiseach* a su siguiente batalla, en la que su propio padre lo asesinó.

Mientras la niña crecía pensando que su progenitor la había abandonado y sin saber lo que albergaba su interior, criada por una madre cuyo miedo la empujaba a socavar la autoestima de su hija, otro joven sacó la espada del lago.

Y así crecieron en mundos distintos, de niña a mujer, de niño a hombre. Ella, desgraciada, hacía lo que le ordenaban. Él, decidido, mantenía la paz. En Talamh, esperaban, ya que sabían que el dios era una amenaza para todos los mundos. No tardaría en volver a buscar a la sangre de su sangre, y la rueda seguiría girando hasta que llegara el momento en el que ningún talamhés pudiera detenerlo.

Ella, el puente entre los mundos, debía regresar y despertar, abrazar su naturaleza y decidir darlo todo, arriesgarlo todo por ayudar a destruir al dios.

Cuando llegó a Talamh, sin saber todo lo sucedido antes, estaba empezando a conocerse a sí misma. Después de que el buen corazón de su abuela la condujera hasta allí, aprendió, pasó su duelo y se aceptó.

Y despertó.

Como su padre, tenía amor y obligaciones en ambos mundos. Ese amor y esas obligaciones la llevaron de vuelta al lugar en el que se había criado, aunque con la promesa de regresar.

Con el corazón dividido, se preparó para abandonar lo que conocía y arriesgar todo lo que era. En el filo de la navaja, con el *taoiseach* y Talamh a la espera, se lo contó todo a su hermano de corazón, a un amigo como no había otro igual. Al entrar en el portal, él, tan fiel como siempre, saltó con ella.

Atrapada entre mundos, entre amores y entre obligaciones, la joven empezó su devenir.

1

Con el viento azotándolos en el portal, Breen notó que se le escapaba la mano de Marco. No veía nada, ya que la luz, de repente, era cegadora. Tampoco oía por culpa del rugido del viento.

Como empujada por el vendaval, se tambaleó; Keegan la sujetaba con mano de hierro por un lado mientras, por el otro, ella se aferraba como podía a los dedos de Marco. Entonces, como si hubieran accionado un interruptor, cayó. El aire se volvió fresco y húmedo, la luz se apagó y el viento amainó.

Aterrizó con tanta fuerza que le crujieron los huesos, y lo hizo en una carretera de tierra que estaba mojada por la suave lluvia que todavía caía y que le olió a Talamh. Sin aliento, rodó hasta agacharse junto a Marco, que yacía despatarrado y quieto, con los ojos muy abiertos, conmocionado.

—¿Estás bien? Deja que te mire. ¡Marco, eres imbécil! —Le pasó las manos por encima para examinarlo—. No hay nada roto.

Después le acarició la cara mientras se volvía para rugirle a Keegan:

—¿Qué narices ha sido eso? Ni siquiera la primera vez que crucé fue así.

Él se pasó una mano por el pelo.

—No tuve en cuenta al pasajero de más. Ni tampoco tu puñetero equipaje. Y, aun así, he conseguido que llegásemos, ¿no?

—¿Qué coño ha pasado?

Cuando Marco empezó a moverse, Breen se volvió de nuevo hacia él.

—No intentes levantarte todavía. Vas a marearte y a sentirte algo inestable, pero estás bien.

Él la miró con sus enormes ojos castaños, que se habían vuelto vidriosos por la conmoción.

—¿Es que toda esta locura te ha convertido también en doctora?

—No exactamente. Tú recupera el aliento. ¿Qué hacemos ahora? —le gritó a Keegan.

—Pues protegernos de la dichosa lluvia, para empezar. —Se levantó, un hombre alto e irritado con una melena oscura que se le rizaba con la humedad—. Pretendía volver al patio delantero de la granja. —Hizo un gesto—. Y no me he desviado mucho, teniendo en cuenta la carga que hemos traído.

Breen vio la casa de piedra, cuya silueta se adivinaba a pocos metros, al otro lado de la carretera.

—Marco no es una carga.

Keegan se acercó al otro joven y se agachó.

—De acuerdo, hermano, siéntate. Tómatelo con calma.

—¡Mi portátil! —exclamó Breen. Lo vio tirado en la carretera y corrió a recoger el maletín.

—Bueno, está claro que tiene sus prioridades.

En el camino, bajo la lluvia, la chica lo pegó contra su pecho.

—Esto es tan importante para mí como la espada lo es para ti.

—Si se ha dado algún golpe, lo arreglarás. Así —le dijo a Marco—, despacito.

Su forma de hablarle a Marco (despacito) le recordó a Breen que Keegan podía ser amable. Cuando quería.

Se colgó el maletín cruzado y volvió corriendo con ellos.

—Vas a sentirte mareado y raro. La primera vez que crucé, me desmayé.

—Los tíos no nos desmayamos —dijo Marco, y dejó caer la cabeza sobre las rodillas para ver si dejaba de darle vueltas—. Podemos perder el conocimiento, pueden dejarnos noqueados, pero no nos desmayamos.

—Así se hace —comentó Keegan alegremente—. Vamos a ponerte de pie. No nos vendría mal otro par de manos, Breen.

—Deja que recoja mi maleta.

—Por los dioses, ¿qué les pasa a las mujeres? —exclamó Keegan mientras agitaba una mano y hacía desaparecer la maleta.

—¿Adónde ha ido? —preguntó Marco con la voz entrecortada y los ojos en blanco—. ¿Adónde ha ido?

—No te preocupes, todo va bien. Venga, arriba. Apóyate en mí y te llevaremos hasta la casa.

—No siento las rodillas. ¿Están ahí?

—Justo donde deberían.

Breen corrió a rodear con un brazo a Marco por el otro lado.

—No pasa nada. Estás bien. No estamos lejos, ¿ves? Vamos justo ahí.

Él consiguió dar unos cuantos pasos temblorosos.

—Los hombres no se desmayan, pero sí que vomitan. Creo que voy a hacerlo.

Breen le apretó el estómago con una mano y le sacó parte de la agitación. Hacerlo la mareaba un poco, pero se dijo que sería capaz de soportarlo.

—¿Mejor?

—Sí, supongo. Creo que estoy teniendo un sueño muy raro. Breen tiene sueños raros —le explicó a Keegan con una voz que sonaba un poco a borracho—. Sueños de miedo, a veces. Este es solo raro.

Keegan agitó una mano y la puerta del patio se abrió de golpe.

—Raro como eso, sí. Aunque huele bien. Como en Irlanda. ¿Verdad, Breen?

—Sí, pero no lo es.

—Sería rarísimo que estuviésemos en nuestro piso de Filadelfia y, de repente, apareciésemos en una carretera de Irlanda. Rollo «¡Súbeme, Scotty!».

—Esas historias son muy buenas —dijo Keegan mientras abría la puerta con otro gesto—. Ya hemos llegado. Te vamos a tumbar un rato en ese diván de ahí.

—Tumbarse me vendrá bien. Oye, Breen, ahí está tu maleta. Esto es muy acogedor. Muy de otra época. Está bien. Ay, gracias, Señor —concluyó cuando lo tumbaron en el sofá—. ¿Veis? No me he desmayado ni he vomitado. Todavía.

—Voy a prepararte una infusión —dijo Breen.

Él negó con la cabeza.

—Preferiría una cerveza.

—¿Y quién no? Te buscaré una. Quédate con él —ordenó Keegan—. Sécalo, tranquilízalo.

—Debería tomarse la infusión, la que me disteis cuando crucé.

—Lo que se le echa puede echarse en la cerveza.

—Drogas, ¿verdad? —preguntó Marco cuando Keegan salió de la habitación—. Porque nos ha tenido que dar muchísimas drogas para que estemos compartiendo este sueño tan raro.

—No, Marco, es real.

Acercó una mano al fuego, que ardía bajo en la chimenea, y ordenó a las llamas que se alzaran y crepitaran. Encendió las velas de la habitación desde donde estaba, arrodillada junto al sofá.

—Pues yo voto por que es un sueño loco.

—Sabes que es real. ¿Por qué saltaste conmigo, Marco? ¿Por qué te agarraste a mí y saltaste?

—No pensaba permitir que te fueras sin mí por un agujero de luz que se acababa de abrir en nuestro salón. Y estabas alterada.

Habías llorado. Estabas... —Miró hacia el techo—. Oigo algo. Hay alguien más en la casa.

—Harken, el hermano de Keegan, vive aquí. Es granjero. Esta es su granja. Era de mi padre. Nací en esta casa.

Marco volvió a mirarla.

—Eso es lo que te dijo, pero...

—Mi abuela me lo dijo, y es la verdad. Ahora empiezo a recordar cosas. Y te lo explicaré todo, te lo prometo, pero...

Se calló cuando Harken y Morena bajaron por las escaleras... con la ropa puesta a toda prisa, ya que la camisa de ella, por ejemplo, estaba del revés.

—¡Bienvenida a casa! —Con el pelo de girasol sin trenzar y enredado, Morena corrió hasta Breen y la envolvió en un feroz abrazo—. Nos alegramos muchísimo de verte. —Después, con un brillo bailarín en el azul de los ojos, sonrió a Marco—. Y te has traído a un amigo. ¿Este es Marco? Mi abuela me dijo que eras guapo, y ella nunca se equivoca. —Le cogió la mano para estrechársela—. Mi abuela es Finola McGill. Yo soy Morena.

—Vale.

—Yo soy Harken Byrne, y eres bienvenido en nuestra casa. Aunque ha sido un viaje accidentado, ¿no? Enseguida te dejamos como nuevo.

—Estoy en ello —dijo Keegan, que entraba con una jarra de metal en la mano.

Marco miró a uno y a otro. Estaba claro que eran hermanos, el parecido resultaba evidente en los fuertes pómulos y la forma de la boca.

—¿Cerveza? —preguntó Harken, pensativo—. Bueno, siempre que hayas recordado...

—Es una poción básica, Harken. Sé manejarme con lo básico tan bien como cualquiera.

—¿Poción? —Marco empezó a levantarse, pero su cálida piel oscura se volvió algo grisácea—. Me niego a tomar pociones.

—Es una especie de medicina —le aseguró Breen—. Te sentirás mejor.

—Breen, puede que estos tres tengan muy buena pinta, pero podrían estar captándote para una secta. O…

—Confía en mí. —Alargó la mano y cogió la jarra de Keegan—. Siempre hemos confiado el uno en el otro. Sé que cuesta creerlo o incluso comprenderlo, pero creo que para ti será más fácil que para el resto de la gente que conozco. Tú ya crees en los multiversos.

—Podrías ser un ultracuerpo y no mi Breen de verdad.

—¿Sabría un ultracuerpo que cantamos un dueto de Lady Gaga mientras te tatuaban un arpa irlandesa en Galway? Toma, dale un trago. ¿O tú crees que un ultracuerpo habría metido en la maleta la rana rosa que me hiciste cuando éramos pequeños?

—¿La has metido en la maleta? —Le dio un trago a la jarra mientras ella se la sostenía—. Esto me ha dejado la cabeza hecha un lío.

—Conozco la sensación. Bebe un poco más.

Después de hacerlo, Marco examinó a las tres personas que tenía delante.

—Entonces… sois todos como brujas.

—Yo no —respondió Morena, sonriente, y extendió sus alas de color violeta con las puntas plateadas—. Yo soy un hada. Breen tiene también un poco de *sidhe*, pero no lo bastante para que le salgan alas. Cuando era pequeña, estaba deseando tenerlas. —Morena se sentó al borde del sofá—. Éramos muy buenas amigas, como hermanas, cuando éramos niñas. Sé que tú también has sido un muy buen amigo para ella, como un hermano, al otro lado, durante mucho tiempo.

Breen se puso en cuclillas y dejó que Morena tomase la iniciativa con su voz alegre y su mirada comprensiva.

—Te echó de menos este verano, pero, sobre todo, le pesaba no haberte contado todo esto a ti, su mejor amigo. Ahora, como buen amigo que eres, permanecerás a su lado, con ella y para ella. Como haremos todos.

—Lo has hecho muy bien —dijo Harken en voz baja mientras le ponía una mano en el hombro a Morena—. Te sentirás mejor con la poción y te entrará mucha hambre. Un viaje como este te deja vacío.

—Diría que esa parte va por todos. No hemos cruzado por el Árbol de la Bienvenida —le dijo Keegan—. Tuve que crear un portal temporal, y, encima, solo para dos.

—Ah, bueno, entonces estaréis muertos de hambre. Queda suficiente estofado de la cena para llenar esos agujeros. Voy a calentarlo.

—¿Aquí todo el mundo es muy muy guapo? —comentó Marco.

Morena le dio un puñetazo suave en el brazo.

—Qué graciosillo. Bueno, yo no sirvo para nada en la cocina, pero ayudaré en lo que pueda a Harken con la comida. Entiendo que os quedáis a pasar la noche, ¿no? Hay sitio de sobra.

—No quiero que Marco cruce de nuevo tan pronto, así que no nos podemos quedar esta noche en la casita. Y preferiría no despertar a la yaya y a Sedric. —Breen miró a Keegan—. Si pudiéramos quedarnos aquí, os lo agradecería.

—Sois bienvenidos, por supuesto. ¿Estás ya mejor, Marco? —le preguntó Keegan.

—La verdad es que sí. Me siento bien. Mejor que bien. Gracias. —Después frunció el ceño y miró la jarra mientras se levantaba—. ¿Qué llevaba esto?

—Lo que necesitabas. Termínate la cerveza, hermano, y después Breen te llevará a comer. Harken es un cocinero más que decente, así que no pasarás hambre.

Cuando Keegan los dejó, Marco miró de nuevo su cerveza.

—Tú y yo tenemos que hablar largo y tendido, chica.

—Lo sé y lo haremos. Y está todo en la memoria USB que te di. Lo escribí mientras sucedía, desde que conocí a Morena y a su halcón en Dromoland.

—¿Ella es la chica del halcón?

—Sí.

—Vale, préstame tu portátil y leeré lo que has escrito. Después hablaremos.

—No funciona aquí. En Talamh no hay tecnología.

Durante un instante, él, un adorador de la tecnología, se limitó a mirarla.

—Me tomas el pelo. Puedes viajar por el multiverso, encender velas que están al otro lado de la habitación y volar con tus propias alas, pero ¿no hay wifi?

—Tiene su propia historia. Te lo explicaré todo, lo prometo. Mañana cruzaremos de vuelta a la casita, a nuestro hogar junto a la bahía. Y podrás leer y llamar a Sally. Vas a necesitar un par de noches libres. Le diremos… Le diremos que decidiste regresar a Irlanda conmigo unos días para ayudarme a instalarme. No le puedes contar nada de esto, Marco.

—¿Vamos a cruzar otra vez por uno de esos portales? —preguntó él, con cara de miedo.

—Sí, pero será más sencillo, de verdad. Vamos, necesitas comida y dormir. Mañana… Mañana nos encargaremos de todo lo demás.

—¿Cuánto más hay?

—Mucho —respondió Breen mientras le acariciaba la cara y la cuidada barbita—. Mucho más.

—Te daba miedo volver. Me di cuenta. Si es todo magia y alas de hada, ¿por qué tenías miedo? —Miró hacia Keegan y los demás—. No era por ellos, eso está claro.

—No, no era por ellos. Es una larga historia, Marco. Por esta noche, dejémoslo en que hay alguien muy malo.

—¿Cómo de malo?

—De lo peor. Sería una estupidez no tener miedo, pero soy más fuerte de lo que era. Y voy a serlo aún más.

Marco le cogió la mano después de ponerse de pie.

—Siempre has sido más fuerte de lo que creías. Si este lugar te ha ayudado a verlo, ya se ha ganado unos cuantos puntos positivos.

—Este lugar, estas personas y otras que quiero que conozcas antes de irte a casa. —Le apretó la mano—. Ahora, vamos a comer, porque estoy oliendo ese estofado y me muero de hambre.

Él lo dejó pasar, sobre todo porque ya no le cabían más cosas nuevas en la cabeza. Aunque no esperaba ser capaz de dormirse después de comer, cayó redondo en cuanto se metió en la cama que le enseñó Keegan.

Lo despertó el gallo, lo que ya era extraño de por sí. Encima, amaneció en una habitación que no era la suya, con un fuego bajo en la chimenea, la luz del sol entrando a través de las cortinas de encaje de la ventana y la inquietante sensación de que nada de lo ocurrido la noche anterior había sido un sueño. Quería ver a Breen, tomarse un café y darse una larga ducha con agua caliente, y no estaba seguro de lograr ninguna de las tres cosas.

Se levantó y, escrupuloso como era, Marco se dio cuenta de que había dormido con la ropa puesta. Quizás uno de los hermanos buenorros pudiera prestarle algo después de la ducha. Consultó su reloj, uno que le permitía llevar la cuenta de lo que dormía y de sus pasos, además de darle la hora, y frunció el ceño al ver la pantalla en blanco. Salió con sigilo de la habitación, porque a saber qué hora era, y bajó de puntillas las escaleras. Oyó voces de chica y las siguió hasta la cocina que había visto la noche anterior. Breen y Morena estaban sentadas a una pequeña mesa de trabajo que hacía las veces de pequeño comedor.

—Estás despierto —dijo Breen al levantarse—. Creía que dormirías más.

—He oído un gallo. Creo.

—Bueno, es una granja. Siéntate, te serviré un té.

—Café, Breen. Mi vida por un café.

—Eh, bueno...

Marco no pudo más que taparse los ojos con una mano.

—No me digas eso —repuso.

—Esta mezcla de té es muy fuerte. Casi tan buena como un café. ¿Tienes hambre?

—Necesito una ducha.

Ella le puso de nuevo la misma cara de pena.

—Eh, bueno...

Marco se sentó y se sujetó la cabeza con las manos.

—¿Cómo sobrevive aquí la gente sin café y sin duchas?

—Tenemos váteres —respondió Morena—. Y unas bañeras estupendas.

—Marco no es de bañera.

—Te quedas ahí sentado entre tu propia porquería —dijo él.

—La verdad es que tienes algo de razón —respondió Morena—. Te puedo hacer una ducha fuera.

—¿Puedes?

—Las hadas estamos conectadas con los elementos. Si quieres una lluvia de agua cálida, puedo ayudarte. Fuera, claro.

—Claro, por supuesto. Fuera. —Aceptó la taza que le ofrecía Breen y se bebió de golpe el té. Parpadeó—. Creo que acaba de derretírseme el esmalte de los dientes. ¿Podríais darme algo de ropa limpia?

—Creo que tienes menos cuerpo que Harken, pero puedo conseguirte una camisa y unos pantalones. Vamos a buscarte un buen sitio para la ducha. —Abrió un armario y sacó una pastilla de jabón marrón—. Me gustan tus trenzas —dijo Morena mientras abría la puerta de atrás—. Yo no tendría la paciencia necesaria para hacerme tantas... Creo que lo haremos al otro lado del granero pequeño. Es bastante privado.

—Te lo agradezco.

—El amigo de mi amiga es mi amigo. Es mejor hacerlo sobre la hierba, para que no acabes con los pies llenos de barro. Bueno —añadió mientras se ponía en jarras—, ¿a qué temperatura la quieres?

—Caliente. Vamos, que no queme, pero bien caliente.

—Pues que sea caliente —dijo ella, y le pasó el jabón.

En pantalones y botas, y ya con la camisa del lado correcto, Morena alzó las manos con las palmas hacia arriba. Después flexionó los dedos en el aire, como si tirara de algo hacia ella. Empezó a caer una lluvia ligera como una pluma. Ella siguió tirando y el agua ganó fuerza y mojó una zona de no más de medio metro cuadrado.

Marco sabía que se le había abierto la boca, pero no conseguía cerrarla.

—Puedes probarla con las manos si quieres, para ver si está lo bastante caliente para ti.

Marco alargó la mano y notó el calor y la humedad, maravillado.

—Sí, está bien. Es… asombroso. Madre mía, no sé cómo asimilar todo esto.

—Creo que lo estás haciendo mejor que bien. —Morena dio un paso atrás—. Te traeremos ropa limpia y una toalla.

—Gracias. Estoooo, ¿cómo la apago?

—La he invocado para que dure quince minutos. Así que será mejor que empieces.

Después de que se alejara, él no perdió ni un minuto más observando la ducha mágica antes de desnudarse y disfrutar de ella. Una vez vestido con lo que catalogaría de un look de granjero chic y fortalecido por una tostada con un huevo frito encima, se sintió casi normal.

—Sé que tenemos que hablar —empezó a decir Breen— y regresar a la casita, pero primero necesito ver a mi abuela. Y también recoger a Botarate.

—Quiero conocer a ese perro y, sí, a tu abuela.

—No vive lejos. Es un paseo agradable.

—Vale. Estoy intentando dejarme llevar. —Salió con ella—. Se parece a Irlanda. Suenan a irlandeses. ¿Seguro que no es…?

—No lo es. Has intentado usar el móvil, ¿verdad?

Marco se restregó uno de los bolsillos de los pantalones prestados.

—Sí. Nada. Y sí, me he dado una ducha de hada hace una hora. La mejor de mi vida. No parece real.

—Lo sé.

—Es decir, está la bahía, pero no es en la que estuvimos en Irlanda. Y veo montañas por allí, pero no son las mismas. Y flores por todas partes, muchas ovejas y vacas. Caballos. Están en la granja. ¿Aprendiste a montar en uno de esos?

—Sí. —Breen decidió no señalar el área de la granja en la que había aprendido a usar (mal) la espada, entrenada por el implacable Keegan—. Aquí tienes que saber montar. No hay coches.

—No hay coches.

—No hay tecnología ni máquinas. Eligieron la magia.

—Ni tostadora —recordó—. Tuestan el pan en una parrilla sobre la cocina de leña. El agua la sacan de un pozo… o de un hada. ¿Tú no tuviste ningún problema con todo esto?

—Tenía la casita al otro lado del portal para trabajar. Pero también hay formas de escribir aquí, formas mágicas. Y es un lugar puro, Marco. Y tranquilo y vivo. Supongo que me enamoré.

—La memoria de los sentidos, ¿te acuerdas? Me has dicho que naciste aquí. ¿Son esos de ahí los hermanos buenorros?

—¿Los hermanos buenorros? Ay. —Se rio y se colgó de su brazo—. Sí. Harken es granjero de los pies a la cabeza. Keegan es más soldado, pero le encanta la granja y la trabaja cuando puede. Tiene muchas responsabilidades como *taoiseach*.

—¿Como qué?

—Significa *líder*. Es el líder de Talamh, de las hadas.

—¿En plan rey Keegan?

—No, no funciona así. —Breen se dio cuenta de lo raro que era explicarle las cosas que ella acababa de aprender (o recordar) hacía pocos meses—. Aquí no hay reyes ni gobernantes. Él es un líder. El elegido que elige serlo. Es una larga tradición que forma parte del acervo popular. Hay un lago… —empezó a explicar, pero Marco la agarró.

—Joder, Breen. Corre. Hacia los árboles.

—¿Qué…? Ah, no, no, no pasa nada. Es el dragón de Keegan.

—¿Su qué?

—Tú respira. Tienen dragones, pero no son de los que se comen princesas, como en algunos cuentos. Yo he montado en ese, de hecho.

El brazo de Marco seguía agarrándola como si fuera un cepo de hierro.

—Ni de puta coña.

—Pues sí, y fue increíble. Son leales; cuando crean un vínculo con alguien le guardan lealtad. Y son preciosos. Mi padre tenía uno.

—Puede que tenga que sentarme. No quiero parecer un gallina, chica, pero otra vez se me doblan las rodillas.

Antes de hacerlo, justo donde estaban, sonó un ladrido alegre. Botarate, con el copete y la barbita dándole botes, corría hacia Breen.

—¡Hola, bonito! Hola. —Entre risas, retrocedió, tambaleante, cuando el perro saltó sobre ella meneando todo el cuerpo, desde el copete hasta su enclenque rabito—. Oye, has crecido. Mira qué grande estás. Yo también te he echado de menos. ¡Te he echado mucho de menos! —Se sentó a su lado para darle besos, abrazos y caricias—. Este es Botarate.

—Me lo he imaginado. Tía, es casi morado, como decías. Tendrías que haberlo llamado Hendrix, como en la canción esa de la niebla morada, ¿cómo era? ¡*Purple Haze*! ¡Pero qué mono eres, bebé! Eres tremendo.

Olvidado el dragón, Marco se agachó y Botarate se lo recompensó con un montón de lametones mientras agitaba el rabo.

—¡Le gusto!

—Es el perro más dulce del mundo. La yaya sabe que estoy aquí. Él lo sabe, así que ella también. Vamos. Te presentaré a mi abuela.

Botarate corría unos metros por delante, agitaba el rabo, esperaba y seguía corriendo.

—Qué perro más alegre. Tu abuela, eh, ¿qué es?

—Una sabia. Una bruja con un poco de *sidhe*. Fue *taoiseach* hace tiempo.

—Así que el puesto tiene un límite.

—No, es que renunció y la sustituyeron por otro. Y después le tocó a mi padre. Ahora es Keegan. Ya te lo explicaré.

—¿Y tu abuelo?

—No está aquí y así queremos que siga siendo. Es el malo. —Le dio la mano a Marco y tomó el camino que llevaba a la casa de Mairghread—. Tengo muchas cosas que contarte.

—Se nos acumulan.

—Mi abuela me dejó marchar, aunque le dolió. Después de la muerte de mi padre, envió el dinero que me escondió mi madre. Y, por varios motivos que ya te explicaré y uno que te digo ahora, que sabía que yo no era feliz, se las ingenió para que yo lo encontrara. A partir de ahí, la elección era mía: dejar la enseñanza y viajar a Irlanda. Y ella construyó la casita y me envió a Botarate. Él me condujo hasta aquí.

»Me quiere de una forma que me cuesta recordar en mi padre. Como me queréis Sally, Derrick y tú. Por quien soy. Y me ha abierto los ojos al mundo.

—Entonces, supongo que también la querré a ella.

Bancos y campos enteros de flores prestaban su aroma al otoño. La casa, de piedra robusta bajo su tejado de paja, tenía abierta de par en par la puerta azul chillón. Mairghread salió por ella luciendo uno de sus largos vestidos color verde bosque. Su cabello rojo era como una corona. Y, con los ojos azules empañados, se llevó una mano al corazón

—Te pareces mucho a ella —murmuró Marco—. Y ella no parece la abuela de nadie.

—Lo sé. ¡Yaya!

Marg abrió los brazos y Breen corrió hacia ellos.

—*Mo stór*, bienvenida a casa. Bienvenida, mi dulce niña. Estás bien. —Le sostuvo la cara entre las manos—. Lo noto y lo veo. Me rebosa el corazón de alegría.

Volvió a apretar a Breen contra su pecho y sonrió a Marco por encima de su hombro.

—Y este es Marco, ¿no? —preguntó.

—Sí, señora.

—Aquí eres bienvenido. —Alargó una mano para estrechar la del chico—. Mi puerta siempre estará abierta para ti. Has hecho un viaje extraño.

Le sostuvo la mano un momento más mientras le examinaba la cara, los ojos oscuros y profundos, la cuidada perilla y la sonrisa ansiosa.

—Eres un buen amigo de mi Breen Siobhan y también un buen hombre —dijo—. Lo veo y doy gracias a los dioses por ello. Entrad y sentaos.

Los condujo por el salón, con su fuego bajo y el sofá repleto de cojines con bonitos bordados, hasta llegar a la cocina.

—Las cocinas son para la familia. Tomaremos un té, y creo que Sedric ha hecho galletas de limón esta misma mañana.

—¿Dónde está?

—Bueno, por ahí —le dijo Marg a Breen.

—No, yaya, yo me ocupo del té —repuso Breen—. Tú siéntate con Marco.

—Pues eso haré. —Se sentó a la mesita cuadrada y le dio una palmadita a la madera para que él se sentase a su lado—. Así que eres músico.

—Lo intento. —Marco veía a Breen en su abuela, y al padre de Breen..., un hombre al que había querido mucho—. Trabajo detrás de una barra para pagar el alquiler.

—En Sally's. Breen me lo contó todo sobre Sally, Derrick y su negocio. Sedric dice que saben cómo montar una fiesta.

—¿Ha estado allí?

—El hombre de pelo gris que creías que me había imaginado —dijo Breen, sacando las hojas de té de un tarro del estante.

—Ah. Lo siento.

—Verás, es que estábamos preocupados por ella —explicó Marg—. En el último par de años, cada vez más. Se arrastraba a clase a pesar de no sentirse preparada para enseñar.

—No lo estaba.

Breen cogió el hervidor de cobre del fogón, vertió el agua en la tetera azul y después dejó las hojas infusionándose.

—Cierto, pero eras una buena profesora de todos modos, mucho mejor de lo que tú te crees. Esa era nuestra preocupación —siguió contándole Marg a Marco—: Se tenía en muy poca estima, esperaba muy poco de su vida.

El parecido entre ambas había servido para romper el hielo y sus palabras terminaron de derretirlo por completo.

—Está usted predicando a un converso.

Eso hizo que Marg se riera y se acercase más a él, como si compartieran un secreto.

—Se pintaba de marrón su precioso pelo para no llamar la atención y vestía ropa aburrida para ocultar su preciosa figura.

—Amén.

Marg se rio de nuevo y Breen puso cara de fastidio.

—¿Queréis que os deje solos?

Marco no le hizo caso, y ella dejó la tetera en la mesa y volvió a por las tazas y los platillos blancos.

—Su madre la presionó para que fuera así. La señora Kelly siempre fue buena conmigo, pero...

—No me oirás hablar mal de ella. Una madre es una madre, y cuando Eian y ella la crearon lo hicieron con amor verdadero.

—Yo también quería mucho a su hijo. Y quería decirle que siento mucho su pérdida. Él me dio la música y me enseñó. Me regaló una guitarra cuando cumplí nueve años y eso cambió mi mundo.

—Hablaba de ti.

—Ah, ¿sí?

—Oh, sí, y muy a menudo. Yo también te conocía cuando eras pequeño, gracias a mi hijo. Me decía que tenías mucho talento, que eras pura luz. Y el amigo más bueno y leal que pudiera desear su hija. Te quería, Marco. —Cuando las lágrimas le asomaron a los ojos, Marg le dio la mano—. Breen te llevará a su lugar de descanso, ya que estás aquí. Es un sitio sagrado. Sé que no tenías planeada esta visita, pero, si te soy sincera, me alegro mucho de que hayas venido. Me alegra mucho conocer al mejor amigo de Breen en el otro lado.

—No consigo acostumbrarme.

—Bueno, son muchas cosas que asimilar, ¿no?

—Ha pasado muy deprisa y no he tenido tiempo de contárselo todo —dijo Breen mientras sacaba las galletas y servía el té—. Tenía pensado ir a la casita, si te parece bien.

—Por supuesto, es tuya. Finola te la está preparando ahora mismo. Y está deseando volver a ver al bello de Marco.

Él se ruborizó un poco.

—No tenía por qué molestarse. Podemos ir al pueblo a por provisiones. Ay, tengo que cambiar dinero, Breen. No sé cuánto llevo encima.

—No vas a necesitar nada en Talamh —respondió ella mientras se sentaba y cogía una galleta—. Aquí no usan dinero.

—Bueno, ¿y cómo conseguís cosas?

—Hacemos trueques e intercambios —respondió Marg

mientras bebía su té—. Y para nosotros es un placer prepararos la Casa de las Hadas.

—Breen me dijo que su padre y después usted le enviaron dinero.

—Así es. Siempre hay formas de conseguirlo. Los troles trabajan las minas, y tenemos artesanos y demás. También tenemos gente al otro lado, en otros mundos, que compran y venden.

—Señora, eso le cambió la vida. No solo el dinero, sino saber que su padre se preocupaba por ella. Que podía usarlo para dejar de hacer algo que no le gustaba e intentar dedicarse a lo que sí. —Marco bajó la vista hacia Botarate, que mordisqueaba alegremente la galleta que le había dado Breen—. El libro que escribió sobre este chico es genial. ¿Lo ha leído?

—Sí. Rebosa alegría y diversión, como el perro que le da nombre.

—Está escribiendo el otro, el de adultos. No me deja leerlo.

—A mí tampoco.

—Todavía no está terminado —intervino Breen—. Sigo pensando que debería irme a dar un paseo y dejaros solos.

—Tenemos que ponernos al día de muchas cosas, ¿verdad, Marco?

—Sí, señora.

—Llámame Marg, como casi todo el mundo. O, como eres un hermano para mi nieta, puedes llamarme yaya.

Mientras hablaba, se abrió la puerta de atrás y él vio por primera vez al hombre del pelo plateado. Breen se levantó de un salto para abrazarlo y Marco vio que el otro se sorprendía y alegraba a la vez con su reacción.

—Bienvenida a casa, Breen Siobhan. Y bienvenido, Marco Olsen.

—Es real de verdad. Lo siento, creía que no lo era.

—Ah, bueno, no serías el primero.

—Siéntate. No, siéntate —insistió Breen—. Voy a por la silla del escritorio de mi cuarto. ¿Sigue ahí?

—Siempre estará ahí —le aseguró Marg.

Breen sacó otra taza y otro platito.

—Cuando regresé a Filadelfia y me enfrenté a mi madre… No fue fácil.

—Lo sé, cielo —dijo Marco.

—Me di un largo paseo al salir de su casa, para intentar calmarme. Ella me ocultó todo esto, todo, mi herencia y mis dones, me encerró en una caja. Sé que lo hizo porque temía por mí —añadió antes de que Marg hablara—, pero, cuando por fin me senté, en la parada del autobús, Sedric estaba allí. Estaba allí porque yo necesitaba a alguien a mi lado. No lo olvidaré. Y no olvidaré lo que me dijo Keegan: que mi madre también me teme a mí. Lo que soy y lo que tengo. Y creo que, precisamente por eso, algún día seré capaz de perdonarla. Voy a por otra silla.

Cuando se fue, Marg suspiró.

—Notará el corazón más ligero cuando sea capaz de perdonar. —Levantó la tetera y sirvió el té de Sedric—. Bueno, Marco, has cruzado el portal sin poder pararte a preparar lo que necesitarías o querrías para tu estancia. Si le das una lista a Sedric, él se encargará de traerte lo que necesites.

—¿Puedes hacer eso?

—Puedo y lo haré con sumo placer.

—Porque eres una… ¿bruja? ¿Mago?

—Solo un poquito. Soy un cambiaformas.

A Marco se le quedó paralizada la mano a medio camino del plato de las galletas de limón.

—¿Eres un hombre lobo?

—En absoluto, aunque he conocido a varios. Y te prometo que no se vuelven devoradores de carne y sangre cuando sale la luna llena. En realidad, soy un hombre gato.

—¿Como un león?

Marg soltó una risita y agitó la mano.

—Venga, Sedric, enséñaselo al muchacho.

Sedric se encogió de hombros y sonrió. Y se transformó en gato. Debajo de la mesa, Botarate movía el rabo, encantado.

—¡Oh! —exclamó Breen, que apareció en ese momento con la silla; Marco lo miraba con los ojos como platos—. Es la primera vez que te veo transformarte. Parece que lo haces sin esfuerzo.

El gato se convirtió en hombre y el hombre bebió de su té.

—Somos uno, el hombre y el espíritu animal. La sangre bruja de mi linaje me ayuda con los viajes entre mundos. Dime lo que necesitas y te lo traigo.

Marco levantó un dedo.

—Luego nos vamos a tomar unas buenas copas —dijo el chico.

—Tenemos un vino muy rico —empezó a decir Marg.

—Gracias, pero, incluso con todo esto, es un poco temprano para mí. Pero sí, más tarde, unas copas bien llenas. Y, en cuanto a lo que necesito, supongo que depende. Breen tenía miedo de volver. Estaba muy decidida, pero asustada. Keegan dijo que... Fue todo muy deprisa y muy confuso, pero dijo algo sobre liberarla de su deber, de su promesa.

—¿Eso dijo? —preguntó Marg.

—Sí, y Breen me dijo que hay alguien muy malo y que me lo contará, pero no sabré qué necesito hasta entender por qué esa persona quiere hacerle daño a Breen.

—¿No le has hablado de Odran? —preguntó su abuela.

—Yaya, no sabía que iba a saltar al portal, y, como comprenderás, al salir estaba mareado y conmocionado. Lo tengo todo escrito y quiero que Marco lo lea, y pienso contárselo todo.

—Pues eso es algo que debe saber aquí y ahora, y, sea temprano o no, un trago de vino de manzana nunca ha hecho mal a nadie.

Sedric le dio una palmadita en el hombro a Marg y dijo:

—Yo me encargo.

2

Cuando era joven —empezó Marg—, más joven que tú, saqué la espada del lago, acepté el bastón y me convertí en *taoiseach*. Odran llegó a la Capital y yo solo vi lo que él quería que viera: un muchacho guapo y amable, encantador y romántico. Así que me enamoré de aquella ilusión y nos casamos.

Le habló de su regreso a la granja familiar en el valle, de los meses que su familia y ella pasaron engañadas, del nacimiento de su hijo y de lo contenta que estaba con el bebé. Y de la noche en la que, al despertar de su sueño inducido por las drogas, descubrió el objetivo de Odran: beberse el poder de su hijo para aumentar el suyo. Después le habló de la guerra contra el dios oscuro y sus demonios y esclavos, y de todo lo que vino detrás, hasta llegar al secuestro de Breen cuando todavía era una niña.

Al final, Marco llegó a la conclusión de que el vino no era tan mala idea.

—Pero Breen es más poderosa que su padre, ¿verdad? También tiene a su madre, que es humana.

—Eres muy listo, Marco. Nuestra Breen es el puente entre los reinos de las hadas, los humanos y los dioses, hija de los tres, y se liberó de la jaula de cristal precisamente por lo que es, que es más incluso de lo que Odran pensaba. Más de lo que ella piensa, creo. Así que, después, Eian, como *taoiseach*, lideró la Batalla del Castillo Negro, destruyó la fortaleza de Odran, bloqueó todos y cada uno de los portales con su mundo e hizo todo lo que podía hacerse.

—Pero mi madre quería que eligiera entre nosotras o Talamh —añadió Breen—. ¿Cómo iba a hacerlo? Le dio la granja a los O'Broin, la familia de Keegan. Su padre había muerto en la batalla por protegerme. Era su mejor amigo. Estaba en Brujería, la banda, la de la foto que Tom Sweeney nos dio en el pub de Dublín, ¿te acuerdas?

—Ir allí era nuestro destino —respondió Marco mientras bebía otro trago de vino—. Está claro que debíamos conocer a Tom y escuchar la historia del encuentro de tus padres.

—Se querían. Creo que desde siempre. Como él la amaba, fueron a Filadelfia e intentó ser lo que ella deseaba y lo que su pueblo necesitaba.

—Todos esos viajes fuera de la ciudad no eran para tocar. Venía aquí, ¿no? —preguntó Marco.

—Sí, y ella lo sabía, claro, y eso aumentó su resentimiento. Se divorció de él, y creo que debió de decirle lo que me dijo a mí cuando regresé para contarle que sabía todo esto: que no quería esa «aberración» en su casa; así es como se refería a mis dones... y a mí, en realidad.

Marco alargó la mano para darle un apretón a la de Breen.

—Creía que me protegía —siguió ella—, se convenció de eso, pero, en el fondo, se protegía ella. El mundo debía ser como ella necesitaba verlo.

—Lo siento, Breen —le dijo Marco mientras le apretaba más la mano.

—Y yo.

—Se equivoca, se equivoca desde el principio, así que también lo siento por ella. «Aberración», dice. Y una puta mierda. Lo siento —añadió de inmediato, dirigiéndose a Marg.

—No es necesario, estoy de acuerdo contigo.

37

—Eres una maravilla, Breen, eso es lo que eres. Siempre lo he pensado, aunque no tenía ni idea de que, ya sabes, fueras una diosa bruja. —Marco miró a Marg—. ¿Cómo murió Eian? Si destruisteis la fortaleza de Odran y bloqueasteis los portales, ¿por qué sigue siendo una amenaza para Breen?

—No solo para Breen, pero ella es la clave. Odran mató a mi hijo. Con tiempo, sus poderes y la ayuda de la magia negra de una bruja que se puso de su lado, volvió a enfrentarse a Talamh. Creo que se trataba de una estratagema para atraer a Eian y asesinarlo. Para matar al hijo que se negaba a rendirse a la voluntad de su padre.

—Y ahora quiere a Breen. Vale, con todo el respeto del mundo, y aunque siento que hayáis tenido que enfrentaros a estas guerras con un dios loco, me parece que el mejor sitio para ella es nuestra casa, donde no puede alcanzarla. No es que esté de acuerdo con tu madre. Tienes que ser quien eres y hacer lo que amas, pero, nena, no eres una princesa guerrera.

—He estado entrenando todo el verano para serlo… Bueno, no para ser princesa. Con la espada.

Él le dio un empujón en el hombro.

—Venga ya.

—Sé defenderme. Y no hay ningún lugar seguro, Marco. Ni para mí ni para nadie.

—Volverá —dijo Marg—. Habrá otra batalla. Más sangre, más muerte. Nos enfrentaremos a él hasta nuestro último aliento. Pero, si nos derrota, si conquista Talamh, vuestro mundo será el siguiente. Y seguirá matando y quemando hasta que conquiste todos los demás. Sus poderes crecerán y, con ellos, su sed de más.

—¿Quieres decir que destruirá la Tierra? ¿Todo?

—Nuestro mundo, el vuestro y todos los demás. Con cada uno que conquista, obtiene más poder. Entiendo por qué Jennifer encerró a Breen, sí, pero lo que ella nunca creerá ni aceptará es que su hija es la llave de una cerradura. No puede recluirla. Él la encontrará tarde o temprano, o a su descendencia si la tiene. Un dios cuenta con mucho tiempo por delante.

—Quiero tener hijos algún día, Marco, pero jamás me atrevería a hacerlo sabiendo esto.

—Dios mío, Breen.

—Tengo que ponerle punto final. Esta es mi gente. Sé cómo suena, pero…

—Suena bien.

—Lucharán, pero me necesitan.

Él asintió y respiró hondo.

—He visto *Wonder Woman*, sé de qué va el tema.

—Cuatro veces. La has visto cuatro veces.

Él le enseñó cinco dedos y dijo:

—Hace falta un dios para matar a un dios. Así funciona, ¿no?

—La hija del hijo es el puente entre mundos. —Breen notó que las palabras, los pensamientos, la verdad, fluían sin más, entraban y salían de ella—. El puente conduce a la luz o a la oscuridad. Su camino se compone de tres: el despertar, el devenir y la elección.

Marco esperó un segundo antes de decir:

—¿Qué ha sido eso? ¿Como una profecía? ¿También haces de eso ahora?

—A veces. Sigo siendo yo, Marco.

—¿Quién ha dicho que no lo seas? Vale, ahora ya tengo una idea más aproximada de lo que voy a necesitar, si te parece bien —añadió, dirigiéndose a Sedric.

—Será un placer.

—Es mucho, porque no hay forma de saber cuánto tiempo pasaré aquí. No pienso marcharme hasta que enviemos de vuelta al infierno a ese gilipollas.

—Marco…

—Yo también puedo elegir, nena, y elijo esto.

—No tienes poderes. Ni tampoco te imaginas lo que Odran es capaz de hacer.

—Me hago una idea bastante clara y me aterroriza. Pero me quedo. —Después la señaló con el índice de ambas manos—. Ya está, eso es todo. Como empieces a fastidiarme con el tema, le digo a la yaya que me quedo en su casa. Breen, mírame a los ojos, mírame directamente a los ojos y dime que, si los papeles estuvieran cambiados, tú serías capaz de irte a Filadelfia y dejarme aquí.

—Si te pasara algo…

—Lo mismo digo. Así que ya está decidido. Supongo que necesito que me prestéis algo para escribir la lista.

Breen no discutió con él, no era tan tonta. Sin embargo, esperaba minar poco a poco su resistencia a lo largo de los días siguientes. No conocía a ninguna persona más dependiente de la ciudad y sus comodidades que Marco. Cuanto más tiempo pasara en Talamh, sin tecnología, sin lo básico, más… maniobrable sería. Sobre todo si lo convencía de que podía hacer algo al otro lado. Por el momento, solo se le ocurría una cosa.

Cuando iban de camino a la granja, señaló un par de dragones con sus respectivos jinetes que recorrían el cielo.

—Esos son exploradores.

—Vale, así que hay dragones de todos los colores. ¿Y la gente? ¿Alguien de mi color por aquí?

—Sí, y con tus gustos. Aquí, el amor es amor.

—Me alegro de oírlo. Ahora mismo no busco nada, pero está bien saber que los lugareños tienen la mente abierta.

—Y el corazón. Hay algunos que no, como en todas partes. Tienen una secta religiosa, los píos. No empezaron así, pero se fueron, bueno, «oscureciendo», podría decirse. Y algunos seres feéricos han seguido sus pasos. Marco, tengo que decirte que, si te quedas y quieres ir a alguna parte, vas a tener que aprender a montar… a caballo.

—¿Crees que no soy capaz? —Se metió los pulgares en la cinturilla del pantalón y empezó a caminar a lo John Wayne—. Si tú has aprendido a usar una espada, yo puedo aprender a ser vaquero.

—Se me da como el culo.

—Venga ya.

—Pregúntaselo a Keegan. Él me entrenó y sería el primero en decirlo.

Marco le pasó un brazo por encima del hombro mientras Botarate trotaba junto a ellos.

—¿Vas a volver a ponerte cariñosa con ese bello ejemplar?

—Ahora mismo tampoco estoy interesada en romances. Y dudo que él lo esté. Hay algo raro en el aire.

—¿Estás en plan…? —preguntó Marco mientras agitaba las manos.

—Sí, estoy en plan… —respondió ella, imitando el gesto—. Percibo que algo… empuja. Odran quiere entrar. Todavía no está aquí, pero lo noto cerca. —Se sacudió la sensación de encima—. Pero todavía no. Iremos a por mis cosas a la casita. Creo que será más fácil que leas lo que escribí. Después, si tienes preguntas, te las respondo.

—Vale, entonces ¿qué hacemos? ¿Caminar hasta llegar a Irlanda? ¿A través de otro de esos túneles de viento?

—No será igual. Mucho menos dramático.

Botarate dejó escapar unos ladridos alegres y corrió a su alrededor. Saltó con agilidad por encima del muro de piedra y salió disparado hacia los dos niños y el gran lobero que los protegía.

—Esos son Finian y Kavan. Y la mujer del huerto es su madre y la hermana de Keegan y Harken, Aisling.

—Así que, efectivamente, aquí todo el mundo es guapo.

Usaron la puerta. Aisling, con el cabello oscuro recogido, se limpió las manos en los pantalones, apoyó una en la abultada barriga y se acercó a ellos.

—Bienvenida, Breen Siobhan. Bienvenida. Has regresado, como dijiste. No debería haberlo dudado. —La abrazó—. Lo siento.

—No lo sientas. Sé que estabas preocupada y sé por qué. Este es Marco.

—Eso he oído. Me cuentan que has tenido un viaje accidentado. ¿Te encuentras mejor?

—Ya estoy bien, gracias. Encantado de conocerte.

—Lo mismo digo. ¿Queréis una taza de té? Mab cuidará de los niños mientras estamos dentro.

—Acabamos de llegar de casa de la yaya, que nos ha invitado a té... y a vino. Solo necesito recoger mis cosas para instalarnos en la Casa de las Hadas.

—Ah, ya las han enviado para allá. Morena se encargó de ello. Y también hemos limpiado tu preciosa ropa, Marco.

—Gracias. Tomé esta prestada de tu hermano. De Harken.

—No te preocupes, tiene más.

El niño mayor, Finian, se acercó corriendo, con su hermano pequeño intentando seguirle los pasos.

—¡Ya casi es mi cumpleaños! —anunció Finian—. Vas a estar aquí para mi cumpleaños.

—En Samhain —dijo Breen mientras se agachaba—. Me acuerdo. Vas a cumplir tres años.

—Saluda y dale la bienvenida al amigo de Breen, Fin. Este es Marco.

El niño inclinó la cabeza y dijo:

—Hola y bienvenido.

—Es un poco tímido con la gente nueva —explicaba Aisling justo cuando Kavan llegaba hasta ellos y se ponía a trepar por las piernas de Marco—, pero este no.

Marco lo levantó en brazos.

—¿Y este quién es?

—Es nuestro Kavan —dijo Aisling mientras el niño balbuceaba—. Para él no existen los desconocidos.

Kavan agarró un puñado de trenzas y sonrió.

—¡Gusta!

—A mí también.

El niño se inclinó hacia Breen y le balbuceó.

—¿Cuándo sales de cuentas? —preguntó Marco.

—Más o menos por Imbolc. A principios de febrero —explicó tras ver la cara de desconcierto de Marco—. Ya he pasado la primera mitad, calculo. Espero que esta vez sea niña, porque, como ves, ya tengo dos bárbaros.

—He echado de menos a tus bárbaros —dijo Breen, que acarició con la nariz a Kavan antes de dejarlo en el suelo—. Volveremos mañana. Trabajaré con la yaya, como antes. Y te agradecería que le dijeses a Keegan que seguiré entrenando con él, si quiere.

—Seguro que sí. Volverá con Mahon…, mi marido —añadió para Marco—, cuando salga la luna. Venid a verme cuando podáis, los dos sois bienvenidos. Vamos, chicos. ¿No le habíamos prometido a Harken que nos encargaríamos del huerto de la cocina? Bendiciones para ambos —añadió antes de llevarse a los niños.

—Y para ti —respondió Breen—. Vamos, Botarate. Se llega al portal a través de ese árbol —dijo, y lo señaló después de atravesar de nuevo la puerta—. O el portal es el árbol, no estoy segura.

Él miró hacia donde señalaba, más allá del camino de tierra, detrás de otra valla de madera, un pasto para ovejas y una colina. El árbol medía más de seis metros de ancho y surgía de una roca. Sus gruesas ramas se curvaban hacia el suelo y algunas lo alcanzaban antes de volver a ascender. Las hojas que Breen recordaba de un verde intenso durante todo el verano ahora eran una cascada carmesí.

—¿Qué clase de árbol es?

—Es el Árbol de la Bienvenida, y el portal, o al menos el principal, entre Talamh e Irlanda.

Lo guio hasta el otro lado. Botarate corrió delante de ellos y subió a su manera los siete escalones de piedra de la ladera. Se encaramó a una rama, se detuvo y ladró, como pidiéndoles que se dieran prisa.

—De acuerdo. Si me desmayo, puedes ir a buscarme una de esas cervezas o lo que sea que llevara dentro.

—Puedo, pero no te va a hacer falta. Notarás el cambio —le dijo a Marco, que la seguía por los escalones—. Y sí que habrá algo de viento, pero no como antes. Y un cambio en la luz, como un destello. Y se acabó, ya estaremos al otro lado. Que no te sorprenda que allí esté lloviendo. Nunca se sabe.

—Creo que ya no volverá a sorprenderme nada más. Nunca.

Un escalón por encima de él, Breen alargó un brazo para tocarlo. Notaba su ansiedad, pero su lealtad era mucho más fuerte.

—Dame la mano. Ve tú delante, Botarate. Te seguimos. Pisa en la rama. Puede que te dé la impresión de que vas a caerte, pero... —Un relámpago de luz y una brisa repentina en el aire—. No te caerás. ¿Ves?

—¿Ya hemos cruzado? Se me ha revuelto un poco el estómago, pero... ¿Seguro que hemos cruzado?

—Sí. Solo hay que bajar.

—Me tiemblan un poco las rodillas —reconoció Marco—. Aunque no tiene nada que ver con lo de antes. Y no llueve.

—Por suerte para nosotros, así no nos mojamos. Hay que andar un kilómetro y medio o así para llegar a la casa.

—Parece igual que al otro lado.

—Sí, pero no lo es. Anoche no te diste cuenta porque allí estaba lloviendo y estabas alterado, pero Talamh tiene dos lunas.

—¿Dos?

—Una crece cuando la otra decrece.

—¡Eso es una pasada! Quiero verlo. Pero, Breen, me recorrí estos bosques cuando estaba en modo irlandés y no vi ese árbol. ¿Cómo es posible? Es enorme y crece de una roca. O la roca crece de él.

—Porque no tenías que verlo. Mira tu reloj.

Lo hizo y se le escapó una especie de carcajada.

—Anda, ahora funciona. —Se sacó el móvil del bolsillo de los pantalones prestados—. Y también tengo teléfono.

—Primero llama a Sally —le dijo Breen—. Lo mejor es decirle que decidiste venirte conmigo y que anoche cogimos un avión. Que te vas a quedar unos días y...

—No sé cuánto tiempo me quedaré y eso es lo que pienso decirle. Ríndete, Breen, no te librarás de mí tan fácilmente. Todo irá bien. Vamos a conseguir salir de esta juntos. Y voy a aprender a montar a caballo. ¡Arre!

—No es tan fácil como crees. Me pasé varios días con el culo dolorido; me salían moratones encima de los que ya tenía. Y me odio por alegrarme de que estés aquí.

—Para ya. Dime: en todo eso que escribirte…, ¿sale alguna escena de sexo con el jefe buenorro?

—Pues… Mierda. Oye…

—Demasiado tarde. Me dijiste que podía leerlo entero. Y puede que ahora mismo no estéis de humor para haceros cariñitos, pero he visto cómo te miraba.

—¿Como si fuera un grano en el culo?

—No. Como espero que alguien me mire algún día. —El romántico que Marco llevaba dentro suspiró—. Ni siquiera intentó devolverme el puñetazo cuando creí que te había hecho daño. Podría haber barrido el suelo conmigo, pero no lo hizo. Coño, supongo que podría haberme convertido en un kumquat o algo así. Pero tampoco lo hizo.

—Respeta la lealtad y la amistad.

—Sally dijo que tenía clase.

—Supongo que sí.

—Ahora me acuerdo de este sendero. ¡La hostia! Si vas por ahí llegas al pueblo. Por allí está la bahía. Oye, estaba por allí, sí. Lugar equivocado. Esto es… ¿Sabes qué? Es una pasada total. —Olisqueó el aire—. ¿Notas eso? Creo que huelo la bahía. Y… humo.

—Nos han encendido las chimeneas —explicó Breen, que señaló hacia donde los árboles empezaban a ralear—. ¿Ves?

Allí estaba la casa, y de las chimeneas del tejado de paja brotaban espirales de humo. Los jardines que Seamus le había enseñado a cuidar seguían tan coloridos como siempre. Y las macetas de flores que había aprendido a plantar estaban preciosas.

—Es tu casa, Breen. Lo dijo tu abuela, y ella la construyó para ti. Ahora lo entiendo más que nunca. A mí también me encantaba estar aquí.

—Lo sé. —Breen miró al perro, que bailoteaba sin moverse del sitio—. Venga, corre.

A Botarate solo le faltó dar una voltereta en el aire antes de salir corriendo por la verde hierba y bajar la pendiente que daba a la playa de guijarros para meterse en el agua.

—Perro de mar —dijo Marco entre risas—. Menudo es él.

—Vamos a entrar. Estoy acostumbrada a beber té al otro lado, y, bueno, tienes que probar la limonada de Finola. Es mágica. Pero espero que hayan recordado comprar CocaColas.

Era como volver a casa, pensó Breen mientras sacaba una del frigorífico. Mientras le daba los primeros tragos, observó su preciosa cocina: el pan recién horneado envuelto en un paño blanco sobre la encimera color pizarra, el cuenco de cerámica lleno de fruta fresca, las flores recién cortadas en el alféizar… Igual que cuando la vio por primera vez, meses antes. Igual que cuando la dejó.

—Voy a preparar pasta para la cena —anunció Marco mientras curioseaba por la cocina—. Mira esos tomates. ¡Están en su punto! —Miró su reloj e hizo los cálculos—. Esperaré una hora para llamar a Sally. Si todavía están durmiendo, prefiero que se metan un café en el cuerpo antes de decirles que he ahuecado el ala.

—Me parece bien. Organizaré el dormitorio de abajo para trabajar. —Se fue hacia allí y entró en la habitación que daba al jardín—. Lo retiro: ya lo han hecho ellos. —Acarició el portátil, que ya estaba en su pequeño escritorio, y se fijó en que su esterilla de yoga (que a ella no se le había ocurrido coger) estaba bien enrolladita, esperándola en una esquina—. Sedric ya ha ido y ha vuelto —le dijo a Marco.

—¿Qué? ¿Cómo?

—Te acostumbrarás, más o menos.

Regresó para abrirle la puerta a Botarate, que corrió a la chimenea del salón dando brincos y, después de las tres vueltas que acostumbraba a dar, se dejó caer con un suspiro de satisfacción canina.

—¿Crees que mis cosas estarán en la habitación que usé la otra vez?

—Vamos a verlo. Yo también quiero deshacer la maleta, y después voy a darle a la tecla un rato. También debería escribir una entrada de blog sobre la vuelta a la casa. Y tú puedes acomodarte donde quieras para leer.

Recorrieron el salón, con su sofá verde bosque, sus velas, sus cristales, sus flores y sus vistas al agua azul. El fuego crepitaba en la chimenea. Tras cruzar el vestíbulo y subir las escaleras, con el perro corriendo tras ellos, Breen, que iba la primera, se dirigió al dormitorio de Marco. Su guitarra estaba en el soporte, y el arpa, fuera de la funda, brillaba sobre una mesa, al lado del teclado. Como Marco estaba ocupado mirándolo todo con ojos como platos, Breen abrió un cajón.

—Jerséis, camisetas…

Marco abrió otro.

—Lo han guardado todo.

—Es una forma de darnos la bienvenida. Seguro que las chaquetas y las cosas para la lluvia de los dos están en el armario de la entrada.

—¿De verdad crees que me voy a acostumbrar a esto?

—Espero que sí —respondió Breen, con una punzada en el corazón—. Porque esto es lo que soy.

—Siempre voy quererte por lo que eres —repuso Marco mientras se acercaba a la mesa para acariciar las cuerdas del arpa—. Quiero aprender a tocar esto. Es el mejor regalo que me han hecho en la vida.

—Recuerdo un poco, de cuando me enseñó mi padre. Puedo enseñarte lo que sé y seguro que desde ahí puedes seguir avanzando solo.

—Vale, vale. —Recorrió la habitación que recordaba y se asomó a la vista que recordaba—. Podríamos montar una velada musical después de la cena. Cocinar y hacer música, eso quizás me ayude a acostumbrarme. Voy a bajar para empezar con la salsa, que necesita tiempo para cocerse hasta quedar divina. Después llamo a Sally. —Acarició los rojos rizos de su amiga—. Tú haz tu magia, Breen.

Ella bajó a hacer su magia, con Botarate tumbado en la cama detrás de ella. Decidió que empezaría con el blog, algo breve. Y esperaría a que Marco hablara con Sally para publicarlo.

¿Cómo empezar? En el blog no podía escribir sobre el *taoiseach* de Talamh ni sobre la entrada de Marco en el portal. Se lo pensó un momento, se dio unos minutos para asimilar que estaba de vuelta, de vuelta de verdad. Había disfrutado de la soledad en la casita durante el verano y de haberse encontrado a sí misma viviendo sola por primera vez en su vida. Sin embargo, ahora que oía a Marco en la cocina, cantando mientras hacía lo que estuviera haciendo con aquellos tomates maduros, descubrió que su presencia era como una manta calentita en una mañana fría. Era el placer de las cosas sencillas, como el perro sesteando detrás de ella o saber que, al otro lado de las puertas, el jardín estaba lleno de flores.

Así que habló sobre su regreso a Irlanda. Por primera vez en lo que llevaba de blog, escribió sobre haber encontrado a su abuela y sobre haberse enterado de la pérdida de su padre. Y contó que la tristeza de ese descubrimiento se contrarrestaba con la alegría de haber encontrado familia y amigos.

Que encontrarlos la había ayudado a encontrarse.

Satisfecha, aparcó eso a un lado y se abrió a la historia. Se zambulló en ella y dejó que la rodeara.

3

Cuando por fin salió a la superficie, se quedó algo pasmada. Había trabajado bien en el piso de Filadelfia, a su regreso después del verano. Sin embargo, no como allí, tenía que reconocerlo. Puede que tuviera que ver con el estallido inicial de energía al verse de nuevo en el lugar en el que había empezado aquella parte de su viaje, pero el caso es que había llenado diez páginas.

Al salir de su ensueño narrativo, le llegó el aroma de la salsa de tomate de Marco y se percató de que la luz había cambiado al acercarse el crepúsculo. Y vio que Botarate había abandonado su puesto.

Apagó el ordenador y bajó las escaleras. Marco estaba sentado a la mesa del comedor; tenía el ceño fruncido mientras leía en su portátil. El perro se levantó de su sitio frente a la chimenea de la cocina y se pegó a las piernas de Breen.

—¿Sally?

—Todo bien. Se alegra de que haya venido contigo —respondió Marco, y después la miró directamente a los ojos—. Esto no está bien, Breen, no está bien. La hostia en bicicleta, Breen, han estado a punto de matarte. Dos veces.

—Pero no lo consiguieron. Y él no me quiere muerta, Marco. Lo que quiere es peor. —Entró en la cocina para llenar el cuenco de comida del perro—. Soy más fuerte de lo que era y llegaré a ser más fuerte todavía.

—¿Cómo vas a luchar contra él?

—Aún no conozco las respuestas. —Breen eligió una botella de vino—. Pero creo que al final todo será cuestión de poder contra poder.

—Es un puñetero dios. Es Loki, tía, pero sin la parte divertida.

—Llevo su sangre dentro. Y más. Tengo más. No me has preguntado si tengo miedo.

—No eres estúpida y no estás loca, así que sé que tienes miedo. ¿No puede encargarse Keegan de él? Vale —añadió mientras se levantaba y se ponía a dar vueltas; agitó una mano en el aire—. Ya sé que lo haría si pudiera. Ahora me hago una idea más clara de él y de toda la gente de allí. Todavía no lo he leído todo, pero me la voy haciendo. Tu idea, al menos.

—Mi padre murió intentando detenerlo.

—Lo sé, cielo. Lo sé. Pero esa bruja loca con las serpientes de dos cabezas… —Se estremeció antes de aceptar la copa de vino que le ofrecía Breen—. Opino lo mismo que Indiana Jones sobre las serpientes.

—No tropezaré dos veces con la misma piedra —respondió ella mientras chocaba la copa con él y bebía—. No volverá a pillarme con la guardia baja.

Él la miró con atención.

—No estás tan asustada como anoche.

—Puede que tuviera que venir para quitarme parte del susto. No todo, porque ni soy estúpida ni estoy loca, y sé que volveré a asustarme. Pero he aprendido mucho y aún me queda por aprender. Cuanto más aprendo, más segura me siento. Me daba miedo intentar escribir, pero tú me insististe hasta que lo hice. Y se me da bien. Mejoraré con el tiempo, pero se me da bien. Y me hace feliz. Mejoraré con la magia. He llegado a ser muy buena y seré mejor. También me hace feliz.

Marco entró en la cocina y removió la salsa.

—La escritura no te sume en un sueño mortal.

—¿Has leído lo de mi visión? ¿Lo que Odran y sus demonios le hicieron al niño en el altar?

—Me ha revuelto el estómago. Me ha revuelto el estómago porque no era como en una película, donde todo es falso. Era real.

—¿Cómo voy a alejarme de eso cuando puede que sea la única capaz de evitar que vuelva a suceder?

—No lo sé, pero, mira, encender velas es alucinante, nena, pero no es la clase de magia necesaria para manejar todo esto.

—El fuego suele ser la primera habilidad que se aprende.

Dejó el vino, alargó una mano y encendió una llama roja sobre ella.

—Puede quemar con calor —dijo, y entonces alargó la otra mano y encendió un fuego azul—. O puede quemar con frío.

Las envió hacia el techo y después las juntó con una palmada que sonó como un trueno antes de que chisporrotearan, escupieran chispas y se apagaran.

—El aire se puede mover —añadió, trazando un círculo con un dedo—. Una brisa cálida. —Levantó la otra mano y la movió en círculo—. O un viento helado.

Ambas cosas le agitaron las trenzas a Marco antes de que Breen las hiciera desaparecer mientras se acercaba a las puertas y salía. Allí posó una mano encima de la maceta de flores.

—La tierra da vida —dijo, y los capullos que todavía no estaban abiertos florecieron bajo su mano—. O la quita.

Y el suelo tembló.

—El agua cae con delicadeza para que la tierra beba. —Levantó el brazo y lo bajó. Puso una palma hacia arriba para recoger la lluvia que le había arrancado a las nubes—. O la azota.

Estiró el brazo hacia la bahía y lo agitó para formar una tromba marina. Después la aplacó de nuevo.

—Estos cuatro elementos están conectados dentro de mí con un quinto: la magia que me dieron mis predecesores. He aprendido, Marco. Mi padre tenía lo mismo que yo, salvo la parte humana. Sin embargo, intentó ser humano por ella cuando estaba en este lado. Y creo que por haber perdido un pedazo tan importante de su corazón, por estar tan dividido, Odran encontró el modo de aprovecharse. Y lo mató. Yo tengo algo que mi padre no tenía. No sé qué significa, ni cómo usarlo ni si tendré que hacerlo, pero tengo más que él.

—Vale, vale. Necesito más vino. Tengo que llenar esta copa hasta arriba.

Regresó a la cocina, aunque le temblaban tanto las manos que no era capaz de levantar la botella. Breen se le acercó y le puso una mano sobre la suya.

—No me tengas miedo. Creo que me rompería por dentro si me tuvieras miedo.

—No. Sírveme el vino, ¿quieres? No es miedo. Es asombro. Es una buena forma de describirlo: asombro. —Se tragó de golpe el vino que le había servido Breen—. Estabas radiante. Como si te iluminases por dentro o algo así. Había leído algunas de las cosas que eras capaz de hacer, pero verte hacerlas… —La rodeó con un brazo. Todavía temblaba, pero la sostuvo contra su cuerpo—. ¿No te he dicho siempre que eras especial? Solo voy a necesitar algo de tiempo para el rollo ese de acostumbrarme del que hablábamos.

—Todo el tiempo que quieras. ¿Y si hago algo completamente normal, como preparar una ensalada con la que acompañar tu pasta?

—Eso estaría bien. Voy a guardar el portátil. Ya leeré el resto más tarde. Creo que ya he tenido bastante por ahora. Pondré algo de música.

«Normal», pensó ella mientras pelaba y picaba. ¿Sería normal que metiera romero y cristales bajo la almohada de Marco para asegurarse de que durmiera bien? Decidió que, para ella, lo era, así que lo haría. Cenarían y hablarían de cosas normales. Y ella iría a por el arpa de su amigo (aprovecharía para meter el amuleto) y le enseñaría lo que recordaba. Puede que también bajara la guitarra.

Cuando el chico bajó para hervir el agua para la pasta, todo parecía normal, su versión de normal: Marco se acercó a ver cómo iba con la ensalada y después le dijo cómo hacer un aliño antes de meter los espaguetis en la olla.

—Como en los viejos tiempos —dijo él, y Breen se rio.

—Somos como los Borg. Yo estaba pensando lo mismo. Pondré la mesa y nos daremos un banquete.

Botarate ladró, no como advertencia, sino a modo de saludo. Cuando ella miró hacia la puerta, vio que Keegan estaba a punto de llamar al cristal. Atisbó la cola verde con la punta dorada de Cróga justo antes de que el dragón volviera al cielo nocturno. Se acercó a la puerta con los platos en la mano.

—Lo siento —dijo Keegan antes de nada—, estáis a punto de comer. No os entretendré.

—Hola, entra —lo llamó Marco desde los fogones—. ¿Has comido ya?

—Ah, no, solo venía…

—Has venido a cenar con nosotros. He hecho de sobra. Saca otro plato, nena, y sírvele una copa de vino a este muchacho.

—No quiero interrumpir.

—No lo haces —dijo Breen, que dio un paso atrás—. Marco tiene razón: ha preparado más que de sobra.

—Sois muy amables. Huele muy bien.

—Espero que te gusten los espaguetis a la marinera.

—Me gustan. Hace bastante tiempo que no los como.

—Entonces estás de suerte.

Sin saber muy bien lo que significaba para la normalidad de su noche, Breen regresó a la cocina para servir otra copa de vino.

—Marco es un gran cocinero —añadió.

—Quería ver si iba todo bien por aquí y decirte que nos veríamos mañana, como siempre. Parece que lo he hecho a propósito para que me deis de comer.

—Te lo has ganado —dijo Marco—. Quítate ese precioso abrigo que me tiene enamorado. Venga, saca la ensalada, chica. Puedes encender las velas a tu manera, ya casi me he acostumbrado a eso.

Antes de hacer cualquiera de las dos cosas, Breen se acercó a Marco y lo abrazó con fuerza desde atrás.

—Se preocupa por mí —le dijo a Keegan.

—Es lo que hacen los amigos. Pareces bastante repuesto. Eso me dijo Morena. Y ya has conocido a Marg y a Sedric.

—Sedric es un hombre con suerte. O un gato con suerte. También he conocido a tu hermana y a sus dos críos. —Marco, que en la cocina se encontraba como en casa, echó la pasta en un colador—. Y he visto algunos dragones. Todavía no sé qué pensar al respecto, pero he leído en el diario de Breen que montó en el tuyo.

—¿Tienes un diario? —preguntó Keegan.

—Sí —respondió ella, que procuró concentrarse en servir la ensalada en los cuencos.

—Vamos a necesitar otra botella de vino —decidió Marco—. ¿Y si abres una, Keegan? Yo voy a mezclar la pasta con la salsa, que estamos en familia.

Marco se puso a trajinar como solía hacer siempre, preparando las rebanadas de pan y la salsa para mojar, y colocando la albahaca en la posición perfecta sobre la pasta.

—Es agradable tener compañía para cenar. En Filadelfia no nos cabía mucha gente en casa, así que solíamos vernos en Sally's.

—Es un buen sitio para quedar.

—El mejor. —Marco probó su ensalada—. Buen trabajo, Breen. Oye, Keegan, eres el que manda por aquí. O por allí, mejor dicho.

—Soy *taoiseach*.

—He leído en el diario cómo se hace lo del saltar al lago y tal. Encontraste la espada y la sacaste. Y ¡bum! Salvo que podrías haber dicho: «Nah, no quiero» y haberte alejado de allí nadando como un perrito.

—Es una elección.

—Y nada fácil, seguro. No eras más que un crío.

—Era lo bastante mayor —repuso Keegan sin darle importancia—. A todos se nos enseña y entrena desde que nacemos para conocer los deberes de un *taoiseach*.

—Y Breen está aprendiendo y entrenando ahora. Pero no para ser la que manda.

—Si yo caigo, podría decidir meterse en el lago y sacar la espada.

—No hables de caer —intervino ella.

Keegan la miró.

—Me ha preguntado él. Esa es la respuesta.

—Podría hacerlo —siguió diciendo Marco—, aunque sea medio humana o terrícola o como lo llaméis.

—También es de Talamh, lleva la sangre de las sabias y de los *sidhe*. Lo que ha heredado de su madre y de su abuelo es lo que la hace única. No sé si me explico, no es que sea distinta, es que es…

—Especial —concluyó Marco mientras asentía para dar su aprobación—. Siempre se lo estoy diciendo. Su madre intentó con todas sus fuerzas convertirla en alguien corriente. No funcionó. —Decidió servir él mismo la comida y llenó el plato de Keegan a rebosar—. Total, que me alegro de que hayas venido esta noche, porque iba a buscarte mañana. Oye, no tendré que llamarte señor, alteza o algo así, ¿no?

—No. Por los dioses, no —respondió Keegan con mucha convicción.

—Un tercio de lo que le has echado a él, Marco. Lo digo en serio. Mierda. —Breen se limitó a suspirar cuando le sirvió la pasta—. Siempre me pone demasiado.

—Estás mazadísima, tía. Esos músculos necesitan carbohidratos. Tú la ayudaste a conseguirlos.

—Eh... —dijo Keegan.

—Con entrenamiento. Estaba muy enfadado contigo, jefe supremo o no, por tirar al suelo a mi chica y dejarla toda amoratada.

—Marco, por favor —le pidió Breen, que ya empezaba a notar la maldición de los pelirrojos subiéndole a las mejillas—. Come y calla.

—«Estaba», pero después pensé que eras duro con ella porque necesitabas que se defendiera. Que quisiera hacerlo. Su madre... Y no es por hablar mal de ella, porque cuando salí del armario mi familia no me apoyó. Mi hermana sí, aunque mis padres y mi hermano fueron otra historia. Pero la señora Wilcox sí que lo hizo, así que no la vapulearé demasiado.

—¿Por qué estabas dentro de un armario?

Marco se rio.

—Es una forma de hablar. Soy gay.

—Sí, Breen me dijo que eso quiere decir que prefieres a los hombres para el sexo y demás. En Talamh no tenemos armarios para eso.

Mientras Marco se limitaba a sonreír, Keegan enrolló unos espaguetis en su tenedor y comió.

—Bueno, esto está increíble. Mejor incluso que los que probé en Italia.

—¿Has estado en Italia? —Marco lo apuntó con un dedo—. Te voy a preguntar todo al respecto, pero, antes de eso, voy a terminar lo que estaba diciendo.

—Termina lo que quieras. Yo pienso comerme esto.

—Lo que quiero decir es que es difícil aprender a defenderte, y querer hacerlo, cuando durante casi toda tu vida, por no decir toda, te han enseñado a que no lo hagas. Peor todavía cuando te han dicho que, de todos modos, nunca ganarás porque jamás serás lo bastante buena.

Keegan asintió mientras seguía comiendo y dijo:

—La madre de Breen se equivocaba. Por muchos motivos que tuviera, sigue estando mal. Eres quien eres. —Entonces la miró con esos ojos verdes con puntitos de color ámbar—. Y ahora sabes lo que sabes. Eso no significa que no vaya a seguir derribándote y magullándote en el campo de entrenamiento.

—Porque quieres que viva —apuntó Marco.

—Sí, porque quiero que viva.

—Por eso he decidido no cabrearme contigo. Además, le salvaste la vida. Dos veces.

—Lo que corría peligro no era su vida.

—Prueba la salsa para mojar, la receta es mía —dijo Marco—. Bajaste volando del cielo en tu dragón cuando un hado malvado la tenía atrapada. Y, ¡zas!, le cortaste la cabeza.

—Está buena tu receta.

—Y cuando las serpientes de la zorra de la bruja la mordieron, la ayudaste a superarlo.

—Lo hizo casi todo ella sola.

—Pues ella no lo cuenta así, pero voy a darte la razón —sentenció Marco—. En cualquier caso, Breen lo es todo para mí, así que ya no vas a poder cabrearme, salvo que le hagas daño. Supongo que tendré que permanecer lejos del campo de entrenamiento.

—Eliges bien a tus amigos, Breen Siobhan.

—Acepto ese cumplido. Marco, esta noche no quiero que tengas que pensar en ninguna de esas cosas. Has tenido un día complicado.

—Ya casi he acabado. Voy a necesitar que tú u otra persona me entrene. A veces tengo suerte y acierto con un par de puñetazos, pero luchar se me da como el culo.

—Dice que se va a quedar… —empezó a explicarle a Keegan cuando este la miró.

—No es que lo diga, es que voy a hacerlo. Ella lo es todo para mí —repitió Marco—. Mientras Breen esté aquí, yo también.

—Bueno, hermano, entonces te entrenaremos lo que haga falta, aunque puede que no me lo agradezcas. Debes aprender a luchar, a defenderte y a defender a los demás. Pero diría que hay más formas de ayudar que con una espada o un puño.

—¿Por ejemplo? No sé conjurar llamitas, a diferencia de otras.

—Por ejemplo: estoy a punto de pedir que me sirvas otro plato. No tan lleno como el primero, que si no Cróga no va a poder cargar conmigo hasta casa.

—¿Cocinar?

—Los guerreros necesitan comer, y bien. Veo que tienes formación. Morena sería una buena opción para él —le dijo a Breen—. Es firme, pero tiene más paciencia que yo.

—¿Y quién no? —repuso ella.

—Todavía no he encontrado a nadie —respondió Keegan sin darle importancia—. Marco, tienes un don para la cocina, eso está más que claro, así que no deberíamos malgastarlo. Y, como experto que soy, puedo decirte que tus puñetazos de la suerte son bastante buenos, así que estoy pensando que, como con Breen, eres más de lo que crees.

Marco apoyó la barbilla en el puño.

—Eres guapo y musculoso y encima me dices esas cosas… Me va a costar no enamorarme de ti.

Keegan se rio y comió más pasta.

—Si me gustaran los hombres para esas cosas, ten por seguro que te estaría cortejando, aunque solo fuera por tu cocina.

—Seguiré soñando. Bueno, háblame sobre Italia. ¿Adónde fuiste, qué viste, qué hiciste?

Se hicieron amigos. Como nadie reclamaba mucho su participación, Breen observó cómo esa amistad echaba raíces, daba sus primeros brotes y florecía mientras Keegan hablaba del arte de Florencia, de las fuentes de Roma, de carreteras serpenteantes que bordeaban el mar y de las calles estrechas de los pueblos.

Cuando pasaron a las montañas y las llanuras de Montana, se fue a fregar los platos.

—No, sentaos —dijo cuando los dos hombres empezaron a levantarse—. Tú has cocinado. Y tú tienes que entretener a Marco.

Y tuvo que reconocer que lo hizo. Mientras ella se encargaba de los platos, Keegan le contó historias de otros mundos: mundos de arenas doradas con dunas montañosas y frondosos oasis; mundos de ciudades bulliciosas con altísimas autopistas elevadas y edificios que perforaban las nubes; y mundos primitivos en los que la magia florecía, aunque los hombres cazaran con lanzas y construyeran chozas de barro y paja. Breen pensó que nunca había visto a Keegan tan relajado, tan dispuesto a pasar un rato sentado, charlando.

—¿Cuántos hay? —le preguntó Marco—. ¿Cuántos mundos hay ahí fuera?

—¿Quién sabe? Conocemos una veintena, pero parece que hay más.

—¿Veinte? ¿Has estado en todos?

—No, qué va. Mis deberes no me dejan demasiado tiempo para viajar tan libremente. Además, hay mundos que tenemos prohibidos por ley. Algunos todavía están evolucionando, son lugares de aguas salvajes y montañas feroces. De volcanes.

—Hala. ¿Y dinosaurios?

—He oído historias sobre grandes bestias.

Breen los dejó a lo suyo y subió a la planta de arriba para meter un amuleto bajo la almohada de Marco. Cuando bajó con el arpa, Keegan se levantó.

—Ya os he importunado demasiado —empezó a decir mientras se acercaba a ella para examinar el arpa—. Vaya, qué preciosidad.

—Breen me la trajo de aquí.

—Me dijo que eras músico. Es un instrumento fantástico.

—Tengo que aprender a tocarlo. Tú no tocarás, ¿no? —preguntó Marco.

—Un poco.

Marco le dio un puñetazo en el brazo.

—¿En serio? Tócanos algo.

—Debería volver a casa.

—He oído que tocas el violín —comentó Breen.

Keegan frunció el ceño y preguntó:

—¿Cuándo has oído eso?

—Justo antes de irme.

—Seguro que te enseñó Eian —dijo Marco—. Ese hombre era capaz de hacer música con un junco hueco.

—Él me enseñó, pero se me ha olvidado casi todo. Sería más agradable escuchar a alguien a quien no se le hubiera olvidado.

Como vacilaba, Marco le dio un empujoncito.

—Considéralo una forma de pagar por la cena —le dijo—. Por la próxima.

—Bueno, así es difícil negarse —repuso Keegan—. De acuerdo, una antes de marcharme.

Se sentó en el salón con el arpa en el regazo y recorrió cada cuerda con sus largos dedos.

—Está bien afinada.

Hizo una pausa y empezó a tocar. Era como si las cuerdas simplemente llorasen las notas, bellas y desgarradoras, hasta que el aire suspiraba con ellas.

—Conozco esa canción —murmuró Breen—. La recuerdo.

—Deberías. Es de tu padre. Se llama *Lágrimas del corazón*. Pero te estoy entristeciendo —añadió, y dejó de tocar.

—No, no es eso. Es que lo veo tocar, sentado en el patio de atrás de aquella casita que teníamos. A última hora de la noche, solo. Lo observaba desde mi ventana y parecía sentirse muy solo. Yo le envié mariposas. —Recordarlo la hizo sonreír—. Deseaba que apareciesen y lo hicieron, revolotearon a su alrededor. Él levantó la mirada, me vio, sonrió y se llevó un dedo a los labios. Tocaba a la luz de la luna de verano, rodeado de mariposas. Me quedé dormida con la cabeza apoyada en el alféizar, y, cuando desperté por la mañana, era como un sueño. Tócala otra vez, por favor.

Después de hacerlo, pasó a algo más animado y rápido, para aligerar el ambiente. Luego le pasó el arpa a Marco.

—Prueba tú.

—En la tienda de música en la que trabajaba teníamos una buena selección de instrumentos, pero nada como esto.

Pellizcó las cuerdas, cambió el arpa de sitio y rasgó algunas más. Y después se lanzó con algo que había tocado en el piano de Sally's el Día de San Patricio.

—Vaya, mira eso. —Keegan le sonrió—. O eres de lo que no hay o me has tomado el pelo al decirme que no habías tocado nunca el arpa.

—Se supone que es *Black Velvet Band*, pero no me sale del todo. Voy a buscarlo en YouTube.

—Instrucciones —le explicó Breen a Keegan—, demostraciones en línea, en el ordenador.

—Podrías hacer eso o podrías traerla contigo. Aisling toca el arpa y ella podría darte un par de clases. Por lo que estoy escuchando, no vas a necesitar más. —Se levantó—. Gracias por la comida y por la música. Tengo que volver a casa, que Harken me tendrá en pie antes de que amanezca.

—Vivo con una de esos —repuso Marco mientras señalaba a Breen con el pulgar—. Me alegro de que hayas venido. Mañana nos vemos al otro lado. Supongo que ya casi me estoy acostumbrando —le dijo a Breen—. O será el vino.

—Bebe un poco de agua o te arrepentirás mañana —respondió ella—. Te acompañaré —le dijo a Keegan al levantarse—. Botarate ya está bailando junto a la puerta. Quiere su baño nocturno.

En cuanto la abrió, el perro salió corriendo hacia la bahía. Él se puso su abrigo y dijo:

—Buenas noches, Marco.

—Hasta luego.

Breen salió al fresco mientras Botarate chapoteaba en el lago. No perdió el tiempo.

—Está decidido a quedarse. No está hecho para esto, entiéndelo. Ni para luchar ni para enfrentarse a lo que viene. Tengo que convencerlo para que se vaya. Tú eres el *taoiseach*.

—¿Y qué hago? ¿Le ordeno que se marche? No tengo ningún poder sobre eso, y, en cualquier caso, es un hombre adulto, un hombre que valora la amistad. Deberías respetarlo.

—Joder, si lo respeto. Pero está indefenso y es...

El dobladillo del abrigo de Keegan hizo un chasquido cuando él se movió abruptamente para mirarla.

—Precisamente tú no deberías considerarlo indefenso. Él te apoya, así que tú deberías apoyarlo. Silencio —añadió antes de que protestara de nuevo—. No lo menosprecies.

—¡No lo menosprecio! No quería...

—Voy a prometerte una cosa: daré mi vida por protegerlo como lo haría por ti.

—Lo harías por cualquiera. Eres así. Pero, Keegan, si le pasara algo, no lo soportaría. No podría.

—Me aseguraré de que esté protegido, y tú harás lo mismo. No lo rebajes. Tú sabes mejor que nadie lo que le pasa a una mente, a un corazón, a un espíritu cuando lo menosprecias.

—No pretendo hacer eso —dijo Breen mientras se apretaba los párpados con los dedos—. Lo estoy haciendo. —Dejó caer las manos—. Tienes razón. Decir que está indefenso es estúpido e insultante. Pero es humano, Keegan. Es humano del todo.

—Tienes la protección de Marg —repuso él, y dio unos toquecitos a la piedra de corazón de dragón que ella llevaba al cuello junto a la alianza de su padre—. Dale la tuya. Prepárale un amuleto. No es un escudo impenetrable, pero lo recibirá de ti.

—Le he puesto romero y amatista bajo la almohada para que duerma bien.

—Creo que el vino también lo ayudará. El hombre tiene aguante para el alcohol. —Keegan miró al perro, que salió del lago y se sacudió el agua de los tupidos rizos—. Tengo que decirte una cosa.

—¿Sobre el entrenamiento de mañana?

—Antes de eso. Ya lo he dicho, pero fue a toda prisa y ya estabas alterada. Lo siento, de verdad, por presionarte tanto para que volvieras, por no creer, como debería haber hecho, que volverías, a pesar de habérmelo prometido.

—Eso me dolió.

—Lo sé, porque es lo que pretendía. —Cuando Botarate llegó corriendo, Keegan se agachó para restregarlo bien y secarlo—. Lo siento mucho, y para mí es una puñetera carga estar diciendo continuamente que lo siento, así que voy a hacerlo de una sola vez.

—¿Tienes más motivos?

—Antes de irme de la Capital, mi madre me pidió que fuera diplomático y paciente contigo, aun sabiendo que yo tengo poca diplomacia y paciencia. Siento no haber hecho lo que me pedía. Entonces no pretendía hacerte daño, pero te lo hice de todos modos.

—No lo hiciste, así que de esa te has librado. No me hiciste daño, es que estaba aterrada y muerta de preocupación por si nunca volvía a ver a Marco, a Sally y a Derrick. Por si nunca veía mi libro publicado ni terminaba el que estoy escribiendo. Por si no era lo bastante fuerte para detener lo que se avecina y me moría justo cuando había empezado a vivir de verdad.

—Pero viniste, como digna hija de tu padre.

Ella alzó la vista a la luna, la única de aquel mundo. Y pensó en las dos lunas del mundo de su padre. Breen pertenecía a ambos.

—Si no intento ser justo eso, nada de lo demás importa. Tú me liberaste.

—Lo hice, y lo haré de nuevo si es lo que deseas.

—No lo es. Es mi elección —dijo Breen.

—Entonces, ven al campo de entrenamiento mañana, como antes. Si te derribo, te levantarás.

Ella miró hacia el agua y el reflejo de la luna gibosa que nadaba en su superficie.

—No queda mucho tiempo, ¿verdad?

—No tanto como nos gustaría, creo —respondió él.

—¿Estaremos preparados?

—Lo estaremos porque debemos. Deja la ventana abierta, como antes. Si Odran entra en tus sueños, ahí estaré.

—Todavía no sabe que estoy aquí. Está demasiado ocupado empujando el portal.

Keegan la agarró del brazo.

—¿Lo estás viendo? —le preguntó—. ¿Lo sabes?

—Lo percibo —respondió Breen—. Puede que me equivoque, pero…

—No te equivocas. Mete también un amuleto bajo tu almohada. Bloquéalo. Eso nos dará más tiempo.

—De acuerdo.

Vio que Cróga pasaba por delante de la luna y después sobrevolaba las aguas.

—¿Cuándo estableciste tu vínculo con él, con tu dragón?

—Cuando tenía once años. —El animal aterrizó en la hierba y el suelo tembló—. Los dos éramos pequeños entonces.

Keegan se acercó y usó la cola del dragón para subirse a la silla. Después miró a Breen, en silencio, mientras la luz de la luna bañaba de plata el pelo de la joven.

—*Oíche mhaith*, Breen Siobhan.

Dragón y jinete alzaron el vuelo. Ella notó la ráfaga de aire del movimiento de la cola antes de que se perdieran sobre el bosque, en la oscuridad, camino de Talamh.

4

Por la mañana, con la primera taza de café en la mano, Breen abrió la puerta que daba a la bahía. Botarate salió zumbando para darse su baño matutino y sus ladridos de felicidad resonaron en el silencio. Ella lo siguió más tranquilamente por el patio, por encima de la hierba, esponjosa y húmeda tras la lluvia que había caído y parado mientras dormía. Olía a rosas y a romero.

Descalza, bajó por la pendiente verde hasta el principio de la playa de arena y lutita. Allí se bebió su café y vio la cabeza rizada de su perro subir y bajar a través del gris pálido del agua y la niebla, que alzaba sus dedos finos y ahumados hacia un cielo que empezaba a despertar.

Filadelfia le parecía un sueño; esas semanas que había pasado allí, entre el entonces y el ahora, no eran ya más que un borrón de colores y movimiento. Allí, envuelta en el alba brumosa mientras la noche daba paso al día, en un silencio apenas perturbado por el canto de los pájaros y los alegres chapoteos de su perro, sentía una paz tan absoluta que deseó ser capaz de ahuecar las manos para guardar ese momento en ellas y, así, conseguir que durara para siempre.

Se quedó un poco más y vio un barquito rojo entrar y salir de la niebla, que se iba desvaneciendo poco a poco ante el empuje de la luz del sol. Pero tenía trabajo que hacer y deberes que atender, así que regresó al interior de la casa para llenar los cuencos del perro y dejó la puerta abierta para su regreso antes de subir a la planta de arriba.

Encendió la chimenea del salón con el pensamiento e hizo lo mismo con la de su dormitorio mientras se cambiaba para hacer ejercicio. Marco siguió durmiendo mientras ella completaba su rutina de cada mañana y se acomodaba frente a su escritorio, con el perro acurrucado en la cama de atrás. Y, como el barco, se internó en las nieblas de la historia. Cuando salió a la superficie con antojo de Coca-Cola, sintió la satisfacción de sus avances. Como le daba la sensación de que podría seguir trabajando una hora más una vez que se hubiera metido el chute de cafeína fría, bajó a por ella.

Marco estaba sentado a la mesa del comedor, trabajando en su portátil. Llevaba los vaqueros planchados, el jersey rojo bien arreglado y las maravillosas trenzas recogidas con una cinta roja a juego. A menudo, Breen se preguntaba cómo lo conseguía.

—Buenos días. Ni siquiera te he oído.

—Estoy trabajando en mi sigilo. Además, por el modo en el que estabas tecleando, supuse que no me oirías ni poniendo Beyoncé a todo volumen.

—Estaba en racha —respondió ella, que entró a la cocina a por la Coca-Cola y olisqueó el aire—. Huele a beicon.

—Tengo un buen desayuno preparado y calentándose en el horno.

Para verlo por sí misma, Breen abrió la puerta y se encontró con platos de tortillas, beicon y patatas para desayunar.

—Qué buena pinta —dijo—. Normalmente solo me como una tostada.

—No mientras Marco esté aquí. —El joven se levantó y abrió el frigorífico—. Tenemos unos *parfaits* de yogur de frutas del bosque. Tengo que pagarme mi estancia y, además, he supuesto que necesitas combustible bueno y saludable para todo eso del entrenamiento.

—De verdad que no quería alegrarme de que estuvieras aquí, pero me lo estás fastidiando por completo.

—Siéntate —dijo Marco mientras le pasaba los *parfaits*—. Iré a por los platos. Muy buena la entrada del blog de esta mañana —añadió—. Es como un extra, porque publicaste uno anoche. ¿Has leído los comentarios?

—No. Quería meterme directamente con la historia.

—Mucha gente te da el pésame por tu padre. No me avergüenza reconocer que se me saltaron las lágrimas un par de veces. En fin, como enlazamos el blog con tu página web y la página con el blog, y tenemos en marcha tus otras redes sociales, tus seguidores han aumentado más del doble.

—Bueno, tú lo enlazaste —lo corrigió Breen—. No sabes cómo me alegro de no tener que intentar hacer todo eso.

—Tú me incordiaste hasta que acepté el trabajo. —Marco dejó los platos en la mesa—. ¿Has comprobado tu correo desde que llegamos aquí?

—Pues no —respondió ella, y puso una mueca.

—Menos mal que me llega copia de tus temas de Nueva York. Pero necesitas mirarlo más a menudo, nena. Total. —Se sentó, le hizo un gesto para que ella hiciera lo propio y torció el portátil para que viera la pantalla—. Esta mañana llegó este adjunto. Para tu aprobación.

Sacó una imagen que dejó a Breen sin respiración: Botarate (o la versión del artista) parecía brincar por la pantalla en toda su gloria rizada. Tenía la cabeza girada hacia ella, con su enorme sonrisa perruna. Por encima de él, en un arco de brillante color rojo, se leía: *Las mágicas aventuras de Botarate*. Y, debajo: BREEN KELLY.

—¡Ay! ¡Pero míralo! Mírate —dijo Breen, y volvió la pantalla hacia el perro, que se sacudía de felicidad a su lado, como siempre—. Es clavadito a él. Qué maravilla. ¿A que es maravilloso? ¿O solo me lo parece porque sale mi nombre? Es una cubierta, Marco, con mi nombre.

—Lo escribiste tú, ¿no?

—Joder, claro que sí. Me encanta. ¡Es que me encanta! ¿Te encanta? ¿Debería encantarme?

—Respira hondo y come un poco de yogur —le dijo Marco—. Creo que es la requetehostia.

—¿De verdad? —preguntó Breen antes de meter la cuchara en el yogur con frutas del bosque—. No puedo fiarme de mí porque me he quedado deslumbrada.

—Me he pasado un tiempo observándolo. He enseñado música a algunos niños del mismo grupo de edad al que va dirigido esto y está más que claro que tú has enseñado a un montón de ellos. En primer lugar, ¿a quién no le gusta un perro con esa pinta? Es felicidad y energía puras, y, además, tiene el bosque de fondo, ¿verdad? Como si fuera en esa dirección, completamente despreocupado. ¿Qué hay allí? ¿Puede que algo que dé un poco de miedo? ¿Quizás algún reto para nuestro héroe? —Mientras asentía para sí, Marco cogió su tenedor y se puso con su tortilla—. Van a querer averiguarlo, ¿no? Y él brilla en esta historia, Breen. Tu escritura brilla. Y eso va a atraer a los padres y a los profesores.

—Consigues que parezca verdad.

—Porque lo es. Venga, come.

—Hace un año, no me habría creído nada de esto. Pero aquí estamos, aquí está.

—Quieren una fotografía tuya con Botarate para la contracubierta. Te haré unas cuantas antes de irnos, ya sabes, al otro lado. Pero primero vas a arreglarte el pelo y a ponerte algo de maquillaje. —Mientras comía, examinó el jersey azul pálido de Breen y sus pantalones marrón oscuro—. Necesitas botas y puedes usar mi chaleco de cuero marrón. Ponte pendientes, de los de botón, para que sea más informal, y lista.

—Necesito otra hora. Esta mañana me he concentrado en el libro para adultos. Tengo que invertir otra en la siguiente aventura de Botarate.

—De acuerdo. Tengo muchas cosas que hacer.

Breen se tomó su hora y después fue a arreglarse el pelo. Consideró la posibilidad de usar un hechizo de glamour para la cara, pero reconoció que era pasarse de perezosa. Cuando Marco entró con el chaleco, asintió para darle su aprobación.

—El pelo está bien. Es un peinado divertido y natural; no querrán nada sofisticado para un libro infantil. Pero necesitas más color en los ojos, nena. —Colgó la prenda en un gancho de la puerta del baño y cogió una brocha—. Ciérralos.

Ella se sometió y dejó que se liara con las sombras, el contorno y el delineador.

—Tienen que destacar bien en tu primera foto oficial de autora, ¿no? —añadió—. Ya está.

Cuando la volvió hacia el espejo, ella dejó escapar el aliento.

—Me queda bien —dijo mientras se ponía el chaleco que le ofrecía Marco.

—Me fastidia que te quede mejor a ti que a mí, pero me aguantaré, porque es el look perfecto. Vamos a hacer nuestra primera sesión de fotos.

Breen creía que Marco le sacaría un par de fotografías, pero acabaron siendo un par de docenas: de pie con Botarate y el agua de fondo; sentada en una de las sillas del patio, con el perro también sentado a su lado; juntos en la hierba… Entonces el animal le plantó las patas delanteras en el muslo y le lamió la cara. Entre risas, ella lo abrazó.

—¡Esa es la foto del millón! Voy a elegir las cinco mejores y se las envío. No sé por qué cinco, pero parece el número adecuado.

—Tenemos que irnos ya, Marco.

—Dame cinco minutos para las cinco fotos y nos vamos.

Cuando por fin entraron en el bosque, Botarate salió corriendo delante de ellos para perseguir a una ardilla, se metió a chapotear en un arroyo, se sacudió y volvió trotando con ellos.

—Aquí tenemos a un perro que sabe divertirse —comentó Marco—. Bueno, ¿qué voy a hacer allí?

—Supongo que eso depende de Morena.

—No querrá que haga algo con ese pájaro gigante, ¿no?

—Amish. No sé por qué iba a querer entrenarte con su halcón.

—¿Qué vas a hacer tú?

—Suelo practicar un rato con la yaya. La magia requiere práctica.

—Como el yoga.

—Podríamos decir que sí. —Como notaba sus nervios, Breen le rodeó la cintura con un brazo—. Podrías venirte hoy conmigo y darle un tiempo a lo demás.

—Será mejor que empiece ya. Ha vuelto a dejar de parecerme real. Cenar con Keegan anoche… fue algo muy corriente. Nosotros dos trabajando por la mañana, también. Pero pensar que voy a atravesar un árbol enormísimo para entrar en otro mundo… Ahora mismo, esa es la parte no real.

—Está a punto de convertirse en realidad —respondió ella mientras señalaba el Árbol de la Bienvenida.

—Ahí está, cierto. Nunca había visto nada semejante. Entonces, estooo, ¿lo pusieron ellos ahí?

—La yaya me contó que, hace un milenio o así, Birget la Sabia, la *taoiseach* de Talamh, negoció un tratado con los otros mundos. Cuando los humanos le dieron la espalda a la magia, empezaron a sospechar de ella, a condenarla y a perseguir a los que la practicaban. Y a muchos que no.

—¿Como en Salem y toda esa mierda demencial?

—Sí, igual, y antes y después de eso. Talamh decidió preservar lo que eran, lo que tenían, así que los seres feéricos y el mundo de los humanos usaron este árbol como frontera y como puerta cuando Talamh se separó de Irlanda. No todos respetaban el tratado y la mayoría de los de este lado simplemente se olvidaron de su existencia. También olvidaron que existían otros mundos. Talamh recuerda y mantiene la paz. Lucha por ella cuando debe.

—Como ahora.

—Como ahora —coincidió Breen, y le dio la mano—. ¿Estás listo?

Él respiró hondo y reunió valor.

—Estamos a punto de averiguarlo.

Pisó con ella una de aquellas ramas gruesas y curvas. Después otra.

—Ve tu delante, Botarate —la oyó decir.

Y, con un ladrido alegre, el perro salió disparado y desapareció. Vio el relámpago de luz, pero le pareció menos sorprendente. Y el viento se alzó y murió. De repente, se encontraba al lado de Breen, disfrutando de la brisa y el sol mientras el perro fastidiaba a las ovejas del campo de más abajo.

—¿Estás bien? —preguntó Breen.

—Sí. Raro —reconoció él—. Es probable que siempre me resulte extraño. Pero ya no me siento mareado ni tembloroso. Es un paisaje precioso, Breen, parece que no tiene fin. Ahí está Keegan, haciendo sus cosas de granjero. No, es el otro, Harken. Y creo que la que está con esos caballos es tu amiga Morena. Allí atrás hay una casa. Creo que no me había fijado antes.

—Es la de Aisling y Mahon. La hermana de Keegan, la conociste ayer, y también viste a sus hijos. Mahon es su marido y el mejor amigo de Keegan. Supongo que es una especie de lugarteniente. Un soldado. Es de los *sidhe*.

—Vale. Ya lo iré pillando.

Empezó a bajar los siete escalones con ella. Después de cruzar el campo, el muro y la carretera, Morena los saludó. Llevaba el pelo recogido en una larga coleta con una gorra azul encima y el broche de halcón que le había regalado Breen prendido en la chaqueta. La joven extendió las alas y voló hacia ellos, y Breen se preguntó si lo hacía para que Marco viera mejor lo que era.

—Justo ahora os estaba esperando —dijo al aterrizar—. Tengo los caballos ensillados y listos para nosotros, Marco.

—Vale —respondió él, aunque estaba demasiado deslumbrado para fijarse en los animales—. Son preciosas. ¿Puedo tocarlas? ¿O es una grosería? Ya sabes, de mal gusto.

—No si preguntas primero. Adelante.

Alargó una mano y tocó con mucho cuidado los bordes plateados de las alas color lavanda.

—Parecen de seda. Y… ¿te brotan cuando tú quieres?

—Sí.

—Excelente.

—Me cuentan que Keegan disfrutó mucho con la comida que le preparaste, Marco. Estoy deseando probarla.

—Cuando quieras.

—Yo soy una pésima cocinera.

—Te podría enseñar.

—Ya veremos, pero, por ahora, me toca a mí enseñarte —dijo Morena—. Este es Azul y la bonita yegua alazana es Cindie. Hoy montarás con ella.

—Ah, ¿sí?

—Claro que sí. Tendremos que pasear con ella por el prado unas cuantas veces para que os conozcáis.

—¿Cómo es que yo no paseé con ella por el prado unas cuantas veces cuando aprendí a montar? —preguntó Breen.

Morena tenía un brillo travieso en los ojos.

—Digamos que Keegan y yo tenemos estilos distintos. Venga, venid a conocer a nuestra Cindie. En los ojos se le ve que tiene buen corazón. Y, además, es incansable. Si se lo pides, trotará todo lo que haga falta.

Breen entró con ella y no le hizo falta mirar a los oscuros ojos de la yegua para percibir su dulzura, su lealtad y el placer que sentía por tener un propósito.

—Me quedaré a mirar unos minutos —le dijo a Morena.

Y, mientras lo hacía, de pie junto a la valla, vio que Marco le acariciaba el carrillo a Cindie antes de pasar por encima de la valla y acariciarle el cuello.

—Es la primera vez que me subo a un caballo.

—Las primeras veces son las mejores, ¿no? —afirmó Morena—. Si quieres montar, comprobaré los estribos para ver si tienen la longitud correcta.

—Allá voy.

A diferencia de Breen, él no intentó subirse por el lado equivocado ni se quejó de la falta de pomo. Simplemente montó dándose impulso y sonrió.

—¡Arre!

Entre risas, Morena le enseñó a sostener las riendas y a usarlas.

—Tiene un espíritu muy dócil —le dijo a Marco—, así que puedes ser cariñoso con ella. También un poco firme, claro, pero a ella le gusta agradar.

—Me gusta estar aquí arriba. ¿Quién lo iba a pensar?

—Adelante, paséala por aquí. Talones abajo, rodillas dentro. Así. Las manos también abajo.

—Estoy montando a caballo. ¡Cómo mola! Mírame, Breen.

—¿Le puedes dar la vuelta y llevarla hacia el otro lado? Mírate. Este hombre es un jinete nato.

«Está claro —pensó ella—. Mucho más que yo».

—Puedes dejármelo, confía en mí —le murmuró Morena a Breen.

—Ya lo veo. Pero quédate cerca, ¿vale? Por si la gente de Odran cruza…

—Me llevaré la espada para salir de la granja. Keegan y Mahon están ahora mismo fuera, con los exploradores. Yo cuidaré de él, te lo prometo.

—Y de ti —añadió Breen; tenía que confiar, pensó—. Estás estupendo, Marco. Te dejo con Morena y nos vemos por aquí después.

—Hasta luego. —Entones se dirigió a Morena—: Oye, ¿podemos ir por ese lado?

Breen los dejó con los caballos y, con Botarate trotando tras ella, tomó el camino a casa de su abuela. Saludó con la mano a Harken y miró al cielo para ver si atisbaba a los exploradores. Vio a un halcón volando alto, pero ni rastro de dragones. Y, se fijó, tampoco de los niños que había visto corriendo por los caminos y entrando y saliendo del bosque durante el verano. Supuso que estaban en el colegio, como los críos de otros mundos.

El otoño se notaba en el frescor del aire. En las colinas, algunos de los árboles de hoja caduca se habían vestido de rojos, dorados y naranjas, y asomaban por el verde intenso de los pinos. Vio troles junto a sus altas cuevas, tomando el aire antes de regresar al interior de las minas para sacar piedras y cristales.

Al desviarse hacia la casa de su abuela, vio un ciervo que la estudió con arrogancia antes de volver a perderse en el bosque. «Un ciervo, no un cambiaformas», pensó. Keegan estaba en lo cierto: lo sabía. Solo tenía que echarle un vistazo al animal para saberlo.

La casa de Marg tenía la puerta abierta para darle la bienvenida y de sus chimeneas salía humo. Encontró a su abuela y a Finola en la cocina, echando hierbas en tarros.

—Bienvenida a casa —la saludó la segunda, con su cabello castaño recogido para trabajar, antes de acercarse a abrazarla—. Cuánto me alegro de volver a verte. Y, déjame que te diga: Seamus se pasará en un ratito por tus jardines para echarles un vistazo.

—Qué pena que no vaya a coincidir con él. —Breen se inclinó para besar en la mejilla a Marg—. ¿Necesitáis ayuda con esto?

—Ya está casi hecho. ¿Quieres un té o algo de comer?

—Estoy bien, gracias. Marco ha preparado un desayuno tardío enorme.

—He oído que el chico guapo es un excelente cocinero.

Breen sacudió la cabeza.

—Las noticias vuelan.

—En Talamh, sin duda —respondió Finola—. Estoy deseando volver a verlo. ¿Está con Morena ahora?

—Sí, y en cinco minutos lleva mejor el caballo que yo en cinco horas.

—Entonces, espero verlo cuando vuelva a casa. Tengo que ir saliendo. Solo me he pasado a darle a tu abuela un poco de nuestro brandy de melocotón. Es fuerte, aviso. Ven a vernos, Breen, y tráete al bello de Marco.

—Lo haré.

—Llévate esto —le dijo Marg a su amiga mientras le daba un tarrito—. Recuerda que basta con un pellizquito cuando quieras darle fuerza al estofado, como tu brandy.

—Gracias, y también de parte de Seamus, porque le gusta mucho ese toque. Bendiciones a ambas.

Cuando se fue Finola, Marg se acercó al tarro de las golosinas para perros. Botarate enderezó las orejas.

—¿Qué vas a hacer para ganártelo? —le preguntó.

—Puede bailar —contestó Breen.

—¿Es eso cierto?

—Baila para la yaya, Botarate. ¡Dale al *boogie*!

El perro se levantó sobre las patas traseras, meneándose mientras daba pasos a derecha e izquierda. Marg se carcajeó con ganas y le lanzó una golosina para que la atrapara en el aire.

—Sois la monda. Bueno, ¿quieres que vayamos ya al taller?

—Por favor —respondió Breen—. Me gustaría preparar una protección para Marco, ya que no soy capaz de convencerlo para que regrese.

—Pues eso haremos. Venga, chico, tráete tu chuchería. Hace un día precioso para correr por el campo y chapotear en el arroyo. Ya te avisará cuando quiera entrar, ¿verdad?

—Sí.

Salieron y, como no había nadie dentro para recibir a las visitas, Marg cerró la puerta.

—Cuando pide entrar, lo noto —dijo Breen—. No con palabras, en realidad, pero simplemente lo sé.

—Tenéis un auténtico vínculo.

Se adentraron en el bosque, con Botarate brincando con la golosina en la boca, y llegaron al puente sobre el arroyo.

—Tienes el don de la conexión con los seres vivos, y bien que lo usas. —Se detuvo allí, en el arco del puente de piedra, desde donde se veía el taller acurrucado entre los árboles—. ¿Sabes qué caballo está usando Marco?

—Morena la llamó Cindie.

—Sí, buena elección. Dulce, paciente y deseosa de agradar. Mantén su nombre en la mente, ya que ella lo conoce bien. Mírala con el ojo de tu mente. Llévala hasta tu interior.

—¿Que la llame?

—No, no, *mo stór*. Métela dentro de ti, como harías con nuestro Botarate. Déjala entrar y siente lo mismo que ella.

Breen había visto antes a la yegua en los campos de Harken, claro, y la había sondeado previamente a que Marco la montara, pero conectar con ella cuando no tenía ni idea de la distancia ni…

En una ocasión, Keegan le había dicho que la distancia no significaba nada.

Así que se concentró en su nombre, en la imagen, y la llamó. Por un momento, fue como si saliera de su cuerpo y después se introdujera hasta el fondo.

—Está satisfecha. Le gusta el humano y el olor del aire. Le gusta pasear con Azul. Se ha… Se ha apareado con él antes.

Marg sonrió, mirándola a los ojos.

—Efectivamente, dos veces, si no me falla la memoria. Lo has hecho muy bien.

—No sabía que pudiera.

—Puedes eso y más. Y ¿cómo se siente Marco?

—No puedo...

—No pienses, solo siente. No son sus pensamientos y te va a costar un poco más, ya que los humanos y las hadas tenemos filtros, por así decirlo, que los caballos, los perros y demás no tienen. Pero tu conexión ya es fuerte. Ya has hecho esto sin saberlo, porque tu vínculo con Marco viene de lejos. ¿Qué siente en estos momentos?

—Emoción —respondió Breen, y se echó a reír, sorprendida por la claridad con la que lo percibía—. Orgullo. Un poco de arrogancia. Bueno —se corrigió—, no tan poco.

—Ahí lo tienes —dijo Marg, y le dio unas palmaditas en el brazo antes de seguir caminando hacia la casa—. Así que, cuando estés preocupada, mira. Pero recuerda los buenos modales: no hay que entrometerse si no es necesario.

—No lo haré.

Breen siguió a su abuela hasta el interior del taller, donde Marg encendió el fuego para iluminarse.

—¿Es como cuando vi el ciervo, un macho, al tomar el desvío hacia tu casa y supe que no era un cambiaformas? —le preguntó a su abuela.

—Es más. Todos los seres feéricos cuentan con ese conocimiento. Nadie soltaría una flecha estando de caza sin mirar ni saber primero. Sin embargo, no todos poseen lo que tú tienes. Es también uno de los dones de Harken. Y de Aisling, dentro de su arte, que es el de curar una herida o una enfermedad. Tú tienes las dos cosas.

—¿Y tú? Nunca te lo he preguntado.

—Un poco de ambas. Tu don es más fuerte, pero necesitas perfeccionarlo.

—He perdido mucho tiempo. Podría haberlo usado para aprender.

—El tiempo nunca se pierde, solo se emplea en otras cosas. Bueno —le dijo la yaya mientras señalaba los estantes, los tarros y las cestas, los cristales y las herramientas—. ¿Qué clase de protección quieres para tu amigo?

—Me gustaría meterlo dentro de un campo de fuerza impenetrable. Imagino que no es una opción.

—Con tiempo y práctica —respondió Marg, y encendió el pequeño fogón con el hervidor.

—¿En serio?

—Esas cosas también pueden ser prisiones, ¿verdad? No solo otorgan protección, sino que además roban la libertad. ¿Qué sé de él? Diría que algo… —Movió un dedo en el aire, como si estuviera buscando la palabra— con estilo, que se pueda poner. Que pueda presumir un poco.

—Tienes razón. Un collar. —Breen jugó con el suyo—. O quizás un brazalete.

Marg señaló las estanterías y dijo:

—Mira si algo te llama la atención.

Breen las recorrió arriba y abajo, mirando, cogiendo, dejando cordones y cadenas, piedras, cintas, tiras de cuero…

—¿Los troles son los que sacan los cristales de las minas? —preguntó.

—Efectivamente. Nada les gusta más que un buen trueque. Salvo una buena comida con una jarra enorme de cerveza. Las minas más cercanas y su puesto comercial están a un rato a caballo. Keegan puede llevarte mientras te entrena.

—Hum —se limitó a responder Breen.

—Pero ahora elegirás lo que te gusta para tu amigo, que también es el mío. Y trabajar en esa protección será una buena práctica.

—Estaba pensando en el cuero. Si pudiera trenzar unas tiras para hacer una pulsera…, con tonos distintos, negros y marrones.

Y también insertaría piedrecitas… Malaquita, para protección y apoyo, y le gusta el color. Turmalina negra, para seguridad y protección; obsidiana para escudar, purificar y la limpieza espiritual. Amatista y labradorita para protección contra ataques psíquicos.

Miró a Marg.

—Buenas elecciones todas ellas, Breen Siobhan. Creo que añadiré un ágata de fuego, un escudo. Escoge tus piedras, pues; creo que pulidas funcionarán mejor para una pulsera. Te he guardado la varita y el *athame*, así que no te olvides de llevártelos cuando vayas a entrenarte.

Marg se dirigió a otro estante y abrió una caja larga de madera. Sacó las herramientas de Breen y las dejó sobre la mesa.

—Ahora, pon aquí lo que has elegido. Primero la tarea más sencilla: trenzar el cuero con tus propias manos, pensando con cada vuelta en tu amigo y en lo que pretendes.

Sabía trenzar, Marco se había asegurado de ello, así que se sentó y empezó.

—Con cada vuelta, con cada pliegue, invoco protección para mi hermano del corazón. Cuero fuerte, claro y oscuro, tres en uno. Y debajo de este conjuro latirá su pulso.

Marg asintió para dar su aprobación.

—Bien hecho, bien dicho. Ensarta las piedras en el cuero como prefieras.

Breen las colocó, las recolocó y las cambió por tercera vez.

—¿Crees que está bien así?

—Si eso es lo que piensas y lo que sientes, sí.

—Esa sensación me da —contestó Breen—. Le gustarán los colores y los contrastes. Es una combinación potente.

—Sí. Ahora, llama a la luz, *mo stór*. Cambia las piedras con su energía y la tuya.

Parecía como si fuera ayer y, a la vez, como si hubiera transcurrido un año desde la última vez que había hecho magia con un objetivo concreto. El corazón le latió con fuerza cuando reunió su poder y lo elevó mientras tiraba de la luz que entraba por la ventana para bañar las piedras, que latían bajo ella.

—Ahora, la varita. Fúndelas, piedra con cuero, intención con corazón. Dales tu poder y tus palabras —dijo Marg.

—Este regalo es para mi hermano del corazón, para que contra los peligros cercanos y lejanos tenga protección. Con mis manos, tres son uno; con mis poderes, al sol conjuro. Y aquí, con estas piedras que he elegido, ordeno que él sea protegido. Cuerpo, mente, espíritu, tres son uno. —Pasó la varita por encima del cuero y de las piedras una vez, dos y tres—. Y así, con voluntad y varita conjurado, mi amuleto está acabado.

Las piedras se hundieron en el cuero trenzado, se fundieron con él.

Breen notó el poder temblar dentro de ella otro segundo más antes de dejarlo marchar con su aliento.

—Es un regalo poderoso —le dijo Marg, y le dio un beso en la cabeza—. Y precioso.

Ella alzó la pulsera, la giró, examinó la trenza suave y plana y después se la colocó sobre la muñeca para ver qué aspecto tenían las piedras.

—Echaba esto de menos —murmuró, y se volvió para mirar a su abuela—. Y a ti. Os he echado de menos a ti y todo esto más de lo que imaginaba.

—Coseremos juntas una bonita bolsa para el regalo.

Breen le dio la mano a Marg antes de que volviera a ponerse a rebuscar en los estantes.

—Odran todavía no me ve. Es como una cortina, pero hay una rendija que deja escapar la oscuridad en vez de la luz. Es tu cortina, tu hechizo es lo que la sostiene.

—Por ahora. Necesitas tiempo, como todos nosotros.

—No tardará en abrirla.

—Lo hará, sí, lo hará. Pero nos queda hoy. —Cogió el rostro de Breen entre las manos—. Sabe que tienes más de lo que él suponía, pero no entiende que posees mucho más que eso. Ni tampoco tú, pero lo harás. —Regresó a los estantes—. Estoy pensando que nos vendría bien una bolsa de cuero rojo, que se cierre con un cordón dorado. ¿Le gustaría eso a Marco?

—Le chiflaría.

Y como percibía que Botarate estaba esperando pacientemente junto a la puerta, se levantó para abrirle.

—No volveré a irme hasta que esto acabe, yaya —añadió—. Es lo que te prometo y lo que elijo. Ayúdame a encontrar dentro de mí todo ese potencial del que hablas para conseguirlo.

—Siempre te ayudaré, *mo stór*, pero eres tú la que debe encontrar lo que tienes dentro y lo que necesitas.

Y pronto, esperaba Marg, ya que cada día tiraban más fuerte de sus cortinas.

5

Después de aquella tarde sublime conjurando, practicando y creando con su abuela, Breen se dirigió a la granja para, si no hacer el ridículo, como mínimo sufrir un rato.

Sintió una chispa de esperanza cuando vio a Morena en el campo de entrenamiento, dándole indicaciones a Marco en combate cuerpo a cuerpo. Keegan estaba apoyado en la valla del potrero, observando. Harken, que solía estar ocupado con los campos o con el ganado, se había sentado en la valla, al lado de su hermano. Breen se fijó en el parecido entre ambos cuando Keegan, con las manos en los bolsillos del abrigo, se volvió hacia el otro para decirle algo que lo hizo sonreír. Compartían rasgos con el hombre que estaba en la foto con el padre de Breen, la que se sacaron antes de que ella naciera: el perfil de la mandíbula, la forma de la boca, el ángulo de la nariz…

Pero, fueras cuales fueran sus similitudes, ella había detectado una amplia diferencia en sus personalidades e intereses. Keegan llevaba una espada al costado, mientras que a Harken le asomaban unos guantes de trabajo del bolsillo trasero. Este lucía una gorra marrón vieja sobre los rizos, mientras que aquel llevaba la fina trenza de guerrero a un lado. «El *taoiseach* y el granjero», pensó. Si en Talamh hubieran funcionado las cámaras, habría inmortalizado el momento con una foto.

Harken levantó una mano para saludarla cuando la vio acercarse al muro de piedra en el que estaba la puerta. Keegan se limitó a seguirla con los ojos. En el campo, Morena amagó un izquierdazo, lo bastante lento para que Marco lo bloqueara y respondiera con un gancho de derecha, que ella detuvo un segundo antes de que le alcanzara la mandíbula. Él amagó un gancho que ella paró con un codo antes de seguir hacia arriba hasta que la parte de atrás de su puño se detuvo justo delante de la nariz del chico.

—Los ojos son tan importantes como las manos, querido Marco, recuérdalo. Los ojos y la postura. Y ahora tienes que dirigir el movimiento con el hombro. Vamos a probar otra vez.

Más o menos en ese momento, Marco vio a Breen y sonrió.

—Mírame, estoy...

Y terminó con un resoplido cuando Morena le dio una patada en las piernas y lo tiró.

—No dejes de mirarme, Marco. —Morena usó dos dedos para señalarse los ojos—. Si te distraes, acabarás de culo en el suelo. —Le ofreció una mano para ayudarlo a levantarse—. Estás haciéndolo muy bien para ser tu primera vez, así que nos tomaremos unos minutos de descanso.

Agarró un odre lleno de agua y se lo lanzó.

—Me lo estoy pasando de coña —le dijo Marco a Breen, y, por su tono, estaba claro que no lo decía con ironía.

—¿Cómo ha ido la clase de equitación?

—Pregúntaselo a la profesora.

—Este hombre está como pez en el agua encima de un caballo.

—¿En serio?

—Tengo habilidades sin explotar —dijo Marco; después de beber un buen trago de agua, se limpió el sudor de la cara—. La lucha no parece ser una de ellas.

—Eso solo significa que puedes seguir mejorando. Pero hoy no. Tenemos que ceder el campo.

—No, tranquila, puedo esperar —le aseguró Breen.

—No es necesario. Marco se ha ganado la jarra de cerveza que le prometí. ¿Hasta el anochecer, Keegan?

—Por hoy, sí. —Se quitó el abrigo y lo lanzó por encima de la valla.

—No me importaría tomar una cena tardía —le gritó Harken a Morena—. De aquí al anochecer tienes tiempo de sobra para prepararla.

Morena le lanzó una dulce sonrisa.

—Sigue soñando, querido. Todos los hombres tienen derecho a soñar. Puedes montar en Azul —le dijo a Marco—. Iremos a por esa cerveza y a por el pan de jengibre que mi yaya tenía previsto preparar hoy.

—No me vendría mal.

—Vamos a comprobar esas habilidades tuyas ensillando a Azul.

De camino al potrero, Amish bajó volando y aterrizó en el poste de la puerta. Marco dio un bote de medio metro.

—Venga, Marco, yo tengo alas, ¿verdad?, y no te molestan —dijo Morena.

—No es por las alas, sino más bien por el pico y los ojos, que te miran como si dijeran: «Seguro que tu lengua está muy rica».

Morena negó con la cabeza y tiró de él para meterlo en el potrero.

—Te voy a hacer una promesa solemne: Amish no te comerá ni la lengua ni ninguna otra parte del cuerpo.

—¿Eso lo sabe él?

—Si yo lo sé, él lo sabe.

—Espera un momento, Marco. Tengo una cosa para ti. —Breen sacó el saquito del bolsillo mientras entraba en el potrero.

—¿Una recompensa por no haberme caído del caballo? Guay. —La abrió y sacó la pulsera—. Hala. Qué pasada de bonita.

Gracias, nena. ¿De dónde la has sacado? Por aquí no he visto ninguna tienda.

—La he hecho yo.

—¡No puede ser! —Medio riendo, la miró y parpadeó—. ¿La has hecho tú?

—Bien hecho, Breen —dijo Morena, que tenía las manos detrás de la espalda y se inclinaba para examinar su trabajo—. Es precioso.

Harken se bajó del muro para echar también un vistazo y dijo:

—Sí que lo es. Y también has elegido buenas piedras.

—Es para tu protección —explicó ella mientras ataba la pulsera a la muñeca de Marco—. Mente, cuerpo y espíritu. Dormiré mejor si la llevas puesta. Siempre.

—Puedo hacerlo. ¿Quieres decir que es mágica? ¿La has hecho con tu abracadabra?

—Con el hechizo más potente que conozco para eso. No significa que no puedas romperte el cuello si saltas de un barranco ni que Morena no pueda tirarte de culo. Pero protege.

—Y tiene estilo —añadió él antes de agacharse para besarla—. Me encanta y te quiero. —Parpadeó de nuevo—. ¿Eso es un cuchillo? ¿Llevas un cuchillo en el cinturón?

—Es mi *athame*, para los rituales. Lo dejé en casa de la yaya cuando volví a Filadelfia.

—También lo hizo ella, como la varita —intervino Morena—. Enséñasela, Breen.

—¿Tienes una varita mágica? ¡Venga ya! —De la incertidumbre por la existencia del cuchillo pasó al más absoluto placer—. Deja que la vea. Haz algo con ella. ¿Dónde están los conejos y las chisteras cuando los necesitas?

—Si no es mucha molestia, no tengo todo el tiempo de los mundos para quedarme aquí parado mientras todos admiráis las creaciones artesanales de Breen —se quejó Keegan.

—Keegan es un tirano. Bueno, Marco, presume de tus habilidades y enséñanos cómo ensillas a mi Azulote.

—Te veo dentro de un rato —se despidió Breen mientras salía del potrero… y recibía un apretón en el hombro de Harken, para darle ánimos.

Mientras Morena supervisaba a Marco, Keegan recogió una segunda espada.

—Empezaremos con esto y con un único espectro. —Le pasó la espada—. Y veremos cuánto has olvidado y perdido por haberte tomado un descanso considerable de tu entrenamiento.

—Me dijiste que no cortaban, ¿verdad, tío? —gritó Marco cuando Breen desenvainó la espada—. Que están encantadas y eso.

—No cortan ni atraviesan carne viva, pero…

Keegan se giró y movió las manos en círculo mientras las subía y bajaba una y otra vez agitando el aire y removiendo la tierra con él. Para conjurar al hada oscura. Breen examinó el familiar rostro de uno de los seguidores de Odran, el que la había atacado durante su segundo día en Talamh, junto a la tumba de su padre. Mantuvo la concentración incluso cuando Marco gritó, alarmado:

—¡La hostia! ¡Qué coño es eso!

—Es un espectro —lo tranquilizó Morena—. No es real, no como te piensas.

—Es una herramienta de entrenamiento —dijo Keegan sin mirar a su alrededor—. Vale, Breen, vamos a ver cómo has vuelto de tus vacaciones. ¡Defiéndete!

El hada dio un salto con la espada alzada y los ojos relucientes.

Breen bloqueó el ataque y sintió por todo el brazo el choque de acero contra acero que ya tan bien conocía. Cambió de posición, apoyó el peso en el pie de atrás y le propinó una patada lateral con el otro en el vientre a su contrincante. Después giró, agarrando la empuñadura con ambas manos, y usó la potencia del giro para golpear. Como en aquel soleado día de verano, bajo la espada de Keegan, la cabeza del hada cayó al suelo y rodó.

—¡Mierda! ¡Mierda! ¡Bien hecho, chica!

Breen se limitó a echarse el pelo hacia atrás y mirar con desdén a los ojos a Keegan.

—No me tomé un descanso durante las vacaciones.

—Estoy un poco mareado —oyó decir a Marco, y, al volverse, lo vio agachado, con las manos sobre las rodillas.

—¡Concéntrate! —le ordenó Keegan, pero ella chascó los dedos.

—No es real, Marco. Es como la animación por ordenador.

Él levantó la cabeza y respiró despacio.

—Como la animación por ordenador —repitió—. Eso puedo soportarlo.

—Será real —murmuró Keegan—. Dentro de poco.

—Soy consciente de ello y estoy aquí para entrenar. Pero necesita tiempo para adaptarse. Si no se lo das, me largo ahora mismo.

Le pareció oír una risita de Harken cuando Keegan la miró ladeando la cabeza.

—Has vuelto muy pagada de ti misma, ¿no? De acuerdo, pues ahora prueba con dos.

En vez de conjurar a otro enemigo, volvió a conjurar al primero y lo dobló. Cuando corrieron a por ella, Breen le lanzó un chorro de fuego al de la izquierda y atravesó al de la derecha.

—¡Tres-cero, Breen Kelly! —gritó Marco, e imitó a un público enfervorizado.

—He entrenado todos los puñeteros días. No eres el único que sabe conjurar espectros.

Y, como esperaba que pasara justo lo que había pasado, acababa de hacerlo y lo tenía esperando, por así decirlo. Lo liberó: un cambiaformas corpulento, con barba, de dos metros y pico de altura.

—¡Ahora te toca defenderte a ti! —avisó.

Se transformó en un enorme oso rugiente y cargó contra Keegan.

—¡Ha hecho un oso! —oyó gritar a Marco—. ¡Breen ha hecho un oso!

Keegan sacó la espada y pivotó, pero no consiguió evitar del todo las zarpas del animal. Sin embargo, dio un salto lateral y atacó con su espada. Mientras el oso rugía de dolor y rabia y atacaba de nuevo, él abrió el suelo bajo sus pies. Y después envió fuego al agujero.

El enfado dio paso a la fascinación cuando Breen observó la masa mugrienta del interior del cráter.

—Esa no me la sé. Enséñamela —pidió.

—Después.

—Será mejor que rellenes ese agujero, hermano, si no quieres que ayude a Breen a patearte el culo —dijo Harken.

Keegan se encogió de hombros, usó ambas manos y volvió a colocar la tierra en su sitio.

—Quiero intentarlo. Deja que… —empezó Breen.

—Después. Defiéndete.

Ella consiguió bloquear el ataque de Keegan, pero la vibración le recorrió el brazo hasta el hombro. Apretó los dientes y se miraron a los ojos por encima del acero.

—Has mejorado.

—Entreno todos los días, ya te lo he dicho.

Él enganchó un pie entre los de ella, la desequilibró y, antes de que pudiera recuperar la estabilidad, la atravesó.

—Y, aun así, estás muerta.

Irritada, dio un paso atrás y empezó de nuevo. Amagó un golpe con la espada y usó la mano izquierda y su poder para disparar una ráfaga de viento que lo derribó de espaldas. Después, Breen le envió fuego, que se transformó en agua antes de acertar.

—Pues ya somos dos —dijo Keegan.

Ella se dio cuenta de que algo se encendía en sus preciosos ojos, pero no sabía si era admiración o la chispa del combate.

—Veo que has aprendido algunos trucos tú sola —comentó él—. Ten cuidado con tu fuego, que preferiría no acabar frito.

—No hace daño a ninguna criatura viva; lo hechicé, como las espadas. Te mojarás, pero no te quemarás.

—Bien, entonces —repuso él, y se pasó una mano por el pelo empapado—. Defiéndete.

Se enfrentaron, espada y humo, puños y fuego.

En el potrero, Harken tiró de Morena para darle un beso.

—Tengo que ordeñar las vacas.

Mientras se alejaba, Marco se subió a la silla, aunque todavía estiraba el cuello para seguir la acción. Vio fuego brotando de los dedos de Breen, que después chocó con el de Keegan y estalló en una marea de agua que atravesaron las espadas.

—Vale, voy a decirlo en voz alta: esto me está poniendo cachondo. ¿Para ellos es como los preliminares?

—Seguro, puede que sea eso en parte. Breen ha trabajado mucho y se nota. De todos modos, veo que Keegan se está conteniendo. Bueno, vamos a dejarlos a lo suyo, que nos hemos ganado esa cerveza con pan de jengibre.

Morena extendió las alas y alzó el vuelo, y su halcón con ella.

—Sígueme, Marco —dijo—. Azul se sabe el camino a casa.

Breen los oyó marcharse, pero no les prestó atención. Ya estaba dolorida. Aunque las espadas no cortaban, sí que pegaban fuerte. Y, al cabo de diez minutos de pelea, le lloraban todos los músculos del cuerpo. El fuego no quemaba, pero, por Dios, los pulmones le ardían. Y como Keegan había usado contra ella su truco de convertir el fuego en agua (ese que a ella le había parecido tan ingenioso), estaba empapada hasta los huesos.

Era consciente de que, aunque entrenase un año entero (o diez) con la espada, nunca sería rival para él en ese terreno. Sin embargo, su magia había crecido y se había refinado. Le quedaba mucho por encontrar y aprender, pero, si lograba repeler los ataques de Keegan con ella, quizás no la matara tan a menudo. Aun así, incluso con todo eso en su arsenal, se sentía flaquear. Él no parecía tan cansado. «Refuerzos», pensó. ¿Por qué narices no iba a hacerlo?

Así que invocó al cambiaformas espectral para que lo atacara por el flanco izquierdo.

Cuando Keegan cambió de postura para defenderse, ella fue a por él con el fuego y la espada. Tras reconocer que Breen le había asestado un golpe mortal, el joven dio un paso atrás.

—Eso ha sido muy astuto —comentó.

—En ningún momento has dicho que vaya contra las normas.

—La única norma es derrotar al enemigo y seguir viva —respondió mientras se apartaba de la cara el pelo empapado. Después bajó la espada, señal de que era hora de un descanso—. ¿Dónde entrenabas en Filadelfia?

—En el piso, cuando Marco salía.

—¿En ese lugar tan pequeño?

—Es lo que tenía.

—Quiero decir que eso demuestra tu dedicación. Creía que tendría que volver a ayudarte a recuperar lo que aprendiste aquí, pero lo cierto es que has avanzado un par de pasos.

—Un cumplido. Deja que apunte el día y la hora. Puede que incluso el minuto.

—No es la primera vez que te hago uno —repuso él, visiblemente irritado.

—En este terreno…, pocos han sido.

Keegan se pasó la mano por el pelo, esta vez para secárselo.

—Entonces te diré una cosa: tu manejo de la espada es deficiente.

—Esto ya me suena más.

—Pero —añadió con un leve toque de fastidio— es mejor de lo que era, por un pequeño margen. Además, como sabes que es deficiente, has encontrado formas de…, ¿cómo decirlo?, de compensarlo usando habilidades que se te dan mejor. Eso es una buena táctica y un rasgo positivo para cualquier guerrero.

—Nunca voy a ser una guerrera.

—No seas botarate. Perdona —añadió, mirando al perro, que había dejado de morder un palo el tiempo justo para mover el rabo con ganas—. Ya lo eres. Odran no lo sabe. Tú tienes que saberlo. Me has matado media docena de veces en la última hora.

Breen odiaba notar que su reconocimiento significara tanto para ella.

—He perdido la cuenta de las veces que me has devuelto el favor —respondió.

Keegan se encogió de hombros.

—Cuando empezamos —dijo—, apenas eras capaz de sostener la espada, y mucho menos de usarla. Y, aunque no eres una mujer torpe, te tropezabas con tus propios pies. —Miró al cielo y calculó la hora por la posición del sol—. Creo que ya es demasiado tarde para subirte a un caballo. ¿Seguiste montando allí, después de marcharte?

—No, no tenía ni caballo ni un sitio donde montar.

—Pues mañana, entonces. Trabajaremos allí.

—Si vamos a montar, me gustaría ir a las minas. Necesito aumentar mi reserva de cristales sin estar quitándoselos a la yaya.

Él la miró y se lo pensó.

—Es un viaje largo y, en algunas partes, no te va a resultar agradable. Bueno, es justo lo que necesitas para recuperar el ritmo. ¿Qué tienes para intercambiar?

—Todavía no lo sé.

—Los troles no tienen sanadores propiamente dichos. Envían una señal siempre que hay alguien herido o enfermo de gravedad, pero no hemos recibido ninguna. Sin embargo, siempre hay heridas de menor importancia y enfermedades leves. Puedes ofrecer tus dotes básicas de curación.

—Muy básicas.

—Te bastarán para esto. Y, si necesitan más, yo cuento con lo bastante para ayudar. Y comida y dulces, creo. Galletas, tartas, pasteles… También de carne. Cualquier cosa por el estilo. Pregúntale a Marco. Si hornea tan bien como cocina, conseguirás buenos trueques. —Después miró a lo lejos, por encima de las montañas—. Un viaje largo —repitió—. Si no necesitaras entrenar, nos llevaríamos a Cróga. Tendremos que salir una hora antes de lo que hemos empezado hoy para volver antes de que se haga de noche.

—De acuerdo. Si ya hemos acabado por hoy, voy a por Marco y empezamos a hornear.

—¿A ti te parece que ya ha llegado el crepúsculo? —Levantó la espada y su sonrisa fue más desafiante que amistosa—. Defiéndete.

Cuando por fin llegó el crepúsculo, Breen se sentía como si le hubiese pasado un camión por encima y después la hubiera arrastrado tras él durante kilómetro y medio antes de volver a atropellarla.

—Lo has hecho bastante bien para ser el primer día.

—Por favor. —El orgullo la obligaba a no dejarse caer al suelo y gemir—. Con ese cumplido tan efusivo vas a conseguir que se me suba a la cabeza.

—En tu siguiente clase de combate, creo que empezaremos con el arco —repuso él sin hacerle caso.

—Supongo que no te referirás al del violín.

—No. Ya están aquí Morena y Marco. Le gustó tu pulsera, y a ti te sirvió para tranquilizarte un poco con su protección. Cuando recojas tus propios suministros, podrías hacer más… para distintos propósitos. Para regalar y comerciar. Te harán falta cuando vayamos a la Capital.

—¿A la Capital? No me habías dicho…

—Mi madre viene al valle dentro de unos días, de visita, para ver a sus nietos y pasar aquí Samhain. Y, cuando regrese el mes que viene, iremos con ella. El pueblo tiene que verte, y tú a ellos. El valle no es el mundo entero. Para mí, puede que sea la mejor parte, pero no lo es todo.

—No tenemos hasta el mes que viene —dijo Breen.

Como Keegan notó su desconcierto y algo de miedo, cuando lo que ella tenía en su interior empezó a salir, él levantó una mano para detener a Marco y a Morena junto a la puerta.

—Deja que salga, *mo bandia*. Es tuyo. —Le dio la mano para ayudarla a mantener el equilibrio—. El conocimiento es un arma tan valiosa como la espada.

Ella enlazó los dedos con los suyos y lo miró a los ojos. Se tranquilizó.

—La cortina se abre —explicó—. No puede resistir. Y, cuando se abre, él ve. La niña, el puente, la llave… La sangre de su sangre. La hija de las hadas, los dioses y el hombre. Cuando ve, sabe. Y se deslizan y se cuelan por las rendijas para llevar la oscuridad allá donde las túnicas blancas adoran, traman y planean. Sacrificio de sangre, magia de sangre. Allí empieza.

—Cuando el velo pierde fuerza —termina Keegan, porque él también lo ha visto, lo ha sentido con ella, a través de su persona, dentro de él.

Breen se estremeció.

—No sé qué significa eso, salvo que ya viene.

—No, él no, todavía no. —Con aire ausente, Keegan le besó la frente a Breen—. Pero ha elegido el momento, el lugar y a los crédulos que lo seguirán.

—No he visto nada, en realidad.

—Trabajaremos en eso, ¿verdad? —dijo el joven, con un aire todavía más ausente.

—Había agua; el mar, creo. Y acantilados con un edificio de piedra. No era aquí y no era el acantilado de Odran.

—Aquí no, no. En el sur, sí —añadió mientras le hacía señas a Morena y a Marco para que se acercasen.

—¿Estás bien, Breen? Te veo muy pálida. —Marco le puso un brazo sobre los hombros, siguiendo su instinto—. ¿Qué coño pasa, Keegan?

—Seguro que está bien. Es que todavía no está acostumbrada a las visiones. Pero lo ha visto bastante bien, igual que yo. —Miró a Morena—. Sabemos cuándo y dónde intentará atacar, y así estaremos preparados para él.

—¿Al sur, dices? ¿Los píos? —Morena enseñó los dientes—. Puñeteros fanáticos. Han hecho juramentos.

—Y algunos los rompen con la misma facilidad que una ramita al pisarla. En Samhain. Tengo que enviar un halcón a mi madre.

—Amish llevará tu mensaje. Es más rápido que la mayoría. ¿Debería ir a buscar a Harken?

—Y también a Mahon, si no te importa.

—La guerra se acerca. ¿Por qué sonríes? —le preguntó Breen.

—Porque iba a llegar de cualquier modo, y ahora sabemos cómo, cuándo y dónde. Nos has dado un arma y la usaremos. Por el amor de los dioses, mujer, Odran pretendía, o pretende, enviar a sus demonios contra nosotros para pillarnos por sorpresa, por la noche, un día sagrado en el que honramos a los que vinieron antes que nosotros. En el que nos ponemos en contacto con ellos y ellos con nosotros. Estaríamos inmersos en un ritual, en una celebración, en un homenaje. En vez de eso, a través de tu don, puede que la trampa que nos prepara se vuelva en su contra.

—Mi abuela. Tengo que avisarla.

—No te preocupes, nos aseguraremos de que lo sepa. Y no tiene nada que temer esta noche, ni tú tampoco. Maldita sea, mujer, lo has hecho bien. Siéntete orgullosa. Ahora, regresa y ayuda a Marco con el horno.

—¿Todavía vamos mañana a las minas?

—¿Por qué no? Tu entrenamiento no se ha acabado y necesitas lo que extraen allí, ¿no? Llévatela, Marco. No le vendría mal un poco de ese vino que le gusta.

—Ni a mí —repuso él.

—Bueno, pues nos vemos mañana. —Keegan se puso su abrigo y recogió la espada que había soltado sin darse cuenta—. Una hora antes. No llegues tarde.

—Está… emocionado —comentó Breen, asombrada.

—Vale. Vamos, chico, creo que volvemos a Irlanda. Me parece que lo entiendo —añadió Marco mientras el perro salía corriendo delante de ellos—. Suena a que los malos están planeando un ataque por sorpresa, pero ya no será inesperado porque has tenido una visión de esas, así que ahora conocemos sus planes. Samhain es Halloween, ¿no?

—Sí.

—Voy a googlearlo para obtener más información. —Marco volvió la vista atrás cuando llegaron al muro de piedra que bordeaba la carretera—. Vaya, mira eso. Dos lunas. Es verdad que tienen dos. Tengo que pensar sobre eso más tarde. Deja que te ayude a subir.

—No hace falta, puedo sola. Tienes razón. Tiene razón. El conocimiento es un arma. Y esta noche no va a pasar nada, ni pasará nada hasta Samhain.

Salvo que Odran por fin echará a un lado la cortina de la yaya y la verá. No sabía bien cómo manejaría eso cuando llegara el momento.

—Ay, no he pensado esto bien. Vamos a tener que recorrer el bosque a oscuras —comentó Marco.

—No pasa nada. Puedo encender luz.

—Puedes encender luz —masculló Marco mientras subían los siete escalones. Después se rio cuando Breen lanzó al aire las preciosas bolitas brillantes—. Eres una maravilla, nena. Tengo muchas cosas que contarte. Un montonazo. Pero, antes, una pregunta…

Como estaba distraído, se subió al árbol y lo atravesó sin pensar. Después se detuvo y miró a su alrededor.

—Si me despierto y esto es un sueño, me voy a cabrear mucho. En fin, lo que te iba a preguntar antes de hacer un puñetero viaje entre mundos es ¿qué voy a hornear y por qué?

Ella se lo explicó durante el camino de vuelta a la casa y después escuchó a Marco hablar de su día, desde la clase de equitación (su parte favorita) hasta la visita a la casa de los abuelos de Morena (lo segundo que más le había gustado).

—¿Todos los días son así de emocionantes al otro lado? —preguntó el chico mientras Botarate se iba directamente a la bahía.

—Al principio, supongo. Nunca se sabe lo que vas a ver o a hacer.

Encendió el fuego antes de meterse en la cocina.

—Como esto —repuso él—. Como ver a mi mejor amiga encender el fuego desde el otro lado de la habitación. Vamos a bebernos unas copas de vino gigantes.

—Sí, vamos.

—Queda pasta de sobra para cenar. Qué bien —dijo Marco mientas Breen servía unas copas muy generosas—, porque voy a tener que hornear para Sabio y Mocoso.

—Yo te ayudo. Me dedico a las tareas de limpieza.

—Lo primero es lo primero. Voy a darme una larga ducha caliente y a ponerme el pijama, y tú vas a hacer lo mismo. Después vamos a beber más vino y a comer pasta. Y después, el horno.

—Ducha y pijama. La mejor idea del mundo. En cuanto llene los cuencos de Botarate. —Pero primero se apoyó en la encimera y procuró dejar a un lado los acontecimientos del día, en la medida de lo posible, para relajarse—. ¿Cómo tienes el culo?

Marco se giró y lo meneó.

—Pues respingón, prieto y orgulloso.

—Me refería a los efectos de la silla.

—Un poco dolorido en algunas partes, pero poca cosa.

—Dios, yo apenas podía andar después de mi primera clase. Te odiaría si no te quisiera tanto.

Se apartó para llenar los cuencos del perro y avisó a Botarate de que le esperaba la comida.

—Keegan y tú os habéis empleado a tope. He visto subir la temperatura.

—El truco de convertir el fuego en agua era mi arma secreta…, al principio.

—No me refería a eso, amiga. Me refería… —dijo, poniendo los ojos en blanco y abanicándose la cara con la mano— a la temperatura.

—En serio… —Cuando Botarate entró corriendo, ella fue a cerrar la puerta y vio que los *pixies* habían llegado para hacer guardia—. No tiene nada que ver con el sexo.

—Sé reconocer la tensión sexual cuando la veo. Y si no vuelves a catar a ese tío, lo voy a sentir mucho por ti.

—Tenemos otras cosas en las que pensar.

Marco puso los ojos en blanco otra vez.

—Por eso tienes que aprovechar lo bueno mientras puedas —le dijo a Breen; después la rodeó con un brazo y subieron juntos las escaleras—. Y te apuesto mi arpa nueva a que ese hombre sabe darte lo bueno.

—Puede. Sí. Pero ahora estamos concentrados en salvar los mundos.

—No tiene sentido hacerlo si no aprovechas lo bueno. Y ahora voy a necesitar una ducha fría.

Ella lo empujó hacia su dormitorio y se metió en el suyo.

6

Como madrugadora que era, Breen empezó el día antes de que saliera el sol. Vio a los *pixies* revolotear junto a la puerta del jardín mientras ella aprovechaba el momento anterior al alba para hacer sus ejercicios. Esperaba que Keegan la presionara al máximo, a su estilo implacable, así que quería estar preparada. Cuando el sol empezó a entrar por la ventana, ya había publicado en el blog y había avanzado bastante con la siguiente aventura de Botarate. Pensó que se merecía un descanso y fue a saludar a Marco.

—Te has levantado temprano —dijo cuando lo vio frente a una olla de agua en el fogón—. Te he oído moverte por la cocina, pero estaba en racha.

—Yo también. —Metió una espumadera en la olla y removió algo—. Estoy preparando bagels, amiga.

—Creo que hay que tostarlos, Marco.

—Los estoy haciendo de cero.

—Venga ya. —Breen se acercó y vio los roscos de masa flotando en el agua hirviendo—. ¿Se cuecen? ¿Sabía yo eso?

—Un minuto por cada lado. Después mojas la parte de arriba húmeda en las semillas de amapola o de sésamo, tengo de las dos, y los metes en el horno.

Breen miró hacia la encimera, a su lado, y vio la bandeja cubierta de papel de horno medio llena de bagels sin hornear.

—Verás, es que anoche hicimos las galletas y los pastelitos, y me vino la inspiración. Bagels. ¿Cuánta gente del otro lado habrá tenido el placer de probarlos tostados? Teníamos todos los ingredientes en casa, así que se me ha ocurrido probar, a ver qué salía.

Sacó tres con la espumadera, pulsó su reloj para contar los minutos y metió otros tres en el agua. Breen lo vio mojarlos en las semillas elegidas, que estaban en platitos, y colocarlos sobre la bandeja.

—Cuando estén horneados, compartimos uno —le dijo Marco—. Control de calidad.

—Encantada. ¿Necesitas ayuda?

—No, lo tengo controlado. Es la hora del señor Ciencia.

—Avísame cuando sea la hora de probarlos.

Como Marco parecía contento hasta decir basta, ella cogió una Coca-Cola y lo dejó solo. También tomó nota mental de incluir una panadería musical en el tercer libro de Botarate. ¿Bagels y Banjos? ¿Galletas, Golosinas y Gorgoritos? ¿Tartas y Tambores? No sin cierto esfuerzo, dejó la idea a un lado y pasó a su novela de fantasía. Regresó a la superficie cuando su amigo llamó al marco de la puerta.

—Tienes que comer, tía. Y empieza a oírse el redoble de tambores.

—Ahora mismo voy. Deja que apague esto.

Al salir, se encontró con la mesa preparada para dos: medio bagel para cada uno, unas rodajas de manzana asada espolvoreadas de canela y unos huevos revueltos cargados de trocitos de jamón.

—Como siga comiendo así, voy a tener que dedicar más tiempo al ejercicio.

—Primero, el bagel. —Le acercó la mantequilla a Breen mientras él untaba el suyo con queso crema—. Nunca entenderé cómo eres capaz de no cargarlo de una buena capa de queso. En fin. A la de tres, ¿vale?

Ella extendió una delicada capa de mantequilla sobre el bollo.

—¡Una, dos y tres! —gritó, y le dio un bocado—. Madre mía. ¡Qué bueno!

—Buena textura —repuso él, que asentía mientras masticaba—. Solo un toque de dulzor gracias a la miel. Algo gomoso, pero no duro. Estos bagels son dignos de un trol. Una docena para ellos y la otra para la yaya, Morena y los demás.

—¿Has hecho dos docenas?

—Dos docenas de panadero. Es decir, que tenemos uno extra para comérnoslo nosotros mañana.

—Estaba pensando que deberías abrir una panadería musical, pero creo que tendría que ser un restaurante musical. Triunfarías.

A última hora de la mañana, cargaron con las cajas de dulces y bollos por el bosque y cruzaron a Talamh.

—Esto siempre me deja pasmado —dijo Marco cuando pasaron de la luz del sol a una ligera llovizna.

Al acercarse a la carretera, Breen cambió de posición las cajas e hizo una pausa. Vio a Cróga salir de entre las nubes. Relucientes de humedad, dragón y jinete descendieron hasta aterrizar en el centro de la carretera. El suelo tembló y volvió a recuperar la calma.

—Madre mía, madre mía. Es muy grande —dijo Marco—. Creo que se me ha olvidado algo en casa.

—Respira hondo, Marco.

—¿Qué es todo esto? —preguntó Keegan al desmontar mientras acariciaba las brillantes escamas de Cróga.

—Lo que hemos horneado para los trueques.

Aquel examinó las cajas al acercarse.

—¿Es que pretendes cambiarlos por todas las piedras de Talamh?

—No sabía bien cuánto iba a necesitar. Y esta caja pequeña es para la yaya y Sedric. Marco ha separado unas cuantas para la granja y para la familia de Morena.

—Pues vamos a echar un vistazo —dijo Keegan, y abrió una—. ¿Qué son estas pastitas de aquí?

—Profiteroles pequeñitos. —Marco mantenía la vista fija en el dragón, como un láser—. ¿Se va a quedar ahí, mirándonos?

—No te va a hacer daño, hermano —le aseguró Keegan. Después cogió un profiterol y se lo metió en la boca—. Os juro por mi vida que esto es digno de los dioses. Y también tienes tartaletas.

—Si vas a probarlo todo, sería mejor resguardarnos de la lluvia primero.

Keegan apenas miró a Breen antes de coger una tartaleta.

—Esto no es para mí. Toma, Marco. Cróga es muy goloso, lánzaselo.

—Ah, no, no hace falta, hazlo tú —repuso Marco.

—Venga, que sé que eres un valiente. Lánzaselo.

Atrapado, Marco lanzó el pastel. El dragón movió la cabeza a un lado y lo cogió. Después hizo el mismo sonido que haría una manada de leones después de zamparse un rico antílope.

—¿Eso significa que le ha gustado?

—Y tanto. Y parece que se vendrá con nosotros a las minas, al fin y al cabo.

—¿Vamos a montar en él? —preguntó Breen.

—Vamos a montar a caballo, pero él se llevará todo esto, porque, si no, vamos a necesitar un mulo de carga, y eso nos ralentizaría mucho. —De pie bajo la lluvia, Keegan examinó el cielo—. Debería aclarar para mediodía, aunque es mejor que salgamos algo antes de lo previsto. Iré a casa de Marg cuando sea la hora.

Les robó dos galletas y, mientras caminaba de vuelta hacia su dragón, rompió una de ellas por la mitad y le lanzó una mitad a

Botarate y la otra a Cróga. La segunda galleta se la comió mientras se subía de nuevo en la silla.

—Te aseguro que esto haría llorar a los dioses, Marco.

El dragón alzó el vuelo formando un remolino de aire con el movimiento de las alas. Después desaparecieron, tragados por las nubes.

—Acabo de darle una tartaleta de fruta a un dragón.

—Yupi. Vamos a llevar todo esto a la granja. Le llevaré a la yaya lo suyo cuando dejemos allí lo demás. Puede que ya no te vea hasta que sea la hora de volver.

—Estaré bien. Me conozco el camino a casa de Finola si Morena no está en la granja. Además, acabo de darle una tartaleta de fruta a un dragón como un camión de grande.

Breen llevó la caja a la casa de Marg y se pasó el resto de la mañana aprendiendo y practicando un hechizo de barrera. Cuando dejó de llover, tal y como había predicho Keegan, su abuela la llevó fuera y entraron en el bosque.

—Bien, dime lo que hay aquí.

—¿Aquí? —Breen miró a su alrededor—. Árboles, el arroyo, tu taller…

—Eres una con el aire, con la tierra. Siempre estás conectada con la luz y el agua. Todo está unido, todo lo que vive. Ábrete a los corazones que laten, a lo que intenta tocar la luz, a lo que se extiende a través de la tierra. Oye el latido de mi corazón.

Breen sabía que el primer paso era relajarse, así que cerró los ojos y empezó a respirar profundamente, más despacio. Abrirse a Marg ahora le resultaba tan sencillo como esa respiración.

—Te oigo, yaya, oigo tu fuerte corazón. Siento tu luz. Y a Botarate. Está emocionado, persiguiendo una ardilla rayada. Su corazón late muy deprisa mientras se sube a un árbol. Un castaño. El árbol es viejo y tiene surcos profundos en la corteza, pero su corazón sigue fuerte. Sus hojas se han teñido de oro para el otoño y han empezado a caer con el soplo del viento. Año tras año, década tras década, los pájaros cantan, se resguardan y anidan en esas hojas, que son verdes en primavera. Pero la ardilla es joven y regaña a Botarate desde la seguridad de la rama. No entiende que no le va a hacer daño. Solo quiere jugar.

Sorprendida por haberlo visto todo con tanta claridad, por haberlo sabido con tanta certeza, abrió los ojos.

—Yaya...

—¿Qué más hay?

—El ciervo, el que vi ayer mismo. Está más lejos, así que Botarate no lo ha olido. Una cierva y su cría, todavía moteada, caminan detrás de él. Cruzan el arroyo y los peces se alejan a toda prisa cuando se detienen a beber. Pájaros, muchos. Trepadores y arrendajos, urracas y estorninos, cuervos y pájaros carpinteros.

»Un zorro —añadió, señalando al oeste—. Corre con sigilo del campo a los árboles. Lleva un ratón atrapado en la boca. No noto su latido. Bajo un roble de color rojo chillón, una coneja da de mamar a sus crías en una madriguera, las mantiene a salvo del halcón. Cerca de allí, las setas brotan de un árbol caído y encuentran vida donde llegó la muerte.

—Muy bien, con eso vale. Si intentas abarcar demasiado a la vez, te puedes marear —dijo Marg, y le dio la mano.

—Cuánta vida... Latiendo y creciendo, durmiendo y alimentándose, cazando y escondiéndose. ¿Todos los seres feéricos pueden hacer esto? ¿Sentir esto?

—No, ni mucho menos. Los elfos tienen su vínculo con los árboles, las piedras y la tierra, pero es un conocimiento distinto a este. Igual que los cambiaformas tienen su vínculo con sus animales espirituales. Los *sidhe* poseen algo similar a lo que tienes tú, y esas gotas de su sangre en la tuya amplifican lo que has heredado de las sabias.

—Entonces ¿tú puedes hacerlo? —le preguntó Breen en su camino de vuelta a la casa.

—No tan deprisa ni tan lejos ni con tanta profundidad como tú.

—Ha sido maravilloso, una sensación increíble. —Que la llenaba y la elevaba, pensó—. Revigorizante.

—Sí que lo es. Y, como el hechizo de barrera que has aprendido, sirve tanto de defensa como de ataque.

—Porque conoceré el corazón, es decir, la intención del enemigo, ¿no?

—Cosa que no sabías cuando te atacó Yseult, ya que todavía no te lo había enseñado.

—Antes no estaba lista. No era lo bastante fuerte —dijo Breen.

—Yseult es poderosa y astuta. Sus ansias y deseos de más poder son lo que la llevó hasta Odran.

—La conocías de antes.

—Fuimos jóvenes juntas. No amigas, eso no. Yo era del valle y ella anhelaba vivir en la Capital. Lo veía como un lugar en el que conseguir poder.

Cuando cruzaron el puente, Botarate salió de un salto del arroyo y corrió delante de ellas hacia la casa. Breen no necesitaba magia alguna para saber que esperaba una chuchería en la cocina.

—Aquel día entró en el lago, como yo —siguió Marg—. Nadie quería más la espada que Yseult. Pero la quería para dirigir, claro, no para servir, proteger ni cargar con el peso de lo que eso supone. Hasta yo percibía la envidia y la oscuridad que brotaban de ella cuando la saqué del lago.

Marg se quitó la capa al entrar en la casa y después concedió el deseo al perro, ya que fue directa a la cocina para sacarle una golosina del tarro.

—Qué buen chico eres, buen chico. Pídemelo amablemente.

Botarate se sentó y dejó escapar un ladrido bajito.

—Tomaremos un poco de sopa antes de tu viaje —añadió—. Y después disfrutaremos de algunos de los dulces de Marco.

Como se conocía la rutina, Breen cortó unas rebanadas de pan mientras Marg calentaba la sopa.

—Hoy estamos las dos solas, *mo stór*. Sedric tenía asuntos que atender.

—¿Cuándo se pasó Yseult al otro lado, yaya? No me lo has contado.

—Me lo ocultó muy bien tanto a mí como a su familia; a todos. Y, a lo largo de ese tiempo, practicó las artes oscuras en secreto. Acudió a él a través del portal de la cascada y consiguió entrar y salir por allí sin que nadie la viera. ¿Podría haberla visto de haber mirado con más atención? No lo sé, pero sé que usó sus dones, lo que les había hecho a sus dones, para ayudarlo a cruzar a este lado y ocultarme lo que él era. Igual que sé que lo ayudó a recuperarse cuando lo creíamos vencido. Lo ayudó a formar su ejército, lo ayudó a robarte aquella horrible noche.

»Todo eso lo he visto en el fuego, en el cristal —añadió Marg cuando empezaron a comer—. Todo lo que hizo por el poder y por vengarse de mí, porque yo tenía lo que ella deseaba.

—¿Está enamorada de él?

—Ah, no. Las personas como Yseult no aman. Puede que lo desee, pero el amor es otra cosa. Lo adora, creo. Lo convirtió en su dios. Y el poder de Odran y a través de Odran..., ese es su verdadero dios, su amante, su amado hijo. Él es la respuesta para ella, ¿sabes? Cree en él, por supuesto. Es leal porque cree.

—Se destruirán el uno al otro si con eso logran sus objetivos. Él estaba dispuesto a matarla en la visión que tuve, después de que Yseult fracasara en su intento de llevarme hasta él. No lo hizo porque consiguió enfriarse y se dio cuenta de que todavía le era útil. Y, como has dicho, ella superó la situación con mucha astucia.

—Recuerda estas cosas —dijo Marg—. También son armas. Además, tú tendrás que ser astuta hoy con los troles. Les encantan los trueques buenos y justos, pero no vacilarán en aprovecharse si se lo permites. Loga es el jefe de esta tribu, la del oeste, y es muy listo. Su mujer, Sul, más todavía.

—Dame tu opinión —dijo Breen mientras abría la caja y colocaba varios dulces en un plato—. Dime si con esto tendré alguna ventaja en el trato.

Marg, obediente, eligió un pastelito que Marco había cubierto de un glaseado verde intenso.

—Está bueno. Muy bueno. No conozco a ningún trol al que no le gusten los dulces. La carne y el hidromiel, sí, claro, pero los dulces los desarman. Te irá bien.

Como la puerta estaba abierta, Breen oyó el ruido de los cascos de los caballos que trotaban hacia la casa.

—Me parece que estoy a punto de averiguarlo —comentó.

Marg se levantó con ella y la acompañó hasta donde la esperaba Keegan.

—Hace un bonito día para cabalgar —dijo Marg. Al levantar la cabeza, vio a Cróga dando vueltas sobre ellos—. Veo que también te llevas a tu dragón.

—Breen ha traído dulces suficientes para llenarle la tripa a todo el clan de los troles. Cróga cargará con el material.

—Si lleváis demasiado, asegúrate de que le den el crédito suficiente para lo que pueda necesitar en el futuro. Bonito día —repitió Marg—. Creo que yo también pasaré un rato al aire libre.

—Te ensillaré un caballo —se ofreció Breen, pero su abuela descartó la idea con un gesto.

—No, marchaos ya. Keegan querrá salir de las montañas antes de que anochezca. —Le dio un beso en la mejilla—. Disfruta del viaje y de las vistas desde Sliabh Sióg.

Breen se agachó para hablar con Botarate.

—Te puedes quedar aquí, en la casa, o volver a la granja. Ve a jugar con los niños o a buscar a Marco y Morena. Pero hoy no puedes seguirme porque voy demasiado lejos.

El perro gimoteó cuando la vio enderezarse para acariciar a Chico, el capón bayo que iba a montar.

—Volveré cuando salgan las lunas —le prometió a Botarate—. Y te llamaré.

Montó y descubrió con alivio que se sentía segura sobre la silla.

—Lo llamaré cuando regresemos y mañana volveremos por aquí, yaya.

—Que vaya bien el trueque, y que la luz os bendiga a los dos.

Mientras se alejaban al trote por la carretera, Breen revisó mentalmente sus conocimientos básicos sobre equitación. Sabía que Keegan empezaría a resoplar en cuanto la viera cometer algún error de novata.

Cuando llegaron a la carretera, él la miró.

—Por el momento —dijo—, podemos aprovechar para ir más deprisa.

Dicho lo cual, arreó al caballo para que fuera al galope. El gran semental negro se comía el camino.

—Vale, Chico, espero que los dos nos acordemos de cómo se hace esto.

Corrió detrás de Keegan y descubrió que sí se acordaba... y, con el recuerdo, llegó la emoción de la velocidad, de sentir la potencia del caballo bajo ella. Nunca serían rivales para Merlín, pero era como si volaran por el camino. No se le había ocurrido recogerse el pelo, así que flotaba tras ella, y el azote frío del viento en la cara la entusiasmó.

Una carreta tirada por dos caballos avanzaba hacia ellos. El hombre conducía y la mujer llevaba un bebé en el regazo. El niño pequeño de la parte de atrás agitó la mano y los saludó a gritos, primero a Keegan (que iba diez cuerpos por delante) y después a ella. Se acercaban al desvío que conducía a la torre redonda, el círculo de piedra y las ruinas en las que antes rezaban los píos. Y a la tumba en la que yacían las cenizas de su padre bajo un jardín que había cobrado vida gracias a Marg y a ella. Sin embargo, delante de Breen, Keegan siguió galopando hacia la curva más lejana de la bahía. Allí, ella vio a una sirena sentada en una roca, con la cola, luminosa como una gema, enroscada a su alrededor mientras se pasaba un peine por el largo cabello dorado. En el agua, que era ahora tan azul como el cielo, sirenas pequeñas chapoteaban, saltaban y se zambullían, y las colas entraban y salían del agua a toda velocidad. Ante aquella maravillosa fantasía, Breen tuvo que frenar un poco para escuchar las risas de las criaturas. La sirena volvió la cabeza y, al cabo de un momento, levantó la mano para saludarla.

«Que la luz te bendiga, hija de las hadas».

A Breen le dio un vuelco el corazón cuando oyó las palabras en su mente. Y, a continuación, respondió con las suyas: «Y a ti, hija del mar».

Henchida de belleza y asombro, cabalgó hasta donde Keegan se había detenido a esperarla.

—¿Son sus hijas?

—Dos de ellas, las otras tres son primas. Ya las conocerás otro día. Todavía nos queda mucho camino por delante.

—Chico es capaz de correr a toda velocidad y es tan grande como Merlín, pero no tiene su resistencia.

—Cierto —contestó Keegan, y pasó a un trote ligero.

—Solo había visto a una sirena hasta ahora. Una joven. Ala. A Botarate le gusta jugar con ella.

—Si lo traes aquí, vendrán otras sirenas pequeñas.

—Lo haré. Cuando Marco se sienta más seguro a caballo, me gustaría llevarlo a la tumba de mi padre. Él también lo quería. Y así podrá ver a las sirenas.

—Ayer lo vi montar. No le falta confianza. Pero, cuando lo lleves, coge también una espada. Los días son cada vez más cortos —dijo antes de que ella pudiera responder—. Odran pretende atacar en Samhain y estaremos preparados, pero, mientras tanto, es posible que se cuelen exploradores y espías.

—¿Cómo vamos a estar preparados? —Como Keegan vaciló, ella se agitó, incómoda—. ¿Cómo puedo ser tan importante para detener a Odran si no sé cómo vamos a parar el ataque que yo vi venir? Que sentí —se corrigió.

—Mahon y yo volamos al sur anoche, con algunas de las tropas. Se va a quedar allí, con ellas, por ahora. También tenemos exploradores y espías, y gente que vigila a la facción de los píos y nos informa sobre sus planes.

—Si estáis reuniendo tropas, ¿no lo verán y sabrán que estamos enterados de lo que pretenden?

—Verán lo que queremos que vean: novicios que desean una vida religiosa, otros que beben demasiada cerveza en los pubs, que tontean por la orilla o que navegan por el agua, etcétera. —Se encogió de hombros, como si hablar de guerra fuese lo más normal del mundo—. Mi madre vendrá desde la Capital y algunos de los que viajan con ella se desviarán hacia el sur. Allí tenemos barracones y el movimiento parecerá un intercambio de tropas, aunque, en realidad, ninguna saldrá de allí, sino que se esconderán en el bosque, en las cuevas y en los campos, a esperar.

—¿Cuándo te irás?

—Mahon regresa para el cumpleaños de Finian. Volaremos al sur antes de que se ponga el sol, en Samhain. Tenemos un objetivo —siguió al cabo de un momento—. Una táctica. Aplastaremos el ataque deprisa, por completo, y capturaremos a todos los infractores del tratado y traidores vivos que podamos para llevarlos a la Capital y juzgarlos. Así demostraremos fuerza y decisión.

—No acabará con el problema —murmuró ella.

—No, pero servirá para desmoralizar a los fieles de Odran y elevar la moral de las hadas.

—No quieres que esté yo.

—No es tu sitio. No te estoy insultando, es que no estás preparada para esas cosas, como bien sabes.

—¿Lo estaré?

—Debes estarlo, así que lo estarás.

Levantó la mirada y Breen lo imitó. Vio a Cróga navegar por el cielo como un barco por el mar. Y, con él, un dragón de rubí y zafiro, junto con su jinete.

—Es... ¡Es la yaya! No sabía que tuviera un dragón ni que supiera montar. Quiero decir, que sí, que la vi en el fuego, pero eso fue hace años.

—Claro que monta en dragón. Se llama Dilis y ha dado a luz a más de una docena de crías. Cróga es uno de sus descendientes. Es su bisnieto... No, su tataranieto.

—Es preciosa. Todos lo son. —Entonces cayó en la cuenta—. No irá al sur, a la batalla, ¿no?

—No. No es necesario. Cuando lo sea, si lo es, volará y luchará. Vamos, ya ha descansado bastante. Todavía nos queda casi una hora y después otra para subir hasta el puesto comercial.

Esta vez, Merlín se adaptó al ritmo de Chico, y el camino permaneció liso y firme durante un rato, incluso cuando empezó la pendiente. Keegan frenaba cuando atravesaban bosque y pasaban entre los árboles, que dejaban caer las hojas cuando el viento las sacudía y liberaba. Aun así, seguía todo tan repleto de color que era como cabalgar dentro de un caleidoscopio iluminado por el sol. Para ponerse a prueba, Breen se abrió. Sintió los latidos del corazón de un ciervo y de un oso en busca de alimento. De elfos, tres, de caza. Después, su propio corazón se aceleró cuando Merlín saltó de una orilla del río a la otra.

—No sé hacer eso.

—Chico sí. No te dejaré caer. Pídeselo.

—Pero podría bajarme y volver a subirme.

—Pídeselo —insistió Keegan—. Te he dicho que no te dejaré caer.

Como él nunca le había mentido, Breen contuvo el aliento. Solo tuvo que pensar «Salta» y Chico voló. Puede que el sonido que dejó escapar ella se pareciese demasiado a un chillido, pero se mantuvo sobre la silla.

—¿Me has ayudado?

—Solo un poco. Eres mejor jinete de lo que crees. Y dentro de nada, vas a tener que serlo.

Breen no tardó en comprender a qué se refería. El sendero era cada vez más escarpado e irregular, hasta que empezó a parecerse más a los escombros tras una pequeña avalancha que a un camino. El bosque dio paso a un claro y a una especie de carretera estrecha llena de baches en la que el viento soplaba con más fuerza. Levantó la vista, más arriba, y se le quedó la boca seca: sí, el verde de los pinos se atisbaba en la ladera, pero el camino, con sus curvas cerradas y sus salientes, parecía más apropiado para las cabras que para los caballos.

—Lo has hecho antes, ¿verdad?

—Claro que sí. Chico sabe avanzar a paso firme. —Keegan se volvió para mirarla—. Y yo no te dejaré caer.

Breen decidió que la mejor forma de superarlo era mantener la vista fija al frente. No mirar ni abajo ni arriba ni de lado; simplemente, confiar en que su caballo diera un paso firme tras otro. Por seguir su propio consejo, casi se lo pierde, pero Keegan se detuvo, se volvió de nuevo hacia ella y, esta vez, giró también a Merlín.

—A esto lo llamamos la Palma de Dios. Si te pones sobre ella puedes ver todo Talamh hasta el sur y el Mar de la Aflicción —le explicó mientras señalaba el paisaje.

Cuando Breen miró, el corazón se le aceleró en el pecho, no de miedo, sino ante tanta belleza. Kilómetros y más kilómetros de colinas y campos, retales verdes, el brillo de los bosques otoñales, el gris de los muros de piedra y los edificios viejos, de las casas y las aldeas, desde el cielo despejado hasta el asombroso azul del agua.

—Has traído contigo la buena suerte para que disfrutemos de un día muy soleado. A menudo, Talamh queda oculto en la niebla.

—Es como un cuadro, pero conservado en cristal. Tan nítido y perfecto... Parece imposible que algo tan perfecto sea real. Pero veo movimiento. Vida. ¿Dónde está la Capital?

—Al este, pero la montaña la tapa desde aquí, ya que ahí está el borde occidental. —Le puso una mano en el hombro para girarla—. Mira allí, donde se alzan las colinas y los bosques abundan en tantos animales que nadie conoce nunca el hambre, y los altos acantilados caen en picado hasta el mar Occidental, que continúa hasta el fin del mundo, que es tan tuyo como mío.

—Necesitabas que lo viera así, que percibiera su paz.

«Un cuadro conservado en cristal», pensó de nuevo, y se acordó de cuando quiso ahuecar las manos para guardar en ellas cierto momento de una mañana brumosa.

—La paz que lucharás por mantener —añadió—. He vuelto, Keegan.

—No, no. Maldita sea, no quería decir eso y no pienso volver a disculparme otra vez. Quería que lo vieras así, que no es lo mismo que necesitarlo. Quería que vieras lo que proteges, igual que yo.

—Creo que es el sitio más bonito que he visto o que veré en mi vida. Y por mucho que haya olvidado, recuerde lo que recuerde de ello, siento que estoy unida a él. Y siempre lo estaré. —Breen lo miró—. ¿Qué dios nos sostiene aquí?

—Todos.

—Odran no.

—Un dios caído solo es dios en nombre. —Le ofreció su odre de agua—. Te quiere porque eres mucho más que eso.

«¿Lo soy?», se preguntó ella mientras echaba la cabeza atrás para beber.

—¡Una cabra! Un... Un carnero. Ahí arriba.

—Les gustan las zonas altas —explicó Keegan tras levantar la mirada—. Ya casi hemos llegado y nos están esperando.

—Ah, ¿sí?

—Llevan un rato observándonos. Ningún visitante sube a Sliabh Sióg sin que lo vean. Y si no fuésemos bienvenidos, ya nos lo habrían dejado claro.

—¿Es que el *taoiseach* no es bienvenido en todas partes? —preguntó Breen.

Keegan cogió el odre.

—Los troles a veces son muy quisquillosos.

Se volvió hacia el camino y siguió con la subida.

Breen vio más cabras, más ovejas de cuernos largos y más paisajes impresionantes. Entonces, un hombre con los hombros tan anchos como un camión, una trenza de guerrero que le colgaba hasta la cintura y un rostro casi tan castaño como el cabello aterrizó de un salto frente a ellos. Llevaba un casco de bronce mate y una pechera que parecía haber recibido más de un golpe a lo largo de los años. Entornó los ojos, de un azul intenso y sorprendente, mientras se plantaba con las piernas abiertas y las nudosas manazas cerradas contra las caderas.

—Saludos para ti y para los tuyos, Loga. Te pedimos permiso para pasar. Traemos artículos para comerciar.

—Ah, ¿sí? —preguntó Loga antes de olisquear el aire—. ¿Y esta es la hija de Eian O'Ceallaigh?

—Soy Breen —respondió ella antes de que Keegan volviera a hablar—. Y soy la hija de mi padre. Que la luz te bendiga, Loga, y también a tu esposa, Sul, y a todos los tuyos.

Él arqueó las cejas.

—Eres guapa. Te pareces a tu padre y también a Mairghread. Y veo que has heredado los ojos de Odran. —Volvió la cabeza y escupió en el suelo.

—Me gusta pensar que los heredé de mi padre, y no miran con agrado ni a Odran ni a sus seguidores.

—Eres descarada. Me gusta. He oído que te has revolcado un par de veces con este.

Cuando señaló a Keegan con el pulgar, Breen se esforzó por no ruborizarse de vergüenza ni tomárselo como un insulto.

—Eso es un asunto privado.

El trol dejó escapar una carcajada.

—¡Qué descaro! Podéis pasar para hacer negocios. Os daremos una pinta de cerveza a cada uno para demostrar nuestra hospitalidad.

—Ella prefiere el vino —le dijo Keegan.

—Ah, bueno, pues una copa de vino para ella.

Y, como una cabra (al menos en la imaginación de Breen), saltó sobre las rocas que tenían por encima. Después se sacó del cinturón un cuerno en curva, sopló tres veces y pareció desaparecer.

—Somos bienvenidos —dijo Keegan.

Y tomó la última curva cerrada con Merlín.

7

En el altiplano rocoso había un grupito de viviendas de piedra. Otras subían por la montaña como bloques de construcción colocados deliberadamente, aunque de forma precaria. Los escalones y salientes que llevaban hasta ellas parecían haberse arrancado con hachas de la pendiente.

Más allá de las casas, vio una especie de establo o granja y a mulas y caballos fornidos que compartían el potrero de al lado. Un par de cerdos gruñían y hocicaban en una pocilga junto a un sendero estrecho mientras un puñado de pollos gordos graznaban y picoteaban en el exterior de un corral. Había pequeñas fogatas encendidas dentro de círculos de piedra frente a cada casa. El aire pesado y fresco olía a humo de turba y carne asada. Breen estaba bastante segura de que lo que giraba ensartado en un espetón sobre uno de los fuegos era un desafortunado conejo.

Los niños jugaban con palos en curva y una bolita de madera a algo parecido al hockey sobre hierba. Algunas mujeres llevaban bebés atados a la espalda o dentro de acogedores pañuelos cruzados sobre el pecho. Otra le llevó una taza a un anciano sentado al sol en un banco de piedra de talla basta. Breen vio pieles de todos los colores: negro, marrón, cobre, rojizo, crema...

Casi toda la actividad se detuvo cuando entró en el campamento con Keegan. Loga y otros dos (un hombre y una mujer) bajaron de un salto de la cima rocosa.

—Han venido a comerciar —anunció Loga— y tienen permiso. Bienvenido, *taoiseach*. Bienvenida, hija de los O'Ceallaigh.

Keegan desmontó.

—Saludos, Loga, y saludos al resto de la comunidad.

—Y gracias —añadió Breen, que también desmontó.

—Os sentaréis junto al fuego. Cerveza —pidió Loga— y vino para la hija. Tú, chico, llévate a los caballos a beber.

Los condujo a una fogata frente a una choza con una puerta alta arqueada y se sentó en el suelo.

—Hasta aquí llega la hospitalidad —anunció cuando se le unieron Keegan y Breen—. El resto es comercio.

—Entendido —respondió Keegan, que hizo un gesto hacia arriba, donde Cróga los sobrevolaba—. Él lleva las cajas con la mercancía que la hija desea intercambiar. ¿Puede aterrizar?

—Puede. Y mi gente traerá las cajas.

Cuando el dragón aterrizó en la punta rocosa, varios troles corrieron a desatar las cajas que llevaba colgadas de la silla. Un niño le acarició las escamas al dragón y lo miró con anhelo.

—Tu nieto. Podría regalarle un vuelo corto —dijo Keegan.

El chico bajó la vista y el anhelo se convirtió en una esperanza loca.

—Intentas ablandarme para que el trueque te sea favorable, ¿eh?

—Sé que sería en vano. Y yo no soy el que va a comerciar.

Loga señaló al niño.

—Corto, uno. Bueno —siguió diciendo Loga mientras el chico dejaba escapar un grito de alegría y trepaba por el lomo de Cróga—. Primero bebemos, después negociamos.

Breen aceptó la copa que le pasaba una mujer y cruzó mentalmente los dedos.

—Está muy bueno —comentó.

«Y es muy muy fuerte», pensó. Como brandy de manzana filtrado a través de ácido para baterías. Entonces se abrió la puerta de la casa; una mujer la llenaba casi por completo. Era alta, con brazos como troncos de árbol y vestía unos pantalones bastos, unas botas aún más bastas y una túnica con cinturón. Tenía los ojos ámbar de una leona y el cabello, de color roble, trenzado hasta la cintura. Por uno de los laterales de su amplio rostro caía una trenza de guerrera.

—Bienvenido, *taoiseach* —dijo cuando se levantó Keegan—. Bienvenida, hija de las hadas.

Al levantarse, Breen no se paró a pensar en las palabras, sino que las sintió y las pronunció.

—Saludos, madre de los troles.

Sul inclinó la cabeza.

—Traes artículos para comerciar, ¿no es así?

—Sí. Y también ofrezco mis modestos servicios como sanadora, si alguien los necesita. —Breen levantó una de las cajas que tenía amontonadas detrás—. ¿Te gustaría probar una muestra, para juzgarlo con criterio?

Sul dio un paso adelante y se asomó a la caja.

—¿Dulces? —preguntó.

Cuando sacó una galleta, Breen le vio una quemadura ampollada en el brazo y fue a tocarla, pero se quedó paralizada por el gruñido sibilante de la otra.

—Los del mundo de los hombres no pueden tocar a un trol sin su consentimiento.

—Lo siento.

—Es culpa mía —dijo Keegan sin darle importancia mientras se bebía su cerveza—. No conoce las tradiciones y yo no se las he enseñado. También es de Talamh, hija de un *taoiseach*, nieta de una *taoiseach*.

—Y nieta del que pretende destruirnos.

—Y, aun así, abandona la seguridad del mundo que conocía para defenderos.

—Disculpa por la ofensa —consiguió decir Breen, procurando no hablar con urgencia a pesar del nudo que amenazaba con cerrarle la garganta—. He venido a por piedras y cristales de los que extraéis de las minas, porque los necesito para usar mi magia contra Odran.

Sul entornó los ojos, que le brillaban.

—Te da miedo, ¿no?

—Sí —reconoció Breen.

—Pero luces la palabra que significa *valor*, ¿no? Te la has marcado en la muñeca. —Sul señaló el tatuaje de Breen—. ¿Es un adorno o lo tienes de verdad?

—Tengo más del que tenía y menos del que espero encontrar.

Sul frunció los labios y asintió, despacio.

—Es una buena respuesta. —Después, miró a Loga—. Una buena respuesta. —Examinó la galleta que tenía en la mano y la olisqueó. Le dio un bocadito. Sonrió—. ¿Las has hecho tú?

—No tengo ese talento. Un amigo. Yo ayudé un poco... y limpié la cocina después. Pero él es el que hace los dulces. Hay pastas, tartaletas, pasteles glaseados...

Sul le dio otro bocado y le pasó el resto a Loga. Después alargó el brazo herido.

—Tienes mi consentimiento.

Breen pasó las puntas de los dedos por encima de la quemadura. Como Aisling le había enseñado, se abrió. Despacio, despacio. Sintió el dolor, el calor. La infección. Y algo más.

—Tu luz y tu corazón son fuertes.

Podía calmar el dolor. Despacio. Despacio. Reducir el calor. Suavemente. Notó la quemadura en el brazo durante un instante, pero las ampollas se alisaron y la zona roja en carne viva se volvió rosa.

—¿Hay algún ungüento? —dijo Breen.

—Tenemos un poco en el puesto. No he tenido tiempo para echármelo.

—¿Y si mandas buscarlo? Y ¿sería posible hablar un momento contigo, en privado?

—Lo cogeremos cuando vayamos a hacer el trueque.

Sul se volvió hacia la puerta y le hizo un gesto a Breen para que la siguiera.

El interior de la vivienda era tosco, pero cómodo. Había taburetes junto a un fuego bajo y una olla hirviendo sobre él; una mesa y sillas, lámparas de aceite y velas; una escalera que subía a un altillo.

—¿Estoy enferma? —preguntó Sul con la cara seria y la mirada de acero.

—No creo que…

—Me canso demasiado pronto, muy a menudo. La comida no me sienta bien. Cúrame, si puedes, y dímelo si no es posible. No soy una cobarde.

—No he sentido una enfermedad, sino una… condición.

—¿Qué diferencia hay? Querías hablar a solas. Habla.

—No estaba segura de si lo sabías o de si querrías que los demás lo supieran ya. Creo que estás embarazada, que vas a tener un bebé.

Sul dio un paso atrás.

—¿Por qué me dices eso?

—He sentido dos latidos dentro de ti. ¿Puedo volver a mirar para estar segura? Con tu consentimiento.

Sul asintió y mantuvo sus ojos de leona fijos en ella mientras le apoyaba una mano en el vientre y otra en el pecho. Breen pensó en la lección de Marg, en cómo abrirse y sentir la vida. Cerró los ojos y dejó que todo entrara.

—Noto un latido aquí —dijo, y abrió los ojos y presionó ligeramente el pecho de Sul—. Y otro aquí —añadió, tocándole el vientre—. El segundo todavía late bajo, pero es fuerte. No soy lo bastante buena como para decirte de cuánto estás.

Sul levantó una mano y se alejó hasta el fondo de la vivienda. Allí se apoyó en una larga encimera de piedra y sacó la cabeza por la ventana para respirar.

—Cuando paró mi ciclo, supuse que sería el cambio. Llevo dos ciclos sin sangrar y estoy casi al final de mi época fértil, así que eso es lo que creía. Entonces empecé a sentirme regular, cansada, cansada a menudo; esos dolores leves que debería haber recordado eran para hacer sitio a la nueva vida. —Se volvió hacia Breen, y los ojos de leona brillaban—. Tengo hijos crecidos que ya tienen sus propios hijos. El pequeño de los míos tiene doce años.

—Si no es deseado, lo siento mucho.

—¿Que no es deseado? Es un regalo. —Se llevó ambas manos al vientre—. Me has dado el regalo de saber que vuelvo a crear vida, y lloro de agradecimiento. —Se acercó a ella y se quitó los triángulos que le colgaban de las orejas—. Oro de nuestras minas, trabajado por nuestros artesanos. Un regalo a cambio de otro.

—Son preciosos, gracias, pero en realidad yo no he hecho nada.

Sul dejó escapar una carcajada y le dio una palmada en el hombro con una alegría tan entusiasta que Breen calculaba que el moratón le duraría una semana.

—Eres descarada, ¿eh?

—Eso me dice Loga. Será un honor lucirlos —añadió Breen y, a pesar del dolor del hombro, se los puso.

—Ahora, negociemos.

El puesto comercial resultó ser una cueva enorme y profunda iluminada con antorchas y protegida por troles con porras gruesas. «La cueva de Aladino», pensó Breen, encantada y deslumbrada por las piedras y los cristales, algunos del tamaño de guijarros y otros tan grandes como su perro. En otra cámara estaban el oro, la plata y el cobre. En otras había armas y armaduras forjadas con esos metales, y en otra más, todo tipo de objetos: joyería, ollas, cuencos, tazas, cálices…

—Piensa en lo que necesitas —dijo Keegan cuando ella se puso a deambular por las salas—, no en lo que quieres.

—Bueno, quiero y necesito mi propio caldero, así que eso es lo primero.

Se resistió a las joyas y los caprichos (por esta vez) y retrocedió para seleccionar lo que había ido a buscar a las minas.

—Avísame cuando llegue al límite de lo que tenemos para intercambiar —le dijo a Keegan.

Él se rio.

—No te preocupes por eso. Te aseguro que Loga estará pendiente.

Breen llenó un saco de piedras, tanto pulidas como en bruto, alambre de cobre y polvo de plata. Cuando empezó con el segundo, le echó un vistazo a Keegan.

—No sé cuándo podré volver.

—Ya has reunido lo bastante para dos vidas.

—Casi he terminado…

Entonces vio el orbe y todo lo demás perdió nitidez: labradorita, un círculo perfecto tan grande como para tener que sujetarlo con ambas manos. Cuando lo hizo, percibió la vibración dentro de la piedra, dentro de ella. Un remolino de colores, azules y verdes, con toques de marrón dorado. «Tormentas y mares —pensó—. Hierba y tierra». Y sintió que sostenía los mundos en las manos. En la piedra, se vio reflejada y…

—¿Lo ves? —preguntó.

Como ya había sentido las ondas de poder, Keegan le puso una mano en el hombro.

—¿Qué ves?

—La cascada y el río que corre por ambos lados; el bosque, barrido por el viento. Dos lunas, una nueva, una llena, a lomos del cielo. Odran.

Cuando Breen dijo su nombre, algunos de los troles que habían entrado en el puesto murmuraron palabras contra la oscuridad e hicieron el gesto contra el mal.

—¿Lo ves? El otro lado, su lado, Yseult —prosiguió—. Tiene mechas blancas en el pelo. Está gastando su poder porque no dejar de empujar, de temblar mientras grita palabras contra el viento. No logro oírlas, no con claridad. No las conozco. Es una lengua que me resulta extraña. Cuando grita, el viento aumenta y él golpea con su espada. Una cabra negra, un perro demoniaco, una joven que grita llamando a su madre. El río se tiñe de rojo con su sangre, y una niebla roja brota de él y mancha el agua de la cascada. —La cabeza le daba vueltas; su poder crecía—. Se alza, se alza hasta que las lunas se tiñen de sangre. Sacrificio de animal, de demonio, de humana. Borbotea y hierve, el río, la cascada. Cae de rodillas, ahora su pelo es más blanco que rojo. Y Odran se desliza sobre el río hirviente y, fuerte como un trueno, reluciente como un relámpago, su mano pasa a través de la cascada y entra en Talamh. —Breen tiembla e intenta recuperar el aliento—. ¿Lo ves?

—No con claridad, no, y solo a través de ti, no del orbe. El orbe es tuyo. —Keegan le pasó la mano alrededor de la cintura para mantenerla erguida y se volvió hacia Loga—. Te daré lo que quieras a cambio, te lo traeré esta noche. Te doy mi palabra.

—No es necesario. Es suyo. Aquí no somos idiotas. ¿Es eso el ahora, el pasado o lo que está por venir?

—No es el ahora. No es el pasado. —Breen se apoyó en Keegan, aferrada al orbe—. No sé cuándo será. No sé cuándo, pero no puede verme. Todavía no puede verme.

—Dadle un poco de vino a la hija —ordenó Sul.

—Agua, por favor. Solo agua.

—Verano —dijo Keegan—. Las hojas estaban verdes y, en Talamh, la dedalera y el caramujo se veían altos y en flor. El que viene, el siguiente, no sé decirlo, pero en verano. Volveremos a casa cuando te sientas capaz.

—Puedo montar.

—Pues montemos.

Intentó no pensar en que la bajada por la montaña sería mucho peor que la subida y en que, de hecho, podía ver lo peor, los senderos estrechos y las curvas cerradas. El largo, larguísimo, camino descendente.

—¿Has aprendido a limpiar y cargar los cristales? —preguntó Keegan.

—Sí.

—Vas a necesitar un lugar en condiciones donde guardarlos.

—Tengo uno: la mesa del pasillo de la planta de arriba, la que hizo Seamus.

—Eso irá bien. Ha sido culpa mía —siguió diciendo Keegan—. Tenía que haberte explicado que no se debe tocar a un trol. No se me ocurrió. Y lo cierto es que no me lo esperaba de Sul, que es una mujer lista, desconfiada, pero sensible. Aunque, como te decía, los troles a veces son quisquillosos.

—El embarazo puede hacerlos más quisquillosos todavía.

Keegan se volvió sobre la silla tan deprisa que a Breen se le entrecortó el aliento.

—¡Mira por dónde vas! —exclamó la joven.

—Merlín se sabe el camino. ¿Me estás diciendo que Sul está embarazada?

—Si quieres que mi corazón siga latiendo, mira por dónde vas. Sí, está embarazada. —Dejó escapar un largo suspiro de alivio cuando Keegan volvió a mirar hacia delante—. No estaba segura de si ella lo sabía o de si quería que lo supieran los demás.

—Ah, por eso querías hablar en privado. Saliste con los pendientes, así que supongo que no lo sabía y que estaba contenta.

—No lo sabía y estaba muy contenta.

—Como lo estará Loga cuando se lo cuente. Has manejado la situación muy bien, de la forma correcta, como todo lo demás.

—Estás hablando conmigo, cosa que no sueles hacer a menudo, y estás siendo amable porque no quieres que me entre el pánico bajando por esta montaña.

—Hablo cuando tengo algo que decir.

—Puedes seguir haciéndolo, porque está funcionando bastante bien. ¿Estás seguro de que lo que vi era en verano? Estaba tan concentrada en Odran e Yseult y en lo que pasaba que no me fijé en las hojas ni en las flores.

—Estoy seguro, sí. Tenemos otros videntes y, con lo que sé, pueden mirar.

—No quieres que vuelva a mirar yo.

—Lo harás quiera o no, ¿verdad? Pero siempre resulta útil contar con más ojos. Me ha parecido divertido ver cómo le explicabas a Loga la forma de tostar y comerse un bagel. Tengo que probar uno.

—¿No los has probado? ¿Nunca?

—Pues no, pero, como Marco los hizo, seguro que son estupendos. Entonces…, el libro que estás escribiendo, ¿va bien?

Breen se dio cuenta de que se esforzaba por darle conversación, lo que le pareció encantador. Consiguió que siguiera hablando hasta que salieron del sendero rocoso y llegaron al bosque. Estaban perdiendo la luz, así que no pidió parar a descansar, a pesar de que cada célula de su cuerpo le pedía a gritos bajar diez minutos del caballo. Sin embargo, cuando Keegan paró para que los caballos bebieran en un arroyo, permaneció montada. Intuía que, si desmontaba, quizás no fuese capaz de volver a subir. Así que se obligó a relajarse, a estar sin más.

En el silencio del bosque solo se oía el susurro del aire entre los pinos y los árboles de hoja caduca. Las frondas, al final de su ciclo, caían lentamente al suelo, y las bayas que todavía no había recogido nadie ni se habían comidos los pájaros ni los osos parecían diminutas gemas en los ralos arbustos. La luz perdía intensidad, mientras que las sombras se volvían más profundas y alargadas. La superficie del arroyo se ondulaba con los movimientos de los caballos al beber, una música suave que se unía a las notas más vivas del agua al chapotear sobre las rocas de más abajo. Se oyeron el crujido leve en la maleza al atravesarla un zorro y los chasquidos apenas audibles de las garras de un búho que despertaba para la caza nocturna.

De repente, Breen se dio cuenta de que, de todos los dones que había descubierto en su interior, aquel, que acababa de aprender, parecía el más preciado.

—Amish —dijo, señalando arriba—. Morena debe de haberlo enviado para buscarnos, para asegurarse de que estábamos de regreso.

Keegan levantó la vista y vio la figura borrosa del halcón al descender y bailar a través de las ramas hasta elegir una. Desde donde estaba posado, los examinó fríamente. Después de devolverle la mirada, apartó a Merlín del arroyo.

—No estabas mirando al cielo cuando has dicho su nombre. Lo cierto es que parecías medio dormida.

—No estaba dormida. Lo he sentido. Y al búho. —Levantó un dedo mientras dirigían a los caballos—. Escucha. —Después se rio al oír el ulular bitono—. La yaya me enseñó a encontrar los latidos del corazón y el aliento. ¿Tú los notas?

—No como tú, no. Mi poder en ese campo no es tan profundo como el tuyo, aunque hay sangre de *sidhe* en nuestro linaje.

—Ah, ¿sí?

—Sí, *sidhe* y elfa, de cambiaformas y un poco de trol. Mi padre juraba que un antepasado de su bisabuela era sirena.

—O sea que, básicamente, ¿de todos los seres feéricos?

—Eso dicen.

Breen, absorta en sus pensamientos, apenas se dio cuenta de que llegaban a terreno llano.

—Eso podría ser importante —dijo.

—No es una mezcla tan poco habitual, al cabo de un milenio o así. Otros también la tienen.

—Pero otros no son *taoiseach*. Otros no lideran a las criaturas feéricas contra Odran. Tú eres todos ellos, tienes vínculos con todas las tribus. Podría ser relevante. Me da la sensación de que debería importar.

—Siempre ha sido de ese modo, así que nunca le he dado muchas vueltas.

—Me pregunto si deberías intentar explorar esos otros aspectos.

—Me da la impresión de que, si pudieran brotarme alas y volar, ya lo habrían hecho a estas alturas de la vida.

—Estás siendo demasiado literal —protestó Breen—. En los *sidhe* hay algo más que alas, igual que los elfos tienen algo más que velocidad.

—Eso es cierto. —Keegan arreó a Merlín para que fuera al trote cuando el sendero se convirtió en un camino más amplio—. Aun así, ni en un millón de años alcanzaría a un elfo.

—Puede, o puede que no. Aun así, quizás seas más rápido de lo que crees, nunca has explorado esa parte de ti. Créeme, lo sé todo sobre aceptar las limitaciones o creer que las tienes. Que tienes muchas.

—Es interesante. Me lo pensaré.

—Si fueras un cambiaformas, ¿cuál sería tu animal espiritual?

—No es una elección.

«Literal —pensó ella—. Siempre tan literal».

—Si tuvieras elección —insistió—. Creo que yo sería un perro, como Botarate, y haría sonreír a todo el mundo. Es un «Qué pasaría si». No hay respuestas incorrectas.

—Un dragón —respondió Keegan—. Porque no hay ninguno entre los cambiaformas, así que sería el único.

—Ah, veo que tu ego sigue intacto. ¿No hay personas dragón en Talamh?

—Ni en ningún mundo conocido. De todos modos, cuando se tienen el uno al otro, hada y dragón, es como ser una misma criatura. ¿Te quedan fuerzas para ir al galope? Estamos llegando a la carretera y estoy deseando comer algo.

Breen le preguntó a Chico y el caballo se puso a ello. Quería preguntarle a Keegan cómo se elegían dragón y jinete, cómo sucedía, qué se sentía. Pero ganó la idea de una comida caliente y un galope para librarse de parte de la fatiga. Cuando llegaron a la carretera, percibió la expectación de Chico, que sabía que estaba llegando a casa y, con ella, a la comida y el descanso. Breen no podía estar más de acuerdo.

Las lunas se alzaron por encima de la bahía y las estrellas empezaron a encenderse. Vio cuatro dragones surcar la noche, sin jinete, dos de ellos un cuarto más pequeños que los otros. «Una familia», pensó. Eso le recordó a Marg y a Sedric, en su casa, y contactó con su abuela para hacerle saber que estaba de vuelta. Cuando llegaron al cruce, algo se deslizó por encima de Breen, la atravesó y la obligó a frenar.

—¿Qué? —preguntó Keegan al girarse hacia ella—. Necesito comida y una cerveza.

—Las ruinas. Hay… —Breen atisbaba su forma oscura recortada contra el cielo nocturno—. No son latidos ni alientos, pero hay algo. ¿Consciencia?

—Lo que camina por esas ruinas no es nada vivo y lleva sin serlo mucho tiempo.

—¿Fantasmas?

—Algunos espíritus no quieren descansar, otros no pueden.

—Las piedras cantan. No esas. El círculo. ¿Las oyes?

—Sí. Las oigo a menudo, pero no desde tan lejos. Supongo que las oigo a través de ti. Son un lugar sagrado, como el cementerio. Santificado, purificado.

—Pero las ruinas no —dijo Breen mientras retomaban el camino.

—Cuando algunos de los píos se volvieron contra nosotros, se convirtieron en seres hoscos y oscuros. En las ruinas se derramó sangre inocente como ofrenda a esa oscuridad. Rituales que, incluso entonces, llevaban largo tiempo prohibidos. Y parte de ellos dejaron su marca. Y algunos creen que lo que invitaron a entrar es lo que ahora tiene atrapados a sus espíritus.

—¿Tú lo crees?

—Los he oído, tanto a los malditos como a los que torturaron y asesinaron, y que ahora están atrapados con ellos.

Breen volvió la vista atrás porque unos dedos helados le recorrieron la espalda.

—¿Has entrado? —preguntó.

—Sí, así que también los he visto, recorriendo su camino, cantando a sus falsos dioses. —Le lanzó una mirada fría y tajante—. Mejor que tú no lo hagas.

Puso a Merlín al galope y Breen lo imitó, feliz de dejar las ruinas atrás. Incluso antes de buscarlo con la mente, Botarate llegó corriendo. Todo el frío y la oscuridad que se le habían metido dentro desaparecieron con la alegría en estado puro de sus ojos al correr hacia los caballos y alrededor de ellos, saltando, ladrando y moviendo el rabo.

—Seguro que este sí que ha comido ya —dijo Keegan—. Primero daremos de comer a los caballos y los restregaremos bien, y después vamos a comer nosotros.

La luz de las lámparas iluminaba las ventanas; el humo salía por las chimeneas. Merlín no necesitaba que le dieran la señal para saltar por encima del muro de piedra. Breen contuvo el aliento, depositó su confianza en Chico y lo imitó.

—Y aquí están nuestros viajeros.

Morena salió de la casa con Harken y Marco detrás.

—Habéis tenido un día muy largo, y esperamos que fructífero.

—Tengo todo lo que necesito y más. —Encantadísima, Breen desmontó.

«Yoga —se dijo—. Mucho yoga en el futuro próximo».

—Id a lavaros —dijo Harken tras tomar las riendas—. Entrad y probad el estofado de pollo que ha preparado Marco. Morena y yo nos encargaremos de los caballos, que ya hemos tocado el cielo con la comida.

—Gracias, estoy más que dispuesto. Estos dos se han ganado una manzana —añadió Keegan tras darle una palmada en el flanco a Merlín—. ¿Alguna noticia de Mahon?

—Todo va bien —respondió Harken—. Y nuestra madre debería estar aquí para mediodía.

—Eso está bien.

Marco rodeó los hombros de Breen con un brazo.

—Seguro que estás deseando un poco de vino y una comida caliente.

—Y tanto.

—Voy a preparártelo. Menudo día, ¿eh?

—Ni te cuento —respondió Breen, y se fue al pozo con Keegan para limpiarse el polvo del camino.

8

A pesar de los estiramientos, por la mañana Breen sintió en su cuerpo los rigores del largo camino a caballo. Aun así, nadie la vio cojear cuando bajó para dejar salir al perro y meter en casa las piedras que había limpiado y cargado la noche anterior.

Tardó unos cuantos viajes, pero era todo un placer ver, sostener y colocar en la mesa del pasillo de arriba los objetos que ahora le pertenecían. El orbe lo dejó en su despacho. Lo guardaría allí durante el día de trabajo y, por la noche, lo pasaría a su dormitorio.

Con la casa en silencio a su alrededor, se bebió el café en el umbral, contemplando la niebla que se desprendía de la bahía al llegar el alba. Después se puso a trabajar, tejiendo su historia con magia oscura, serpientes del sueño… y un dragón que derretía un lago helado con su feroz aliento para ahogar a los demonios. Vio la batalla mientras la escribía, en lo alto de las montañas, donde el viento se arremolinaba con hielo y nieve, donde los troles luchaban para defender su posición y los perros demoniacos se lanzaban a por sus gargantas. En cierto momento hizo una pausa para meditar sobre cuándo se había vuelto tan sanguinaria. Después, volvió a la faena.

Cuando salió al bosque con Marco y Botarate, ya había limado un poco los problemas, tanto de la historia como de su cuerpo.

—¿Listo para seguir entrenando? —preguntó.

—Listo y preparado —respondió Marco—. Casi que me gusta lo de la espada. Es parecido al *cosplay*. Pero lo que de verdad me mola es montar. No sé dónde acabaremos, amiga, pero necesitamos buscarnos unos caballos. Se me olvidó comentarte que esta noche tengo una reunión por Zoom con tu gente de publicidad. En nuestra noche. Tengo que estar de vuelta y listo para las siete. El problema es que no sé cómo consultar la hora al otro lado.

—Ellos lo saben. No me preguntes cómo. Pero sé que el sol se pone sobre las cinco, siempre lo miro, así que nos guiaremos por eso.

—Me encaja. Es como si todo encajara, no me preguntes cómo.

—Pues yo espero no tener que subirme a un caballo en todo el día. Pero pregúntale a Morena si le parece bien que mañana vayamos tú y yo al cementerio. Quiero que veas la tumba de mi padre.

—Me gustaría —respondió Marco, y se paró junto al árbol—. Me pongo nervioso cada vez que hay que cruzar.

Pero ella le dio la mano y cruzaron juntos.

—Hace buen día —comentó él—. Esa era mi esperanza. —Se metió la mano en el bolsillo y sacó las gafas de sol—. Esto sí que es estilo.

—Tú siempre tienes estilo. —Antes de bajar los escalones, Breen hizo visera con una mano para protegerse los ojos y miró hacia el este—. Vienen muchos jinetes.

—Y tanto. Es un desfile. Con banderas y todo. Tía, dragones. Como media docena, ahí arriba.

—Debe de ser la madre de Keegan, que viene de la Capital —le dijo Breen.

Mientras lo hacía, Keegan descendió con Cróga, procedente del sur, comprendió Breen. Había ido para allá. El jinete bajó de un salto cuando el dragón rozó el suelo. Después, este volvió a ponerse en formación con el resto de los suyos. Keegan se acercó a una mujer que montaba un caballo blanco, le sujetó las riendas mientras ella bajaba y después se abrazaron allí mismo, con dos docenas de jinetes detrás y media docena de dragones sobrevolándolos. El cabello color miel de la mujer estaba recogido en un moño trenzado sobre la nuca, lo que le dejaba la cara descubierta. Vestía pantalones estrechos, casi mallas, con botas altas por encima y un jersey del color del cielo de octubre bajo un chaleco de cuero largo.

—Si esa es su madre, menudo bombón —dijo Marco mientras se bajaba un poco las gafas.

Después de que la mujer besara a Keegan en ambas mejillas, él se acercó para darle la mano a otra mujer, una de piel dorada y cabello de ébano. Con un gesto sorprendentemente galante, le besó la mano.

—Igual que su amiga —añadió Marco enganchando las gafas en el bolsillo, y empezó a bajar los escalones—. Vamos a saludar.

—Deberíamos dejarlos… —La frase se le quedó a la mitad cuando los dos hijos de Aisling salieron corriendo de la casa.

—¡Yaya! —gritaban, y, entre risas, la mujer rubia se agachó para abrazarlos.

Después salió Aisling y, con la mano apoyada en el vientre, se les acercó a toda prisa. Con los niños enganchados a las piernas, la rubia se enderezó para estrecharla con fuerza entre sus brazos. Harken, que venía de un campo cercano, saltó por encima del muro de piedra y fue también a por su abrazo.

—Vamos a esperar aquí —murmuró Breen—. Es un momento familiar.

—Es bonito —dijo Marco, y le apoyó una mano en el hombro—. Da gusto verlo.

Pero a Botarate le faltaba la fuerza de voluntad suficiente para esperar, así que salió lanzado escalones abajo. Por una vez hizo caso omiso de las ovejas y saltó por encima del muro. Breen oyó a la mujer reír de nuevo cuando se agachó para saludarlo. Después, la madre de Keegan volvió la cabeza y la miró. Breen sintió que se le formaba un nudo en el estómago. La mujer le dijo algo a Harken y señaló a Keegan; después, empezó a cruzar la carretera, con su hijo al lado.

—Ay, camina como una reina. De las de la realeza de verdad —aclaró Marco—. Ya sabes a lo que me refiero.

Como Breen lo sabía, tuvo que obligarse a bajar los escalones.

—Que la luz te bendiga, Breen Siobhan O'Ceallaigh. Y también a tu amigo. Es Marco, ¿no?

—Señora.

—Os presento a mi madre, Tarryn O'Broin.

—Es todo un placer conocerte —dijo Tarryn, que le ofreció una mano a Breen mientras esta se preguntaba si debía inclinarse o intentar hacer una reverencia—. Aprecio sobremanera a tu abuela, y tu padre, descanse en paz, fue un buen amigo y un padre para mis hijos cuando el suyo falleció. Keegan, ¿dónde están tus modales? —Le dio un manotazo en el brazo—. Ayuda a la joven a pasar por encima del muro.

—Como si no lo hubiera saltado ella sola mil veces —masculló él, pero, de todos modos, cogió a Breen y la levantó por encima del muro.

—Podría decir que su grosería es culpa mía, por no educarlo bien, pero no lo haré, ya que se la ha ganado él solito. No te entretendré más, que seguro que debes ir de camino a ver a Marg. Dale un abrazo de mi parte y pregúntale si le gustaría venir a visitarme más tarde, ¿de acuerdo?

—Claro.

Para sorpresa de Breen, Tarryn le cogió el rostro entre las manos y se inclinó para darle un beso.

—Tu padre estaría orgulloso de ti —le susurró—. No lo dudes. —Después dio un paso atrás y sonrió—. Eian me contaba historias sobre vosotros dos, así que sé que ambos sois músicos. Esta noche celebraremos un *ceilidh*.

—Mamá…

La mujer lo calló con un gesto.

—Las guerras y batallas no tardarán en llegar. Debemos aprovechar la alegría y la diversión que se nos presenten. Volved después para disfrutar de ello con nosotros —les dijo a Breen y a Marco.

—No queremos molestar —empezó a decir ella mientras Tarryn cruzaba la carretera para colocarse a Kavan en la cadera y darle la mano a Finian.

—Si quiere que vayas, tendrás que ir. Pero, primero, el entrenamiento. No llegues tarde —le advirtió Keegan antes de alejarse para unirse a Harken en el campo, donde los jinetes estaban montando sus tiendas.

—Menudo momento —consiguió decir Marco al cabo de unos instantes—. Y lo sigue siendo. Van a acampar ahí mismo y tienen todos los caballos en el campo. Hay dragones en el cielo. Ay, madre, que están bajando. ¿Dónde van a meterlos?

Aterrizaron en fila, sobre la carretera, haciendo temblar el suelo al alinearse como aviones en una pista de aterrizaje. «Como gemas», pensó Breen. Parecían piedras preciosas de las que sus jinetes bajaban de un salto o deslizándose por el lomo. Estos descargaron sillas, alforjas y paquetes, y, uno a uno, los dragones volvieron a alzar el vuelo, dejando a Breen temblando de emoción y de mucha envidia.

Los jinetes recogieron su equipo y los saludaron a ella y a Marco con la cabeza mientras charlaban entre ellos. Uno que llevaba una silla al hombro le echó un vistazo de pasada a Breen y otro, mucho más atento, al chico.

—Bonita mata de pelo, amigo.

—Em, gracias. Lo mismo digo.

El jinete se quedó un momento donde estaba; medía más de metro ochenta con las botas puestas, llevaba una trenza de guerrero hasta el hombro y el resto de la rubia cabellera suelta en ondas que le caían por la espalda.

—¿De qué parte del otro lado vienes?

—De… Filadelfia.

—Fi-la-del-fia —repitió con cuidado, y sonrió—. Estupendo.

Cuando se alejó, Marco lo siguió observando.

—¿Estaba ligando conmigo?

—No lo sé —respondió Breen—. No sabría decirte. Puede. Lo que está claro es que conmigo no.

—Creo que estaba ligando conmigo. Me ha pillado por sorpresa, así que no le he seguido el rollo. Tenía unos ojos muy azules. Debería haberle seguido el rollo. Ni siquiera le he preguntado cómo se llama.

—Vete a entrenar, Marco.

—Claro. —Se puso otra vez las gafas de sol—. Voy para allá —dijo, pero no dejaba de mirar al jinete del dragón—. Recuerda que tengo ese Zoom, pero después nos limpiamos, nos ponemos guapos y volvemos para la fiesta.

—No creo que…

—La reina…, que ya sé que no es una reina, pero debería serlo…, en fin, que la reina lo ha ordenado. —Le dio un puñetazo flojito en el brazo—. Nos vemos después.

Breen no tenía tiempo para fiestas y tampoco le apetecía pensar en una en la que solo conocía a unas cuantas personas, así que, en vez de eso, llamó al perro y se fue a casa de Marg. Estaba en el jardín de atrás, recogiendo verduras de su huertito. Y, como no encontró la forma de evitarlo, le contó lo de la llegada de Tarryn, la invitación para visitarla y el *ceilidh*.

—Un *ceilidh* es justo lo que necesitamos. Te acompañaré a la granja para pegar la hebra con Tarryn.

—¿Pegar la hebra?

—Significa *chismorrear*. Y recogeremos un par de calabazas de aquí, lo suficiente para una tarta y sopa, y para llevar al *ceilidh*.

—¿Vas a hacer una tarta y sopa con una calabaza de verdad?

—Pues claro. No se me da tan bien como a Sedric, pero nadie se ha quejado nunca. En la cocina hay magia, Breen, ya que pones en ella tu intención, tu trabajo y también tu amor.

Por primera vez en su vida, Breen vació una calabaza. Aprendió a separar las semillas y a tostarlas mientras los trozos de pulpa hervían para ablandarse. En vez de unas cuantas horas en el taller, pasó ese tiempo con Marg en la cocina, rodeada de los aromas del otoño. Aprendió a pelar y a rallar una nuez moscada y a moler clavo y canela con un mortero. Y, aunque dudaba seriamente de que fuera a usar mucho aquellas habilidades, sí que las disfrutó bastante.

Todo lo que no utilizaron, lo guardaron en tarros para que sirviera como ingredientes de futuras comidas o preparaciones mágicas. Al final, acabaron con una olla de sopa, dos tartas y dos hogazas de pan de calabaza.

—Tienes buena mano para la cocina.

—Para ayudar en la cocina —puntualizó Breen—. La de nuestro piso es tan pequeña que suelo dejar que Marco trabaje solo, pero, cuando quiere que le eche una mano, me dedico a picar y remover.

Durante el lavado (una tarea que incluía llevar agua del pozo) preguntó por Sedric, pero en la fase de horneado se había dado cuenta de que estaba en el sur.

—¿Estás preocupada por él? —le preguntó a su abuela.

—Donde hay amor, hay preocupación. Y esta camina de la mano de la alegría por el sendero del amor, creo. Está donde lo necesitan. Como yo —añadió tras rozarle el hombro a Breen con una mano.

—¿Estarías también en el sur si no fuera por mí?

—Pero es que estás aquí, *mo stór*, y, si no lo estuvieras, puede que no supiéramos que debemos estar preparados en el sur. Así que la pregunta es un círculo con innumerables respuestas en su circunferencia. —Se secó las manos, señaló la ordenada cocina con la cabeza y añadió—: Ya que hemos terminado, llevaremos nuestra obra a la granja, pero dejaremos aquí una hogaza para cuando vuelva Sedric.

Breen llevó la olla de sopa cogida del asa, y Marg se encargó de la tarta y el pan, metidos en una cesta. Las hojas correteaban por la carretera como coloridos niños batidos por el viento. Los dragones surcaban el cielo sobre ellas, con y sin jinete. Breen vio niños de verdad, el grupo de amigos a los que había bautizado como la Panda de los Seis, corriendo por un campo hacia la bahía. Como sintió el anhelo de Botarate, lo miró.

—Anda, ve a jugar un rato.

Cuando salió corriendo, se rio.

—Le cuesta decidir qué le llama más —explicó—, si los niños o el agua.

—Así que probará ambas cosas. ¿Cómo va el libro nuevo sobre nuestro chico?

—Muy bien. Por la mañana volveré con él, lo usaré para refrescarme un poco. He estado trabajando en una novela adulta y acabo de escribir una escena bélica muy violenta. Quiero tomarme un descanso y pasar a algo más divertido.

—¿No es maravilloso llevar dentro ambas cosas?

—Me sorprendo y me siento agradecida por ello todos los días. Y por la casa, yaya, donde puedo escribir y Marco, trabajar. El año pasado por estas fechas me levantaba todas las mañanas para ir a un trabajo que no quería porque creía que no tenía elección, de verdad que lo pensaba. Y ahora me levanto todas las mañanas para trabajar en lo que adoro, en lo que he elegido. Sé que me quedan más elecciones por delante.

—Y las harás.

—Sí. Igual que elijo dejar que Keegan me presione, patee y empuje en otra sesión de entrenamiento. —Miró a Marg de soslayo—. No es mi parte favorita del día.

—Bueno, pasar por eso hace que valores mucho más lo bueno.

—Intentaré recordarlo cuando me mate media docena de veces. Aunque la verdad es que disfruté mucho conociendo a los troles y también de las vistas desde la montaña… Nunca lo olvidaré. Sé que no podría haberlo hecho si él no me hubiese enseñado a montar ni me hubiese presionado tanto. Te vi montada en tu dragón. Eso tampoco lo olvidaré. Estabas magnífica.

—Ay, qué amable eres.

—¿Puedo montar contigo alguna vez?

—Pues claro que sí. Ah, veo que Keegan está montando una diana. Hoy te toca arco.

Ella miró hacia allí y lo vio en el campo, colocando una diana en una pila de pacas de heno.

—Eso no está tan mal. Puede que incluso se me dé bien.

—Pues ve a averiguarlo. Dame, yo llevo la sopa.

—Que te lo pases bien, eh, pegando la hebra con su madre.

—Seguro que sí.

Breen se despidió de ella junto a la puerta. Total, tan malo no sería, ¿no? Se fijó en que Keegan había sacado la espada para ella, así que algo de eso habría. Lo que significaba que le daría una paliza, lo cual no era agradable. Sin embargo, si se había molestado en colocar una diana, seguro que centraría la mayor parte del entrenamiento en eso.

Keegan la esperaba con una mano en la empuñadura de la espada. Breen contaba con la musculatura suficiente para el peso del arco que le había elegido. El joven esperaba que demostrara más talento en eso que con la espada. No dejaba de asombrarlo y frustrarlo que una mujer de su fuerza y su elegancia (porque tenía más que de sobra de ambas) fuese tan torpe con las armas. Para reunir algo de paciencia, tuvo que recordarse que había mejorado. De eso no cabía duda. Aunque nunca sería una maestra ni una estratega astuta con la espada, sabía defenderse. Hasta que alguien le cortaba un brazo. Y como a él le tocaba asegurarse de que eso no pasara nunca, Keegan creía que tenía derecho a sentirse frustrado. Para procurar concentrarse en la tarea entre manos, se dijo que no importaba nada que el cabello de Breen fuese más brillante que el resplandeciente tono final de las hojas del otoño.

—Como con la espada —le dijo a la joven sin más preámbulos—, tienes que apuntar a la diana con la parte afilada.

—Eso ya me lo sé.

Keegan le pasó un arco.

—El peso te irá bien.

—¿Peso?

—Tiene que ver con la cuerda, con la fuerza que necesitas para tirar de ella. Primero, observa. —Recogió otro arco y adoptó la postura—. Todavía no vamos a colocar una flecha, pero usaría la mano con la que tenso la cuerda para hacerlo, después agarraría la cuerda con tres dedos y el arco con la otra mano. —Levantó la palma—. ¿Sabes cuál es la línea de la vida?

—Sí.

—Sostengo el arco con el pulgar dentro hasta esa línea antes de levantar el brazo, manteniendo los hombros a la misma altura. A la misma altura —repitió—. Después, tenso, así, ¿lo ves?

Ella lo observó tirar con facilidad de la cuerda hasta llegar al lado derecho de su cara.

—Y ese ojo, de ese mismo lado, el derecho para ti y para mí, el izquierdo para otros, se concentra en el objetivo. Después se juntan los omóplatos y se saca pecho para aprovechar la potencia, el músculo y la fuerza de la espalda, ¿lo ves?

—Vale.

—A continuación, quitas los dedos de la cuerda y sueltas la flecha, y, mientras lo haces, mueves la mano hacia atrás, bajo la oreja.

—Son más pasos de los que creía —comentó Breen, y se concentró en recordar el orden—. Suponía que no había más que tirar de la cuerda, apuntar y soltar.

—No. Inténtalo como te he dicho.

Probó a imitar su postura, recordando cuadrar los hombros, agarrar la cuerda y el arco como le había indicado y tensar. Apenas logró mover el arco un par de centímetros, así que se recolocó y procuró usar más los músculos. Cuando soltó, la cuerda vibró y le dio un latigazo. Como llevaba chaqueta, no le dolió mucho el brazo, aunque se llevó un susto.

—Otra vez. Despacio y sin prisas, por el momento.

Lo hizo una y otra vez, hasta que él consideró que ya estaba preparada para la flecha.

—Con la mano de tensar la cuerda —dijo mientras se lo demostraba—, colocas la flecha, levantas el arco, tensas y disparas.

Con lo que parecía un único movimiento fluido, colocó la flecha, levantó el arco, tensó y disparó. Y, naturalmente, dio en el centro de la diana.

Naturalmente.

Ella repitió cada paso en su cabeza y los siguió. Cuando soltó la flecha, esta trazó una parábola temblorosa antes de estrellarse en el suelo a apenas metro y algo de ella.

—No —dijo Keegan sin más, y le pasó otra flecha—. Los hombros a la misma altura y hacia atrás. Tienes que tensar de una vez, con firmeza.

Esta vez, la flecha voló hasta un poco más lejos... y acabó a casi un metro a la derecha de la diana, en un bonito arbusto de fucsias.

—No —repitió Keegan, y, esta vez, se colocó detrás de ella. Le sujetó los hombros y se los giró—. Irá hacia donde tú la mandes. No tiene ningún poder de decisión, ¿verdad? Tú sí. —Acercó el rostro al de ella para compartir la visión del objetivo y colocó las manos sobre las suyas para guiarla—. Reúne toda tu energía y potencia en la espalda. Así. Y ahora, suelta.

La flecha dio en la diana; no en el centro, pero en la diana. Breen olía a canela, y el aroma estuvo a punto de nublar la mente de Keegan. Dio un paso atrás.

—¿Qué has estado haciendo? —le preguntó.

—He estado intentando disparar la dichosa flecha.

—Antes. ¿En qué hechizo has estado trabajando?

—En ninguno, la verdad. ¿Por qué? —Hizo unos movimientos giratorios con el hombro dolorido—. Hemos preparado tartas y pan y hemos hecho sopa con unas calabazas del huerto. ¿Por qué?

—Hueles a eso.

Y él sabía que los aceites de esas especias se usaban para preparar hechizos que incitaban a la lujuria e incluso al amor. Hechizos prohibidos. Le pasó otra flecha.

—Otra vez —ordenó.

—¿Es que el olor a calabaza te cabrea?

—No. El pelo y la piel te huelen a esas especias. Y no solo se usan para cocinar, sino también para hechizos y pociones.

—Lo sé. He estudiado y practicado usándolas todas de ese modo. Pero hoy solo ha sido para cocinar.

Empezó a colocar la flecha, hasta que entendió lo que decía Keegan y se sintió insultada hasta la médula.

—¿Pociones de amor? Pueden usarse en pociones de amor. ¿Crees que yo haría algo así? Sé que están prohibidas y respeto el arte. Respeto mi don. Respeto tu derecho a sentir lo que sientas. No estoy tan desesperada como para preparar una poción de amor para que vuelvas a desearme.

—Solo te lo preguntaba porque… A la mierda. He venido a entrenarte, a prepararte para lo que se avecina. Hay hadas que no volverán a casa después de Samhain, y yo tengo que enviarlas allí sabiéndolo. No he venido aquí para desearte, y aun así lo hago.

—Y eso te cabrea. Pues es problema tuyo, *taoiseach*. —Furiosa, colocó la flecha, que acabó en la hierba a pocos centímetros de sus botas—. ¡Mierda, mierda, mierda!

Keegan se rio, no pudo evitarlo, y ella se giró rápidamente hacia él y lo empujó. Sin dejar de reír, Keegan la apretó contra él y la puso de puntillas.

—Que les den a los dioses. Una vez, solo una vez, y se acabó.

Pegó sus labios a los de Breen y tomó lo que necesitaba. Y sintió el alivio que le producía, a pesar de que el deseo lo estremecía como si fuera la cuerda del arco. Su aroma, su sabor, su tacto…, todas esas semanas sin ellos le exigían tomar lo que pudiera, aunque solo fuera un momento. Al principio, ella no le dio nada, ni siquiera se resistió. Sin embargo, Keegan percibía en ella su mismo deseo, y Breen se rindió, tomando igual que él, envolviéndolo a la tranquila luz del sol, en un campo que olía a hierba y ovejas. Cuando la soltó, ella le apoyó una mano en el pecho.

—¿Por qué solo una vez? —preguntó.

—Porque algunos no volverán y yo debo darles todo lo que tengo. Debo pensar en ellos, en los que van a luchar sabiendo que no regresarán, no en mis deseos.

Ella dejó la mano sobre su pecho otro instante y después la dejó caer.

—De acuerdo. Los dos pensaremos en ellos.

Recogió el arco y la flecha, y lo intentó de nuevo.

En la casa, su abuela estaba con Tarryn junto a la ventana, observando los intentos de Breen con el arco.

—Se parece a ti, Marg. No solo por el pelo, aunque, por los dioses, es magnífico, sino por la forma de la cara y la constitución. Sé lo que significa para ti tenerla de vuelta.

—Jennifer le dio una vida muy constreñida. Intentó encajar una pieza redonda en un agujero plano, día tras día. Creo que una de las mayores alegrías de mi vida ha sido verla despertar. Y una de las mayores tristezas, saber a lo que tiene que enfrentarse, ahora que ha despertado.

—Me dijiste que sus poderes son profundos, más incluso que los tuyos.

—Sí. Todavía no ha conectado con todos ellos. —Marg dejó escapar una carcajada cuando la flecha de Breen cayó al suelo—. ¿Cuánto crees que durará la paciencia de Keegan?

—Nunca lo bastante. La entrena para luchar y debe hacerlo, claro, pero, al final, lo que funcionará para ella no será ni la espada ni el arco.

Otra flecha cayó al suelo, y Tarryn negó con la cabeza.

—Y gracias a los dioses por eso —añadió—. Pero ella sigue intentándolo, ¿verdad?

—Mira, si la hubiese guiado así desde el principio... —dijo Marg, y sonrió para sí cuando Keegan colocó las manos sobre las de Breen y el rostro junto al suyo—. Hacen buena pareja.

—Es verdad. —Tarryn, que disfrutaba de la situación, le rodeó la cintura con un brazo—. Y ya está, ha acertado en la diana. Me pregunto por qué procuran tener tanto cuidado cuando están juntos, si he oído que... ¿Qué pasa ahora? ¿Por qué está enfadado este chico? —Frunció el ceño y evaluó la escena del campo—. ¿Cómo es posible que un hombre que alberga tanta bondad en su corazón tenga una cabeza tan dura como una piedra? Ella está haciéndolo lo mejor que puede, ¿no?

Arqueó las cejas de golpe cuando Breen empezó a colocar otra flecha, pero paró para volverse hacia Keegan.

—Palabras de enfado —comentó—. No hace falta oírlas para saberlo. Bueno, me alegro de que sepa defenderse.

—Sabe hacerlo bien cuando la provocan —repuso Marg.

—Me parece que lo está poniendo en su sitio. Bien por ella. —Tarryn hizo una mueca cuando la siguiente flecha cayó al suelo, a pocos centímetros del pie de Breen—. Ay, ahora el muy *eejit* se está riendo de ella. No puedes entrenar a nadie si... ¡Eso es, dale lo que se merece!

Estuvo a punto de vitorearla cuando la joven empujó a su hijo, pero guardó silencio de golpe cuando Keegan tiró de ella para abrazarla.

—Bueno —murmuró Marg mientras se bebía el té—. Pues ya está.

—Ya está —coincidió Tarryn—. Había oído que se acostaban juntos, pero ahora entiendo por qué ya no se escapa a la Capital de vez en cuando para meterse en la cama de Shana. Cree que no me entero, pero sé muy bien dónde están mis hijos.

—Ah, la juventud... —comentó Marg mientras negaba con la cabeza; en el campo, Keegan y Breen se separaban, y ella recogía el arco—. Qué desperdicio de calor.

—Se alejó de Shana hace algún tiempo. No mucho después de que apareciera tu nieta. No me importa decirte que me alegro.

Tarryn regresó a por la tetera y las dos mujeres se sentaron.

—Te diré lo que le dije a Minga —prosiguió—, que es como una hermana para mí. Quiero mucho a los padres de Shana. Él es un buen asesor y su madre es fuerte y amable. Pero cuando la chica, que es preciosa, Marg, se fijó en Keegan me preocupé, porque su objetivo no era mi niño, sino el *taoiseach*. Lo que percibía en ella era deseo y ambición, nunca amor por él. Yo quiero amor para mis hijos.

—Como cualquier madre —repuso Marg.

—Ahora está enfadada porque él le ha dicho sin rodeos, y espero que con amabilidad, que no se comprometerá con ella. La chica pone buena cara, claro, y pasa el rato con Loren Mac Niadh. No hay pareja más bella en todo Talamh. Espero que el joven consiga con su encanto, que tiene de sobra, enfriar la rabia que ahora percibo en ella.

—Pero seguirás preocupándote. Justo hoy le decía a Breen que el amor y la preocupación van de la mano.

—Y así es —dijo Tarryn, que alargó una mano para apretársela a Marg—. Te he echado mucho de menos.

—Y yo a ti, hija de mi corazón. Te diré lo que antes no había sido capaz de decirte. Después de que Eian y Jennifer acabaran en el otro lado, tenía la esperanza de que mi niño y tú os comprometierais.

—Te diré lo que antes no había sido capaz de decirte. Creo que lo habríamos hecho si él hubiera seguido con vida. Casi diez años después de que perdiéramos a Kavan, que era mi marido, mi amor, el mejor amigo de Eian, un hermano en todos los aspectos salvo en el de la sangre, el amor nació entre nosotros. He sido muy afortunada de haber amado y sido amada por dos hombres tan maravillosos, Marg.

—Me alegro. Me alegra saber que disfrutó de ese amor contigo antes de morir.

—Y ahora podrían ser su hija y mi hijo. —Dividida entre la esperanza y la preocupación, miró por la ventana—. Seguro que ambos estarán a la cabeza del ataque contra Odran. Solo nos resta esperar que ellos también se hagan felices el uno al otro.

—Puede que no se quede, Tarryn. Cuando, quieran los dioses, Odran sea destruido y los mundos estén a salvo, podría decidir regresar a su otro mundo.

—Podría, y esa decisión es suya. Aun así, es bueno que vaya a visitar la Capital pronto. Verá quién es Keegan allí. Conocerá otras zonas de Talamh. Política y guerra —dijo con un suspiro—. Se hablará mucho de ambas, pero Breen debe ver, escuchar y saber lo que somos y cómo gobernamos. —Se echó hacia atrás en el asiento y bebió más té—. Es un placer poder sentarme aquí contigo un rato y no tener que hablar ni de política ni de guerra. Simplemente sentarnos a observar cómo se desarrollan los asuntos del corazón.

—Pero podemos disfrutar del placer de hablar de ellos.

Tarryn se rio.

—Sí. Por ejemplo, ¿cuándo convencerá por fin Harken a Morena de comprometerse para que yo tenga más nietos?

—Harken es lento y prudente, mientras que Morena vive al día; el mañana ya se verá. Puede que el joven Finian se decida a hacerlo antes que esos dos. ¿Cómo están los padres de Morena? ¿Y sus hermanos y familiares?

—Todos bien. Su padre se queda en la Capital porque Flynn está en el consejo. Pero tanto Seamus como Phelin vuelan al sur, y nuestra luz se va con ellos. La mujer de Seamus, Maura, recordarás que enseña y entrena a los pequeños. Bueno, pues ahora tiene las manos llenas con su hijo mayor, que con diez años está empeñado en unirse a la batalla que se cuece en el sur. Y Noreen está embarazada de su primero.

Disfrutaron de otra hora más hablando de amigos y familiares.

9

Cuando se fue Marg, Tarryn salió a recoger flores para hacer arreglos con los que adornar la casa. Sabía que ninguno de sus hijos pensaría en algo así. Vio que Keegan había estado entrenando a Breen con la espada y en el combate mano a mano, usando espectros. Aunque procuró no interferir, los observó y concluyó que las habilidades de la chica eran aceptables para una novata. Sin embargo, su manejo de la magia y su estrategia con ella sobrepasaban ese nivel. Fue un alivio comprobarlo, renovó sus esperanzas. Mucho dependía de la hija de Eian. Demasiado, en su opinión, pero el destino no solía ser justo.

Mientras llenaba su cesta, oyó cascos de caballos. Levantó la mano para saludar a Morena y a Marco, que cabalgaban hacia el potrero.

—Montas bien, Marco —le gritó—. Dejas en buen lugar a tu profesora y a tu montura.

—He galopado —dijo, con el brillo de la emoción todavía patente en los ojos mientras se inclinaba para rascarle el cuello con ambas manos a la yegua—. ¡Madre mía, hemos volado!

—No puedo presumir mucho de mi trabajo; o, mejor dicho, no puedo presumir nada —dijo Morena al bajar de Azul—. Este hombre tuvo que ser un centauro en otra vida.

Marco se rio al desmontar.

—Aquí no tendréis de eso, ¿no?

—Hay una pequeña tribu muy al norte —respondió Morena sin darle importancia—. Su mundo natal se llama Greck, pero algunos emigraron y se establecieron aquí.

—¿Me tomas el pelo? —le preguntó Marco mientras le pinchaba con el dedo en el hombro.

—En absoluto. Vamos a ocuparnos de los caballos, que tú tienes tu reunión… y has prometido hornear algo para esta noche. Tiene que hablar con la gente del otro lado, en la ciudad de Nueva York, a través del ordenador —le aclaró a Tarryn.

—Qué maravilla. ¿Es ese tu trabajo? —le preguntó ella.

—Parte de él, sí, señora. Es para el libro de Breen.

—Marg me dijo que tiene una historia sobre su perro —respondió ella, y miró hacia Botarate, que había salido del final de la zona de arquería para molestar a las vacas—. Dice que es un cielo.

—Y tanto.

—Y con las manzanas que le ha dado el abuelo, dice que va a preparar una tarta de compota de manzana para traerla al *ceilidh*.

—Bienvenida será, igual que el repostero.

Mientras limpiaba el caballo, Marco miró hacia las tiendas.

—Hemos visto a los soldados entrenar mientras cabalgábamos. ¿También… vienen a la fiesta?

—Por supuesto, son más que bienvenidos.

—Eso está bien —repuso él.

—¿Vas a venir con nosotros a la capital, Marco?

Él dio un respingo y miró a Tarryn.

—¿Yo? ¿A la Capital?

—Seguro que a Breen le encantaría tenerte a su lado, igual que a todos los demás. Espero que puedas unirte a nosotros.

—Vaya, gracias, de verdad. Me encantaría verla.

—¿Y tú, Morena? ¿Vendrás? Sé que tu madre te echa de menos.

—Me gustaría ir un par de días. Es lo máximo que soporto el ruido y las multitudes, incluso por la familia, pero esta vez no. A este —añadió, señalando a Marco con el dedo— sí le gustan el ruido y las multitudes.

—También la tranquilidad, pero, sí, soy un chico de ciudad.

Hizo una mueca cuando uno de los espíritus, que parecía salido de una película de terror, atacó a Breen con sus uñas de ocho centímetros. Cuando la chica cayó de espaldas, se dispuso a saltar por encima de la valla del potrero.

—Está bien, Marco —le aseguró Morena—. Dale un momento.

Desde el suelo, Breen disparó lo que parecían ser unos afilados dardos de hielo. Le salieron de los dedos. El espíritu gritó y fue a saltar sobre ella... antes de desaparecer.

—¿Has visto lo que ha hecho? ¿Lo has visto? ¡Es increíble!

Marco hizo un bailecito de la victoria mientras su amiga se levantaba e iba con espada, puños, pies y («¡Hala!») rayos a por los dos espíritus que quedaban.

—¡Increíble! —repitió—. La única vez que la había visto pelear fue cuando teníamos unos diez años y yo era un enclenque. Pero enclenque de verdad. Y un gilipollas que me llevaba diez kilos y dos años se abalanzó sobre mí de camino a casa, después del colegio. Supongo que decidió que yo era demasiado gay para vivir. Pues estaba dándome puñetazos contra la acera cuando mi Breen llegó corriendo. Saltó sobre su espalda y empezó a chillarle. Él intentó quitársela de encima, pero se le pegó como una lapa. El chico le hizo daño, le hizo sangre en la nariz, pero ella no paró. —Dejó escapar un suspiro—. Siempre había pensado que fue un golpe de suerte que consiguiera tirarlo de un puñetazo, pero quizás no lo fuera. Quizás no fuera suerte en absoluto. Total, que su casa estaba más cerca, así que fuimos allí. Breen, con la nariz ensangrentada; yo, con la nariz igual, un labio roto, un ojo morado y moratones en la tripa por los puñetazos. Su madre me cuidó y me llevó a casa para contarle a la mía lo que había pasado. Pero castigó una semana entera a su hija por pelearse.

—¿La castigó? —preguntó Tarryn.

—En el lugar del que vengo —explicó Marco— es bastante popular entre los padres castigar a los hijos sin salir a ninguna parte, salvo al colegio. Del colegio a casa y ya está. Sin salir con los amigos. No estuvo bien. No estuvo bien que la castigara.

—¿Dónde estaba Eian? —preguntó la otra.

—En un bolo en alguna parte. No, supongo que estaría aquí. Nosotros no sabíamos nada de este sitio.

A Tarryn le dolía pensar en ello.

—Eian no lo sabía —dijo—. De haberlo sabido, no lo habría aceptado. No habría permitido que castigaran a Breen por acudir en defensa de un amigo.

—¿Qué le pasó al matón? —preguntó Morena.

—No volvió a molestarme. Una chica le había dado una paliza y, para los que son como él, no hay nada peor. —Se encogió de hombros—. No sé mucho sobre dioses y demás, pero me parece que este Odran es justo lo que ha dicho Morena. Un matón. Yo apuesto por Breen.

—Eres sabio, Marco —repuso Tarryn mientras miraba a Breen, que se estaba tomando un descanso y se había inclinado, con las manos sobre las rodillas—. Y tendrá a todo Talamh de su lado.

—También me tiene a mí —dijo él, y levantó la bolsa de manzanas—. ¡Oye, Breen! Tengo que pirarme.

Ella asintió y se enderezó. Después le dejó a Keegan la espada, empujándosela contra el pecho, y se fue hacia el potrero.

—No has terminado —le dijo el joven, que salió detrás de ella—. Te queda una hora más.

—Hoy no. —Todavía le pitaban los oídos después del golpe en la cabeza contra el suelo; el brazo aún le dolía por culpa de las uñas fantasmales—. Marco tiene trabajo y solo puede hacerlo desde nuestra casa.

—Pues que vaya a hacerlo, claro, que ya se conoce el camino. A ti te queda otra hora de entrenamiento.

—La compensaré.

—Tenemos que arreglarnos para la fiesta —le recordó Marco a Keegan—. Esta chica tiene que cambiarse de look.

—¿Por qué? Está bien así. Estás bien —insistió Keegan—. Es un *ceilidh*, no un baile en palacio.

—Tío… —le dijo Marco en un tono que dejaba claro que sentía lástima por él.

—Estoy mugrienta —le soltó Breen—. Y huelo a polvo de demonio. Y tú también. Voy a volver, me voy a tomar una copa de vino enorme y me voy a dar una ducha caliente larguísima. Asúmelo.

Se giró y se dio cuenta de que se le había olvidado por completo que Tarryn estaba allí mismo.

—Lo siento, señora O'Broin.

—No hace falta que te disculpes, y llámame Tarryn, por favor. En el valle no somos demasiado formales, como ya habrás notado. Y me disculpo por mi hijo, pero, qué le vamos a hacer, es un hombre. Es lo que hay. Estamos deseando veros esta noche y esperamos que nos deleitéis con una canción.

—Gracias. Ya te compensaré la hora —le dijo a Keegan, y se alejó.

—Bueno, pues yo también me voy —anunció alegremente Morena, y cogió las riendas de Azul—. Volveré con los zapatos de bailar. Dile a Harken que se vaya preparando.

—Ahora mismo se lo digo —respondió Tarryn, y, mientras Morena tiraba del caballo hacia la carretera, se volvió hacia Keegan y sonrió—. Me gusta.

—Es bastante simpática, pero…

—Entrena con ganas, Keegan.

—Y necesita entrenar todo lo que pueda. Otra hora…

—Poco significa en el conjunto de las cosas, como bien sabes. No es una soldado, *mo chroí*.

—Razón de más para que… Y, como siempre, tienes razón: una hora no va a cambiar nada.

—Y ella también estaba en lo cierto. Hueles a polvo de demonio.

Keegan frunció el ceño, se olisqueó el brazo y tuvo que encogerse de hombros para darle la razón.

—Luego te lavarás bien, pero, primero, vas a tomarte una cerveza junto al fuego mientras yo arreglo mis flores —le dijo Tarryn—. Y yo te voy a contar la historia que me acaba de contar el chico.

Por más que Marco le insistía, Breen no estaba dispuesta a ponerse el sofisticado vestido verde que le habían regalado Sally y Derrick para su primer viaje a Irlanda. Ni los sofisticados zapatos que iban a juego. Le repitió una y otra vez que no eran apropiados mientras se servía una copa de vino y él cocinaba las manzanas. Dejó a Marco preparándose para su reunión y se llevó el vino fuera para sentarse al aire libre. Levantó los pies y suspiró, aliviada, mientras veía a Botarate chapotear en la bahía. Siguió sentada cuando el perro regresó para apoyar la cabeza en su pierna. Incluso cuando llegó el crepúsculo y empezó a oscurecer.

Por fin se levantó al recordar que tenía que darle de comer a Botarate, aunque ella seguía sucia y maloliente. Cuando entró, Marco estaba en la cocina echando masa en un molde Bundt.

—Tía, ¡creía que estabas arriba! Tienes que subir de una vez y meterte en el baño. Ya discutiremos lo de tu atuendo cuando meta el bizcocho en el horno y me dé una ducha.

—Podemos discutirlo, pero no pienso ponerme el vestido brillibrilli.

Llenó el cuenco del perro y después aceptó las varillas que le ofreció Marco para que lamiera la masa cruda.

—Madre mía, está de muerte. Panadería musical o restaurante, Marco Polo. Esa es la respuesta.

Aunque se ponía nerviosa en las fiestas en las que no conocía a nadie, se prohibió tomarse otra copa de vino antes de meterse en la ducha. Se encargó de los moratones bajo el chorro de agua caliente y se percató de que curarse cardenales y arañazos era otra vuelta a la rutina en aquel lugar. A lo que se añadían las ampollas que acababa de encontrarse.

Concluyó que el tiro con arco era una mierda.

Para cuando salió de la ducha, estaba hundida en la autocompasión. Y se creía con derecho a ello. Aunque le habría gustado ponerse el pijama, sacar una pizza congelada y beber más vino frente al fuego, hizo lo que debía y empezó a peinarse y maquillarse. No tenía sentido parecer cansada y desmejorada, se dijo. Se quedaría una hora, sería amable y simpática, y se largaría. Marco, el fiestero, podía quedarse todo lo que quisiera; seguro que alguien lo acompañaría a casa, o podía pasar la noche en la granja.

Dio un paso atrás para observarse y concluyó que pasaría la exigente evaluación de Marco. Puede que justita, pero aprobaría. Mientras recogía los restos de la operación peluquería y maquillaje, decidió que se pondría los pantalones negros buenos, un jersey y botas. Llevaría pendientes y puede que un pañuelo bonito. Y con eso tendría que bastar.

Entonces salió del baño y vio el vestido en la cama.

Era azul intenso, como si lo hubiesen sumergido en el mar bajo la luz de la luna. Sencillo, de manga larga, con escote redondo y de terciopelo, suave al tacto. Recogió la nota que había al lado y se sintió estúpida y bastante culpable por su autocompasión.

Breen Siobhan, se me ocurrió que te gustaría lucirlo esta noche. Si no te sirve, no te preocupes.

Marg

—Pues claro que me sirve —murmuró ella.

Sencillo, sin muchos adornos, suave. ¿Cómo no iba a servirle? Cuando se lo puso, le quedaba como si se lo hubieran hecho a medida, como seguramente había pasado. Le caía con elegancia hasta justo por encima de los tobillos y la hacía sentir querida.

Eligió los pendientes que le había regalado Sul y, con su piedra de corazón de dragón y la alianza de su padre en la cadena que llevaba al cuello, le pareció que había dado en el clavo con la joyería. Cuando estaba dándole vueltas a qué zapatos ponerse (no había mucho donde elegir, teniendo en cuenta lo rápido que había hecho la maleta), Marco llamó a la puerta.

—Entra.

—Vamos a ello —empezó, pero se detuvo de repente y la miró. Sin decir palabra, le hizo un gesto con el dedo para que diera una vuelta—. ¿De dónde has sacado ese vestido, nena? Es una pasada.

—Me lo ha enviado la yaya. ¿Es una pasada?

—Bueno, la pasada es el cuerpo que hay debajo, y ese vestido sabe cómo resaltarlo.

—Ah.

Como el comentario la hizo sentirse incómoda de inmediato, se volvió hacia el espejo.

—En plan elegante, Breen. No me seas. Es justo lo contrario del rollo putón verbenero, aunque tampoco tengo nada en contra de eso, la verdad. Necesitas los botines chulos, los negros de tacón cuadrado y cordones falsos por delante.

—¿Sí?

—Sí. —Los sacó él mismo—. No te van bien ni las botas altas ni las de caminar.

—Me fío de tu sentido de la moda, que es muy superior al mío. Hablando de lo cual, estás estupendo.

—La verdad es que sí —coincidió él mientras posaba frente al espejo.

Se había puesto unos vaqueros negros estrechos, unas Converse Chuck de caña alta y un jersey de cuello alto de color bronce viejo bajo su chaleco de cuero. Llevaba un solo aro de plata en la oreja izquierda y la pulsera de protección que le había hecho su amiga.

—Ponte esos botines para que veamos bien lo buenos que estamos.

Obediente, Breen se sentó, se los puso y se subió las cremalleras de los laterales. Cuando se colocó a su lado, apoyó una mano en la cadera e imitó una pose de pasarela para hacerlo reír.

—¡Eso es, estamos cañón! Muy mal se nos tendría que dar para no mojar esta noche.

—No era lo que pretendía.

Marco suspiró.

—Tía, vas a conseguir ponerme triste justo antes de la fiesta. Venga. Voy a por mi guitarra.

Se desvió hacia su dormitorio y se colgó la colorida correa de la guitarra cruzada para llevarla a la espalda. Como si supiera que había una fiesta en su futuro, Botarate bajó alegremente las escaleras.

—Solo nos queda averiguar la mejor forma de llevar la tarta hasta allí —añadió.

—¡Marco, es preciosa! —Había cubierto la cúpula marrón dorado de un glaseado fino y reluciente. Estaba enfriándose sobre una rejilla y perfumaba toda la cocina—. Ya está, la decisión está tomada: vas a abrir tu propio local.

—Ahora mismo, lo único que importa es cómo llevarla de una pieza hasta allí. —La colocó con cuidado en una bandeja—. Supongo que tendremos que taparla con una tela.

—Se me ocurre algo mejor —dijo Breen señalándolo—. Déjamelo a mí.

Corrió a la habitación de la lavadora y regresó con una caja de cartón.

—Buena idea. No será bonito, pero sí seguro.

—Déjamelo a mí —repitió ella.

Entonces, pasó las manos por encima de la caja, laterales, parte de arriba y fondo, una y otra vez, mientras visualizaba lo que quería. Poco a poco, el marrón se transformó en rojo, primero apagado, después cada vez más brillante. Con un gesto de la mano, esparció estrellas plateadas por encima.

—¡Joder! ¿Cómo has hecho esto? ¿Y solo con tocarla?

—No es solo eso. Es intención, visualización y voluntad. No es más que un hechizo de glamour, así que solo durará unas horas. Lo justo para que entregues tu tarta con estilo.

—Eres la octava, la novena y la décima maravilla del mundo.

Marco metió la tarta dentro de la caja, con la bandeja, y cortó un poco de cordel de cocina para atar la tapa.

—¿Y podrías ponerle un lazo elegante?

—Reto aceptado. Plateado, supongo, a juego con las estrellas —dijo Breen. Se pasó el cordel entre los dedos hasta que se fue ensanchando y aplanando, y empezó a despedir un brillo plateado—. Nunca se me ha dado bien atar lazos, pero puede que así…

Se rio, encantada hasta extremos absurdos, al ver el diminuto lazo de cuerda convertido en uno mucho más elaborado. Marco recogió la caja.

—Mi mejor amiga es una bruja de las de verdad de la buena. ¿Vamos a ir en escoba a la fiesta?

—Vaya cliché, ¿no? Venga, Botarate. Al final resulta que sí que me apetece ir de fiesta.

Invocó una luz que los guio por el bosque mientras los búhos ululaban y Botarate corría delante de ellos.

—Cuando yo esté lista para irme, tú no tienes por qué hacerlo. Te pueden dejar una cama en la granja o puedes quedarte en mi dormitorio, en casa de la yaya, si quieres. O alguien puede traerte después.

—Ya veremos cómo va la cosa. No tiene sentido hablar de marcharte ante de que hayas llegado.

—Dame la tarta —le dijo ella cuando llegaron al árbol—. Venga, Botarate, vamos detrás de ti.

Cuando cruzaron, Marco apoyó una mano en el hombro de Breen para recuperarse y la dejó allí mientras miraba al otro lado de la carretera. En todas las ventanas de la enorme granja se veían luces encendidas, y las fogatas salpicaban el campo en el que habían montado las tiendas. Se oía música procedente de la casa y del campo. Breen vio movimiento al otro lado de las ventanas. Había gente bailando, tanto dentro como sobre la hierba. Algunas personas estaban sentadas en los muros de piedra o en pacas de heno y tenían platos con comida, copas o jarras de metal.

—Bueno, esto sí que parece una fiesta. Y suena como una. —Marco tiró de Breen escaleras abajo—. Vamos allá.

Ella se dijo que daba igual la cantidad de gente que hubiera (¡que era mucha!), porque la yaya estaría allí, y también Morena y las demás personas que conocía. Lo único que tenía que hacer era encontrar un lugar seguro, beber vino con algún amigo y escuchar la música.

Los que estaban sentados en el muro los saludaron a gritos cuando se acercaron a la puerta. Marco levantó la mano para llamar.

—De todos modos, no me van a oír —dijo, y abrió la puerta.

Notaron el calor de inmediato. El fuego ardía en la chimenea, Harken tocaba algo alegre con el violín y otros tocaban el acordeón, la mandolina y el bohdrán. En algunos regazos había niños y bebés botando. La gente bailaba como si sus pies supieran volar. A través de la melé, Finola corrió a recibirlos.

—Aquí está mi bello Marco. Te robaré un baile antes de que acabe la noche.

—¿Solo uno?

Ella se rio y le dio una palmadita en la mejilla.

—Qué guapa estás, Breen. Marg estará encantada de ver lo bien que te queda el vestido.

—Es precioso. ¿Está mi abuela por aquí?

—Claro que sí, en la parte de atrás, ayudando a Tarryn con la comida. Hay bastante para dos ejércitos, y menos mal, porque esa es más o menos la cantidad de gente que tenemos.

—Les llevaré la tarta y les echaré una mano —dijo Breen, porque tener algo que hacer solía relajarla en las fiestas—. Baila con Finola —le dijo a su amigo.

Mientras se alejaba, oyó a la mujer preguntar:

—¿Y vas a tocar para nosotros, querido?

«Pobre del que intente evitarlo», pensó ella.

De camino hacia la parte de atrás, distinguió algunos rostros familiares, y eso también ayudaba. En la cocina se encontró a Tarryn y Marg colocando más comida allí y en el comedor, en mesas que ya estaban de por sí crujiendo por el peso de ollas, bandejas, cuencos y platos. Aisling estaba sentada con una mano sobre el vientre en continuo crecimiento.

—Y aquí llega Breen, portando regalos —dijo—. No he tenido ocasión de verte mucho desde que has vuelto.

—He sido egoísta y me la he guardado para mí —repuso Marg, que se acercó a su nieta y le puso las manos sobre los hombros—. Me alegro de que el vestido te quede bien.

—Es precioso. Gracias.

—No hay de qué.

—Gracias por invitarnos —le dijo Breen a Tarryn—. Marco ha preparado una tarta. No sé bien dónde dejarla.

—Bueno, pásamela —respondió ella, que estaba resplandeciente vestida de bermejo, a pesar del delantal atado a la cintura, cuando se acercó a recoger la caja—. Sus habilidades en la cocina ya se han hecho famosas, así que a ver qué tenemos aquí.

Tarryn hizo sitio en una mesa y abrió la caja.

—¡Brígida bendita, huele que alimenta! —exclamó—. Y mirad qué preciosidad. —Levantó en alto la tarta para enseñarla—. Si está la mitad de buena de lo que parece, no durará ni un minuto.

—Por experiencia propia, puedo prometer que está todavía más buena. Ahora mismo está bailando con Finola, pero ¿podríamos guardar un trozo para Seamus y para ella? Ha usado sus manzanas.

—Nosotras nos encargamos. Marg, ¿por qué no cortas dos pedazos y los pones a buen recaudo?

—¿En qué puedo ayudar? —preguntó Breen.

—Para empezar, puedes tomarte una copa de vino. No, no, quédate sentada otro rato —le dijo Tarryn a Aisling—. Al bebé le gusta la música, al parecer, y lleva toda la noche bailando ahí dentro.

—Creo que este va a ser músico —repuso la otra, sonriente, mientras se acariciaba el vientre.

Tarryn le dio una copa de vino a Breen, además de un plato con quesos y pan.

—Come un poco —le dijo—. Hay mucho más. Son los quesos que Harken y Aisling, y Keegan y yo misma, cuando estamos, hacemos en la granja.

—Qué rico —dijo Breen tras probar un trozo—. Está muy bueno.

—Los quesos del valle son los mejores de todo Talamh.

Tarryn se volvió cuando Morena entró a toda prisa por la puerta de atrás.

—Los niños me tienen hecha polvo —se quejó—, así que os suplico un poco de vino. Mab y Botarate están ahora con ellos, y también algunos adultos. Hola, Breen —añadió mientras iba a por el vino.

—Llevas vestido —comentó esta.

—Y tú también. Me los suelo poner para las ocasiones especiales.

Morena lucía uno violeta, como sus alas, que llegaba hasta justo debajo de las rodillas. Lo había combinado con botas altas de color morado intenso y se había dejado el pelo suelto y ondulado. Entonces vio la tarta.

—¿Es de Marco? Quiero un pedazo. —Se cortó uno bien generoso y se comió el primer bocado con las manos—. Dioses benditos, esto está estupendo. Toma. —Cortó un trozo y, para sorpresa de Breen, se lo dio a Tarryn con los dedos.

—Ya lo creo que sí —dijo esta—. Ah, Minga —añadió al abrirse de nuevo la puerta—. Te presento a Breen. Y sírvete un trozo de la tarta de Marco, que seguro que nunca has probado una tan buena.

—Enseguida. He presionado a algunos de los críos mayores para que frieguen los platos, porque vamos a necesitar más. —Se acercó a Breen y pegó su mejilla cubierta de polvos dorados a la suya—. Es el primer saludo tradicional de mi tribu —le explicó.

—Minga es una gran amiga mía —dijo Tarryn—. Vino del mundo desértico de Langus a Talamh por amor.

—Y mi amor está ahora en el campo jugando a los dados y contando trolas. Dentro de nada enviarán a un cadete a por comida, así que estad preparadas. —Cogió el trozo de tarta que le ofrecía Tarryn, sin dejar de sonreír a Breen—. No he estado nunca en tu mundo, pero sé que tiene algunos lugares bastante parecidos a mi hogar de arenas doradas y calor, y que hay ciudades en ellos.

—Sí, aunque no los he visto nunca. Vamos, que no he estado. En realidad, nunca había estado en ninguna parte antes de venir a Irlanda. Y a aquí.

—Entonces ¿no eres viajera? Yo tampoco lo soy, o no mucho. Me alegro de que Og sí. Conocí a mi amor en uno de sus viajes.

Debo saber quién es la persona que cocina como un dios. ¿Me lo podrías presentar?

Minga sacó a Breen de la cocina con mucha elegancia y volvió la vista atrás para guiñarle el ojo a Tarryn.

—La ayudará a alternar con los demás. Bueno —dijo la mujer mientras se quitaba el delantal—. Ya hemos cumplido con nuestro deber aquí, de nuevo. Así que, Morena, quítale ese violín a Harken y saca al chico a bailar.

—Ahora mismo. Te buscaré un asiento, Aisling.

—No hace falta —respondió ella al levantarse—. Ya he descansado lo suficiente, y, como este quiere bailar, pues a bailar se ha dicho.

La mujer de otro mundo distinto a los dos que Breen ya conocía, con su vestido rojo chillón, le presentó a una docena de personas, de modo que sus nombres, rostros y palabras se le mezclaron en la cabeza. Marco se unió a los músicos y, de algún modo, logró seguir el ritmo y las notas de unas canciones que Breen no había escuchado nunca. Sabía que su amigo se lo estaba pasando como nunca y, como todo el mundo era tan amable, ella no se sentía incómoda. Entonces Marco la llamó.

—Ven, Breen, vamos a por una.

—Vas bien tú solo.

Pero Morena le dio un empujón, y todos empezaron a aplaudir y patalear. Marco se limitó a sonreír cuando ella le lanzó una mirada de «Ya me las pagarás luego».

—Todavía no conocemos ninguna canción talamhesa —anunció el chico, que era un maestro de ceremonias por naturaleza—, así que interpretaremos una de nuestro mundo. Vamos a tocar *Shallow*.

Breen intentó pensar en otra cosa, en algo rápido y sencillo, pero él ya había empezado a tocar las primeras notas con la guitarra. La habitación guardaba silencio. Cuando Marco empezó a cantar, ella sintonizó con él como había hecho cientos de veces antes, así que, al llegar su parte, se incorporó con facilidad y dejó de pensar en que había gente viéndola y escuchándola. Apenas se percató de que Harken cogía el violín de nuevo y aportaba algunas notas, ni de que la mandolina también se unía a ellos. Para cuando llegó al cambio de tonalidad, no había nada más que la música y el placer de hacerla.

Cuando terminaron, con sus voces entrelazadas y mirándose a los ojos, tal y como exigía la canción, la habitación guardó silencio un segundo más. Después, todos prorrumpieron en aplausos y ella volvió a su ser y notó que el rubor le subía a las mejillas. Entonces vio a Marg junto a Tarryn y se fijó en las lágrimas de sus ojos. Su abuela cruzó las manos sobre el corazón y, con el alma en la mirada, se las tendió como si se lo entregara.

—Saluda, nena —le ordenó Marco, y él mismo hizo lo propio con mucho teatro.

Aunque Breen le puso cara de fastidio, hizo una reverencia que le ganó más aplausos. Y peticiones de un bis.

—Haremos una más —dijo Marco, y se acercó a la oreja de su amiga—. Después tengo que poner mis artes en práctica.

Breen miró hacia donde miraba él y, al principio, solo vio a Keegan de pie, con su abrigo de cuero, el pelo alborotado y los ojos clavados en ella. Pero el jinete de dragón con el que Marco había hablado por la mañana estaba a su lado.

Tocaron otra canción y después, por demanda popular, otra más, antes de que Marco lograra huir. Breen pretendía irse directamente hacia Marg, pero Keegan se le puso delante con una copa de vino en la mano.

—Gracias.

—Deberías cantar más —dijo él antes de tomarla por el brazo y llevársela a la cocina—. Y se asegurarán de que lo hagas si no te alejas. Tu perro está entreteniendo a los que siguen entre las tiendas.

—Debería llamarlo y volver a casa.

—¿Por qué?

—Porque... —Decidió ser sincera—. Se me dan fatal las fiestas en las que no conozco a la gente. Y ya me han presentado a no sé cuántas personas y jamás lograré recordar los nombres.

Él asintió y bebió un trago de cerveza.

—Hay mucha gente y mucho ruido, y yo también necesito descansos para soportarlas. —Cortó un trozo de pan y le puso encima queso y embutido—. Sal conmigo un momento a tomar el aire. Solo he venido porque Brian quería buscar a Marco.

—¿Brian? Ah, no sabía cómo se llamaba.

—Brian Kelly —dijo Keegan mientras le daba un empujoncito para que saliera—. Es tu primo. Su rebisabuelo o algo así y el tuyo eran hermanos, aunque el suyo viajó al norte, conoció a una norteña llamada Kate y se estableció allí. El tuyo se quedó en el valle.

—¿Cómo sabes todo eso? ¿Cómo lo recuerdas todo?

—Forma parte de mis obligaciones y supongo que tengo suerte. Es un buen hombre, Brian, así que no te preocupes por Marco.

—De acuerdo.

Keegan miró hacia las tiendas y las fogatas.

—Algunos partirán mañana al sur —dijo—; otros, pasado mañana. No todos a la vez. Y algunos se quedarán para vigilar después de Samhain, una vez que nos hayamos encargado del grueso de lo que nos ataque esa noche. Y a algunos los lloraremos. —Se sacudió la idea de encima, no le quedaba más remedio—. Y algunos viajarán con nosotros a la Capital.

—¿Cuánto tiempo se supone que debo pasar allí?

—Solo unos días. Tienes que ver y dejar que te vean. Y mi madre organizará otra maldita fiesta.

—¿Una fiesta? ¿En el palacio?

Él la miró, dolido.

—No es un puñetero palacio —repuso—. Un castillo no es lo mismo que un palacio, cosa que deberías saber. Un castillo es para la defensa, para proteger, alojar y fortificar. Y, esta vez, no te lleves una maleta llena. Son solo unos cuantos días, y queremos ir directamente, así que tendremos que ser rápidos. —Se volvió hacia ella, y su mirada era directa e intensa—. Estás preciosa esta noche y quiero que sepas que me está costando mucho no tocarte. Vamos a entrar, que no quiero que mi madre me mate por tenerte fuera tanto rato.

—Me gusta que me toques.

—Dioses, ahora no.

La agarró del brazo y tiró de ella hacia la casa.

10

Mientras Breen volvía a la fiesta, Marco estaba sentado en el muro de piedra delantero, bebiendo cerveza con Brian Kelly.

—¿Me estás diciendo que mi mejor amiga y tú sois primos?

—Bueno, por parte de padre, si nos remontamos muy atrás. Mi rebisabuelo viajó al lejano norte en busca de aventuras, según se cuenta. Allí conoció a mi rebisabuela. Se enamoraron y se comprometieron. Tuvieron ocho hijos y vivieron muchos años.

—¿Ocho hijos?

Brian sonrió y bebió un trago de cerveza.

—Las noches son largas y frías cuando llega el invierno al norte —dijo—. Así que yo procedo de esa parte y Breen, de su rebisabuelo, que era hermano del mío y se quedó en el valle; trabajó la tierra en la que estamos sentados y tuvo otros nueve hijos propios con su mujer.

—Así que vives en el norte.

—Mi familia está allí, o casi toda. Yo vivo ahora en la Capital, o allá donde me necesite el *taoiseach*. Me han dicho que vas a viajar allí después de Samhain.

—Sí. Agradezco la invitación, porque necesito quedarme cerca de Breen. —Marco pensó que los ojos de Brian brillaban de verdad. Con chispas y todo—. Tú también vuelves para allá, ¿no?

—Sí, cuando arreglemos lo del sur.

Entonces se dio cuenta de que «arreglemos lo del sur» quería decir ir a la guerra.

—¿Vas a luchar contra los malos? —preguntó.

—Es lo que hacemos cuando amenazan la paz. Somos un mundo pacífico y tenemos leyes que la garantizan para todos.

—¿Te da miedo ir al sur? Ya sabes, entrar en batalla.

—Los que no temen la batalla la buscan. Nosotros no la buscamos, pero nos preparamos para ella y no la rehuiremos. —Brian se movió para mirar a Marco y sonrió—. Keegan me ha dicho que le diste un puñetazo cuando creías que estaba amenazando a tu amiga.

—Sí, bueno, es verdad. Pero no se me da demasiado bien luchar.

—¿Te gustan los paseos? Merece la pena ver las lunas sobre la bahía en una noche como esta.

Marco notaba mariposas de felicidad bailoteándole en el estómago.

—Claro, me encantan los paseos. —Se levantó y, como el otro, dejó la jarra en el muro—. En el barrio del que vengo, caminamos mucho.

—Filadelfia.

—Hay muchas tiendas, restaurantes y clubs a los que ir. No tenemos bahía, pero sí un río. Eso sí, una luna, nada más.

—La he visto —repuso Brian mientras caminaban—. En Irlanda y en Escocia, y también en Francia, en mis viajes.

—¿Has ido a Francia? ¿A París?

—Sí, a París.

—¿Y fue maravilloso?

—Sí. Es una ciudad llena de colores y sonidos, en la que se mezcla lo nuevo y lo viejo. Me gustó el arte, tanto el nuevo como el viejo. Me gusta pintar.

Las alas de mariposa aletearon aún más deprisa.

—¿Eres artista?

—Bueno, me gusta dibujar y pintar cuando puedo.

—En Filadelfia tenemos galerías de arte, es una de mis cosas favoritas. Pinto y dibujo como el culo, pero me encanta el arte.

—Cuando estemos en la Capital, te enseñaré algunas de las cosas que he hecho, y así puedes juzgar si llegan a la categoría de «arte». Yo puedo opinar ya sobre tu música, porque la he escuchado, y es fantástica. La canción, la primera que escuché cuando entré en la casa, era apasionada y romántica, y tu voz unida a la de Breen me formaron un nudo en la garganta. Yo no soy músico, pero los admiro.

—Te podría enseñar. Me dedico a eso..., o me dedicaba, mejor dicho. Enseñaba a la gente a tocar instrumentos, a entrenar la voz. Hala...

Marco guardó silencio al ver las lunas, una creciente, la otra menguante, por encima de la bahía.

—Qué maravilla. —Todavía impresionado, señaló al agua—. Mira, ¡sirenas!

—Y tritones —repuso Brian mientras le daba la mano para acercarlo a la playa—. También hay hombres.

—Están cantando, ¿lo oyes?

—Las sirenas son músicas por naturaleza y la voz forma parte de sus poderes. Pueden llamar a los suyos y a otras criaturas del mar desde muy muy lejos. Y hechizar con una canción cuando se sienten amenazadas. También son guerreras feroces. Algunas de estas se dirigirán al sur.

—Entonces ¿como Aquaman?

—No lo conozco.

—Ah, es un personaje de ficción, un superhéroe. El tío que lo interpretaba en las películas es la caña.

Marco solo podía pensar que estaba en una playa viendo a sirenas y tritones nadar bajo dos lunas mientras él le daba la mano a un tío que estaba buenísimo y montaba en dragón.

Aquello lo superaba por momentos, estaba cayendo y no había vuelta atrás.

—Entonces... ¿tienes...? ¿Tienes habilidades mágicas, como Breen?

—Nadie tiene lo que posee ella. Yo tengo algo de las sabias, por mis antepasados, pero soy de los *sidhe*.

Ante la mirada de Marco, Brian desplegó unas alas de un azul tan intenso y reluciente como sus ojos. Cuando el corazón le dio un brinco, se tuvo que recordar que lo que le daban miedo eran los picos, no las alas; los picos.

—¿Te molesta?

—No. Es decir, es todo fantástico y extraño, y también fascinante. No consigo acostumbrarme. No quiero acostumbrarme —se dio cuenta—. Porque puedes dar por sentadas las cosas más bellas si te acostumbras a ellas. Y todo esto es realmente bello.

«Tú eres bello», pensó mientras las mariposas le subían revoloteando hasta la garganta.

—Mira, tengo que preguntártelo —dijo—, porque soy muy nuevo por aquí, así que no sé si esto funciona igual. Tengo que preguntarte si estoy interpretando bien las señales. Si está pasando algo. Si hay química entre tú y...

No terminó la frase porque Brian lo envolvió en sus brazos y respondió a su pregunta con un beso. Fue largo y profundo, y con una delicadeza que a Marco le derritió los músculos de las piernas. La canción de las sirenas se elevó por el aire acompañada del sonido del agua al acariciar la orilla y del viaje de las lunas por un cielo cuajado de cegadoras estrellas. Fue cayendo... y cayendo... «Hundido», pensó Marco cuando Brian se apartó. Sus ojos azules brillaban y las alas azules resplandecían.

—Las estás interpretando muy bien —dijo Brian, y lo besó de nuevo—. Cuando te vi desde el aire, algo se agitó en mi interior —añadió mientras le recorría la mejilla a Marco con los nudillos, despacio—. Entonces, llegué al suelo y te vi de cerca. Vi tus ojos y tu corazón en ellos, su lealtad y su valor. Y a ti, tan guapo con ese pelo... Pensé que me gustaría pasar un rato con alguien tan bello.

—Yo estaba pensando lo mismo en ese mismo momento.

—Pero entonces escuché tu canción y supe que un rato no sería suficiente. Espero que compartamos más.

—Yo quiero más —dijo Marco, y, cuando Brian lo acercó más a él, lo besó de nuevo—. Quiero mucho más.

—Tendremos más cuando vuelva.

«De la guerra», pensó Marco. Le parecía imposible estar enamorándose de un hombre con alas que se iba a la guerra.

—Ven conmigo —le dijo—. A mi casa.

—No puedo. Ningún ser feérico puede salir de Talamh hasta que solucionemos lo de Samhain. Necesito esperar, ¿podrás tú esperarme? Quiero más paseos contigo, más palabras, más tiempo. Quiero acostarme contigo. Pero, primero, debo luchar por Talamh, por las hadas, por tu mundo y por todos.

—Esperaré.

Marco abrazó a Brian con fuerza y sintió el roce de sus alas en el dorso de las manos.

Breen por fin consiguió escapar del *ceilidh*. Había hecho una búsqueda rápida, por si veía a Marco, pero decidió que había optado por una de las opciones que le había mencionado antes. Puede que ella se hubiera divertido más de lo que esperaba, pero... No, tenía que reconocerlo: sin duda, se había divertido más de lo que esperaba. Aun así, estaba exhausta después de hablar con tanta gente, de beber vino y de bailar (porque no le dejaban alternativa). Quería irse a la cama.

Por otro lado, tenía que pensar en Keegan. O no pensar en él, se corrigió, y, si se quedaba, no podría quitárselo de la cabeza. No quería darle vueltas a que, en el plazo de dos días, su profecía sobre la batalla del sur podría hacerse realidad. No quería pensar en ello, al menos por unas horas, y, si se dormía, no lo haría. Se dijo que no era para esconderse de la realidad, sino, más bien, para recargarse y prepararse para ella.

Cuando empezó a cruzar la carretera, Botarate saludó a alguien con un ladrido. Al mirar hacia allí, vio a Marco caminando con el jinete del dragón; su primo, al parecer. Se fijó en que iban de la mano y se le derritió un poquito el corazón.

—¿Vuelves a casa? —le preguntó su amigo.

—La fiesta me ha dejado agotada. Quédate tú. Tu guitarra sigue allí y están deseando que vuelvas a tocarla.

—No, me vuelvo contigo. Mañana la recojo. Todavía no conoces a Brian, ¿verdad?

—Primo Brian, para ser exactos —dijo él, y se acercó a Breen para besarla en ambas mejillas—. Me han gustado mucho tus canciones.

—Gracias. Es un verdadero placer conocerte. No sabía que tenía familia aquí, aparte de la yaya.

—Mairghread la Poderosa es familia de sobra para la mayoría, pero tienes bastantes primos por todo Talamh y también al otro lado. Y todos se alegran de que hayas venido, y yo de que trajeras contigo a Marco. —Miró hacia el Árbol de la Bienvenida—. Siento no poder acompañaros de vuelta. No está permitido hasta después de Samhain.

—No lo sabía. —Entonces, se dio cuenta—. Vas al sur.

—Antes del alba. Pero os veré pronto, en la Capital, y así tendremos más tiempo para hablar. —Sonriente, se volvió hacia Marco—. Y para pasear. Y más… Que duermas bien.

Breen tuvo que reprimir un suspiro cuando se besaron.

—Ten mucho cuidado —le dijo él cuando se separaron mientras le apretaba las manos con fuerza.

—A un guerrero se le desea que luche bien y sea fuerte.

—Vale, pues lucha bien y sé fuerte.

—Eso haré. Buenas noches a los dos.

—Y ten cuidado —susurró Marco cuando Brian se alejó hacia el campamento.

—Tienes ojos de enamorado, Marco Polo —dijo Breen al cogerle las manos—. Y quiero que me lo cuentes todo en el camino de vuelta.

—¿Estoy andando? —preguntó él mientras cruzaban la carretera—. Porque es como si me flotaran los pies muy por encima del suelo.

—Tus pies están andando. El resto de ti está flotando. Primero, deja que te diga que es encantador y está buenísimo, y estoy segura de que los ojos le brillaban como estrellas al mirarte.

—Le brillan —coincidió Marco después de trepar por el muro, y suspiró por ambos—. De verdad que sí. Hemos estado un rato sentados en el murete delantero, hablando.

Breen siguió dándole la mano, porque el chico todavía parecía encandilado.

—¿Sobre qué?

—Bueno, de la fiesta, de la música, de que sois primos... Es increíble, ¿no?

Tan encandilado que había cruzado de Talamh a Irlanda sin reaccionar de ninguna manera.

—Sí que lo es. ¿Vive en el norte?

—Ahora mismo no. Está en la Capital. Puede que sea como estar destinado allí, como en el ejército. Y hemos paseado hasta la playa, y había sirenas nadando y cantando, y las lunas, y él tenía alas. Alas azules, como sus ojos.

—¿Es *sidhe*?

—Sí.

Botarate brincaba a su lado en vez de correr delante de ellos. Mantenía la cabeza ladeada y miraba fijamente a Marco, como si estuviera pendiente de cada una de sus palabras.

—Yo lo estaba sintiendo lo que estaba sintiendo, pero no sabía si en Talamh funciona igual, ¿sabes? Así que se me ocurrió preguntar antes de cagarla dando el primer paso. Y él me besó.

—Me estás matando, Marco. ¿En la playa, con las sirenas y las lunas?

—Lo sé, ¿verdad? Y nos hemos besado un buen rato, y él me ha dicho que teníamos que esperar a que acabase esa estúpida batalla porque sí. Y es artista y ha estado en París. Y creo que me he enamorado. Sé que acabo de conocerlo, pero nunca me había sentido así. Es más que la ceguera del deseo. Es más.

—Entonces, yo también lo querré.

—Puede que sea distinto cuando salgamos de Talamh y estemos de vuelta en Irlanda.

—Marco, ya estamos en Irlanda, casi hemos llegado a casa.

—¿Qué? —Intentó mirarlo todo a la vez, a la luz que Breen había conjurado para que los guiase—. Madre mía. No me siento distinto, así que duda solucionada. Va a luchar contra esos locos, Breen. ¿Y si le pasa algo? ¿Y si…?

—No hagas eso, no pienses así. Sé que cuesta, pero no podemos pensar en eso.

Inquieto, él se frotó la pulsera.

—¿Podrías hacerle algo como esto, como lo que me hiciste a mí?

—Sí, y lo haré. Tengo todo lo que necesito en casa.

—Sé que es demasiado tarde para mañana, pero cuando regrese… ¿puedo ayudar? Sé que no controlo el abracadabra, pero ¿puedo ayudarte a hacerla?

—Puedes elegir el cuero y las piedras.

—Gracias. ¿Nos sentamos fuera unos minutos? Necesito calmarme un poco.

—Claro. De todos modos, Botarate quiere ir a darse su baño nocturno. Nos sentaremos y nos tomaremos otra copa de vino. Estaba tan ocupada hablando, cantando y bailando que no he bebido mucho. Y tú estabas ocupado dejando que te besaran a la luz de las lunas. Brindaremos por los que lucharán bien y serán fuertes.

Él la abrazó en la puerta de la casa.

—Nadie ha tenido nunca una amiga tan buena como tú.

Por la mañana, Breen trabajó todo lo que pudo antes de oír a Marco en la cocina. Como sabía que mantenerse ocupado no acababa con la preocupación, pero sí la mitigaba, apagó el ordenador.

Su amigo estaba en la puerta, con su café, mirando hacia la bahía. Y pensando, sin duda, en la bahía del otro lado. Ella lo abrazó desde atrás.

—¿Has comido?

—Creo que tengo mal de amores. Eso te quita el hambre.

—Pues mira, te voy a preparar el desayuno —dijo Breen, y se metió en la cocina y sacó un cartón de cereales de la despensa—. Mi especialidad.

Marco se rio.

—Con eso me vale.

—Y, cuando terminemos de comer, haremos la pulsera para Brian —concluyó Breen.

—Puede esperar. Sé que quieres escribir.

—He dejado la historia en un buen sitio para parar, y esto es una prioridad.

—Gracias.

—Y, cuándo acabemos, cruzaremos temprano al otro lado —añadió ella mientras servía los cereales en los cuencos—. Vamos a dar ese paseo a caballo, el primero juntos, hasta la tumba de mi padre. Anoche le dije a la yaya que nos pasaríamos por su casa en el camino de vuelta, antes de entrenar.

Siguió parloteando mientras colocaba los cuencos, la leche y un bol con bayas.

—Esta noche podemos comernos una pizza, hacer palomitas y ver una película —añadió—. Y mañana es el cumpleaños de Finian y tengo una idea para su regalo.

—Estás intentando mantenerme ocupado —dijo Marco.

—Y a mí. También estoy preocupada y asustada. Y… tengo poderes, Marco, pero no bastan. No quieren que participe en esto porque todavía no estoy preparada.

—No quiero que participes nunca en eso, pero supongo que ahí no tengo nada que hacer.

—Todavía no sé lo que necesito hacer, tener o ser. Cuesta saber lo que no sé. Pero lo que sea que tengo —dijo, y se llevó una mano al corazón— se va al sur. Mañana por la noche, aquí o en Talamh, habrá ceremonias, rituales. Samhain es un *sabbat*, un aquelarre, y muy importante. No puedes formar parte de eso, pero sí estar allí, observar y enviarles también tu corazón y tu mente.

—Vale, vale, vamos a hacer todo eso.

—Y después prepararemos la maleta para pasar unos días en la Capital.

—Brian me va a enseñar su arte —dijo Marco.

Ella lo apuntó con la cuchara.

—¿Es eso un eufemismo?

—No lo necesito. Voy a ver su arte y después nos vamos a desnudar. O podría ser al revés. ¿Cómo visten en la Capital?

—No tengo ni la más remota idea.

—Le preguntaré a la yaya —dijo Marco—. Y tú te llevas el vestido nuevo. —Sonrió—. Me estás haciendo sentir mejor.

—Ese es mi trabajo. Y, como yo he preparado este complicadísimo desayuno, a ti te toca fregar los platos mientras voy a por lo que necesitamos para el regalo de tu novio.

—No lo llames así todavía. Podrías gafarlo.

Breen se levantó, solemne.

—He visto lo que he visto y sé lo que sé.

Cuando regresó, colocó en la mesa las tiras de cuero y unas cuantas piedras de protección.

—Es un tío grande —dijo él mientras examinaba las opciones—. ¿Podemos hacer una trenza con seis tiras?

—No tengo ni idea de cómo trenzar seis tiras.

—Yo sí. Te lo enseño.

—Hazlo tú —repuso Breen.

Marco apartó los dedos del cuero, como si quemara.

—No quiero…, no sé…, diluir la magia o algo.

—No lo harás, todo lo contrario. Añadirás una parte de ti.

—Vale, si estás segura… Es como tejer, ¿ves?

Cogió cinco tiras marrones de distintos tonos y una negra para el centro, y las entretejió bien prietas, con gran habilidad.

—Eso está muy bien, ya estoy impresionada. Tú elige las piedras y colócalas donde las quieras.

—Dime lo que son, ¿vale? Y qué hacen.

Mientras Breen se lo enseñaba, él las colocaba en un patrón en zigzag encima de la trenza de cuero.

—No son muchas, ¿no? —preguntó Marco.

—No. Maldita sea, es mejor que el que te hice yo. Parece algo comprado en una tienda cara de artesanía.

—No insultes a la pulsera que me hizo mi mejor amiga. —Satisfecho, se acomodó en la silla—. ¿Ahora qué?

—Magia —respondió ella mientras cogía la varita—. Pon tu mano sobre la mía en la varita.

Marco vaciló.

—¿De verdad puedo? ¿No fastidiaré nada?

—El poder procede de mí, pero el corazón es tuyo… Así los entretejemos, como has hecho con el cuero.

—Eso suena chulo.

—Entonces, deja que tu corazón y tu intención te guíen. Piensa en él.

Ella llamó a la luz, dijo las palabras y, con la mano de Marco sobre la suya, recorrió con la varita el cuero y las piedras. Una, dos y tres veces.

—Se han... Se han fundido con el cuero, o algo así. Lo he sentido, Breen. —Deslumbrado y emocionado, la miró—. He sentido la energía que salía de ti.

—Y de ti. Tu fe, tu corazón. —Apoyó la cabeza en la de él—. Será mejor que te trate bien, porque, si no, le frío el culo.

—Seguro que podrías. Espero que le guste y que no sea demasiado pronto para algo tan íntimo.

—Le gustará y no lo es. Ahora, ve a coser la bolsa. Elige un color. He traído cuero porque, en fin, es jinete de un dragón.

—Me gusta el azul, como sus ojos. ¿Es una cursilada?

—Es adorable.

Como Marco cosía mejor que ella, lo dejó hacerlo y, mientras, guardó las piedras y el cuero que no habían usado. Se puso botas y una chaqueta y añadió una bufanda, porque, al menos en su lado, el día era frío y húmedo. Cuando salieron de la casa, las nubes acumuladas sobre ellos dejaron caer una llovizna helada. En Talamh, se encontraron con el fresco aire otoñal y un sol resplandeciente.

Como los niños de Aisling jugaban cerca del jardín de la cocina, vigilados por Mab, la perra loba, Breen envió a Botarate hacia ellos. Finian se les acercó pavoneándose.

—Queda un día para mi cumpleaños.

—Eso he oído —respondió Marco, que se agachó para estar a la misma altura; Kavan aprovechó para subírsele a la rodilla—. Vas a cumplir quince, ¿no?

Encantadísimo, Finian sonrió antes de enseñarle tres dedos.

—Voy a montar con Harken en su dragón porque no tengo alas como Kavan. Pero un día tendré mi propio dragón, como Harken y Keegan.

Breen también se agachó.

—Tu don es de las sabias, como el de tu madre —le dijo.

Él la examinó.

—Es lo que dice mamá, pero no sé hacer nada.

—Lo sabrás. Cosas buenas e importantes, lo veo. Lo percibo.

—¿Me lo juras? —le preguntó el niño, con los ojos como platos.

Breen le apoyó la mano en el pecho y notó el latido de la luz, de un poder suave y joven.

—Te lo juro —le aseguró—. Ahora mismo, tu dragón es así de pequeño. —Alargó la otra mano para medir la distancia—. Todavía necesita a su madre durante un tiempo. Es tan verde como tus campos, con las alas del color azul de la bahía.

—¿Has visto a mi dragón? —preguntó Finian tras ahogar un grito.

—Lo veo dentro de ti. Le has puesto Comrádaí, *hermano*, en tu corazón, y eso será para ti, como Kavan.

—¡Elegí su nombre! ¡Es verdad! Pero no lo he visto. Tengo que contárselo a mamá. Vamos, Kavan, tengo que contarle a mamá lo de mi dragón.

Kavan dejó de jugar con el pelo de Marco, sonrió y salió corriendo como pudo detrás de Finian.

—¿De verdad has visto todo eso? —preguntó su amigo.

—Sí. No esperaba hacerlo. Pero… hay tanto anhelo dentro de ellos… Estaba todo ahí. Dios, espero no haber metido la pata al contárselo.

—¿Te digo lo que creo? —Marco aceleró el paso y agarró a Breen del brazo para que le siguiera el ritmo—. Creo que si has visto y has dicho todo eso es porque se suponía que debías hacerlo. Y está claro que has hecho muy feliz a ese crío.

Como Mab seguía a los niños y Botarate esperaba, vibrando y mirando esperanzado a Breen, ella le acarició el copete.

—Adelante. Te llamaré cuando estemos listos para montar.

—¿Crees que será así con los dragones? —preguntó Marco—. ¿Como tú y Botarate?

—Eso dicen. Bueno, supongo que tendremos que buscar a Harken o echar un vistazo en la casa, para avisarlos de que vamos a sacar los caballos.

Primero lideró la marcha hasta los establos y se encontró a Harken canturreando mientras acariciaba una yegua. Breen se percató de que se trataba de la misma que el semental de Keegan había fecundado aquel lluvioso día de verano.

—Buenos días a los dos.

Harken le murmuró algo al animal y restregó su mejilla contra la de la yegua.

—Es Eryn, ¿no? —preguntó Breen—. ¿Está bien?

—Más que bien. Solo le estaba echando un vistazo antes de dejarla salir a correr por el campo. Ella y el potro están bien. ¿Cómo estáis vosotros después de la gran noche?

—Más que bien —respondió Marco—. ¿Puedo acariciarla?

—Claro, le encanta la atención. Casi os cruzáis con Morena, que acaba de irse para llevar a Amish de caza. Y también con mi madre, que ha salido a cabalgar con Minga.

—¿De verdad no os importa que nos vayamos al cementerio?

—Claro, por supuesto. Traeré vuestros arreos.

—Nosotros lo hacemos. Ya sé dónde está todo.

Marco acarició un poco más a la yegua y dijo:

—Supongo que algunos de los soldados habrán salido ya hacia el sur.

—Antes de que el alba rompiera la noche, y Keegan se fue con ellos. Mahon y él volverán para la celebración del cumpleaños de Finian y después regresarán al sur.

—¿Y tú? —le preguntó Breen, poniéndole una mano en el brazo.

—Esta vez no. Estoy aquí porque Keegan me quiere cerca de nuestra madre, nuestra hermana y los niños. No conseguirán cruzar nuestra línea defensiva, pero no queremos arriesgarnos.

—¿Irás a la Capital?

—No, y gracias a los dioses. No me gustan las multitudes ni el ruido. Hay que atender la granja y proteger el valle, y eso es lo mío. Bueno, hace un día precioso para cabalgar, así que espero que lo disfrutéis. Vamos, Eryn, preciosa.

Sin ronzal ni riendas, la yegua lo siguió, obediente, al exterior.

—Se parece mucho a ti —comentó Breen al verlo marchar.

—¿Harken? ¿A mí?

Ella se llevó una mano al corazón.

—Aquí dentro. La amabilidad, la paciencia, la lealtad… Creo que por eso tardé tan poco en sentirme cómoda con él.

Reunieron los arreos y los llevaron al potrero, donde Harken ya tenía a Chico y Cindie esperando. Él enganchó su musculoso caballo de tiro a un arado y, mientras ella ensillaba a Chico, lo observó caminar detrás del caballo roturando la tierra de un terreno en barbecho. Se preguntó qué plantaría allí, a esas alturas del año. ¿O solo araba para airear la tierra? No sabía absolutamente nada sobre el trabajo de la granja, a pesar de que su padre había sido granjero.

—No me parece el típico guerrero, ya sabes —comentó Marco; de fondo oían la canción que el otro cantaba mientras trabajaba.

—¿Harken? Tiene corazón de granjero y su don es el de las brujas. Prefiere usar un arado a una espada, pero te aseguro que sabe cómo usar ambas cosas. Su padre lo entrenó y, tras su muerte, mi padre siguió haciéndolo.

Abrió la puerta, montó, llamó a Botarate y esperó a que el perro corriera hasta ellos. Después sonrió a Marco.

—¿Qué pensarían ahora de nosotros nuestros amigos del barrio gay?

—Pensarían que tenemos una pinta estupenda y que estamos muy atractivos a caballo.

Salieron a la carretera, donde Breen se echó el pelo atrás y lo retó con la mirada.

—¿Listo para galopar?

—¿Que si estoy listo? ¡Arre! —gritó él, y salió a toda velocidad.

—Vaquero de ciudad… —le dijo Breen a Botarate.

Entre risas, chasqueó la lengua para arrear a Chico y persiguió a su amigo.

SEGUNDA PARTE

CONFIANZA

Creer tan solo en las posibilidades no es fe,
sino mera filosofía.

SIR THOMAS BROWNE

11

Marco paró por el camino para saludar a la mujer que colgaba ropa de un tendedero con un chiquillo a los pies, al anciano que caminaba por la carretera con su perro de orejas largas y a una pareja que cosechaba verduras de otoño en su huerto. Como Keegan, conocía sus nombres y los sabía relacionar con sus caras para que Breen lo imitara. Al llegar al cruce, ella señaló el desvío.

—Es por aquí. ¿Has venido por este camino con Morena?

—No. Bajamos por allí, y a través de ese bosque y a lo largo de la costa.

—No he visto la costa. Bueno, la vi desde lo alto de esa montaña. Era preciosa.

—No está muy lejos y tenemos tiempo, si quieres verla. Es una pasada, la verdad.

—Sí que quiero verla. Podemos hacer eso antes de volver y parar en casa de la yaya. —Señaló al cielo, a un par de dragones—. Los gemelos Magee. Bria y…

—Deaglan. Los conocimos anoche. Viven cerca de la Capital —recordó Marco—. Llegaron ayer.

—Eso. Están explorando o patrullando, supongo.

Al llegar a lo alto de la pendiente, él paró de nuevo.

—Hala… Sé que vimos muchas cosas parecidas en Irlanda y siempre me quedaba pasmado. Pues así estoy otra vez. Mierda, ojalá pudiera hacer una foto, ¿sabes? La torre redonda, ese círculo de piedra encima de la colina, esas ruinas de piedra tan siniestras… Y tela de grandes. El cementerio, el bosque, el campo… Y nadie más por aquí, salvo las ovejas. —Desde la silla, lo examinó todo—. Es espeluznante, ¿no? Como si el cielo no debiera ser tan azul y bonito encima de un sitio tan tétrico. Debería ser siempre denso y gris.

—Así es el aire ahí dentro.

—¿Has entrado?

—No. —Breen notó el cosquilleo en la piel, como patas de araña correteándole por encima—. Pero lo percibo. Antes no lo sentía así, no tanto. Es casi Samhain, creo que es por eso. El círculo de piedras vibra. Lo oigo y lo siento. Es como un equilibrio, luz contra oscuridad. No entres en las ruinas, Marco, y no te acerques demasiado hoy.

—Me has convencido, no te preocupes. ¿Es seguro ir al cementerio?

—Sí, está santificado. —Señaló el sitio en el que Botarate estaba ya sentado tranquilamente, junto al manto de flores que cubría la tumba de su padre—. Mira, él lo sabe. Se quedará cerca de nosotros. Está esperándonos en la tumba de papá.

—Es un buen perro —consiguió decir Marco, aunque la tristeza empezaba a formarle un nudo en la garganta—. Son preciosas, las flores que has plantado. Odio que ya no esté con nosotros, Breen. Odio que se haya ido de verdad.

—Lo sé.

Cuando llegaron a la tumba, ella desmontó y se llevó a los caballos para atarlos al otro lado de la carretera, donde podían mordisquear la hierba alta. Y para dejar a Marco a solas unos minutos. Cuando regresó, el chico se volvió hacia ella y apoyó la cara en su hombro para que lo consolara.

—Te quería mucho —murmuró Breen—. Lo hacías reír. Se sentía muy orgulloso de ti cada vez que te escuchaba tocar.

—Él me dio la música y mucho más. Fue el primer adulto con el que salí del armario.

—Eso no lo sabía.

—Fue justo antes de que se fuera esa última vez. Me daba miedo decírselo, por lo que pudiera pensar de mí. Después de llevarte a casa de tu madre, me acompañó a la mía. Ya sabes que estaba a unos tres kilómetros de donde vivíais antes, y pensaba que iríamos en autobús, pero echó a andar. Me dijo que confiaba en mí para ayudar a cuidarte cuando él estuviese fuera. —Con la respiración ya más calmada, Marco se secó los ojos y retrocedió para mirar la lápida de Eian—. Que para él era una bendición que yo estuviera en su vida y en la tuya.

»Cuando me miró, me eché a llorar porque me di cuenta de que lo sabía. Me rodeó los hombros con un brazo y siguió caminando. Me dijo que solo lo decepcionaría si me avergonzara de lo que era, de quien era. Y yo le solté, como si fuera un gran anuncio: «¡Soy gay!».

Ella se rio un poco y le acarició la mejilla.

—¿Qué te dijo él?

—Me dijo que esperaba que un día, cuando ya fuera mayor y estuviera preparado, encontrara un hombre digno de mí y que no me conformara con menos. «Sé fiel a ti mismo, Marco. Y cualquiera que intente convertir tu verdad en una mentira o avergonzarte no se merece que le dediques ni un segundo de tu tiempo».

Esta vez fue Breen la que apoyó la cara en el hombro de Marco mientras se le saltaban las lágrimas.

—Suena a algo que diría él. Durante mucho tiempo olvidé cómo hablaba, cómo era. —Respiró hondo y se apartó de su amigo—. Venir aquí, regresar, me ha ayudado a recordar.

—Ese paseo con él lo significó todo. —Marco se sentó y acarició las flores—. Lo significó todo, Eian.

Breen se sentó a su lado.

—¿Por qué no me lo contaste nunca?

—No pude darle las gracias como se merecía porque el nudo en la garganta no me permitía hablar. Quería agradecérselo, hablar con él cuando regresara. Pero…

—Murió. No lo sabíamos, no sabíamos nada de Talamh. Pero no regresó nunca.

—Cielo, no quería decírtelo porque estabas muy triste. Esperabas y esperabas, y cada vez estabas más triste. Así que te lo cuento ahora y le doy las gracias ahora. Este lugar es precioso y ahora tu padre está en casa, ¿no? Es precioso, a pesar de ese sitio tan enorme de ahí.

—Sí, está en casa y es un lugar precioso. Cuando lo construyeron, cuando empezaron a vivir, trabajar y adorar ahí, era un lugar sagrado —explicó Breen, que se giró para examinar las ruinas—. Un lugar para las buenas obras, para el arte, el rezo y la curación. Fueron algunos de los que vivían, trabajaban y adoraban ahí quienes lo cambiaron. Lo corrompieron, lo convirtieron en un lugar temible. Un lugar de intolerancia, persecución y tortura.

—Siempre hay alguien que fastidia lo bueno y encuentra a otros para que lo ayuden a hacerlo.

—Los oigo —susurró ella.

—¿A quiénes? —preguntó Marco, que abrió mucho los ojos mientras miraba hacia las ruinas—. ¿Ahí dentro?

—Están inquietos. No oigo con claridad, pero… Espera aquí.

—No, ni de coña. No vas a entrar ahí.

—No voy a entrar —lo tranquilizó Breen, aunque se puso de pie—. Quieren que lo haga. Creen que no estoy preparada para enfrentarme a ellos. Es probable que tengan razón, así que no voy a entrar.

—Pues vamos a procurar no acercarnos —repuso él, levantándose de un salto.

—No los oigo con claridad desde aquí y necesito hacerlo. Te juro que no iré un paso más allá de lo que considere seguro. Quédate aquí. Botarate, quédate con Marco. Quédate aquí.

Se apartó de ellos y se apresuró a recorrer el cementerio, esquivando las lápidas, acercándose cada vez más a las ruinas y a los sonidos, a la vibración que emitían. Se detuvo cuando notó un cambio en el aire, que de fresco y ligero pasó a ser oscuro y denso. Y entonces vio movimiento a través de las estrechas ventanas y de la amplia abertura que, sabía, antes había sostenido unas gruesas puertas de madera con símbolos sagrados tallados. Como finas sombras que se movían y deslizaban. Y como un eco, tenue pero no lejano, oyó las voces, los cánticos, los gritos, las invocaciones a dioses oscuros y malditos. El aire fresco de otoño olía a sangre cálida y carne humana ardiendo. Tañeron las campanas. Tocaron los tambores.

Despacio, Breen levantó la mano y presionó el aire. Y percibió el empuje de lo que respondía a su acercamiento. Fue a coger la varita, sin saber muy bien si eso bastaría, si ella bastaría. Entonces, oyó que un caballo se acercaba a toda prisa y se volvió para mirar. Vio que Tarryn iba directamente hacia ella con mirada feroz y el pelo azotado por el viento.

—Vuelve ahora mismo. Niña insensata, ¡vuelve aquí!

—No pueden llegar hasta mí. No pueden salir. Todavía. ¿Lo oyes? ¿Lo ves?

Tarryn se bajó de un salto del caballo y agarró del brazo a Breen.

—No des ni un paso más. Sí, los oigo, los veo. Es demasiado pronto y son demasiados para ti. Esto es obra de Yseult, por los dioses, de ella y de su retorcido aquelarre. ¿Llevas algo contigo?

—Unas cuantas cosas, solo algunas piedras y amuletos en las alforjas. Mi varita y mi *athame*.

—Ve a por lo que tengas y date prisa. Me gustaría contar con cinco personas más, o al menos con Marg para que fuésemos tres, pero tendrá que valer con nosotras. —Se volvió hacia su caballo y abrió las alforjas—. ¡Vete ya! Date prisa. Minga, quédate aquí con Marco.

—¿Qué estás haciendo? ¿Qué estáis haciendo? —preguntó Marco cuando Breen pasó corriendo junto a él de camino al caballo—. ¿Qué está pasando?

—No lo sé exactamente, pero voy a hacer todo lo que me diga. Y tú te vas a quedar aquí.

Después de echarse la alforja al hombro, Breen corrió de vuelta cuesta arriba hasta llegar a las ruinas en las que estaba Tarryn. Botarate salió disparado detrás de ella.

—No, vuelve —le ordenó Breen, pero el perro permaneció a su lado y enseñó los dientes al edificio encantado.

—Deja que se quede. Está conectado contigo, así que ahora somos tres. Creamos el círculo y él se tiene que quedar dentro. Nada lo rompe hasta que terminemos. Pon las manos.

Tarryn echó en ellas sal que había sacado de una bolsa.

—Trazaremos el círculo con sal. No he traído velas. Dibújalas en la sal, norte y oeste, sur y este, y di las palabras.

La echaron y garabatearon los símbolos. Las dos pronunciaron las palabras que protegían de los demonios. Aunque el cielo seguía azul, Breen oyó el retumbar de los truenos; sintió que el viento ganaba fuerza y llevaba con él olor a azufre. Botarate dejó escapar un gruñido gutural.

—Piedras protectoras, norte y oeste, sur y este, sobre los símbolos de la sal —le dijo Tarryn—. Di las palabras.

Breen percibió el aumento de poder y que la tormenta se concentraba en el perfecto cielo azul sobre las ruinas. Y, al unirse a la otra en el centro del círculo, vio dedos fantasmales aferrados al borde de la piedra de lo que había sido la entrada, como si pugnaran por sujetarse, por salir. Del remolino de aire brotaban gritos desgarrados, algunos de rabia, otros cargados de dolor y miedo.

—Escuchadnos —dijo Tarryn—. Conocednos. Temednos. Compadecemos a los atrapados en la oscuridad y, cuando por fin la llave gire en la cerradura, vuestros espíritus serán libres para caminar hacia la luz. Despreciamos a los que abrazan la oscuridad y conoceréis el mismo tormento que infligisteis a los inocentes.

Una figura, insustancial como el humo, intentó salir a través de una de las estrechas ventanas.

—Yseult y el dios corrupto al que adora no os liberarán, ni hoy ni nunca —siguió diciendo Tarryn—. ¡Escuchad mi nombre! Soy Tarryn de Talamh. Soy madre del *taoiseach*. Soy hija del Tuatha Dé Danann, y vosotros no entraréis en el mundo de la vida y el aliento. —Cogió de la mano a Breen—. Deja salir lo que llevas dentro. Libéralo. Di tu nombre.

A través de la unión de sus manos, Breen sintió una descarga eléctrica de poder.

—Soy Breen Siobhan O'Ceallaigh. Soy hija de Eian, nieta de Mairghread. Soy sangre de hombre, de dios, de *sidhe* y de sabia. Soy hija de las hadas, y vosotros no entraréis en el mundo de la vida y el aliento. —Con la mano todavía en la de Tarryn, apoyó la otra en la cabeza de Botarate, que gruñía—. ¡Hechizo por hechizo, rito por rito! —gritó mientras el poder y las palabras brotaban de ella—. Desde este círculo dibujado en suelo sagrado bloqueamos la oscuridad con la luz. Lo que Yseult con su amuleto o símbolo hizo no es rival para el poder de nuestro hechizo.

Un relámpago iluminó el cielo y descargó un rayo que achicharró el suelo entre la elevación en la que estaban y las ruinas. Un humo negro como la tinta cubrió las aberturas del antiguo edificio y se quedó palpitando sobre ellas.

—A los espíritus que llaman cierra las puertas, corre los cerrojos, que no queden abiertas.

A Breen le latía con fuerza el corazón, y sintió físicamente el chasquido y el golpe del cierre. Y, con Tarryn, pronunció las últimas palabras del hechizo.

—Solo nuestro hechizo la libertad os puede devolver. Tal es nuestra orden, así debe ser.

Aunque el humo se disipó un poco, el viento seguía soplando.

—Cierra el círculo —dijo Tarryn, que cogió la bolsa de sal—. Y ten cerca al perro. Dile que no debe entrar.

—Lo sabe.

—Trae tu *athame*. —Con el círculo cerrado, bajó la colina hacia la abertura en la piedra—. Yseult es hábil y poderosa. Y, para su hechizo, se ha derramado sangre inocente. Un día, la profunda oscuridad de su poder la consumirá. Pero, hoy, levantamos otra defensa contra él. —Dibujó una línea de sal y se pasó la hoja de su *athame* por la palma de la mano—. Tú también debes hacerlo, y nuestro tercero. La sangre del poder contra la sangre de los condenados.

Sin prestar atención ni al humo, ni a su hedor, ni a los gritos que no se ahogaban, Breen se agachó y tomó la pata de Botarate.

—Es solo un segundo y después te lo curaré. Lo siento.

El perro ni se inmutó cuando ella le hizo el corte; se limitó a mirarla a los ojos. Luego, Breen se cortó la mano, la unió a la pata de Botarate y después se levantó para dársela a Tarryn.

—Con sal atamos, con sangre firmamos y lanzamos este hechizo al viento —dijo esta.

Usando la sangre de los tres, dibujó símbolos contra el mal en ambos lados de la abertura. Los gritos se fueron transformando en murmullos y el humo, en bruma.

—Ya está hecho —dijo, y se agachó para mirar a Botarate—. Eres un gran perro. El mejor que haya existido.

Esperó hasta que Breen le curó la pata y, cuando la chica levantó la mano, Tarryn sonrió y le quitó aquel dolor leve antes de curarse ella misma.

—Marg te ha enseñado bien. Pasaremos por su casa y le contaremos lo ocurrido; después, informaremos a Keegan. —Mientras hablaba, subió de nuevo la pendiente para recoger lo que se había dejado allí—. Odran se va a disgustar mucho con Yseult cuando se entere de que sus planes han fracasado.

—Habrían salido de aquí mañana, en Samhain. No como simples espíritus o fantasmas, sino reanimados. Habrá tenido que sacrificar un cervatillo, un cordero y un niño, humano o feérico, para lanzar ese hechizo. Incluso así...

—Se necesita emplear mucho poder, y todo para una sola noche —dijo Tarryn.

—Para atacar el valle mientras los píos traidores abrían sus puertas a los seguidores de Odran en el sur. Así nos tenderían emboscadas por ambos frentes, siempre pensando que nosotros no teníamos ni idea de nada.

—Es una buena táctica —dijo Tarryn, sin más, mientras caminaban hacia Marco, Minga y los caballos—. Pero nosotros tenemos algo más que una idea. —Se detuvo junto a la tumba de Eian—. Tu padre estaría orgulloso de ti. —Después, ofreció una mano a Minga y otra a Marco—. Bueno, hemos tenido emociones de sobra para una tarde tan bonita, ¿no os parece?

—Estaban intentando salir —consiguió decir Marco—. Minga me ha dicho que habéis tenido que romper un hechizo y lanzar otro nuevo para mantenerlos dentro.

—Eso hemos hecho, sí.

—Y no me sorprende que ambas os sintierais atraídas hoy, a esta hora, hacia este sitio —añadió Minga—. El trabajo que habéis hecho ha salvado muchas vidas. Y tú... —dijo mientras se agachaba para acariciar a Botarate— eres una luz brillante. Tarryn, ¿quieres enviar un halcón a Keegan?

—Creo que no debemos arriesgarnos a poner nada por escrito. Hablaré directamente con él a través del espejo. —Montó y dedicó un momento a contemplar las ruinas—. Considerarán que aquí no tienen ya nada que hacer, así que se concentrarán en el ataque al sur. De todos modos, será mejor apostar algunos guardias en las ruinas. Bueno, me apetece galopar un poco para quitarme esa peste de las fosas nasales, que no os quepa duda —añadió Tarryn—. Y esperemos que Marg tenga algo más fuerte que el té.

Después de la conversación con su madre, Keegan se paseó por la habitación que compartía con Mahon. Había llegado antes del alba a los barracones del sur y tan solo unas cuantas personas sabían que se encontraba allí.

—Se han encargado del problema —le recordó Mahon—. ¿Tienes alguna razón para pensar lo contrario?

—No, la verdad. Si mi madre dice que lo tienen controlado es que lo tienen controlado. Pero todo esto me dice que pretendían algo más que un simple ataque por el sur y que tienen más seguidores. Iban a levantar a un ejército de muertos vivientes contra el valle.

—Donde creen que estáis tú y tu madre, el *taoiseach* y su mano derecha. Donde esperaban encontrar a Breen durante las ceremonias del *sabbat*.

—¿Se arriesgarían a acabar con ella? Los espíritus corpóreos como esos no tienen ni control ni estrategias. Solo buscan sangre.

Emanaba frustración por todos los poros mientras se paseaba y calculaba, calculaba y se paseaba.

—Deben de tener al menos a uno o dos seguidores de Odran más cerca de lo que pensábamos. La necesita viva, Mahon. Muerta no le sirve de nada, y con ella acaba su linaje. Alguien lo bastante cercano como para atraerla con engaños o secuestrarla durante la confusión, diría.

—Ahora no habrá confusión ninguna. Pero, sí, tienes razón. Y tenemos que arrancar de raíz el mal que han conseguido plantar tan cerca de casa.

—Y aquí.

Keegan intentó sentarse, pero no pudo. En la habitación solo había una ventana, aunque no podía usarla por temor a ser visto.

—Tal y como sospechábamos, Toric es el líder de este culto de sangre. Sí, habla con voz meliflua, mantiene la cabeza gacha y luce una sencilla túnica blanca, pero apesta a ambición.

Mahon sirvió cerveza para ambos.

—Por los dioses, siéntate ya, hermano, que me estás volviendo loco. He hablado con él sobre comerciar con los que entrenan aquí y protegen el sur. Todo muy normal y diplomático, por supuesto, a la par que le hacía saber que me iré mañana para la celebración del cumpleaños de mi hijo. Le hemos dado libertad para adorar, tal y como debemos, tal y como es de justicia. Y él retuerce esa libertad para despojar de la elección a otros y, además, arrebatar vidas.

Desde una distancia cautelosa, Keegan miró por la ventana.

—Le queda poco tiempo para disfrutar de la agradable brisa marina.

—Lo que todavía no te había contado —dijo Mahon—, ya que hemos recibido las noticias del valle antes de poder hacerlo, es que planea un sacrificio ritual a Odran en Samhain.

Keegan se volvió hacia él.

—¿Se atrevería a algo así?

—Por supuesto. Han robado a una niña pequeña, la tienen dormida con un hechizo del sueño, encerrada en las entrañas de la torre redonda. Piensan ofrecérsela a Odran cuando sus soldados entren. Para ayudar a mantener abierto el portal. La van a quemar en la hoguera cuando dé la última hora de Samhain.

—Y eso es lo que consideran digno de adoración —repuso Keegan; dejó de golpe su jarra metálica sobre la mesa y la levantó de nuevo—. ¿Cómo te has enterado?

—Dos de los nuestros, elfos, se colaron y, tras fundirse con las paredes de piedra, lo oyeron con claridad. Te puedo decir con absoluta certeza que Toric no cuenta con más de veinte personas de su lado.

—Otros acudirán desde distintos puntos de Talamh. También habrá más aquí, aunque no vistan las túnicas blancas. ¿Cuántos vigilan a la niña?

—Ninguno. —Mahon negó con la cabeza—. Tal es su arrogancia… o lo que ellos consideran fe. La niña duerme profundamente, a puerta cerrada.

—Mejor asegurarnos. Envía de vuelta a los elfos para vigilarla hasta mañana, cuando podamos ponerla a salvo. Si lo hacemos ahora, revelaremos demasiado. Llevaremos a Toric y a los seguidores de Odran que viven en la noche a la Capital, para juzgarlos.

—Rezan. Oí sus plegarias pidiendo paz y abundancia cuando hablé con Toric. ¿Qué les hará pensar que quemar a niñas pequeñas y matar hadas es el camino hacia la paz?

—Su paz significa poder sobre todas las cosas. No lo conseguirán. Necesito tomar el aire.

—Keegan…

—Y quiero recorrer el pueblo y los mercados, visitar la Casa de los Rezos.

Tras decir lo cual, se tapó la cara con ambas manos. El pelo se le volvió gris y ralo, el rostro se le surcó de arrugas y se le descolgaron los carrillos. En la barbilla le creció una barbita de punta. A Mahon le hizo gracia.

—Tu cara está bastante bien —dijo, señalándolo con la jarra—, pero te queda lo demás.

—Bueno, pues allá voy.

El cuerpo pasó de fuerte a demacrado; se le hundieron los hombros. Vestía sandalias de tiras, una capa de tela, pantalones remendados y una túnica vieja. Su espada se convirtió en un bastón torcido.

—De acuerdo, anciano padre, iremos a tomar el aire. Si a alguien se le ocurre preguntar, eres un viejo amigo de mi familia que acaba de llegar al sur en busca de la brisa marina.

Keegan se pasó una mano por el cuello para que la voz le saliera más débil y ronca.

—Sean, por ejemplo —sugirió—. Un hombre santo, ermitaño, que ha venido a pasar sus últimos días junto a los mares del sur.

Tuvo que recordar frenar el paso y dar zancadas más cortas mientras recorrían la aldea conocida por sus bonitas frutas y su pescado fresco. Los que comerciaban tenían un aire alegre. Keegan sabía que muchos acudían al sur para pasar las vacaciones. Para bañarse en las aguas o navegar sobre ellas, para ver a sus pequeños jugar con la arena dorada de la playa. Acudían, pensó, sin saber nada de la batalla que tendría lugar allí en poco menos de un día. No podía avisarlos, ya que entonces el mal se arrastraría de vuelta al agujero por el que había salido. Así que solo le quedaba la opción de proteger, defender y luchar para llevar ante la justicia a las personas que habían dejado entrar ese mal.

Contempló el batir de las olas, uno de los más encantadores que había visto en cualquiera de los mundos. Oyó niños reír, observó a los amantes pasear por la espuma, olió el pescado, el mar y los dulces recién horneados. El mundo, su mundo, era un lugar deslumbrante y pacífico, lleno de alegría y abundancia. Y, a pesar de todo, en ese preciso instante, una niña dormía, presa de un hechizo, para ser sacrificada al que solo quería oscuridad y sangre.

—¿Quieres descansar, anciano padre?

—Tengo sed, chico, pero, antes de saciarla, deseo presentar mis respetos a los píos. Añadiré mi plegaria a las suyas, por la paz de Talamh y de todos los mundos.

Keegan se alejó cojeando del pueblo en sí y de sus mercados, de la caricia del aire marino y de los bosques cercanos, camino de la torre y la Casa de los Rezos, que se alzaba sobre una colina. Allí, habían prometido atender las necesidades de las numerosas personas que se acercaban a ellos, dedicar sus vidas a la oración y las buenas obras desde su atalaya con vistas al pueblo, el mar, las granjas y los barcos.

Eian y la *taoiseach* que lo precedió, Marg, y el *taoiseach* que la precedió y todos los demás a lo largo de más de seiscientos años habían hecho honor a esa promesa. Habían entregado aquel lugar del sur a los píos que no participaron en las persecuciones y a los que vistieron el hábito tras ellos para que adoraran en paz. Y él, pensó Keegan, sería el que pusiera fin a esa paz.

Subió con aire temeroso los escalones de la colina mientras observaba con su aguda visión (en apariencia empañada por las nubes de la edad tras la que la había ocultado) las figuras envueltas en túnicas que trabajaban los huertos o paseaban con las manos ocultas bajo las mangas. Pensó en la niña dormida y en la familia, que debía de estar buscándola. Pensó en los símbolos y regalos de agradecimiento que todos los días dejaban en la Casa de los Rezos. Y en el engaño que anidaba en aquellos corazones, escondido detrás de la benevolencia y la devoción.

Cuando entró en la nave, sintió los fríos dedos del miedo arañarle la espalda. Era la misma sensación, junto con el nudo en el pecho, que se apoderó de él al pisar las ruinas del valle. Así que allí también caminaban los espíritus entre los vivos, pensó. Allí también se había derramado sangre en secreto para oscuros propósitos. Los muertos honrados yacían bajo losas de piedra tallada en el suelo o sepultados en arcas. Los nichos guardaban tarros de agua bendita, de hierbas y aceites sagrados. Aunque la luz del sol entraba a través de las imágenes de las vidrieras de las ventanas arqueadas, las velas titilaban. Algunas para dar luz, otras por penitencia o en busca de la bendición. Su aroma y el tenue humo del incienso flotaban en el aire junto al cántico de los píos, que oraban mientras recorrían la columnata.

Avanzó despacio, como haría un anciano, hasta el altar donde unas cuantas figuras vestidas con túnicas rezaban en silencio y soledad, arrodilladas. Las tallas de la piedra pulida daban la bienvenida a cualquiera en busca de ayuda. Y allí, tan claros como los cánticos de las melodiosas voces que pedían la paz y se consagraban a las buenas obras, oía también los gritos de los sacrificados.

La cabra, el cordero, el ciervo, el niño.

Y, por debajo del dulce aroma de aceites y velas, distinguió el hedor de la magia negra.

Le ardía la sangre, a pesar de agachar la cabeza en gesto de reverencia. La mano que se aferraba al bastón anhelaba romper la ilusión y atacar.

—He esperado demasiado para este peregrinaje —dijo.

—Ya está aquí, anciano padre.

Keegan asintió, se volvió y caminó hacia una arcada que se abría a un pasillo que daba a una biblioteca, en la que había sentados tres píos muy ocupados escribiendo historias, plegarias y canciones. Otro, tan viejo como la ilusión de Keegan, dormitaba junto al fuego, y sus suaves ronquidos y el rasgar de las plumas era lo único que se oía en la habitación.

Pasó junto a otras salas en las que hombres y niños tejían cestas y mantas, y otras para el tallado de madera y el pulido de la piedra. Las cocinas y los comedores, recordó, estaban al otro lado, donde también había algunos aposentos pequeños para las personas asignadas a trabajar en ellos.

Se detuvo junto a las escaleras de piedra que subían en espiral. Salas de contemplación y aposentos, según recordaba. Le habría gustado echarles un vistazo ahora, ver si, desde su última visita, había cambiado el ritmo de vida de Toric y el resto de la jerarquía. Un año entero, recordó. Sí, había esperado demasiado.

Un chico de unos catorce años bajaba corriendo las escaleras con una cesta llena de ropa sucia en los brazos. Todavía no le habían cortado el pelo, lo que ocurría al hacer los votos completos, y la túnica le llegaba justo por debajo de las huesudas rodillas. «Un novicio», pensó Keegan. El chico abrió muchos los ojos, alarmado.

—Que la luz te bendiga, puro de corazón.

Keegan sonrió y le devolvió el saludo pío tradicional.

—Y a ti y a los tuyos.

—No puede pasar por aquí, buen señor. Solo los píos y los que atienden a sus necesidades terrenales tienen permitido subir.

—Solo estaba descansando mis viejos huesos un momento. Muy lejos les queda ya la vitalidad de los tuyos, muchacho.

—¿Quiere que le traiga una silla o un vaso de agua?

—Eres muy amable.

Keegan apoyó una mano en el hombro del joven. No contaba con la visión de Harken, pero confió en la inocencia que percibía.

—Te ha bendecido un hombre santo de gran edad y sabiduría, muchacho —dijo Mahon, que hablaba con tono severo, pero no cortante—. Ve a buscar a Toric para que reciba como se merece a este peregrino.

—Le agradezco mucho su bendición, anciano padre —dijo el chico antes de salir corriendo sin decir más.

Satisfecho, Keegan siguió recorriendo el pasillo, cruzó una habitación con altares pequeños e iconos antiguos, y salió a una columnata bañada por el sol. En el centro había un dolmen con un círculo de piedra alrededor. La hierba que lo rodeaba proyectaba su verdor sobre los muros y las columnas de piedra. Los píos, con sus túnicas blancas y el pelo muy corto, recorrían lentamente el camino que rodeaba el círculo de piedra mientras cantaban. Keegan sabía que lo hacían durante dos horas al salir el sol, otras dos horas a mediodía y otras dos más al anochecer.

Aunque la zona estaba rodeada de arcadas y puertas, estaba abierta a los elementos. En aquel momento, el sol la iluminaba con delicadeza, pero, cuando ardía y deslumbraba, cuando llovía y los vientos soplaban con fuerza, ellos seguían caminando y cantando sus plegarias por la paz y los corazones puros. ¿Cuántos de aquellos que se paseaban con las manos humildemente tapadas por las mangas participarían en el sacrificio humano, en la matanza? ¿Cuántos más lo sabían o lo sospechaban, pero guardaban silencio?

Al oír el ruido de sandalias sobre la piedra, Keegan se volvió, despacio. Reconoció a Toric y se fijó en que el líder de los píos había añadido unos cuantos kilos a su cuerpo orondo. En su cabeza, también redonda, lucía el solideo característico de su puesto. Por encima de sus ojos azul pálido, las cejas grises formaban unas uves muy marcadas. No llevaba barba, ya que su culto no permitía tales vanidades, y la papada se le agitaba bajo la barbilla. Keegan dudaba que aquel hombre observara el día de ayuno semanal.

—Mahon. No se me había informado de que nos honrarías con tu visita. Anciano padre, ambos sois bienvenidos. Que la luz os bendiga, puros de corazón.

—Y a ti y a los tuyos. —Keegan se llevó una mano al pecho y se inclinó sobre su bastón—. Gracias, hermano, por hacerme sentir bienvenido.

—El anciano padre es un amigo de la familia —explicó Mahon—. Un hombre santo que, durante su peregrinaje hasta esta tierra, ha repartido buenas obras y palabras por todo Talamh.

—Por favor, por favor, sentaos.

Toric los condujo a través de otra arcada a unos bancos de madera junto a un fuego tranquilo. Allí, tocó una campanita. Otro muchacho (porque las mujeres tenían prohibida la entrada a la Casa de los Rezos, incluso como criadas) apareció a toda prisa.

—Fruta y vino para nuestros visitantes. ¿Solicitas refugio, anciano padre?

—Qué amable —dijo Keegan al sentarse, a la vez que dejaba escapar un suspiro profundo y cansado—. Ay, ¡cómo crujen mis viejos huesos! Este joven —añadió, dándole una palmadita en la rodilla a Mahon— me ha ofrecido un catre para pasar la noche.

—Me ocuparé de darte cobijo seguro, anciano padre —prometió el aludido.

—Tengo pocas necesidades —dijo Keegan, y levantó una mano—. Pero temo que mis días de vivir en una cueva de las colinas han llegado a su fin.

—¿Qué edad tienes, anciano padre?

—Cuento ya ciento sesenta años y estoy llegando al final de mi ciclo. He viajado hasta aquí en busca de la brisa marina y la cercanía de los que, como tú, viven entregados a la oración y la fe.

El chico llegó cargado con una jarra de agua, tazas y un cuenco de fruta.

—¡Naranjas! —exclamó Keegan, procurando que su voz denotara placer—. Hay *sidhe* entre tus fieles.

—Unos cuantos. Y más que nos traen ofrendas. —Toric examinó de cerca a Keegan mientras el muchacho servía agua en las tazas—. Ciento sesenta es una edad madura, pero confío en que te queden muchos años por delante.

—No está escrito. Gracias —añadió Keegan al aceptar el recipiente, del que bebió despacio—. La muerte se acerca y he visto mi último verano. No la temo, ya que siempre he vivido con la fe de que lo que acaba aquí continúa en otro plano. Uno de luz brillante y fe profunda. Estaré listo cuando los dioses me llamen.

—Hasta ese día, eres bienvenido aquí, anciano padre. Sé que Mahon regresará a su hogar mañana. Nos honraría que decidieras pasar el tiempo que te quede en este plano compartiendo fe y plegarias con nosotros. Ordenaré que te preparen una habitación.

Keegan inclinó la cabeza.

—Tu amabilidad con este peregrino no te traerá más que bendiciones.

Cuando se fueron, Keegan se apoyó en Mahon y solo le habló del mar, de las colinas y de los bosques. En cuanto estuvieron dentro de los aposentos de Mahon, Keegan deshizo la ilusión.

—Dioses, ahora sé que los ancianos padres y madres son los más valientes de todos nosotros, simplemente por ser capaces de poner los pies en el suelo cada mañana. —Se dejó caer en una silla, estiró las piernas y sonrió—. Harken podría haberles sacado cada pensamiento, pero he descubierto más que suficiente. Ya han hecho sacrificios, más de uno estos últimos meses, en el altar principal. Y Toric planea cortarme el cuello mañana y ofrecer mi sangre de hombre santo cerca del final de su ciclo de vida a Odran y a sus fieles.

—Por todos los infiernos…

—Justo allí es donde pasará su propio ciclo, porque yo tengo otros planes.

12

Esa noche, mientras Keegan planificaba, Breen y Marco pasaron una hora hablando con Sally y Derrick por Zoom. Tal y como era de esperar, ambos estaban preparados para Halloween.

—Vamos de Morticia y Gómez —les explicó Sally.

—*Cara mia!* —exclamó Derrick, y se puso a darle besos brazo arriba a su marido para hacerlo reír.

—¡Queremos fotos! —insistió Marco—. Y del club. Estoy seguro al cien por cien de que vais a liarla parda con la decoración.

—Seguiremos con el tema de *La familia Addams*. Geo va de Tío Fétido. ¿Y vosotros?

—Yo voy a sacar al vaquero que llevo dentro —improvisó Marco.

—De bruja —respondió Breen; era fácil—. De bruja buena.

—De bruja sexy —añadió Sally—. También queremos fotos. Es el primer Halloween que no os tenemos aquí desde hace… creo que casi diez años.

«¿Cómo narices vamos a hacernos fotos?», se preguntó Breen mientras Marco seguía charlando. Ya se le ocurriría algo.

—Sé que os tenéis que ir al club —dijo cuando se acercó la hora—. Queremos que sepáis que vamos a irnos de viaje, para documentarnos, y que no vamos a tener buena conexión a internet. No os preocupéis si no sabéis de nosotros hasta dentro de unos días.

No era del todo una mentira y ¿qué otra cosa podían decirles? Sin embargo, se quedó con el sentimiento de culpa mientras cortaba con cuidado las tiras de calabaza cacahuete que Marco iba a asar en el horno.

—Deberíamos haber sabido que querrían fotos —dijo este mientras preparaba las pechugas de pollo para el plato principal—. ¿De dónde vamos a sacar disfraces?

—No creo que esperen nada demasiado elaborado. —Como él la miró sin decir nada, Breen se rio—. Vale, al menos esperarán algo ingenioso. Esta noche nos inventaremos alguna cosa y nos haremos unos *selfies*.

—He dicho que iba a ir de vaquero, pero un vaquero necesita su sombrero.

Ella se lo pensó mientras picaba el ajo.

—Tienes una gorra de béisbol.

—Ningún vaquero con un mínimo de dignidad se pondría una gorra de béisbol, nena. Todo mal.

—Puedo crear una ilusión. Eso sé hacerlo. Estoy bastante segura. Como…

Se volvió hacia él, metió la imagen en su cabeza, se le acercó y le pasó las manos por encima.

Marco se rio.

—No vale hacer cosquillas —dijo—. ¡Mira que tengo un cuchillo!

—Revólver de seis tiros con culata de nácar… de juguete —añadió a toda prisa.

Marco bajó la vista y se quedó boquiabierto.

—Te conozco —dijo Breen—. Sé que eres vaquero de brillibrilli.

Y, efectivamente, la camisa le brillaba, cuajada de piedrecitas de todos los colores del arcoíris. Le había transformado el cinturón en una pistolera rojo chillón, les había añadido zahones a los vaqueros y había convertido las deportivas de caña alta en botas rojas de vaquero con más piedrecitas en las puntas.

—¡Tengo que mirarme de cuerpo entero! —exclamó Marco.

—¡Tráete la gorra! ¡Y también la mía!

Breen pensó en su disfraz y se probó un vestido negro de vuelo con el borde acabado en picos. Botas altas con tacón de aguja.

—¡Estoy tremendo! —exclamó Marco, que entraba a toda prisa en la cocina, pero se detuvo para mirarla entornando los ojos—. Baja ese escote en uve, chica. Y prueba con uno de esos cinturones tipo corsé, con cordones delante. Rojo. Mejor, mejor. —La rodeó mientras ella trabajaba—. Quiero ver labios rojos y ojos ahumados. Exagerados. Es un disfraz.

Le pasó los dedos por el pelo y se lo alborotó hasta alcanzar el nivel de bruja salvaje que buscaba. Después se puso la gorra.

—Ponme un buen sombrero, socia.

Ella lo adornó con una cinta de gemas falsas antes de ponerse su gorra y convertirla en el clásico sombrero de bruja.

—Más pequeño —le dijo Marco, y después se llevó la mano al centro de su sombrero para el típico saludo coqueto.

Breen, que ya estaba metida en el tema, cogió un paño de cocina, lo colocó encima de Botarate y lo transformó en una capa.

—¡Superbotarate!

Mientras Marco se reía, Morena entró por la puerta.

—¿Qué está pasando aquí?

—¡Truco o trato! —respondió él mientras adoptaba su mejor pose de vaquero—. Soy Marco el Niño.

—He visto vaqueros de verdad en vuestro oeste. No brillaban tanto como tú.

—¿Conoces a mis amigos, Superbotarate y la Bruja Buena Breen?

—Una cosa voy a decir —contestó Morena—: Si te pones ese vestido para el baile de bienvenida en la Capital, no vas a pasar sentada ni una canción. ¿Os trajisteis todo esto de Filadelfia?

—Son ilusiones —explicó Breen—. Nuestros amigos nos pidieron fotos y teníamos que inventarnos algo.

—Puedo sacároslas yo, sé hacerlo, y después me servís una copa de vino y os cuento las noticias.

—¿Algo va mal?

—No, y Mahon y Keegan están en casa. Brian te envía recuerdos, Marco.

—Ay, qué mono —comentó él.

Se pasaron diez minutos posando exageradamente, juntos y por separado, antes de que Breen sirviera vino para todos.

—A ver, cuéntanos las noticias… Espera.

Deshizo la ilusión y se quitó la gorra de béisbol.

—Me gustaba mucho esa camisa. De todos modos, estoy preparando pollo con romero en salsa de vino blanco. ¿Te apuntas, Morena?

—¿Cómo voy a rechazar eso? Me han pedido que os recuerde que preparéis las maletas, y razonablemente. Saldréis de la granja el día posterior a Samhain, una hora después del alba.

—Ojalá vinieras —dijo Breen.

—Ahora me necesitan aquí, pero espero que le lleves mucho amor de mi parte a mi familia, cuando la conozcas. Les haré una visita breve dentro de un par de semanas. Bueno, primero, el *taoiseach* y Mahon creen que en el valle hay una o puede que más personas vigilándonos por orden de Odran, de los píos o de ambos.

—¿Como un espía? —preguntó Marco mientras salteaba ajo en una sartén.

—Por así decirlo. Alguien a quien seguramente conozcamos como se conocen aquí todos los vecinos. Y, además, ambos coinciden en que es Toric, en el sur, el que está tramando y planeando el ataque.

—¿Quién es Toric? —preguntó Breen.

—Es el primer hermano de los píos. Así es como llaman al que está al mando, aunque dicen que los que están al mando son los dioses y demás. Han raptado a una niña y la tienen dormida mediante un hechizo, encerrada en su torre redonda. Pretenden sacrificarla mañana por la noche.

—¿Que van a hacer qué? —Pasmado, Marco miró fijamente a Morena—. ¿Una niña?

—No la dejarían allí, ¿no? —añadió Breen.

—Esperad, esperad —les pidió Morena, alzando las manos—. Saben lo que se hacen. A la niña no le pasará nada, han dejado a unos elfos vigilándola.

Como Breen y Marco también parecían saber lo que se hacían en la cocina, Morena se sentó en la encimera y los observó trabajar.

—Keegan también usó una ilusión y entró en la Casa de los Rezos disfrazado de un viejo hombre santo. Y, como Mahon ya le había dicho que el culpable era Toric, Keegan lo leyó lo mejor que pudo mientras hablaban. El anciano padre está invitado a pasar sus últimos días con los píos. Y Toric pretende que esos días acaben mañana por la noche, junto con los de la niña, como sacrificio.

—Pero está aquí...

—Sí, pero regresará enseguida y, disfrazado del anciano padre, irá derecho a lo que Toric cree que será su muerte. Pero este descubrirá un giro distinto de los acontecimientos, por así decirlo. —Se bajó de un salto de la encimera—. No soy muy amiga de las guerras, pero pienso en lo que Toric y otros como él harán y han hecho, en lo que hicieron tantos años atrás, antes de que ninguno de nosotros naciera. En que torturaron y asesinaron en nombre de su fe retorcida. Y sería capaz de blandir una espada para erradicar ese mal. —Negó con la cabeza y se sirvió más vino—. La niña que tienen secuestrada se llama Alanis, según descubrió Keegan, y su familia está loca de preocupación por ella, teme que se haya perdido o que esté herida.

—Y Keegan no les podía decir nada —murmuró Breen—. No podía porque se arriesgaba a que adelantaran un día el ataque, con lo que perderíamos la ventaja.

—Le pesa, te lo aseguro. Y te diré que verás algo más que tiendas, talleres, multitudes y bailes en la bienvenida a la Capital. También verás justicia cuando Keegan se siente en la Silla de la Justicia y deje caer su bastón para condenar a esa gentuza.

Todo aquello la atormentaba de corazón y mente, así que Breen durmió a trompicones. Cuando se rindió al fin, antes de amanecer, vio que el trabajo no le servía de vía de escape, así que bajó hasta la bahía, se sentó y observó a Botarate chapotear alegremente mientras salía el sol. Primero fue como una flor rosa en el este, una línea reluciente por encima de las colinas que se extendían lejos, muy lejos, con motas doradas y vetas escarlata. Las finas columnas de niebla que brotaban de la superficie del agua y se entretejían camino de la luz atrapaban reflejos, diminutas chispas de plata que convertían el mundo en una cortina diáfana. El agua que salía disparada gracias al simpático nado del perro salpicaba la cortina de gemas minúsculas. Y, al alzarse, el aliento del sol alejaba las sombras de la noche.

Cuando salió del agua, Botarate se sentó a su lado y, en silencio, contempló con ella cómo florecía la mañana. Movió el rabo cuando Marco se les acercó con sendas tazas humeantes de café en las manos. Pero Breen no lo oyó.

—Os he visto aquí abajo, así que he traído café. Qué vistas —comentó mientras le ofrecía una taza; entonces, le vio los ojos—. Eh, nena.

—Antes de que vuelva a salir el sol, antes de que la luz llegue como el día sigue a la noche, viene la muerte. La sangre vuela y la tormenta de la batalla desgarra el aire. Cuando el velo es más fino, en Samhain, hasta los muertos lloran por la inocencia perdida. Pero el dragón vuela y su fuego purifica. Inocencia perdida e inocencia salvada, y los suplicantes del dios caído se enfrentarán a su destino.

Cuando levantó las rodillas para apoyar la cabeza en ellas, Marco se sentó a su lado y le acarició la espalda, mientras que Botarate se apoyó en sus piernas dobladas.

—He intentado evitarlo, pero ahora tengo que verlo. Tengo que observar. Esta noche.

—No me estarás diciendo que vas a ir al sur, ¿no?

—No, no tengo que estar allí para observar. Si fuera, el riesgo sería mayor. Marco, creo que hay algo que debo encontrar, ser o tener, algo que todavía no he visto. Que todavía no puedo alcanzar. Y no sé qué va a significar cuando lo vea, cuando lo alcance. —Levantó la cabeza, la apoyó en el hombro de su amigo y rodeó al perro con un brazo—. Pero sé que, dentro de pocas horas, habrá personas arriesgando la vida, y algunas la entregarán por protegernos a los demás. Y sé que, en Talamh, es probable que un niño esté ya despierto, muy contento y emocionado porque hoy es su cumpleaños. Sé que eso importa.

—Todo importa, Breen —dijo Marco, que recogió el café que había dejado en el suelo y se lo puso en la mano—. Por eso hay siempre algún hijo de puta intentando arruinarlo.

Ella se rio sin muchas ganas.

—Jamás se han dicho palabras más ciertas. Vamos a sentarnos aquí con este maravilloso perro, a beber café y contemplar esta belleza. Porque importa.

El viento soplaba con fuerza en el valle y aplastaba la hierba alta hacia un lado, después hacia otro, mientras formaba remolinos con las hojas. Pero el sol empujaba las nubes para ensanchar los parches azules de cielo.

En la granja, en el potrero, Harken caminaba junto a su sobrino Finian, que montaba un bonito bayo con la crin trenzada. Su hermano pequeño, sentado en los hombros de Keegan, agitaba los brazos en el aire y lanzaba aullidos de aprobación, y sus padres esperaban rodeándose la cintura. Su abuela estaba encaramada a la valla del potrero, como una jovencita, con la melena suelta al viento.

—¡Miradme! ¡Miradme! —gritó Finian al ver a los recién llegados—. Harken me ha regalado un caballo y lo he llamado Stoirm. Keegan me ha hecho una silla. Incluso tiene mi nombre grabado. Puedo cabalgar todos los días.

—En el potrero, mi niño —le advirtió su madre—. Hasta que yo diga lo contrario.

Kavan se inclinó hacia delante, con los brazos extendidos hacia Breen. Cuando esta lo cogió, le dio un pequeño salto en el aire antes de ponérselo en la cadera para que jugara con su pelo.

—*Lá breithe shona duit*. Y, por si he destrozado el idioma, feliz cumpleaños.

—Lo has hecho bastante bien —le dijo Keegan.

—*Míle buíochas!* —le gritó Finian.

—Te da las gracias —tradujo Keegan.

—En realidad, esa ya me la sabía, y un poquito más. Mi padre me enseñó algunas cosas básicas. Se me había olvidado. Pero he recordado una parte.

—Mamá dice que, cuantos más idiomas hables, más sitios podrás visitar. —Finian, que estaba claramente enamorado, se inclinó para apoyar la mejilla en el cuello del caballo—. Voy a aprender muchos, como Keegan, para ir a muchos sitios. —Esbozó una sonrisa taimada cuando vio la cajita que llevaba Marco y la bolsa de Breen—. ¿Me habéis traído regalos?

—Un regalo se ofrece, no se pide —le regañó su padre.

—Solo preguntaba —dijo Finian, sonriente.

—Creo que el mío no puede competir con un caballo ni con una silla que lleva tu nombre. —Marco sostuvo la caja en alto—. Pero te he traído algo mío que creo que quizás te guste.

—Regalarme algo tuyo hace que el regalo sea muy portan... importante —se corrigió el niño.

—Muy bien dicho y muy cierto. Venga, baja del caballo —le dijo Aisling— y ven a aceptar tu importante regalo.

Harken fue a bajarlo, pero Finian negó con la cabeza.

—Puedo yo solo. Puedo.

Pasó la pierna por encima, se deslizó por la grupa y saltó.

—¿Y quién va a cuidar de este caballo tan bonito? —le preguntó Mahon mientras Finian trepaba por la valla.

—Yo, papá. Te prometo que siempre cuidaré muy bien de él.

—Ya lo sé. Vamos a ver qué te ha traído Marco.

Finian abrió la caja y vio que había otra más pequeña dentro. La idea lo hizo reír mientras averiguaba cómo abrir la tapa del regalo.

—¡Brilla! Es... Tiene una palabra, pero no me la sé.

—Una armónica. Me la regaló el padre de Breen cuando yo era poco mayor que tú ahora.

Finian dejó escapar un grito ahogado.

—¡Un regalo del *taoiseach*! Pero tienes que conservarlo.

—Sentí con mucha claridad que él quería que te lo regalase. Fue el primer instrumento que me enseñó a tocar.

—Es un regalo magnífico, Fin —dijo Tarryn, que se acercaba a ellos—. Tiene historia y corazón, además de música.

—Mil gracias. ¿Puedes tocarla para que sepa cómo suena? —dijo Fin.

Marco la cogió y tocó una rápida melodía improvisada.

—Suena alegre —dijo el niño.

—Puede sonar alegre o triste. —Tocó algo melancólico—. ¡O dar miedo! —Tras demostrárselo, se la devolvió—. Prueba tú. Cógela así.

Le enseñó cómo tocar las primeras notas, y Kavan se puso a rebotar y dar palmas. Marco sonrió a Aisling.

—Mis disculpas por adelantado por el ruido.

—¡En absoluto! La música siempre es bienvenida.

—¿Me enseñarás a tocar canciones con ella? —preguntó Finian.

—Esperaba que me lo preguntaras. Trabajaremos en ello. Puedes llevarla en el bolsillo, eso es lo más útil de las armónicas, y tocarla siempre que quieras. —Después se enderezó y recogió a Kavan de la cadera de Breen—. Te toca.

—Espero que te guste —dijo ella.

Tras guardarse la armónica en el bolsillo, Finian abrió la bolsa y se asomó al interior.

—¡Un libro! Me gustan las historias. Mamá o papá nos leen o nos cuentan historias todas las noches antes de irnos a la cama. —Lo sacó y se quedó mirando la cubierta escrita a mano (con la ayuda de Morena)—. Este es mi nombre. Sé leer mi nombre y un poco más. Dice Finian el algo y algo.

—*Finian, el valiente y leal.*

—Esta letra es la be y después hay una erre…

—Es mi nombre. Breen Kelly.

Finian la miró con ojos como platos.

—¿Has escrito una historia para mí?

—Para ti y sobre ti. Una aventura que me he inventado.

—No puedo leer todas las palabras. ¿Me la leerás?

—Por supuesto.

—Dentro, creo, para protegernos del viento —sugirió Tarryn—. Tomaremos un té. Vamos, chico del cumpleaños —añadió mientras lo cogía en brazos—. Tomaremos té y tarta y escucharemos el cuento de Finian.

Keegan le tocó el brazo a Breen antes de que ella siguiera a los demás.

—Es un regalo precioso. No lo olvidará nunca.

—Todos los niños se merecen un regalo maravilloso, pase lo que pase alrededor. Morena nos contó lo que habías averiguado y lo que piensas hacer. ¿Seguro que la niña está a salvo?

—Lo está y lo estará. Es una bendición que se pase dormida todo este tiempo en vez de estar asustada. —Miró hacia el sur—. Y, en pocas horas, habrá terminado. Pero, por ahora, tienes razón: el niño se merece un día maravilloso. Y me gustaría escuchar su historia.

Breen leyó el cuento y lo volvió a leer cuando llegó Marg con su regalo y sus buenos deseos. En vez de un día de entrenamiento y práctica, cabalgó con Morena y Marco mientras el halcón los sobrevolaba. Y mientras su amigo se encogía cada vez que Amish aterrizaba en el brazo de Morena.

—Cuando podamos, me encantaría volver a salir con el halcón —comentó Breen—. Tú no tienes que venir —le dijo a Marco.

—Y tanto que no.

—Llevaremos de caza a Amish cuando vuelvas de la Capital —dijo Morena, que levantó la mirada para seguir su vuelo. Y el de los dragones y las hadas—. Hoy tengo que mantenerlo vigilado. Estoy deseando que sea mañana. Igual que Harken. Le cuesta saber que sus hermanos estarán metidos en la refriega mientras él se queda en el valle, pero lo necesitamos aquí, para proteger a Aisling y a los niños… Y ni se te ocurra contarle a Aisling lo que acabo de decir.

—No lo haré. También está aquí para protegerme a mí, ¿no? —respondió Breen.

—Jamás he dicho algo semejante, pero claro que sí.

—¿Y también me estás protegiendo tú?

Morena se rebulló en la silla.

—A mi manera —contestó—. Pero vamos a dejar el tema. Tienes que prestar atención a lo que ocurra en la Capital. Quiero saber todas las noticias…, todos los cotilleos, porque siempre hay cotilleos. Y tampoco me importaría enterarme de la nueva moda, ya que habrá que tenerlo en cuenta cuando vaya de visita.

—Soy tu hombre —se ofreció Marco, levantando una mano—. Aquí Marco Olsen informando para Noticias sobre Moda desde la Capital.

Entre risas, Morena le dio una palmada en el brazo.

—Menudo eres.

Breen pensó en que era todo muy normal, o tanto como podía ser su nueva normalidad. El día transcurrió como todos, con una lluvia rápida a última hora de la tarde que solo sirvió para que el verde brillara más. Las ovejas pastaban en las colinas y las vacas, en los campos. Vio niños jugando fuera, ya que en Samhain no tenían colegio. Los granjeros trabajaban los campos y recogían la cosecha para almacenarla de cara al invierno o cargarla en carretas y comerciar con ella. Por la noche encenderían hogueras en la playa, y ella se les uniría para su primer Samhain. Y pensó en los espíritus atrapados dentro de las ruinas de piedra, algunos deseando liberarse y probar la sangre. Otros desesperados por encontrar al fin la luz y liberarse.

Marco y Breen cenaron con Marg antes de que se pusiera el sol y después reunieron lo que necesitaban para llevárselo a la bahía.

—Algunos tendrán su propio círculo, harán sus ofrendas en sus casas, en sus colinas —explicó Marg mientras montaba en su yegua—. Todos son bienvenidos en el nuestro. Se elige a siete para formar el aquelarre, dibujar el círculo y completar la ceremonia, pero todos forman parte del conjunto. Y habrá siete por cada tribu representada.

—¿Cómo se eligen?

—Los *sidhe* seleccionan a los suyos, los cambiaformas igual, y así. En cuanto a las sabias que formarán el círculo, casi siempre las lidera Keegan, ya que es *taoiseach* y de las sabias y procede del valle.

—Pero ya se ha ido al sur —dijo Breen.

—Sí, y habrá quien se pregunte por qué no está aquí. Diremos que está celebrándolo en la Capital. En su lugar, se ha escogido a Tarryn. Servirá con Harken y Aisling, conmigo, con el joven Declan, que acaba de cumplir trece años, con el viejo Padric, que acaba de llegar a los cien, y contigo.

—¿Yo? Pero, yaya, si nunca…

—Ni tampoco el joven Declan. Los siete elegidos tomaron su primer aliento en el valle.

—Si hago algo mal…

—¿Por qué haces eso? —la interrumpió Marco—. No vas a fastidiarla, así que déjalo ya. Tía, te he estado observando desde que empezó todo esto y te digo que has avanzado mucho desde que me caí en la madriguera del conejo. Si ya solo con esa pasada que hiciste anoche con los disfraces… Te salió solo, sin tan siquiera pensártelo. En plan abracadabra y, zas, ya.

—Pero eso solo era… —«Algo que no había hecho nunca», comprendió Breen.

—Marco conoce a su amiga y yo conozco a mi nieta. Tiene razón y yo he visto lo mismo. Tu poder crece y tus recuerdos vuelven. Creo que una cosa está conectada con la otra. Esta es una noche solemne, *mo stór*, pero también jubilosa. —Hizo una pausa para gesticular—. Las hogueras están encendidas, el altar está preparado y las hadas se han reunido. Igual que quienes vienen de fuera y se unen a nosotros, que son bienvenidos.

Y mientras ardían los fardos, la batalla empezaría en el sur, pensó Breen. No cometería ningún error, se prometió mientras iban a la playa con los caballos. Y se abriría y les enviaría todo lo que tuviera, todo lo que pudiera, a los que luchaban contra la oscuridad.

13

Breen reconoció algunos de los nombres y rostros gracias al *ceilidh*. Marco, por supuesto, reconocía más, así que no tenía por qué preocuparse de buscar a alguien que le explicara a su amigo el rito y los distintos pasos, como había pensado hacer. En este rito, según le había contado su abuela, cualquiera podía dejar una ofrenda en el altar: un símbolo, una imagen de un antepasado, comida, vino, flores… Todo se dejaba allí antes de formar el círculo, decir las palabras y encender el fuego.

Breen veía que muchos habían dejado ya esas ofrendas y que otros seguían haciéndolo. Junto al retrato de Eian que Marg había colocado, puso flores recogidas del jardín que ella misma había plantado. Y le dio un apretón en la mano a Marco cuando él dejó una pequeña hogaza de pan al lado del dibujo y las flores.

—Es bueno —le dijo a Breen—. No sabía qué iba a pensar de todo esto, pero es… es personal y respetuoso. Es bueno.

Le dio un beso en la mejilla a su amiga antes de apartarse. «Personal», pensó Breen. Sí, era muy personal. Las imágenes, los símbolos, la comida, las flores…, todo era muy personal. Dio un paso atrás para esperar a que la llamasen y se volvió al oír a un hombre preguntar por el *taoiseach*. Antes de responder, la chica que estaba al lado del hombre puso cara de fastidio, como hacían todas las chicas de todos los mundos.

—Ya te lo he dicho, tío, está celebrando Samhain en la Capital.

—Debería estar aquí. Este es su lugar.

—Todo Talamh es su lugar —se oyó decir Breen.

Sorprendida, esbozó una sonrisa para suavizar lo cortante de sus palabras.

—¿Qué sabrás tú? ¿Quién eres tú para decir nada? Has vivido toda tu vida en el mundo de los hombres.

—¡Tío! Mis perdones. Mi tío ha viajado desde el norte hace pocas semanas para pasar Samhain con nosotros. Esperaba ver al *taoiseach* dirigiendo el ritual.

Detrás de él, la chica hizo el gesto de beber de una botella mientras volvía a poner cara de fastidio. Breen reprimió la risa e intentó ser comprensiva.

—Claro, es normal que esté decepcionado. Espero que…

—Ya te enterarás de lo que es estar decepcionada —masculló él.

Enfadada, Breen intentó cogerlo del brazo cuando él se volvió y dijo:

—Seguro que si…

Entonces lo sintió. Brotó de él y, por un instante, ella lo sintió retorciéndosele dentro como una serpiente. Odio, rabia. Y, a través de ellos, un oscuro propósito. A su lado, Botarate gruñó.

—¿Te atreves a ponerme las manos encima, sangre impura?

—Sí.

Al hombre se le encendió la mirada e hizo ademán de empujarla, pero ella lo bloqueó y lo derribó de un barrido de piernas con un movimiento que la sorprendió tanto como a él. Botarate le plantó las patas delanteras encima del pecho y gruñó.

—Quédate ahí —ordenó Breen mientras la gente empezaba a acercarse—. Harken, necesito a Harken.

—Estoy aquí, estoy aquí. ¿Qué es todo esto? —Aunque se movía deprisa, hablaba con parsimonia, como si paseara—. ¿Acaso alguien se ha tomado alguna pinta de más antes de un rito solemne? Bueno, son cosas que pasan —añadió mientras se agachaba y le daba unas palmaditas al perro para apartarlo.

—¡Lo siento! Iré a buscar a mis padres —dijo la chica, y salió de allí a velocidad de elfa.

—Creo que no se encuentra bien —comentó Breen, que retenía al hombre en el suelo con decisión; después le murmuró a Harken—: Un espía. Creo... Es lo que percibo. Si me equivoco...

Harken se limitó a sonreír y le puso una mano en el hombro al hombre. Y, como tenía su otra mano sobre Breen, esta notó la ira súbita del joven, que no perdió la sonrisa ni un minuto.

—Duerme —murmuró, y el hombre se quedó sin fuerzas—. Se ha desmayado, no pasa nada. Vamos, vamos, sed buenos y retroceded para no tragaros todo su aire. Nos lo llevaremos de aquí para que la duerma en alguna parte.

—Ay, dioses, Lordan. —La mujer que corría de vuelta con la chica se tapó la cara—. El hermano de mi padre se comporta como la oveja negra que siempre ha sido. Lamento muchísimo las molestias. Nos lo llevaremos a casa.

—No es necesario —le aseguró Harken—. Lo dejaremos dormir.

Le hizo señas a otro hombre para que lo ayudara a llevar al tipo inconsciente lejos del altar.

—Mañana por la mañana lo echo de casa, sea pariente o no —dijo la mujer—. Mil perdones, Breen Siobhan, por su grosería. Mi chica dice que te ha insultado.

—No hay por qué disculparse.

Breen volvió la vista atrás y se fijó en que ahora había dos hombres a cada lado de Lordan, que venía del norte. Harken se la llevó a un lado cuando regresó junto a ella.

—No te equivocabas y puede que no sea el único, así que diremos que es un borracho que se ha desmayado hasta que acabe todo. Y lo llevaremos a la Capital para juzgarlo. Ven, y ya somos siete.

Antes de unirse a él, se agachó y le dio un beso en el hocico a Botarate.

—Qué buen perro eres. Ve con Marco. Está allí, con Finola, Seamus y los niños. Quédate con ellos.

Le dio un vuelquito el corazón al colocarse junto a Marg. Vio que otros se juntaban. *Sidhe*, elfos, cambiaformas, troles y, en la bahía, siete sirenas formaban su anillo. Tarryn alzó las manos con las palmas hacia arriba.

—La rueda gira y los viejos tiempos quedan atrás para dejar paso. Venimos para dar la bienvenida a los nuevos. En Samhain, honramos a los que han abandonado este mundo y les damos la bienvenida de nuevo.

—Benditos sean —respondió Breen con los demás.

Levantaron las espadas rituales y pronunciaron las palabras mientras rodeaban tres veces el altar.

—Formamos este círculo con la espada, con el poder, con la energía de la Madre, que es la Tierra.

Mientras invocaban a los guardianes de las atalayas del este, el sur, el oeste y el norte, Breen la sintió crecer en su interior, extenderse y florecer: la luz que era poder, el poder que era un don. Mientras Marg invocaba a la diosa del inframundo, las llamas de las velas se elevaron hacia el cielo oscuro. Dentro y fuera de ella, Breen oyó su propia invocación a la diosa.

—Gran dama, señora de las lunas, danos tu bendición. Concédenos sabiduría, concédenos valor para enfrentarnos a lo que se avecina. Somos tus hijos e hijas. Ayúdanos a llegar hasta los seres queridos y perdidos a través del velo que hoy pierde fuerza. Bendita seas.

En el altar, el fuego chisporroteaba y el humo se alzaba. Cuando Breen levantó los brazos como los demás para atraer las lunas y pedir que su luz brillara en su espíritu, oyó a su padre, con tanta claridad como si estuviera a su lado: «Tú eres mi corazón, mi esperanza, mi amor eterno. Lo eres todo para mí; lo eras, lo eres y lo serás. Sé fuerte, Breen Siobhan, y enfréntate a lo que llega, a lo que yo no fui capaz de evitarte».

Con la voz de su padre dentro, con los demás a su lado, Breen encendió el fuego de Samhain. Cogió una vela y le dio su aliento, su llama. «Para ti, papá», pensó mientras la dejaba en el suelo.

—Aquí está el fuego —dijo Tarryn en voz alta—. Aquí está la luz. Aquí —añadió, apoyando una mano en Aisling— está la promesa de nueva vida.

—Señor y dama, dios y diosa, os traemos el pan y el vino para honraros a vosotros y a los que os precedieron. —Aisling levantó el cáliz y el pan—. Benditos sean.

En silencio, en reverencia, la mujer pasó el pan y el vino después de tomar su parte y dejó el resto para los antepasados.

—Damos gracias a la Gran Madre por su bendición —dijo Harken—. Le pedimos fuerza tanto en la oscuridad como en la luz.

—Bendita sea.

—Damos gracias al Señor del Sol por su bendición —dijo Declan—. Le pedimos fuerza tanto en la oscuridad como en la luz.

—Bendito sea.

Invocaron a las atalayas para darles las gracias y cerraron el círculo.

—Ahora este círculo está abierto, pero nunca roto. —Tarryn cruzó las manos sobre el corazón—. Estamos reunidos en la esperanza, en la luz y en el amor. Con esperanza, luz y amor conservamos los recuerdos de los que nos dejaron. Bendiciones para vosotros, hijos de las hadas, y para todos los que están a vuestro lado.

Marg apoyó una mano en la mejilla de Breen.

—Lo has sentido, como yo.

—Lo he oído, yaya.

—Yo también. Su espíritu es fuerte y te ama sin límites. —Besó en las dos mejillas a su nieta, primero una y después la otra—. Esta noche hemos sido bendecidas. Ahora, como manda la tradición feérica, debemos compartir las golosinas con los niños.

—Pero en el sur… Allí debe de estar empezando ya…

—Tenemos fe.

Breen pensó que necesitaban algo más que eso. Su padre le había dicho que era fuerza, que fuera fuerte para enfrentarse a lo que a él le había costado la vida. Así que usaría su fuerza y se enfrentaría a ello. Y miraría.

Mientras los niños se atiborraban de galletas de azúcar y frutas confitadas, ella se acercó al fuego de Samhain, reunió su poder y miró al interior de las llamas. Otras fogatas ardían en las playas del sur y en las colinas, igual que allí. Y en los campos y umbrales. Se trazaban círculos, anillos de siete.

Harken se colocó a su lado.

—Solo veo el rito y paz. Puede que la visión se equivocara. Me equivoqué —dijo ella.

El joven le dio la mano y una nueva descarga de poder la recorrió.

—Observaremos juntos. Y si la visión demuestra ser cierta, enviaremos nuestra luz.

Marg le cogió la otra mano, y más se unieron a ellos.

—No veo nada más que un gran fuego —dijo Marco, detrás de ella.

—¿Quieres ver? —le preguntó Harken.

—Pues… sí. Tengo amigos allí. No puedo enviarles nada, pero…

—Hermano, llevas la luz dentro, como todos los seres vivos. Una mano en el hombro de Breen y otra en el mío. Te enseñaremos lo que vemos.

Con esperanza, con fuerza y con fe, los reunidos alrededor del fuego lo vieron todo.

En lo más profundo de la torre redonda, uno de los píos abría la puerta de una pequeña celda en la que dormía una niña. Al acercarse a ella, tres elfos salieron de los muros de piedra. Una blandía un cuchillo y la mano le temblaba de las ganas que tenía de usarlo. En vez de ello, golpeó con la empuñadura al hombre de la túnica para dejarlo inconsciente.

—Atadlo y encerradlo. Se enfrentará a su juicio. Después, ocupad vuestros puestos en la batalla que se avecina.

La elfa envainó el cuchillo y metió los brazos por debajo de la niña para levantarla.

—Te tengo, *bláth beag* —le susurró, y, tras pegársela al pecho, salió a toda velocidad de la celda.

Mientras ponía a salvo a la niña, el anciano padre estaba en la colina que miraba a la playa.

—He conocido muchos Samhains en esta vida y he visto cómo brilla el fuego del ritual contra la oscuridad del cielo y del mar. —Esbozó una sonrisa plácida y se volvió hacia Toric—. Entiendo que tu fe no observa esta noche ni pide reunirse brevemente con los seres queridos perdidos.

—No cuestionamos a los dioses que acabaron con esas vidas ni deseamos alterar la paz ni el castigo que les corresponda en la siguiente. Te damos las gracias por honrar nuestra fe ahora que estás con nosotros.

—Toda fe que se base en las buenas obras, que no haga daño a nadie y acepte a los demás es digna de ser honrada. —Keegan, disfrazado de anciano padre, se apoyó en su bastón—. Una vez visité un mundo en el que sus habitantes afirmaban que el planeta descansaba sobre una bandeja de plata alzada del mar por un pez gigante, que la mantenía en equilibrio sobre su cola. En ese mundo, ni el más hambriento de los hombres comía pescado, ya que eran sagrados. Sin embargo, la mayoría vivía bien, amaba a sus jóvenes y era amable con vecinos y extraños.

—Has viajado por muchos lugares, anciano padre. ¿Te apetece entrar a sentarte y hablarme sobre tus viajes mientras tomamos una copa de vino?

—Encantado.

En la nave esperaban otros dos, con las manos dentro de las mangas. «Qué valientes —pensó Keegan—. Tres contra un anciano».

—Veo que habéis encendido todas las velas, aunque no observéis el Samhain.

—No lo hacemos, ya que es una noche impía para paganos y herejes. Somos el camino hacia el verdadero dios, el dios oscuro.

El anciano padre retrocedió un paso, tambaleante.

—Hijo mío...

—No soy tu hijo ni lo he sido nunca. Somos hijos de Odran. Y tú eres nuestro sacrificio a él. —La mano que sacó Toric de la manga sostenía un cuchillo cuya hoja negra reflejaba la luz de las velas—. Esta noche beberemos tu sangre y lanzaremos tu cuerpo a la pira.

El anciano padre levantó el bastón como si pretendiera defenderse. Mientras Toric se reía del gesto, Keegan bajó lo que ya era su espada y apoyó la punta en el cuello del pío.

—¿Debería rajártelo, como habrías hecho tú con el de un anciano? Lo haría con sumo placer.

En vez de ello, agarró la mano en la que Toric llevaba el cuchillo y se la retorció hasta que el hombre cayó de rodillas. Lanzó su poder contra uno de los dos que lo atacaban con espadas cortas y le plantó una bota en la barriga al segundo mientras los elfos salían de las paredes.

—Encerradlos; quitadles las túnicas y encerradlos bien. Tomad la casa y la colina. Defended este puesto. —Levantó la vista cuando las campanas empezaron a repicar—. Ah, debe de ser una señal para su dios. Derramad sangre si es necesario. Solo si hace falta. —Miró a Toric—. Ya llegará tu juicio.

Salió corriendo y llamó a Cróga. Él también tenía una señal. Y cuando el dragón voló, las hadas salieron de los bosques, cubrieron las colinas y llenaron las playas. Algunos tenían orden de poner a salvo a los aldeanos, de ayudar a reunir a los niños. Y otros esperaban con las espadas desenvainadas, las flechas en los arcos, porras y lanzas, en tierra, mar y aire, preparados para lo que viniera. Y, en el oeste, en la curva formada por la tierra y el mar, en la punta del acantilado, Keegan vio un destello débil en la oscuridad.

—¡Al oeste! —gritó, señalando con la espada al punto hacia el que ya volaba Cróga.

Saltaron del portal a caballo, a pie, volando, trotando…

—Arqueros —dijo.

Las flechas volaron, algunas con fuego en la punta, y, con su feroz vuelo, los primeros gritos de los moribundos desgarraron la noche. Keegan se enfrentó a la espada de un hada oscura, le rajó las alas y la envió al mar, entre gruñidos. Mientras luchaba contra otra, Cróga agitó la cola para lanzar a un demonio volador detrás del hada, donde las sirenas continuaban la batalla.

Y seguían llegando, con garras y espadas, colmillos y flechas, aunque Keegan tenía un aquelarre de sabias trabajando para cerrar el portal. Cuando dio la orden, Cróga escupió fuego para abrasar a media docena de enemigos que corrían hacia unos niños escondidos tras unas rocas en el acantilado. Sintió el calor de una descarga de poder que le quemaba el costado y se giró hacia ella. Vio la túnica del mago, negra y suelta, y los seres feéricos caídos a su alrededor. Keegan lanzó su poder en olas de hielo para contrarrestar el horrendo calor. El aire crepitó; se formaron nubes de vapor. Voló bajo a través de él y respondió, poder contra poder, hasta que el círculo de niebla se condensó y, con él, aumentó la protección de los de fuera contra el mal de su interior. Bajó del dragón de un salto y se enfrentó a su enemigo sobre la arena quemada.

—Te conozco. —Sí, Keegan reconocía la cara, los ojos oscuros enloquecidos, los pómulos prominentes, la melena y la barba negra—. Nori el Loco.

—Y yo a ti, Keegan el Débil. Menudo trofeo.

Lanzó un rayo, pero Keegan lo apartó de un golpe y se disolvió en la niebla. El hombre de ojos de loco se rio.

—El *taoiseach* que te precedió intentó desterrarme y ¿dónde está ahora? —dijo—. Muerto a manos de Odran y perdido en el inframundo, donde suplica piedad. Como harás tú cuando te mate y Odran beba tu sangre, cuando sus perros demoniacos se alimenten de tu...

Keegan atravesó el corazón de Nori con su espada y le separó la cabeza del cuerpo mientras caía.

—Hablas demasiado.

Con un gesto de la mano, disolvió la niebla. Llamó a los sanadores para que ayudaran a los caídos y corrió de vuelta a la batalla. Al borde del mar, vio a Sedric pelear contra tres, con su pelo plateado al viento. Antes de que Keegan usara su poder para equilibrar las fuerzas, Sedric atravesó al perro demoniaco que se le lanzaba encima y usó su cuerpo como escudo y ariete. Cortó el brazo de un enemigo a la altura del codo y, bajo la fuente de sangre, movió la espada hacia arriba para destripar al tercero.

—¡Se está cerrando! —oyó Keegan gritar a alguien por encima del estruendo del acero y los gritos y arengas de la batalla—. ¡El portal se está cerrando!

Llamó de nuevo a Cróga y alzó el vuelo para ayudar a impedir la huida al enemigo y combatir su magia oscura con luz. Incluso después de cerrar el portal y de que el aquelarre lo sellara, la batalla continuó. De las tiendas y las casas que ardían brotaban nubes de humo que apestaban el aire y ahogaban los gritos pidiendo ayuda. Keegan estaba bañado en sudor, tenía la ropa y el rostro manchados de sangre mientras luchaba contra los que habían quedado atrapados en Talamh, gritando órdenes para perseguir a cualquiera que intentara escapar por las colinas, el mar, el bosque, a través de los campos.

Transformó una gárgola en piedra cuando esta saltó sobre la espalda de un soldado y la aplastó con el pie al caer. A espadazos, abriéndose camino a través de las líneas enemigas, llamó a Cróga para que se encargara de tres a los que vio trepar por los acantilados. Maldijo al pisar un demonio reducido a pringue y siguió luchando hasta encontrarse espalda contra espalda con Mahon, terminando con los enemigos que quedaban. Y por fin, cuando solo quedaron los llantos y los gemidos, el hedor y el humo, bajó la espada.

—Se acabó. Enviaremos exploradores para que localicen a los que hayan escapado. No habrá muchos. —Se volvió y maldijo de nuevo—. Esa sangre es tuya.

Levantó una mano hacia la raja del brazo de Mahon.

—Cúrate tú —le dijo este, y señaló la sangre que manaba del costado de Keegan y le empapaba la camisa.

—Mierda. Me enfrenté a tres de los perros a la vez y uno consiguió darme un mordisco. Tú primero, que después tengo que vérmelas con mi hermana.

Pero empezaba ya a sentir el dolor, después del entumecimiento de la guerra. Aun así, cerró la herida de Mahon y dejó escapar el aire entre dientes al hacer lo propio con su costado.

—Buscaremos a alguien más hábil que yo para que termine de curarnos.

Se restregó la cara con el dorso de la mano mientras miraba a su alrededor, a la playa, las colinas y la bonita aldea, y vio el fuego, la sangre y la destrucción. La muerte.

—Curaremos a los nuestros y después a los suyos. Hay que inmovilizar a los que vivan, para llevarlos a juicio. Quemaremos a sus muertos y echaremos sal sobre las cenizas. Nos llevaremos a los nuestros a casa. Dioses, necesito un barril de cerveza y una cama.

—Acepto la cerveza y añado un baño. Y lo que daría ahora mismo por estar en brazos de mi señora… Tendré que conformarme con los tuyos.

Mahon apoyó las manos en los hombros de Keegan y, cuando este se rio, apoyó la frente en la de su amigo.

—Bien luchado, hermano.

—Bien luchado. Y, mierda, hermano, esto no ha sido nada. Un arañazo, un pinchazo de aguja comparado con lo que está por llegar.

—Pues seguiremos luchando; nos curaremos las heridas, honraremos a nuestros muertos y seguiremos luchando. Por Talamh y por todos los mundos.

—Por Talamh y por todos los mundos —dijo Keegan, y envainó la espada—. Dioses, cómo odio el sabor de la muerte. Te juro que bailaré el día que no tenga que volver a probarlo. Pero, por ahora… —añadió, levantando la mirada hacia la colina en la que se encontraba la Casa de los Rezos—, me aseguraré de que Toric y los suyos sean llevados a juicio.

—*Taoiseach!*

Uno de los elfos apostados en el interior de la Casa de los Rezos se le acercaba corriendo.

—¿Controláis la casa y todo lo que contiene?

—Sí, sí, pero… —Se le empañaron los ojos—. Encontramos a otro más en una cámara bajo el campanario. Y a tres niños; no eran más que niños. Dos ya estaban muertos, les habían cortado el cuello. El pío todavía llevaba el cuchillo chorreante de sangre en la mano. Y se lo cortó al tercero antes de que pudiéramos detenerlo. Eran niños. Solo niños.

—¿Sigue vivo?

—Lo he matado. No tenía que haberlo hecho, no he obedecido las órdenes. Lo…

—¿Crees que te voy a culpar por algo así? Colm, ¿no?

—Sí, señor.

«Tú mismo apenas eres un niño», pensó Keegan.

—Nadie te culpará por esto, y ten por seguro que buscaremos a las familias de los niños asesinados. Si no tienen, los honraremos junto a nuestros muertos.

Miró de nuevo hacia la colina y sintió que ardía por dentro. De rabia y de tristeza, que alimentaban un fuego que le abrasaba el alma.

—Ten por seguro otra cosa —añadió—, tan cierta como que soy *taoiseach*: esta casa caerá. Cada piedra. No quedará nada de ella ni del mal que creció en su interior. Construiremos un monumento en su lugar, tras santificar el terreno. Un monumento a los caídos, a los inocentes, a los valientes, en el que serán bienvenidos todos los que caminen por la luz. —Dejó escapar un suspiro—. Esa es mi voluntad. —Puso una mano sobre el hombro del elfo antes de dirigirse hacia los escalones que subían por la colina—. Bien luchado —le dijo, y se llevó con él su rabia y su tristeza.

Cuando Keegan voló hacia el valle ya se consumían las primeras estrellas. Había ordenado a Mahon y a Sedric que llevasen a casa a los muertos del valle, mientras que otros tantos hacían lo mismo por todo Talamh. Y él se había quedado en el sur hasta que la pira de los enemigos muertos se convirtió en cenizas gracias al fuego de dragón. Los guerreros que había dejado allí ayudarían a reconstruir lo destruido. Y arrasarían por completo la Casa de los Rezos. Quería estar en su hogar y, durante unas horas, se lo permitiría.

Mientras Cróga descendía, él se estiró hacia su cuello. Nunca necesitaban hablarse en voz alta, pero lo hizo de todos modos.

—Descansa, *mo dheartháir*. Mil gracias por tu valor y por tu pericia esta noche.

Muerto de cansancio, Keegan se deslizó por el dragón hasta tocar el suelo y después arrastró los pies hacia la granja, donde una luz le daba la bienvenida desde la ventana. Podría haberse ido derecho a la planta de arriba y haberse dejado caer en la cama con la ropa manchada de sangre, sudor y humo, pero vio también una luz encendida en la cocina. Allí encontró a su madre y a su hermano bebiendo té. Y, por el olor, aliñado con una buena dosis de whisky. Tarryn se levantó y, aunque él habría preferido que no lo tocara, lo abrazó.

—Estoy asqueroso —se quejó Keegan.

—Estás sano y salvo, igual que Mahon y Sedric. Hemos estado mirando. —Se apartó lo suficiente para besarle la mejilla y mirarlo a los ojos—. Bien luchado.

—El portal está cerrado y sellado —empezó a explicar él.

—Hemos estado mirando —repitió Tarryn—. Lo hemos visto todo. Breen abrió el fuego de Samhain y todos observamos. Siéntate. Tómate un whisky. Sin té, por esta vez.

Se sentó.

—No habéis dormido —dijo.

—Ni vosotros —respondió Harken—. He hablado con Mahon y Sedric hace menos de dos horas. Nuestros muertos están en casa. Mañana al ponerse el sol los despediremos, como harás tú en la Capital, y todo Talamh. Me encargaré de ello.

Agradecido, a pesar del dolor, Keegan asintió antes de alzar la taza que le había servido su madre.

—Beberemos por los que hemos perdido y por la luz que los acoge —dijo.

Después de hacerlo, Tarryn le dio un beso en la cabeza.

—Y ahora, come.

Cuando Harken vio que cogía una sartén, hizo ademán de levantarse.

—Yo me encargo de la comida, mamá.

Pero ella lo detuvo con una mirada fría.

—¿Acaso piensas que no soy capaz de preparar unos huevos con beicon para mis niños?

—Lo que pienso es que en la Capital no cocinas mucho.

—Vuelve a plantar el culo en la silla. Comerás lo que te dé, y te gustará.

Después colocó la sartén en el fogón y se volvió para rodearlos con los brazos.

—Mis niños —repitió, y esta vez los besó a los dos—. Y, cuando termines de comer, Keegan, te restregarás a fondo. Apestas.

—Como he estado viviendo conmigo, soy muy consciente de ello. —Se apoyó en ella y cerró una mano sobre la de Harken—. Voy a demoler la Casa de los Rezos para santificar el suelo y construir en su lugar un monumento en honor de los fallecidos. Nos han traicionado dos veces —siguió diciendo mientras Harken lo miraba y su madre guardaba silencio—. No les daré la oportunidad de traicionarnos una tercera.

Tarryn se volvió y echó los trozos de beicon en la sartén.

—Algunos de los miembros del consejo pondrán objeciones, como harán otros, por ir en contra de la libertad de elección.

—¿Lo harás tú?

Ella negó con la cabeza mientras seleccionaba los huevos.

—Los niños que robaron y que pretendían sacrificar bastarían para ordenarlo. Que conspiraran con Odran bastaría. Pero Mahon nos ha contado que, además, han asesinado a tres niños que habían acudido a ellos para servir y aprender.

—Y a otros que no tenían nada que ver con la trama, que no sabían de los sacrificios de sangre ordenados por Toric.

—Los empáticos pueden confirmarlo —dijo Harken—. Si envías a tres para que recorran el lugar, perciban y miren, nadie podrá discutírselo.

—Vi a los niños yo mismo —empezó a contar Keegan, pero después levantó una mano—. Tienes toda la razón, eso haré. Y a los que derramarían nuestra sangre en honor a Odran o al dios que sea ya no se les ofrecerá refugio, ni se les permitirá servir ni guardar secretos.

—Siempre te repito que atemperes tu rabia con diplomacia —comentó Tarryn mientras cocinaba—. Pero, en esto, es mejor que te dejes llevar por ella. ¿Irán la niña que robaron y su familia a la Capital para el juicio?

—Sí, ya está todo dispuesto.

—Bien. Que vean y los vean. Que conozcan y los conozcan. —Sirvió la comida en platos y los colocó en la mesa—. Ahora, comed. Después, descansaremos… Bueno, tú te restregarás del cuerpo el hedor de la batalla y después descansarás. Aún queda trabajo por hacer.

14

Todavía atormentada por lo que había visto en el fuego, Breen durmió mal. Ya había preparado una maleta que esperaba que le sirviera para todo su viaje al este; había procurado que fuera ligera, como le habían ordenado. Sin embargo, incluyó el papel y la pluma que su abuela había conjurado para que pudiera seguir escribiendo. Si surgía la oportunidad.

Bajó antes del alba para tomarse un café y sacar a Botarate. Y se preocupó por el perro; temía que, si intentaba dejarlo atrás con Marg, encontraría el modo de seguirla, tanto por el rastro que dejara como por su conexión mental. La alternativa, tal y como lo veía ella, era que montara en el caballo con ella, al menos durante algunas partes del viaje. Mientras lo veía nadar en la bahía pensó que había crecido mucho. Pero se las apañaría.

Marco también bajó a por café.

—Estás segura de lo de Brian, ¿no? Está bien.

—Está bien y de vuelta en la Capital. —Porque se había encargado del transporte de los muertos, cosa que no le dijo a Marco—. Lo verás por ti mismo en cuestión de horas.

—Me sentiré mejor cuando lo haga. Voy a preparar un desayuno caliente. Es un viaje largo.

De cinco a seis horas a caballo, le había dicho Marg, dependiendo del ritmo. Una fracción de eso, por supuesto, si se iba en dragón o volando con alas de hada.

Breen comió, se vistió y añadió comida y golosinas para Botarate a la maleta antes de por fin reconocer que deseaba que fuera con ella tanto como él anhelaba ir.

—¿Está bien que me lleve el arpa? —preguntó Marco—. Sé que es un peso extra, pero…

—Yo me llevo al perro, así que creo que te puedes llevar el arpa.

—¿Se viene? —De inmediato, Marco se animó—. ¡Genial! Eso me hace sentir mejor también, sobre todo después de ver cómo se enfrentó al tío que te insultó anoche. Sé que todavía es temprano, pero…

—Mejor llegar pronto que tarde.

Breen conjuró luz para guiarlos por el camino, y juntos cruzaron a Talamh, donde la fría bruma del alba empezaba a disiparse. Ella oyó voces y el tintineo de las embocaduras mientras los viajeros ensillaban los caballos y vio que la gente ya empezaba a congregarse. Al cruzar la carretera, vio a su abuela con la capa con capucha, al lado de Sedric. Se les acercó y los abrazó a los dos.

—Te vi en el fuego, luchando —le dijo a aquel—. Me alegro de que estés de nuestra parte. —Le sostuvo la mano un segundo más—. Me alegro de que estés sano y salvo. ¿Vas a la Capital?

—Me necesitan aquí. Pero nos quedaremos para despedirte. La cabeza bien alta, Breen Siobhan. Eres la hija de tu padre.

Ella miró a Harken, que se acercaba con Chico.

—Que tengas buen viaje —dijo el joven.

—Gracias. ¿Le importará a Chico que Botarate cabalgue conmigo cuando se canse?

—En absoluto, pero supondrá un peso extra considerable. Keegan monta en Merlín, pero Cróga también va con vosotros. Él podría llevar al perro.

—Bueno, no sé si será buena... —«Ni siquiera sé si sería posible», pensó Breen.

Lo dejó estar mientras veía a los demás conducir los caballos a la carretera y a los dragones sobrevolar el cielo, que despertaba al sol. Después vio a Keegan salir de entre la niebla.

—Ya estamos todos aquí y listos para salir, así que será mejor que nos pongamos en marcha.

Se inclinó para darle un toque a Harken en el hombro y susurrarle algo. Mahon abrazó a Aisling y a sus hijos antes de alzar el vuelo. Sedric cogió la bolsa de Breen y la enganchó en las alforjas del caballo.

—He metido dentro el espejo mágico —le dijo la chica a Marg.

—Estaré aquí para lo que necesites —repuso ella, y le besó la mejilla—. Procura disfrutar del viaje.

—Lo haré. —«O lo intentaré», pensó.

Montó y, con Marco, se colocó en la fila y pasó al trote. Botarate, que ya estaba disfrutándolo, corría a su lado.

Cabalgaron hacia el este, donde el sol pintaba el cielo de luz y color, las colinas subían y bajaban, los lagos brillaban y los ríos serpenteaban. Vio niños caminando afanosamente o cabalgando hacia un edificio encaramado en la pendiente de un campo, y se dio cuenta de que era el colegio de ese lado del valle. De vez en cuando veía grupos de casas, que después volvían a separarse. Muros de piedra dividían campos en los que pastaban ovejas, caballos y vacas. Los huertos estaban repletos de los cultivos de la temporada fría; las flores aportaban su color allá donde les placía.

Cuando percibió que Botarate se cansaba, se desvió hacia la hierba entre la carretera y el muro y, antes de desmontar para ayudarlo a subir al caballo, Cróga bajó del cielo... desperdigando a las ovejas como si fueran bolas de algodón llevadas por el aire. Plegó las alas al aterrizar en el campo.

—Vamos para allá, chica —dijo Marco mientras dirigía a su yegua hacia el otro lado de la carretera—. Puede que el dragonazo gigante quiera echarse una siesta. Mejor seguimos, ¿no?

—En cuanto tenga a Botarate montado.

De nuevo, fue a desmontar, pero Keegan se volvió hacia ella.

—Dile que se suba a Cróga. Si no, no se apartará de ti.

—No sé si debería…

—No le pasará nada, ya lo verás. No es el primer perro que lleva. Nos detendremos a descansar y dar agua a los caballos dentro de otra hora, pero el perro está agotado. Demuéstrale de qué estás hecho —le dijo a Botarate.

Con sorpresa y preocupación, Breen vio que el animal saltó por encima del muro y, cuando Cróga extendió un ala, se subió por ella hasta el lomo del dragón.

—No se puede mimar a un guerrero y, por lo que me cuentan, anoche demostró serlo.

Le hizo una señal a Cróga y, con el perro encaramado, el dragón volvió al cielo.

—Ahora es un jinete de dragón —dijo Keegan, satisfecho, mientras se alejaba al galope.

—A ese perro lo está llevando un dragón a caballito —comentó Marco, que negó con la cabeza mientras se acercaba a Breen para observarlo a su lado—. En Filadelfia no se ven estas cosas.

—Le encanta —dijo ella, que sentía la alegría del perro por el vuelo, el viento y la velocidad.

Siguieron cabalgando por el prado. El terreno formaba pendientes suaves y se dividía en parches de verde, dorado y marrón. Los bosques tenían árboles tan anchos que habrían hecho falta tres personas con los brazos y las manos unidas para abarcar sus troncos. Y, cuando Breen se abrió, sintió la vida que latía en ellos. El zorro y el oso, el gorrión y el halcón, el ciervo y el conejo, el elfo y el cambiaformas.

Llegaron a un río marrón como el té y el puente que lo cruzaba. Al norte, las altas montañas atravesaban las nubes, de modo que sus picos parecían flotar sobre ellas.

—Los Pasos del Gigante —le dijo uno de los escoltas—. Y el más alto de todos, ahí al oeste, es el Nido del Dragón. Las cimas pronto se verán blancas y seguirán cubiertas de nuevo hasta Lammas.

Breen reconocía su rostro (joven, rubicundo y jovial) del *ceilidh*, pero le costaba recordar el nombre, cosa que a Marco no le suponía ningún problema.

—¿Alguna vez nieva por aquí abajo, Hugh?

—Puede que alguna tormenta. En las tierras más altas, escarcha, sin duda. Pero esa en la que se hunden las botas solo una vez en lo que llevo de vida, en la ladera de los Pasos del Gigante. Nací allí.

—¿Conoces a Brian Kelly?

—Claro que sí. Crecimos los dos juntos, mi madre y la suya son primas. Somos norteños de Talamh, nosotros.

—Lo echas de menos —dijo Breen, que percibía su anhelo—. El norte.

—Sí, claro. Y cuando vuelva la paz a Talamh, volveré a casa. Tengo una esposa esperando y un hijo que está a punto de cumplir los dos años. En cuanto honremos a los caídos en el sur, me iré para allá hasta que me llamen de nuevo.

Al otro lado del puente, llevaron a los caballos hasta los árboles y el arroyo juguetón que corría entre ellos. Breen desmontó y le pasó las riendas a Marco antes de apresurarse a buscar a Cróga. Botarate se bajó del dragón con la misma alegría con la que se había subido.

—Mírate, un perrete que cabalga en dragones. Escribiremos sobre eso en el siguiente libro.

Lo acarició unas cuantas veces antes de dejarlo correr al arroyo para darse un chapuzón rápido y beber. Cuando iniciaba el camino de regreso al caballo, Keegan se le acercó. A pesar de llevar varias horas a caballo, después de una noche de combate brutal, no parecía muy cansado. Tenía un aspecto romántico hasta niveles ridículos, como cuando había salido de la bruma a lomos del semental negro. «Lo más inteligente es no pensar en su aspecto, sino en lo que debe hacerse», se recordó.

—Tenías razón. Sobre Botarate. He perdido la noción del tiempo, así que no sé cuánto nos queda por delante.

—¿Ves el sol? —le preguntó él.

—Sí, lo veo.

Entraba y salía de las nubes que lo bañaban y le corrían por encima.

—Ha viajado tres horas desde que abandonamos el valle, así que nosotros también —explicó Keegan—. Quedan dos y algo más, ya que estamos haciendo un buen tiempo. Nos tomaremos un descanso aquí para los caballos y para que coman los jinetes. Llevas comida en la alforja, mi madre se encargó de eso.

—Vaya, qué amable por su parte.

—El perro… —Keegan frunció el ceño y dejó la frase en el aire—. ¿Por qué haces eso? ¿Tienes algún problema en la pierna?

—¿Qué? —Se había doblado la pierna izquierda hacia atrás, tirando del talón hacia el trasero para estirar los cuádriceps—. No, solo me estoy estirando. —Se dio una palmada en el muslo mientras hacía lo mismo con la derecha—. Estos músculos.

—Hum. Bueno, el caso es que el perro debería cabalgar con Cróga hasta que nos acerquemos a la Capital. Después puede ir contigo. Y tú deberías cabalgar delante, con mi madre y conmigo.

—¿Por qué iba yo a cabalgar delante?

—Eres la nieta de Mairghread, la hija de Eian. Los dos eran *taoiseach*. Tú eres… quien eres. Te conocerán por tu pelo y por tus ojos. Lo estarán esperando. Puedes ponerte donde quieras hasta entonces. Enviaré a alguien a avisarte cuando sea el momento.

—¿Qué tengo que hacer? Dame un respiro, ¿vale? Que es la primera vez que hago esto.

Keegan se pasó las manos por el pelo.

—Habrá gente en las calles o saldrá cuando lleguemos. Todos estarán enterados de la batalla y de nuestra victoria. Eso enorgullece. Estarán enterados de nuestros muertos y de que traemos a algunos de ellos con sus familias, para que los lloren. Eso entristece. Mantén la espalda recta y la cabeza alta. Mira a los ojos a quienes necesiten que los mires. Y lo mejor sería que asistieras a la ceremonia por los caídos. —Le hizo un gesto para que lo siguiera y señaló las alforjas de Chico—. Come.

—¿Qué habéis hecho con los píos capturados? ¿Y con el hombre, el espía del valle?

—Están encerrados y vigilados. A aquellos que tienen poderes, se los hemos bloqueado, y así seguirán hasta que llegue el juicio.

Breen encontró pan y queso en las alforjas, y una manzana.

—¿Cuándo es el juicio?

—Mañana. Durará dos días si es lo que hace falta.

—¿Se me permite estar presente? —preguntó Breen.

—Sí, y sería lo más aconsejable. —Levantó una mano antes de que le planteara más preguntas—. Come, estírate o lo que te apetezca. Diez minutos más y salimos. Alguien te indicará lo que necesites saber y responderá a tus preguntas. Deja que el perro vaya con Cróga hasta que envíe a alguien a por ti.

Cuando se alejó, Breen le dio un mordisco al pan.

—Lleva el peso del mundo sobre los hombros —comentó Marco—. Iba a decir algo para animarlo, pero no me pareció el momento.

—Ha dicho que debemos montar con orgullo y tristeza. Yo solo he visto tristeza —repuso ella, y le llevó la manzana a Chico—. Antes me ha parecido que estaba… —dijo, buscando una palabra segura— fresco como una lechuga y fuerte, teniendo en cuenta las últimas veinticuatro horas. Pero tienes razón, Marco. Por encima y por debajo de todo eso carga con el peso del mundo. O, más bien, de los mundos.

—Tú también cargas con parte de ese peso, Breen.

—No como él.

Cuando montaron de nuevo, vio que Botarate volaba sobre ellos, a lomos de Cróga. La carretera subía y bajaba con el terreno, y los bonitos retales del interior dieron paso a las colinas del este. Vio un círculo de piedra en un campo, con una columna en el centro. Lo oyó vibrar al pasar junto a él. Había un cementerio por el que deambulaban ovejas entre las lápidas, cerca de un edificio pequeño que parecía una especie de capilla. Allí no percibió oscuridad, sino paz y luz tenue. A su lado, Marco charlaba con los otros jinetes. Dejó que sus voces la arrullaran, junto con el ritmo regular del caballo bajo ella, el aire fresco que olía a humo de turba y hierba, y el saludo de algún que otro jinete o carreta. Después de una noche entera en la que apenas había conciliado el sueño, estaba amodorrada.

De repente, se encontró cerca de la cascada, a la luz teñida de verde por el musgo que crecía en alfombras gruesas sobre los árboles y se reflejaba en el río. Allí bailaban los *pixies*, por encima y a través del agua que caía, blanco sobre verde. Dragones, diminutas flechas de color, subían por el aire y se sumergían. Encantada, se acercó más a la orilla del río.

En aquel río, años antes, había estado encerrada en una jaula de cristal, bajo la superficie. En aquel lugar, no hacía tanto tiempo, Yseult la había hechizado, pero eso ya era historia. Allí estaba a salvo, con los *pixies*, los bebés de dragón y la música que hacían. En el río, de un verde transparente como el cristal, vio el brillo del colgante rojo, igual que en su sueño. La piedra de corazón de dragón, casi al alcance de su mano. Empezó a agacharse, a estirar el brazo para cogerlo, y una sombra pasó sobre el río, por encima de ella. Levantó la vista, con el corazón acelerado, y allí arriba, sobrevolándola, estaba el dragón. Rojo como la piedra, con las puntas doradas tan brillantes como la cadena.

Quería levantar el brazo hacia él. Y también quería bajarlo hacia la piedra.

El dragón siguió dando vueltas sobre ella, observándola con sus ojos dorados. El colgante brillaba, esperando su mano para salir a la superficie. «Elección y devenir —oyó decir a Marg dentro de su cabeza—. Elige tu transformación. Ocupa tu lugar y ambos serán tuyos».

«No llego a ninguno de los dos. No llego».

Alargó una mano hacia el cielo y la otra hacia el agua. Y, como notó que se resbalaba, se echó hacia atrás. Y se encontró al otro lado de la cascada. Como un fantasma, estaba detrás de Odran, cuya voz retumbaba y la impulsaba a taparse los oídos. Yseult, con el pelo surcado de mechones blancos, cantaba con él. Como también cantaban los demonios y los condenados reunidos con ellos. Breen no conocía el idioma, pero sí las palabras.

«Corre con la sangre, aliméntate de la muerte. Y con este banquete, rompe el candado. Abre el sello de la puerta, yo te lo ordeno. Obtendré lo que es mío, lo que se me ha negado. Que sea esta sangre, esta muerte, solo un anticipo de lo que vendrá».

En ese momento vio a la niña, un hada joven cuyas alas rosa pálido se movían con frenesí mientras gritaba llamando a su madre e intentaba escapar de las cadenas que la ataban a la zona menos profunda del río. Cuando Odran levantó el cuchillo, Breen no se lo pensó, solo actuó. Lanzó su poder de modo que el arma salió volando de las manos de aquel y lo lanzó con tanta fuerza que Odran gritó de sorpresa y dolor, de forma tan certera que rompió las cadenas y estas se hundieron en el agua.

Y la joven hada voló hacia los árboles.

Del otro lado, el equivocado, pensó Breen mientras Odran se volvía hacia ella. Por un instante, sus ojos se encontraron, gris contra gris. Sintió que la rodeaba la oscuridad. Y alguien dijo su nombre. Dio un saltó atrás y vio que Keegan le sujetaba el brazo.

—La espalda recta —dijo él, hasta que le vio la cara—. ¿Dónde estabas?

—Con… Odran. Tenía una niña de las hadas. La cascada, un sacrificio…, lo impedí. No sé cómo ni cuándo. Ahora, antes, después… No lo sé. Pero la niña se alejó volando y él me vio. Me vio y ella está al otro lado.

—No es algo de antes, yo lo sabría. Si es de ahora, la niña se esconderá y la encontraremos. Averiguaremos si falta algún niño de Talamh. Si no ha ocurrido todavía, nos aseguraremos de que esté protegida. Para —le ordenó—. Ahora no tenemos tiempo. Yo me encargaré de ello. Cabalga al frente. Cróga te llevará al perro. Ve junto a mi madre. —La mano con la que le sujetaba el brazo la apretó con más fuerza—. La encontraremos. La buscaremos y la encontraremos.

—Dilly, ese es su nombre, así se hace llamar. Tiene el cabello castaño, los ojos dorados, la piel oscura y alas rosa. Tenía… unos seis años, creo. No más de siete.

—La encontraremos.

Keegan le dio una palmada en el flanco a Chico para enviarlo hacia delante antes de hacerle una señal a una de las hadas que los sobrevolaban. Dio órdenes y, mientras él volvía al frente, tres de las hadas se desviaron en distintas direcciones.

—Estaba hablando con Hugh y Cait —dijo Marco, que acercó su caballo a Keegan—. No la estaba vigilando. Lo…

—No le pasará nada. Ahora, cabalga delante conmigo y quédate a su lado.

Keegan se adelantó y se colocó en el centro, junto a su madre. Otros jinetes le hicieron sitio a Marco para que se pusiera al lado de Breen.

—Estoy bien —dijo ella antes de que le preguntara—. Era una niña muy pequeña y estaba muy asustada. Voy a creer en que la encontrarán, y tengo que pensar en lo demás. Pero no ahora. El castillo, la fortaleza o como se llame…, ya asoma sobre esa colina. Y ya se ven muchas más casas y personas.

—Es como las afueras de una ciudad —dijo Marco, sonriente, con la esperanza de ayudarla a tranquilizarse mientras Botarate brincaba entre ellos—. La versión de Talamh, con su crecimiento urbano incontrolable. Y, la hostia, Breen, es un castillo. Menos mal que ya estoy acostumbrado, desde que nos alojamos en uno en Irlanda.

—En este no creo que tengan wifi ni películas en las habitaciones.

—Es un punto negativo.

Viviría sin las dos cosas, pensó Breen, y pensaría en el sueño, la visión o la experiencia cuando estuviera tranquila y a solas. Examinó las casas y las granjas circundantes desperdigadas por las colinas y los campos y se fijó en las personas que dejaban de trabajar para asomarse a la puerta. Bebés en las caderas o los hombros, niños boquiabiertos y sonrientes. Jóvenes *sidhe* que extendían las alas y volaban junto a los jinetes para bañarlos de chispas de luz. Vio lo que suponía que eran los talleres, ya que quienes salían de ellos iban ataviados con delantales de cuero o de tela y algunos todavía llevaban una herramienta en la mano. Vio a una mujer salir corriendo de una casa y alzar el vuelo, y a una de las hadas volar hacia ella. Se reunieron en un abrazo y se besaron mientras giraban en el aire.

—Las dos se comprometieron antes de que partiésemos hacia el valle —le contó Minga—. Keegan fingirá no ver que Dalla ha roto la formación para saludar a su amada. Verás a algunas personas con una cinta negra en el brazo derecho. Son las madres, padres, hermanos, hermanas, hijos, hijas, esposas y maridos de los caídos.

—¿Cuántos han caído? ¿Lo sabes?

Minga negó con la cabeza.

—Keegan lo sabe —respondió.

Breen percibía la emoción de su perro: «¡Niños! ¡Personas! ¡Ovejas! ¡Vacas!».

Bajó la vista justo cuando él la levantaba hacia ella. Era imposible confundir la expresión de Botarate con algo que no fuera una sonrisa.

—Nada de salir corriendo para explorar —le dijo—. No hasta que conozcamos el terreno.

Ay, él quería hacerlo, eso también lo percibía, pero procuró mantenerse al lado de los caballos y se contentó con mirarlo todo. Pasaron por encima de un puente que cubría el hilillo de agua del río donde las puertas permanecían abiertas y la gente bordeaba la carretera. Había más personas subidas a los tejados de paja de las casas, y también vio tiendas, tabernas y talleres. Se fijó en que la ropa era un poco más urbana, ya que vio algunos chalecos entre individuos de ambos sexos, vestidos que llegaban hasta por encima de los tobillos y mujeres que lucían pantalones ajustados con patrones atrevidos. Chales de colores vivos o abrigos largos protegían del frío otoñal. Oyó la música que salía de los pubs y las voces que les daban la bienvenida. Olió las especias de los estofados cocinándose a fuego lento, la carne en la sartén, el aroma a flores que brotaba de las cestas y el del ganado, que era completamente distinto. Le recordó a la visita a la recreación de la aldea Bunratty, a lo encantadora que le había parecido y la extraña conexión que sentía con ella. Pero, claro, ya había estado antes en la Capital. No lo recordaba entonces y seguía sin hacerlo, pero sabía que había acudido con sus padres para el juicio de los que habían ayudado a Odran a secuestrarla.

—En la Capital hay cinco pozos —le dijo Minga mientras señalaba uno de ellos, alrededor del cual se reunían un grupo de personas cargadas con cubos y jarras—. Hay colegios, por supuesto, y campos de cultivo y ganado por aquí y en los terrenos del castillo. Ya se ha recolectado casi todo el trigo y se ha llevado a los molinos. Tenemos tres. Los que viven en dichos terrenos contribuyen al conjunto.

—Como una comuna —comentó Marco.

—Si te refieres a que esto es una comunidad, sí. Hacemos trueques e intercambios con lo que cultivamos y lo que fabricamos, con nuestras habilidades y servicios. Algunos acuden al *taoiseach* si se plantea un conflicto o una duda, y él juzga. O el consejo lo hace en su nombre. Valoramos la paz y nos entrenamos para mantenerla.

—¿Tienes un asiento en el consejo? —le preguntó Breen.

—Sí. Aunque no nací en Talamh, se me concedió ese honor y ese deber. Somos siete y, con el *taoiseach* y Tarryn como su mano izquierda, nueve.

La calle principal se dividía en varias a medida que subían la colina hacia el castillo, con sus distintos tonos de piedra gris, sus almenas y sus torrecillas. En lo alto, el estandarte ondeaba al viento, de modo que el dragón rojo parecía flotar sobre el campo blanco. Blandía una espada en una garra y un bastón en la otra. Breen vio que Cróga planeaba sobre el castillo y que un niño (con alas) cabalgaba a lomos del dragón. La alegre risa del muchacho los bañaba como si fuese la luz del sol.

Llegaron a otro puente de piedra y otra puerta. Una fuente lanzaba agua cristalina hacia el cielo, que caía formando arcoíris. Había jardines por todas partes, islas de texturas en medio de ríos de colores. Más flores se derramaban por los muros de los balcones y las terrazas que adornaban el castillo. Más allá de ellos y de la expansión verde, empezaba el bosque, tupido y profundo.

Oyó un halcón y vio que una asombrosa bandada de mariposas se alzaba como una ola. Revolotearon a su alrededor, una vez, dos, tres veces, antes de alejarse volando juntas hacia una isla de flores.

—Te dan la bienvenida —dijo Minga, sonriente.

—Ha sido increíble —dijo Marco, que perdió un poco la sonrisa al verle la cara a Breen—. ¿Te han asustado, nena?

—No, no, solo me han sorprendido.

Y arañó la superficie de un recuerdo. Cabalgaba delante de su padre, bebiendo con avidez todo lo que la rodeaba: el castillo que se alzaba en la colina y se extendía por ella, el estandarte ondeando al viento, la fuente que lanzaba el agua y después la recogía, los primeros sonidos de las olas contra las rocas de los acantilados y las mariposas revoloteando a su alrededor. Ella se había reído y había levantado los brazos para que se le posaran en ellos. La carcajada de su padre y el beso que le había dado en la cabeza mientras decía: «Corazones de dragón, como tu pelo».

Sabía que Minga estaba hablando sobre la halconera, los acantilados y los jardines mientras Keegan los conducía por el lateral y la parte de atrás del gran edificio de piedra. Breen apenas escuchaba, ya que intentaba aferrarse al recuerdo, pero este se desvaneció cuando los jinetes empezaron a desmontar a su alrededor. Mahon se le acercó para coger las riendas.

—Aquí se encargarán de los caballos y subirán tus cosas. Minga te enseñará tus aposentos… y te llevará a donde quieras, porque Keegan y Tarryn van a estar ocupados un rato. Tienes tiempo antes de la Partida para descansar, pasear o comer algo. Uno de nosotros irá a avisarte o a buscarte, si has salido, cuando llegue el momento.

—Supongo que te gustará estirar las piernas después de tanto tiempo a caballo —dijo Minga—. Iremos por aquí y entraremos por las puertas que dan al vestíbulo.

—Es enorme —comentó Marco mientras alargaba el cuello para mirar arriba—. Y alto.

—Es todo eso, pero no deja de ser mi hogar. Creo que estaréis cómodos en las habitaciones que os ha elegido Tarryn. Están la una al lado de la otra.

—Los jardines son preciosos. ¿Has dicho que había una halconera?

—Sí —respondió Minga a Breen, y señaló con la mano—. Por ese camino, una escuela de cetrería, también, en la que entrenamos tanto a los halcones como a los alumnos. Hay otras zonas de entrenamiento para caballos y equitación, tiro con arco y combate. Si das un paseo a pie o a caballo por el pueblo, hay tiendas para trueques. Telas y joyas, artículos de cuero, herrerías, herramientas para magia, zapateros y sastres. Pubs en los que se puede comer, beber y escuchar música.

Los condujo alrededor del castillo, atravesando el jardín, por senderos de piedra y sobre amplias terrazas, hasta los escalones que llevaban a las enormes puertas dobles.

—Solo se cierran si hay que defenderse. Únicamente en esos momentos se bloquean.

Minga apoyó la mano en la imagen del dragón tallada en la piedra, junto a las puertas, y estas se abrieron. Entraron en un vestíbulo de techos altísimos y suelos pulidos, con tapices y adornos de bronce en las paredes. Había arcos que se abrían a otras estancias y el sol entraba a raudales por la cúpula de cristal del lejano techo. Bancos tapizados y sillas de respaldo alto prometían descanso; las flores ofrecían más belleza; y el fuego que ardía en una chimenea en la que Breen habría cabido de pie garantizaba calor.

—Es precioso. Creía que sería algo más… fortificado.

—Cuando es necesario, lo está. ¿Veis esa escalera? —Señaló con la cabeza una escalinata de piedra, ancha y recta, en vez de con forma de tarta en curva, como las de las ruinas y los castillos restaurados de Irlanda—. Cuando hay que bloquear las puertas de fuera y las del castillo, se… Ay, no me sale la palabra. —Minga hizo una pausa y cerró los ojos—. Se ponen así… —dijo, e hizo el gesto de allanar algo con la mano.

—Los escalones se introducen en la piedra y forman una plataforma muy inclinada.

—Eso —dijo Minga—. Pero ahora la escalinata es más útil.

—Y digna de un castillo —añadió Marco.

Mientras hablaba, una joven con pantalones ajustados y un jersey verde bajó corriendo los escalones. El pelo oscuro le caía en tirabuzones hasta los omóplatos; los ojos oscuros le brillaban y contrastaban con una piel que parecía salpicada de oro.

—¡Mamá! —Aunque no usaba toda su velocidad, Breen reconoció la sangre elfa—. ¡Estás en casa! Ya estás en casa —repitió mientras abrazaba a Minga—. Estaba cuidando de los niños de Gwain cuando oí que estabais entrando en el pueblo. ¡Y aquí estás!

—Aquí estamos todos —respondió Minga, que abrazó con fuerza a su hija antes de apartarla—. Mi hija, Kiara. Dales la bienvenida a Breen Siobhan y Marco.

—¡Bienvenidos seáis! Qué emocionante es conoceros. ¡Qué pelo más bonito! ¡El de los dos!

—Nuestra Kiara tiene talento para el cabello —les explicó Minga—. Han hecho un viaje muy largo, preciosa. Ven, ayúdame a enseñarles sus aposentos.

—¡Son muy bonitos! Me asomé cuando Brigid y Lo estaban preparando las camas y las flores.

Mientras charlaban, empezaron a subir las escaleras. Y fue entonces cuando apareció, como una visión.

El cabello plateado le caía en suaves ondas hasta la diminuta cintura. Sus ojos eran de color ámbar, como los de un gato, y los párpados le brillaban con un ligero toque de purpurina. Los labios, de color rosa y forma perfecta, esbozaban una sonrisa enmarcada en un rostro estrecho y delicado, a la par que encantador hasta extremos imposibles. Vestía una túnica de color ámbar, a juego con sus ojos, y un cinturón dorado que le marcaba la cintura por encima de unos pantalones, que le recorrían cada curva hasta llegar a las botas altas. A Breen le pareció que emanaba un perfume seductor, a cosas salvajes que crecían en el bosque.

—Minga, bienvenida a casa. Te hemos echado de menos. —Le envió a Marco un aleteo coqueto con sus largas y oscuras pestañas antes de dirigir su sonrisa a Breen—. Eres Breen Siobhan, ¿verdad? Todos esperábamos con ansia tu llegada.

—Esta es Shana —la presentó Minga—, hija de Uwin, que sirve en el consejo, como yo, y de Gwen. Breen es hija de Eian y nieta de Mairghread, y trae a su amigo, Marco, del otro lado.

—Todavía no he viajado a tu mundo, pero ahora veo que debo hacerlo —dijo la recién llegada mientras le ofrecía al joven la mano con la clara intención de que se la besase.

Él prefirió estrechársela.

—Si alguna vez pasas por Filadelfia, te enseño la ciudad.

—Fantástico, ahora iré sin lugar a dudas. Creo que acabáis de llegar y os tengo aquí esperándome. Minga, si necesitas descansar o ver al resto de tu familia, Kiara y yo podemos enseñarles sus habitaciones a los invitados.

—Es muy amable por tu parte, pero me lo ha pedido el *taoiseach*.

Minga subió la escalera mientras les iba explicando las distintas salas por las que pasaban: una amplia biblioteca, una sala de meditación, una especie de zona de guardería para niños pequeños, una habitación para artes mágicas, otra para artesanía…

Siguieron en fila de a uno por las escaleras de caracol que daban a la siguiente planta: salas para música, clases de baile, arte… Otras escaleras más, y Minga los condujo por un pasillo.

—Tu habitación, Marco —anunció, abriendo la puerta.

La cama alta tenía cuatro postes altos y una manta de color azul oscuro. Las dos lunas flotaban sobre un mar en calma en el baúl que tenía a los pies, sobre el que le esperaba una bandeja con fruta, queso, pan y decantadores. Con el amplio armario recién pulido, un sillón orejero con reposapiés a juego y una mesa en la que las flores adornaban un jarrón azul intenso, la habitación era sofisticada, a su extraña manera. Su arpa estaba en la mesa, al lado de las flores. Unas puertas se abrían a una terraza con vistas a un bonito patio y, al este, a las olas del mar.

—Menuda vista.

—Espero que toques para nosotros. —Shana se acercó al arpa y recorrió las cuerdas con un dedo—. Me han dicho que eres un gran músico.

—Todavía estoy aprendiendo a tocarla. Me la compró Breen.

Shana se volvió hacia ella y comentó:

—Qué buena amiga.

—Y tu buena amiga está en la habitación de al lado —dijo Minga, que cogió a su hija de la mano, volvió al pasillo y avanzó por él un poco más—. Como le he dicho a Marco, si ves algo que no te encaje, solo tienes que decirlo.

Breen vio la gran cama, con un dosel de gasa que brillaba como las estrellas. El fuego ardía bajo; las flores perfumaban el aire. Tenía un escritorio, además del armario y el baúl, que, en su caso, llevaba pintado un prado en plena floración. Sobre el escritorio, que daba al lado de la habitación que miraba al mar, estaban su papel y su pluma. Incapaz de resistirse, abrió las puertas para dejar entrar la brisa marina y vio que el balcón doblaba la esquina.

—Es precioso, por dentro y por fuera. Gracias, Minga.

—Me alegro mucho de que te guste, y seguro que Tarryn también. Ahora os dejaremos refrescaros un poco para que os recuperéis del largo viaje. Si necesitáis algo, queréis algo o tenéis alguna pregunta, avisadnos. Bueno, venga, vamos a dejarlos en paz.

Minga hizo gestos a las otras para que salieran y cerró la puerta.

—Esto es una pasada que te flipas dos veces —dijo Marco, y se dejó caer en la cama de Breen—. ¿Y si picamos un poco de queso y nos tomamos una copa de vino? Después quiero lavarme, porque espero encontrarme con Brian.

Breen sirvió vino para los dos y se preguntó por qué la preciosa elfa (le había resultado evidente que lo era) de rostro perfecto la despreciaba. Porque eso también era evidente.

15

Keegan habló con las familias de los caídos, la más horrible de sus obligaciones. Cuando terminó, fue a comprobar que los preparativos para la Partida estaban en orden. Como *taoiseach*, él mismo enviaría el fuego y entregaría a las familias de los fallecidos las urnas para devolverles las cenizas.

Satisfecho con su inspección, bajó a las mazmorras para asegurarse de que seguía funcionando la magia con la que tenían sujetos a los que serían juzgados. Dormían, todos y cada uno de ellos, bajo el mismo hechizo que habían usado con la niña a la que pretendían matar. Keegan decidió que permanecerían así hasta que se enfrentaran a él, sin su magia. Después subió de nuevo, deseando disfrutar de una cerveza, una chimenea y una cama blanda durante una hora.

Shana lo esperaba cerca de la escalinata.

—*Taoiseach*, necesito hablar contigo un momento.

—Ahora mismo no tengo mucho tiempo… —empezó a decir él.

—Para disculparme —añadió ella, mirándolo a los ojos.

—No hace falta.

—A mí sí me hace falta. Por favor, solo unos minutos, soy consciente de que tienes asuntos importantes entre manos. En el exterior, *taoiseach*. Concédeme este deseo.

—Solo unos minutos —accedió él mientras pensaba con anhelo en la cerveza, la chimenea y la cama. Y la tranquilidad.

Shana atravesó el patio cercano al rompeolas, lo que, para Keegan, era una forma innecesaria de hacerle perder su escaso tiempo. Pero las cosas habían acabado mal entre ellos, se recordó, y parte de la culpa había sido suya.

Tras respirar hondo, la joven dijo:

—En primer lugar, quiero que sepas que sé que luchaste bien y con valentía, y sé que lamentas la pérdida de los caídos, como todos. —Le puso una mano sobre el pecho y se llevó la otra al suyo—. Mi amigo, Cullin O'Donahue, es uno de los que han partido con los dioses.

—Lo siento. Era un guerrero fuerte y leal.

—Así es. —Le asomaron lágrimas a los ojos mientras le daba la mano a Keegan—. Y ahora te diré que siento mucho lo que te dije la última vez que nos vimos y que me avergüenzo de ello.

—Fue un malentendido y parte de la culpa es mía.

—No, es solo mía. Tú no me prometiste nada. —Se llevó la mano de Keegan a la mejilla—. Yo quería lo que sabía que tú no querías y por eso te ataqué. Estaba enfadada porque tenía un sueño que tú nunca habías compartido… ni tenías intención de hacerlo. ¿Me perdonarás?

—No hay nada que perdonar, Shana.

Ella bajó la mirada, porque aquellas palabras se la encendieron.

—Me gustaría que fuéramos amigos de nuevo —dijo—, si tú quieres.

—Éramos amigos, lo somos y siempre lo seremos —respondió Keegan.

Ella se tomó un momento antes de volver a levantar la vista y procurar que sus ojos perdieran el fuego y volvieran a ser coquetos.

—Compartir cama contigo es un recuerdo muy querido, puesto que eres muy hábil en ella. Te invitaría de nuevo a la mía…, pero ahora estoy con Loren Mac Niadh —añadió rápidamente, porque leyó el rechazo en la cara de Keegan.

—Me alegro —respondió él sin más, lo que la enfureció—. Le gustas. Siempre le has gustado.

—Es verdad. —Shana se puso a juguetear con una de las fruslerías que llevaba en las orejas, regalo de Loren—. Y, aunque no me he comprometido con él, lo haré, creo. Con el tiempo.

—Cuando llegue el momento, será afortunado. Deseo que seas feliz, Shana, con todo lo que elijas. En todos los sentidos.

—Sé que lo deseas, como siempre lo has hecho, lo que hace que me arrepienta aún más de mis palabras. Te deseo lo mismo, Keegan. ¿Eres feliz?

—Conoceré la verdadera felicidad cuando la paz reine en Talamh.

—Palabras dignas de un *taoiseach*. —Esbozó una sonrisa mientras lo decía, aunque le amargara la lengua—. Pero ¿es feliz Keegan? Me cuentan que ahora te gusta el pelo rojo.

Como él no cambió de expresión, Shana sintió renacer su esperanza.

—La hija de O'Ceallaigh —prosiguió ella—. La que te has traído del valle. Es poco habladora y, según algunos, las calladas son las más fogosas.

—No siempre está callada, pero cuenta con energía de sobra para cualquiera. Necesita más tiempo y más entrenamiento, y ninguno de los dos puede perder tiempo con… coqueteos.

—Ah, vaya. Por lo que sé —añadió Shana, dándose unos toquecitos con el dedo en la mejilla— no te pega. Pero deseo que seas feliz, Keegan, con quien sea y con lo que sea que te haga feliz. Un beso para sellarlo —añadió antes de posar suavemente sus labios en los de él. Suspiró—. Y una confesión: echaré de menos encontrarme contigo en la oscuridad. Que la luz te bendiga, Keegan.

Al volver al interior, Shana echó un vistazo rápido hacia los balcones y se sintió muy orgullosa por su sincronización al ver a

Breen asomada al suyo. No tendría que engañar a Kiara para que cotilleara sobre un encuentro amoroso entre Keegan y ella: la mujer que, a sus ojos, le impedía conseguir lo que más deseaba lo había visto todo.

Keegan se quedó sin cerveza y sin chimenea. Cuando llegó el halcón con noticias del sur, tuvo que convocar una reunión del consejo.

—Tenemos poco tiempo antes de los últimos preparativos para la Partida —le dijo Tarryn mientras unos cuantos asistentes corrían a colocar tazas y jarras de agua en la mesa del consejo.

Durante sus reuniones no se consumía alcohol. «Aunque, por los dioses, es cuando más lo necesitaría», pensó él.

—Todo está preparado, mamá, y esto no nos llevará mucho.

—Todavía no te has lavado el polvo del viaje ni te has cambiado.

—Me han entretenido. Venga, deja de preocuparte por pequeñeces.

Con aire ausente, le dio una palmadita en el brazo antes de acercarse a la ventana que había abierto para poder respirar.

—Hasta que se reúna el consejo, soy solo tu madre, y mi niño está cansado.

—Y también lo está mi madre, ¿no? Así que vamos a darnos prisa con esto.

Minga entró primero, junto con el representante de los troles. Bok lucía una banda negra en honor a su nieta, que había caído en la playa del sur. Los demás llegaron bastante deprisa, charlando y murmurando entre ellos al entrar en la sala, adornada con murales, el mapa de Talamh y tapices en los que se retrataban todas las tribus feéricas.

Se puso cada uno detrás de la silla alta que le correspondía en la mesa alargada. Keegan acompañó a su madre hasta la suya, en un extremo, y después se dirigió a la cabeza.

—Saludos y bendiciones, y mis gracias a todos por vuestro consejo.

Cuando tomó asiento, los demás lo imitaron.

—Como siempre —prosiguió—, pedimos sabiduría para todas las decisiones que aquí se tomen y que todas ellas fortalezcan la paz de Talamh y de todos sus habitantes.

—Eso pedimos todos —respondió el consejo.

Tras aquella formalidad, Keegan levantó una mano.

—Sé que hay mucho que debatir, pero queda poco para la Partida. Mañana serán el juicio y la bienvenida. Entre esos deberes, volveremos a reunirnos. Pero ahora os he pedido que acudáis solo por esto. Hemos ganado la batalla del sur, pero a un alto precio. Cada vida que nos abandona nos cuesta a todos. Habríamos perdido muchas más a manos de los traidores que se ocultan detrás de las túnicas y las manos cruzadas, de los que tomaron nuestra tolerancia y nuestro perdón como una debilidad.

—Y serán juzgados por ello —dijo Bok.

—Sí, serán juzgados. Los píos, como antes en nuestro oscuro pasado, usaron la Casa de los Rezos para disfrazar su verdadero propósito de falsa piedad y, dentro de unos muros considerados sagrados, torturaron hadas e hicieron sacrificios de sangre a Odran.

Vio encenderse una chispa de rabia en los ojos de Flynn y supo que podía contar con el amigo de su padre y representante de los *sidhe* como aliado.

—*Taoiseach* —dijo Uwin, el padre elfo de Shana—, no puedes estar seguro de eso.

—Lo estoy. Tal y como testificará mañana la niña a la que robaron y hechizaron, y que pensaban ofrecer a Odran. Como yo mismo, disfrazado de anciano santo, iba a ser ofrecido.

—Deben ser juzgados por el robo de la niña —intervino Rowan, de las sabias—. También por hechizarla. Pero ¿puede juzgarse algo que no se hizo, aunque fuera por nuestra intervención?

—Eso queda para mañana. Aquí y ahora digo que ella no habría sido la primera. Os aseguro que, al recorrer aquel lugar impío, percibí las muertes acaecidas antes en él y oí los ecos de los cánticos en honor a Odran. No se puede permitir. No podemos dejarlo pasar. Como tampoco podemos permitir que ese lugar impío siga en pie. Lo demoleremos.

—¡*Taoiseach*! —exclamó Uwin mientras levantaba las manos—. Eso suena a venganza, y la justicia rara vez sigue a la venganza. Seguro que no todos los píos formaban parte de esto.

—No todos.

—Entonces, debemos permitirles su elección, su lugar de culto y buenas obras.

—Si se me permite intervenir… —dijo Tarryn en voz baja cuando las discusiones empezaron a hacerse con la mesa—. No destruimos la Casa de los Rezos del valle en la que antes los píos vivían, rezaban y hacían buenas obras, y donde después empezaron con sus persecuciones, su magia negra y sus torturas. Eso fue hace mucho tiempo, mucho antes de que ninguno de los presentes tomara su primer aliento, pero las hadas lo recuerdan. Ellas perdonaron y entregaron a los píos su casa en el sur. Y, como pago por ese perdón, usaron lo que queda de las ruinas del valle, cerca de la Danza de Dios, cerca del cementerio en el que yacen las cenizas de Eian O'Ceallaigh y las de muchos otros seres queridos, para despertar a los espíritus atrapados en ellas. A los sacrificados y a los que los sacrificaron. Para que caminaran libres en Samhain, aprovechando que el velo era más fino.

Neo, de las sirenas, que recibía piernas cuando las invocaba, cerró las manos sobre la mesa.

—¿Estás segura de eso?

—Las parcas decretaron que estuviera allí, que viera, que oyera y que sintiera, al igual que Breen Siobhan, hija de los O'Ceallaigh. Os digo que, sin ella, habría necesitado un aquelarre para romper el hechizo de Yseult, fortalecido gracias a la ayuda de los píos. Y os digo que, en Samhain, los muertos vivientes habrían arrasado el valle y todo lo demás. —Señaló a Minga con la cabeza—. Ella es testigo.

—Lo soy. Y, aunque no soy feérica ni cuento con el don, hasta yo sentí el poder de la oscuridad y de la luz. Incluso vi las sombras tomar forma e intentar salir.

Rowan, de las sabias, habló de nuevo:

—Hay que purificar las ruinas.

—No solo eso —dijo Tarryn—: Los espíritus deben enviarse a la luz y a la oscuridad. Necesitaremos tiempo y poder, pero debe hacerse. Y purificarlo y santificarlo, todo.

—Podemos hacer lo mismo en el sur —propuso Uwin.

—Nos han traicionado dos veces —intervino Flynn, airado—. Nos han atacado y sacrificado inocentes. ¿Quieres darles la oportunidad de que lo hagan de nuevo?

—No lo haremos. Los muros caerán, hasta la última piedra. ¿Venganza, dices? —Tal y como le aconsejó su madre, se dejó llevar por la ira—. ¡Pues que así sea, porque eso también es justicia! ¡Mirad!

Se levantó, alzó las manos, extendió los dedos y proyectó sus recuerdos, las imágenes, en la pared. Y allí estaban los niños, tirados en el suelo, con el cuello cortado y chorreando sangre hasta formar charcos a su alrededor.

—Niños, niños enviados para servir, aprender y empezar una vida dedicada a las buenas obras, asesinados a manos de los píos. Asesinados con la esperanza de que su sangre contribuyera a fortalecer el ataque contra nosotros. ¡Más! —Proyectó otra imagen, una de hombres que yacían sobre su propia sangre—. Los que vestían la túnica pero no sabían nada o fingían no saber el mal que se ocultaba tras sus muros, el verdadero propósito de esos muros. Asesinados. No por nosotros, sino por sus hermanos, para que no hablaran contra ellos. —Miró a todos los presentes—. No lo permitiremos, y derribaremos hasta la última piedra como demostración de fuerza, de justicia, de nuestro propósito. Envié a tres empáticos para que recorrieran ese lugar malvado, y el halcón ha traído su informe. Sois libres de leerlo, como he hecho yo. Y os diré que los tres sintieron náuseas por lo que vieron, oyeron y sintieron.

»No lo permitiremos —repitió—. Purificaremos y santificaremos el terreno. Y, en su lugar, en la colina, construiremos un monumento en honor a los que ayer dieron su vida por nosotros y a los que la perdieron a manos de los que habían jurado curar, ayudar y alabar. Soy *taoiseach* y esa es mi decisión. Sea cual sea vuestro consejo, no cambiaré de opinión. Os juro por todo lo que soy que, en caso necesario, la derribaré con mis propias manos.

Con el orgullo y la ira pintados en el rostro, Flynn se levantó.

—Estoy contigo, porque esto es de justicia. Es lo justo y honorable.

Rowan también se puso en pie.

—Estoy contigo. Que la luz surja de la oscuridad. Que el honor crezca donde cayó la sangre de los inocentes y los valientes.

—Estoy contigo —dijo Neo al levantarse—. Que este tributo se alce a una altura tal que se vea desde mar y tierra.

Uno a uno, se levantaron.

Uwin también.

—Soy de los que prefieren la precaución, la tolerancia y el perdón, con la esperanza de que todo eso sirva para mantener la paz. Pero, en algunas ocasiones, sé que todo esto deja un camino abierto en el corazón por el que puede colarse el mal. Niños, que son el más preciado de los regalos, asesinados. Estoy con el *taoiseach*.

—Entonces, todos somos uno. Gracias por vuestro consejo. Volveré a pedíroslo mañana sobre otros asuntos. Que la luz os bendiga.

Era una despedida y, aunque algunos pretendían demorarse, Tarryn los fue empujando, discreta pero inamovible, hacia la puerta.

—Bien luchado —le dijo a Keegan desde el umbral—. Ahora, descansa un poco. Quedan más batallas por delante.

Breen le dio a la escena del parque la importancia que se merecía: muy poca. En vez de pensar en ello, se sumergió un buen rato en la bañera de cobre de su pequeño aseo y se relajó un poco. Después, como para ella llevar poco equipaje significaba incluir un maquillaje mínimo, usó lo que tenía. Y lo animó con un poco de glamour.

Puede que le hubiera dado a la escena del parque una importancia intermedia.

Todavía le faltaba talento para peinarse, pero, de todos modos, como estarían en el exterior, el viento le habría arruinado cualquier intento. Debería haber comprado un chal en alguna parte, pero tendría que apañarse con su chaqueta. Junto con el vestido azul (que parecía apropiado para una especie de funeral) y las botas, estaría lo bastante abrigada.

Puede.

—Total, es todo lo que tengo —le dijo a Botarate.

Entonces abrió el armario y encontró una capa con capucha del mismo tono del vestido y otra nota de Marg:

El viento sopla fresco en la costa. Con el vestido azul y esto tendrás ropa apropiada para la Partida en la Capital. Ten cuidado y no pases frío, mo stór.

Marg

Breen miró a Botarate y sonrió.

—Es una suerte que la tengamos a ella, ¿verdad?

Aunque era temprano, se vistió, no solo para ver cómo le quedaba, sino, quizás, ahora que llevaba un atuendo más apropiado, para ver si su amigo quería dar una vuelta. Se giró un par de veces con la capa puesta y se rio de sí misma.

—No sé bien por qué, pero con esto me siento la heroína de una novela. ¡Y me gusta! Vamos a ver qué le parece a Marco.

Empezó a volverse hacia la puerta, pero Botarate se puso en posición de alerta. Y alguien llamó.

—Seguramente será él, que se le ha ocurrido lo mismo que a mí.

Abrió la puerta y se encontró con Shana.

—¡Ah! Se me ocurrió venir a ayudarte a prepararte para la Partida, pero veo que ya estás lista.

—Sí. —«Igual que tú», pensó Breen.

La elfa llevaba un vestido verde bosque con corpiño de escote cuadrado que le permitía lucir el colgante de cuarzo citrino que le llegaba hasta el hueco entre la cima redondeada de sus pechos.

—Qué vestido más… —vaciló levemente Shana, que la miraba de arriba abajo— encantador. ¿Lo has traído del otro lado?

—No. Me lo dio mi abuela.

—Ah. —Sonriente, entró sin que la invitara a hacerlo—. Las abuelas siempre son anticuadas, ¿verdad? ¿Estás cómoda en tu habitación? ¿Satisfecha con las vistas?

—Sí a las dos preguntas, gracias. —Y, como su visita no parecía querer marcharse, sino que se acercó al escritorio, Breen dejó la capa sobre la cama—. ¿Puedo ofrecerte algo?

—¡Qué amable! Me encantaría tomar una copa de vino. Eres escriba, según me cuentan. Yo sería incapaz de permanecer sentada tanto tiempo para escribir palabras en un papel. Y cuando se pasa tanto tiempo sentada… —añadió, y abrió las manos para indicar caderas anchas.

Aceptó el vino que le ofrecía Breen y se dejó caer en un sillón, como si estuviera en su casa.

—Todo esto debe de ser muy extraño para ti —dijo.

«Sé muy bien de qué vas —pensó Breen, y se sentó en el baúl—. Ya he tratado antes con personas como tú». Antes no se le daba bien, lo reconocía, pero las cosas habían cambiado.

—¿Por qué? —le preguntó.

—Bueno, es una tierra extraña llena de personas desconocidas.

—La tierra me parece preciosa y la gente es maravillosa. Nací aquí —dijo Breen.

—Ah, ¿sí? Creo que lo había oído en alguna parte. Y, por supuesto, eso forma parte del problema, ¿no? Siendo quien eres, que tu padre se apareara con una humana es lo que ha impulsado a Odran a la guerra. No es culpa tuya, por supuesto. Aun así, esta noche se oficia una partida para los que han muerto porque él quiere atraparte. Debe pesarte.

Breen se sirvió una copa de vino con mucha parsimonia.

—Sí —contestó—. Me pesa que quiera usar lo que soy para arrasar Talamh y los demás mundos. Que quiera convertir en esclavas a las personas como tú.

Bebió de su vino y pensó en todas las veces que había dado un paso atrás, agachado la cabeza y aceptado las pullas desagradables. Nunca más.

—Como me pesa, estoy aprendiendo a defenderme con magia. —Trazó un círculo con el dedo y encendió las velas de la repisa de la chimenea—. Y con los puños, la espada y lo que haga falta.

—Hum. —Shana se echó hacia atrás en el asiento y sostuvo la copa con ambas manos mientras examinaba a Breen por encima del borde—. Se dice que Keegan te entrena y que a menudo acabas de bruces en el barro. No es paciente, precisamente.

—¿Cómo se te da a ti la espada?

Shana se rio y dijo:

—En la Capital no se nos entrena a todos para el combate. Como ya sabes, los elfos tienen otras habilidades. Velocidad, ocultación... Y se me considera una gran arquera. —Se enrolló en un dedo el rizo que le caía junto a la oreja. El resto del pelo lo llevaba trenzado y recogido en un moño a la altura de la nuca—. Me cuentan que has compartido el lecho de Keegan un par de veces. —La sonrisa que esbozó antes de darle otro trago al vino tendía a la burla—. Espero que no estés apuntando tan alto.

—¿Apuntando?

—Te lo digo de mujer a mujer y como amiga: no es adecuado para alguien como tú.

Breen intentó esbozar la más inocente de las sonrisas.

—¿Alguien como yo?

—Se espera mucho de la pareja del *taoiseach* y muchas serán sus obligaciones. Demasiadas para alguien que no ha sido educada para conocerlas y llevarlas a cabo, estarás de acuerdo conmigo.

Solo por las risas, Breen sonrió de nuevo, aunque con menos inocencia.

—Aprendo deprisa —dijo.

La máscara de Shana vaciló un poco; se inclinó hacia delante.

—Pues apréndete esto: el *taoiseach* y yo tenemos lo que podría llamarse un acuerdo.

—Ah, ¿sí?

—Cierto, ambos flirteamos por aquí y por allá, y, por qué no, teniendo en cuenta que sus deberes a menudo nos separan. Por supuesto, vuela de regreso a mi cama siempre que puede, pero, cuando no, los dos acordamos obtener nuestro placer, porque eso es lo que es, donde podamos encontrarlo. Y, cuando este asunto contigo termine y vuelvas a tu mundo, nosotros nos comprometeremos, nos casaremos y viviremos juntos en la Capital. —Esbozó su bonita sonrisa—. Evidentemente, estaré encantada de presentarte a otros que no dudarán en entretenerte durante tu, imagino, breve estancia en la Capital.

En vez de devolverle la sonrisa, Breen ladeó la cabeza y estudió aquel rostro, indudablemente bello.

—Me parece muy interesante y halagador que alguien como tú se sienta amenazada por alguien como yo.

—Qué tontería, no eres ninguna amenaza para mí.

—Estás aquí porque crees que lo soy —dijo Breen—. Y, curiosamente, eso me hace sentir… —dijo, rodando los hombros y sacudiéndolos un poco— competitiva. No suelo serlo, y Keegan no es ni un trofeo ni un premio, pero es lo que hay. ¿Más vino?

Shana dejó la copa y se levantó.

—Te lo advierto: puedo ser tu amiga o tu enemiga.

Breen se sorprendió a sí misma poniéndose en pie, y Botarate la imitó. Le puso una mano en la cabeza al perro para que se quedara quieto.

—Ya has elegido, así que aplícate la advertencia —dijo Breen—. No me das miedo. Ni siquiera me intimidas, porque lo único que veo es un intento desesperado y mal disimulado de hacerme sentir inferior, de hacerme pensar que no me quieren aquí y que no soy digna. Y tengo cosas más importantes que hacer que pelearme por un hombre.

Permanecieron un instante mirándose, retándose.

Entonces llamaron a la puerta y Marco asomó la cabeza.

—Oye, Breen, mira… Ah, hola. Sharla, ¿no?

—Shana —lo corrigió ella, y al instante pasó al coqueteo amistoso—. Mira qué guapo te has puesto.

—Gracias. Tú también.

—Encantador además de guapo. Bueno, me tengo que ir. Encantada de haber tenido un momento para conocerte mejor, Breen Siobhan.

—Igualmente.

—No llegues tarde a la Partida —añadió mientras salía—. Se considera de mala educación.

Cuando Marco cerró la puerta, su amiga sonrió.

—Jamás se te olvida un nombre. Y cuando Marco Olsen se limita a responder «Tú también» con ese tono es para burlarse.

—Estaba estupenda, pero no me cae bien. Me da en la nariz que es una gatita traviesa. Lleva un «chica mala» escrito en la cara.

Breen se fue derecha a él, le sujetó el rostro y le dio un ruidoso beso en la boca.

—Esa es una de las muchas razones por las que te quiero. Es una chica mala, y tanto.

—¿Qué quería?

—Te lo contaré, pero, primero: llevas un abrigo excelente.

—¿A que sí? —Dio una vuelta entera para lucir la prenda de cuero marrón, que le llegaba justo por debajo de la rodilla—. Lo ha enviado tu abuela. Es la mejor yaya de toda la historia de las yayas.

—La verdad es que sí.

Para demostrarlo, Breen recogió su capa y se la colocó con mucho teatro.

—¡Pero mírate! ¡Míranos! —Marco la agarró y la inclinó hacia atrás—. Parecemos sacados de la cubierta de una novela romántica.

—Me siento como una heroína, sobre todo después de esa escenita con Shana.

—Suéltalo todo.

—Vamos a dar un paseo mientras hablamos… con la cabeza gacha y en el exterior. No me vendrá mal un poco de aire fresco después de cómo me ha calentado la cabeza esa fantasma.

—Ay, mira cómo hablas. —Encantado, Marco le dio un pequeño codazo—. Breen la Dura.

—Te juro que me ha faltado poco para darle una patada en ese culo perfecto de elfa que tiene. Y ¿te digo otra cosa? Que con solo pensarlo me emocionaba. ¿Qué me ha pasado?

—Sea lo que sea, me gusta. Ahora, cuéntame la historia.

Ella se lo fue contando poco a poco mientras bajaban, procurando callarse cada vez que pasaban junto a alguien o que veían a alguna persona lo bastante cerca para oírlos. Como sí que necesitaba un poco de aire fresco, se dirigió al patio que se veía desde sus habitaciones.

—La ha dejado —dijo Marco, muy convencido—. Te lo aseguro, Keegan le ha dado la patada y ella se ha cabreado. Y se imagina que ha sido por tu culpa.

—Como a mí también me han dejado, reconozco los síntomas. Diría que más bien ha sido porque Keegan ha reconocido la ambición pura y dura de Shana, y esa veta de maldad que tiene. No creo que tenga nada que ver conmigo.

—No subestimes el poder de Breen.

—No lo hago, de verdad. Pero la creo cuando dice que no son monógamos. Así que solo digo que no ha sido por mí. Es por ella. Los vi aquí fuera antes y…

Dejó de hablar porque, de repente, a Marco se le iluminó la mirada. Botarate empezó a mover el rabo cuando Breen se volvió y vio que Brian cruzaba el patio hacia ellos.

—Continuará —murmuró, y se apartó mientras los dos jóvenes se acercaban desde ambos extremos del patio.

—Breen me dijo que estabas bien. Todo el mundo me lo dijo, y yo lo vi, pero necesitaba verte —dijo Marco.

—Solo tengo un momento antes de volver a mis obligaciones en la Partida, pero necesitaba verte, y aquí estás.

Ella notó que se le henchía el corazón y suspiró al verlos abrazarse y besarse. Después le dio una palmadita al perro.

—Venga, Botarate, vamos a dejarlos solos unos minutos.

16

Casi desde el principio de la ceremonia, Breen supo que aquel sería el más desgarrador de todos los recuerdos que guardaría de su estancia en Talamh. Permaneció en pie, como muchos otros, azotada por el viento entre el castillo y el rompeolas. Abajo, las olas se estrellaban contra las rocas como redobles de tambor. Por encima, los dragones y sus jinetes volaban en formación por un cielo entristecido por el crepúsculo. Los que habían luchado con los caídos estaban junto al muro, con espadas, lanzas o arcos alzados. Al otro lado de estos se encontraban las familias de los fallecidos en la batalla del sur. Y, mientras sonaba el lastimero gemido de una gaita, un miembro de cada familia dio un paso adelante y dijo el nombre de su ser querido. El resto de los reunidos lo repitieron, uno a uno.

Mientras la balsa que transportaba a los muertos coronaba la primera ola, después la segunda, e iniciaba su viaje por el mar, Keegan se colocó entre los guerreros y las familias. Iba vestido por completo de negro, con la espada al costado y el bastón en la mano izquierda.

—Enviamos a los dioses a los valientes y leales. A pesar de que su pérdida nos mengua, su valor nos fortalece. Héroes de Talamh, padre, madre, hijo, hija, hermano, hermana, amigo, amiga, a los que nunca olvidaremos y a los que siempre honraremos, ahora os enviamos a la luz.

Se volvió hacia el mar, desenvainó su espada y la levantó. Cuando el brillo de la plata se transformó en llama, envió el fuego al mar como si fuera una flecha. Después alzó la voz, clara y fuerte, para cantar.

Otras voces se le unieron, todas lo hicieron, y, aunque las palabras estaban en talamhés, la lengua antigua, Breen oyó en ellas la tristeza, la fe y el orgullo. A su lado, Marco le dio la mano y se la apretó con fuerza. Lloraba, como ella. Cuando Botarate levantó la cabeza, dejó escapar un aullido largo, y Breen supo que él también lloraba.

Y, en aquel cielo cada vez más oscuro, iluminado tan solo por la luz moribunda del sol, los dragones rugieron y lanzaron llamas. Los tambores se unieron a la gaita con redobles que eran como el vaivén de las olas. Y, bajo aquellos últimos destellos de luz, bajo el fuego de los dragones, unas cascadas de ceniza brotaron de la balsa. El que había pronunciado el nombre del caído levantaba una urna. De ese modo, una a una, aquellas cascadas volaban por encima del mar y volvían a casa.

Keegan apagó su espada y la envainó. Al volverse, levantó el bastón.

—Desde la tierra, en el agua, junto al fuego, a través del aire. Hacia la luz, a los brazos de los dioses, van los valientes y leales.

Los que lloraban a sus muertos y los testigos repitieron las palabras. Después, Keegan bajó el bastón. Se volvió a las familias, cerró la mano con la que blandía la espada y se la llevó al corazón.

—Ya está hecho.

Algunos se quedaron para hablar entre ellos en voz baja mientras Keegan se acercaba a las familias. Breen se fijó en que otros se marchaban. Vio a Shana, cubierta por una capa verde con ribete dorado, con un hombre vestido de negro y plata, de pelo castaño y rostro estrecho y atractivo. Este se llevó la mano de Shana a los labios para besársela y ella se inclinó para susurrarle algo al oído que lo hizo sonreír. Juntos se metieron entre la multitud y se alejaron. Breen se preguntó si el hombre se habría dado cuenta de que su acompañante volvía la vista atrás y la fijaba en Keegan.

—Buf, ha sido precioso. Me ha destrozado por dentro —dijo Marco mientras se enjugaba una lágrima—. Me explicaste cómo lo hacían, pero verlo… Me ha dejado hecho polvo.

Ella apoyó la cabeza en su hombro.

—Lo mismo digo. —Después, le dio de nuevo la mano para regresar—. ¿Dónde te vas a reunir con Brian?

—Pues justo por aquí. Solo tengo que esperar a que… aterrice, ya sabes. Después está de permiso. Hemos hablado de ir a cenar o algo así. Deberías venir con nosotros.

—Sí, claro, eso estaba pensando —repuso ella, y le clavó un dedo en el costado—. So idiota.

—No te pienso dejar sola.

—La verdad es que me apetece estar tranquila… con mi perro. Puede que escribir un poco y acostarme temprano.

—Tienes que comer algo, nena, y Brian ha mencionado un pub. El Pollo Reidor, el Pato Feo o algo parecido.

—Te juro por Dios que, aparte de no querer ser la tercera en discordia de vuestra reunión romántica, esta noche no me entraría una cena de pub. Quiero pasar un rato a solas, Marco.

—Deja que te vea la cara. —Se la sujetó, la giró a un lado y la examinó—. Vale, estás diciendo la verdad, así que te dejaré en paz. Pero tienes que comer algo.

—Minga me dijo que solo tenía que avisar, así que eso haré cuando me dé hambre. Deja de preocuparte por mí. Sobre todo porque veo que ya llega el guapetón de tu nuevo novio.

Cuando Marco se volvió y se le iluminó de nuevo la mirada, Breen le hizo una señal al perro y escaparon. Él se quedó allí plantado, con el corazón a cien, y después le dio a Brian la mano, que este le estaba pidiendo con la suya.

—Tengo que decirte que es la ceremonia, ritual o como se llame más conmovedora que he visto en mi vida.

—Has llorado —dijo Brian, y pasó un dedo bajo uno de los ojos húmedos de Marco.

—Estaba diciéndole a Breen que… —dejó la frase sin acabar al darse cuenta de que ella había entrado en el castillo.

—¿Va a volver? —preguntó Brian—. ¿No viene con nosotros?

—Me ha dicho que quería estar tranquila y, como lo decía en serio, la he dejado. —Después lo miró y no pudo pensar en nada más—. ¿Quieres que vayamos ya al pub?

—Pues no, la verdad. Estaba pensando en dejarlo para más tarde. Después.

—Después está bien. —Marco se acercó y le puso una mano en la mejilla—. Entonces, para ahora, ¿en tu casa o en la mía?

Brian esbozó una sonrisa y le dio un beso superficial que prometía más.

—La tuya está más cerca.

Kiara alcanzó a Breen justo antes de que llegara a su habitación.

—¡Estaba buscándote! —Iba vestida de rojo, no chillón, sino oscuro, y llevaba el pelo recogido con una cinta negra—. Mi madre quería que… Aunque, primero, debo decirte que me encanta tu capa. —Alargó una mano para tocarla—. ¡Qué suave! Es de una sencillez preciosa y te queda muy bien, sobre todo con ese vestido. La verdad es que lo sencillo me suele quedar soso, pero tú estás resplandeciente.

Breen notó que era un cumplido genuino.

—Gracias. No te he visto fuera, había mucha gente. Ha sido muy bonito.

—La ceremonia de la Partida es triste y bonita, todo a la vez.

—¿Conocías a alguno de los caídos en combate?

—Sí. A todos. —Le tembló la voz—. Los conocía a todos.

—Lo siento mucho, Kiara. —Siguiendo su instinto, Breen le cogió las manos—. Lo siento mucho.

—Yo también. Pero es un consuelo saber que ahora caminan por la luz. Me ayuda pensar en ellos en la luz. Mi madre quería que te dijera que eres bienvenida si deseas cenar con mi padre y ella, ya que Tarryn y el *taoiseach* tienen otras obligaciones. O si Marco, tú y este perro tan mono queréis algo más alegre, algunos vamos a la aldea, y sería un placer que nos acompañarais.

—Te lo agradezco, pero…

—Me dijo que quizás estuvieras cansada después de un día tan largo y prefirieras cenar en tu habitación. Y que no te incordiase si era así. Soy de las que incordian —reconoció sin avergonzarse—. Me gusta hablar y siempre tengo muchas preguntas, porque nunca he estado en tu zona del otro lado.

Breen tuvo que echarse a reír.

—Esta noche voy a quedarme en mi habitación, pero me encantaría hablar en otro momento y responder a todas las preguntas que pueda.

—Perfecto, entonces. Podría peinarte por la mañana. No puedo hacerlo antes de la Bienvenida porque ya estoy comprometida, pero me encantaría arreglarte el pelo. Es espectacular.

—Eso sería… Sí. Genial. Gracias.

—No, si el placer es mío, en serio. Vendré a verte por la mañana, antes del juicio. Y me encargaré de que te traigan comida. ¿Y Marco?

—Va a salir con un amigo.

—Ah —respondió Kiara; le brillaban los ojos—. Bueno, pues comida para ti y para este chico tan guapo. —Se agachó para acariciar a Botarate, que estaba encantado—. Por la mañana, entonces, y, si cambias de idea, estaremos en el Pato Moteado.

Se alejó a toda prisa y dejó a Breen con una sonrisa pintada en la cara. Dentro de la habitación, el fuego ardía bajo, pero lo avivó un poco y encendió las velas y las lámparas. Quería ponerse el pijama, pero, como tenía que sacar de paseo a Botarate antes de irse a la cama, decidió dejarse puesto el vestido.

Con el perro ya acurrucado frente al fuego, se sentó al escritorio. En algún otro momento de la historia introduciría la ceremonia de la Partida, pero, por ahora, sus personajes también necesitaban un poco de calma. Y algo de felicidad, puede que una pizca de romance. Porque la oscuridad no tardaría en aparecer.

Después de escribir un poco, mientras el perro y ella se sentaban a dar cuenta de la comida que les habían llevado un par de alegres adolescentes, su amigo y su acompañante yacían enredados en la cama de la habitación de al lado. Con los ojos cerrados, Brian le acarició la espalda a Marco.

—Llevaba pensando en esto desde el instante en el que te vi por primera vez, en la carretera, con los ojos llenos de asombro. Ahora descubro que mis fantasías eran pequeñas y pobres comparadas con tenerte de verdad.

—Podríamos quedarnos aquí, así…, no sé…, para siempre.

Brian se rio y se movió un poco para quedar tumbados nariz contra nariz.

—Podríamos bajar paseando al pueblo a comer y escuchar música, y después volver —dijo—. Aquí mismo. Si me dejas, me gustaría pasar la noche contigo.

—Te dejaré pasar la noche, la mañana y todo el tiempo que tú quieras. Sé que voy muy deprisa, pero…

—No. Para mí no, no contigo.

—Todavía le doy vueltas a todo, ¿sabes? A todo. —Besó en los labios a Brian y después jugueteó con su trenza de guerrero—. Estaba muy asustado viéndolo todo en el fuego. Breen me permitió ver porque necesitaba hacerlo. Verte. Y todo ese humo, toda esa sangre…

—No pienses en eso ahora, *mo chroí*.

—No, quiero decirlo. Te vi. Te vi luchar. Volar y luchar atravesando el humo. Y vi por qué, y siempre... La guerra es una mierda, Brian. Es una mierda, pero vi por qué tenías que hacerlo. Casi todo esto no ha sido más que un cuento de hadas para mí, ¿vale? Con algunas partes raras, sí. Con varios sustos, pero, sobre todo, ha sido increíble. Sabía que permanecería al lado de Breen pasara lo que pasara, durara lo que durara, pero...

—Porque eres una persona leal. —Brian le recorrió la mejilla con un dedo hasta llegar al cuello y volver a empezar—. Es tu gran don. Me encanta ese don.

—Ella es mi chica. Para lo bueno y para lo malo. Pero te vi, a ti y a los demás. Vi contra qué luchabais y por qué. Y, esta noche, he visto todo esto y lo que significaba. Estamos a un mundo de distancia del barrio gay.

Brian sonrió.

—¿Es ahí donde vives al otro lado?

—Sí, y me gustaría enseñártelo alguna vez. Presumir de ti con Sally, Derrick y los demás. Pero ahora mismo... Ahora mismo estoy aquí y estoy para lo que haga falta. Por Breen, por ti, por, estooo, la luz. Se me da fatal luchar, pero...

Brian le puso un dedo en los labios.

—Tienes otras habilidades, otros puntos fuertes y dones. —Le acarició el costado a Marco: piel suave, silueta esbelta y músculos formados—. Eres bello. En cuerpo, mente y espíritu.

—Tú también. —Se incorporó un poco y recorrió con los labios los anchos hombros de Brian—. Te deseo otra vez. Dios, no sabes cómo.

—Soy todo tuyo.

Breen se despertó temprano, se echó la capa sobre el pijama y, tras meterse las botas, sacó a Botarate. Soñaba con café o, al menos, con un té fuerte mientras lo dejaba correr, investigar, olisquear y hacer sus necesidades. No era la única madrugadora, ya que había oído actividad y movimiento dentro antes de salir con el perro por la puerta más cercana a los establos. Y oía risas a través de los altos muros de la halconera. Cuando entraron, vio que ya había personas trabajando en los jardines y otras sacando agua de un ancho pozo de piedra. Otras cargaban con cubos (¿de leche?) sacados de lo que parecía un granero. Vio que un par de gatos salían de allí... y Botarate también los vio.

—Ah, no, hoy no. Nada de perseguir gatos ni ardillas ni nada hasta que conozcamos el terreno.

Para compensárselo, lo llevó hasta el puente para que saltara al río y nadara un poco. Desde allí vio lo que parecían ser unos reclutas jóvenes (o como los llamaran allí) entrenando en el campo. Espadas, lanzas, arcos, combate cuerpo a cuerpo... Sobre ellos, un puñado de hadas peleaban en el aire. Reconoció a Keegan, con su abrigo de cuero al viento, dándole un puñetazo amistoso en el brazo a la mujer que tenía al lado. Cuando se volvió hacia donde estaba Breen, ella llamó al perro.

—Venga, vámonos ya. El agua tiene pinta de estar fría. Vamos a secarnos dentro.

Botarate salió a regañadientes y tomándose su tiempo. Entonces vio a Keegan y, tras dejar escapar un ladrido de alegría, corrió hacia él en vez de hacia ella.

—Genial. Perfecto —masculló Breen.

Sin cafeína, en pijama y despeinada. Y, por supuesto, él tenía un aspecto genial y perfecto mientras se reía y acariciaba a Botarate, que brincaba a su alrededor. Atrapada, esperó a que Keegan se le acercase, con el perro trotando a su lado, como si le trajera un regalo.

—Buenos días. Espero que hayas dormido bien.

—Sí, gracias. —Breen se arrebujó todo lo que pudo dentro de la capa mientras el viento tiraba de ella—. Botarate tenía que salir y quería nadar.

—Tenemos perros por aquí si le apetece la compañía. Un par de loberos, algunos perros de aguas y también chuchos.

—Ah, pues no he visto ninguno.

—Los verás. ¿Vas a seguir con el paseo?

—No, iba ya de vuelta.

—Yo también.

—La Partida ha sido preciosa —dijo Breen mientras volvían—. Preciosa y desgarradora. No sabía que cantaras.

Keegan se encogió de hombros.

—Lo disfruto más con un par de pintas en el cuerpo.

—¿Y quién no? No sé a dónde tengo que ir después ni cuándo.

—Dentro de dos horas se celebrará el juicio. Alguien irá a buscarte.

—¿Hay código de vestimenta? ¿Qué me pongo? Puede que te suene a tontería, pero no quiero ser irrespetuosa.

—Creo que sería buena idea no ir con lo que llevas puesto —comentó Keegan tras mirarla.

—Muy gracioso. Cargué poco la maleta, como se me pidió, así que no tengo muchas opciones.

—No es un acontecimiento elegante, así que ponte lo que sueles vestir siempre. Por lo que he visto, encajará bien. Siento no haber tenido tiempo para enseñaros todo a Marco y a ti… Y también he mantenido ocupada a mi madre. Ni siquiera te he presentado todavía a los que viven y trabajan aquí.

—He conocido a unos cuantos. Brigid y Lo… Son las que me trajeron la cena anoche.

Keegan se detuvo y dejó escapar el aire entre dientes.

—¿Cenaste en tu habitación? De nuevo, lo siento.

—No te preocupes, quería un poco de paz, y Marco estaba con Brian. Kiara, que ya me cae bien, me invitó a comer con sus padres o a ir con sus amigos y ella a la aldea. La verdad es que solo quería escribir un poco y disfrutar de la tranquilidad.

—Vale, de acuerdo. Kiara es muy simpática. Es capaz de hablarte hasta que se te caigan las orejas, pero es graciosa y agradable.

—Está decidida a peinarme esta mañana.

Él le echó un vistazo más atento y alargó una mano para enrollarse un rizo en el dedo.

—Me gusta tu pelo como está, pero es cierto que Kiara tiene un don para eso.

—También he conocido a Shana.

—Hum, no me sorprende, porque Kiara y ella son íntimas.

—Ah, ¿sí? Diría que eso sí que me sorprende, porque parecen polos opuestos. Una es simpática y encantadora, mientras que la otra es…, ¿cómo se dice?, ah, sí: una zorra calculadora.

Keegan se detuvo de nuevo y habló con cuidado… y, supuso ella, como *taoiseach*.

—Es una pena que te lo haya parecido, pero basta con que evites su compañía mientras estés aquí.

—¿Eso crees? —No pudo contenerse. De hecho, disfrutó esbozando una enorme sonrisa—. Cuesta hacerlo cuando se presenta en mi cuarto sin invitación.

Él perdió toda expresividad, aunque Breen percibió claramente la irritación bajo aquella máscara.

—Hablaré con ella al respecto, puesto que aquí valoramos los buenos modales.

—Ya hablé yo con ella, pero muchas gracias de todos modos. Procuró aparecer en mi habitación poco después de que estuvieras con ella en el patio…, ese al que mira mi habitación.

—¡Por todos los dioses! Si esto es un drama femenino, no tengo ni tiempo ni…

Ella le dio un buen puñetazo en el estómago. En vez de quejarse, él asintió.

—Has mejorado —dijo.

—Considérate afortunado por que haya apuntado por encima del cinturón. El drama era todo suyo. Apareció contoneándose para insultar sutilmente mi aspecto y mi ropa… A eso ya estoy acostumbrada. Y, como colofón, me advirtió que me alejara de ti.

—Seguro que es una tontería y…

—Cierra la boca. Me dejó muy claro que ella y tú estabais juntos, aunque a ninguno de los dos le importaba flirtear un poco con gente como yo. Y con quien flirtee ella cuando tú no estás. Pero yo, pobre, no soy digna y no debería poner mis esperanzas en conseguirte. A lo que añadió que han muerto muchas personas por mi culpa. Que si no hubiese nacido…

Keegan la agarró del brazo.

—Para. Para ya. No tenía derecho a decirte nada de eso. Es mentira, una mentira cruel. Me avergüenzo de ella y por ella. Hablaré con Shana.

Breen tuvo que reconocer que estaba más enfadada de lo que creía y lo había reprimido todo. Bueno, pues ya lo había echado fuera.

—Me da igual que hables con ella o no. Sé que no tengo la culpa de nada de esto. Y me da igual que durmieras con ella. ¿Por qué me iba a importar?

—No dormíamos mucho. No tengo tiempo para esto, pero me lo tomaré, porque lo que te ha dicho y lo que ha hecho está mal. Y ese asunto del patio no era nada.

—Era algo —lo corrigió Breen, y se sintió más tranquila después de haberse desahogado—, teniendo en cuenta que lo escenificó para que yo lo viera o, al menos, para que lo viera alguien que después fuera a contármelo.

—No puedes…

—Me he pasado casi toda la vida observando a los demás, Keegan —lo interrumpió—, porque me costaba mucho interactuar con ellos. Me sentaba en el autobús y los observaba, y, por su cara, sus gestos y demás, decidía quiénes eran y lo que sentían. Me he fijado en tu lenguaje corporal cuando estabas con ella.

—Ahora resulta que mi cuerpo habla, ¿no?

—En tu postura, en que procurabas no tocarla cuando ella insistía en tocarte. Educado y frío, así te comportabas. La dejaste… Reconozco las señales, también, porque me han dejado. Y ella no quería que lo hicieras. Tú rompiste con ella —explicó, al ver que Keegan fruncía el ceño.

—Eso es lo que intentaba decir antes de que te liaras con tu discurso. La dejé porque empezaba a ver que ella quería lo que yo no podía ni quería darle. Jamás acudí a su cama después de acudir a la tuya.

Y Breen pensó que eso era importante, por una sencilla cuestión de respeto.

—No quiero centrar esto en nosotros —dijo.

—Bueno, pero estamos en el centro, ¿no? —replicó él—. Nunca deseé a Shana como te deseaba a ti, y eso era injusto para ella. Ahora no tengo tiempo para desearte, y lo sigo haciendo.

Y eso, aunque Breen quizás pensara lo contrario, también importaba.

—No te he contado todo esto para que te enfades con ella ni para sentirme deseada. O no al cien por cien, porque puedo ser tan mezquina y dependiente como el que más. Pero sentí rabia en su interior, y también desesperación… y ambición.

—Soy consciente de que quiere más al *taoiseach* que a mí. Siempre lo he sido, pero ¿qué importaba? Ahora sí que importa. Hablaré con ella.

—Yo en tu lugar tendría cuidado.

—Bueno, pero no estás en mi lugar, ¿no? —respondió Keegan sin más—. Ahora tengo trabajo y tú tienes que quitarte el pijama.

Cuando se alejó, Breen miró a Botarate.

—¿Ha ido bien? No estoy segura. En fin, ya me lo he sacado de dentro, así que algo es algo. Vamos a ponernos presentables para desayunar.

Cuando entró en su habitación, se encontró allí a Marco esperándola, los cuencos de Botarate llenos y la mesa preparada con un desayuno para dos, además de la cama muy bien hecha.

—Vaya, hola y… —Miró a su alrededor mientras el perro salía disparado a por su comida—. ¿Quién ha hecho todo esto?

—Brigid y Lo. Las han asignado a cuidar de nosotros. Alguien te vio paseando y las dos entraron como…, ¿cómo se llaman?, derviches. No sé lo que son, solo que se mueven deprisa. Les dije que a lo mejor podíamos desayunar juntos y, ¡bum!, hecho.

Breen se fue directa a la tetera.

—¿Dónde está Brian?

—De vuelta al servicio.

—Siéntate —le ordenó, y ella también lo hizo—. Cuéntamelo todo. —Después levantó la tapa de una olla—. Creo que son gachas. Les daremos una oportunidad. Todo —repitió.

—Nos pasamos mucho tiempo en la habitación de al lado.

—¡No puede ser! Deja que ponga cara de sorpresa.

Entre risas, Marco se sirvió un poco de gachas.

—También hablamos mucho. Y al final bajamos a la aldea, un sitio muy chulo, y comimos en el pub y escuchamos música. Kiara estaba allí con más gente, así que pasamos un rato con ellos. Pero queríamos volver, y se quedó hasta que ha tenido que presentarse al servicio esta mañana.

—Pareces muy contento, Marco.

—Tía, estoy atontado de felicidad. Creo que lo quiero. Creo que me quiere.

Miró a Breen con aquellos enormes ojos castaños suyos y ella le imploró con la mirada.

—¿Se puede uno enamorar, enamorar de verdad, así, sin más? —preguntó—. Porque yo me he dejado llevar por el deseo, o por un tío que está bueno o es divertido o interesante…, todo muy deprisa. Pero nada parecido a esto.

—No creo que el amor tenga un reloj para fichar. Puede ser rápido o lento o cualquier cosa entre medias. Simplemente ocurre. Y tú pareces contento.

—Cuando estamos juntos, todo lo demás desaparece. Le regalé la pulsera. Me dijo que sería como llevarme a mí consigo a dondequiera que vaya.

—Puede que acabe por enamorarme yo de él. —Breen untó de mantequilla y mermelada una rebanada de pan oscuro y se la pasó—. Come, chico feliz.

—Bueno, ¿y qué hiciste tú anoche?

—Pues no estuve enamorándome ni dando paseos románticos ni hubo sexo, pero hice justo lo que quería: escribir, disfrutar de la tranquilidad y dormir bien. Ah, y también me volví a encontrar con Kiara, que quiere peinarme esta mañana.

—Me cae muy bien.

—¡A mí también! Y no entiendo por qué es la mejor amiga de la chica mala. Me encontré con Keegan esta mañana, eso también fue interesante.

Marco sonrió.

—Cuéntamelo todo.

Ella lo hizo, así que desembucharon todos los chismes durante el desayuno. Después, ella lo echó para vestirse.

—Ponte los pantalones de cuero con la camisa blanca y el jersey negro jaspeado con cuello en uve —le sugirió Marco—. Deja la camisa por fuera para que se vea por debajo del jersey.

—No me he traído los pantalones de cuero… Ni siquiera me los habría comprado si no llegas a insistirme tanto.

—Y por eso los metí en tu bolsa cuando no mirabas. Ponte el cuero. Estás estupenda con ellos. De tía dura. Y ponte las botas por encima. Brian dice que el juicio es un asunto serio.

La amenazó con un dedo y salió a toda prisa. Como no quería tener que pensar ni dudar, se puso lo que le había dicho Marco y después se maquilló de un modo que, esperaba, resultara serio. Apenas había terminado cuando Brigid y Lo entraron con sigilo para llevarse el desayuno, y Kiara entró con ellas.

—¡Ah! —exclamó la joven, juntando las manos—. Tienes un aspecto fuerte y encantador. En otra persona podría resultar masculino, pero con tu figura, imposible.

—Gracias, cuesta saber qué es lo más apropiado.

—Pues lo has hecho muy bien. Ahora, te haré un peinado a la altura del resto, sin duda.

—Me encanta el que te has hecho tú.

Kiara agitó su coleta alta y rizada.

—Es muy sencillo porque tengo que ir a cuidar de los pequeños.

—¿No vas al juicio?

—Estaré durante una parte, sí. —Hizo un gesto a Breen para que se sentase y después abrió un maletín lleno de brochas y peines, horquillas y tarros, cintas y lazos—. Algunos llevarán a sus hijos, por supuesto; es bueno que vean cómo se imparte justicia. Pero los pequeños son chinchosos, la verdad. —Le recorría el pelo con las manos mientras hablaba—. ¡Tienes una buena melena! Y saludable. Qué color más bonito. Veía a tu padre cuando venía a la Capital. Era muy guapo.

—Sí.

—Ah, y, hablando de guapos, anoche estuve con Marco y Brian. Nos lo pasamos muy bien en el pub.

Siguió charlando mientras trabajaba, sobre música, sobre el hombre del que había decidido enamorarse, sobre personas que Breen no conocía y sobre quién coqueteaba o estaba enfadado (y por qué) con quién.

—¿Has estado en el mundo de tu madre?

—Sí, sí. Es precioso, todo dorado y azul, mar y arena, y las ciudades tienen unas torres enormes y coloridas. El sol te asa hasta tal punto que se te olvida lo que son el frío y la lluvia. Pero Talamh es mi hogar y lo defendemos, y así protegemos todos los mundos.

Dio un paso atrás y la examinó con aire crítico.

—Mi idea era hacer algo sencillo y creo que esto funciona muy bien —dijo—. Si consigo encontrar un huequito antes de la Bienvenida, me encantaría ponértelo de fiesta.

Kiara sacó dos espejos de su maletín, sostuvo el primero frente a Breen y el otro detrás.

—Si no te gusta, te lo cambio —añadió.

Ella se vio el rostro enmarcado en unos cuantos bucles sueltos y el resto recogido atrás en una larga trenza de espiga floja.

—No es que me guste, es que me encanta. Haces que parezca fácil. Yo podría haberme pasado una hora con esto y no haberlo conseguido. Lo he llevado liso durante mucho tiempo y Marco ha estado intentando enseñarme a peinarlo, pero apenas logro manejarme.

—Marco tiene el pelo de los dioses, ¿verdad? Y una voz, y... Pero espera un momento.

Kiara se detuvo y frunció el ceño.

—Me has dicho que... ¿Me estás diciendo que te quitaste los rizos? ¿Por qué hiciste eso con unos bucles tan preciosos y que te quedan tan bien?

—Es una larga historia.

—Me encantará escucharla cuando tengamos tiempo. Me encantan las historias.

—Muchas gracias por esto, Kiara —le dijo Breen mientras aquella guardaba sus útiles—. ¿Puedo darte algo a cambio?

—En otra ocasión, porque esto es un regalo de bienvenida.

—El más bonito que me han hecho —le aseguró Breen, lo que arrancó una enorme sonrisa a Kiara—. ¿Puedo preguntarte... por Botarate? ¿Se me permite llevarlo al juicio?

Kiara miró al perro, que estaba sentado, como lo había estado durante todo el proceso.

—Claro, por qué no, está muy bien educado. Mira qué carita más dulce. —Hizo ruiditos de besos mientras lo acariciaba y el perro agitaba el rabo—. Pero creo que también es pequeño y, como tal, quizás prefiera jugar, en vez de estar sentado y comportarse. ¿Se vendría conmigo?

Breen vio cómo miraba el perro a Kiara: con adoración.

—Está claro que sí —respondió.

—¿Por qué no me lo llevo cuando salga del juicio? Así puede venir a jugar con los pequeños y con algunos de los otros perros y revolcarse fuera. —Sonrió—. Tienes el don de los seres vivos, como yo. Cuando él te oiga llamarlo, lo sabré. Hasta entonces, disfrutaré de su compañía. Y los niños también.

—Me lo estás poniendo muy fácil.

—¿Por qué no iba a hacerlo? —El pelo de Kiara dio un bote alegre al volverse—. Te avisaré cuando tenga que irme, y Botarate y yo nos lo pasaremos bien. Y, si no te veo antes, nos vemos en la Bienvenida.

Cuando se fue, el perro apoyó la cabeza en la rodilla de Breen.

—Creo que hemos hecho una amiga en la Capital.

17

Kiara regresó a toda prisa a su habitación. Debía guardar el maletín y asegurarse de tener el mejor aspecto posible. Aiden O'Brian estaría en el juicio, así que quería echarse un poquito de perfume antes de sentarse... a su lado. Aun así, saludó a todas las personas que se encontró por el camino e incluso se detuvo a chismorrear con una amiga sobre la reciente pelea de bar de uno de sus amigos mutuos con un amante. Todavía se estaba riendo para sí cuando entró en sus aposentos. Shana se levantó del sillón de lectura de Kiara.

—Bueno, aquí estás por fin. No te he visto el pelo desde ayer, cuando os vi a Loren y a ti escabulliros juntos. ¿Estabas...?

—¿Cómo has podido? —estalló Shana; la furia chisporroteaba en cada una de sus palabras—. ¿Cómo te atreves?

—¿Qué...? ¿Qué-qué te pasa?

Horrorizada, Kiara soltó su maletín para correr hacia su mejor amiga de toda la vida. Pero, cuando intentó abrazarla, la otra la apartó de un empujón.

—¿La has peinado? ¿Creías que no me iba a enterar? La has peinado, la has invitado al pub y has estado parloteando con ese chico de fuera que se ha traído con ella.

—Bueno..., ¿por qué no iba a peinarla ni a invitarla?

—¡Porque fue grosera conmigo! Y cruel.

—¡No! —Realmente sorprendida, Kiara se llevó las manos al cuello—. Ay, Shana, lo siento mucho. Lo siento muchísimo. No sabía… Breen parece muy agradable, de verdad, no me imagino… ¿Qué te dijo? ¿Qué hizo?

Esta vez, cuando intentó abrazarla, Shana se dejó.

—Pretende quitarme a Keegan, ponerse por encima de mí.

Despacio, mientras le acariciaba las preciosas ondas de la melena para consolarla, Kiara se apartó.

—Pero, Shana, me dijiste que lo habías rechazado, que preferías a Loren porque Keegan pensaba más en sus obligaciones que en ti. Que, cuando quiso comprometerse contigo en su última visita, te diste cuenta de que no era para ti.

Si las mentiras que le había contado a su amiga se volvían contra ella, Shana se las sacudía de encima y las consideraba ciertas.

—He cambiado de idea, ¿por qué no iba a hacerlo? Ella no tiene ningún derecho sobre él ni tampoco a hablarme de ese modo. ¿Y tú decides peinarla? ¿Cómo puedes decir que eres mi amiga?

—No lo sabía, ¿vale? Y… Pero, Shana, ¿qué pasa con Loren? Has estado con él y solo con él desde… antes —dijo con cuidado—. Me contaste que te dijo que solo te quería a ti y que ya te ha pedido compromiso dos veces.

—Loren no es *taoiseach*, ¿no?

—No —respondió Kiara, aunque con el corazón rebosante de tristeza—. No, no lo es. Venga, siéntate conmigo.

—¡No quiero sentarme!

—Yo sí.

Necesitaba un momento. Sabía cómo tranquilizar a Shana o bromear con ella para quitarle el mal humor o una rabieta, pero aquello era distinto.

—Ya sabes cuánto tiempo llevo queriendo estar con Keegan y que me entregaba a él cada vez que chascaba los dedos. Que me aparte por alguien como ella no lo consentiré.

—Pero tú lo rechazaste. —Incluso mientras lo decía, Kiara comprendió la mentira y se sintió más triste todavía—. Lo siento mucho.

—No quiero tu lástima.

Con los puños pegados a los costados, Shana le dio la espalda. Y ella detectó los síntomas: su amiga estaba atrapada en uno de sus ataques de ira y poco podría hacer hasta que la ira se consumiera.

—Lo que vas a hacer es susurrar a los oídos de todo el mundo, porque se te da bien y tienes a muchas personas deseando escuchar. Dirás que detrás de sus sonrisas y sus buenos modales se esconde la fealdad. Que mira con desprecio a las criaturas feéricas y que usa sus poderes para ocultarlo.

—Shana, no puedo hacer eso. Son unas mentiras horribles.

—¡Es la verdad! ¡Es mi verdad! Contarás que nos insultó al *taoiseach* y a mí. —Siguió fabricando sus embustes mientras se paseaba por la habitación, con la falda revoloteándole alrededor de las piernas—. Quiere gobernar a las hadas y hechizará a Keegan para salirse con la suya. Y, cuando lo consiga, ofrecerá Talamh a Odran. Él es de su sangre.

—¡Para! —Horrorizada y temerosa, Kiara se levantó de un salto—. La que habla es tu rabia y debes parar. Decir algo así de otra persona es una maldad.

Shana se acercó a la ventana y contempló el exterior. Después dejó caer los hombros y se echó a llorar.

—No es rabia, es dolor. Duele mucho, Kiara… Cuando volví a ver a Keegan, comprendí que había cometido un error terrible. Solo quiero arreglarlo. Y ella me dijo cosas muy feas.

—Venga, ya pasó. —Shana se le acercó, la abrazó y la acarició—. Lo arreglaremos, ya verás. Lo sé. Es un malentendido, nada más. Keegan declaró su amor por ti y eso no habrá cambiado, ni un poquito. Puede que su orgullo esté un poco herido, pero lo solucionarás enseguida. Y serás amable con Loren cuando se lo digas.

—Breen se interpone en mi camino, ¿es que no lo ves? —Shana alzó su rostro surcado de lágrimas—. Keegan cree que la necesita, por Talamh.

—La necesitamos. Y, si intercambiaste malas palabras con ella, eso también lo arreglaremos, ¿verdad? Te ayudaré. Percibo que es una persona amable, Shana.

Esta la apartó de ella.

—He visto la verdad. Si eres mi amiga, la evitarás y dirás a los demás que hagan lo mismo.

«Sí —pensó Kiara—, sé tranquilizar a Shana cuando le cambia el humor de golpe, pero esto es distinto».

—Soy tu amiga. Eres como una hermana para mí. Pero mis padres me han pedido que haga que Breen y Marco se sientan bienvenidos, que sea su amiga mientras estén en la Capital. No puedes pedirme que contradiga los deseos de mis padres.

—Pues haz lo que quieras —respondió Shana en un tono tan frío que podría haber escarchado el cristal.

—Shana…

—Ya me has demostrado quién eres. No lo olvidaré —dijo su amiga, que salió de allí hecha una furia.

Y cerró de un portazo.

Minga fue la encargada de ir a buscar a Breen y a Marco para acompañarlos al juicio. Aunque sonreía, Breen percibió una preocupación de fondo.

—Kiara tiene que quedarse con los niños —empezó a explicar—, pero Brigid estará encantada de llevarse con ella a nuestro amigo peludo, si te parece bien.

—Sí, claro. Gracias, Brigid. Venga —le dijo a Botarate—, vete con ella y así puedes jugar con los niños. Te llamaré cuando terminemos.

El perro se marchó alegremente con Minga, en dirección contraria a la suya.

—Habrá mucha gente, ya que este juicio es muy importante, pero os hemos guardado asientos. Si en cualquier momento os queréis marchar, está permitido. Cualquiera puede ser testigo del juicio y cualquiera puede decidir no serlo.

Llegaron a la planta principal, donde la gente abarrotaba el vestíbulo y se oía el murmullo de las voces. Minga siguió adelante hasta que llegaron a un amplio arco con las puertas abiertas. Allí había más gente y, dentro, una sala sin ventanas iluminada por antorchas y velas. Era enorme, se fijó Breen, con hileras de bancos muy similares a los de una iglesia. En las paredes había retratos y, sorprendida, en uno vio a su padre y en otro a su abuela. A Keegan.

—Los *taoisigh*, todos, los que se han sentado en la Silla de la Justicia, los que han dictado sentencia en el juicio.

Minga se abrió paso entre los presentes hasta llegar a la zona de bancos de la izquierda.

—El consejo y sus familiares se sientan aquí —explicó, e hizo un gesto a la derecha—. Esos primeros asientos son para los testigos. Puede que te llamen, ya que viste la batalla y fue tu visión la que nos advirtió de lo que ocurriría.

—Ah. —La ansiedad la impulsó a darle la mano a Marco—. No lo sabía.

—Si el *taoiseach* te pregunta, tan solo di la verdad. Puedes negarte a hablar. Puedes marcharte. —Minga le puso una mano en el hombro—. Espero que no lo hagas.

Después, se alejó para sentarse con el consejo.

—No te pongas nerviosa —le susurró Marco a Breen.

—Para ti es fácil decirlo.

—Oye, que yo también lo vi. Podría preguntarme.

«Menudo consuelo», pensó ella, así que se concentró en la Silla de la Justicia. No era exactamente un trono, aunque recordaba un poco a uno, ya que el respaldo se alzaba frente a la bandera del dragón. De madera oscura, reluciente y tallada, era antigua e impresionante, pero, reconoció, no majestuosa, sino más bien… sobria. Se imaginó a su abuela sentada allí, a su padre. Su padre, pensó de nuevo, impartiendo justicia y dictando sentencias para los hombres que ayudaron a Odran a secuestrarla.

Volvió a mirar los retratos y se sorprendió de nuevo al ver a su abuela tan joven y enérgica, de blanco. Y el colgante, el de la piedra de corazón de dragón, con la cadena de oro, que había visto en sueños y visiones, brillaba alrededor del cuello de Marg en aquel retrato.

—El colgante… —empezó, pero dejó la frase en el aire al entrar Keegan.

Iba vestido de negro por completo, de nuevo, con un chaleco (o quizás fuera un jubón) por encima de la camisa. También él lucía una piedra de corazón de dragón al cuello, colgada de un cordón negro. Brillaba sobre su pecho mientras la sala guardaba silencio y él se dirigía a la Silla de la Justicia.

Breen notó movimiento por el rabillo del ojo y, al volverse, vio a Shana, vestida de rojo rubí, sentarse junto a un hombre de pelo plateado que le dio una palmadita en la mano y asintió, aunque frunció el ceño cuando uno de pelo castaño se sentó a su otro lado.

Después entraron otros que bajaron por el pasillo entre los bancos. Breen reconoció a la niña; la había visto dormida en un palé, dentro de una celda oscura y cerrada, al mirar al fuego en Samhain. Llevaba el pelo, de color castaño, suelto y se aferraba a las manos del hombre y la mujer que la acompañaban. Sus padres, supuso Breen. Y la elfa que la había sacado de aquella celda caminaba detrás de ellos. Se sentaron en primera fila. Otros los siguieron hasta la zona de los testigos. Mientras tanto, nadie hablaba.

Brian entró por una puerta delantera y Marco le apretó la mano. Detrás de él entraron otros hombres, prisioneros, supuso ella, ya que llevaban las manos atadas y la cabeza gacha. Eran once, entre ellos el espía del valle, y los condujeron a un lado de la sala, flanqueados por Brian y una mujer, y con Mahon y dos personas más detrás. Breen dio un respingo cuando Keegan descargó el bastón en el suelo.

—Este es el juicio. Yo soy el *taoiseach* y me siento en la Silla de la Justicia. Estas once personas están acusadas de crímenes contra las hadas, contra Talamh y contra las leyes escritas. Pido a la mano del *taoiseach* que exponga estos crímenes.

Tarryn se levantó y se colocó frente a los prisioneros. Ella también iba de negro, con pantalones estrechos, botas altas y un abrigo largo abierto.

—Los que aquí esperáis vuestro juicio estáis acusados de secuestro de niños. Estáis acusados de sacrificios de sangre, tanto de niños como de otras criaturas feéricas. Estáis acusados del asesinato de inocentes. Estáis acusados de traición contra Talamh en nombre de Odran, el dios maldito.

Los murmullos crecieron entre los bancos. Tarryn solo tuvo que alzar una mano para acallarlos.

—Todos tendréis la oportunidad de defenderos de estas acusaciones, de explicar, negar y desmentir. Escucharéis el testimonio de los testigos de las acusaciones planteadas. Antes de que el *taoiseach* dicte sentencia, tenéis derecho a hablar para defender vuestra inocencia o suplicar piedad. —Dio un paso atrás y se volvió hacia su hijo—. Esta es la ley de Talamh. Esta es la ley de las hadas.

—Esta es la ley —repitió él, y esperó a que su madre volviese a tomar asiento—. Alanis Doyle. —Miró a la niña y le sonrió—. Aquí estás a salvo. ¿Quieres levantarte? Tu mamá y tu papá se pueden levantar contigo.

Se levantaron juntos, cogidos muy fuerte de la mano.

—Solo te pediré que cuentes tu historia y que digas la verdad —añadió.

Como la niña apretó los labios, su madre se inclinó, le murmuró algo al oído y le dio un beso en la mejilla.

—*Taoiseach*, estaba recogiendo las últimas bayas de otoño para que mi mamá y mi hermana hicieran una tarta. Y entonces vino el hombre.

—¿Está él aquí?

La niña señaló al segundo prisionero de la izquierda.

—Está aquí, y se acercó y me dijo que había un cachorro y que el cachorro estaba herido y que si podía ayudarlo. Oí al cachorro llorar, así que fui con el hombre para ayudarlo. Se supone que no debo ir más allá de los arbustos, pero…

—Solo querías ayudar —terminó Keegan por ella.

—Sí, sí, ayudar. Y entonces… No lo sé. Estaba en otra parte y tenía pesadillas. No podía despertarme.

—¿Me puedes contar cómo eran las pesadillas?

—Los hombres de las túnicas se acercaban, estaba oscuro y hacía frío. El hombre del cachorro, ese, y ese de ahí… —Señaló a Toric— cantaban y, cuando lo hacían, me sentía mal. Y dijeron, o ese de ahí, no el del cachorro, el otro… Dijo… Dijo… —Apoyó la cara en la pierna de su padre.

—*Taoiseach*, ¿puedo hablar por ella? —preguntó el padre, que se agachó para acariciarle el pelo a la niña—. ¿Puedo contar la verdad que nos contó ella? Por favor.

Antes de que Keegan accediera, la niña negó con la cabeza. Había derramado lágrimas, pero se volvió hacia él.

—Dijo: «En Samhain la despertaremos después de atarla a la estaca de la pira. Y después sus… sus gritos se oirán con fuerza mientras arda. Y el chisporroteo de la carne joven y el crujir de los huesos honrarán a Odran». —Se secó la cara con las manos—. Estaba muy asustada, *taoiseach*, quería ver a mi mamá. Quería a mi papá. Pero no podía llamarlos.

—Cualquiera habría estado asustado, hermanita.

—Tú no. Tú eres el *taoiseach*.

—Yo también habría estado asustado. Y solo espero ser tan valiente como tú ahora al contarnos tu historia. ¿Cómo regresaste con tu familia?

—Vino ella. —Alanis se volvió, señaló a la elfa que estaba sentada en el banco y le sonrió—. Veía un poco, como en un sueño, y ella llegó, me cogió en brazos y me sacó. Corrió muy muy deprisa. Es una elfa, claro, se llama Nila, y me estuvo hablando todo el rato, me dijo que estaba a salvo, que estaba bien y repitió mi nombre muchas veces. —Se secó más lágrimas con los nudillos, pero siguió con su historia—. Y ya no tenía tanto miedo y empecé a despertarme. A despertarme de verdad. Y entonces estaba en casa, y todo el mundo lloraba y me abrazaba, y también a Nila, que dijo que no podía quedarse a tomar una cerveza, que muchas gracias, pero que la necesitaban y que volvería en cuanto pudiera.

—Lo has hecho bien, Alanis. Puedes quedarte a ver todo el juicio, por supuesto, pero, si lo prefieres, quizás quieras conocer a los otros niños que hay por aquí, y como a tus padres les ha parecido bien…

Brigid entró por otra puerta con un cachorrito moteado agitándosele en los brazos.

—Esta perrita tan pequeña necesita alguien que la cuide y le dé un hogar.

Las lágrimas desaparecieron, sustituidas por la alegría de la niña al coger al animal.

—¿Puedo quedármela para mí?

—Claro, te ha estado esperando —dijo Keegan—. Enséñale dónde pueden correr juntas un rato, por favor, Brigid.

—Mil gracias.

Mientras Alanis salía, entre risas, con la mano de su padre sobre el hombro, su madre se volvió hacia él y se llevó una mano al pecho.

—Que la luz te bendiga, *taoiseach*.

—Y a ti.

Esperó a que se cerrara la puerta tras ellos.

—Nila, ¿hablarás ahora?

—Sí, encantada.

Era alta, esbelta y joven, pero su voz era fuerte. Cuando la elfa terminó su historia, se sentó, y Keegan llamó a otro testigo. El hombre se levantó y retorció la gorra entre las manos mientras la mujer que tenía al lado lloraba en silencio.

—Mataron a nuestro hijo, señor, al más joven. Toric en persona fue a vernos y nos dijo que nuestro hijo tenía vocación. Lo cierto era que había hablado de unirse a la orden, de vivir dedicado a la oración y las buenas obras. Y Toric dijo que aceptarían al chico como iniciado y que empezaría su servicio y continuaría su educación. Lo consideramos un honor y, además, lo tendríamos cerca, ¿sabe? Podía ir a vernos una vez a la semana. Nos dijo... Nos dijo que los iniciados trabajaban duro y dormían poco, pero que era bueno para el alma. Y que comían bien y aprendían mucho. —El hombre reprimió un sollozo—. La última vez, o puede que las dos últimas, que vino a casa estaba muy callado y parecía inquieto. Pero dijo que necesitaba rezar y que estaba triste porque dos de los otros chicos habían huido. —El hombre se recompuso—. Y, en Samhain, después del ataque, como no podíamos entrar para recoger a nuestros niños, pero los creíamos a salvo tras aquellos muros, el *taoiseach* vino para contarnos que estaba muerto.

Keegan llamó a los que habían visto a los niños asesinados y a los padres de los otros. Y más testigos. Después miró a Breen y, justo cuando ella empezaba a notar crecer el miedo a levantarse y hablar, se volvió hacia los acusados.

—¿Qué respondéis a estas palabras, a estos crímenes de secuestro, asesinato y sacrificio?

Todos ellos guardaron silencio y se negaron a hablar, hasta que uno cayó de rodillas, se postró y estiró las manos atadas.

—Me engañaron. Pido clemencia. No era más que un niño cuando entré en la orden, y me creí todo lo que me enseñaron. Todo lo que predicaba Toric. Me engañaron, pero nunca derramé ni una gota de sangre.

—Pero viste cómo la derramaban, ¿no? —preguntó Keegan.

—De haber hablado, habría perdido la vida.

—Cobarde —dijo con desprecio Toric desde su asiento.

—Déjalo hablar —le ordenó Keegan mientas Brian se volvía hacia él.

—¡Cobarde y mentiroso, y un traidor a la verdadera fe! Ha derramado sangre, la ha bebido y la ha ofrecido, tal y como exige Odran, y ahora gimotea como un crío.

—¿No niegas las acusaciones aquí vertidas?

—No niego nada y desafío a estas débiles leyes y a la enclenque fe de las hadas a que detengan el alzamiento del dios. Y, cuando se alce, aplastaremos vuestros huesos y los reduciremos a polvo. Cuando se alce —repitió, levantándose y mirando a Breen—, te beberá hasta dejarte seca, abominación, y nos entregará tu cadáver para quemarlo en su nombre. ¡En su nombre! —gritó Toric, y, al soltarse sus ataduras mágicas, al derrumbarse Lordan, el espía del valle, el pío lanzó su poder contra ella.

Mientras Keegan se levantaba de la silla, Breen sacó la mano y se enfrentó al poder con el suyo. Con la fragua de poder encendida en una mano, alzó la otra y se levantó. Se oyó hablar, pero las palabras, el conocimiento y la luz que ardía en ella procedían de algún lugar profundo.

—¿Pretendes ponerme a prueba aquí, en este lugar, en este momento? ¿Tú, asesino de niños, azote de los inocentes, profanador de la verdadera fe, traidor a las hadas, a Talamh y a todos los mundos?

El aire a su alrededor se agitaba y Breen dio un paso adelante, empujando sin parar contra lo que él le lanzaba y observando el miedo crecer en los ojos de Toric.

—Soy la nieta de Mairghread, la hija de Eian. Soy hija de las hadas. Soy de las sabias, de los *sidhe*, de los hombres y de los dioses. Escucha mis palabras y aprende la verdad. Mírame. Mírame y tiembla al saber lo que os espera a ti y a tu dios oscuro.

Su poder se arremolinaba. Daba vueltas alrededor de Toric, lo encerraba en una jaula de luz. Mientras avanzaba hacia él, acercándose, movió la cabeza a izquierda y derecha y lo vio encogerse al otro lado de los barrotes.

—Veo tu muerte, tu sangre sobre las piedras, tus ojos sin vida contemplando la oscuridad. Alégrate, Toric, asesino de niños, de no tener que enfrentarte a mi juicio hoy, sino al del *taoiseach*, según lo que dicta la ley. Pero ten presente que puede que llegue el día en el que te enfrentes al mío.

Bajó el brazo alzado y él cayó al suelo. Breen se vació de poder igual que se había llenado. La sala le daba vueltas y supuso que se deslizaría hacia el suelo como agua que cae de una jarra. Un brazo la rodeó y aguantó su peso. La voz de Tarryn le susurró al oído:

—Ni se te ocurra desmayarte y fastidiar un momento como este.

—Vale.

—Ahora quiero que regreses a tu sitio caminando por tu propio pie, mira al frente, cabeza alta. Y siéntate.

Hizo lo que le ordenaba, aunque por fin le llegaron los murmullos y la confusión de los presentes. Se sentó y Marco, con mano temblorosa, cogió la suya.

—Poned al acusado de vuelta a donde le corresponde, por favor, Mahon, Brian.

Mahon empezó a levantar al que se había desmayado y después se arrodilló.

—Este está muerto, *taoiseach*, y bien frío.

Keegan levantó una mano porque el caos amenazaba con apoderarse de la sala.

—Así es como has roto tus ataduras mágicas —le dijo a Toric—. Has identificado al más débil, le has chupado la energía y le has dejado la justa para entrar aquí. Te has fortalecido y le has robado la luz y la vida que le quedaban para atacar. Y ahora todos hemos sido testigos. Te hemos oído pronunciar las palabras que te condenan. Todos habéis sido acusados y se ha ofrecido testimonio en vuestra contra. Todos habéis traicionado una confianza sagrada, unas leyes sagradas. Y ahora todos pagaréis por ello. Todos y cada uno de vosotros seréis desterrados al Mundo Oscuro. Os llevarán de inmediato y os encerrarán allí para la eternidad.

—¡Él nos liberará! —gritó Toric, aunque se le rompía la voz por culpa del miedo—. Él liberará a sus fieles.

—Creo que no —respondió Keegan sin más—. Creo que verá lo que sois, unos seres cobardes y débiles. Pero, si me equivoco, rezad por encontraros conmigo en el campo de batalla y no con Breen Siobhan O'Ceallaigh. Desterrados para la eternidad —repitió, y dejó caer el bastón—. Esa es la sentencia de este juicio. Lleváoslos al dolmen del bosque. Yo mismo abriré el portal y lo sellaré. —Dejó caer de nuevo el bastón y se levantó—. Así sea.

—Necesito un poco de aire —consiguió decir Breen.

—Vale, corazón —dijo Marco—, pero vamos a quedarnos aquí sentados hasta que la sala se despeje un poco.

—Será mejor que nos vayamos ahora —repuso Tarryn, que se les acercó y le dio una mano a Breen—. Algunos querrán hablar contigo. Así que venid conmigo ya y os sacaré por aquí.

Los condujo por una puerta lateral, bajaron por un pasillo, doblaron la esquina y entraron en la biblioteca.

—Aquí disfrutaréis de un poco de paz y de vino. Abre esas puertas, Marco, querido, para que también le dé un poco el aire.

—No sé cómo ha podido pasar eso —dijo Breen.

—Si no lo sabes todavía, lo sabrás. —Tarryn hablaba con calma mientras servía vino de un decantador—. Habría sido preferible llevarte a mis aposentos para prepararte una poción, pero esto servirá. Eres más fuerte de lo que crees y hoy lo has demostrado con creces. Marg se sentirá orgullosa.

—Estaba muy enfadada, escuchar a esos padres me revolvió por dentro... Esos niños... Y después todo sucedió muy deprisa.

—Tu don, tu poder, procede de tu corazón y de tus tripas tanto como de tu mente. En tus tripas brota la rabia, mientras que de tu corazón nace la compasión. En tu mente está la voluntad.

—Le dio unas palmaditas a una silla para que se sentara mientras le servía vino a Marco—. Bebe un poco, Marco. Eres un gran amigo. Ha permanecido a tu lado, Breen, ¿no te has dado cuenta? Todo el tiempo. Ha estado junto a ti, sin retroceder.

—No, no me he dado cuenta. Pero no me extraña en absoluto.

—Tú harías lo mismo por mí —dijo él.

—Ahora tengo que dejaros, porque Keegan me necesita para lo que falta. Pero podéis quedaros aquí todo el tiempo que queráis. Nadie os molestará.

—Gracias, Tarryn. Gracias por echarme una mano cuando podría haberme..., cuando seguro que me iba a desmayar y arruinar el momento.

—Eso no lo podemos permitir, ¿verdad? Porque ha sido realmente emocionante.

Cuando se fue por las puertas abiertas, Marco se dejó caer al lado de Breen.

—Casi me cago en los pantalones, tía. Ha faltado poco. Estabas... Ha sido más que la otra noche. Más que ninguna otra cosa. Prácticamente ardías. Parecías brillante y feroz. Y el aire se arremolinaba a tu alrededor, la luz latía y... Fiu. Voy a necesitar más vino.

—No sé de dónde han salido esas palabras, Marco, pero las conocía. Y las decía en serio. Y eso que estaba dentro de mí era muy fuerte, pero no me asustaba. Porque era mío. Justo después me he sentido temblorosa, más o menos como la primera vez que crucé el portal, pero ya se me está pasando.

—¿Cómo te sientes ahora?

—Firme —se dio cuenta, y levantó una mano y asintió al ver que no temblaba—. Firme.

—Esa es mi chica. Te dije que te pusieras ese conjunto, ¿no? De tía dura. Y eso es lo que has sido.

Breen se rio y le dio un trago al vino.

—Sí, todo ha sido gracias a los pantalones.

Keegan seguía en lo más profundo del bosque. Ya solo quedaban Mahon y su madre. Había mirado a la oscuridad y había escuchado el aullido del viento a través del portal que había abierto al Mundo Oscuro. Porque solo el *taoiseach* contaba con el poder y las palabras necesarias para abrirlo y volver a sellarlo. Había visto cómo aquella boca se tragaba a los juzgados y desterrados, y sabía que se había hecho justicia.

Podrían seguir viviendo en aquel mundo, pero sin magia, sin alegría, sin la paz y la libertad que les ofrecía Talamh a todos. Pensó que aquel era el lado cruel de la justicia: podrían seguir viviendo.

Sostuvo el bastón, que todavía latía con la energía invocada, aunque ya empezaba a apagarse. Él sabía que su mente tardaría más en encontrar la calma. Se volvió hacia Mahon.

—Vete a casa con tu mujer y tus hijos.

—Me iré cuando se vaya el *taoiseach*.

Keegan negó con la cabeza.

—No hace falta que te quedes. Ya se ha hecho lo que había que hacer. El resto, que los dioses me ayuden, es la puñetera política y las formalidades. Esta noche es la Bienvenida y hay una reunión de todo el consejo, y mañana es el juicio abierto. Aprovecha este momento, hermano, porque te quiero conmigo cuando viaje al sur para ver la demolición.

—Vuela a casa —le dijo Tarryn a Mahon mientras le sujetaba el rostro entre las manos—. Mi hija es fuerte, pero una mujer que está creando vida siempre agradece una mano amiga. Aprovecha este momento, como dice Keegan, porque no sabemos cuánto nos queda hasta el siguiente ataque de Odran.

—De acuerdo, pues. Puedo echar un vistazo de camino a casa. Me desviaré al sur y veré cómo va todo.

—Dejamos a Mallo y a Rory supervisando la limpieza y la reconstrucción. Eso bastará, por ahora. Pero puedes pasar por el norte para asegurarte de que no hay problemas.

—Eso haré, y volveré por aquí si surge algo que debas saber. Bueno, entonces está claro que esta noche os vais a dar un festín, pero yo soy el que se lleva la mejor parte, puesto que cenaré en mi mesa sin tener que ponerme elegante.

—Eso es, restriégamelo por la cara, a ver si decido que ocupes mi lugar mientras yo me voy a casa.

—Demasiado tarde para eso. Cumplo órdenes del *taoiseach*. Que la luz os bendiga.

Le dio un beso a Tarryn y un apretón en el hombro a Keegan. Después extendió las alas, alzó el vuelo y puso rumbo al norte.

—Le has pedido que explore el norte para que se vaya por voluntad propia y sin discutir. Eso es política y diplomacia —dijo su madre mientras le daba golpecitos con la punta del dedo en el pecho.

—Me he ahorrado el dolor de cabeza, porque ya veo avecinarse otro.

—¿Y cuál es?

—Salgamos de aquí, vamos a dar un paseo por un aire más fresco.

Y eso hicieron, mientras Keegan le contaba su conversación con Breen sobre Shana de aquella mañana.

—Ay, dioses, esa chica es taimada y egoísta, y siempre lo ha sido.

Keegan arqueó las cejas de golpe y se paró en seco.

—Entonces ¿te has estado guardando esa opinión para ti por política y diplomacia?

—Te has pasado un año o más visitando el lecho de Shana con asiduidad y, como eres un hombre adulto, me he mordido la lengua. Y les tengo un gran cariño a sus padres. Creo que es una lástima que no se les bendijera con más hijos; quizás así no hubieran volcado todo su tiempo e interés en mimar a su única descendiente.

—Pretendo hablar con ella al respecto.

—Sí, debes hacerlo. Ten cuidado con esta, Keegan. Las chicas guapas que se convierten en mujeres guapas y se acostumbran demasiado a salirse con la suya pueden ser despiadadas cuando se las rechaza. Y, como ya no tengo que morderme la lengua, esta es de las despiadadas.

—No es una amenaza para mí. Y, como todos los presentes han visto con claridad, por los dioses, Breen Siobhan O'Ceallaigh puede defenderse sola y mucho más.

—Ten cuidado —le repitió Tarryn—. La venganza no siempre llega con el filo de una espada ni ocurre en caliente. Los más taimados y egoístas suelen encontrar el modo de herir. —Después, suspiró—. Ay, Uwin y Gwen se sentirían humillados si supieran cómo se ha portado con Breen.

—No es necesario que lo sepan. Hablaré con ella porque, sí, es lo que debe hacerse. Y, después, se acabó.

«Los hombres a menudo son muy ingenuos en lo que respecta a las mujeres», pensó Tarryn. Pero Keegan era adulto y debía aprender esas cosas por sí mismo.

18

Como tenía un plan, uno que había considerado en el pasado, aunque al final lo hubiera dejado a un lado, Shana fue con Loren a su casa después del juicio. Viajaron a caballo por los campos hasta el extremo sur del bosque cercano al pueblo. Y, por el camino, a ella le pareció que él no era capaz de hablar de nada que no fuese Breen y el poder inesperado y repentino que había desplegado en el juicio. Se preguntó por qué, por todos los dioses, no dejaba de tropezarse con hombres que consideraban a la escoria pelirroja una especie de diosa.

—A lo mejor preferirías estar cabalgando con ella —dijo con voz melosa—. Podemos dar media vuelta y ver si te la encuentro.

Como conocía aquel tono bien, demasiado, Loren se giró hacia ella y dejó que el corazón se le asomara a los ojos.

—Para mí no hay nadie más que tú, Shana. Mi corazón, mi mente, mi cuerpo y mi espíritu no anhelan a nadie más que a ti. Sobre el poder que vi en Breen Siobhan, me alegro de saber que ayudará a mantener Talamh a salvo. Y a ti. Sobre todo, a ti.

Y, como la conocía, como la amaba, no dijo nada más sobre Breen…, ni sobre ninguna otra persona que no fuese Shana.

—¿Qué te pondrás esta noche para embrujarnos a mí y a todo el que te vea?

—Si te lo dijera, puede que no te embrujara tanto.

—Me embrujas cada día, cada hora y cada instante. Nadie en todos los mundos es tan afortunado como yo, ya que esta noche te sentarás a mi lado, bailarás conmigo y estaremos juntos.

Ella sonrió de forma sincera, ya que sabía que Loren lo decía todo en serio. La quería y aquel amor era su debilidad. De haber sido *taoiseach*, todo sería perfecto. Pero no lo era, y no tenía ninguna ambición de liderar, nunca la tendría. ¿Cómo iba ella a conformarse con la debilidad del amor, sin el poder y la posición social que anhelaba? En cierto modo, Loren era más guapo que Keegan. Más refinado, eso seguro, tanto de aspecto como de modales. Siempre vestía bien y a la moda. Shana sabía que, cada vez que paseaban, cabalgaban o bailaban juntos, hacían una pareja impresionante. Y a él le gustaba hacerle regalos bonitos y crear relucientes joyas y bellas telas para ella con su alquimia. Y nunca se cansaba, al parecer, de alabarla y prestarle toda su atención.

Pero...

Vivía en una casita tranquila en el bosque y no poseía las habitaciones de la torre del *taoiseach*. Nunca presidiría la mesa del consejo ni recibiría los vítores de su pueblo. Nunca se sentaría en la Silla de la Justicia para castigar a los enemigos de Shana. Y, con él, ella nunca se convertiría en la mano del *taoiseach*, nunca contaría con ese poder y esas influencias.

Y los obtendría. De un modo u otro.

Cuando llegaron a su casa, dejó que la bajara del caballo y después le rodeó el cuello con los brazos. Shana sintió un deseo real cuando Loren buscó su boca con la suya. Era un amante experto, sabía cómo satisfacer todas sus necesidades y crearle más. Cuando Keegan y ella se comprometieran, cuando se casaran, seguiría manteniendo a Loren Mac Niadh, con sus manos suaves y hábiles, como amante. Él ocuparía sus noches cuando el *taoiseach* tuviera que cumplir con su deber fuera de la Capital, aunque pretendía asegurarse de que Keegan pasara casi todo su tiempo con ella y no en el oeste. Su madre podría regresar allí, ya que en la Capital dejaría de ser necesaria. Sí, pensó Shana, se encargaría de que enviara a Tarryn de vuelta al valle. No toleraría competir por la atención de Keegan con su observadora madre.

—Tengo ganas de ti —murmuró Shana mientras se apretaba contra Loren—. Y de vino. —Se rio al decirlo—. Una copa de vino y después tú. Y dejaré que me embrujes, Loren de las sabias.

Él agitó el brazo y giró la mano a la derecha y después a la izquierda. La puerta, que siempre cerraba con su hechizo, como el resto de la casa, se abrió.

—Sirve el vino, *mo chroí*, y yo me encargo de los caballos. Lo que más deseo en esta vida es embrujarte.

Shana entró y se movió a velocidad élfica para servir el vino y añadir dos gotas (solo dos) de la poción del sueño que llevaba en el bolsillo en la copa de Loren. Solo dormiría unos minutos, pero ella no necesitaba más. Levantó la vista hacia la buhardilla en la que él tenía su taller y la visualizó a partir de los recuerdos que guardaba de las veces en las que le había preparado hechizos o diseñado una baratija bonita. Cosas inofensivas, por supuesto, pequeñas, aunque Loren tenía unos poderes considerables. Y las cosas más grandes, las menos inofensivas, las guardaba en un armario cerrado con otro hechizo. Solo las manos de él podían abrirlo…, pero, como ella le había declarado su amor y había hecho un mohín atractivo mientras se quejaba de que no la quería lo suficiente como para permitirle abrir el armario, ahora su mano también abría el cierre. Según Shana, la aceptación del amor forjaba las armas más afiladas.

Cuando el joven entró en la casa, ella volvió la vista atrás con intención y se dirigió tranquilamente al dormitorio.

—¿Te importaría encender el fuego, *mo leannán*? —preguntó ella tras estremecerse un poco.

Loren chascó los dedos para encenderlo. Cuando avanzó hacia ella, Shana negó con la cabeza.

—Ah, no, mi chico de oro, primero tienes que desnudarte. —Bebió un trago de la copa de su mano derecha—. Quiero ver lo que es mío.

El joven chascó los dedos y su ropa acabó en el suelo. Ella se rio y dijo:

—Me gusta lo que veo. A la cama contigo. Vas a hacer todo lo que te ordene.

Loren se estiró en la cama, que tenía postes de puntas doradas y un colchón que, como bien sabía Shana, era grueso y blando, ya que a él, como a ella, le gustaba vivir bien.

—Soy tu esclavo, ahora y siempre —le dijo.

Shana bebió más vino mientras se acercaba al lateral de la cama. Dejó el suyo y le pasó la otra copa al joven.

—¿Lucharías contra todos mis enemigos? —le preguntó mientras se soltaba el pelo.

—Lucharía contra ellos y los derrotaría, del primero al último.

—¿Y me envolverías en seda, satén y joyas?

—En todo lo que quieras y más.

—Bebe tu vino, esclavo mío, para que pronto pueda saborearlo en tus labios y en tu lengua.

Mientras él lo hacía, ella se desabrochó el vestido y lo dejó caer para que viera que debajo solo la cubría su piel.

—Shana, eres una visión, un sueño. Y muy mala.

Ella se rio y se echó la melena hacia atrás.

—Ahora, quédate quieto para que pueda aprovecharme de ti, para obtener primero mi placer, mientras tú esperas.

Subió a la cama a cuatro patas y se colocó sobre él muy despacio. Sin quitarle los ojos de encima, usó la lengua, los dientes, lo notó estremecerse, sintió su pulso, su esfuerzo por controlarse.

—Espera y verás —dijo Shana mientras le acariciaba los costados con la punta de los dedos—. Verás que en la cama se puede hacer mucho más que… —dijo antes de hacer una pausa, con los labios a un aliento de los de Loren— dormir.

Y, con aquella palabra y las dos gotas de poción, él durmió.

Le quitó la cadena con la llave que llevaba colgada del cuello, salió corriendo de la habitación y subió a toda prisa a la buhardilla. Con el corazón martilleándole en el pecho, colocó la mano sobre la primera estrella de un trío tallado en el armario. Después, sobre la primera de las dos lunas y, por último, sobre el más pequeño de un grupo de siete planetas. Y, cuando metió la llave en la cerradura, las puertas se abrieron para ella.

Sabía lo que necesitaba, le había sonsacado el hechizo en una ocasión en la que el sexo lo había dejado vulnerable. Reunió rápidamente todos los ingredientes, muy deprisa, mucho. Las cantidades eran tan pequeñas que estaba convencida de que no percibiría la diferencia. Cerró y bloqueó de nuevo el armario, bajó a toda velocidad para dejar las cosas en la bolsa que la esperaba dentro del bolsillo de la falda y, emocionada y excitada al pensar en lo que pretendía hacer, en lo que obtendría, se tumbó de nuevo sobre él.

—Despierta —le susurró, y, cuando lo hizo, aplastó sus labios contra los de Loren.

A él le daba vueltas la cabeza, tenía la mente nublada. Notaba una debilidad extraña en las extremidades. Pero ella se enderezó, lo montó a horcajadas y lo acogió en su interior.

Y todo lo demás dejó de existir para él.

Más de una hora después, encantada, relajada hasta la médula, Shana cabalgó de vuelta al castillo. Ah, sí, estaba claro que Loren seguiría siendo su amante cuando ella ocupara el lugar que le correspondía en Talamh. Y, en la Bienvenida, le dedicaría toda su atención para que Keegan sufriera, como sin duda lo haría, al creer que para ella ya no significaba nada. Y, cuando todo acabara, el *taoiseach* se arrodillaría a sus pies y le suplicaría perdón. Le daría todo lo que ella deseaba; Shana tomaría todo lo que se merecía.

Miró hacia la atareada aldea, hacia los jardines y el castillo, y sintió el corazón rebosante de alegría al saber que todo aquello pronto le pertenecería. De buen humor, cabalgó hasta los establos y, aunque le habían enseñado que debía cuidar de su caballo, se lo entregó a uno de los mozos de cuadra. Al fin y al cabo, necesitaba todo el tiempo que le quedaba para prepararse para la noche. Se echó la capucha atrás al entrar en el castillo y, tras tocar la bolsa que llevaba en el bolsillo, cruzó el majestuoso vestíbulo.

—¡Buena señora! —la llamó uno de los hombres que trabajaban… en lo que fuera que trabajaban en el castillo—. El *taoiseach* me ha enviado a buscarla. Deseaba hablar con usted a su regreso.

—Ah, ¿sí? ¿Y dónde está?

—En la Sala de Mapas, pero…

Ella agitó la mano y siguió su camino. Más allá de la Sala de Justicia, más allá de la biblioteca, cerca de la sala del consejo (donde un día se sentaría), la Sala de Mapas tenía dos plantas de altura y mapas de todos los mundos conocidos, incluso de las ciudades de cada uno de ellos, o de las junglas, las aldeas y los mares, enrollados dentro de vitrinas altas. En el centro había una enorme mesa redonda en la que se podían examinar los mapas. A lo largo de las paredes se distribuían mesas más pequeñas en las que eruditos y viajeros podían sentarse a actualizarlos según fuera necesario.

En los mundos seguro que había cosas bellas, pensó Shana, todavía de buen humor. Cuando ella estuviera al mando, los viajeros le traerían por ley algún regalo bonito a cambio del privilegio de usar un portal.

Keegan se encontraba de pie junto a la mesa grande, con otras personas. Shana reconoció a la elfa que había hablado en el juicio, conocía a Brian (*sidhe*, jinete de dragón), a los gemelos exploradores, a uno de los hermanos de Morena y a Tarryn, por supuesto, que, en su opinión, ostentaba demasiado poder para ser una simple madre. Keegan enrolló un mapa cuando la vio acercarse a la arcada.

—Gracias a todos —dijo—. Os veré en la Bienvenida.

Cuando se marcharon, él se sirvió media jarra de cerveza.

—Cierra la puerta, Shana, por favor.

—Por supuesto.

A ella se le aceleró el pulso. Quizás él hubiera recuperado la razón; así no se vería obligada a usar lo que guardaba en el bolsillo.

—En primer lugar, te hablaré como *taoiseach* y te diré que me decepciona mucho tu comportamiento.

—¿El mío? —preguntó Shana al tiempo que levantaba la barbilla.

—Y, en segundo lugar, te hablaré como alguien que te consideraba una amiga y te diré que me enoja que hayas usado esa amistad contra otra persona.

Shana lo miró a los ojos, y la angustia que se adivinaba en los de ella era genuina. Enmascaraba una ira que le subía por la garganta, pero era genuina.

—No sé a qué te refieres ni lo que crees que he hecho, pero eso me duele. —La rabia, apenas reprimida, hacía que le temblara la voz—. Me haces daño, Keegan, y me insultas al regañarme como si fueras un maestro de escuela.

Él bebió despacio, y, como ella lo conocía, se dio cuenta de que estaba controlando su genio. Y eso hizo que sintiera la primera punzada de miedo.

—Dime una cosa, ¿ayer fuiste a ver a Breen?

—¿A Breen? Pues claro, como me había pedido Minga, y también Kiara: para darles a ella y a su amigo una cálida bienvenida. ¿Por qué te enfadas conmigo por eso?

—Fuiste a buscarla para decirle que tú y yo seguimos compartiendo lecho y que, cuando lo compartí con ella, fue algo sin importancia. No me gusta que me usen en una mentira para hacer daño a otra persona.

—Eso es una tontería. ¡Una tontería! Sí, claro, debería haber sabido que no era buena idea ser amable con ella. —Empezó a dar vueltas por la sala mientras Keegan permanecía quieto y en silencio—. Debería haber sabido que no era buena idea morderme la lengua cuando ella descargó su furia sobre mí y me insultó.

—¿Eso hizo? —preguntó Keegan antes de dejar la jarra a un lado.

—Le dije claramente que lo que hubo entre nosotros dos quedaba en el pasado y que ahora amo a otro, pero ella no cedía, estaba muy celosa, furiosa. Ahora lo ha retorcido todo, ¿verdad? Ha ido corriendo a buscarte para contarte todas esas mentiras.

—Así que son mentiras.

—¡Por supuesto! —Shana abrió mucho los ojos y dejó que le temblara un poco el labio inferior—. ¿Cómo has podido pensar...? ¿Acaso no me disculpé contigo justo ayer? A pesar de que me habías hecho mucho daño, te dije que lamentaba mi comportamiento. Y aunque ya en nuestro primer encuentro noté que Breen me lanzaba una mirada escalofriante, fui a ofrecerle mi amistad y la ayuda o compañía que necesitara o quisiera durante su estancia en la Capital. —De nuevo, Shana se llevó una mano al corazón—. Y ella me atacó con tanta furia que temí que me pegara.

—¿Y eso lo hizo antes o después de que le dijeras que era la responsable de todos los caídos en combate?

Shana dejó caer la mano y descubrió que la rabia ardía. Sin embargo, lo que más la abrasaba por dentro era darse cuenta de que había juzgado mal a su presa.

—¿Por qué iba yo a decirle algo tan horrible?

—Eso, ¿por qué, Shana?

—Te digo que no lo hice, jamás lo haría. Pero ya veo que crees en su palabra en vez de en la mía, en la palabra de esa mujer de fuera a la que conoces desde hace pocos meses. Prefieres creerla a ella en vez de a uno de los tuyos. —Le cogió la jarra y bebió para quitarse el sabor amargo de la boca—. Te ha hechizado, tiene que ser eso. Hoy todos han visto la furia de su poder. —Lanzó la jarra contra la pared—. Estás hechizado, ¿cómo se puede confiar en ti como *taoiseach* cuando una de fuera, con la sangre de Odran, te maneja a voluntad?

Cuando Keegan dejó que el silencio se alargara un segundo y después otro, Shana sintió otra punzada de miedo. Porque, cuando se tomaba tiempo para controlar su genio, cuando elegía sus palabras con parsimonia, esas palabras mordían.

—Ten cuidado, Shana, con lo que me dices aquí. Ten cuidado antes de lanzar una acusación sin fundamento y falsa. Porque, como hagas esas acusaciones delante de otros, delante de otras personas fuera de esta sala, no te van a gustar las consecuencias.

Sus palabras la sorprendieron, pero no más que la frialdad de su expresión, que el hielo de su mirada.

—¿Me…? ¿Me amenazas?

—Te advierto. Soy *taoiseach*, y tu *taoiseach* te dice que tengas cuidado con lo que cuentas. Te dice que te mantengas apartada de Breen Siobhan O'Ceallaigh. Te libero de tu deber de darle la bienvenida.

Shana cerró las manos junto a los costados hasta que se le clavaron las uñas en las palmas.

—¿Serías capaz de prohibirme asistir a la Bienvenida de esta noche?

—No, no te lo prohibiré, ya que sería una vergüenza para tus padres. Pero, te lo advierto, por su bien y por el tuyo, mantente alejada de ella. No pasará mucho tiempo en la Capital. Confío, debo confiar, en que, cuando regrese, ya te habrás calmado.

—Estoy calmada, *taoiseach* —dijo Shana con voz fría y rostro pétreo—. Estoy muy calmada. Y, a cambio, te digo que lamentarás tu alianza con alguien como ella.

Cuando dio media vuelta, él dejó que se marchara. Era la segunda vez que Shana le demostraba claramente quién era en realidad, así que lamentaba, mucho, su alianza con alguien como ella.

Pero consideraba el asunto zanjado.

Se acercó a recoger la jarra tirada y abollada y, al sostenerla, examinó el mapa de Talamh que colgaba de la pared. Había problemas de sobra de los que preocuparse, problemas mucho más importantes que la ira de una antigua amante.

Con Brian de servicio, Marco insistió en llevar a Breen a la aldea. A Botarate le gustaban los paseos largos... y así tendría otra oportunidad de saltar al río. Por su parte, Breen tendría la oportunidad de ver la vida en la Capital, fuera del castillo.

Concluyó que la gente que se reunía alrededor del pozo era la versión talamhesa de la máquina de café de una oficina. Hombres y mujeres charlaban mientras llenaban jarras y cubos. Otros se apoyaban en el pozo y descansaban mientras hablaban.

La ropa colgaba de los tendederos en la parte de atrás de las casas; ovejas y vacas pastaban en los prados. Vio a un hombre y una mujer descargar ladrillos de turba de una carreta, y a una mujer muy embarazada cargar con una cesta llena de verduras hasta un pub del que salía una música de flauta que sonaba a risa.

Aunque el aire era fresco, el sol brillaba, y esa combinación formaba un día de otoño ideal. Las tiendas sacaban sus productos a los puestos del exterior para tentar a los viandantes con verduras tan coloridas como un carnaval, panes y bollos, artículos de cuero, cuencos, cucharas, fruslerías y joyas, cintas y botones. Pañuelos, bufandas, capas y jerséis colgaban de perchas, mientras que, en el puesto de al lado, un zapatero tarareaba al ritmo del martillo con el que colocaba la suela de una bota.

—Brian dice que es muy bullicioso —le dijo Marco—. La gente acude para intercambiar o montar un puesto, puede que para visitar los terrenos del castillo o disfrutar de las vistas locales.

—Es más grande de lo que me imaginaba. —«Y está lleno de vida», pensó. De energía, de movimiento—. Si tenemos la oportunidad de bajar de nuevo, deberíamos traer algo para intercambiar —dijo—. He hecho algunas pulseras, pero no se me ocurrió traérmelas hoy. Llevo una bolsa mágica en el bolsillo y una bolsita con cristales. Prepararé algo más para la próxima vez. Me gustaría buscarle algo a la yaya.

Al pensar en ella, vio a una mujer sentada en una mecedora. Llevaba el pelo, negro como ala de cuervo, recogido en un moño suelto en lo alto de la cabeza, y se envolvía los hombros en un chal de color calabaza. Mientras se mecía, tejía una lana blanca como la nieve y daba toquecitos en el suelo con una de sus botas para seguir un ritmo interno. El cartel que colgaba sobre su cabeza decía: DE LAS SABIAS. La mujer dejó de tejer y llamó a Breen con el dedo. Al acercarse a ella, vio el dragón rojo que volaba sobre el campo de lana blanca.

—Es una preciosidad.

—Es para mi bisnieta, que llegará al mundo en Yule. Será la duodécima, y a cada uno de ellos les he tejido una manta, para que, vayan a donde vayan, siempre sepan que el dragón vuela sobre Talamh.

—Es un regalo fantástico.

—Te conozco —añadió la mujer, y dejó la labor en la cesta que tenía al lado de la mecedora—. Tienes el mismo aspecto que los que te precedieron. Yo misma, embarazada de la última de mis siete criaturas, estaba en esa calle de ahí cuando Mairghread entró en la Capital como *taoiseach*. Y ahí estuve también cuando le tocó a tu padre. —Se levantó—. Entra, Breen Siobhan. Tanto tú como tu amigo y tu buen perro sois bienvenidos.

—No llevo conmigo nada para intercambiar —empezó a decir ella mientras seguían a la mujer al interior. Entonces se paró y miró a su alrededor.

—¿Te gusta lo que ves?

—Es maravilloso. Es una tienda maravillosa.

Aunque mucho más pequeña, le recordó a la cueva de los troles.

—Hala —dijo Marco mientras daba una vuelta completa—. Huele estupendamente.

Mientras hablaba, un gato negro (que hasta entonces había estado tan quieto sobre una mesa que Breen lo había tomado por una estatuilla) bajó de un salto. En vez de perseguirlo, Botarate permaneció sentado mientras el felino daba vueltas a su alrededor.

—Mi Sira no le hará daño a tu chico. Solo le demuestra quién está al mando.

Con voz alegre, la mujer habló en la lengua antigua a la gata, que dio una última vuelta antes de volver a la mesa, sentarse y empezar a lavarse.

—Aquí está —dijo.

Se acercó a un estante en el que había distintos cristales en forma de cuña, cubo y esfera y levantó un cuadrado perfecto de amatista morado intenso.

—Es precioso —dijo Breen cuando la mujer se lo acercó—. Pero... Ah, para una vela.

Intrigada, lo cogió y examinó el agujero redondo del centro. Y oyó la voz dentro de la piedra.

—Para encontrar la calma y la paz mental en estos tiempos turbulentos. Estás buscando un regalo para tu yaya, ¿no?

—Sí, y esto es perfecto. Pero no he traído nada para hacer el trueque.

—No, no. Has venido a Talamh y, a cambio de eso, te entrego esto para que se lo regales a Mairghread. Mi hombre, el padre de siete, cayó en la Batalla del Castillo Negro.

—Lo siento mucho.

—Defendió la luz. Por ti, por mí, por nuestros hijos y por los que vengan después. Era un buen hombre, mi marido, y lo veo en nuestros hijos, en sus hijos y en sus nietos. Igual que veo a tu padre y a su madre en ti. Así que, igual que ellos defendieron la luz, tú la defenderás, y por eso el bebé que envolveré en la manta que estoy tejiendo conocerá la paz. ¿Podrías decirle a tu yaya que Ninia Colconnan, de la Capital, le envía recuerdos? Puede que se acuerde de mí.

—Lo haré. Y yo te recordaré, madre.

Cuando Breen le ofreció la mano, Ninia la aceptó y la apretó con fuerza. Sus ojos pasaron del azul claro al oscuro.

—Ten cuidado, hija. Mira detrás y debajo. Alguien quiere hacerte daño.

—Odran y sus seguidores.

—Él y ellos, siempre, pero es alguien a este lado, alguien cercano. Ten cuidado, porque eres muy valiosa para nosotros. Ten cuidado —añadió una tercera vez—. Esta vez fallará, fallará su plan, pero no será el último. —Cerró la otra mano sobre la de Breen—. No veo nada más, pero oigo los malos pensamientos que te envía, y unos pensamientos tan duros y crueles pueden cortar más que una espada.

—Tendré cuidado.

La mujer asintió y dio un paso atrás.

—Veo que llevas protección —le dijo a Marco—. Toma esto. —Se acercó a un estante y eligió una velita blanca—. El aroma procede de las flores del jazmín, que se abren por la noche. Como suele suceder con los placeres del amor. Amas y eres amado, y, cuando disfrutes de esos placeres, este aroma y esta luz los... aumentarán. En cuanto a ti, ¿crees que te había olvidado?

Le dio a Botarate una palmadita mientras la gata los miraba desde su altura superior. Eligió tres piedras diminutas sacadas de unos botecitos y las colocó en el collar del perro.

—Con este amuleto protejo al más puro de corazón —dijo—, ese es mi deseo y mi intención. Tanto en la tierra como en el aire y el mar, el amuleto lo va a proteger. Tal es mi orden, así debe ser.

Tras un breve destello, las piedras se fijaron en el collar.

—Eres muy amable —empezó a decir Breen.

—Te has enfrentado a pruebas difíciles y todavía te quedan más por delante. Esta es mi forma de agradecértelo. ¿Amable? Esto no me cuesta nada.

Marco se inclinó para darle un beso en la mejilla.

—Me alegro muchísimo de haberte conocido, estooo, madre.

—Ah, a qué mujer no le agrada recibir el beso de un joven apuesto —repuso ella, y se lo devolvió—. Volveremos a vernos. Ahora, tenéis que marcharos y poneros guapos para la Bienvenida. —Le dio la mano a Breen por última vez—. Y ten cuidado, hija.

—Qué maja —dijo Marco cuando salieron—. Me ha dado un poco de yuyu cuando ha dicho lo de que alguien quiere hacerte daño, pero ha sido maja.

—Creo que sé a quién ha percibido y no es nada. Los malos pensamientos no me preocupan.

—¿Quién? Para que le eche el mal de ojo.

—Shana. Se puso en evidencia, y a todas las mujeres de todos los mundos, cuando intentó que me enzarzara con ella en una pelea por Keegan.

—Ah, eso. —Como ya se conocía la historia, le restó importancia, como había hecho ella—. Pero, de todos modos, le voy a echar el terrorífico mal de ojo de Marco Olsen. Nadie se mete con mi chica.

—Así aprenderá. —Le dio un golpecito cómplice—. Pero vamos a lo importante. ¿Es una tontería si cambio el color del vestido azul, solo para esta noche? Es lo único que tengo para ponerme.

—¿Puedes hacer eso?

—Sí. Puede que a morado o a algún tono bronce.

—No es una tontería, es una pasada. ¿Qué te parece si, después de arreglarnos, me acerco a tu cuarto y me lo enseñas en distintos colores? ¿Qué más deberías hacer…? Pues buscar a Kiara para ver si tiene horquillas brillantes o algo así para tu pelo. Para adornarlo un poco.

—Me dijo que ya había quedado en peinar a otra persona, así que no tendría tiempo. Pero… quizás pueda pedirle un préstamo si tú me ayudas a ponérmelas.

—Algo que brille —repitió—. O, ya sabes, si no la encuentras, podríamos tejerte algunas flores en la trenza.

Breen se enganchó de su brazo.

—Estoy casi con ganas, más o menos, de que llegue esta noche.

—¿Cómo que «casi con ganas, más o menos»? Venga, tía, ¡que es una fiesta en un castillo! No puede ser más chulo. Anoche tocó la ceremonia triste y solemne, y, la verdad, no lo olvidaré nunca. Tuvimos drama y después tu actuación rollo bruja poderosa para olvidarnos del drama. Ahora toca fiesta. Bienvenida a la Capital, Breen Siobhan Kelly.

—Sí, es… Espera, ¿qué? ¿Crees que lo de esta noche es por mí?

—No lo creo, lo sé. Chica, ¿qué te creías? Además, Brian me lo confirmó. Es para darte la bienvenida. Yo me llevo un pedazo del pastel porque soy el mejor amigo de la estrella.

Ella perdió de inmediato tres tonos de color en la cara.

—Ay, Dios, Marco, no quiero ser la estrella.

—Tampoco es que tengas que levantarte y cantar. Aunque podrías hacerlo. Y Brian me ha dicho que esta noche no hacen falta discursos. Se lo pregunté porque te conozco. Solo tienes que

hablar con la gente, y hay un banquetazo de la leche, mucha bebida y baile. Una fiesta, Breen.

Se rio cuando Botarate saltó del puente al río.

—Ese perro es incapaz de pasar por un charco sin saltar en él
—prosiguió—, así que imposible dejar escapar un arroyo. Ah, y
él también viene. No pongas esa cara de nervios, nena. Todo el
mundo me ha dicho que lo de esta noche es pura diversión.

19

En su habitación, con la sangre hirviendo y la cabeza echando humo, Shana colocó los cristales, las hierbas, los aceites y las esencias que se había llevado de la casa de Loren. De una caja oculta en su armario, sacó los mechones de pelo que le había quitado en secreto a Keegan y escondido meses antes, cuando, en tono juguetón, insistió en cepillarle el pelo. En el fondo de su corazón sabía que siempre había planeado hacerlo, hacer justo eso, incluso cuando creía que él se comprometería con ella. Porque, para lograr lo que quería, necesitaba que la mirase a ella y solo a ella. Que la deseara a ella y solo a ella. Que la quisiera a ella y solo a ella. Ni siquiera a su madre. ¿Cómo iba a ocupar el puesto de Tarryn como mano derecha del *taoiseach* si Keegan robaba a Shana parte del amor que le correspondía y entregaba un poco, aunque fuera unas simples gotas, a su progenitora?

Utilizó un cuenco de cuarzo rosa que le había regalado él y, con la rabia y la ambición como motor de sus intenciones, encendió una vela roja.

—Rojo para la pasión y para el corazón, conseguid que solo a mí me quiera. —Su propio corazón latía con fuerza mientras vertía los aceites en el cuenco—. Aceites de canela y amapola, nublad su mente para todas salvo yo; y a la mezcla añado la piedra. Sentirá ese peso al respirar cuando nos tengamos que separar. —Con cuidado, echó las hierbas molidas—. Romero, valeriana: recordad y suspirad hasta que nada que le pida me pueda negar. —Uno a uno, añadió los mechones de pelo—. Esta parte de él, tres, dos, uno, y el hechizo así casi concluyo. —Cogió un cuchillo y se cortó con él la línea del corazón de la mano izquierda—. Ahora la sangre de mi corazón y mis lágrimas añado… —Dejó que la herida goteara dentro del cuenco y, como desde pequeña tenía ese talento, derramó lágrimas a voluntad. Se inclinó y dejó que cayeran en la mezcla—. Para que, cuando beba, beba de mí, y su amor me sea siempre dado.

»Agitar, sellar, hervir y mezclar —recitó mientras movía en círculos la vela por encima del cuenco y veía caer en él tres gotas de cera roja, con las que la mezcla burbujeó y humeó—. Y así su amor no tendrá final. Cuando beba la poción, unirá con el mío su corazón. Para la eternidad me va a pertenecer. Tal es mi orden, así debe ser.

Tras un breve escalofrío, Shana apagó la vela.

No era la primera vez que preparaba hechizos, ya que había persuadido a Loren para que la enseñara, pero nunca había hecho ninguno tan complejo, y menos sola. Sonrió al contemplar el líquido claro y en calma del cuenco. Decidió que aprendería más. Al fin y al cabo, unas cuantas gotas de sangre de las sabias le corrían por las venas, de la madre de la madre de su madre.

Pasó la poción del cuenco a un frasquito y lo cerró con un tapón. Se vestiría, sí, se aseguraría de tener el mejor aspecto posible y después subiría a los aposentos de Keegan antes de la Bienvenida. Sabía perfectamente lo que tenía que hacer y decir. Y, antes de que salieran las lunas, tendría todo lo que siempre había deseado. Enviarían de vuelta a su mundo a Breen Kelly y, a Tarryn, de vuelta al valle. Después, Shana ocuparía su lugar a la mesa del consejo. Compartiría los bonitos aposentos de Keegan en la torre con él… y haría unos cuantos cambios por allí, claro. Y organizaría una boda lujosa, digna de una reina.

Mientras se lo imaginaba, abrió el armario para elegir el vestido que llevaría cuando él le declarase su amor. Justo cuando iba a coger uno, alguien llamó a la puerta. Antes de responder, esta se abrió. Con una sonrisa vacilante y su maletín de peluquería en la mano, Kiara asomó la cabeza.

—He venido a peinarte. ¿Sigues molesta? Ay, Shana, no quiero que estés enfadada conmigo. ¡No lo soporto!

Como no había dedicado ni un segundo en todo el día a pensar en su amiga, tardó un momento. Entonces lo recordó e hizo un mohín. Quería que la peinara, claro, pero primero necesitaba que se humillara un poco.

—Ah, entonces ya has terminado de peinar a tu amiga, ¿no? Y ahora tienes un rato para mí, ¿es eso?

—¡No, Shana! —Kiara entró corriendo y cerró la puerta—. He venido directamente después de cuidar de algunos de los niños. No quiero herir tus sentimientos y llevo todo el día muerta de preocupación. No volveré a peinarla, te lo prometo. Así que ven y siéntate, por favor. Se me ha ocurrido un peinado que dejará a todos boquiabiertos.

Kiara se dirigió al tocador, pero se detuvo cuando vio la vela roja, el cuenco y el resto de los ingredientes usados en el hechizo.

—¿Qué estás haciendo aquí, Shana?

Tras maldecirse en silencio, esta agitó una mano mientras se acercaba para recoger las hierbas y los aceites.

—Se me ocurrió prepararme un perfume, pero no me ha salido bien.

Kiara le apoyó una mano en el brazo.

—No, no es eso lo que hacías, en absoluto —repuso—. No debes hacerlo, Shana, no hagas algo tan horrible.

—No sé de qué me estás hablando.

Furiosa de nuevo, Shana abrió de golpe un cajón con la idea de meterlo todo dentro de un manotazo y ordenarlo más adelante.

—Ya lo has hecho, te lo veo en la cara. —Con el corazón roto, Kiara le apretó el brazo—. Ya veo que has encendido la vela y la has vuelto a apagar. Ay, Shana, ¿cómo se te ha ocurrido hacer algo así? Va contra nuestras leyes y lo sabes muy bien. El hechizo de amor arrebata la voluntad y puede provocar que el hechizado haga cosas que jamás haría por decisión propia por culpa de los celos y la desesperación.

—¿Ahora te pones a darme lecciones? Vete de una vez. Me peinaré yo sola.

Pasmada de verdad, Kiara dio un paso atrás.

—Que los dioses nos ayuden, Shana, ¡pretendes hechizar a Keegan! ¡Al *taoiseach*! ¡Shana, te prohibirían la entrada en la Capital y tu familia caería en desgracia! Peor aún, podrían desterrarte, ya que estarías incumpliendo una de las Primeras Leyes.

—Ni me echarán ni me desterrarán ni nada parecido, porque Keegan me adorará y yo ocuparé mi lugar como su esposa y mano derecha. Me lo he ganado, no me cabe duda. Y tú no dirás ni palabra de esto —añadió antes de empujarla—. No dirás nada, ¿me oyes? O serás tú a la que echen de la Capital.

—Ahora estás enfadada y más dolida de lo que creía, y lo siento por ti. No estás pensando con claridad, eso es todo. —Kiara, con ojos suplicantes, procuró hablarle con ternura—. Dame la poción y yo la destruiré. No volveremos a mencionarlo nunca. No se lo contaré a nadie.

—Será mejor que no lo hagas si no quieres pagarlo con creces, te lo prometo. —Shana gruñó y empujó de nuevo a Kiara, que tuvo que retroceder otro paso—. Llévate tu puñetero maletín y vete. Eres una amiga falsa, ahora lo veo con claridad.

—Soy la mejor amiga que has tenido nunca y por eso te salvaré de ti misma. —No recogió el maletín, sino que se volvió hacia la puerta—. A mí no me darás la poción, pero sí se la darás a mi madre.

—¿Pretendes traicionarme?

Con los ojos anegados de lágrimas, Kiara volvió la vista atrás.

—Pretendo salvarte.

Ya casi había llegado a la puerta cuando Shana agarró un jarrón y corrió detrás de ella. La golpeó con él. Cuando Kiara cayó, cuando Shana vio la sangre, pensó que quizás le había dado con más fuerza de la que debería.

—Ya no tiene remedio —masculló—. Te has vuelto contra mí y lo habrías arruinado todo. La culpa es tuya.

Ya no le quedaba tiempo para ponerse el vestido y peinarse. Cuando Kiara despertase (si lo hacía), iría corriendo a hablar con su madre. No obstante, cuando Keegan bebiera la poción y ella fuese la dueña de su corazón, él se encargaría. Se encargaría de todos ellos. Rodeó a Kiara, salió, cerró la puerta con llave y tomó el camino que la llevaría a los aposentos del *taoiseach* en la torre.

En su habitación, Breen guardó el regalo para Marg. Después llenó el cuenco de agua de Botarate, encendió el fuego con un satisfactorio chasquido y se sirvió una copa de vino.

—La Capital es interesante —le dijo al perro—. Pero no me importará volver al valle. Y a nuestra casa. De todos modos, ahora mismo tengo que ponerme en modo fiesta.

Abrió el armario para sacar el vestido azul, pero, en vez de eso, sacó el que colgaba a su lado y leyó la nota de su abuela:

La Bienvenida es un poco más elegante que un ceilidh, *pero menos que un baile. Recuerda todos los años durante los que no pude regalarte cosas bonitas y disfruta de esta tanto como yo disfruto regalándotela. Que la luz te bendiga,* mo stór.

—Yaya —suspiró Breen mientras contemplaba el vestido, que era del color de la niebla a la luz de la luna y, al tacto, igual de suave.

Lo sostuvo en alto y se volvió hacia el espejo. Las finas capas de la falda le llegaban hasta justo por encima de los tobillos y despedían un brillo tenue, como luces de hada a través de esa niebla. Las mangas largas acababan en punta y el escote cuadrado del corpiño era bastante más amplio que el discreto cuello del vestido azul.

—Bueno, es una maravilla y se merece unas cuantas horquillas brillantes en el pelo, como decía Marco. Vamos a buscar a Kiara, Botarate, a ver si nos las presta.

El perro se puso delante de ella, y Breen se dio cuenta de que no tenía ni idea de dónde estaba la habitación de la joven. Cuando iba a llamar a la puerta de Marco para preguntarle si él lo sabía, vio a Brigid.

—¿Necesitas algo? —le preguntó la chica.

—Quería preguntarle una cosa a Kiara, pero no sé dónde está su habitación.

—Bueno, te la enseño encantada. Está en la otra ala.

—Te lo agradezco.

—¿Has disfrutado de tu tarde en la aldea? —le preguntó Brigid mientras la guiaba.

—Sí. Hay mucho que ver.

—Sí, y ha hecho un día precioso para verlo. Y esta noche también lo será. Aquí está la habitación de Kiara. ¿Te va a peinar ella? Es una artista con el pelo.

—Solo quería preguntarle si podía prestarme algunas horquillas para esta noche —respondió Breen, y llamó a la puerta—. Me dijo que ya había quedado en peinar a otra persona.

Brigid miró hacia la puerta siguiente.

—Seguramente a esa —dijo—. A Shana, quiero decir. Lo más probable es que ahora mismo esté en esa habitación arreglándole el pelo.

—Ah. Bueno, no quiero molestarla.

—Seguro que puedo encontrar lo que necesitas. ¿Qué clase de horquillas quieres?

—No pasa nada. No tiene importancia. Solo era por…

Dejó la frase en el aire porque el perro se había acercado a la otra puerta y estaba gimiendo.

—Venga, Botarate, aléjate de ahí. Vamos a nuestro cuarto y…

Sin embargo, como él se sentía inquieto, ella también. Como él olía a sangre, ella también.

—Algo va mal. —Sin molestarse en llamar, Breen intentó girar el pomo—. Está cerrado con llave… Algo va mal —repitió mientras Botarate aullaba.

—¿Estás segura? —preguntó Brigid, que se apretó las manos con fuerza—. Puedo ir a pedirle una llave a Tarryn, si estás segura. Es que…

—No hay tiempo.

Con su poder, desbloqueó la cerradura y abrió la puerta. Kiara estaba tirada en el suelo, y Breen se agachó a su lado.

—¡Está herida! —exclamó Brigid, que se volvió mientras anunciaba que iría a buscar ayuda.

—Espera.

«Despacio», se recordó Breen. Tranquila. Recordó todo lo que le había enseñado Aisling y colocó las manos sobre la herida en la cabeza de Kiara, de la que manaba sangre.

—Lo veo. Lo siento.

Despacio, tranquila, llamó a la luz.

—No es profunda —murmuró—. Pero le dolerá. Con cuidado. —Respiró hondo y cerró la herida, que era larga pero superficial.

Calmó el dolor, encogió el feo nudo y la magulladura. Cuando Kiara empezó a moverse, Breen le habló con dulzura.

—Quédate tumbada un momento. Sé que notas un dolor palpitante, yo también lo noto. Te sientes mal, pero quédate tumbada y deja que acabe.

—Puedo ir a pedirle una poción a uno de los sanadores —se ofreció Brigid.

Kiara gimió y se movió de nuevo.

—Shana...

—No pasa nada. Otro minuto.

Pero, con los ojos dándole vueltas, Kiara se puso de rodillas.

—Shana. ¡El *taoiseach*!

—¿Qué ha pasado? ¿Ha sido Odran o...?

—Ay, dioses —dijo Kiara, y le agarró el brazo a Brigid y se apoyó en ella para levantarse—. ¿Dónde está el *taoiseach*?

—En sus aposentos. He...

—Ve a buscar ayuda. A su madre, a la mía, envíalas con él. Deprisa, deprisa.

Cuando Brigid salió corriendo, Kiara se tambaleó.

—Estás mareada, ven a sentarte. Deja que termine —le dijo Breen.

—No hay tiempo. Tenemos que detenerla. Ayúdame. No puedo correr.

—No pasa nada. Apóyate en mí. ¿Qué ha pasado?

—Me ha golpeado.

—¿Shana? ¿Te ha golpeado?

—Estaba muy enfadada y creo que ha perdido la cabeza. Ay, dioses. Ha preparado una poción de amor y pretende dársela a beber. Tengo que detenerla. Ay, se ha condenado; mi mejor amiga y debo ser yo quien la denuncie.

Mientras Kiara yacía inconsciente, Shana subía los escalones de la torre. Había procurado adoptar su mejor cara de arrepentimiento antes de llamar a la puerta de Keegan.

—Entra.

No cambió de expresión, a pesar de la irritación que le causó comprobar que el *taoiseach* no estaba solo. Y, además, resultaba evidente que no se alegraba de verla.

—Siento interrumpir —dijo, y sonrió a Flynn.

—Una mujer bella siempre es una interrupción agradable. De todos modos, ya estábamos acabando. ¿No, Keegan?

—Sí. Nos vemos esta noche y mañana seguimos hablando.

—¿Podrías reservarme un baile? —le preguntó Flynn a Shana. Ella esbozó una sonrisa y batió las pestañas.

—Claro que sí.

Cuando salió, Shana volvió a adoptar la expresión compungida, con las manos entrelazadas a la altura de la cintura.

—De nuevo, debo disculparme. No me gusta que se esté convirtiendo en una costumbre, así que espero que sea la última vez que tenga que hacerlo.

—Esa disculpa no me la debes a mí.

Ella asintió y se acercó a la chimenea encendida de la espaciosa habitación, con la que pretendía quedarse.

—Sé que eso es lo que crees, así que lo haré, ya que, cuando me calmé un poco, me di cuenta de que lo que le había dicho a Breen podría malinterpretarse. No quería insultarla, Keegan, pero veo que lo hice, y lo cierto es que yo solo bromeaba, como a menudo hacemos las mujeres, sobre ti…, sobre nosotros.

Tras negar con la cabeza, se volvió hacia él y vio claramente en aquel rostro que tan bien conocía que Keegan estaba muy harto de todo el tema.

—Las mujeres podemos ponernos muy tontas cuando se trata de los hombres —prosiguió—, y confieso que sentí una punzada de celos, como cualquier chica que conoce a la amante de la persona con la que se ha acostado. He sido tonta y le pediré disculpas. Cuando me marche, iré directamente a sus aposentos y lo haré. Pero te debo a ti otra por cómo te he hablado. Estaba avergonzada. —Sonrió de nuevo y levantó las manos—. Como bien sabes, me sobra orgullo. De nuevo, ¿me perdonas?

—Por supuesto.

Sin embargo, Shana percibió con claridad la tensión en su voz y vio, con la misma claridad, la frialdad de su mirada.

—¿Te tomarás una copa de vino conmigo? Así reuniré el valor necesario para enfrentarme a Breen y dejaremos todo esto atrás.

—Tengo que ocuparme de otros asuntos antes de...

—Una copa de vino —insistió ella mientras se acercaba a la mesa en la que estaba el decantador—. Y lo dejamos todo zanjado para siempre.

De espaldas a él, vertió la poción del frasco en la copa. Después se la pasó y la chocó con la suya. Cuando bebió y él no lo hizo, volvió a intentarlo.

—Y tú puedes brindar por mi compromiso con Loren y desearme felicidad.

Él la miró a los ojos y contestó:

—Brindo por una noticia como esa y te deseo felicidad.

Cuando alzó la copa, Kiara entró de golpe en la habitación.

—¡No, *taoiseach*, no! No bebas —dijo.

A la joven se le doblaron las rodillas y Breen la ayudó a sentarse.

—Shana ha preparado una poción de amor —le explicó esta a Keegan.

—Pero ¡¿qué horrible mentira es esa?! ¿Qué le has hecho a Kiara, a mi amiga? ¡Está sangrando! Keegan, la ha...

—¡Silencio! —Él dejó la copa y, tras agitar la mano sobre ella, selló la poción en el interior—. ¿Creías que no la percibiría, que no la olería? ¿Por quién me tomas?

Agarró a Shana del brazo antes de que se moviera y, tras meterle la mano en el bolsillo de la falda, sacó el frasco.

—Que seas capaz de hacerle algo así a otra persona... —dijo Keegan—. Que alguien con todo lo que tú tienes sea capaz de hacer esto para conseguir más... Pretendías violar una ley sagrada, traicionar mi confianza y hacerle daño a una amiga, todo por tu orgullo.

La furia de Shana estalló con tanta fuerza que no logró forzarse a llorar.

—Te di lo que me pediste, lo que querías, y tú me rechazaste —exclamó.

—Nos dimos el uno al otro lo que queríamos, durante un tiempo, hasta que, al final, parece que no fue suficiente para ninguno de los dos.

—¿La elegirías a ella antes que a mí?

Keegan la miró a los ojos y confesó la cruel verdad.

—Jamás te habría elegido a ti.

—¡Cabrón de mierda, me las pagarás! —Se zafó de su brazo—. Te juro que me las pagarás. Tu zorra mestiza conocerá mi ira, igual que la conocerás tú.

Mientras Kiara sollozaba, Shana salió hecha una furia de la habitación.

—No irá muy lejos —dijo Keegan, que, después de apretarse los párpados con los dedos, se acercó a Kiara para agacharse frente a ella—. Ya pasó, cielo, ¿dónde te duele?

—Me golpeó. Creo que me golpeó.

Mientras Kiara levantaba la mano para tocarse la nuca, Breen se la cogió y puso su otra mano en su cabeza.

—Sé que te duele. Deja que termine.

—Lo vi… Lo vi en su tocador y le dije que no, que no podía. Le dije que me diera la poción y que yo la destruiría. Que no se lo diría a nadie. Lo siento, lo siento. Es mi amiga y no se lo habría contado a nadie, a pesar de la ley.

—Ya está todo arreglado —dijo Keegan, que miró a Breen y le vio la cara de dolor, la concentración—. ¿Quién no haría lo mismo por una amiga?

Entre sollozos, Kiara le agarró la mano.

—Pero creo… Al final, creo que nunca fue mi amiga.

—No, cielo, pero tú eras la suya.

Minga entró corriendo en la habitación, con Tarryn justo detrás.

—¡Ay, mi niña!

—Deja que Breen termine, déjala terminar, Minga. Kiara ya está bien, está bien. ¿Verdad, cielo?

Kiara seguía derramando lágrimas como si fuera una cascada, pero asintió mientras Minga se arrodillaba junto a Keegan y le daba la mano a su hija.

—Me golpeó. Creo. Le dije que, si no me hacía caso, se lo diría a mi madre. Iba a ir a buscarte, mamá, a traerte, pero ella me golpeó, creo, porque la cabeza… Noté un dolor horrible, y después apareció Breen y Brigid estaba con ella. Ya no me duele tanto, de verdad.

—Pero tendrás el estómago un poco revuelto, ¿verdad? —dijo Tarryn, que cogió otra copa y sirvió un líquido que llevaba en una botella.

—Sí, es verdad, pero no tanto. ¿Qué le pasará a Shana? No pensaba con claridad, no es posible que lo hiciera. No ha sido más que una de sus rabietas. Si…

—Venga, no te preocupes por eso ahora. —Le acarició la cara con ternura para calmarla—. Bébete esto, querida. Así, hasta la última gota.

Breen dio un paso atrás y Tarryn pasó las manos por encima de la cabeza, el cuello y los hombros de Kiara. Después, sonriente, asintió con la cabeza en dirección a Breen.

—Ahora, ve con tu madre, Kiara, túmbate un ratito y después te sentirás mejor. —Se acercó a Minga para apoyarle una mano en el hombro—. Se pondrá bien, te lo prometo.

—Sí, claro que sí, mi hija tiene una cabeza dura. Venga, mi amor, puedes descansar en mi cama, como cuando eras pequeña.

—Dime algo, si puedes, Kiara —le dijo Keegan al ayudarla a levantarse—: ¿Sabes de dónde ha podido sacar los ingredientes que necesitaba? ¿Dónde ha aprendido las palabras?

—No lo sé con certeza, y si hubiera sabido que estaba pensando en hacerlo habría encontrado el modo de detenerla, por su propio bien. Lo juro.

—No es culpa tuya —le aseguró él, y le dio un beso en la cabeza—. Has hecho lo correcto. Ve a descansar.

Minga le rodeó la cintura con un brazo para conducirla al pasillo y, mientras lo hacía, le cogió la mano a Breen.

—Nunca lo olvidaré —le dijo a la joven.

Keegan se restregó la nuca mientras salían y después se volvió hacia Breen.

—Siéntate.

—Me gustaría salir a tomar un poco el aire.

Él movió la mano libre hacia su ventana para abrirla.

—Ya lo tienes. Siéntate. Estás más pálida que las lunas.

—Y, evidentemente, la mejor forma de arreglarlo es gruñirle —dijo Tarryn—. Ve a por vino, hijo, y añade tres gotas de reconstituyente. Con tres basta.

—Tengo que... Hay que encontrarla —repuso Keegan—. Tengo que enviar a alguien a hacerlo, de la forma más discreta posible.

—Dioses. Sí, ve entonces. Yo cuidaré de Breen.

—Quédate —le dijo Keegan a la joven antes de marcharse.

—Está enfadado —explicó Tarryn mientras se acercaba a un armario y sacaba una botellita del interior—. La paciencia de mi hijo ya es escasa de por sí, incluso en sus mejores momentos, pero desaparece como la bruma al sol cuando está enfadado.

—Sí, ya me he dado cuenta.

Como no quería sentarse y necesitaba el aire, Breen se acercó a la ventana. Vio que daba al exterior: a los jardines, la fuente, el río, la aldea y las colinas y los campos de más allá.

—Bébete esto. Son solo unas gotas de reconstituyente diluidas en un excelente vino de nuestros propios viñedos. Keegan estará menos enfadado cuando recuperes el color de las mejillas. Yo también necesito un poco de vino, después de todo esto. —Se lo sirvió—. ¿Era grave la herida de nuestra Kiara?

—No estoy segura. Todavía estoy aprendiendo y nunca había curado una herida así. Tenía que intentarlo. Estaba en el suelo, en el dormitorio de Shana. Botarate fue el primero que se dio cuenta.

El perro, que estaba sentado junto al fuego, movió el rabo.

—Y yo lo percibí a través de él —siguió Breen—. Mucha sangre; las heridas de la cabeza sangran mucho. Supongo que sufría una conmoción, porque veía borroso cuando empezó a despertar y se sentía mareada. Había un jarrón, de cristal, creo, en el suelo; se había derramado el agua y las flores estaban tiradas por allí. La puerta estaba cerrada con llave. Shana la encerró y la dejó desangrándose.

—Habría sido mucho peor para ella que no la hubieras encontrado. En parte, me culpo por todo esto.

—¿Cómo? —preguntó Breen, volviéndose hacia ella—. ¿Por qué?

—Porque en el fondo sabía cómo era Shana, que su ambición era enorme y poderosa. Que era taimada. Pero quiero mucho a su madre y a su padre, y ellos la adoran. La miman demasiado, pero por amor.

—Tenía elección; decidió hacerlo. Esto no es culpa tuya ni de Kiara ni de sus padres ni de nadie más que de ella.

Tarryn la estudió mientas bebía de la copa de vino.

—Es lo que diría Keegan, y con la misma certeza, a pesar de que dentro siente parte de esa culpa.

—Entonces, es estúpido.

La mujer echó la cabeza atrás y se rio.

—Ay, me caes bien. Me caes muy bien.

—¿Qué pasará cuando encuentren a Shana?

—Habrá un juicio —respondió Tarryn sin más—. Y eso hace que me preocupe por mi hijo, ya que, haga lo que haga, le pesará enormemente.

Se acercó a la botella para servir una tercera copa de vino al ver que Keegan regresaba.

—Tengo a tres elfos registrando el castillo, ya que para una elfa es muy sencillo esconderse. Aunque no podrá hacerlo durante mucho tiempo. Un par de hadas recorrerán los terrenos, el bosque y la aldea. He tenido que enviar a alguien a por Loren… y, de camino, registrarán su casa y el bosque que la rodea. Podría acudir a él en busca de ayuda. Puede que obtuviera el hechizo de él, y necesito saberlo. —Bebió y miró a Breen—. Cuéntame lo que sepas.

«Pues muy poquito», pensó ella, pero se lo contó.

—No ibas a beber —añadió Breen—. Cuando entramos para advertirte, tú ya lo sabías.

—Sí. ¿Cómo lo llamaste una vez? «Lenguaje corporal». La forma en la que me sirvió el vino, insistiendo en que teníamos que beber para sellar su disculpa. Y pensé: «Me está echando algo en la bebida». Supuse que pretendía enfermarme antes de la Bienvenida, ya que su disculpa sonaba más falsa que una campana rajada. —Levantó la copa que había sellado—. Pero usó demasiado aceite de canela y me llegó el aroma, y también del resto, ya que no es una experta en preparar pócimas. —Se sentó, con el aspecto más cansado que Breen había visto en su vida—. La habría enviado fuera. Su padre tiene familia en el norte y creo que la habría enviado allí un año. Si hubiera sido algo solo entre ella y yo, me habría dolido, pero no sabía lo de Kiara. Así que ahora habrá un juicio y será una vergüenza para sus padres.

—Deja que hable con ellos. Que se lo cuente.

—Mamá, te concedo tu petición de buen grado. Y quieran los dioses que la encontremos pronto.

—Nunca fue por ti —dijo Tarryn, que se le acercó y se sentó en el brazo de su sillón—. O solo un poco, la parte que corresponde a su vanidad y a su orgullo, heridos porque un hombre no la deseara. Pero siempre ha sido por el bastón y la espada.

—Lo sé, y es una suerte para mí que ni mi vanidad ni mi orgullo se sientan heridos.

—Me decepcionaría si así fuera. Voy a hablar con sus padres y, después, me pasaré para ver cómo está Kiara. Tiene el corazón roto. Lo has hecho muy bien, Breen. Ella es como una hija para mí. Y ahora debo decirles a mis amigos lo que ha hecho su única hija. —Se levantó—. Os veré después, en la Bienvenida.

—Creía… que la suspenderías —le dijo Breen a Keegan cuando su madre los dejó.

—No, mejor seguir adelante que tener a todo el mundo cotorreando sobre por qué no se ha celebrado.

—Va a ser superdivertido…

Él respondió a su cara de resentimiento con otra de su propia cosecha.

—Es nuestro deber —repuso—, el tuyo y el mío, aunque me encantaría mandarlo todo al infierno. Pero es importante que la gente te dé la bienvenida y te conozca. —Cerró los ojos un momento—. Es importante que no dejemos que todo esto nos lo impida.

—Vale. De acuerdo. Pero, Keegan, todo esto ha sido algo más que una rabieta o que un orgullo herido. Shana no está… Creo que no es una persona estable.

—Lo sé. Lo he visto. La encontraremos.

El hombre que Breen había visto con Shana apareció en la puerta abierta. «Debe de ser Loren», pensó, y dejó la copa a un lado.

—Entonces, tengo que ir a arreglarme —dijo.

—*Taoiseach*. —Loren saludó con la cabeza a Keegan y después se volvió hacia ella—. Breen Siobhan O'Ceallaigh, es un gran placer conocerte al fin.

—Loren Mac Niadh —lo presentó Keegan mientras él le cogía la mano a Breen y se la llevaba a los labios.

—Encantada —dijo ella—. Ya me iba.

—Te veré después, en la Bienvenida. Espero que puedas concederme un baile.

Como no se le ocurría qué responder, Breen sonrió y salió. Y le parecía lo más adecuado cerrar la puerta.

Loren se sentó y dijo:

—Me han dicho que querías verme con urgencia. ¿Hay algún problema? ¿Odran y sus demonios?

—Hay un problema, pero, de momento, no tiene que ver con él. —Keegan se levantó, cogió la copa sellada y, tras quitarle el sello, se la ofreció a Loren—. No bebas. ¿Sabes lo que es?

El otro, desconcertado, frunció el ceño mientras miraba la copa.

—Bueno, es vino, ¿no? Tiene algún tipo de aroma y… —La levantó para olerla y, tras hacerlo, alzó rápidamente la vista hacia Keegan—. ¿Por qué has preparado algo así? ¿Por qué incumple el *taoiseach* una de las Primeras Leyes al preparar una poción amorosa?

—No he sido yo. Alguien pretendía que me la bebiera, pero, igual que tú, la reconocí antes de hacerlo.

—¿No me estarás diciendo que la hija de los O'Ceallaigh quería…?

—No, Breen no. —Keegan recuperó la copa y la selló de nuevo antes de dejarla en la mesa—. Shana.

—Eso es una tontería, no sé quién te habrá contado semejante mentira, pero…

—No es una mentira. —Sacó el frasco—. La trajo dentro de esto y la echó en la copa cuando sirvió el vino. Y, antes de venir aquí, Kiara fue a su habitación y vio lo que estaba haciendo. Cuando intentó detenerla, salvar a su amiga de un juicio muy difícil, Shana la golpeó. La dejó aturdida y desangrándose en el suelo, la encerró y vino aquí.

—Es un error, sin duda… —Loren se levantó—. Un malentendido, una confusión. ¿Kiara está grave?

—Breen la encontró, gracias a los dioses. La ha curado lo suficiente como para que viniera a verme, temiendo que bebiera. Y te puedo decir que tenía sangre en la cara, en el pelo y en la ropa. Por culpa de su amiga. Te lo voy a preguntar: ¿le diste lo que necesitaba para preparar el hechizo?

—Dioses, no, y no estoy convencido de nada de esto. Sé que no somos amigos íntimos, tú y yo, pero nunca usaría mi magia para algo así ni ayudaría a otra persona a hacerlo. ¿Una violación de corazón y mente? Y el peligro que podría…

Loren guardó silencio; sus ojos perdieron el brillo.

—Has recordado algo —dijo Keegan.

—No, nada, no. Un juego, una broma entre amantes. ¿Dónde está? ¿Dónde está Shana?

—La estamos buscando. ¿Qué juego?

—Solo estábamos fingiendo, fue hace tiempo, en verano. Jugamos a mezclar la pócima, como un teatro. Pero, dioses, le dije las palabras, le dije cómo se hacía, para que fingiera esclavizar mi corazón. Sabía que no me amaba del todo, pero creía que empezaba a sentir algo… Deja que me la lleve de aquí.

—Tiene que haber un juicio.

—Me la llevaré. —Desesperado, Loren agarró a Keegan del brazo—. A donde tú quieras, fuera de Talamh, si es lo que deseas. Te suplico que no la destierres a ese lugar. Prohíbele volver aquí, para toda la vida, y yo me la llevaré.

—Sabiendo todo esto, ¿sigues queriendo estar con ella?

—La amo.

—Entonces, hablarás en el juicio y presentarás tu oferta. Si ella quiere irse contigo y tú estás dispuesto, os lo concederé. Lo cierto es que sería un alivio para mí. Pero, primero, tenemos que encontrarla.

20

M arco estaba sentado en el baúl a los pies de su cama mientras Breen se paseaba por la habitación y se lo contaba todo.

—¡Pero qué puto fuerte! —exclamó él.

Era una de las frases con las que acompañó el monólogo de Breen. Cuando ella terminó y se dejó caer en una silla, él la miró.

—Iba a vampirizarlo con una poción de amor —dijo—. ¿Quién coño quiere tener a su lado a alguien que necesita estar drogado para sentir algo por ti?

—Al parecer, ella —contestó Breen—. O, más bien, a la conclusión que he llegado es que quería la posición social… y Keegan formaba parte del lote.

—Eso va mucho más allá de ser una chica mala. ¿Seguro que Kiara está bien?

—Sí, pero no sé cómo lo va a superar, Marco. Es como si yo te hiciera eso a ti o tú a mí. Al menos, desde la perspectiva de Kiara.

Él puso cara de pena.

—Shana no solo le ha roto la cabeza, sino también el corazón —dijo.

—Sí. Supongo que ahora no me creo que Shana sepa lo que es la amistad, el amor o la lealtad reales, pero Kiara sí. En fin, que

332

tenía que desahogarme. No puedo creerme que vayamos a una puñetera fiesta después de esto.

—Es justo lo que necesitas. Y si Kiara se siente con ganas de asistir, nos aseguraremos de que se lo pase bien y no piense más en el tema.

—Podemos intentarlo —repuso Breen.

Marco conocía a su amiga, así que cambió de táctica para animarla.

—Vamos a conseguirlo. Y vamos a tener una pinta tremenda mientras lo hacemos. La yaya me ha enviado ropa y estoy seguro de que a ti también.

—Pues sí.

Marco se levantó de un salto y abrió su armario.

—Echa un ojo.

Breen se levantó y vio unos pantalones (de cuero, claro) de un tono bronce, una túnica color crema y un chaleco largo de terciopelo verde intenso a juego.

—Vas a estar genial. Será mejor que yo empiece a arreglarme. Vamos a vestirnos de fiesta, Botarate.

Cuando Breen terminó de cambiarse, mientras se permitía girar un par de veces frente al espejo, alguien llamó a la puerta. Supuso que era Marco, así que gritó:

—¡Échale un ojo a esto!

Y se ruborizó un poco cuando vio que entraba Minga.

—Lo siento —se disculpó—, creía que eras Marco. ¿Cómo está Kiara?

—Mucho mejor gracias a ti, y el chico…, el hombre… Tengo que recordarme que ya es una mujer adulta… El hombre del que está decidida a enamorarse le ha llevado flores y la ha convencido para que vaya a la fiesta. Es bueno que acuda y no se quede sentada en su cuarto llorando por Shana. Te he traído esto —añadió mientras le entregaba unos pasadores para el pelo adornados con gemas—. Brigid me ha dicho que es lo que estabas buscando. Si no lo hubieras hecho, mi niña se habría quedado allí tirada durante quién sabe cuánto tiempo. Creo que pegarán con tu vestido; le eché un vistazo cuando Marg me lo dio para que te lo trajera.

—Son perfectos, gracias. Solo tengo que averiguar cómo ponérmelos.

—Te los pongo encantada. Puede que Kiara haya obtenido sus dones élficos de su padre, pero su habilidad con el pelo le viene de mí.

—Tu peinado es… —Lo llevaba medio recogido, medio suelto, flotando en forma de tirabuzones— fabuloso.

—Gracias. Ven, date la vuelta. Ay, sí, así debería ser. Todavía no han encontrado a Shana —le contó mientras le colocaba los pasadores a lo largo de la trenza—. Sus padres están destrozados, según me ha contado Tarryn.

—Lo siento mucho.

—Yo también. Además, me han dicho que, cuando la encuentren y se celebre el juicio, Loren se ofrecerá a llevársela lejos, a compartir vida con ella, si está dispuesta. Sería lo mejor para todos. Nunca ha tenido que apañárselas sola, ya sabes, y que la echen de la Capital, y quizás de Talamh, será duro para ella, por mucho que se lo haya ganado a pulso. Con Loren tendría una buena vida.

—Debe de quererla mucho.

—Creo que sí. Sí, la quiere, aunque me parece que se equivoca al pensar que puede cambiarla con amor y tolerancia. Ya está. Resaltan tu pelo y van pero que muy bien con el vestido.

—Gracias. No habría sabido cómo hacerlo sin ayuda. Dependo de Marco para este tipo de cosas.

—¿Crees que ya estará listo? Puedo acompañaros a los dos hasta el salón de banquetes.

—Vamos a averiguarlo. ¿De verdad puede asistir Botarate?

—Es un invitado de honor y otro de los amores de mi vida.

—Con su vestido de cobre reluciente, Minga se agachó para

mirarlo—. Tú sabías que mi Kiara necesitaba ayuda y te aseguraste de que la obtuviera. Eres mi héroe. —Sonrió y salieron de la habitación—. Me encantaría leer el libro que escribiste sobre él.

—Será un placer. No lo publican hasta el verano que viene, pero te enviaré un ejemplar.

Marco abrió la puerta antes de que llamaran.

—Justo iba a tu cuarto para ver si ya estabas preparada. ¡Y vaya que si lo estás! Ese vestido es para morirse. ¡Minga, estás tremenda!

—Es un cumplido —explicó Breen.

—Y como tal lo acepto. Tú también estás tremendo, Marco.

—Mira, Botarate, nos han tocado dos mujeres despampanantes. Tengo dos brazos, damas —añadió mientras se los ofrecía.

Del balcón del salón de banquetes salía música. Había velas encendidas en altos soportes de hierro y en las ruedas de hierro sujetadas por cadenas que colgaban del altísimo techo. La luz bruñía los largos bancos y mesas dispuestos a ambos lados de la sala, de cara a la mesa que presidía la sala. Detrás de esta, el estandarte del dragón volaba sobre un enorme fuego.

Las voces rebotaban en los suelos de tablas de madera y en las paredes, de las que colgaban coloridos tapices entre las vidrieras que adornaban las ventanas en arco. Los asistentes se repartían en grupos; algunos permanecían sentados y bebían vino o cerveza mientras charlaban.

—Ah, veo a algunas personas que están deseando volver a verte.

Minga los condujo a una mesa en la que estaban hablando tres hombres y tres mujeres, prácticamente a la vez, gesticulando mucho. Uno de los tipos, mayor que los otros dos, los miró. Y clavó la vista en la cara de Breen. A ella le pareció recordar que lo había visto sentado con el consejo, durante el juicio, pero no estaba segura, porque había visto a mucha gente.

Él se levantó; era alto, lucía barba y llevaba el pelo, del color de las castañas asadas, recogido en una trenza de guerrero detrás de la oreja. Cuando lo miró, Breen notó una presión en el pecho. Lo reconoció como uno de los tres músicos que acompañaban a su padre en la fotografía tomada en aquel pub de Dublín, al otro lado. Mientras la observaba acercarse, él apoyó una mano en el hombro de la mujer que estaba a su lado y charlaba animadamente con los demás, moviendo una mano en el aire. Sin dejar de hablar, ella levantó la vista y miró a Breen. Y esta se dio cuenta de que a la otra se le empañaban los ojos al ponerse en pie. Y, no satisfecha con eso, corrió a envolverla en un gran abrazo.

—Ay, dulce Madre, aquí está. Aquí está la niña. —Se retiró mientras sus ojos, de un tono verde precioso, seguían derramando lágrimas—. Mírala, Flynn, una mujer adulta ya, ¡y tan guapa! ¿No te acuerdas de mí, cariño? Bueno, no importa, no importa en absoluto, porque yo sí me acuerdo de ti.

—Eres… la madre de Morena. Eres… —Todo empezaba a asomar a la superficie de sus recuerdos—. Eres Sinead y me preparabas galletas de azúcar con forma de flores.

—Eso es, eso es, sí. Y las que más te gustaban eran los acianos.

—Morena… me pidió que te dijera que vendrá pronto a visitaros.

—Espero que sí, la echamos de menos, aunque sabemos que no le gusta la Capital. —Secó una lágrima que caía por la mejilla de Breen—. Pero, míranos, como no paremos se nos va a manchar toda la cara. ¿A que está maravillosa, Flynn?

—Sí que lo está, eso y más. ¿Cómo estás, conejito rojo?

Breen dejó escapar una carcajada que era medio sollozo antes de lanzarse a sus brazos.

—Me llamabas así porque siempre estaba corriendo. Y nos dabas gominolas a escondidas cuando nuestras madres no miraban.

—Vaya, y ahora te chivas, después de tantos años.

—Tengo una fotografía en la que sales con mi padre, el de Keegan y otro, Brian, en un pub de Dublín.

—Eso me ha contado mi madre. Eran buenos tiempos, los mejores. —Apretó el rostro de Breen entre sus grandes manos para darle un beso—. Tu padre era mi hermano en todo salvo en la sangre y el mejor amigo que he tenido.

—Lo sé. Lo siento, este es Marco, el mejor amigo que he tenido.

—Todos hemos oído hablar de él, por supuesto. —Sinead lo abrazó—. Y veo que Finola tenía razón, como siempre: es guapo a rabiar. Venid, venid a conocer a la familia. Puede que no recuerdes a los chicos, Breen, y no conoces a sus esposas. Este es nuestro Seamus, le pusimos ese nombre por el padre de Flynn, y nuestro Phelin, por mi padre, y…

—Te lancé las ranas —le dijo Breen a Phelin—. Morena y yo estábamos jugando a tomar el té en el jardín, y tú invocaste la lluvia para que nos mojáramos. Nos enfadamos muchísimo. Yo llamé a las ranas y los sapos, y te persiguieron.

—Mira que recordar precisamente eso… —le dijo el joven, que era una fotocopia de su padre en la época de la foto, mientras se reía y la abrazaba—. Y esta es mi mujer, Noreen.

—No te levantes —le dijo Breen; era guapa, estaba muy embarazada y lucía una corona de trenzas doradas—. Encantada de conocerte.

—Lo mismo digo, y espero que me cuentes más historias sobre la vergonzosa juventud de mi hombre.

—Empiezo a recordarlo todo. Te recuerdo a ti —le dijo a Seamus—. Tenías una gata que se llamaba Maeve y que tuvo una camada de gatitos. Me prometiste uno cuando los destetaran, pero… nos fuimos antes de eso.

—Nos quedamos una y le pusimos tu nombre. Era una cazadora de ratones de primera. Bienvenida una y mil veces.

Tenía los ojos de su madre y la figura de su padre. Se inclinó para besarla.

—Y esta es mi Maura.

—A nuestro hijo pequeño le pusimos el nombre de tu padre —le contó ella a Breen—. Era un gran hombre, un buen hombre. Mis padres lucharon a su lado. Yo entreno a otros para luchar junto al *taoiseach*.

Tenía unos ojos verdes relucientes que destacaban sobre su piel oscura. La trenza de guerrera le caía por debajo del hombro, mientras que el resto del pelo lo llevaba corto y liso.

—Él te habría dado las gracias por ese honor y le habría deseado a tu hijo lo mejor para el futuro —respondió Breen.

—Sé que tenéis muchas cosas que contaros —dijo Minga—, pero veo que ya llega el *taoiseach*, y tengo que llevarlos a la mesa si no queremos morir todos de hambre.

—Volveré —prometió Breen, y tomó las manos de Sinead entre las suyas—. Hasta este preciso momento no me había dado cuenta de cuánto os echaba de menos.

—Ay, mi dulce niña. —Sinead la abrazó de nuevo y le susurró al oído—: Te quería como si fueras una de mis criaturas, y lo sigo haciendo.

—Lo sé. Volveré.

—Bien hecho —le dijo Minga a Breen cuando se los llevó hacia la otra mesa—. Le has dicho a Maura justo lo que tenías que decirle. Y has hecho feliz a Sinead.

Habían llegado muchas más personas desde su parada en la mesa, por lo que veía. Se oían muchas más voces. Y no se había percatado antes porque los recuerdos le habían sobrevenido de golpe y, con ellos, los sentimientos. Los había querido, a todos, como solo los niños son capaces de querer: de forma absoluta y pura. Lloró por ellos cuando se la llevaron lejos.

Keegan estaba en la mesa principal, junto a su madre. Iba de negro, con un chaleco plateado mate, y Tarryn lucía un vestido de flores blancas sobre fondo azul.

—Tú te sentarás a la izquierda de Keegan —le dijo Minga a Breen— y Marco, a tu lado. No te sientes hasta que lo haga él. Hay una copa de vino, pero no la levantes hasta que termine de hablar.

—Vale —respondió ella, que notaba los nervios recorrerla de la cabeza a los pies—. ¿Se supone que debo decir algo? ¡Por favor, dime que no!

—Solo si te apetece. Esta noche es para darte la bienvenida y celebrarlo.

—No he visto a Brian —comentó Marco.

—Vendrá pronto, seguro, y, como Keegan pensó que te gustaría, le hemos reservado un sitio a tu lado.

Los condujo alrededor de la mesa para que ocuparan sus lugares y después se sentó al otro lado de Tarryn. Un hombre de pelo rubio y ojos azules tranquilos se sentó al otro lado de Minga y le tomó la mano para besársela. Og, pensó Breen, el que viajó a un mundo de arenas doradas y mares azules para encontrar el amor.

—Esta es tu gente —le susurró Keegan—. No tienes por qué temerla.

—No la temo. —«Del todo», añadió mentalmente.

Él esperó un momento a que las voces bajaran hasta convertirse en murmullos y estos cesaran por completo.

—Hemos conocido la batalla y la sangre, la alegría y la tristeza, y conoceremos más a medida que transcurran las noches y los días. Y conoceremos la paz, como hemos jurado, como juraron los que vinieron antes que nosotros, mil años y más para instaurarla, mantenerla y conservarla. Lo que sabe uno lo sabemos todos. Somos uno. Somos Talamh.

Lo vitorearon y él esperó.

—Esta noche estamos aquí, en este lugar —prosiguió—. Estamos en las colinas y los valles, en los bosques y los campos. Estamos en las cuevas, los acantilados, la orilla y el mar. Somos uno. Somos Talamh. Y, como una sola persona, damos la bienvenida a Breen Siobhan O'Ceallaigh, nieta de Mairghread, hija de Eian, hija de las hadas, de los hombres y de los dioses. —Alzó la jarra y se volvió hacia ella—. Coge la tuya —murmuró.

Primero habló en talamhés y después tradujo.

—Como eres nuestra y nosotros somos tuyos, estás en casa. Así que bienvenida una y mil veces, Breen Siobhan O'Ceallaigh, hija de las hadas. —Chocó su jarra con la copa de ella—. *Sláinte.* Bebe —añadió mientras los demás gritaban: «Sláinte!».

Los vitorearon de nuevo cuando lo hizo. Breen se levantó y notó un nudo en la garganta, aunque no era de nervios, sino de gratitud.

—Gracias...

Marco le cogió la mano libre.

—Puedes hacerlo —susurró.

—Vale. —Breen respiró hondo—. Gracias. —La sala guardó silencio para escucharla, así que lo repitió—: Gracias por vuestra bienvenida, por vuestra amabilidad y vuestra paciencia... —Miró a Keegan—. Bueno, a los que habéis sido pacientes.

Le sorprendió oír gritos y risas, aunque quizás fuera de lo más normal.

—He regresado a Talamh y, aunque tengo familia al otro lado, me he traído a mi hermano conmigo. —Levantó la mano que la unía a Marco—. Tengo familia entre las hadas, y con ellas, entre ellas, me he encontrado a mí misma. He regresado a Talamh. He vuelto a casa.

—Bien hecho —le dijo Keegan mientras los demás la vitoreaban—. Ahora, siéntate si no quieres que te pidan más.

Aliviada, se sentó y apoyó una mano en la cabeza de Botarate cuando él se la puso en la rodilla.

—¿Y ahora qué?

—Ahora, comemos —respondió él sin más.

Comieron. Bandejas con carne, tablas de quesos, soperas rebosantes y mucho más. Volvieron a oírse las voces y la música, y Breen lo aprovechó para hablarle a Keegan al oído.

—¿Y Shana? ¿La habéis encontrado?

—Todavía no. Tiene pocos recursos —dijo, casi para sí—. Y apenas ha salido de la aldea, no conoce bien ni a la gente ni el terreno. No podrá esconderse durante mucho tiempo.

—Cuando enseñaba, siempre había un puñado de alumnos a los que mimaban demasiado en casa y pensaban que las reglas y las consecuencias por incumplirlas no iban con ellos. Y unos cuantos de ese puñado siempre encontraban la forma de librarse de las consecuencias o de atacar con rabia cuando no lo conseguían.

—Enseñabas a niños. Ella no es una niña. —Después negó con la cabeza—. Aunque tienes razón: en cierto modo, no es más que una cría.

—Y por eso estás preocupado.

Mientras hablaba, vio que Kiara entraba en la sala con un pelirrojo a su lado. El hombre la condujo a una mesa y todos los que estaban sentados a ella se levantaron para abrazarla. «Hay tantos corazones buenos —pensó Breen— que el frío resulta aún más estremecedor».

Se volvió hacia Marco y vio antes que él que Brian entraba por una puerta lateral. El joven apoyó una mano (la que lucía en la muñeca el regalo que le había hecho su novio) en el hombro de Marco y siguió andando hacia Keegan. Se inclinó para hablarle en voz baja.

—Siéntate, come —dijo Keegan tras asentir con la cabeza. Después, con aire ausente, le lanzó un trozo de carne de ternera a Botarate—. Todavía no la ha visto nadie —le dijo a Breen—. Se está haciendo todo lo posible, así que olvídate de ella, por ahora.

Después se inclinó hacia su madre cuando ella le habló y bebió un buen trago de vino.

—Tengo que dar comienzo al baile —dijo, y, al levantarse, le ofreció una mano a Breen, que se limitó a mirarlo—. Contigo.

En vez de esperar, le cogió la mano sin más. Cuando Keegan rodeó la mesa con ella y la sacó al gran espacio vacío, Breen descubrió que el corazón se te podía caer hasta la barriga y congelarse allí.

—¿Qué clase de baile? No sé cómo...

—La palma izquierda en mi palma derecha y la derecha en tu cadera, después cambia cuando yo lo haga, tres veces. Sabes bailar. Te he visto. Mírame a los ojos.

La ayudó mirarlo solo a él y no pensar en nada más. Escuchó la música, oyó las palmas y los pies que seguían el ritmo, pero, si lo miraba solo a él, no pensaba en cuántos ojos los estaban observando.

La guio por los pasos, incluso cuando el ritmo aceleró. Un giro, un toque y, con esa cadencia acelerada, el giro se convirtió en vuelta y el toque en abrazo. Y, con la sangre latiéndole al mismo compás, deseó que continuara. El deseo la dejó sin aliento cuando, tras sujetarle la cintura con las manos, Keegan la levantó, trazó medio círculo con ella en el aire y la dejó de nuevo en el suelo de tal modo que sus cuerpos quedaron pegados durante un doloroso segundo.

Keegan dio un paso atrás, pero se llevó su mano a los labios mientras lo hacía y no la soltó mientras volvían a la mesa. Otras personas siguieron con el baile cuando la música sonó de nuevo.

—Tengo que bailar con mi madre, con Minga y con otras. Aunque preferiría hacerlo contigo. No te creas que no me resulta un problema.

—¿Un problema?

—Sí. —Le apartó la silla—. Deberías sentarte, porque no creo que tengas muchas oportunidades para hacerlo a partir de ahora.

—No me sé todos los bailes.

—Te las apañarás. —Vaciló, y después se inclinó sobre ella y le habló en voz baja—. Bailarás con otros, como debes, y te divertirás. Pero te pido que no los mires como me mirabas a mí. Esa mirada me gustaría conservarla para mi baile.

Se enderezó, se volvió hacia su madre y le ofreció una mano. Marco se acercó a Breen.

—¡Qué baile más sexy!

—Para.

—Veo lo que veo y sé lo que sé.

—Ve a bailar con Brian.

Apenas lo había dicho cuando el hermano de Morena, Phelin, se le acercó.

—Vamos a bailar, Breen, por los aguaceros y las ranas saltarinas.

—No siempre eras un incordio —repuso ella, sonriente, mientras se levantaba—. Recuerdo que te inventabas juegos cuando te dignabas a jugar con… Nos llamabas «niñas bebé».

—Bueno, creo que entonces tenía unos… seis añazos, así que era muy superior.

Su hermano mayor. Así pensaba entonces en él, y se dio cuenta de que seguía haciéndolo.

—No conozco el baile.

Phelin le guiñó un ojo.

—Te lo iré explicando sobre la marcha, niña bebé.

Shana vio bailar a Breen. Desde fuera, vio a todos los que aseguraban ser sus amigos adular a la bruja. La desesperación que había empezado a sentir cuando vio a los lacayos de Keegan vigilando la casa de Loren, evitando que encontrara refugio y ayuda tras aquella horrenda traición, se había endurecido y calentado hasta transformarse en una rabia ardiente.

La buscaron en el bosque, desde el cielo y en la aldea. Como si hubiera infringido la ley en vez de defenderse y proteger lo que le pertenecía por derecho. Y cuando regresó, cansada de esconderse entre los árboles, las piedras, la alta hierba y las ovejas, había tenido que colarse en el castillo como una ladrona por la noche, solo para descubrir que le habían bloqueado la puerta de su propia habitación. Y que la entrada a los aposentos de sus padres estaba vigilada. Y, mientras los suyos registraban el castillo y los terrenos, mientras los empáticos buscaban cualquier rastro de sus pensamientos y sentimientos, no tardaría en sentirse vulnerable en su propio hogar.

Y todo por la que había llegado de fuera, la que no pertenecía a Talamh y, de algún modo, había logrado poner al *taoiseach* en su contra. Había puesto en su contra a muchos que ahora la agasajaban como si fuera una diosa. Pero Shana rompería ese hechizo y recuperaría el lugar que le correspondía. Cuando la del otro lado yaciera fría en un charco de su propia sangre, le darían las gracias por librarlos de la diosa falsa. Keegan pagaría por ello, igual que la usurpadora. Ya no sería la mujer del *taoiseach*. Sería la *taoiseach*. Y cualquiera que se volviera en su contra, como Kiara, sufriría durante el resto de sus días en el Mundo Oscuro.

«Que baile». A velocidad de vértigo, Shana cogió un cuchillo de una de las bandejas. Más de una cabeza se volvió hacia ella, pero, mientras avanzaba pegada a la pared de piedra, vio desconcierto y, después, indiferencia. «Que todos bailen», pensó mientras se acercaba poco a poco a la pared tras la mesa principal. Aquella noche debía haberse celebrado su compromiso con Keegan. Sin embargo, acabaría en un baño de sangre, puesto que pensaba cortarle el cuello a la pelirroja.

Breen se preguntaba si la dejarían volver a la mesa y sentarse dos minutos. Estaba claro que las criaturas feéricas eran capaces de bailar toda la noche. Cuando Marco la cogió de la mano, recordó que lo mismo le pasaba a él.

—Vamos, nena. Que vean cómo se baila en Filadelfia.

Mientras, ella pensaba que la mesa no le serviría para esconderse, porque seguiría estando a plena vista.

—Aire. Necesito cinco minutos fuera para que me dé el aire. No huiré —le prometió—. Botarate y yo vamos a salir un momento, porque imagino que él también tendrá sus razones para hacerlo. Y después volvemos.

Marco miró al perro.

—Asegúrate de que vuelve —le dijo.

Breen se escabulló por la puerta y Botarate salió zumbando hacia los jardines, donde se veían algunas parejas. La joven levantó el rostro al cielo, a la luz de las lunas, y respiró hondo. Puede que le dolieran un poco los pies, pero el resto de su cuerpo se sentía como en una nube. La música palpitaba contra las puertas y ventanas que tenía detrás, y las voces se alzaban para unirse a la canción. El vino fluía y las risas flotaban en él. Sentía el latido de aquella alegría en el aire, en los incontables corazones que la rodeaban. De haber tenido que elegir una noche para guardarla y volver a ella siempre que quisiera, habría sido esa.

Entonces sintió otro corazón y la furia que albergaba. Botarate salió corriendo de los jardines hacia ella, entre gruñidos y ladridos. Breen se volvió justo cuando Shana se despegaba de los muros del castillo con el cuchillo en alto. Siguiendo su instinto, atacó. El cuchillo en la mano de Shana ardió y ella chilló, conmocionada, cuando se le cayó, todavía envuelto en llamas. Justo cuando Botarate estaba a punto de abalanzarse sobre ella, salió disparada.

—No, no —dijo Breen, y sujetó al perro antes de que la persiguiera—. No la vas a atrapar, y sabe Dios lo que te haría si lo hicieras.

Temblorosa, se dejó caer de rodillas y abrazó a Botarate. No se trataba tan solo de una niña mimada, pensó. Tampoco era simplemente inestable. Era perversa. Lo que había visto, lo que había sentido, era a una persona perversa.

—Breen —dijo Kiara, que acudió corriendo a la terraza desde el jardín, seguida del hombre pelirrojo—. ¿Estás bien? Nos ha parecido oírte gritar.

—No, no, estoy bien.

Se levantó y ocultó el cuchillo ennegrecido por el fuego.

—Soy Aiden —se presentó el hombre, y le ofreció una mano—. Sé que hoy has ayudado a Kiara y, como es una persona muy querida para mí, ahora tú también lo eres.

—Encantada de conocerte, y me alegro de verte contenta, Kiara. ¿Creéis que podríais hacerme un favor?

—Solo tienes que pedirlo —le aseguró Aiden.

—¿Podríais buscar a Keegan? —preguntó con una voz que deseaba temblar, al igual que las piernas, pero que ella luchó por mantener firme y despreocupada—. Tengo que contarle algo, pero ahí dentro hay mucho ruido y cuesta hablar. Preguntadle si puede salir aquí un momento.

—Claro, lo buscamos. Aunque puede que no le baste con un momento. —Kiara la abrazó y susurró—: Estoy en deuda contigo, de por vida. Siempre seré tu amiga.

Cuando entraron, Breen enfrió el cuchillo y lo recogió.

—Me habría matado. Quería hacerlo.

Como sentía las piernas débiles, se acercó a un banco y se sentó, con Botarate pegado a ella como una lapa.

—Eres el mejor perro del mundo. De todos los mundos. Una parte de mí sentía lástima por ella. No me ha matado, pero sí ha acabado con esa parte de mí.

Se quedó donde estaba hasta que apareció Keegan.

—Preferiría que no deambularas por ahí sola hasta que hayamos arreglado este asunto.

—Shana acaba de intentar arreglarlo hace un segundo. La he quemado…

—¿Estás herida? —le preguntó él mientras la cogía por los hombros y la levantaba del banco.

—No. Ella sí. Le he quemado la mano en la que llevaba el cuchillo. Igual… que tú y la espada. Lo hice sin pensar. Me atacó tan deprisa que…

—Espera, no sigas. ¿Por dónde se ha ido?

—Se fue corriendo hacia allí. Algo se ha roto en su interior, Keegan. Lo he visto, lo he sentido… Tienes que saber…

—Ya llegaremos a todo eso —la interrumpió mientras Cróga, que los sobrevolaba, empezaba a descender—. Arriba, los dos —dijo, y prácticamente los lanzó sobre el lomo del dragón antes de montar él también.

—¿Vamos a perseguirla?

Keegan voló hasta la torre más alta y, con Cróga sobre ella, saltó al balcón. Después bajó a Breen y se dio una palmada en la pierna para que el perro saltara tras ella. Se volvió hacia las puertas de sus aposentos y apoyó una mano en ellas para que se abrieran.

—Aquí estarás a salvo.

—Keegan…

—Necesito que estés a salvo. Tengo que dejarte en un lugar seguro y empezar a buscarla. No te ha hecho daño —siguió diciendo para evitar que protestara— porque la has detenido. Puede que se lo haga a otra persona que no logre detenerla.

—Tienes razón.

—Quédate aquí. Volveré en cuanto pueda. —Salió por la puerta—. Cierra cuando me vaya. Creo que no se le ha roto nada dentro, como has dicho —añadió mientras saltaba sobre Cróga—. Creo que simplemente lo ha liberado.

Breen lo observó volar bajo y volver a saltar al suelo mientras el dragón planeaba sobre él. Reuniría a las personas que necesitara para la búsqueda, pensó. La búsqueda de algo perdido que, aunque se encontrase, no habría manera de salvar.

TERCERA PARTE

VISIONES

Largo tiempo permanecí contemplando
esa oscuridad, temiendo, dudando,
soñando sueños que ningún mortal osó soñar jamás.

EDGAR ALLAN POE

21

Shana corrió a toda prisa y lo más lejos que pudo. Sin sentido de la orientación, con el dolor más atroz que había sentido en su vida palpitándole en la mano, corrió por bosques y campos y dejó la aldea atrás. Con el vestido hecho jirones y el corazón a punto de reventarle en el pecho, corrió sin parar.

Cuando el pánico ciego se convirtió en miedo estremecedor, dio con un arroyo. Tras meter la mano en las frías aguas, lloró, derramando unas lágrimas tan amargas que le quemaron el alma como si fuera ácido. Desesperada por conseguir algo de alivio, metió las manos entre las raíces y las arrancó para preparar una cataplasma. Aunque enfrió la herida lo bastante como para dejar de jadear de dolor, la mano seguía palpitándole. Temblando por la conmoción, se arrancó tiras de tela de la falda y, entre sollozos y murmullos, se vendó la mano. Con la buena, recogió agua del arroyo y se la bebió para calmar la garganta.

Entonces los oyó. Las orejas élficas captaron el ruido de los jinetes que la perseguían. Que le daban caza. Los maldijo a todos mil veces mientras se incorporaba.

Y siguió corriendo y, mientras corría, tramaba su venganza.

Una venganza oscura, eterna y sangrienta.

Mientras Shana huía, Breen daba vueltas por los aposentos de Keegan. Encendió los distintos fuegos de la sala de estar de lo que, según vio, era el dormitorio de Keegan. Prendió velas y lámparas, pero no encontró consuelo en ellas. Se acercó a la ventana, a las puertas, a la ventana otra vez y, por fin, aunque sabía que la idea irritaría a Keegan, abrió las puertas de la terraza y salió.

En el cielo veía volar tanto dragones con sus jinetes como hadas. Sabía que habría otros y, efectivamente, en ese momento vio a tres jinetes a caballo. Estaban peinando las carreteras y las colinas, supuso. Y habría elfos y cambiaformas a pie, seguro, registrando los bosques y los campos.

Cuando llamaron a la puerta, dio un respingo, pero, como Botarate movió el rabo, dio por sentado que se trataba de un amigo y no un enemigo. Entró de nuevo y cerró las puertas de la terraza.

—Soy Tarryn.

Aliviada, Breen se apresuró a abrir la cerradura de la puerta principal. La mujer entró y, sin más, la abrazó.

—He venido para ver por mí misma que no estabas herida.

—No lo estoy. Atacada de los nervios y un poco alterada, nada más.

—Por supuesto, ¿quién no estaría… atacada de los nervios? Me gusta esa expresión.

Cerró la puerta y llevó a Breen hasta un asiento.

—¿Marco?

—Le he dicho que vendría a verte y después lo informaría. No todo el mundo lo sabe, pero como han llamado a Brian para que participe en la búsqueda… Vamos a tomarnos una copa de vino. Has bebido poco, te hemos tenido ocupada bailando.

Sirvió dos copas y se sentó.

—Y, a decir verdad, yo también necesito animarme —añadió—, porque, cuando salga de aquí, tendré que ir a ver a los padres de Shana. Necesitan saber lo que ha pasado antes que los demás. Y se les va a romper el corazón de tal manera que no creo que se recuperen nunca.

—Es muy difícil para ti.

—El deber suele serlo. Y, como a mí también me destroza todo esto, debo confesarte que me pregunto si podría haber hecho o dicho algo en el momento correcto, de la forma oportuna, para haberlo evitado.

—Ella ha elegido libremente. ¿No forma eso parte de la esencia de Talamh?

—Sí, así es. Quiero mucho a sus padres, pero nunca he sentido cariño por su hija. Usaba su belleza, y el cariño de sus padres, y la lealtad de un corazón tan noble como el de Kiara, el amor de Loren y el de tantos otros para cosas nimias y egoístas. Y cuando le echó el ojo a Keegan, sabiendo de su belleza, de su encanto y de su ingenio, me preocupé. Aunque no porque el corazón de mi hijo corriera peligro. —Se acomodó en el asiento y bebió un poco de vino—. Me preocupé porque me daba cuenta de lo que quería Shana, que no era a él; podría haberme ablandado de saber que lo quería. Pero no lo quería por ser quien era, sino por ser lo que era. Y me preocupaba lo que pudiera hacer cuando comprendiese por fin que Keegan jamás le daría lo que ella deseaba. —Tarryn cerró los ojos con fuerza—. Sin embargo, ni siquiera entonces se me pasó por la cabeza que pudiera hacer algo así. Temía rabietas y malas palabras, quizás alguna estratagema para obtener poder en el consejo. Era lo que esperaba, pero no esto. Y creo que nunca pensé que fuera capaz de hacerlo porque no me caía bien y suponía que eso me predisponía contra ella.

—No la conozco, pero no creo… La poción amorosa sí que la entiendo como un último recurso, por así decirlo. Pero lo demás…, lo que le hizo a Kiara, lo que ha intentado hacerme esta noche... Eso tiene más que ver con la rabia, con un impulso, con la furia. No es algo premeditado.

—Esta noche pretendía matarte. Así que ya no tiene vuelta atrás, su sentencia está clara. Antes quedaba un resquicio de esperanza. Loren, a pesar de que Shana lo engañó, le robó y lo usó para que Keegan la quisiera contra su voluntad, le pidió a mi hijo que le permitiera llevársela lejos. Que la desterrara la Capital y le dejara llevársela.

—Sí, me lo contó Minga.

—Keegan accedió, y con eso habría convencido al consejo. Shana podría haber vivido con el hombre que la amaba. Una vida distinta de la que quería, sí, pero una vida que, con el tiempo, podría haberla satisfecho. Sin embargo, ahora, cuando la encuentren, la desterrarán de Talamh y la enviarán al Mundo Oscuro. Y mi hijo tendrá que cargar con ese peso. —Tarryn se echó hacia delante y le cogió una mano—. Eres la llave de la cerradura, Breen Siobhan. El puente, el escudo. Te quería matar. Robar una vida, la que fuera, ya la habría condenado, pero, de haberte robado la tuya, como pretendía, nos habría condenado a todos. No hay nadie en todo Talamh dispuesto a darle cobijo.

—¿Adónde irá? Estaba intentando pensar adónde iría yo en su lugar. ¿Al Árbol de la Bienvenida?

Tarryn asintió.

—Está bien vigilado. Y la cascada.

—¿La cascada? Por ahí se va a...

—Sí, a Odran. No nos arriesgaremos. Solo espero que la encuentren pronto, antes de que le haga daño a otra persona. —Dejó la copa—. ¿Debería enviarte a alguien para que te haga compañía?

—No, gracias. Estaremos bien.

Tarryn sonrió a Botarate y le acarició la cabeza, ya que el perro se la había apoyado en la rodilla para consolarla.

—Estás bien protegida por este corazón valiente, no cabe duda, y aquí estás más segura que en ningún otro rincón de Talamh. Así Keegan se quitará esa preocupación de la cabeza mientras se ocupa de esto. —Se levantó—. Intenta descansar. Te veré por la mañana.

Ya a solas, Breen se sentó junto al fuego y empezó a buscar en las llamas. Se le ocurrió que quizás viera algo, lo que fuera, puesto que todavía no había sido capaz de invocar una visión. De todos modos, se sentó con Botarate lealmente acurrucado a sus pies e intentó ver el corazón del fuego a través del humo y las llamas. No logró nada y deseó haber tenido a mano su orbe, que se le hubiese ocurrido mandar a buscarlo. Entonces recordó que una vez Keegan le había enseñado cómo transportar algo tan simple como un vaso de agua.

Así que visualizó el orbe junto a su cama, su tamaño, su forma, su peso, sus colores y su tacto suave, y los mundos arremolinándose en su interior. Se imaginó su camino hasta ella, a través de piedra, madera y aire. Y, tras extender las manos, lo llamó, dejó que su poder se alzara, se extendiera y llegara hasta el objeto.

—Soy Breen Siobhan O'Ceallaigh —se oyó decir—. Soy hija de las hadas, de los hombres y de los dioses. Yo soy mi don y mi don soy yo, y ahora lo uso para la luz.

Lo notó estallar con fuerza, brillante, cegador.

Había violencia en él, algo se retorcía en su interior y, por un momento, solo por un momento, ya no estaba sentada en la silla dentro de la torre del castillo. Había furia y propósito. Durante un instante se encontró en otra parte, en la que el agua caía sobre el agua, entre cánticos y gritos que le resonaban en los oídos. Durante un instante, miró a Odran a los ojos.

De repente, volvió a estar frente al fuego, en la torre del castillo, todavía estremecida por los temblores del poder que le había corrido por las venas. Y, a la luz del fuego, con las velas titilando, vio que sostenía el orbe en las manos.

—¿Era igual que antes? ¿Ha sido algo del pasado, del presente o de lo que está por venir? Dios, me arde la sangre. Y es... agradable. —Miró el orbe y vio que no le temblaban las manos—. ¿Qué significa que sea capaz de hacer esto y que sienta que he cruzado algún tipo de puente o de frontera, que he escalado un muro?

Se sentía sin aliento, emocionada y triunfante. Alzó el orbe y observó el fuego reflejarse en su superficie; contempló la luz de las velas y de las lámparas en su interior.

—Enséñame lo que necesito ver.

Y, en las profundidades cristalinas, vio una figura que corría entre las sombras de un bosque, unas sombras que se movían y arremolinaban como si fueran de agua.

Shana.

Pero la imagen cambió y la figura ahora era más pequeña. Un hada, porque le vio alas, aunque se agitaban tanto que apenas eran un borrón. Breen se concentró y miró más a fondo. Era una niña. De los *sidhe*. Desnuda. La niña de la cascada. El sacrificio. Estaba en el lado de Odran..., donde Breen, de algún modo, también acababa de estar. Deseó introducirse en el orbe, entrar de nuevo en aquel mundo para llegar hasta la niña. Ahora veía que la criatura temblaba de frío y de miedo mientras corría, mientras sus alas la elevaban tan solo unos pocos centímetros del suelo.

Dilly. Se llamaba Dilly. Solo tenía seis años.

—Esto está pasando ahora. Está pasando todo ahora. —Nunca había estado tan segura de algo—. Y yo estaba allí, aunque también seguía aquí; estaba allí para detener el cuchillo, para romper las cadenas que la sujetaban. ¿Cómo lo hice y por qué no puedo volver a ayudarla?

Mientras intentaba aclarar la mente y recuperar el poder que había circulado por su cuerpo, vio un gato plateado cruzándose a toda prisa en el camino de la niña, y ella paró de golpe, sin aliento, con los ojos vidriosos por el miedo. Entonces el gato se convirtió en hombre y Sedric se llevó un dedo a los labios. Se llevó otro dedo al pecho y se agachó. Cuando abrió los brazos, la niña se aferró a ellos y, abrazado a ella, tras besarle el pelo enredado, Sedric se perdió entre las sombras.

Unos segundos después, o eso le pareció, una jauría de perros demoniacos apareció en el camino. Uno se detuvo a levantar la cabeza para olisquear el aire, pero después siguieron corriendo. Entre las sombras, Breen vio un breve destello de luz que desapareció en un instante.

—Ahora está a salvo. Es ahora y está a salvo. Está de nuevo en Talamh, con Sedric y la yaya.

Exhausta, dejó caer la cabeza mientras se vaciaba de poder. Se sentó en el sillón de nuevo, con el orbe en el regazo y el perro a sus pies. Y durmió.

Keegan la encontró así una hora antes del alba. Botarate meneó un par de veces el fino rabito y volvió a dormirse.

—¿Y por qué se te ocurre dormirte en un sillón cuando hay una cama estupenda en la habitación de al lado?

Desconcertado y enfadado con ella sin una razón a la que deseara ponerle nombre, se restregó el cuello, que estaba muy tenso. Pensó que debía despertarla y enviarla a su dormitorio. Si quería sacar al perro o ir a dar uno de sus paseos, llamaría a alguien para que la acompañara. Por otro lado, podía limitarse a llevarla a su cama y quedarse él en el sillón, ya que no esperaba lograr dormirse hasta pasado un rato. En cualquier caso, necesitaba beber algo y tener tiempo para pensar; simplemente sentarse y pensar. Empezó a levantarla, pero, cuanto la tocó, ella se despertó de golpe.

—Keegan —dijo, y le puso una mano en el pecho—. Has vuelto. ¿Qué hora es? ¿La has encontrado?

Él se enderezó y se decidió por un whisky.

—Está claro que he vuelto —respondió mientras se servía tres dedos de licor en una copa—. ¿Qué más da la hora? Y no la hemos encontrado.

—Lo siento.

—No más que yo. Creía que no sería lo bastante lista como para esconderse durante más de unas cuantas horas. Y menos a oscuras y con el frío que hace, cuando está acostumbrada a camas blandas y chimeneas que caldean el ambiente. —Como era algo que lo crispaba, se sentó con su whisky y dijo en voz alta lo que no había podido quitarse de la cabeza durante toda la búsqueda—. Es una cura de humildad comprender que nunca la conocí, no como yo creía. Conocía sus defectos, pero me parecían detalles superficiales, nada que no pudiera pasar por alto a cambio de mi placer.

—Para. No se merece que te culpes.

Keegan se encogió de hombros y bebió.

—Ahora entiendo que los detalles superficiales que ella permitía que tanto yo como los demás viéramos le servían para esconder los defectos más profundos. Los más oscuros. Y por más que le gustaran las camas blandas, el buen vino y los objetos brillantes, ha logrado burlar a más de dos docenas de personas que llevan toda la noche buscándola.

—Está desesperada, y la desesperación te da cierta ventaja.

—Cuando amanezca, se correrá la voz y otros se unirán a la búsqueda. ¿A quién más hará daño antes de que la encontremos, por culpa de esa desesperación? Y, cuando lo hagamos, la ley solo permite un castigo. —Le dio vueltas a la copa en la mano y se quedó mirando el whisky—. Nunca volverá a disfrutar de una cama blanda. Tendrás que hablar en el juicio, siento que sea así. Y también Kiara, lo que siento más todavía.

Breen se dio cuenta de que estaba roto. Todo aquel asunto lo destrozaba.

—Nunca te entendió, ni tampoco que el poder que ostentas supone también una enorme carga. Las cosas brillantes, como estos maravillosos aposentos, no lo compensan.

Él se echó hacia atrás y la observó mientras bebía.

—¿Te parecen maravillosos, entonces? —Miró a su alrededor—. Preferiría estar en casa, en el valle. Tranquilo.

—Yo también.

—Ah, ¿sí? —respondió él, sonriendo mientras la miraba.

—La Capital es preciosa y emocionante, y las vistas son increíbles. La gente es encantadora. Pero hay demasiada.

—Sí, por los dioses. —Cerró los ojos un momento y, después, medio brindó con ella con su whisky—. Bueno, entonces, ya podrías haber cerrado la boca hace tantos años, en vez de ir por el lago con el pelo flotando como si fuera fuego en el agua y decirme que la espada era para mí.

—La habrías cogido de todos modos. Es lo que eres. Espera. ¿Qué aspecto tenía cuando me viste el día que te convertiste en *taoiseach*?

—El que tienes ahora.

—No, quiero decir, ¿como ahora…?, ¿no era una niña? En ese momento tú tenías, no sé, ¿catorce años? Así que yo tenía unos doce. ¿Tenía el aspecto de una niña de doce?

—No eras una niña. Vi una mujer.

—Vale. Vale. —Se levantó y se puso otra vez a pasearse mientras le daba vueltas al orbe en las manos—. Así que estaba más cerca del presente que del pasado. Puede que todavía no lo haya hecho.

—Si no lo hubieras hecho, no te habría visto, así que eso es una tontería.

—No. Ya fuera un sueño lúcido, un viaje en el tiempo o una proyección astral, era mucho mayor de lo que debería haber sido. Así que regresé atrás en el tiempo, de un modo u otro. Puede que con esto. —Sostuvo el orbe en alto—. O es una herramienta, o un vehículo o un impulsor. ¿Cómo voy a saberlo? Pero lo volví a hacer anoche.

—¿Regresaste al día del lago?

—No. —Breen se sentó de nuevo y se inclinó hacia él—. Ni allí ni entonces. Dios, daría un año entero de vida por una

Coca-Cola. No, intenté ver en el fuego, por si podía ayudar a encontrar a Shana, pero todavía no lo controlo bien. Me acerqué, pero no lo suficiente. Y recordé el orbe y que tú me habías enseñado…, bueno, no enseñado, más bien retado a hacerlo, cómo traer un vaso de la cocina mientras seguía en mi dormitorio.

—Tampoco lo controlabas bien.

—No, pero quería el orbe. Quería ver, ayudar, hacer algo. Así que me concentré en él, en donde lo había puesto, en el aspecto que tenía, en lo que sentía al tocarlo. Empecé a llamarlo, pero percibí otra cosa, dije algo más. Y, durante un minuto o menos, regresé a la cascada. Al lado de Odran. A la niña y los cánticos. A todo eso, Keegan, y era justo ahora. He estado allí ahora mientras seguía aquí, de pie. Era como tener un cable vivo en la sangre, una furia incandescente y un subidón de poder, como si todos los interruptores se encendieran a la vez.

Le quitó el vaso de la mano. No le gustaba el whisky, pero necesitaba algo. Después de un trago, se lo devolvió.

—Puaj, no, mala idea. El caso es que estaba allí y aquí a la vez. Y tenía el orbe.

Él siguió mirándola atentamente, inmóvil.

—¿Qué pasó después? —preguntó.

—Vi a la niña en el orbe. Al principio creía que era Shana, pero era la niña; movía las alas al correr. Estaba aterrada y corría. Ahora…, bueno, me refiero a anoche, cuando la vi. Sabía que estaba viéndolo mientras sucedía y deseaba estar allí, ayudarla. Probé a hacer lo mismo… Bueno, lo que fuera que hice la otra vez, y apareció Sedric. Primero en forma de gato, después él, y se la llevó. Cuando la trajo de vuelta a Talamh, lo supe… o lo sentí. Vi un resplandor en las sombras y, de repente, estaban de vuelta.

—No te preguntaré si estás segura, porque veo que sí.

—Lo enviaste a buscarla.

—Le envié un halcón cuando llegamos a la Capital. Es el único que conozco capaz de crear un portal casi a voluntad, y los gatos son criaturas astutas. Tenía que observar y esperar. Puede que le llegara la noticia mientras yo estaba fuera. No lo he comprobado. Tú me acabas de dar las buenas noticias, que son mejores aún de lo que supones. —Dejó el vaso a un lado—. Te llevaré a tu habitación. Hasta que encontremos a Shana, es mejor que no vayas sola a ninguna parte.

—No está en la Capital —dijo ella.

—Yo también lo creo, pero…

—Sé que no lo está. Quería… verla o ver dónde estaba, así que traje el orbe. Y me concentré en eso, en ella, cuando le pedí que me enseñara lo que necesitaba ver. Creo que los primeros segundos sí que era Shana. Pero lo que necesitaba ver era la niña, eso era lo más urgente. Así que eso es lo que me enseñó.

—Puede que tengas razón, pero no nos arriesgaremos.

Se levantó, así que ella también.

Tenía la mirada cansada y estaba pálida de agotamiento, pero Keegan se dio cuenta de que no parecía frágil. Ni pizca.

—Ibas vestida de estrellas —dijo.

—¿Qué?

—Es lo que pensé cuando te vi en el salón de banquetes. Estabas vestida de estrellas. Te deseé, y me irrita no poder librarme de ese anhelo. Mi vida sería mucho más sencilla sin él. Ya tengo bastantes preocupaciones como para tenerte metida siempre en la cabeza.

—Está bien ser sincero —replicó ella fríamente—. Te afecta la lujuria y eso es un inconveniente.

—La lujuria rara vez lo es, y, si fuera solo eso, te habría metido en mi cama todas las noches desde tu regreso a Talamh.

—Suponiendo que yo quisiera meterme en ella.

—Sí, claro. No es solo lujuria, aunque de eso tengo de sobra. Estoy cansado de repetirme que es mejor no tocarte. Me distraes, ocupas mis pensamientos. Si así debe ser y no va a cambiar, ¿por qué no tenerte?

A Breen casi le hizo gracia: estaba claro que Keegan se estaba convenciendo de acostarse con ella.

—¿Esto es lo que tú entiendes por seducción?

—No, qué va. Se me da mucho mejor. Lo que te ofrezco es la verdad, porque los dos la valoramos. —Alargó una mano para tocarle el pelo solo con la punta de los dedos—. Y la puñetera y fastidiosa verdad es que necesito descansar, pero no me dormiré si no te tengo. Así que podrías entregarte al *taoiseach* por el bien del mundo.

Y en los ojos de Keegan brillaba la chispa de humor justa para que a ella le hiciera gracia del todo.

—Podría. —Esperó un momento—. ¿O?

—O podrías yacer conmigo, Breen, porque soy un hombre que te desea y veo lo mismo reflejado en tus ojos.

Ella le sonrió y le ofreció una mano.

—¿Por qué no ambas cosas?

Keegan le dio la mano y, como hizo la primera vez, en otro mundo, la cogió en brazos.

—Ibas vestida de estrellas —repitió él mientras la llevaba a la cama—. Y me he perdido en tu cielo.

—Te he echado de menos —repuso ella, ya que decidió que la sinceridad debía responderse con sinceridad—. Te echaba de menos cuando estaba fuera y seguía echándote de menos al regresar.

La tumbó en la cama y le puso una mano en la mejilla al tumbarse sobre ella.

—Estoy aquí. Quédate conmigo.

Cuando acercó su boca a la de ella, se liberó de todas sus preocupaciones. Le daba paz, y ya no se cuestionaba el porqué. La sensación de tenerla bajo él, suave, flexible y aún más fuerte de lo que creía, despertaba su esperanza. Y podía aferrarse a eso mientras se aferraba a ella.

Breen lo rodeó con los brazos y deslizó las manos por su espalda y entre su pelo mientras sus labios ardían contra los de Keegan. El beso lento y tranquilo se volvió más ávido, más urgente, con mordiscos rápidos, lenguas que se encontraban y cuerpos que se movían en busca de más.

La línea del cuello de Breen, la curva de su mandíbula, el pulso de la garganta, que le latía como alas de colibrí... Todos esos sabores lo envolvían, lo seducían. ¿Por qué tenía que ser ella?, pensaría después. Pero, ahora, solo podía ser ella.

Buscó con los labios la curva de los pechos de Breen por encima de la niebla estrellada de su vestido; después deslizó las manos por encima de las vaporosas capas que la cubrían y se lo quitó con un solo pensamiento.

Era lo que ella quería, el deseo que había intentado reprimir, a veces con éxito. O casi. Ahora por fin satisfacía la necesidad de que la tocara, de saborearlo, de sentir su peso y su cuerpo contra ella, así que la alegría, el placer y la pasión se entretejieron como una cuerda de seda fina.

Mientras la luz empezaba a despertarse y la noche se desvanecía para dejar paso al sol, lo recorrió con sus manos para hacer desaparecer su ropa, como había hecho él con la suya. Sintió su risa contra la piel.

—Te has dejado una bota —dijo Keegan.

Las manos de él exploraban; su boca causaba estragos. Breen se movió y se puso encima para hacer lo mismo.

—Cuesta concentrarse.

—Sí —respondió él antes de besarla—. Pero yo me encargo.

Tras ponerse de nuevo sobre ella, le sujetó las manos y le puso los brazos sobre la cabeza.

Con los primeros rayos de sol, Breen le vio los ojos, las motas ámbar flotando sobre el verde.

—La próxima vez nos tomaremos más tiempo, pero te necesito ya. Méteme dentro de ti.

—Sí.

Breen entrelazó sus dedos con los de Keegan y los apretó con intensidad.

Él entró con fuerza, hasta el final, y se mantuvo así, sin moverse; ella se arqueó, el corazón se le aceleró, y todo lo que había en su interior estalló y se abrió como una flor.

Él empujó de nuevo, se quedó quieto otra vez y la miró a los ojos.

—Quiero que veas lo que te hago. Otra vez.

Con la siguiente arremetida, Breen gritó de sorpresa y placer, y el orgasmo la recorrió como un temblor de tierra. Vio luces que se encendían y bailaban, relucientes como *pixies*.

—Breen Siobhan.

Keegan le tapó la boca con la suya para saborear aquellos gritos tan candentes e indefensos mientras seguía penetrándola, mientras seguía elevándolos a los dos con fuerza, deprisa.

La luz suave del nuevo día se extendía sobre ellos y las canciones de los pájaros flotaban en el aire. Ella se dejó ir volando, sin más, como un jinete de dragón en un remolino de viento. Y cuando el viento la barrió, cuando cayó en su interior, a través de él, regresó de vuelta con Keegan.

No lograba recuperar el aliento y decidió que no merecía la pena esforzarse. Se quedó donde estaba, jadeando, hasta que el aliento la encontró a ella. Él todavía le sujetaba los brazos por encima de la cabeza, pero ya sin fuerza, tumbado como estaba sobre Breen, sin un ápice de energía en el cuerpo.

Poco a poco, con el corazón todavía acelerado y un pitido persistente en los oídos, ella se concentró en el techo. Las colinas y los valles de Talamh subían y bajaban, marrones, dorados y de múltiples tonos de verde. Los mares acariciaban las playas de lutita plateada o arenas de oro. Las sirenas saltaban sobre el agua. Otras se sentaban en las rocas. En los altos acantilados había troles con porras, hachas o picos. En los campos, los campesinos araban y, en los bosques y prados, las hadas volaban. Los elfos y los cambiaformas paseaban entre los árboles, los caballos llevaban jinetes o cargaban con carros por la carretera. Un aquelarre de sabias conjuraba un círculo.

Y, por el cielo azul como el mar, volaban los dragones.

—Es precioso. El techo.

Él dejó escapar un sonido y rodó para tumbarse boca arriba, junto a ella.

—Lo pintaron hace mucho tiempo para recordarle al *taoiseach* mientras duerme que Talamh debería ser en lo último que piensa al acostarse y en lo primero al levantarse.

—Eso es mucho.

—Lo estudié bien la primera noche que dormí aquí.

—No eras más que un niño.

—Era *taoiseach*. Y un niño, así que pensé: «¿Cómo voy a hacer esto? Hay mucho que hacer, muchas personas». Quería estar en la granja, en el valle, y confieso que también con mi madre. Pero dormí, y lo hice con Talamh sobre mí. Por la mañana acudí, como está escrito, al consejo. Estaba aterrado. —Se volvió hacia ella y entornó los ojos—. Si se lo cuentas a alguien, diré que es una mentira de principio a fin.

—Mis labios están sellados.

—Y así seguirán. Total, que antes de que entraran todos y se sentaran, uno de los miembros del consejo se me acercó. Me dijo que permaneciera erguido y que no prestara atención a las náuseas. Que recordara que elegía y era elegido. Y que si alguien intentaba intimidarme, bueno, que le dieran. Fue el padre de Shana quien me lo dijo y logró que me mantuviera firme aquel día.

Breen se volvió hacia él y le apoyó una mano en el corazón.

—Él sabía que habías elegido y, aunque debe de dolerle más de lo que pueda imaginarme, sabe que ella ha elegido. Y creo que, cuando ella estaba aquí contigo, no alzó la mirada ni vio Talamh como lo ves tú.

—Nunca la traje a esta cama. Ni a nadie antes de ti.

Se sentó, se pasó una mano por el pelo y se preguntó si la falta de sueño no estaría soltándole la lengua. Antes de decidir lo que decir a continuación, Botarate se acercó a la cama y los miró con cara de súplica.

—¡Ay, no! Lleva horas sin salir. Lo siento, lo siento, qué buen perro eres —le canturreó Breen mientras se levantaba de la cama—. ¿Dónde está mi vestido?

—En alguna parte. —Keegan miró a su alrededor e hizo un gesto—. Ahí.

—Parece que voy a hacer el paseíllo de la vergüenza —dijo ella mientras lo recogía.

—¿Te da vergüenza? ¿Esto?

—¿Qué? No, no. Es una expresión. Cuando una mujer, porque siempre es una mujer, vuelve a casa por la mañana con la misma ropa que llevaba la noche anterior, se dice que es «el paseíllo de la vergüenza». Es una estupidez, pero, como es la primera vez que me pasa, me resulta casi satisfactorio, a su extraña manera.

—Lo saco yo. Tengo que comprobar algunas cosas, puede venirse conmigo.

Mientras sacudía el vestido, Breen se volvió hacia él. Keegan ya tenía puestos los pantalones y una camisa y empezaba a meterse la segunda bota.

—¿Cómo te has vestido tan deprisa?

—Llevo un tiempo vistiéndome solo, así que ya le tengo pillado el truco. Ve directa a tu dormitorio cuando se lo pilles tú. Y, si sales, que sea con Marco, por lo menos. Al menos de momento.

Sonrió mientras Breen sostenía el vestido frente a ella.

—Tienes ese aspecto de recién salido de la cama que me lleva a querer volver a meterte en ella, pero lo primero es lo primero. —Le dio una palmadita en la cabeza a Botarate—. Si no nos ves cuando salgas, llámalo.

—Vale, y gracias, pero…

Él se limitó a acercarse a Breen, sujetarle los hombros y besarla hasta que ella ya no supo lo que iba a decir.

—Vamos, chico —dijo Keegan, y el perro se fue con él, trotando alegremente.

22

En realidad no regresó a escondidas a su habitación, sino que se esforzó conscientemente por evitar a las personas que bajaban o subían por escaleras y pasillos. Aun así, no podía meterse en su dormitorio hasta avisar a Marco de que estaba de vuelta, así que abrió su puerta de golpe unos segundos después de llamar y, al instante, él la rodeó entre sus brazos.

—Lo siento. No podía…

Él la abrazó con más fuerza.

—No estaba preocupado porque Tarryn vino a verme y me dijo que estabas a salvo. Que Botarate y tú estabais escondidos en los aposentos de Keegan en la torre, pero, chica, no sabes lo que me alegro de verte. —Se echó un poco hacia atrás y la sonrisa se le ensanchó varios centímetros—. Y sí que has estado bien resguardada. Tienes un aspecto pero que muy relajado.

—Pues se me va a acabar la relajación si sigo aquí plantada con el vestido que llevaba anoche.

Todavía abrazado a ella, la acompañó hasta su puerta y entró en el cuarto.

—Puedes cambiarte en el baño, el retrete o como lo llamen aquí, revoltosa. No pienso marcharme. Oye, ¿dónde está Botarate?

—Se lo llevó Keegan —respondió Breen mientras sacaba ropa del armario—. Quiero ducharme y creo que puedo meterme en la bañera y conjurar una lluvia de agua templada.

—Te hablo desde el otro lado de la puerta —respondió él cuando su amiga la cerró—. ¿Es verdad que esa zorra intentó apuñalarte por la espalda?

—La detuve.

Hizo lo que pudo por ponerlo al día mientras se quitaba el vestido y las horquillas del pelo y por fin lograba hacer aparecer una ducha de lluvia.

Era una sensación maravillosa.

Cuando salió, Marco todavía estaba hablando.

—Brian regresó hace unas horas, pero tuvo que salir de nuevo antes de que volvieras. Dice que la encontrarán, que en Talamh no la ayudará nadie después de esto. Pero…

—Le preocupa que haga daño a alguien antes de que la encuentren.

—Le resultará más difícil después de que le hicieras daño, y bien hecho. Me gustaría haberlo visto. Vamos a buscar algo de desayunar y a enterarnos de lo que está pasando.

No debería haberle sorprendido que Marco se conociera el camino a la cocina ni que las personas que se encargaban de ella lo llamaran por su nombre.

Breen comió beicon con huevos en la amplia y cálida habitación mientras un gato gris dormía sobre un amplio alféizar de piedra, y un hombre y una mujer que estaban fregando ollas discutían sobre si llovería a mediodía o más bien al anochecer. Cuando Marco y ella salieron a la bella luz del sol, Breen se preguntó por qué pensaban que iba a llover.

De camino al puente, empezó a llamar a Botarate, pero entonces vio a su perro y a Keegan en el campo de entrenamiento. Como quería caminar, siguió adelante.

—No sé bien qué se supone que debemos hacer con todo lo

que está pasando. Me gustaría explorar el bosque, pero estoy bastante segura de que querrían que me llevara conmigo a medio ejército, y eso fastidia la idea. Creo que intentaré escribir un par de horas. Si lo consigo, me ayudaría a quitarme todo esto de la cabeza.

—Puede que me eche una siesta —respondió Marco—. Anoche no dormí demasiado bien. Es una mierda, porque la verdad es que fue una fiesta increíble.

Al acercarse al campo, Botarate los vio y corrió hacia Breen como si llevara semanas sin verla.

—Bien, estaba a punto de enviar a alguien a buscarte. Tengo que irme —dijo Keegan—. Hugh, trabaja con Breen. Tiro con arco y, te lo advierto, que nadie se acerque a menos de diez metros a ambos lados de la diana, porque tiene una puntería lamentable.

—Bueno, no pasa nada, eso es lo que vamos a solucionar, ¿verdad? —repuso Hugh alegremente; después le dio una palmadita en el hombro a Breen.

—Tú, Cyril, entrenarás a Marco en combate cuerpo a cuerpo. Una hora, después cambiáis y otra hora.

—¿Qué? ¿Por qué? —quiso saber Breen.

—Entrenamiento —respondió Keegan—. Ya has tenido vacaciones de sobra. Bran, ¿por qué no estás en clase?

—Todavía no ha empezado, ¿no? Y he pensado que podría hablar un momento con mi madre. Está en el campo de al lado.

—Ah, ¿sí? Este es Bran, el sobrino de Morena. El hijo mayor de Seamus y Maura.

—Encantada de conocerte —lo saludó Breen; le pareció que Bran, que tendría unos diez años, tenía cara de inteligente—. ¿Está cerca tu escuela?

—Bueno, está por ahí, un poco más allá. Estaba pensando que podría saltarme las clases por un día y entrenar —le dijo a Keegan—. Con mi madre. A ella le parecerá bien.

—Y quieres que vaya a decirle que me parece bien para que así consigas convencerla.

Bran esbozó una sonrisa encantadora y encogió los hombros hasta tocarse las orejas.

—Primero la escuela y después el entrenamiento, chaval —dijo el *taoiseach*—. Los guerreros no solo necesitan espadas afiladas, sino también un buen cerebro. Hala, largo, y procura aprender algo.

El chico hundió los hombros y se fue arrastrando los pies.

—Aprende algo que me impresione —le gritó Keegan— y te dejo que montes en Cróga.

Como por arte de magia, el chico se volvió hacia él, todo sonrisas.

—Por supuesto que lo haré, *taoiseach*.

Salió corriendo unos cuantos metros antes de agitar las alas y alzar el vuelo.

—Veo que alguien tiene una espada afilada y un buen cerebro —comentó Breen.

—Es que ese alguien recuerda lo que era ser un crío que no quería ir a la escuela. No seáis blandos con ellos —les dijo Keegan a los instructores—. Creo que con dos horas acabaréis antes de que empiece a llover a mediodía.

Cróga planeó por un cielo que a Breen le parecía muy despejado y aterrizó cerca de Keegan, que montó en él y, sin decir nada más, salió volando hacia el oeste.

—Bueno —empezó Hugh, tan jovial como siempre, mientras señalaba las dianas del otro lado del campo—, vamos a buscarte un arco y un carcaj.

Breen logró sonreír a Marco.

—Supongo que hemos descubierto lo que se supone que tenemos que hacer hoy. Te veo dentro de una hora.

Siguió a Hugh arrastrando los pies y supo perfectamente cómo se sentía Bran.

Sí que llovió a mediodía, pero, para entonces, Marco ya estaba echando la siesta y Breen estaba sentada al escritorio. Se dio cuenta en el momento preciso en el que Botarate decidió echarse la siesta en la cama en vez de en su rincón junto al fuego. Lo dejó pasar y siguió viendo la lluvia caer.

Finalmente, cogió la pluma e intentó encerrarse en otro mundo: el que había creado con sus palabras. Al cabo de un rato, tras algunos arranques en falso, se olvidó de todo lo demás y lo consiguió.

Shana estaba acurrucada bajo un cobertizo, junto a un establo. A primera hora de la mañana había robado un vestido de un tendedero. Era feo y lo consideraba demasiado grande para su estilizada silueta, pero el suyo había quedado reducido a andrajos después de la larga noche.

Sabía que, al salir el sol, se había dirigido al oeste, pero, aunque lo había intentado, no recordaba lo suficiente de sus clases de geografía y cartografía como para saber dónde se encontraba exactamente.

Había dormido dentro de las rocas, lo que la humillaba, y apenas había conciliado el sueño. Quería un baño con aceites perfumados, sus botas de cabritillo y la sensación de la lana peinada y suave contra al piel. Sin embargo, lo que llevaba era un vestido de campesina horrendo, tejido a mano. Estaba sucia, tenía el pelo enredado y no le había quedado más remedio que agacharse junto a un caballo bajo un cobertizo mientras fuera llovía a cántaros.

Le dolía y le palpitaba la mano, a pesar del emplasto. Le quemaba la garganta por la sed y la cabeza le latía del hambre.

Pagarían por ello. Y tenía muy claro que la forma de lograrlo la esperaba al oeste.

La venganza requería poder y una alianza. Sabía que Odran seguramente tendría espías repartidos por todas partes… o eso le contó su padre cuando lo convenció de que le hablara de las cosas del consejo. Pero descubrir a los espías le llevaría más tiempo del que creía tener.

Había demasiadas personas buscándola.

Oyó silbidos y, aunque le dolía todo al moverse, agarró una piedra con la mano buena antes de pegarse a la pared del establo. Vio acercarse al chico, con el cubo en la mano, y al caballo volver la cabeza, expectante.

—Está cayendo bien, ¿eh, Mags? —dijo el niño—. Pero tú estás aquí dentro, sequita.

Le echó el grano en el comedero y la acarició mientras ella metía la cabeza dentro.

—Tienes hambre, ¿eh? Tengo un regalito en el bolsillo. Como hoy estoy al mando, te he traído una zanahoria. Estaba claro que, el día que me tocara cuidar de mis hermanos en vez de ir a la escuela, porque mis padres están por ahí buscando a una loca, tenía que llover a cántaros.

Shana enseñó los dientes, insultada. Se abalanzó sobre el chico, le golpeó con la piedra y, con el segundo golpe, lo derribó y el caballo se apartó, asustado. Entre rugidos, echó el brazo atrás para asestar un tercer golpe, pero el cálculo sustituyó a la furia ciega. El chico era más o menos de su talla y tenía una gorra. Se le había caído, así que no estaba demasiado manchada de sangre. Y la chaqueta parecía cálida.

Lanzó la piedra a un lado y le sacó la zanahoria del bolsillo. Los primeros bocados ansiosos despertaron del todo el hambre, así que se la tragó entera antes de quitarle las botas y los pantalones.

Se haría pasar por un chico, pensó mientras tiraba el vestido y se ponía los pantalones, que le quedaban un poco estrechos, pero tendrían que valer. Y se llevaría el caballo. Podía correr deprisa, pero estaba cansada de hacerlo, así que, por el momento, cabalgaría, con el cabello oculto bajo una gorra.

Nada más que un chico que cabalgaba bajo la lluvia. En dirección oeste.

Breen se olvidó del mundo y escribió hasta que alguien llamó a la puerta.

—Soy Brigid, traigo un poco de té para combatir la humedad del día, si te apetece.

—Me apetece.

Se levantó para abrir, y Botarate también se acercó trotando y agitando el rabo.

—Espero no molestarte, pero se me ocurrió que quizás quisieras un té y algo de comer. He traído bastante para dos porque creía que Marco estaría contigo.

—Está echando una siesta, creo. He perdido la noción del tiempo.

—Quedan un par de horas para la puesta de sol. Ah, veo que has estado escribiendo —añadió Brigid tras dejar la bandeja sobre la mesita dispuesta junto al fuego—. Entonces sí que te estoy molestando.

—En absoluto, y me viene muy bien el té. ¿Quieres una taza? ¿Tienes tiempo para sentarte?

—Es muy amable por tu parte, pero no quiero interrumpir.

—No interrumpes. —Para resolver el asunto, Breen sirvió dos tazas de té y se sentó—. ¿Alguna noticia?

—Solo que siguen buscándola. Por el castillo, la aldea y demás corren los rumores. Alguien cree que la vio por aquí, otro cree que la vio por allí, pero lo cierto es que nadie la ha visto desde ayer. Me quedé helada cuando encontramos a Kiara. No tanto de que Shana le hubiera hecho daño a alguien, sino de que se lo hubiese hecho a una amiga como ella.

—Shana no te gustaba.

—Bueno...

—No pasa nada. A mí tampoco —le aseguró Breen.

—Te diré que no es de las que te piden que te sientes a tomar el té y charlar un rato. Era más propensa a decirte que no quería rosas rojas en su cama. Que te las llevaras y las cambiaras por otras de color rosa. O te decía que necesitaba las botas de montar limpias para mediodía. A las personas que trabajamos en el castillo nos trataba como a criadas, y no lo somos.

—No lo sois, no. Trabajáis aquí porque os gusta y se os da bien. Si no sabía apreciarlo, peor para ella.

—Lo siento en el alma por sus padres, por Kiara y por Loren, porque está claro que la quería. Que todavía la quiere, creo. Bueno, Hugh me ha dicho que hoy te ha ido bien con el arco.

—Ah, ¿sí?

—Pues sí. Está a punto de entrar en mi familia, porque tengo primas en el norte y es muy amigo de una de ellas. Dice que mejorarás con la práctica.

—Tampoco es que pueda empeorar más. Me ha dado un protector de cuero para el brazo, y eso me ha ahorrado un montón de moratones.

Marco llamó a la puerta antes de asomarse.

—¡Hola, Brigid! ¡Eh, galletas!

Salió corriendo a por ellas mientras Brigid se levantaba.

—Debería volver a mis tareas —dijo esta—. Gracias por compartir el té. La lluvia está ya amainando —comentó, señalando las ventanas con la cabeza—. Al final tendremos una noche despejada.

—¿La he echado? —le preguntó Marco a Breen cuando salió Brigid.

—Me da la sensación de que no es una persona que se quede sentada mucho tiempo. ¿Has dormido bien?

—Del tirón, nena. Esperaba que Brian estuviera ya de vuelta y que hubieran encerrado a la elfa del infierno en las mazmorras o donde sea. Supongo que no ha habido suerte. —Se sentó y cogió otra galleta—. ¿Has escrito algo?

—Del tirón, nene. Voy a levantarme de aquí un momento, o dos, para sacar a mi maravilloso perro a dar un paseo bajo la lluvia.

—Me apunto. —Pasó al pan con queso—. La encontrarán y se acabó. Después podremos concentrarnos en acabar con el malo.

Pasearon bajo una lluvia que, más bien, era ya una niebla fina, mientras algún que otro punto azul empezaba a asomar entre el gris. El sol se ponía por el oeste.

Los dragones volaban entre la niebla, a través del gris y del azul. Localizó a Cróga, pero lo montaba Bran, el chico al que Keegan se lo había prometido. «Así que ha vuelto», pensó Breen. O había vuelto a salir a caballo. El caso es que continuaba la búsqueda, así que Shana seguía eludiéndolos.

Caminaron hasta el pueblo y de vuelta al castillo mientras la niebla se despejaba y llegaba el crepúsculo. En el camino de regreso, Brigid salió corriendo a recibirlos.

—Estás en todas partes, amiga —comentó Marco, y ella se rio.

—¿Sí? Bueno, he venido a deciros que el *taoiseach* quiere veros. Está en el taller de su torre. Os llevo.

Los condujo hasta allí y por las escaleras de caracol hasta la planta que quedaba por debajo de los aposentos de Keegan. Llamó y abrió la pesada puerta cuando él dijo que pasaran.

Breen vio una habitación que era tan grande como el dormitorio y los salones de Keegan juntos. Había chimeneas encendidas a ambos lados, mesas de trabajo y estantes con calderos, cuencos, velas y tarros.

Y entonces vio a su abuela.

—¡Yaya!

Salió prácticamente volando hacia ella, pero Botarate llegó antes y se puso a menear el rabo y frotarse con las piernas de Marg.

—Ah, aquí estás —le dijo la anciana mientras la abrazaba—. *Mo stór*, menudo viaje has tenido.

—Me alegro mucho de que estés aquí. ¿Cómo es posible? ¿Por qué has venido?

—Ya llegaremos a eso. Marco, ven que te dé un beso.

Después de dárselo, dedicó al perro la atención que le pedía y remató el saludo sacándose una galleta del bolsillo.

—Toma, llévatela y siéntate un rato junto al fuego —dijo—. Keegan vino a por mí y hemos volado hasta aquí a lomos de dragones. Y he venido para, espero, ayudar a encontrar a esa chica malvada.

Keegan, que tenía el jersey negro remangado hasta los codos, dejó de trabajar con el mortero. Breen se dio cuenta de que estaba serio y tenía cara de cansancio.

—Otros están de camino, veremos si logramos hacer que funcione.

—¿Que funcione el qué? —preguntó Breen.

—Un hechizo de búsqueda —respondió Marg—. No es tan sencillo como parece. Las criaturas feéricas somos capaces de bloquear y resistirnos a esos conjuros. Roban la libertad de elección, así que no se escriben hechizos de búsqueda, salvo para objetos perdidos.

—Bebe un poco de vino —le dijo Keegan—. No te he dejado ni un momento para recuperar el aliento desde que hemos llegado. Siéntate y poneos al día.

—De acuerdo, lo haré, y así te daré tiempo para contar lo que sabemos ahora y por qué has ido a por mí.

—Ha hecho algo —dijo Breen, y se le encogió el estómago—. Le ha hecho daño a alguien.

—A un niño de apenas doce años. Siéntate, siéntate. Yo también tomaré un poco —añadió Keegan mientras servía el vino—. En una granjita de las tierras medias, cerca de la orilla del río Shein. Se había quedado en casa para cuidar de sus dos hermanos pequeños, que todavía no tienen edad para ir al colegio, porque sus padres se habían unido a la búsqueda.

Sin decir nada, Marco cogió dos copas de vino y se las llevó a Breen y a Marg.

—Le ha aplastado la cabeza con una piedra, eso es lo que ha hecho. Y le ha robado la ropa. Lo ha dejado sangrando y desnudo, a la intemperie. Se ha llevado el caballo al que el niño le estaba dando de comer.

—¿Está...? ¿Es grave? —preguntó Breen, y Keegan negó con la cabeza.

—Los sanadores están haciendo lo que pueden. Creen que pasó una hora antes de que los pequeños, de solo cuatro años, gemelos, salieran a buscarlo. Tuvieron la sensatez de taparlo con mantas. Iban corriendo, de camino a la casa más cercana, cuando uno de los *sidhe* que estaba peinando la zona los vio desde arriba y bajó volando.

»Lo tienen sumido en un hechizo del sueño, porque las lesiones son graves, así que tardará horas en curarse, si no días. Si es que se cura. Shana va al oeste, eso está claro.

—El valle, tu hogar, tu familia. —Breen miró a Marg—. La mía.

—Están avisados —le aseguró su abuela—. Y son más que capaces de encargarse de ella. Esto no es un giro de los acontecimientos. Esta es su naturaleza. Lo enmascaraba bien y puede que ni ella misma supiera del todo lo que llevaba dentro, pero estaba ahí. Es la tercera vez que intenta arrebatar una vida.

—Lleva una hora o más a caballo y cuenta con la ventaja de la lluvia. Monta bien y se aplicará al máximo. —Keegan se sentó con su copa de vino, aunque no bebió—. Y ha demostrado ser más astuta de lo que me imaginaba, o tener una suerte de mil demonios, así que creo que seguirá a pie cuando agote al caballo.

—Pero hace frío y llueve, ¿no? —dijo Marco—. Estará hambrienta, cansada. Y algo de miedo debe de tener.

—Da igual —añadió Breen—, porque la yaya tiene razón: ella es así. Puede que haya perdido el control, pero esta es su naturaleza. ¿Qué necesitamos para un hechizo de búsqueda? Algo que le pertenezca.

—Tenemos cabellos de sus cepillos y peines —empezó Keegan—. Ropa y joyas que se ha puesto, y dejó unas cuantas gotas de sangre en el tocador cuando preparó su hechizo. Las usaremos.

—Escribiremos el hechizo, lo urdiremos y la encontraremos —dijo Marg.

Breen miró a su alrededor: dos chimeneas encendidas, instrumentos mágicos y, contándola a ella, tres sabias listas para trabajar bajo un techo decorado con estrellas y las dos lunas de Talamh.

Esto sí podía hacerlo. Aquí podía ayudar.

—¿Por dónde empezamos? —dijo.

Se sentó con Tarryn cuando esta se les unió para dar forma a las palabras y la intención. Marg y Keegan se pusieron con los ingredientes, mezclaron pociones nuevas y destilaron aceites.

Como estaba absorta, frustrada y fascinada, Breen no se dio cuenta de que se había ido Marco hasta que el chico volvió a entrar.

—Un descanso para cenar —anunció, cargado con una olla.

Lo seguían el hombre y la mujer que habían estado discutiendo sobre la lluvia, que llevaban una tabla con pan y cuencos. A continuación entró Brigid con comida y agua para Botarate.

—Sé que tenéis que trabajar —dijo Marco—, pero las brujas tienen que comer, como el resto de los mortales.

—Tiene razón —intervino Tarryn antes de que Keegan se negara—. Trabajaremos mejor con el estómago lleno. ¿Qué has traído, Marco?

—Lo que he traído es lo que yo llamo estofado de sobras. Bajé a la cocina, y Maggie y Teag me dieron vía libre.

—Es un cocinero excelente —comentó Maggie mientras ella y Teag ponían la mesa—. Hemos probado el resultado y os espera una comida sustanciosa. Que los dioses os bendigan a todos por el trabajo que estáis haciendo; hemos encendido nuestras velas por el muchacho de las tierras medias.

—Gracias, Maggie, gracias, Teag, y gracias, Brigid. Venga, sentaos —dijo Tarryn, señalando la mesa—. A ver a qué sabe esto.

—Por el olor, debe de saber bien —respondió Keegan, que reprimía su impaciencia—. Espero que, después de probarlo, os dejara un buen plato.

—Y tanto, *taoiseach* —respondió Teag, sonriente—. Y ahora mismo vamos a dar buena cuenta de él. La cocina es tuya siempre que quieras, Marco.

Tarryn sirvió el estofado.

—Gracias por la comida, Marco.

—Solo quería colaborar. Botarate y yo nos daremos un paseo después de la cena, para que podáis seguir trabajando. ¿He oído bien? ¿Tenéis que hacer esto fuera? Teag dice que va a hacer mal tiempo.

—Fuera es mejor —respondió Keegan, y probó la primera cucharada—. Esto es magnífico, sí. Un aquelarre de siete —siguió explicando—. Y siete por cada tribu.

—Como en Samhain.

—Sí. Me gustaría pedirte que formaras parte del grupo —dijo Keegan.

—¿Yo? —preguntó Marco, sorprendido.

—Necesitamos a siete que no sean criaturas feéricas, a siete que vengan de fuera. Y, si quieres, me gustaría que fueras una de esas personas.

—Sí, claro. Vaya. ¿Qué tengo que hacer?

—Estar con nosotros —respondió Tarryn, sin más.

—Eso es fácil, porque ya lo estoy.

En lo más profundo del bosque había un dolmen que servía de altar para los rituales y hechizos más importantes. A su alrededor, en la última hora, los siete que representaban a las sabias conjuraron el círculo.

Aunque el aire estaba helado y el viento le tiraba de la capa, Breen se sintió arder por dentro cuando se unió a los otros seis en el rito. Se sorprendió al ver que Loren formaba parte del aquelarre, hasta que cayó en la cuenta de que era propio de Keegan: una forma de reconocer su inocencia y la fe que depositaba en él.

Así que invocaron a los guardianes de las atalayas mientras otros círculos se formaban a su alrededor. Los *sidhe*, los cambiaformas, los troles, los elfos, las sirenas en el mar y los siete de otros mundos.

Las velas y las antorchas cobraron vida y proyectaron su luz sobre las sombras.

—Por la justicia, por la paz, intentamos encontrar a la que pretende eludir su obligación. —Mientras hablaba, Keegan vertía en el caldero el agua recogida de la lluvia del día—. Ha roto las Primeras Leyes y debe enfrentarse a su sanción.

—Así que pociones para aclarar los corazones y la vista flotan en el agua mezclada por hijo e hija —dijo Marg al verter el contenido de dos botellas en el caldero.

Tarryn dio un paso adelante.

—Ahora, hierbas y cristales de luz y poder, para que esta mezcla nos otorgue vista y saber.

Con ojos tristes y voz ronca, Loren puso la mano sobre el caldero y dijo:

—El broche que le regalé porque la quería. Si pudiera, la salvaría.

El siguiente añadió un guante y el siguiente, un cepillo y un peine enjoyados.

—Es Shana O'Loinsigh a quien pretendemos encontrar con este hechizo que entre siete urdimos. Y ahora, mientras el altar arde, de siete en siete, su nombre decimos.

Bajo el caldero, las llamas se elevaron hasta envolver el dolmen. Y de este brotó una voluta de humo tan blanco como las lunas.

—Escuchad sus delitos de uno en uno y concedednos sabiduría para un juicio justo. Con esta sangre pretendió subyugarme, mi voluntad pretendió arrebatarme —dijo Keegan antes de añadir las gotas de sangre.

Tarryn echó los pedazos de cristal que llevaba en las manos y dijo:

—Para ocultar la verdad, a su amiga con este jarrón se atrevió a golpear.

Breen oyó que el dolmen vibraba bajo las llamas cuando alzó el cuchillo sobre el caldero.

—Con este cuchillo y por la espalda, mi vida intentó sesgarla —dijo.

Marg sacó la piedra manchada de sangre y añadió:

—Con esta piedra a un niño golpeó y después solo lo dejó. Una vida puede acabar por culpa de su maldad.

La voz de Keegan se elevó como el humo.

—A esta hora, por Talamh y sus leyes, unimos nuestros poderes. Que las llamas y el humo sigan su pista para que podamos impartir justicia —determinó.

Y en el humo y el fuego, Breen vio.

En el bosque del oeste, donde el musgo crecía fuerte y el río corría deprisa y verde, Shana se deslizaba entre las sombras y los árboles y volvía a desaparecer.

Había dejado el caballo varios kilómetros antes. Había servido a su propósito y ni siquiera azuzándolo con saña había conseguido que, al menos, trotase. Sin embargo, había encontrado el camino, uno que recordaba tras un paseo a caballo con Keegan durante su única visita al valle.

Más adelante habría una cascada y, en ella, el portal hacia Odran. Estaría protegido, sin duda, y todavía tenía que averiguar cómo solucionarlo y cómo abrir el puñetero portal.

Pero había llegado hasta allí.

Había eludido a los que la buscaban, jinetes, dragones y otros elfos (¡traidores!), así que ya nada la detendría. Deseaba con toda su alma buscar una antorcha y prenderle fuego a la granja que Keegan tanto amaba, pero había resistido el impulso y había logrado pasar por allí sin que la viera su ridículo hermano, que estaba montando guardia, ni la zorra alada de Morena, que hacía lo mismo junto al Árbol de la Bienvenida.

Había sido más lista que todos ellos.

Aun así, necesitaba volver a descansar, sentarse y pensar con tranquilidad. Y, por los dioses, quería algo caliente y sabroso para comer, en vez de los vegetales crudos que había robado de los huertos.

De nuevo, se quitó la venda de la mano herida y lloró un poco al ver las ampollas en carne viva y las vetas rojas que le subían por los dedos, que no era capaz de estirar del todo sin sufrir un dolor atroz. Alargó el brazo, metió la mano en el río y reprimió un gemido que era tanto de alivio como de dolor.

—¡Ay, pobrecita! Qué quemadura más fea para una piel tan suave.

Shana se volvió, lista para salir corriendo, pero la mujer que tenía ante ella se limitó a extender las manos.

—No te muevas —le dijo.

Y aquella no pudo hacerlo.

—No he estado observando y esperando para que ahora salgas corriendo y tenga que seguir observando y esperando —prosiguió la mujer—. Eres lista, Shana; más de lo que creía, confieso.

Tenía una larga melena de color rojo sangre, con unas ondas perfectas que le llegaban hasta los hombros de un precioso vestido del color de las ciruelas maduras, cubierto por una capa dorada. La sonrisa le llegaba a los ojos, tan oscuros y profundos que parecían casi negros. Lucía joyas en las orejas, alrededor del cuello, en las muñecas y en los dedos.

A pesar de su miedo, Shana las envidió.

—¿Quién eres?

—Soy alguien que está a punto de convertirse en tu amiga más querida. Y, ahora, ¿quieres que te cure esa mano? Si te levantas y te quedas quieta, lo haré. Si huyes, procuraré que los que te buscan te encuentren, igual que hasta ahora te he ayudado a que no lo hagan. —La sonrisa de la mujer se tornó feroz—. No habrás pensado que has logrado llegar hasta aquí sin ayuda, ¿verdad?

—¿Por qué quieres ayudarme?

—Porque creo que será una ayuda mutuamente beneficiosa. De pie, chica, y extiende la mano.

Shana comprobó que volvían a funcionarle las piernas, así que obedeció.

—Vaya, qué herida más fea, ¿verdad? —dijo la mujer.

Esta empezó a deslizar la mano pocos centímetros por encima de la de Shana, que, capa a capa, notó que el dolor remitía, que la mano dejaba de palpitarle.

Era una sensación tan placentera que cerró los ojos.

Cuando volvió a abrirlos, las ampollas habían desaparecido, igual que las horribles vetas rojas con grietas negras. Pero tenía cicatrices, ronchas, en la palma de la mano, con la forma del mango de un cuchillo.

—Quedan cicatrices.

—No soy ciega —le espetó la mujer mientras contemplaba la palma herida con unos ojos rebosantes de ira—. Ha pasado demasiado tiempo, así que tendrás que aguantarte con ellas. Ponte un guante si te preocupa. Ahora vendrás conmigo.

—¿Adónde? ¿Quién eres?

—A donde quieres ir. Soy Yseult y llevo mucho tiempo vigilándote. Esperaba que atraparas al *taoiseach*, pero, como no lo has hecho, bueno, todavía puedes sernos útil.

—Conozco ese nombre. La bruja de Odran. ¿Cómo puedes estar aquí? Los portales están sellados y vigilados.

—Tengo mis recursos, pero menguan cuanto más tiempo pasemos aquí paradas. ¿Quieres unirte a Odran, castigar a los que te han traicionado? Tienes que desearlo para que pueda ayudarte a cruzar y debes saber que, hasta que se rompa del todo el sello, no puedo traerte de vuelta.

Shana la miró, vestida con su basta ropa de chico, con cicatrices en la mano y el hambre royéndole el estómago.

—Quiero que paguen. Quiero hacérselo pagar.

—Pues ven conmigo y date prisa. Solo nos quedan unos minutos.

Yseult se levantó las faldas y salió corriendo hacia la cascada. Shana corrió a su lado y vio cuatro guardias.

—Están dormidos —le dijo la otra—. Aunque solo durante un momento más.

—¿Por qué no has acabado con ellos? ¿Por qué no los has matado?

—La muerte deja rastro. Mientras no sepan que puedo entrar y salir, aunque Odran y los demás todavía no puedan, no harán nada más que lo que han hecho hasta ahora. Ya.

Hizo girar la capa alrededor de Shana y, tras envolverla con ella, saltó al río.

La luz brilló con fuerza sobre la superficie durante un instante, antes de apagarse.

23

Breen oyó gemidos detrás de ella. Más que llanto, era el sonido de la tristeza desgarrando un corazón. No necesitaba volverse para saber que era la madre de Shana, puesto que lo sentía en su interior.

A su lado, Tarryn le sujetaba el brazo a Loren.

—Tenemos que cerrar el círculo, Loren. No puedes romperlo. Y ya no puedes ayudar a Shana.

—Espera. Lo veo. ¿Lo veis? No es una puerta —dijo Breen—. Ni una ventana. Es una… grieta. Estrecha e irregular. Bajo la cascada. No al otro lado, debajo. ¿La veis?

—No —respondió Marg—. ¿Qué ves?

—Un remolino de agua, la grieta se cierra. Está a punto de atrapar el extremo de la capa, a punto… Y, al otro lado, tienen que luchar por llegar a la superficie. El hechizo se desvanece. Dos hadas, no, cuatro, cuatro entran en el agua para sacarlas. Toman aire, jadean. Hay sangre en el agua. No de ellas. Necesita sangre para abrir la grieta. Bajo la cascada, en lo más profundo. No a través de ella. Todavía no. Todavía no hay suficiente. Ya no está. Ya no está.

—Cerraremos el círculo.

Después de hacerlo, Keegan se dirigió a los padres de Shana.

—Vuestra tristeza es mi tristeza. —Luego se volvió hacia Loren—. Tu tristeza es mi tristeza. No os puedo ofrecer consuelo. Ha tomado su decisión.

Miró a su madre, que asintió.

—Venid conmigo —dijo Tarryn, y rodeó con un brazo a la llorosa mujer—. Ven conmigo, Gwen querida, y tú también, Uwin. Y tú, Loren. Vamos a salir de aquí, del frío.

—Nunca superarán esto —dijo Keegan en voz baja. Después le hizo un gesto a Brian para que se acercara—. Envía halcones. Cancela la búsqueda. Que mi hermano sepa que parto hacia el oeste de inmediato y que necesito que me ayude a cerrar esa grieta. Y tú, Marg, te voy a pedir que vengas conmigo, aunque haga tan pocas horas de tu viaje hasta aquí.

—Lo haré, por supuesto. Keegan, ya la habíamos perdido antes de que se fuera con Yseult. Se fue porque ya estaba perdida.

—Lo sé de sobra.

—Me voy con vosotros —insistió Breen—. Puedo ayudar. He visto por dónde se han ido.

—Sí, te vienes. Haz deprisa las maletas, y esta noche llévate solo lo que necesites. Marco, por favor, trae lo demás cuando vuelvas mañana.

—¿Mañana? Sí, claro… No hay problema.

—Tengo mucho que hacer y poco tiempo por delante. Te necesito lista en media hora —le dijo a Breen.

Se alejó a grandes zancadas mientras hacía gestos a unos y lanzaba órdenes a otros.

—El *taoiseach* impresiona… —comentó Marco mientras dejaba escapar el aliento retenido—. Joder, Shana se ha pasado por completo al lado oscuro.

—Ahora la tiene él, Odran. No sé si Shana comprende bien lo que significa eso. Si sabe de verdad lo que ha hecho.

—Ha elegido ella —dijo Marg, sin más—. Vamos, te ayudaré a hacer la maleta; yo he traído poco.

Breen recogió las páginas que había escrito, sus notas, su orbe y otras herramientas y dejó el resto para Marco.

—Tengo una cosa para ti —le dijo a Marg, y le dio el portavelas de amatista.

—Vaya, es una preciosidad, y muy útil. Lleno de calma y paz. Es un regalo muy bonito. ¿Dónde lo has encontrado?

—En una tienda de la aldea. La mujer… no quiso aceptar nada a cambio, así que también es un regalo suyo. Me dijo que te diera recuerdos y que quizás la recordaras. Ninia Colconnan.

Marg esbozó una amplia sonrisa.

—La recuerdo pero que muy bien. ¿Cómo la encontraste? ¿Está bien?

—Sí, y su tienda es maravillosa. Estaba tejiendo una manta para una bisnieta que está a punto de nacer. La número doce, según dijo.

—Qué vida más bella y plena. Me alegra saberlo, espero poder volver para visitarla. Pero ahora…

—Tenemos que irnos.

Cuando salieron al exterior, donde el viento los recibió con furia y Keegan, Botarate y los dragones esperaban, Breen abrazó a Marco.

—¿Estarás bien?

—Claro que sí. Ten cuidado. Lo digo en serio, Breen. —Luego se dirigió al perro—: Cuida de mi mejor amiga.

—Lo haré, prometido —repuso ella—. Vamos, Botarate. Hasta mañana —se despidió mientras corría hacia Keegan—. Nos veremos entonces.

Marg llamó a Botarate, que se subió al dragón con ella. Marco vio que Keegan ayudaba a Breen a montar en Cróga. Y, con un aleteo atronador, salieron volando a través de la noche.

Brian le puso un brazo sobre los hombros.

—No te preocupes demasiado, ¿eh?

—Hace un año se ponía nerviosa si tenía que llamar a un Uber y ahora cabalga sobre un dragón.

—¿Uber?

Marco dejó escapar una carcajada.

—Cosas de coches. Antes la presionaba un poco para que saliera de su burbuja, pero ahora no hay nada que pueda contenerla.

—Deberías sentirte orgulloso.

—Lo estoy. Y también asustado por ella. Y por ti.

Brian le giró la cara para besarlo.

—No te preocupes más —dijo—. Llevo tu protección. Vamos a cobijarnos del viento, los dos juntos. Dentro de unas horas, cabalgaremos hacia el oeste.

Surcaron la noche, entrando y saliendo de las nubes, acompañados por los chasquidos del viento. Abajo, el mundo dormía mientras los ríos seguían su curso y la hierba se agitaba. Breen vio alzarse las oscuras siluetas de las montañas, el ancho mar y sus olas, y, en una ocasión, un búho blanco como un fantasma que, con las alas extendidas, se internaba en la densa negrura de un bosque.

Junto a Keegan y Breen, Marg montaba en su dragón con la capa arremolinada en torno a ella y Botarate sentado delante; el perro tenía los ojos cerrados, feliz, mientras el viento le movía las orejas. Breen pensó que aquello era una aventura para él. Pero para ella era una misión, una demasiado vital como para perder el tiempo con los nervios.

Por eso, se dedicó a examinar la tierra para averiguar dónde se encontraban. Sin embargo, era muy distinto volar en dragón por la noche que viajar a caballo durante el día.

—¿Cuánto daño puede hacer? —preguntó Breen alzando la voz para hacerse oír por encima del rugido del viento y las alas—. Me refiero a Shana, ¿qué puede hacer contra ti y contra Talamh, ahora que está con Odran?

—Conoce la Capital, el castillo y sus terrenos. Y los asuntos del consejo, ya que su padre le contaba cosas que seguro que no debería haberle contado. Si prestaba atención, y ahora creo que lo hacía, sabrá los nombres de los exploradores y los espías, sus rutas y rutinas. Sabrá mucho. Y ha demostrado ser más astuta y despiadada de lo que me imaginaba.

—Lo arreglarás. Cambiarás las rutas, las rutinas y las estrategias.

—Sí, y ya he empezado, pero se ha pasado la vida inmersa en la política y la organización de la Capital. Entiendo por qué podría ser valiosa para Odran. Y siento decir que veo con claridad por qué lo eligió a él en vez de a su familia, sus amigos y su mundo, ya que, por traicionarlos, él le dará lo que más desea.

—Poder. Estatus. Y libertad para hacer lo que quiera sin importarle a quién afecte.

—Todo eso y la esperanza de acabar contigo y conmigo. Y con mi familia y, creo, con todo Talamh, ahora que la han rechazado.

—Es demasiado narcisista para comprender que, si no le da a Odran todo lo que le pida, o si él piensa que ya no le resulta útil, la matará sin dudar un segundo. No sé si...

Notó que algo le tiraba del corazón, del estómago, de la mente. Latidos, muchos, profundos y lentos. Durmiendo mientras el mundo dormía. Pero uno despertaba para latir al ritmo del suyo.

En el suyo. Del suyo.

Despertando. Esperando.

A oscuras, vio la silueta de una montaña tan alta que perforaba las nubes que flotaban a su alrededor.

Breen sintió anhelo, y anhelo sentía también aquel latido que se había fundido con el suyo.

—¿Qué es eso? —preguntó, señalando la montaña—. ¿Qué hay ahí?

—Nead na Dragain. Es el pico más alto de Talamh. El Nido del Dragón.

—Hugh… Sí, fue Hugh el que me lo señaló cuando viajamos a la Capital. Pero no me pareció tan… Ahora lo veo distinto.

—Es de noche —respondió Keegan—. Está escrito que la primera de ellos apareció aquí y esperó a su pareja. Y, cuando llegó, allí prosperaron, incluso antes de que las primeras criaturas feéricas caminaran por la tierra o nadaran por el mar. —Cróga y Dilis rugieron a la vez—. Hablan con los hermanos que moran allí —le siguió explicando—. Algunos descansan y otros se aparean o esperan. Puedes ver Nead na Dragain desde el valle en los días despejados si miras hacia el noreste. Y, como has dicho, de camino a la Capital.

—No recuerdo haberlo visto antes de que me lo señalara Hugh. Desde aquí arriba parece distinto. —Al alejarse, la sensación fue desapareciendo y el latido de su corazón se calmó—. Pero todo parece distinto. No distingo dónde estamos.

—Ahora, cerca del valle, y ahí está Harken, que se une a nosotros, como lo harán Sedric y Mahon. Y Aisling también, porque alguien se quedará con los niños mientras tanto.

Mientras hablaba, Breen vio el dragón que planeaba hacia ellos con las enormes alas extendidas. La luz de la luna se le reflejaba en las escamas, un reflejo plateado en la inmensidad azul. Con un coletazo, se giró para volar al lado de Keegan y Marg, con Harken y Aisling sobre su lomo.

—Habéis sido rápidos —les gritó Harken.

—El viento nos acompañaba.

—Mahon se ha adelantado, y Morena va con él, porque estaba conmigo y ha insistido. Ya han estado en el portal y han vuelto, y dicen que allí está todo en calma. En este segundo viaje iban a llevar a Sedric.

—Bueno, pues no los hagamos esperar.

Viraron levemente hacia el sur y, al cabo de unos minutos, Breen reconoció (o creyó hacerlo) las colinas, los campos y los bosques. Y, cuando los *pixies* rociaron de luz los exuberantes huertos de Finola y Seamus, supo dónde se encontraba.

Ahora sí notaba los nervios, pero los aceptaba. Sentirse algo nerviosa, aunque fuera por dudar de sí misma, era mejor que pecar de exceso de confianza. Sobre todo porque no tenía ni idea de lo que esperaban que hiciera.

Oyó la cascada antes de verla y los dragones, veloces como halcones, descendieron a través del bosque.

Keegan saltó al suelo y dijo:

—¡Salta! ¡Ahora! —añadió al ver que Breen vacilaba.

La joven contuvo el aliento, pasó una pierna por encima del dragón y saltó. Él la cogió y, sin más ceremonia, la dejó en el suelo.

—Aisling está demasiado embarazada para... Ah —consiguió decir cuando Mahon salió volando con Aisling en brazos.

Ya sin jinetes, los dragones se elevaron y volaron en círculo por el cielo oscuro sobre los árboles. Un ciervo salió del bosque y se transformó en hombre.

—Todo está despejado, *taoiseach*.

—Sigue vigilando, Dak. No queremos que nos interrumpan.

Emocionado, Botarate se puso a correr en círculo.

—¿Cómo lo hacemos? —preguntó Breen, que tuvo que alargar sus zancadas para seguirle el ritmo a Keegan—. ¿Qué tengo que hacer?

—Poder, luz, intención, todo entretejido y unido. ¿Sabes dónde encontrar la grieta?

—Sí. Bajo la cascada, cerca del otro extremo. No lo veo desde aquí, pero...

—No vas a estar aquí arriba —empezó a decir Keegan justo cuando Morena aterrizó ágilmente delante de ellos y plegó las alas.

—Todo está despejado. Has tenido un viaje muy interesante —le dijo a Breen.

—Ya te digo.

Entonces vio que Sedric le cogía las manos a Marg y la besaba con ternura.

—Estoy deseando escucharlo todo, pero, por el momento, ¿qué quieres que haga, Keegan? —preguntó Morena.

—Vete a la otra orilla. Mahon y tú flanquearéis a Aisling y Marg. Sedric en la catarata. Hablaré contigo en cuanto pueda, Sedric, sobre la niña... Gracias por tu magnífico trabajo.

—Es una cría muy inteligente, la pequeña Dilly, y el trabajo no ha concluido.

—Sellaremos esta grieta y, la próxima vez que Yseult intente usarla para robar a uno de los nuestros, ojalá se ahogue en su decepción. —Keegan le sujetó la mano a Sedric—. Nuestra luz, una misma luz.

—Una misma luz.

—Nuestro don, un mismo don —añadió mientras Mahon dejaba a Aisling en la otra orilla y Morena hacía lo propio con Marg.

—Un mismo don.

El cambiaformas al que había llamado Dak y los demás salieron del bosque para colocarse junto a las cataratas.

—Nuestro propósito, un mismo propósito.

—Un mismo propósito.

Mahon voló por encima del río y rodeó a Sedric con un brazo. Después lo llevó directamente al interior de la catarata. Mahon regresó a la orilla y Sedric se quedó bajo el estruendo del agua, como una estatua.

—Él sostiene el portal —explicó Harken mientras se quitaba las botas—. Y por eso se dará cuenta si alguien intenta atravesarlo.

Breen pensó que debía de estar congelándose, por no hablar del impacto del agua. Pero permanecía recto, como si estuviera en un agradable prado, con las manos haciendo cuenco para atrapar la luz del sol.

—¿Qué tengo que hacer primero?

Keegan la miró.

—Desnudarte.

—Perdona, ¿qué?

—Las botas y la ropa te pesarán en el río. —Igual que Harken, se quitó las botas, tiró el abrigo a un lado y después se desabrochó los pantalones—. Quítatelas. Te meterás en el agua entre Harken y yo y nos mostrarás la grieta. Con una misma luz, un mismo don y un mismo propósito, lo cerramos y lo sellamos.

Lanzó la túnica a un lado y así se quedó, desnudo e impaciente.

—Date prisa.

—Es una cuestión práctica —comentó con más amabilidad Harken, que se sentía muy cómodo desnudo delante de más de una docena de personas—. Y de seguridad.

—Ah, a la mierda —dijo Keegan, y con un gesto le quitó toda la ropa.

—¡Keegan! —Avergonzada, Breen usó manos y brazos para taparse—. No puedes...

—El agua te cubrirá con todo el decoro del mundo, aunque va a estar fría como la muerte.

Keegan lo solucionó cogiéndola en volandas y saltando al río.

Breen habría gritado si la conmoción del contacto con el agua helada no la hubiese dejado sin aliento.

Harken le cogió un brazo.

—Toma aire ahora, y bien, que te va a hacer falta. Necesitamos que nos enseñes lo que no vemos.

—No pienses, no preguntes —le dijo Keegan—. Percibe y toma. Una misma luz, un mismo don, un mismo propósito. Ahora, contén el aliento. Nos sumergimos juntos.

Poca elección tenía, ya que Keegan tiró de ella. Pero veía con claridad a través de las espeluznantes aguas verdes. Llevaba a Keegan de una mano y a Harken de la otra, y avanzó con ellos hacia el estruendo de la cascada.

Cuando el pulso se le acostumbró, perdió el pánico que la impulsaba a ascender hacia el aire. Lo que sintió dentro era más fuerte: el coraje tranquilo de Sedric, la fe inquebrantable de su abuela, la luz de todos los que esperaban en la orilla...

El propósito común de los hombres que le daban la mano.

Vio las rocas y el cieno de abajo, el viento que agitaba el agua arriba. En su mente, vio a Yseult arrastrando a Shana hacia la abertura, que era negra contra el remolino verde y blanco. Negra con el rojo de la sangre entreverado.

Se soltó de ellos para nadar libre hacia la grieta, que era negra como el carbón y casi transparente en el agua. Al extender las manos hacia ella, la luz, el don y el propósito se unieron.

La fuerza del agua quería empujarla, apartarla de allí. Luchó contra ella mientras Keegan y Harken empujaban a su lado. La luz, la misma luz, bañaba el agua con su calidez, brillaba como el sol mientras, blanca y pura, cubría la grieta. Breen percibió que se cerraba con sumo esfuerzo, centímetro a centímetro; notó que la oscuridad que la había abierto se revolvía para abrirse de nuevo como una boca. Pensó en la niña a la que habían arrastrado a través de aquella boca para enfrentarse a la muerte y dejó que la furia la impulsara. Durante un instante, el calor hirvió y chisporroteó hasta que, con apenas un susurro, la grieta quedó sellada.

Movió las piernas a toda velocidad para alcanzar la superficie y respirar de nuevo. Keegan la habría rodeado con un brazo para que se apoyara en él, pero a Breen todavía le quedaba la suficiente furia dentro como para propinarle un puñetazo antes de darse cuenta de lo que hacía.

Y acertó convenientemente en la mandíbula de él.

—No vuelvas a hacer eso —dijo Breen.

Harken se arrastró hasta la orilla y cogió la capa de Breen, la ayudó a salir del agua y se la colocó sobre los hombros.

—Aquí tienes, Breen, querida.

Ella logró reunir lo que le quedaba de su maltrecha dignidad.

—Gracias —respondió.

—Está hecho —dijo Keegan al salir a la orilla—. Gracias a todos. Seguiremos montando guardia, como siempre, aquí y por todo Talamh.

Se puso los pantalones mientras Breen intentaba cubrirse con la capa y, a la vez, subirse los suyos. Mientras él impartía órdenes, consiguió vestirse. Cuando Mahon sacó a Sedric de la catarata, ella fue la primera en llegar hasta él. Lo abrazó para saludarlo, y también para calentarlo y secarlo.

—Te vi con la niña, en el lado de Odran —dijo Breen—. Vi que la encontraste y la salvaste. Estaban muy cerca, a punto de alcanzarla. No los podía ver, pero los percibía. Igual que tú.

—Fue una criaturita muy valiente y me preguntó por ti. Por la diosa de pelo rojo que había roto sus cadenas.

—No sé cómo lo hice.

—Y, aun así, lo hiciste. Tu padre estaría muy orgulloso.

—Te vi luchar en el sur. Tu hijo estaría muy orgulloso.

La emoción embargó la mirada de Sedric durante un instante, antes de inclinarse para besarle la mejilla.

—Eso significa mucho para mí. Significa muchísimo para mí que lo hayas dicho. Ahora, descansa, y mañana habrá galletas de limón para ti. Y algo para ti —añadió mientras rascaba a Botarate—. Saltó al agua detrás de ti —le explicó a Breen—. No para jugar, sino para protegerte. —Después, sonrió por encima de la cabeza de la joven—. Vamos, Marg, llama a tu feroz dragón y vayamos a darles descanso a estos viejos huesos.

—Encantada —respondió Marg, que primero abrazó a su nieta—. No seas demasiado dura con él. Lleva un gran peso sobre los hombros. Pero puedes ser un poquito dura, claro, que se lo ha ganado —añadió con una sonrisa.

—Hablamos mañana —le dijo Morena—. Y con Aisling también. No le gustaba nada Shana, igual que a mí, y teníamos razón, lo que resulta bastante satisfactorio. Mahon tiene que llevarla a casa, pero mañana nos cuentas todo lo que ha pasado. Ha sido un buen puñetazo —añadió antes de acercarse a Harken, que estaba llamando a su dragón.

Cuando Keegan volvió con ella, el moratón tenue que empezaba a asomarle a la mandíbula compensaba de sobra el dolor en la mano de Breen. Durante un instante, Keegan se limitó a mirarla a los ojos, en silencio.

—¿Te llevo a la granja, a casa de Marg o…?

—A mi casa. Quiero dormir en mi cama y quiero tranquilidad.

—Como desees.

Cuando Cróga aterrizó, se subió antes de que Keegan la ayudara. Botarate, encantado, subió tras ella. Después de montar los tres, volaron por encima de los árboles y los campos. Vio el dragón de su abuela y el de Harken, ambos ya sin jinetes, volar hacia el norte.

Entraron disparados en el portal del Árbol de la Bienvenida, en Irlanda, donde caía una lluvia suave.

En la casa, Botarate bajó de un salto y la sorprendió sentándose y esperando, en vez de salir corriendo hacia la bahía. Ella bajó deslizándose por el dragón y se sorprendió de nuevo cuando Keegan desmontó en vez de irse inmediatamente.

—Me gustaría hablar un momento contigo. Pero no bajo la lluvia —añadió al ver que no respondía—. Si no te importa.

Ella quería tomarse una bebida caliente, sentarse junto al fuego y pasar un momento a solas para rumiarlo todo, pero se volvió y se fue hacia la casa. Keegan le llevó la maleta, que ella había olvidado, la dejó en la mesa y dijo:

—No pienso disculparme, ya que te he pedido más veces perdón durante estos meses que a nadie en toda mi vida.

Breen colgó su capa, entró en la cocina y empezó a prepararse un té. Él prosiguió:

—No había tiempo que perder y te estabas poniendo delicada con el asunto.

—Delicada. —Ella se esforzaba por parecer fría y distante, pero notaba que el hielo se resquebrajaba—. ¿Así llamas a mi reacción cuando me has dejado desnuda sin mi permiso y contra mi voluntad delante de una docena de personas?

—No estaban allí para mirarte y teníamos que actuar con celeridad. A la mierda. —Se alejó con grandes zancadas, movió una mano hacia el fuego para encenderlo y regresó—. Es un cuerpo, por amor de los dioses. Todo el mundo tiene uno.

Como Botarate estaba junto a ella y los miraba alternativamente, Breen le sacó una galleta del tarro. En vez de tragársela de golpe, él la sujetó con los dientes.

—¿En serio? —repuso.

—Sí, en serio, dada la situación. Te habrías hundido como una piedra con toda esa ropa, y, hasta no estar dentro del agua, en la grieta, ¿cómo iba a saber la gravedad del problema y cuánto haría falta para sellarla? Yseult había tenido tiempo para recuperarse durante nuestro viaje. Podría haber intentado atravesarla de nuevo, y entonces habríamos tenido que acabar con ella con Marg y Sedric ya cansados, y con mi hermana embarazada.

Breen deseaba que su excusa no tuviera sentido, pero algo sí tenía.

—Podrías habérmelo explicado todo durante el viaje, lo que iba a tener que hacer.

—No se me ocurrió. Una vez me acosté con una mujer que intentó asesinar a la mujer con la que me acuesto ahora y que se ha unido a Odran. Su padre, un buen hombre, un hombre sabio en las tareas que desempeñaba, ha dimitido del consejo, y no logro encontrar las palabras adecuadas para hacerle cambiar de idea. Su madre la llorará durante el resto de sus días. El hombre que la ama ya no me sirve de nada y seguirá sin servirme hasta que logre recuperarse, si es que lo logra algún día.

—Empezó a pasearse como si estuviera en una jaula—. Esa mujer llegó a significar algo para mí. Lo bastante como para estar con ella, y eso significa que formé parte de todo esto. No me culpo por ello —añadió antes de que Breen objetara—, pero es un hecho. Así que no se me ocurrió decirte que, si te metías vestida en el agua, te ibas a hundir como una puñetera piedra, ya que consideraba que tenías la sensatez suficiente para saberlo tú sola.

—Podría haberlo sabido si me hubieras dicho que nos teníamos que meter en el agua.

—Bueno, ¿cómo demonios creías que íbamos a sellar la grieta si no nos acercábamos a ella?

—No lo sé.

—¿Quieres que me disculpe por suponer que tendrías más lógica de la que pareces tener?

Ella se sirvió el té muy despacio.

—En el mundo en el que estamos ahora y en el que he vivido la mayor parte de mi vida, somos más discretos con la desnudez. ¿Debería yo disculparme contigo por suponer que tendrías más conocimientos de los que pareces tener?

—Una vez estuve en un lugar de este mundo en el que las mujeres se subían a un escenario y se quitaban… —Se dio cuenta de la trampa en la que estaba a punto de caer—. Vale, no importa. Estamos en guerra, Breen. Ojalá estuviéramos en paz y tuviera tiempo y habilidad para darte el espacio que necesitas, pero no los tengo. Lo que hemos hecho esta noche no habría sido posible sin ti. Te necesitaba. Te necesitábamos.

Ella se ablandó lo suficiente como para sacar otra taza.

—Esperas que entrene y que aprenda a luchar en esta guerra con mis puños, con una espada, con un arco y con mis dones. Y lo estoy intentando. —Sirvió el té en la taza y se la dio a Keegan—. Espero que tú aprendas a explicarme las cosas en vez de tomar decisiones por mí. Te he contado lo suficiente sobre mi vida como para que comprendas lo que siento cuando toman decisiones por mí, al margen de lo que yo quiera.

—Me parece justo. Me parece justo —repitió él—. Seguramente se me dará tan mal como a ti el arco, pero trabajaré en ello.

Viendo que había pasado la crisis, Botarate se llevó la galleta y se fue a tumbarse frente al fuego. Después de probar el té, Keegan suspiró.

—Te lo agradezco, pero ¿tendrías un poco de whisky?

Breen se acercó a uno de los armarios y sacó una botella. Cuando él le acercó la taza, ella le echó un poco. Y cuando el otro le hizo un gesto para que siguiera, le sirvió un poco más.

—Muchas gracias. —Le dio un trago y después otro—. No creo que tengamos problemas por aquí esta noche, o lo que queda de ella, pero no puedo arriesgarme. No puedo dejarte sola. No te estoy pidiendo compartir cama.

Bebió de nuevo mientras la observaba por encima de la taza.

—La verdad es que, de todos modos, estoy demasiado cansado —añadió—, así que no creo que ninguno de los dos lo disfrutase mucho. Puedo quedarme en la cama de Marco o en el sofá de ahí. Así sabría que estás a salvo. Necesito dormir, y no lo haré a no ser que sepa que estás a salvo.

Parecía exhausto, y Breen se dio cuenta de que no había tenido en cuenta ese detalle. Y no solo a nivel físico, sino a todos los niveles.

—Puedes compartir mi cama. Para dormir —añadió ella.

Dejó la taza, abrió su bolsa de viaje para sacar las páginas y las dejó sobre la mesa. Fue a echarse la bolsa al hombro, pero él se la quitó.

—Yo te la llevo arriba.

Breen asintió y se fue hacia las escaleras.

—Vamos, Botarate. Hora de acostarse.

El perro la adelantó y ya estaba acurrucado en la cama cuando entró ella. Breen encendió el fuego antes de sacar el neceser de la bolsa que le había subido Keegan. Entró en el baño y cerró la puerta.

Cuando salió, tanto él como su perro estaban en la cama… y dormidos los dos. Se puso unos pantalones de franela y una camiseta y dejó el fuego ardiendo al mínimo. Pensó en lo complicado y, a veces, difícil que era el hombre con el que había acabado liada, y se metió en la cama a su lado.

Y se quedó dormida en cuanto cerró los ojos.

24

Se despertó sola y bañada de sol. Al mirar el reloj vio que eran un poco más de las ocho, mucho más tarde de la hora a la que solía ponerse en marcha. Por otro lado, la verdad es que no tenía ni idea de a qué hora se había dejado caer en la cama.

Se levantó, se puso una sudadera con capucha y bajó a buscar a su perro.

Desde la puerta de atrás, lo vio en la bahía, y a Keegan lanzándole la pelota desde la orilla. Una y otra vez, Botarate nadaba para recuperarla o la atrapaba en el aire. Breen tenía buenos motivos para pensar que era capaz de pasarse varias horas así.

Los dejó estar, se preparó café y, mientras mascullaba para sí lo estúpida y superficial que era, lanzó un hechizo de glamour antes de salir.

—¡Se te va a caer el brazo antes de que se canse de ese juego! —gritó hacia la playa.

Keegan lanzó de nuevo la pelota antes de volverse hacia ella.

—Ya me he dado cuenta. Le di de comer, lo que fue bastante fácil, pero no sabía bien cómo hacer funcionar la máquina del café.

—Por suerte, yo sí sé.

Le ofreció una de las tazas.

—Gracias. Está bueno. He pensado en pedirle a Seamus que intente cultivar el grano, porque esas cosas se le dan muy bien, pero el té es lo tradicional. Puede que intente introducirlo cuando todo se calme.

—Nunca te he preguntado por lo que piensas hacer cuando eso pase. ¿Qué más tienes en mente?

—Bueno, mantener la paz también requiere esfuerzo. Hay que asegurarse de que las leyes se cumplan, de que las carreteras estén limpias y despejadas, de que se proporcione ayuda a quien lo necesite, de que se mantenga el comercio dentro de nuestro mundo y con los demás… —Se encogió de hombros—. Y la puñetera política nunca desaparece. He leído tus páginas.

—¿Qué?

—No deberías dejarlas por ahí tiradas si no quieres que nadie las lea. Me han gustado.

—Apenas escribí nada cuando estaba en la Capital.

—Pues lo que escribiste me ha gustado. Las palabras fluyen. Usaste el castillo y la aldea, su aspecto y lo que inspiran, su olor. Me parece que la gente que no lo ha visitado será capaz de verlo.

—Gracias. Eso es lo que espero.

—Esta mañana no estás tan enfadada —comentó Keegan mientras recogía la pelota que Botarate, empapado, le había dejado a los pies y la lanzaba de nuevo para contentarlo.

—Puede que no.

—Y yo no estoy tan cansado. Ojalá tuviera tiempo para persuadirte de volver a la cama, pero tengo que regresar a la Capital.

—Que no esté tan enfadada no significa que esté lista para acostarme contigo.

—Ahí es donde entraría la persuasión. —Alargó una mano y se enrolló uno de los mechones de Breen en un dedo—. Pero tengo que ir a encargarme del embrollo del otro lado, y después volver y lidiar con lo que queda del embrollo a este lado. Si regreso con tiempo suficiente, me gustaría que fueras a un sitio conmigo, con Cróga.

—¿Adónde?

—Lo hablaremos si hay tiempo. —Recogió de nuevo la pelota—. Está claro que eres un perro demoniaco —le dijo a Botarate antes de lanzarla—. Más tarde vendrás a Talamh, ¿verdad? Supongo que primero querrás escribir y estar tranquila un rato, pero vendrás.

—Sí.

—Te veré allí si puedo. Marco debería estar de regreso antes del crepúsculo. Mucho antes si vuela con Brian.

—Creo que iré sobre el crepúsculo.

—Esta es la última vez —le dijo Keegan a Botarate mientras recogía la pelota—. Así que aprovéchala bien.

Fingió lanzar, así que el perro salió disparado hacia el agua y después regresó. Fingió de nuevo, lo que hizo que Botarate saltara, bailara y ladrara de placer.

Mientras los observaba, Breen se preguntó cómo habría sido Keegan de pequeño, de niño, antes de sacar la espada del lago y de cargar con la responsabilidad de varios mundos.

—Tengo que irme —le dijo a Breen—. Necesito hablar con Harken antes de volar al este para comprobar que todo va bien en la catarata. Estoy... explicándotelo —añadió.

A Breen le costó mucho, pero logró reprimir una sonrisa y asintió.

—Ya lo veo.

—De acuerdo. —Le rodeó la cintura con un brazo y tiró de ella hacia él—. Bésame, por favor, que me ha costado un esfuerzo enorme no despertarte cuando yacías a mi lado al amanecer, tan suave y caliente.

—Puede que no me hubiera importado.

—Y ahora me lo dices. Lo tendré en cuenta para la próxima vez. Ahora bésame, Breen, porque el viaje al este será frío.

Ella le rodeó el cuello con un brazo y enredó los dedos en su pelo. Y se tomó su tiempo. Puso a prueba su poder rozándole los labios con los suyos, mirándolo a los ojos mientras él le devolvía la mirada.

Entonces cambió de ángulo y volvió a rozarlos.

Sonrió.

—Me dejas con ganas de más —le dijo Keegan.

—Podría. —Y se dio cuenta de que no era consciente de contar con ese poder—. Pero... —Le mordió un poco el labio inferior— no lo haré. Devuélveme el beso, Keegan —susurró, y le cubrió la boca.

Lo que el joven sentía la embargó por completo, el demencial calor del deseo. La dejó tambaleante, anhelante, encantada.

—No te habría resultado difícil persuadirme.

—Que los dioses me ayuden —dijo él antes de pegar la frente a la de Breen un instante.

Después se enderezó y dio un paso atrás. Le devolvió la taza.

—Tengo que irme.

Cróga aterrizó en la playa, detrás de él. Keegan dio media vuelta, montó y la miró por última vez. Después, se marchó.

Breen escribió en su blog y después puso a prueba su habilidad con la magia creando imágenes de memoria, a modo de fotos para ilustrarlo. Las colinas, los puentes sobre el río, Botarate saltando en el agua y Marco a caballo.

Satisfecha, les escribió un correo electrónico a Sally y a Derrick antes de regalarse una Coca-Cola y ponerse a trabajar.

Las palabras no siempre fluían, pero le sentaba bien, muy bien, volver a su escritorio, a su portátil, a la tranquilidad. Y mañana, se prometió, regresaría a su rutina habitual.

Escribió hasta entrada la tarde y después lo dejó, porque había llegado el momento de darse una ducha en condiciones y ponerse ropa que no fuera un pijama. Había llegado el momento de volver a Talamh.

Mientras Breen y el perro entraban en el bosque, Shana despertaba en otro lugar. Recordaba vagamente bañarse… ¿Que la bañaban? Agua cálida y perfumada. Era como un sueño y ¿qué más daba cuando todo era tan suave y agradable?

Se encontraba en una cama que la acunaba como las nubes, con sábanas de satén blanco contra la piel. En el techo, dioses pintados con hadas, elfos y extrañas bestias bailaban y fornicaban mientras unos demonios con pezuñas hendidas tocaban caramillos y unas criaturas de ojos taimados se alimentaban de los pechos de hadas jubilosas.

¡Era todo tan alegre…!

La habitación, con sus cortinas de seda blanca y sus muebles dorados, era el doble de grande, como mínimo, de la que había dejado atrás. Y mucho más opulenta, con suelos de mármol y lámparas de cristal. Había soñado con crear una habitación igual cuando ocupara el puesto que le correspondía en los aposentos del *taoiseach*.

Salió de la cama, que tenía unos altos postes dorados, e hizo girar la fina seda blanca que la envolvía. El fuego de leña, no de vulgar turba, ardía bajo en una chimenea también de mármol blanco con una repisa abarrotada de flores frescas.

Descorrió las cortinas y alzó el rostro para disfrutar del sol y mirar el mar alborotado. Allí no había un balcón diminuto al que apenas se podía salir, sino una amplia terraza con enredaderas cubiertas de flores enrolladas en las barandillas. Intentó salir, pero el viento soplaba con tanta fuerza que cerró de nuevo la puerta de cristal.

Le gustó ver sus perfumes, cremas y pinturas favoritos dispuestos en bonitas botellas sobre un tocador, con cepillos suaves de mango dorado para el pelo, peines enjoyados, un espejo de marco dorado que reflejaba su belleza y una silla tapizada de un terciopelo rosa muy pálido en la que sentarse y admirarse a placer.

Al abrir la primera de las cuatro puertas del armario, encontró vestidos, corpiños adornados con gemas, faldas vaporosas, telas exquisitas… Con un chillido de alegría, abrió más y descubrió ropa de montar, chales, bufandas, pieles y una selección muy completa de zapatos y botas. Ropa interior seductora y lujosa, camisones y batas de seda y satén.

En unos cajones forrados de terciopelo vio joyas, unas recargadas y otras elegantes o imponentes.

Esto, todo, hacía que mereciera la pena cada horrible momento de su huida de Talamh. ¡Al infierno con todos!

Para entretenerse, eligió unas estrellas de zafiro con una lágrima de diamantes y se las puso en las orejas, y también seleccionó los anillos que más le llamaron la atención y se adornó con ellos los dedos.

Mientras volvía las manos a uno y otro lado para admirarlos, vio las cicatrices, la forma de la empuñadura del cuchillo marcada en la palma de la mano derecha. Ya no le quemaba la piel, pero sí le ardía con fuerza el corazón. Pagarían. Algún día, se lo pagarían.

Sin embargo, por el momento, solo deseaba disfrutar, y encontró más cosas para hacerlo al entrar en una sala de estar de generoso tamaño. Apenas había empezado a explorarla cuando alguien llamó a la puerta, casi como si la arañara.

Shana alzó la barbilla y dijo:

—Adelante.

La muchacha tenía el pelo color paja recogido en un moño tirante en la nuca. Llevaba un vestido gris amorfo y mantenía la mirada baja, cargada con una bandeja.

—Para su desayuno, señora.

Shana le hizo un gesto para que la dejara en la mesa junto a las puertas de la terraza de la sala de estar. La chica se apresuró a hacerlo y empezó a colocar la tetera, la taza, las pastas y un plato cubierto.

—¿Quiere que le sirva el té, señora?

—Por supuesto.

—Soy Beryl y la serviré mientras le plazca.

—¿Dónde está Yseult?

—No lo sé, señora.

—Quiero conocer a Odran.

—Me han informado de que Odran, nuestro señor y amo, enviará a buscarla.

—¿Cuándo?

—No lo sé, señora.

—Por el momento, tu servicio no me place.

La chica alzó la vista apenas un instante, pero Shana vio un miedo cerval en sus ojos. Eso sí le plació.

—Ve a hacer la cama y prepárame el vestido de terciopelo azul con gemas en los puños y el dobladillo, las botas de cuero azul con tacones dorados y la ropa interior apropiada. Después, márchate. Regresa dentro de una hora.

Satisfecha, Shana se sentó a la mesa, levantó la tapa del plato y vio una bonita tortilla y una loncha de beicon. Pensó en el hambre tan dolorosa que había sentido en Talamh, en que se había rebajado a comer zanahorias y nabos arrancados de la tierra. Comió despacio, saboreando cada bocado, y, con cada uno de ellos, se imaginaba su gloriosa venganza.

Cuando Breen pasó por encima del muro que daba a la carretera de Talamh, Morena, con Amish en el brazo, la saludó desde la granja.

—¡Por fin!

—Me levanté tarde. Voy a casa de la yaya.

—Pues allí nos vemos. Iré a por Aisling. Mi yaya ya está allí.

Con el halcón todavía en el brazo, Morena extendió las alas y voló hacia la casa. Breen sonrió y siguió andando. Había echado aquello de menos; solo habían sido unos días, pero había echado de menos recorrer aquel camino, junto a la granja y las ovejas. Había echado de menos ver a Harken en el campo, con los caballos, como estaba ahora. Había echado de menos el suave mugir del ganado, el olor de la hierba verde y el humo de turba que llevaba consigo la fresca brisa otoñal.

Por la forma en la que Botarate trotaba a su lado, sabía que estaba tan contento como ella de regresar.

—No somos de castillos, ¿verdad?

Se hizo a un lado para dejar pasar un carro y se fijó en los tres niños de atrás.

—¿Hoy no hay clase? —se preguntó en voz alta—. ¿Qué día es? He perdido la noción del tiempo.

Vio el grupo al que mentalmente llamaba la Panda de los Seis jugando con una pelota roja y unos palos planos en un campo, así que los llamó.

—¿Hoy no hay clase?

Mina, la líder *de facto*, la saludó con la mano.

—Bueno, es sábado, ¿no? Y bienvenida de nuevo al valle.

—Me alegro de estar de vuelta.

Uno de los chicos se transformó en un caballo joven, agarró la pelota con la boca y se alejó corriendo con ella.

—¡Eso es trampa! —gritó Mina, que corrió a perseguirlo con velocidad élfica—. ¡Es trampa!

Aunque era un espectáculo fantástico, también era alegremente sencillo, pensó Breen al seguir su camino. Niños jugando una tarde de sábado, como hacían los críos en todas partes.

O como deberían hacer.

Giró en dirección a la casa de Marg y se maravilló con las flores, que todavía estaban abiertas, a pesar del frío. Y vio que la puerta azul no estaba cerrada, porque la esperaban. Y era bienvenida.

Dentro, el fuego ardía en la chimenea, y el aire olía a pan recién horneado y cosas dulces. Oyó la risa fácil de Finola.

Estaban junto a la encimera, Marg y su mejor amiga. Hada y bruja, riéndose juntas mientras su abuela ponía una hogaza de pan crujiente en una rejilla para que se enfriara.

—Así que le dije: «Seamus, ¿cómo quieres que no te apoye los pies helados en el trasero, con lo calentito que lo tienes». Y ¿sabes lo que hizo? Pues se me puso encima y… Ah, mira, es Breen.

Esta se acercó para que la abrazara.

—¿Y no voy a enterarme de lo que pasó después? —preguntó.

—Lo que pasó después es lo que suele pasar cuando un hombre se te pone encima en plena noche. —Se rio de nuevo; le brillaban sus ojos azules.

—Y por eso hoy está Fi tan contenta —concluyó Marg.

—Pues sí. ¿Cómo estás tú, querida? —le preguntó Finola a Breen mientras le acariciaba el pelo—. Me alegro de tenerte de vuelta en el valle, sana y salva. Has sido muy valiente.

—No sé si habré sido valiente, pero me alegro de estar de vuelta. Morena y Aisling vienen para acá.

—Me lo imaginaba, así que Sedric me ha traído suero de mantequilla fresca de la granja para hacer pan de soda. Y hay mermelada que ha preparado él, y galletas de limón. Y —añadió Marg antes de meter la mano en el tarro— no podíamos olvidarnos de este perro tan bueno.

—¿Dónde está Sedric?

—Se ha marchado para dejarnos la cocina a las mujeres, como haría cualquier hombre sabio.

—Lo que hizo anoche fue asombroso. No me puedo imaginar el esfuerzo que le supondría.

—Es un hombre fuerte, pero sí te diré que ha dormido como un tronco y no se ha puesto encima de nadie.

Finola dejó escapar otra carcajada.

—Bueno, bueno, a ver qué pasa esta noche. Nos tomaremos un vino para nuestra charla de chicas, ¿verdad, Marg?

—Sin ninguna duda. Tengo una botella de espumoso que he estado guardando para una ocasión como esta.

—Tampoco he pasado tanto tiempo fuera —dijo Breen.

Marg se limitó a sonreír.

—Has viajado más lejos de lo que crees. Vamos a sacar la vajilla elegante y eso, Finola.

—Os ayudaré —dijo Breen—. He conocido a tu hijo, Finola. O lo he vuelto a conocer, mejor dicho, y a su mujer, sus hijos y sus esposas. Los recordé, Flynn y Sinead, y Seamus y Phelin. En cuanto los vi, me acordé de ellos.

—Sinead me envió un halcón para contármelo. Significó mucho para ella. Te quería mucho.

—Lo recuerdo. Recuerdo que Flynn me lanzaba por el aire para que creyera volar y que Sinead me ataba cintas en el pelo. Recuerdo que, la noche que Odran me secuestró y tú me trajiste de vuelta...

Breen se puso a doblar las coloridas servilletas para que tuvieran forma de abanico.

—¿Qué recuerdas? —le preguntó Marg.

—A mi madre llorando y temblando. Me asustó. No es culpa suya, no quiero decir eso, pero me asustó. Y a ti, Finola, abrazándola y meciéndola mientras Sinead nos ponía a Morena y a mí en su regazo.

Hizo una pausa al ver que todo regresaba con tanta claridad.

—Tenía que estar asustada, su marido luchaba en la guerra —prosiguió—. Pero lo único que me transmitía era calma. Los chicos también estaban allí. No eran más que niños. Y nos contó una historia sobre un dragón joven, una niña y un gran tesoro. No la recuerdo bien, pero sí su voz, tan tranquilizadora. Y a Keegan..., se me había olvidado. Él estaba sentado cerca, mirándome sin más. Me quedé dormida de la mano de Morena, en brazos de Sinead.

—Nació para ser madre —dijo Finola—. Pasa con algunas.

—Y la mía no. No la culpo —repuso Breen—. Fue una noche horrible para ella. Creo que terminó de romper lo que ya había empezado a resquebrajarse. Me quiere, a su manera, pero su manera es limitada. Os tengo a vosotras, a Sinead y a Sally, en Filadelfia. Son muchas madres para una sola persona.

Entonces entraron Aisling y Morena, y esta miró a Finola.

—Bueno, ¿qué puede haber pasado en un día como hoy para que te pongas llorosa?

—Son lágrimas sentimentales. ¿Dónde están tus niños, Aisling?

—Echando la siesta, gracias a los dioses, y tengo al joven Liam O'Malley cuidándolos, porque es capaz de aguantar su energía cuando se despiertan. Está todo muy bonito, Marg.

—Tenemos vino espumoso para acompañar. Unos cuantos traguitos no le harán daño a ese bebé —respondió ella.

—Por las patadas que da esta niña, y pienso seguir diciendo que lo es hasta que me salga una, creo que podría aguantar una botella entera sin frenarse.

Se sentaron con el pan, la mermelada, las galletas y los pasteles, y Marg sirvió el vino.

—*Sláinte*. —Morena levantó la copa—. Por todas. Y ahora quiero saberlo todo. Cuéntanos la historia, Breen.

—Solo me han llegado algunos fragmentos —añadió Aisling—. Y de Mahon, que, como la mayoría, es un hombre parco en detalles, y eso cuando los recuerda. Pero, primero, dime: ¿es verdad que Shana intentó apuñalarte por la espalda?

—Sí.

—Ah, esa zorra del demonio. Nunca nos ha caído bien, ¿verdad, Morena?

—Ni pizca. Siempre me miraba como si yo fuera algo desagradable que se le había quedado pegado a la suela del zapato.

—Cierto —respondió Aisling con un gesto para darle la razón—. Sí que lo hacía. Y a mí me dedicaba una sonrisita de superioridad, como de reina a granjera. Aun así, quiero saber algo sobre la ropa que llevaba, que siempre era maravillosa.

—Tenía un vestido verde intenso, brillante, con escote cuadrado, y conmigo tampoco se ahorró esa cara que decía que me consideraba muy inferior a lo que esperaba.

Empezó a contar la historia de su llegada a la Capital, sus impresiones sobre ella y la aldea, y descubrió que, a medida que contaba (el encuentro escenificado en el patio, la visita de Shana a su habitación...), sus amigas demostraban tanto su indignación como su apoyo. Se reía, disfrutaba del vino y de las galletas y se sentía parte de algo.

De un círculo de mujeres.

—Me cae bien Brian, al menos lo que sé de él —comentó Morena, que estaba untando mantequilla y mermelada en un trozo de pan—. Apruebo su relación con Marco.

—Les aliviará saberlo, porque parecen enamorados de verdad. Y Marco se puso muy guapo para la Bienvenida. Ya te dará las gracias, yaya, por enviar el traje. Como te las doy yo por mi vestido. Nunca había tenido nada tan bonito. Keegan dijo...

Todas ellas se inclinaron hacia delante.

—¿Qué? —preguntó Morena, impaciente—. No nos dejes con la intriga.

—Me dijo que iba vestida de estrellas. Que eso le había parecido.

—Es muy poético, para ser él —dijo Aisling mientras mordisqueaba una galleta—. Tendré que ver ese vestido por mí misma. Tiene que ser deslumbrante.

—Estaba muy nerviosa —siguió explicando Breen—. Las cosas son muy diferentes aquí. Era todo muy majestuoso, aunque todos, salvo ya sabéis quién, fueron muy amables. El salón de banquetes, las luces, la ceremonia... Mucho lujo después del estricto protocolo del juicio y la conmovedora belleza de la Partida. —Puso una mano sobre la de Marg—. He echado esto de menos, aunque haya sido poco tiempo, pero por lo menos entendí por qué Keegan es *taoiseach*, por qué y cómo funcionan las leyes, la Capital y esa comunidad.

Les contó lo de salir fuera a tomar el aire con Botarate y el ataque de Shana.

—Conozco un poco a sus padres —dijo Finola con cuidado—. No mucho, claro, pero sí de las visitas a mi hijo, mis nietos, sus mujeres y sus niños. Vi la niña que era Shana y la mujer en la que se ha convertido. Y, en cuanto a la oscuridad de su interior… Bueno, pensaba que era porque la habían mimado un poco. Pero es mucho más que eso.

—Me la imagino usando a… ¿Loren, has dicho? —Morena negó con la cabeza—. No lo conozco, ya que no estaba en su mismo círculo en mis estancias allí. Sí que conozco a Kiara, claro, como todo el mundo. Lo que quiero decir es que no me extraña que haya usado así a la gente. Incluso me la imagino quebrantando una de las Primeras Leyes usando una poción amorosa. Pero ni se me pasaba por la cabeza que fuera capaz de quitar una vida. Creo que mi aversión por ella me impedía ver su peor faceta.

—¿Le dejaste una quemadura muy grave? —preguntó Aisling.

Breen negó con la cabeza y dijo:

—No estoy segura, huyó. Pero por cómo gritaba…

—Bien, y no me avergüenza decirlo. Espero que le haya llegado hasta el hueso. Al niño al que golpeó y dejó a su suerte ya lo han despertado, pero no están seguros de que se recupere del todo.

—Solo una persona malvada es capaz de hacerle eso a otra —dijo Finola antes de servir más vino—. Y no sé qué pensará obtener de Odran, pero, al final, seguro que le arderá algo más que la mano. —Después sonrió—. Pero nuestra Breen está de vuelta y todavía no hemos escuchado su versión de cómo se selló el portal.

—Le diste un buen puñetazo a Keegan —añadió Aisling.

—Fue un puñetazo magnífico y propinado con sentimiento —dijo Morena, y le dio otro bocado a una galleta de limón—. Y merecido, sin duda, aunque tengo que concederle que era un asunto urgente y que moverse con rapidez podía suponer una gran diferencia.

—Lo que me explicó después. Si me lo hubiera contado antes, habría... preparado algo.

—Hombres... —dijo Morena, con la barbilla apoyada en la mano—. A menudo son un grano en el culo. Y, con demasiada frecuencia, están seguros de saber qué es lo mejor, así que tenemos que perder tiempo y esfuerzo en demostrarles que no. —Miró a Marg—. No tendrás otra botella de ese vino espumoso por ahí, ¿verdad, querida?

—Pues sí. Vamos a abrirla.

Shana pidió a la chica, cuyo nombre no se había molestado en aprender, que la ayudara a vestirse. Sentaba bien, como debía ser, tener a alguien que le sirviera, que cumpliera sus órdenes sin necesidad de apaciguar ni fingir.

No confiaba en que supiera peinarla bien, así que lo hizo ella misma, dejándolo suelto y metiéndoselo un poco detrás de las orejas para que lucieran bien las joyas. Había elegido un collar con círculos de diamantes ceñidos al cuello y un zafiro enorme, también con forma de gota, que pegaba con los pendientes.

Quería salir, ver más, pero al asomarse a la terraza había visto perros demoníacos paseándose por la isla rocosa de abajo y los abruptos acantilados al otro lado del agua. Así que esperó y esperó, cada vez más aburrida. El aburrimiento se convirtió en irritación. Iba de camino a la puerta (se quedaría en el interior, claro, porque seguro que a los perros no se les permitía pasearse por dentro) cuando alguien llamó.

Shana se enderezó.

—Adelante.

Esta vez no era la chica, sino dos varones. *Sidhe*, percibió, con ojos duros enmarcados en sendos rostros de pedernal.

—Ven con nosotros.

A Shana no le gustó el tono.

—¿Adónde?

—Odran nos ha enviado a buscarte. No le harás esperar.

Ella ladeó la cabeza, la inclinó y caminó hacia ellos. En el pasillo la flanquearon, pero no le importó. Las paredes de cristal negro la intrigaban y se dedicó a admirar los reflejos que proyectaban en ellas las antorchas y las velas. Era mucho más impresionante que la aburrida piedra del castillo de la Capital.

Bajó con ellos unas amplias escaleras que cambiaban del negro al oro al pisarlas. Encantada, intentaba observarlo todo. Había gemas en el cristal negro; enormes ventanales que dejaban entrar el sol y el rugido del mar. Estatuas de sátiros, centauros y sirenas colocadas sobre pedestales. Ahogó un grito cuando una gárgola le siseó desde donde estaba encaramada y salió corriendo.

Descendieron hasta un gran vestíbulo con un suelo de mosaico que mostraba a Odran (lo sabía por las imágenes de los libros) con una túnica negra y un orbe (no, era un mundo) en cada mano. Y, bajo sus pies, los cadáveres sanguinolentos de los conquistados.

Era aterrador y emocionante a la vez.

Otros dos hombres con corazas negras protegían unas puertas cerradas. Elfos, como ella, portaban lanzas con puntas afiladas. Las puertas se abrieron al acercarse Shana, y su escolta se paró nada más entrar.

Era un salón del trono, pensó ella, el más majestuoso que se pudiera imaginar, con las mismas paredes de cristal negro repletas de cristales y gemas y un reluciente suelo dorado. La luz entraba a borbotones y se reflejaba en el trono, que era de oro, como el suelo, y en la persona que se sentaba en él. El cabello, también dorado, le caía sobre los hombros y enmarcaba un rostro tan bello que prácticamente le robó el corazón. Sus ojos, de un gris ahumado, la observaban acercarse.

Las rodillas le temblaron bajo la falda. Pero él esbozó una sonrisa y la llamó. Vestía de negro, pantalones ajustados a sus largas piernas y una túnica con un cinturón con gemas que brillaban con la luz del sol. Siguió sentado cómodamente y esperó.

Yseult permanecía en pie, a su lado. Vestía una falda vaporosa de color verde intenso y un corpiño ceñido bordado en oro. Una mujer preciosa, pensó, pero vieja. Ya era hora de reemplazarla. Shana no permanecería al lado de Odran cuando todo terminara, sino sentada en un trono, junto al de él. Lo miró a los ojos y le devolvió la sonrisa. Después, hizo una profunda reverencia.

—Mi señor Odran.

—Shana de Talamh —anunció Yseult—. Te la he traído, mi rey, mi señor, mi mundo entero, tal y como prometí.

«No —pensó Shana—, esto no puede empezar así». Siguió inclinada, pero levantó la cabeza.

—Vengo a ti, mi señor, por decisión propia. Agradecida a Yseult por su ayuda.

—¿Y por qué vienes? —Su voz era música y el corazón de Shana bailó a su ritmo.

—Para servirte en lo que pueda y, a través de ese servicio, vengarme de todos los que me han traicionado.

—Así que vienes para lograr tus fines.

—Soy tu invitada o tu prisionera, como desees. Espero que mis fines y los tuyos, mi señor, sean los mismos.

417

Él hizo un gesto lánguido.

—¿Y cuáles son los míos? —preguntó.

—Conquistar Talamh o destruirlo. Y gobernar los otros mundos.

—Eres de Talamh, ¿no es así?

—Ya no.

—Tienes familia allí.

—¿Qué son ya para mí? Nada. —Y, efectivamente, nada sentía por ellos. Los ojos de Odran eran hipnóticos—. Estoy contigo.

—¿Y qué me traes? —preguntó él mientras tamborileaba con sus largos dedos sobre los amplios brazos del trono—. ¿No tienes ningún tributo para un dios?

—Te traigo todo lo que soy. Todo lo que sé. Y todo el poder de mi odio por lo que dejo atrás.

Odran hizo un gesto y una mujer corrió a llevarle una copa. Bebió perezosamente mientras la mujer se inclinaba y se apresuraba a marcharse.

—El odio se puede enfriar con el tiempo.

—El mío no —respondió Shana, que le enseñó la mano de la cicatriz—. Ella me hizo esto, tu nieta, la que buscas. Me marcó, y mi odio me quema tanto como ella me quemó la carne. Deseo lo que tú deseas, que absorbas su poder. Doy todo lo que tengo por ese objetivo.

Odran le hizo un gesto para que se enderezase.

—Ya lo veremos. Veremos si traes algo más que belleza y un corazón oscuro; de eso ando sobrado. Veremos si demuestras ser útil; si lo eres, tendrás lo que buscas. Si no… —dijo, sonriendo y bebiendo de nuevo— descubrirás que los juicios aquí no son tan blandos como en Talamh.

—Seré útil. En todo lo que desees, de cualquier modo que requieras.

—Ya veremos. Te mandaré llamar. Vete y espera a que lo haga.

Ella se inclinó de nuevo y, con el corazón tembloroso, salió. Los guardias la flanquearon de inmediato.

Las puertas se cerraron.

Odran bebió de nuevo.

—Ya veremos —repitió, y miró a Yseult—. Puede que resulte útil o que no sea más que un entretenimiento. Pero su odio es real.

—Desea reinar contigo, no bajo tu mando.

Odran se rio y dijo:

—Tendrá lo que yo quiera darle. Pero, por ahora, Yseult, me agrada lo que me has obsequiado. Asegúrate de que me la traigan esta noche.

25

En sintonía con el mundo, consigo misma y con sus amigas, Breen regresó a la granja con Morena y Aisling.

—¡Me lo he pasado muy bien! Es genial sentarse con tus amigas a beber vino, comer galletas y poner verde a una elfa psicópata. Y ¿os lo he dicho ya? Cuando entré, Finola estaba contándole a la yaya que anoche había hecho el amor con tu abuelo.

—Pues no lo habías dicho, no —dijo Morena con cara de asco mientras Aisling se reía—. Y, sinceramente, preferiría que no lo hubieras hecho.

—Ha sido adorable. ¡Son amigas! Yo tengo amigas. ¿Va a ser raro que siga acostándome con tu hermano?

—No tengo ninguna objeción —respondió Aisling.

—Bien, genial. Porque de verdad que me gustaría volver a hacerlo con él. Y si Odran me pone las manos encima y me deja seca, al menos habré disfrutado del mejor sexo del mundo antes.

—No digas esas cosas —le dijo Aisling a Breen, y la sacudió un poco—. No permitiremos que eso pase.

—Porque somos amigas. Y vamos a darle una patada en el culo —respondió Breen.

—Exacto —le confirmó Morena—. Y a esa basura de Shana, ya que estamos.

—Me encantaría hacer eso. Es todo muy violento, pero no me importa. Tenemos que salvar los mundos, ¿no?

—Eso es —dijo Aisling mientras se acariciaba el lateral de la barriga.

—¿Está dando patadas? ¿Puedo…?

—Pues claro. —Le cogió la mano a Breen y se la colocó donde estaba el movimiento.

Vida. Luz. Energía. Promesa.

—¡Hala! Madre mía, es asombroso.

—Sí, la mayor parte del tiempo, salvo cuando es noche cerrada y solo quieres dormir. ¿Es la primera vez que tocas una barriga para notar las patadinas y los bultos?

—No. Bueno, he conocido a embarazadas, pero no me sentía cómoda pidiéndoselo. ¡Eh, es Marco! Ha vuelto.

Agitó las manos en el aire y su amigo le devolvió el saludo en voz alta desde el potrero, donde estaba con Brian cepillando a los caballos.

—¿Quién iba a pensar que un chico gay negro de Filadelfia encajaría tan bien en Talamh y se enamoraría de un jinete de dragón *sidhe*? Ojalá Sally pudiera verlo.

—Puede que, algún día, Marco lleve a Brian a ver a Sally.

Breen sonrió con ganas a Morena para celebrar la idea.

—Eso sería fantástico —dijo.

Botarate se adelantó para saludar a los recién llegados y después corrió a bailar alrededor de Mab, un adolescente, y de los dos niños de Aisling. Los críos tiraron al perro al suelo y cayeron encima de él.

—¿Se han portado bien contigo esos dos mequetrefes, Liam?

—Bueno, ha sido toda una batalla, pero he ganado. Es broma, la verdad es que nos lo hemos pasado bien, y confieso que me he comido las últimas galletas de jengibre y no he dejado ni las migajas.

—Para eso estaban —respondió Aisling.

—¡No te vayas! —exclamó Finian mientras se agarraba a las piernas de Liam—. Quédate a jugar con nosotros otro rato.

—Volveré otro día, pero ahora tengo que irme. Y hacedle caso a vuestra madre, so piratas, si no queréis que os arroje por la borda.

—¡Sí, capitán! —gritó Kavan.

Liam se rio y se transformó: ya no era un chico adolescente, sino un ciervo joven que corría por el campo hacia el bosque. Los niños corrieron hacia Aisling para contarle que habían jugado a piratas que saqueaban los mares.

—Tengo mi guante —dijo Finian, que lo llevaba colgado del cinturón—. ¿Puedo practicar con Amish?

Morena volvió la vista atrás y miró al halcón, que estaba posado en el muro.

—Parece que está de acuerdo. ¿Dónde está Harken?

—Se ha ido con Keegan y papá. Volvieron, pero salieron otra vez. Nos dijeron que regresarían antes de cenar. ¿Puedo practicar ya?

—Ponte el guante. Yo me encargo de ellos un rato, Aisling —dijo Morena.

—Pues entonces me voy a la cocina y preparo la cena para todos. Marco, Brian y tú sois bienvenidos, Breen.

—Gracias, pero deberíamos ir yéndonos.

—Si cambias de idea, me lo dices. Envíalos a casa cuando te hayas cansado de ellos, Morena.

—Descuida.

Mientras esta entretenía a los niños, Breen se reunió con su amigo a medio camino del potrero.

—¿Cómo ha ido el viaje de regreso? ¡No te vas a creer la noche que he pasado! ¡Pero el día ha sido estupendo!

Marco ladeó la cabeza y sonrió mientras la miraba.

—¿Has estado bebiendo, chica?

—Sí, y ha sido fantástico. Tengo muchas cosas que contarte. ¿Se queda Brian o tiene que volver?

—Se queda. Van a destinar más tropas al valle, por lo del portal ese de la cascada. Así que quería preguntarte si te parece bien que se quede a dormir con nosotros, conmigo, cuando no esté de servicio.

—¡Pues claro! —Breen le dio un gran abrazo y lo achuchó con ganas—. También es tu casa. ¡Compis de casa!

—Veo que te ha cundido la bebida.

—Supongo que debería echarme una siesta, pero no quiero. Me siento muy bien. Noto que todo va a ir bien, porque, joder, somos los buenos, ¿no? O puede que sea porque he bebido champán hecho por hadas. Una de las dos cosas.

—Voy a tener que probarlo yo también. Breen ha estado bebiendo champán —le dijo Marco a Brian cuando se les unió.

—¿*Sidhe* o élfico?

—*Sidhe*.

—El mejor que hay. Y, por mucho que bebas, no te arrepentirás al día siguiente.

—Es maravilloso. Le pegué un puñetazo a Keegan.

—¿Qué? —le preguntó Marco mientras tiraba de ella—. ¿Cuándo? ¿Por qué?

—Me quitó la ropa delante de todos y me lanzó al río. Sellamos la grieta, pero le pegué un puñetazo. Es una larga historia, pero más o menos se me ha pasado después de que me lo explicara.

—Ya sabemos que cerraste la grieta —dijo Brian—. Nos cruzamos brevemente con ellos en el camino de vuelta. Me encantaría escuchar el resto de la historia, pero tengo que ir a ver si me necesitan en el portal.

—Yo llevaré tus cosas —le aseguró Marco.

—¿Te parece bien que me quede en la casa, Breen?

—Por supuesto, me parece perfecto. —Lo envolvió en un gran abrazo y suspiró, feliz. Después le murmuró al oído—: Como le hagas daño, te convierto en cerdo y te aso en el horno.

La risa de Brian le retumbó en el cuerpo.

—Te creo —respondió, y miró a Marco con ojos relucientes—. Tu amiga Breen Siobhan es feroz y aterradora.

—Como el champán de los *sidhe*, es la mejor que hay. Venga, amiga, te llevo a casa.

—Vale. Ay, mira. Dragones.

Señaló a Cróga, que surcaba el cielo junto al dragón de Harken, con Mahon al lado. Este voló bajo, agarró a un niño con cada brazo y se los llevó volando para darles unas cuantas vueltas mientras ellos chillaban de alegría.

Harken se bajó del dragón de un salto y aterrizó con elegancia, al lado de Morena.

—Estaba a punto de subir para dar una vuelta contigo —la oyó decir Breen.

—Todavía tengo que ordeñar. Échame una mano y nos damos un paseo a la puesta del sol.

—Trato hecho. —Morena le dio la mano—. Hasta mañana, entonces —añadió para despedirse de Breen.

Cuando Keegan bajó, saludó a Brian con la cabeza.

—Habéis tardado poco —comentó.

—Sí. ¿Quieres que vaya al portal?

—Esta noche no, estamos bien protegidos, pero mañana sustituirás a Dak una hora después del alba, hasta que te mande aviso o vaya yo mismo. Quiero que patrulles desde el extremo occidental hasta el sur, ida y vuelta. Tienes la noche libre.

—Voy a ponerme a cocinar. —Marco se frotó las manos—. ¿Quieres venir, Keegan? Me apetece pollo con bolitas de masa.

—Muy amable, pero…

Cuando Keegan miró a Breen, ella se encogió de hombros y dijo:

—A mí me parece bien. El pollo con *dumplings* de Marco es el mejor del mundo.

—Entonces, acepto encantado. Aunque primero tengo que hablar un momento contigo.

—Entonces iré empezando y ayudaré a Brian a instalarse. ¿Y si nos llevamos a Botarate?

—Sí, vale. —Breen se agachó para acariciar al perro—. Vete a casa con ellos. Enseguida estoy con vosotros. Seguro que quiere nadar —les dijo a sus amigos.

—No hay problema. ¡Nos vemos al otro lado!

—¿Adónde me llevas? —preguntó ella mientras Marco y Brian recogían sus cosas y cruzaban la carretera, con el perro delante—. ¿Por qué tengo que ir?

—Te dije que te llevaría hoy, si tenía tiempo, y lo tengo.

—Brian ha venido con Chico, y es un viaje muy largo.

—No vamos a caballo —explicó él, y después la miró atentamente—. ¿Estás borracha, Breen?

—Puede que un poco. Un poquito.

—Bueno, el vuelo te despejará.

—¿Vamos en dragón? —Se animó al instante—. ¡Qué maravilla de día! Y ahora un paseo en dragón y pollo con bolitas. —Ladeó la cabeza—. Y, si estoy de humor, puede que haya sexo.

Él le dio la mano mientras llamaba a Cróga.

—¿Qué has estado bebiendo, a ver si puedo conseguir más?

—Champán de los *sidhe*.

—Puede que eso tenga que esperar un par de días.

Le dio un poco de impulso para subir a Cróga y se montó detrás de ella.

—No me has dicho adónde vamos.

—Ya lo verás por ti misma, como debe ser.

Demasiado relajada para objetar, miró abajo cuando se elevaban.

—Es todo precioso. El valle, sí, pero también la granja. Siempre que la veo, entiendo por qué mi padre la adoraba. Sé por qué la adoras tú. Es el ejemplo perfecto de la paz que tanto trabajas por conseguir. ¿Dónde vivías antes? Creo que no te lo había preguntado.

—En la casa en la que ahora viven Aisling, Mahon y los niños.

—Claro. Por eso tiene un aire similar.

De camino al oeste, divisó otros lugares conocidos: la casa de la yaya, por supuesto, y la casa en la que vivían Mina y su familia, donde la ropa colgaba del tendedero y el humo salía por la chimenea, y, al sur, las ruinas, el círculo, la tumba de su padre…

Después se elevaron sobre los altísimos árboles, y Breen contuvo el aliento y se aferró a la mano de Keegan. Los acantilados, escarpados como cristal, se alzaban sobre el mar revuelto. El agua golpeaba su base, lanzaba sus olas contra la roca, la lutita y la arena, y después volvía a replegarse. Y luego golpeaba de nuevo. Sobre el acantilado, vio árboles vencidos y retorcidos por el viento y hierba alta que se mecía con cada ráfaga.

—Es impresionante. Ya lo era desde la montaña, pero desde aquí lo es más aún.

—El extremo occidental.

—Marco y yo vimos los acantilados de Moher en Irlanda. Es parecido, solo que más salvaje. Veo barcos que se acercan.

—El mar está para pescar en él.

Ella contuvo de nuevo el aliento cuando lo sobrevolaron y oyeron el sonido de una ballena tan blanca como la tiza. Los delfines saltaban, y con ellos, las sirenas. Sobre el acantilado, vio otro círculo de piedra, más grande que el otro, unos cuantos edificios de piedra y un puñado de casas.

—Aquí tenemos lo que tú llamarías una base de operaciones, un campo de entrenamiento. Son nuestros ojos en el extremo occidental. Mi padre y el tuyo entrenaban aquí.

—Ah, ¿sí? ¿Y tú?

—Ellos nos entrenaban en el valle. Esas piedras son la Danza de Fin, el círculo de piedra más grande y, dicen, más antiguo de todo Talamh. Al amanecer, en el solsticio de verano, el sol que nace incide sobre la piedra reina, la más alta, y después la luz se extiende, blanca y brillante, piedra por piedra. Y cantan. Se las oye cantar para todos los círculos del mundo y todos los círculos del mundo responden. —Lo sobrevoló de nuevo—. Y así su canción y la luz del día más largo llegan a todos los rincones de Talamh.

—Debe de ser algo magnífico.

—Lo es. Y el solsticio de invierno nos da las lunas; su luz es más suave y tranquila durante la noche más larga. Pero, aun así, se extiende sobre las piedras, y las piedras cantan.

Breen se apoyó en Keegan en el vuelo de vuelta.

—Me ha encantado verlo. Gracias.

—Bueno, eso solo ha sido para despejarte un poco. Todavía nos queda un viaje.

Supuso que sería corto, ya que el sol bajaba hacia los picos occidentales, pero, corto o largo, le daba igual. Cróga se abría paso entre las nubes como un barco por el mar, y el viento sabía fresco y limpio. Bajo ellos, el mundo era verde y dorado, entreverado de ríos y caminos. Se alzaron sobre las minas de los troles, sobre los valles y el bosque, donde las sombras ganaban ya profundidad.

Y por fin vio que volaban hacia el pico más alto.

—¿Para ver a los dragones? —Emocionadísima, Breen se apartó el pelo que le tapó la cara cuando se volvió para mirar a Keegan—. ¡Qué maravilla de día! ¿Hay muchos? ¿Los percibes? Yo sí. Noto mucho poder, una atracción enorme.

Mientras hablaba, Cróga rugió. A modo de respuesta, los dragones, de todos los colores del mundo, alzaron el vuelo y respondieron. Eran una marea de gemas relucientes contra el cielo, y el poder puro que emitían latía como mil tambores.

—¡Dios mío! Apenas puedo respirar. Es asombroso, precioso.

Saltó sobre el dragón y se rio de sí misma cuando otro de color amatista con ojos de esmeralda pasó volando junto a ellos. Cróga giró la cabeza y la restregó con la de la dragona.

—Es su pareja —explicó Keegan—. Viven muchos años, pero solo se emparejan una vez.

—Es preciosa. ¿Tiene nombre?

—Banrion. Significa *reina*, porque es majestuosa. Su jinete es Magda, que vive en el extremo occidental.

—Hay muchos —comentó Breen—. ¿Todos tienen jinete?

—No. Algunos lo han perdido, ya que no viven tanto como los dragones. Y, como ocurre con las parejas, solo toman uno, al igual que un jinete solo toma a un dragón. Otros todavía no han elegido ni han sido elegidos, no han encontrado ni han sido encontrados. Y así será hasta el devenir de su jinete, hasta que este elija. Mientras tanto, esperan.

Breen vio las cuevas en la montaña, algunas enormes, y salientes, escalones, una amplia altiplanicie. Cróga descendió mientras las nubes se arremolinaban en torno a ellos como humo.

—¡Bebés! O crías. Más pequeñas.

—La madre lleva el huevo durante un año, un giro completo. De uno a tres huevos, aunque tres es poco frecuente. Y, cuando los pone, los empolla durante un cuarto de giro; solo se levanta cuando su pareja u otro dragón la sustituye durante un breve espacio de tiempo.

Los dragones jóvenes, grandes como caballos, salieron en desbandada, entre chillidos, cuando Cróga aterrizó en la planicie. E, igual que los niños, regresaron corriendo para aletear a su alrededor. Uno de ellos, de reluciente color plateado, alzó el vuelo para mirar a Breen con sus brillantes ojos azules antes de salir disparado.

—Son preciosos. ¿Puedo tocarlos?

—De no ser así, no acudirían a ti.

Y, como lo hicieron, cuando se bajó de Cróga, Breen extendió las manos y los tocó cuando corrieron hacia ella, entre volteretas, giros y vuelos en picado.

—Están presumiendo —se dio cuenta—. Están jugando. ¿Alguno es de Cróga?

Keegan hizo un gesto para señalar a un dragón joven de color esmeralda y azul que subía por la cola del suyo.

—Es el pequeño. Mira.

Cróga agitó la cola y el dragoncito salió volando con un sonido que solo podía ser de pura alegría. Después, el padre se elevó para volar con su pareja.

—Tienen tres, dos hijos y una hija. Uno de cada puesta. Ahora mismo, ella lleva dos y, si los dioses quieren, los pondrá el verano que viene.

—De todas las maravillas que he visto aquí, esta es la más…, no sé, la más emocionante. Siempre me han gustado los dragones. Supongo que tiene que ver con la infancia que no recordaba. Y, al verlos así, libres y volando, como niños grandes…

De nuevo alargó las manos. Uno de ellos, del tamaño de un gato grande, le aterrizó en el brazo.

—¡Pesa! —exclamó mientras lo acunaba, entre risas.

—Este solo tiene unos cuantos días de vida. Recién salido de la cueva donde anidan. —Keegan señaló una gran abertura—. Ahí no podemos entrar sin ser invitados.

—Entendido —respondió Breen, concentrada en acariciar las escamas de color ámbar—. Tuve un sueño justo antes de viajar a Irlanda, el verano pasado. Estaba paseando por la orilla del río, a este lado de la cascada, y vi volar algo que parecían pájaros pequeños, muy coloridos, rápidos y brillantes. Eran crías de dragón, como mariposas que volaban en círculos a toda velocidad. Una me aterrizó en la palma de la mano. Pero en realidad no son tan pequeños.

—No. Pero los sueños no siempre son literales, ¿no?

—No, pero parecía real. Como si el que se me posó en la mano y yo nos conociéramos. Incluso le puse nombre.

—¿Cuál?

—Lonrach. Qué raro. —El bebé que tenía en brazos se desenroscó y salió volando—. ¿Cómo es posible que conociera esa palabra?

—¿Sabes lo que significa?

—Sí, significa…

Empezó a latirle el corazón muy deprisa y, junto a su latido, notó otro que se fundía con el suyo. En su mente, otra mente, a la espera.

Anhelante.

El dragón de alas rojas con puntas doradas aterrizó en lo alto de la cueva y la observó mientras los demás volaban en círculo una y otra vez, como un anillo de gemas. Breen se vio desbordada de amor, era como una marea, una fuerza, un regalo. Y el corazón le lloró de puro júbilo.

—Significa *brillante*, porque lo eres —concluyó, y las lágrimas le emborronaron la vista al acercarse; Keegan dio un paso atrás—. Y aquí estás, Lonrach. Eres mío. Soy tuya.

El dragón bajó hasta ella mientras los demás seguían sobrevolándolos en círculos. En sus ojos, Breen se vio a sí misma y supo que al dragón le pasaba lo mismo al mirarla.

—Siento haberte hecho esperar tanto. —Le tocó la mejilla y después apoyó la suya en ella—. Eres mío. Soy tuya. Somos un solo ser. ¿Cómo lo sabías? —le preguntó a Keegan.

—Conozco a Lonrach de toda la vida. Es el dragón que esperaba a que la hija de las hadas volviera a casa. A que despertara. A que se convirtiera en lo que debía ser. El día del juicio, te levantaste, hablaste y por fin llegó tu transformación.

—No acabo de entenderlo.

—No te veías, no veías la luz de tu interior, tu poder. Cuando regresamos volando y viste este lugar, sentiste a Lonrach como no lo habías sentido antes. Así que la espera había terminado.

Abrumada, pegó el rostro a las escamas, suaves como cristal.

—Siento su corazón dentro del mío. Como si fuera el mío.

—Lo sé.

—¿Es lo que hay entre Cróga y tú?

—Sí, lo mismo, al igual que todos los que establecen el víncu-lo. Ahora, montarás en él.

—¿Puedo? Sí. Sí puedo. Puedo. Sé hacerlo. No tengo silla.

—Te buscaremos una, pero, por ahora, te irá bien sin ella.

—Quiere volar. —Rebosante y ebria de amor, volvió a apo-yar la mejilla en Lonrach—. Quiere, lo noto.

—Te ayudaré a subir esta primera vez —le dijo Keegan.

Cuando se le acercó, Breen se volvió hacia él.

—Te debo mucho por esto.

—No, qué va, menuda tontería.

—No lo es, y sí que te debo una. Lo sabías y me trajiste para que nos encontráramos. Sabías cómo y cuándo. —Le cogió el rostro entre las manos y lo besó—. Gracias.

—Entonces, de nada. Arriba.

Una vez subida, Breen apoyó la cabeza en el cuello del dragón.

—Tengo que llorar un momento. Él lo entiende.

—De acuerdo, si es lo que debes. ¿Ya? —añadió cuando la vio enderezarse.

—Por el momento.

Después, simplemente pensó: «A casa». Y visualizó su casa de Irlanda.

Lonrach alzó el vuelo. Keegan montón en Cróga y se unió a ella.

Los dragones se elevaron por el aire dejando escapar un so-nido triunfal mientras sobrevolaban Talamh. Y Breen se dio cuenta de que era diferente ser pasajera, a pesar de que serlo tam-bién resultaba muy emocionante. Ahora, la sensación de volar la recorría como si ella misma tuviera alas.

Se introdujeron en las nubes y las rodearon mientras los últi-mos rayos de sol las teñían de dorado, violeta y rosa. Por encima de campos y bosques, sin más ruido que el del viento.

Entonces, abajo, vio a Marg y a Sedric de pie junto a la puer-ta de su casa, mirando arriba. Lo sabían. Claro que lo sabían.

Entre risas, Breen levantó los brazos cuando Lonrach giró con elegancia, solo porque ella así lo había deseado.

Harken apareció a su lado, con Morena montada detrás de él.

—¡Bienvenida, jinete! —la saludó antes de alejarse hacia el sol poniente.

En el valle, otros salieron de sus casas para mirar y saludar. Vio a Aisling con Kavan apoyado en la cadera, a Mahon con Finian a hombros.

—¿Cómo se han enterado todos?

—Aquí la voz se corre muy deprisa. Que un jinete y un dragón establezcan un vínculo y den su primer paseo juntos no es algo que ocurra todos los días. Tómate un momento para que lo vean, avanza un poco más y después los sobrevolamos en círculos.

—Podría pasarme la vida volando.

Levantó el brazo, lo agitó para saludar a Finola y a Seamus, y voló bajo para oler el maravilloso perfume de sus huertos y oír los vítores de los niños que corrían por la carretera. Sobrevolaron el lago donde, de adolescente, Keegan sacó la espada de las pálidas aguas verdes, y siguieron por encima de la colina y el bosque antes de regresar.

—Será mejor que me sigas por el portal, ya que es la primera vez que lo cruzas así tú sola.

Al abrirse paso el crepúsculo y sus sombras, Keegan viró hacia el Árbol de la Bienvenida y Lonrach lo siguió. Salieron de Talamh y entraron en Irlanda, sobrevolaron el bosque y se dirigieron a la bahía y a la casita, que tenía las ventanas iluminadas. Cuanto aterrizaron, Breen se apoyó de nuevo en el largo cuello de su dragón.

La puerta se abrió y Botarate salió disparado y se puso a saltar y correr en círculo. Lonrach bajó la cabeza y el perro se levantó sobre las patas traseras para lamerle la enorme y majestuosa cabeza.

—Serán buenos amigos —afirmó Breen.

—Seguro, ya que ambos son tuyos y tú eres suya —dijo Keegan antes de bajar, justo cuando Brian salía por la puerta.

—Veo que se acabó la espera. Marco, será mejor que salgas.

Marco fue hacia la puerta limpiándose las manos en un trapo de cocina.

—Solo quería… ¡La madre del cordero! Ahora hay dos. ¿Qué haces ahí arriba, chica?

—Este es Lonrach, y es mío.

Su amigo se enganchó el trapo en la cintura y procuró mantener la distancia.

—¿Te has comprado un dragón?

—No. Simplemente es mío. —Breen se bajó deslizándose por el cuerpo del animal y acarició a Lonrach con una mano y a Botarate con la otra—. Y jamás te hará daño.

—¿Qué vas a hacer con él?

—Cabalgar. Aprender. Quererlo.

—Nena, te quiero más que a mi arpa nueva, y eso es decir mucho. Pero no pienso subirme nunca a esa cosa.

Tras guiñarle un ojo a Breen, Brian rodeó a Marco con un brazo y dijo:

—Creo que «nunca» no es tan largo como te imaginas.

—Es tan largo como nunca. ¿Dónde va a dormir?

—En el Nido del Dragón. Es la montaña. Si lo necesito, lo sabrá. Y viceversa. Hasta mañana —añadió, y dio un paso atrás.

Lonrach alzó el vuelo con Cróga, y el viento de las alas le echó el pelo hacia atrás. Dieron un par de vueltas sobre ellos a la luz de las primeras estrellas. Después pasaron sobre los árboles en vuelo rasante y desaparecieron.

—Vaya. —Marco negó con la cabeza—. Creo que a todos nos vendría bien una copa. Tengo el pollo con *dumplings* al fuego y he preparado una tabla de embutidos. Así que creo que ha llegado el momento de presumir de mis habilidades como camarero.

—Huelo el pollo desde aquí y me parece bien lo de la copa —dijo Keegan mientras entraba—. Y ¿qué es eso de la tabla de embutidos?

26

Mientras Breen y los demás daban cuenta del pollo con *dumplings* de Marco, Shana entraba en los aposentos privados de Odran. Él le había enviado una invitación (una orden, aunque ella prefería llamarla invitación) para que lo acompañara durante la cena. Se había puesto un vestido más formal, dorado con un escote muy atrevido. Se había envuelto en joyas y había descubierto que su criada tenía algo de maña para peinarla. Había elegido un recogido para resaltar su rostro… y las joyas.

Esperaba encontrarse con majestuosidad y lujo en los aposentos privados del dios, pero aquello excedía sus expectativas. Las paredes de cristal negro brillaban como espejos. Había cientos de velas que proyectaban su luz desde palmatorias de oro pulido. Vio más oro, en forma de columnas que flanqueaban la chimenea encendida. Los muebles, un diván largo, unas sillas amplias de respaldo alto… Todo estaba tapizado de seda o terciopelo dorado. Aunque, la verdad, ¿era posible tener demasiado oro? Lo dudaba.

Las mesas de mármol lucían lámparas de las que colgaban gemas y las ventanas daban al mar, teñido de noche.

Odran estaba cómodamente sentado a una lujosa mesa preparada para dos, con platos dorados, copas de cristal, bandejas de carne y servilletas de lino dorado. Shana le hizo una profunda reverencia.

—Mi señor.

—Siéntate —le pidió él mientras agitaba una mano para que una criada que solo llevaba puesto un collar, como un perro, sirviera el vino—. Una vez, ella también se sentó donde estás tú, ya que me agradaba. Hasta que dejó de agradarme.

Cuando Odran levantó su copa de vino, Shana hizo lo mismo.

—Entonces, será tanto un honor como mi deber agradarte siempre, de todas las formas posibles.

—Ya veremos. Compartiste cama con el *taoiseach* hasta que se hartó de ti. Cuéntame lo que sepas de él. El tipo de cosas que sabe una mujer que ha tenido dentro el miembro viril de un hombre.

Aunque le picaba, hizo caso omiso del insulto.

—Las criaturas feéricas lo consideran fuerte, el portador de la espada y el bastón, el protector de Talamh y el defensor de la justicia.

Los anillos de Odran brillaron y reflejaron la luz cuando movió la mano para restarle importancia.

—Es lo que manda la tradición, no me dice nada.

—Porque la tradición los ciega y no ven su debilidad —repuso Shana antes de beber un trago de vino—. Keegan lidera por obligación, no porque lo desee. No tiene más ambiciones que la paz y la seguridad de Talamh. Si no fuera por ese deber, se pasaría el día arando los campos del valle con su hermano, plantando su semilla en la mujer que se contentase solo con eso. Lidera, pero no gobierna. —Shana se encogió de hombros—. Eso no es fuerza. En otros mundos, la persona que ocupa su puesto ordena. Los gobernantes no regatean ni negocian, sino que toman lo que quieren. Un gobernante, un gobernante de verdad, dirige con pasión, como tú. Manda con un poder absoluto. Sin embargo,

Keegan se sienta a la mesa del consejo, donde se encargan de las cosas pequeñas y no piensan en el poder que las hadas podrían amasar en otros mundos.

Eso le arrancó a Odran una sonrisa diminuta.

—Pero tú sí piensas en ello.

—Sí, claro. El mundo del otro lado, al que una mujer con tu sangre viaja tan libremente, un mundo de gran tamaño y grandes riquezas, con recursos y personas sin magia…, podría conquistarse tal que así —le aseguró, chascando los dedos—. Y lo mismo con otros, con todos. Y lo que ellos tienen sería nuestro. Pero nos reprimimos con leyes estúpidas y tradiciones débiles, veneramos el derecho a elegir y la libertad como si fueran dioses.

—Pero tú no.

—No.

Odran le hizo otra seña a la mujer.

—Sírvenos.

Mientras ella se acercaba para llenar el plato de Odran y después el de Shana con la comida de las bandejas, el dios observó a su invitada.

—Aun así —dijo—, todo eso me dice poco del *taoiseach*.

—Mi señor oscuro, eso te dice que es un esclavo del deber y que moriría por él. Como tu hijo, que lo acogió como si fuera suyo. En cuanto a lo demás —dijo, encogiéndose delicadamente de hombros mientras comía—, disfruta de los libros y de la música, tiene más apetito por los placeres de la cama que por el poder de su puesto. Le falta paciencia, sobre todo para las formalidades, y tiene mucho genio. Pero también buen corazón, demasiado bueno para ser realmente fuerte. Carga con el peso de ser el líder, pero no se apodera de todo lo que podría y debería ser suyo. —Señaló los aposentos de Odran—. No encontrarás oro en las habitaciones que ocupa en su castillo. Me han contado que llevó a la mujer de fuera a los troles del valle y que negoció con ellos para conseguir lo que ella buscaba, en vez de quitárselo directamente. Regateó y bebió con ellos. Con troles. —Probó la carne de su plato—. Obedece a su madre en casi todo, como un niño en vez de un hombre adulto. Su poder es fuerte. Si alguien te dice que no, miente. Es de los más hábiles que he conocido y, aunque no lo he visto en plena batalla, sí que lo he observado entrenar a otros. Es feroz.

—También lo era el que lo precedió, pero incluso él, el hijo que creé, está ahora con sus pálidos dioses.

—Sí, y se dice que Eian O'Ceallaigh le enseñó bien. Puede que supiera que algún día se convertiría en el líder. Así que Keegan se conoce todos los valles, colinas, ríos y bosques de Talamh, y también se sabe el nombre de casi todos sus habitantes. Es otra de sus habilidades, ya que con eso se gana su… cariño. Así que le son leales.

—Pero tú no.

Shana siguió comiendo con delicadeza.

—No le soy leal —respondió—. Si hubiera ocupado el puesto de su madre como su mano derecha, habría usado mi influencia para alejarlo de las tradiciones inútiles. Disfrutaba acostándome con él, pero lo hacía con un propósito. Si no hubiera llegado la de fuera, lo habría alcanzado. Después, esperaba poder reunirme contigo y debatir sobre objetivos comunes.

—¿Y por qué crees que me habría reunido o debatido objetivos contigo? —preguntó Odran.

Shana sonrió y se echó el pelo hacia atrás.

—Esperaba que, a través de tus grandes poderes y de tus espías, vieras que conmigo se habían producido cambios, algunos de los cuales creo que habrías aprobado. Y que quizás considerarías la posibilidad de que te ayudara a lograr todo lo que deseas. ¿Podría tomar un poco más de vino, señor?

Sin dejar de mirar a Shana, Odran le hizo un gesto a la mujer.

—Y ahora estás aquí sentada, frustrados tus objetivos, sin haber logrado ningún cambio.

—Sí, es cierto —reconoció ella—. Pero sigo queriendo debatir contigo cómo puedo ayudarte a lograr lo que deseas y, a cambio, obtener algún pequeño beneficio, lo que consideres que merezco. Mi padre ocupa un asiento en el consejo. Y, como a mi madre no le interesan ni la política ni las leyes, conmigo sí podía hablar de esos temas. Conozco las defensas y los ataques que planean contra ti, mi señor Odran. Conozco el castillo tan bien como Keegan conoce el resto del mundo, ya que lo convertí en mi universo.

Mientras bebía más vino, Shana tuvo que aceptar que allí no le servían los coqueteos, no con un dios que podía tomar lo que deseara. Pero el conocimiento sí serviría.

Se aseguraría de ello.

—Y sé cosas que creo que tus espías y exploradores no saben, ni siquiera tus prisioneros, ya que solo están al alcance de unos pocos. Cosas como la ubicación de todos los portales de Talamh, a qué mundos se abren y cómo se protege cada uno de ellos. Y, aunque puede que no los conozca todos, sí sé dónde están muchos de los portales de otros mundos.

—Has viajado a través de ellos —dijo Odran.

—Sí, mi señor. Y, aunque no está permitido, mi padre me los enseñó en los mapas. Sería un honor para mí enseñártelos, si lo deseas.

—Y ¿a cambio?

—A cambio me gustaría que se castigara a los que se volvieron contra mí. Después de que dejes sin poder alguno a la que viene de fuera, cuando hayas terminado con ella, disfrutaría mucho poniéndole un collar como el que lleva esta.

—Porque te robó al *taoiseach*.

—Él no es más que un hombre, y de esos hay muchos. No, lo que me robó es todo por lo que había trabajado, lo que me había ganado —dijo Shana, que le enseñó la palma de la mano—. Y tengo esto para recordármelo. Si me concedes este deseo, ella también tendrá cicatrices para no olvidarlo.

—¿Y el *taoiseach*?

Shana arqueó las cejas.

—Me gustaría que lo ejecutaras si sobrevive a la guerra. A Keegan y a su familia, públicamente, para que todo Talamh sepa quién manda.

Por primera vez, Odran sonrió.

—Te gusta el sabor de la sangre —le dijo.

—Prefiero el del vino, pero ¿qué es el gobierno sin poder? ¿Qué es el poder sin la fuerza? Y, para dominar mundos, debe haber miedo y, sí, hay que derramar sangre.

—Y lo único que quieres a cambio de tu ayuda es lo que quede de la chica cuando acabe con ella.

—Bueno —respondió Shana antes de reírse un poco y hacer un gesto con su copa de vino—, si lo que hago te agrada mucho, no me importaría que me concedieras algún lugar, uno pequeño, insignificante, que pudiera gobernar. Bajo tu mando, por supuesto. O, si tu agrado es mucho mayor, un sitio a tu lado. Yacer a tu lado. Podría darte hijos, de los que podrías sacar lo que deseases. Poder para beber durante años y años.

—¿Y si no me agradas?

—No creo que ocurra. Mi señor, toda mi vida he querido lo que tengo en estos momentos: estar sentada al lado de un dirigente de gran poder, de gran visión, que usara ambas cosas para obtener aún más. Alguien que fuera indulgente con mi frívola predilección por las cosas bonitas. A cambio, me esforzaré en cuerpo y alma para agradarte.

—Pues empieza ahora —repuso él, y se levantó—. Recoge esto —le dijo a la mujer callada antes de entrar en la habitación de al lado.

Como estaba disfrutando del vino, Shana se llevó la copa con ella. No se molestó en disimular una exclamación al ver la enorme cama y los altísimos postes de oro, y, tras dejar atrás otra chimenea encendida, se paseó por la gran habitación.

Se veía (quería verse) sentada al largo tocador, que tenía unos cajones que se abrían con diamantes del tamaño del puño de un bebé, o tumbada entre los mullidos cojines del sofá. En la terraza, contemplando todo lo que dominaba... a través de Odran, claro. Pero sería suyo. Se aseguraría de ello.

Le costara lo que le costara, al precio que fuera, sería suyo.

—No he visto nunca un gusto tan exquisito. Esta habitación hace que me sienta insignificante.

—No es cierto.

Shana sonrió e hizo una reverencia.

—Veo que ya me conoces bien. Pero sí que es un honor.

—Líbrate de la ropa.

—¿De la mía o de la tuya?

—De la tuya.

—Entonces, debo pedir la ayuda de un dios, ya que no puedo desabrocharme el vestido yo sola. —Dejó la copa en el tocador, se le acercó y le dio la espalda—. Si no te importa, mi señor.

Él tiró y le rasgó el vestido. Shana se limitó a salir de él y darle una patada para apartarlo.

—Eres muy fuerte —añadió—. Eso me excita. Yo carezco de fuerza, pero, si me lo permites...

Se volvió hacia él, vestida tan solo con la ropa interior que había elegido para esa situación en concreto y empezó a desabrocharle el jubón.

—Te veo, Odran, dios de la oscuridad —prosiguió—. Y, aunque sé que podrías tomarme lo quisiera yo o no, me ofrezco a ti. Ahora y siempre, para lo que desees. Ah, cuánta belleza —añadió mientras le acariciaba el pecho desnudo, más delgado de lo que se imaginaba, con la piel más suave, salvo por la pequeña cicatriz sobre el corazón—. Elegante en tu fuerza —murmuró mientras bajaba las manos para desabrocharle los pantalones.

Descubrió que su miembro ya estaba duro como la piedra, como las columnas de mármol, y sonrió.

Cuando empezó a rodearlo con sus brazos, a buscarle los labios con los suyos, él la empujó contra el grueso poste de la cama y la penetró.

Era frío, frío, como si la empalara con una vara de hielo. Gritó del susto, pero él la aplastó contra el poste y, por un momento, a Shana le pareció que unas garras se le clavaban en las caderas.

No se resistió y, como él la miraba con unos ojos que se habían vuelto negros, alzó las piernas para envolverlo con ellas, para rodearle las caderas y, tras cerrar los ojos como si estuviera en pleno éxtasis, gritó una y otra vez.

Era frío, cortante, cruel... Dioses, quería gritarle que parara. Y temía que, si lo hacía, él no se detuviera hasta dejarla muerta a sus pies.

Pensó en la esclava del collar y se aferró a él como si la tuviera embelesada. Moriría antes que servir carne ataviada con un collar, como un perro.

Entonces algo cambió y, en vez de dolor y miedo, sintió un placer horrendo que emergía entre ellos. Oscuro y peligroso, la conquistó. Enloquecida por él, sin aliento, se agarró a los hombros de Odran, miró a sus ojos negros y dijo:

—Más.

Cuando terminó con ella, la tiró en la cama. Shana se sentía algo mareada, el cuerpo le palpitaba como antes la mano quemada y solo quería dejarse llevar por el sueño. Entonces él se le subió encima y le levantó las caderas mientras ella gemía. Dejó escapar un grito cuando Odran la sodomizó. Y, aunque temía que la partiera por la mitad, aquel oscuro placer volvió a poseerla hasta que se le saltaron las lágrimas.

Hasta que deseó más.

La usó una y otra vez, sin descanso, brutalmente, hasta que Shana creyó que aquel dolor y aquel placer sin límites la matarían.

Cuando, después de la larga noche, él le ordenó que se marchara, ella regresó a su habitación desnuda, dando traspiés, con el cuerpo magullado y varios cortes diminutos sangrando. Y, ahora que conocía ese dolor y ese placer, comprendió que preferiría morir antes que vivir sin ellos.

Cuando Brian despertó, se quedó un ratito más en la cálida cama, con Marco a su lado. Tenía deberes de los que ocuparse y jamás los descuidaría, pero pensó en lo agradable que sería quedarse y despertar juntos. En otra ocasión, esperaba. Habría otras.

Se levantó sin hacer ruido.

Se daría una ducha. Era mucho más elegante que las demás que había usado en sus salidas de Talamh, pero Marco le había enseñado cómo funcionaba. También se habían enseñado el uno al otro todas las cosas interesantes que podían suceder dentro de una caja de cristal bajo una lluvia de agua caliente.

Se había imaginado enamorándose en algún momento. En el futuro. Al final.

Pero, en realidad, no sabía cómo sería. No sabía que sería como si le cayera un rayo encima, como si flotara en un río tranquilo, como si volara libre entre las estrellas, como si descansara al fin.

El amor era todo eso y mucho más.

Había encontrado a una persona con la que quería ir de la mano durante el resto de su vida. No sabía qué dios o qué destino había puesto a Marco Olsen en su camino, pero su agradecimiento era eterno.

Se vistió a oscuras antes de rozarle la mejilla con un beso.

—Volveré contigo esta noche —le susurró— y todas las que pueda.

Con las botas en la mano, bajó las escaleras. Aunque Marco le había dicho que Breen se levantaba temprano, se sorprendió al encontrarla en la cocina con el primer aliento del nuevo día.

—Buenos días.

—Buenos días —respondió ella, y levantó la taza que tenía en la mano—. He preparado café.

—Gracias, pero no me termina de gustar. Me prepararé un té si me enseñas cómo funciona esta cosa —dijo Brian mientras daba unos toquecitos en la cocina.

—Claro.

Breen giró la rueda para encender el fuego bajo el hervidor.

—Vaya, pues era bastante sencillo —comentó Brian.

—No soy Marco, pero puedo hacerte unos huevos revueltos.

Él sonrió a Breen, a esa persona que era la clave para tantas cosas y que se ofrecía a prepararle el desayuno.

—Es muy amable por tu parte, pero espero que no me consideres un invitado en esta casa.

Ella le devolvió la sonrisa.

—Vale, pues te los revuelves tú. Pan, cuchillo para el pan, tostadora —dijo, señalando mientras hablaba—. Mantequilla y mermelada en el frigorífico, junto con los huevos. La casa es tan mía como de Marco. Tú eres de él, así que también es tuya. Así funcionamos nosotros. Si te puedes apañar solo, voy a ver qué hace Botarate. Lleva un rato en la bahía.

—Me las apaño, gracias.

Breen salió a beberse el café al aire libre mientras su perro correteaba por la bahía, la niebla se elevaba sobre ella y el sol del amanecer lanzaba diminutos arcoíris a través de la bruma.

Keegan se había ido unos minutos antes de que bajara Brian. No se había parado a tomar nada. Le dijo que regresaría para seguir con su entrenamiento, pero que primero tenía deberes que atender.

Igual que ella. Un deber con el trabajo que había elegido, con el perro y el dragón que la habían escogido, igual que ella a ellos. Un deber con los dos mundos que conocía y la gente que vivía en ellos.

Keegan se había ido tan deprisa y, evidentemente, con tantas cosas en la cabeza que ella no le había hablado de los sueños. No sabía qué contarle, salvo que eran oscuros, perturbadores y dispersos, y estaban llenos de gritos de dolor y de gemidos de placer. Luz de un fuego contra paredes negras, algo (¿alguien?) apareándose en las sombras. Después, una luz, que ya era tenue, se extinguía.

Lo más probable era que se tratara de un sueño provocado por el estrés, un sueño sexual. Aunque no se había ido estresada a la cama. Estaba contenta hasta extremos ridículos y Keegan había aumentado aún más esa felicidad y la había dejado exhausta, así que se había quedado dormida sin problemas.

Pero ahora sí que estaba estresada y no sabía bien por qué.

Observó a Botarate salir del agua y acercarse saltando entre la niebla, y después oyó que la puerta se abría y se cerraba.

—Estás mojado —le advirtió al perro cuando vio que Brian se acercaba—. No seas maleducado.

En vez de saltar sobre él, se sentó y levantó una pata para que se la estrechara.

—Buenos días para ti también —le dijo Brian mientras le daba a Breen una de las tostadas que sostenía para estrechar la pata que le ofrecía Botarate—. He pensado que te apetecería una.

—Pues ahora que lo mencionas… —Breen le dio un bocado a la tostada untada de mantequilla y mermelada de frambuesa—. Gracias.

—Marco me ha dicho que entrenas, que te ejercitas por las mañanas y que después escribes tus historias.

—Es mi rutina habitual. Echaba de menos las dos cosas cuando estaba en la Capital. Marco no es de los que madrugan, pero, cuando se levante, se pondrá a trabajar.

—En la máquina, el ordenador.

—Es un experto.

—Y también con la cocina y la música.

—Nuestro Marco tiene muchos talentos.

—Lo quiero y me gustaría compartir mi vida con él.

Ella bajó el café y dejó escapar un largo suspiro.

—Eso ha sido muy rápido.

—Lo sé, pero es lo más real que he vivido. No es algo fruto del momento. No se trata de un día o una semana. Es para siempre.

Lo cierto era que Breen lo había visto en ambos. Quizás se le plantearan un montón de preguntas sobre cómo progresaría, cómo funcionaría con dos personas de mundos distintos, pero lo que de verdad importaba era el amor.

—Lo haces feliz, así que también me haces feliz a mí. Su familia, salvo su hermana…

—Me lo ha contado. Lo siento por ellos.

Breen se volvió hacia Brian y sintió una conexión fuerte y evidente.

—Yo también. Es justo lo que pienso. Lo siento por ellos porque no ven lo maravilloso que es. Lo bueno, amable, inteligente y bello que es. Solo son capaces de mirarlo a través de un prisma, así que no lo ven.

—Pero tú eres su familia, junto con Sally y Derrick. Os tiene a vosotros y ahora me tiene a mí. Tendrá a mi familia, que lo querrá tanto como yo. Y, cuando Talamh y todos estén a salvo, organizaremos nuestra vida juntos.

Tras decir aquello, los dos observaron al perro mojado rodar alegremente por la hierba húmeda de rocío.

—Te estarás preguntando cómo organizaremos esa vida —añadió Brian—. Encontraremos el modo. El amor siempre lo encuentra, solo hay que seguirlo. Ahora tengo que irme a cumplir con mi deber. Tú tienes que cumplir con tus historias; si no, llamarías a Lonrach. Sé cómo son esos primeros días de jinete. Podrías pasarte el día volando. —Le dio la taza vacía—. Que la luz te bendiga, Breen Siobhan.

445

—Y a ti, Brian.

Lo vio meterse en el bosque y abrir las alas. Cuando se perdió entre los árboles, dejó escapar un pequeño suspiro.

—Vale, compañero, adentro. Ha llegado el momento de presentarnos al servicio.

Decidió que le sentaba muy bien volver a la rutina. Primero poner la sangre en funcionamiento con el ejercicio y después meter la cabeza en la historia con sus palabras.

Cuando llegó el momento de tomarse el descanso (¡y una Coca-Cola!), Marco estaba sentado a la mesa, trabajando en su portátil.

—¿Has mirado tu correo? —le preguntó a Breen.

—Todavía no —respondió ella, y puso una mueca—. Estaba...

—Menos mal que la editorial me pone en copia. En fin, están pensando en hacer un dibujito de Botarate para el encabezado de cada capítulo. El mismo repetido o varios distintos.

—Eso sería genial.

—Es lo que les he dicho. Así que voy a sacarlo fuera, hacerle unas cuantas fotos y enviárselas. Tienen las que has publicado en tu blog y en las redes sociales, pero supongo que no les vendrán mal. ¿Has comido algo?

—Sí, papá. Brian me hizo una tostada.

A Marco se le iluminó la cara.

—¿Lo has visto? No me despertó antes de marcharse.

—Yo ya estaba levantada.

—¿Cómo es posible que esté loco por dos personas que creen que es normal levantarse al alba?

—Suerte, supongo.

—Eso será. Me ha dejado esto en la cama. —Le enseñó un boceto en el que salía dormido, con una sonrisa en los labios.

—¡Marco, eres tú! Quiero decir, te ha retratado a la perfección. Es muy bueno.

—Tiene una casita en la aldea. Es más bien un estudio, la verdad, porque, aparte de la cama, es todo, bueno, aparte de las armas, material de dibujo. Y sus cuadros y sus dibujos, Breen, son muy muy buenos. Esperaba que fueran bastante buenos para poder decirlo, pero estamos hablando de una calidad de artista profesional.

—Ya lo veo. Tienes que enmarcar esto. —Lo dejó sobre la mesa—. Me alegro mucho por ti.

—Yo también me alegro mucho por mí. —Y, henchido de felicidad, recorrió el boceto con un dedo—. ¿Vas a volver al trabajo?

—Pues sí. Esta mañana he estado con Botarate, que es por lo que me pagan. Pero voy a pasar al libro de fantasía durante unas horas. Sé que sigue siendo una apuesta arriesgada, pero…

—Para. —Desde su asiento, Marco le clavó un dedo en la barriga—. Eres escritora, nena. Los escritores escriben. Tú ponte a eso y yo me encargo de esto. Después, Botarate y yo vamos a montar una sesión de fotos.

—Tiene que salir.

Breen abrió la puerta y el perro salió disparado.

—Ya lo dejaré entrar si no termino antes que él.

Ella los dejó a sus cosas y regresó al escritorio para volver a zambullirse en el mundo de la magia y el peligro. Allí, con las palabras, con las imágenes, tenía el control. Puede que todavía no viera el final con claridad, pero sí que veía las distintas etapas del viaje. Sin embargo, cuando cruzaba a Talamh, no eran solo palabras e imágenes. Y gran parte del viaje quedaba fuera de su control. Así que escribir la calmaba y la emocionaba, incluso cuando se descubría narrando ecos de cosas que había visto, oído o experimentado.

Cuando se apartó del escritorio, se abrazó, satisfecha con sus avances.

Se tomó un momento para consultar el correo, porque sabía que Marco se lo preguntaría otra vez, y, como siempre, pensó en si encontraría un mensaje de su madre. Pero no. Todavía no, y tuvo que reconocer que quizás no lo recibiera nunca.

Se alejó del ordenador y se reunió con su amigo, que estaba en el salón con el teclado, los cascos y papel pautado.

—¡Estás escribiendo música! —exclamó Breen, que se puso a hacer un bailecito cuando Marco dio un respingo y se quitó los cascos—. No has trabajado en tu música desde que llegamos. ¡Deja que la escuche!

—Todavía no está terminada.

—No hace falta que te pongas los auriculares cuando estés trabajando. Me gusta escucharte sacar canciones. Es como estar de vuelta en nuestro piso. Si quieres seguir trabajando un rato, podemos cruzar más tarde.

—No, estoy bien. Tengo que dejarla reposar…, como mi estofado.

—¡Por eso huele tan bien!

—Lo he dejado a fuego lento y así se quedará otras cuatro horas más. Así que necesito que le hagas tu flusflús.

—¿Que haga qué?

—Tu flusflús, para que siga cocinándose y, si no regresamos a tiempo, se apague solo. ¿Puedes hacerlo?

Ella levantó un dedo.

—Puede que esto sea la clave que despierte mis habilidades culinarias latentes. Lo haré.

—Genial. Muy práctico. Mientras tú haces eso, yo voy a por las chaquetas.

Breen se lo planteó como poner un temporizador, pero mágico. Después de un buen día de trabajo y con la perspectiva del estofado de Marco para cenar, salió de casa con él y Botarate.

—Vas a montar de nuevo en ese dragón, ¿verdad?

—Vaya que sí, culo guapo.

—Yo no pienso hacerlo —le aseguró Marco.

—Ya te convenceré algún día.

—Tienes muchas palabras dentro, Breen, pero no las suficientes para eso. Yo pienso pasar el rato con Colm.

—¿Quién es ese?

—El tío tiene una casa al lado de la de Finola. Fabrica cerveza de varias clases. Me va a enseñar cómo se hace. Puede que uno de estos días empiece a fabricar la Olsen Ale.

—Es un nombre con gancho.

Se separaron en la carretera de Talamh. Como necesitaba un momento, Breen se sentó en el muro frente a la granja. Vio a Harken conducir un caballo del establo a los pastos y se dio cuenta de que era la yegua que se había apareado con el semental de Keegan durante el verano.

Curiosa, se abrió y sintió la vida que crecía dentro del animal. ¿Daría patadas, como el bebé de Aisling?

También vio a los niños, a la puerta de la casa de aquella, con Mab vigilándolos. La Capital, con su gentío y su movimiento, le parecía muy lejana.

De nuevo, se abrió e intentó por primera vez llamar a su dragón. El aire era bastante fresco, pero no resultaba desagradable. Un hombre pasó junto a ella galopando sobre un alazán y se llevó la mano a la gorra para saludarla. Las ovejas de cara negra pastaban tras ella. Y Lonrach, rojo rubí, apareció en el cielo.

A Breen se le desbordaba el corazón.

—Ya viene, Botarate. —Se levantó, con el perro a su lado—. ¿Quieres volar?

Por el modo en el que agitaba el rabo, lo tomó por un «¡Claro que sí!».

El dragón aterrizó con elegancia, pero, aun así, el suelo tembló. Después volvió la cabeza para mirarla a los ojos.

—Quiero ir a ver a la yaya, y a Sedric, si está allí, pero primero quería volar un poco. Quería esto —añadió, y apoyó una mano en su cabeza.

Lonrach bajó un ala para que Botarate se subiera corriendo por ella y se acomodara sobre su lomo. Breen hizo lo mismo.

—A donde quieras —murmuró, y el dragón alzó el vuelo.

Vio que Harken levantaba una mano para saludarla.

Sobrevolaron los campos, la bahía, las casas y las ovejas aburridas. Vio la tumba de su padre y le envió sus pensamientos.

—Siguen ahí, atrapados —comentó mientras examinaba las ruinas—. Tenemos que encontrar el modo de solucionarlo.

Hablaría del tema con su abuela.

Pensó en pedirle a Lonrach que volara al sur, ya que quería ver la aldea, cómo había quedado la Casa de los Rezos tras el derribo, pero, cuando vio que giraba, se dio cuenta de que había pensado en otro sitio. En el bosque, en el arroyo, en la cascada. En el portal.

Aquel lugar la había atraído sin darse del todo cuenta y, como la atraía a ella, al dragón también. Perlas de sudor frío se le deslizaron por la piel al acercarse.

—¿Tú también lo percibes?

Como el perro temblaba, Breen lo abrazó. Vio a Cróga volar en círculos por la zona, lo que significaba que Keegan estaba por allí. En el portal. Comprobándolo todo. Tenían que vigilar el sello, claro. Había que protegerlo bien porque...

Lo vio, y a otras hadas. Algunos caballos. A Sedric, con el cabello plateado resplandeciente bajo el sol. Descendió como una flecha, con el viento azotándole la cara, y vio que Keegan levantaba la vista para mirarla. Detectó una chispa de irritación, pero desmontó con Botarate sin hacerle caso.

—Tengo mucho que hacer...

—Están junto al portal, al otro lado —lo interrumpió ella—. Están intentando volver a abrirlo. ¿Lo notas? —Le cogió la mano—. A ver ahora.

Él lo percibió a través de ella.

—Pero aguanta. Sabíamos que lo intentarían, y aguanta.

—Sí, pero…

—Aguanta, Breen.

—Hay sangre en el agua. Sangre de demonio, y después será sangre feérica, un sacrificio de uno de los suyos, ya que no tienen a nadie más de los nuestros. De momento. Y es ahora. Está pasando ahora.

—¿Qué ves?

—Mucha sangre. Yseult rodeada de ella, con las serpientes del sueño enroscadas en sus hombros como si fueran una bufanda. Señala. Un elfo que no es lo bastante rápido para escapar; los demás lo arrastran hacia ella. Las serpientes atacan una y otra vez, y él no deja de gritar.

—Ya basta —dijo Keegan cuando ella se tapó los oídos—. Suficiente.

—No, no, no. Ella saca el cuchillo y se lo clava en el cuello. Sangre, mucha más. Cae sobre el agua. Yseult tiene las manos pintadas de rojo. Pero el sello aguanta. Él no está allí, pero observa. Odran lo contempla desde su torre. Yseult cae de rodillas en medio de la sangre y el agua cuando él la golpea con su poder. Ahora tiene sangre en la cara, la suya. Él le da la espalda y vuelve adentro. Fuera, en la tormenta que ha provocado, Yseult sangra.

—Vale, ya pasó. Traedle un poco de agua.

—No pasó —dijo Breen.

—El sello aguanta —insistió Keegan—. Y, mientras lo haga, Talamh también.

—No pasó, Keegan. —Ella aceptó el agua que le ofrecían y le dio un buen trago—. Odran no me ha mirado. No me ha mirado, pero me ha visto. Lo sé, lo he sentido. Pero no me ha mirado.

—Lo has vencido.

—Algo va mal —insistió ella—. Algo va mal, pero no sé por qué. No pensaba venir aquí, algo me atrajo. Como si fuera urgente que viniera. Pero el sello aguanta y tú ya sabías que intentarían romperlo. ¿Por qué tenía que venir?

Keegan volvió la vista atrás, hacia la cascada, y pensó en el portal.

—Para que vieras lo que él quería que vieras y para que sintieras lo que él quería que sintieras. Tiene que ser por algo. Llama a tu dragón. Lleva a Marg a la granja. Debo ir a por Mahon. Si el objetivo de Odran es el que creo que es, tenemos trabajo por delante.

—

27

Se sentaron en unas sillas robustas, alrededor de la gran mesa de la granja. Breen se imaginó las diferentes generaciones que habían hecho lo mismo para comer en familia. Que habían hablado, discutido, reído y llorado. ¿Habrían alargado el brazo sobre la gran mesa para volver a servirse? ¿Los niños habrían apartado los guisantes a un lado con la esperanza de que desaparecieran? Su padre tenía que haber comido allí, igual que ella. Y su madre, claro.

Tiempo atrás, habían sido una familia.

Ahora era otra clase de familia la que estaba allí sentada, pero no para comer y hablar del día siguiente o del anterior, sino para debatir cómo derrotar a un dios empeñado en destruirlos.

En vez de candeleros y bandejas, en el aparador había mapas enrollados. En lugar de presidir la mesa, Keegan estaba de pie, con la espada todavía al costado.

—Todo Talamh conoce el Árbol de la Bienvenida y el portal para cruzar al otro lado a través de Irlanda. Por ley y por tradición, porque una vez formamos parte de ese mundo, de ese lugar, cualquier persona de Talamh puede pasar por él.

»Todo Talamh —siguió diciendo—, desde que Odran raptó a Breen de niña, conoce el portal al otro lado de la gran cascada que conduce al mundo que conquistó y que ahora reclama como propio. Por ley, ese portal se selló y está cerrado y prohibido. Y sabemos que Yseult rompió el sello usando sacrificios de sangre y magia negra. Con la ayuda de los píos del sur, Odran logró crear un portal para cruzar de su mundo al nuestro, y ese también está cerrado y sellado. Esos dos portales están vigilados, ya que solo conducen a su mundo. Breen ha sido testigo de que Yseult ha vuelto a intentar cruzar por el portal de la catarata.

—Sí —dijo ella al ver que la miraba—. Dos veces. La primera llegué hasta allí, no sé cómo, porque estaban a punto de sacrificar a una niña.

—Y así los detuviste, y Sedric cruzó al otro lado y la trajo de vuelta, sana y salva. Pero Yseult usó la grieta que no habíamos localizado para llevar a Shana hasta Odran. Y, al verlo, como lo viste la vez anterior, supimos dónde estaba la brecha y la sellamos.

—Creo que me costará olvidarlo —dijo Breen—, pero hoy he visto a Yseult al otro lado de la catarata. Están sacrificando a los suyos para lanzar el hechizo, para romper el sello.

—No dudo que sea cierto, son muy capaces de matar a los suyos sin pestañear, pero no creo que pretenda cruzar de ese modo.

—¿De nuevo desde el sur? —preguntó Mahon.

Keegan negó con la cabeza.

—Ese paso está sellado de nuevo y protegido —dijo—, y, como en la catarata, hemos concentrado allí nuestras fuerzas.

—No puede usar el Árbol de la Bienvenida —comentó Harken—. Todavía no tiene forma de entrar en ese mundo, y ni siquiera Odran es capaz de romper ese hechizo tan antiguo. Por ahí no puede pasar nada que pretenda hacer daño, ni hacia aquí ni hacia allí.

—Solo tiene esas dos formas —dijo Morena mientras levantaba un dedo de la mano derecha—. Por el sur. —Levantó un dedo de la izquierda—. O por las cataratas.

—Hay otros portales.

—Sí, pero ninguno que conduzca al mundo de Odran ni que conozca todo Talamh. Para usar otro que no sea el Árbol de la Bienvenida, se necesita el permiso del *taoiseach*. Si se lo concede —continuó Morena—, se lanza un hechizo para borrarte la ubicación de la memoria. Por la seguridad de todos, por esta misma razón.

—Precisamente por eso —coincidió Keegan—. Para que, si Odran se lleva a alguien, la persona que decida unirse a él no pueda enseñarle otro modo, otro mundo que pueda conquistar y destruir. Y, antes de Odran, esa era la tradición. El *taoiseach* tiene ese conocimiento y lo protege.

—Como tú no se lo has contado, no tiene forma de... —Morena dejó la frase en el aire—. Dioses, Keegan, no se lo contarías a Shana, ¿verdad?

—¿Por quién me tomas? —preguntó, aunque más con cansancio que con irritación—. Pero el consejo, como es el encargado de aconsejar, como ayuda a redactar las leyes, como jura dedicarse a Talamh y su seguridad, lo sabe. Es una confianza sagrada, y tales asuntos nunca salen de la sala del consejo.

»Sin embargo, Uwin es un padre indulgente, y Shana, una hija lista. He usado el espejo para hablar con mi madre y ella se lo preguntará. Él no mentirá. Si lo hiciera, mi madre lo sabría, pero no lo hará. Si se lo contó a su hija, lo hizo porque creía que yo me comprometería con ella y que Shana se sentaría algún día a la mesa del consejo.

Se volvió un momento hacia la ventana, para admirar los campos que se transformaban en colinas, las colinas que se transformaban en montañas y las montañas que se alzaban hacia el cielo.

—No lo disculparé, aunque sí que lo entiendo. Y, por ley, si no hubiera renunciado, tendríamos que echarlo del consejo. Y ahora tengo que expulsarlo a él y a la madre de Shana de la Capital, donde han servido con honor durante toda su vida.

—Esa culpa no te corresponde.

Al percibir el tono frío de Marg, Keegan se volvió hacia ella.

—¿A quién, si no?

—Él decidió y lo hizo mal. Soy una madre que quería a su hijo más que a su vida y, sin embargo, nunca hablé con él, que era un chico muy listo, sobre los asuntos del consejo hasta que se convirtió en *taoiseach*. Tú quieres a tu hermano, a tu hermana y a este de aquí, que también es como un hermano. Y, sin embargo, nunca has hablado con ellos de esas cosas, nunca has roto tu juramento para satisfacer su curiosidad.

—Ella los ha arruinado —dijo Breen en voz baja—. Y ellos se lo han permitido.

—Eso es —repuso Morena, que le dio un toquecito con el puño en el hombro—. Justo eso.

—¿Puedo decir algo? —preguntó Sedric, a lo que Keegan asintió—. Conozco los portales, ese es mi don. Y, sin embargo, nunca he hablado de su ubicación con Marg, ni ella conmigo. El amor, el amor sano, también conlleva respeto, lo que significa no pedirle al otro que traicione la confianza de nadie. A lo largo de mi vida, te he visto a ti y a los que vinieron antes que tú —añadió, poniendo una mano sobre la de Marg— cargar con el peso de los deberes del *taoiseach*, así que sé que el bastón pesa más que la espada.

Keegan se sentó.

—¿Ocuparás su lugar en el consejo?

—Ni siquiera por ti, muchacho —respondió Sedric, sonriente—. Soy demasiado gato para la política y los protocolos. Pero si piensas usar estos mapas con las personas en las que confías, te enseñaré todos los portales que no aparecen en ellos.

—¿Hay más?

—No tengo forma de saberlo. Solo sé lo que sé.

—Espera —dijo Harken cuando Keegan fue a levantarse de nuevo—. Hiciste un juramento y solo puedes romperlo para salvar Talamh y los demás mundos. Si ese es el motivo, debes hacerlo, pero no por una intuición o una suposición, Keegan. Tienes que estar seguro de que el padre de Shana se lo contó, y, aunque así fuera, ¿estás seguro de que ella traicionaría a su propio mundo? ¿A su gente, a su familia? Hay que tener un corazón muy cruel y el alma muerta para hacer eso.

—Ahora mismo voy arriba para preguntarle a mi madre si Uwin impartió esos conocimientos a Shana. Si lo hizo, ya que nada le negaba, el resto es seguro.

—Pero ¿lo es? —preguntó Harken mientras Keegan se alejaba—. Sé lo que ha hecho y sé que, si la encontramos, tendremos que desterrarla. Pero ayudar a Odran a destruir a su propio pueblo…

—¡Hombres! —exclamó Morena, que alzó las manos mientras se apartaba de la mesa; después le dio un pescozón a Harken, antes de ponerse a dar vueltas por la habitación—. Hombres, hombres… Pueden ser las más simples de las criaturas. Y eso que considero que Keegan y tú sois dos de los más sensatos de vuestro género. Pero él va y se lía con una elfa egoísta y conspiradora, y todo por frotarse un poco contra ella en la oscuridad.

—Bueno, era un poco más que eso. No mucho, pero un poco —repuso Mahon—. Era encantadora cuando quería y…

—Otro punto ciego —lo interrumpió Morena, y lo señaló—. Encanto, belleza… —añadió en tono de burla—. ¿Una mente astuta, unos ojos brillantes y una lengua rápida? Bueno, pueden ser para bien o para mal, ¿no? Pero la belleza siempre hace que los hombres piensen con la polla en vez de con el cerebro.

—Ahora mismo no estoy pensando con esa parte del cuerpo —repuso Harken—. Y no era la clase de persona que me despertaba eso.

—Pero ves la belleza y el encanto y te cuesta mirar más allá para distinguir lo que ocultan. ¡Hombres! ¿Qué podemos hacer con ellos? —le preguntó a Marg.

—La paciencia ayuda.

—Pero es que estoy harta de ser paciente —dijo Morena, que agitó un dedo mirando a Breen.

—Yo no sé lo suficiente sobre los hombres como para responderte.

—Pues ya lo aprenderás, te lo digo yo. Aisling, ¿tú qué dices?

—No he dicho nada hasta ahora porque tengo dos hijos que echan la siesta arriba y un tercero descansando dentro de mi vientre. Y debo tener eso en cuenta en todas las decisiones que tomo. Puedo decir que Keegan tendrá que decidir lo que hace. Y diré que nunca me cayó bien Shana ni confié en ella. Y a ti, Harken, te diré que, si me preguntaran si es capaz de hacer algo tan horrible, respondería que sí, por supuesto que sí.

Morena se puso de nuevo detrás de Harken y, esta vez, le besó en lo alto de la cabeza.

—Me encanta que siempre intentes pensar lo mejor de todo el mundo, aunque me frustre.

—No es porque sea una mujer guapa —insistió él.

—Puede que solo un poco.

—Eres leal —le dijo Breen a Harken, porque le quedaba muy claro—. Así que te cuesta aceptar que alguien sea capaz de demostrar una deslealtad tan profunda, y menos una persona por la que tu hermano sentía afecto.

—Afecto —resopló Morena.

—La belleza y el encanto tienen algo que ver, supongo, pero también había afecto. Eres bueno, Harken, y eso forma parte de ti tanto como el color de tus ojos. Shana es cruel. Puede que ni ella misma fuera consciente de toda la crueldad que llevaba dentro, pero ahora la ha dejado libre. Keegan tiene razón. Si cuenta con ese conocimiento, lo usará para destruir. Es lo único que le queda.

—Y sí que lo tiene —dijo Keegan, que acababa de volver—. Mi madre está llamando al resto del consejo para contarles lo que tengo que hacer. No esperaré a que debatan, discutan y lo alarguen.

—Eres el *taoiseach* —le dijo Marg—. Tu deber está claro.

—Sí, está claro. Ahora os pido que seáis el consejo del valle, que consideréis sagrada esa confianza y que lo juréis. Que juréis decirme la verdad hasta donde la sepáis y defender la ley. Proteger Talamh. Tú ya lo has jurado —le dijo a Marg—, pero te pediré que lo hagas de nuevo.

—Lo hago.

Mientras recorría la mesa, preguntando, Breen sintió que aumentaban sus dudas. Sin embargo, él la miró a los ojos y esperó.

—Lo juro.

—En la Capital, el consejo tiene representantes de todas las tribus. —Keegan resopló entre dientes y se pasó una mano por el pelo—. No puedo perder tiempo en eso ahora mismo, pero lo solucionaremos después.

Por pura costumbre de muchos años, Breen levantó la mano. Él la miró durante un segundo antes de reaccionar.

—Esto no es una puñetera aula. Habla si tienes algo que decir.

—Lo que quiero decir es que lleváis dentro la sangre de todas las tribus. Harken, Aisling y tú. Así que podríamos decir que los representáis a todos.

Él frunció el ceño mientras que Harken asentía para dar su aprobación.

—Me vale —decidió Keegan—. La política es una estupidez una de cada dos veces, así que me vale. Pero, por ahora, vamos a empezar con los mapas de Talamh y sus portales. Después, con los de otros mundos, el del exterior y el suyo.

Sacó un mapa del aparador y lo desenrolló sobre la mesa.

Lo primero que pensó Breen es que era una obra de arte preciosa, dibujada a mano con trazo firme y con una ilustración de la bandera del dragón volando sobre él. Tenía unos detalles exquisitos, ya que reconocía los lugares en los que había estado. La Capital, por supuesto, con sus puentes y castillos; el mar, el bosque, la aldea, hasta el extremo occidental y los acantilados salvajes y el círculo de piedra.

Entonces Keegan apoyó las manos en el pergamino, que empezó a brillar bajo sus palmas. Cuando las levantó, vio que habían aparecido varias marcas, circulitos de un rojo corazón de dragón que emitían luz.

—Estos son los portales de Talamh, cada uno lleva el nombre del mundo o del lugar al que conducen. Hay doce. El número de mundos es mayor, por supuesto, y algunos de ellos tienen portales que conducen a otros mundos a su vez. Un viajero puede cruzar por dos o incluso tres para llegar al lugar deseado… y aprobado.

—Ahí hay otro —dijo Sedric, que puso un dedo en el centro del círculo del extremo occidental—. Es una especie de puerta, pero solo interior. Si entras, puedes viajar a cualquier parte de Talamh. Requiere precisión y cuidado, porque, si no, puedes aparecer delante de un caballo al galope o, como me ocurrió una vez de niño, sobre un saliente inestable de un acantilado sacudido por el viento.

—Podría ahorrarnos bastante tiempo cuando lo necesitemos —meditó Keegan—. No había oído hablar de él.

—Apenas se usaba ya cuando yo era pequeño y su ubicación es un secreto celosamente guardado. Según me contaron, en tiempos pasados, más de un viajero acabó herido o incluso muerto por no haber calculado el destino con precisión. Y, una vez que se cierra detrás de ti, tienes que volver por otro medio.

—Un viaje solo de ida —caviló Breen—. Eso no le serviría de ayuda a Odran, ya que no solo debería conocerlo, sino que tendría que estar dentro de Talamh para usarlo.

—Puede que Yseult lo conozca. —Marg miraba el mapa con el ceño fruncido—. Y puede que haya encontrado la manera de usarlo para moverse a su antojo por Talamh.

—De ser así, ahora ya no lo tendrá a su disposición. Tenemos la base aquí, así que lo vigilaremos.

—Había otro.

—¿Había? —preguntó Keegan.

Sedric asintió y se levantó para inclinarse sobre el mapa.

—Perdió su luz antes de que yo naciera, antes de la época del viejo mago que me entrenó en el uso de los portales. Puede que sea más leyenda que verdad, pero está en algún lugar del bosque de la Capital. Aquí, según me dijeron, se encontraba el decimocuarto portal de Talamh. Puede que en el pasado lejano hubiera más, pero no los encontré nunca, por más que los busqué —añadió con una sonrisita— en mis aventuras de juventud. Aunque no llegué a encontrar este, sí que percibí un eco de lo que había sido, tal y como me dijeron.

—¿Adónde conducía?

—No lo sé ni lo sabe nadie, que yo sepa. No encontré nada escrito sobre él, ni canciones, ni historias ni más leyendas que la que me contaron a mí, que yo mismo percibí.

—Tenemos gente que viaja fuera y, aunque no fuera así, no sellaremos los otros portales. Si Odran piensa usar uno para atacarnos, se enteraría. Mientras no lo haga, contamos con ventaja —dijo Keegan—. Mahon, necesitamos guardias de confianza y experimentados para todos los portales.

—A ambos lados.

—Sí. Al menos una persona que esté en todo momento y tenga el don de percibir cualquier cambio en ellos. Tenemos hadas que eligieron otros mundos, pero siguen siendo hadas y acudirán. Enviaremos viajeros a través de todos los portales para ver si pretende llegar hasta aquí a través de otro mundo.

—Entonces, el conocimiento y la protección de los portales dejarían de ser un deber secreto y sagrado —comentó Mahon—. Puede que el consejo intente bloquear la estrategia que los revela.

Keegan arqueó las cejas.

—¿Acaso no conoces a mi madre? —comentó.

Mahon se rio y alzó las manos.

—Tienes razón, claro. Pero este… —añadió mientras rodeaba con un dedo el bosque del mapa— es preocupante.

—Sí, lo es. ¿Por qué perdería su luz? ¿Y por qué no hay historias ni canciones sobre algo así?

—Un tiempo anterior al tiempo —dijo Harken—. ¿Será de una época anterior a la elección de Talamh, antes de que se despreciara y persiguiera la magia? ¿Y si su propósito se volvió oscuro y eso hizo que perdiera la luz?

—Pondremos a los eruditos a trabajar en el tema, pero eso es lo que estaba pensando. ¿Eligió Odran conquistar un mundo con una única forma de entrar y salir de él? ¿O, dado que nunca hemos encontrado ningún otro portal que condujera allí, lo eligió por este motivo?

—¿Hay dos portales en la Capital y ambos están en el bosque? —preguntó Breen—. ¿Los dos hacia la oscuridad? Es el único punto del mapa en el que veo dos que están o podrían estar tan cerca.

—¿Podrían estar conectados? Eso es lo que estás pensando —intervino Morena—. Nunca se han roto los cierres que protegen el portal del destierro, el que lleva al Mundo Oscuro. Pero, si esto forma parte de ello de algún modo o está relacionado, ¿podría Odran abrir ambos?

—Miedo —dijo Marg, que miraba el mapa—. Puede que fuera el miedo a lo que hubiera al otro lado del portal lo que evitó que nuestros antepasados dejaran constancia de su existencia, que hablaran de ello. Puede que ellos mismos los destruyeran para mantener al otro lado aquello que temían. O puede que lo que viviera al otro lado fuese tan oscuro que se tragara la luz.

—Se dice que Odran cayó en el Mundo Oscuro cuando lo desterraron —les recordó Aisling—. Y se pasó varios siglos vagando por él hasta que encontró la forma de salir.

—Y puede que esta fuera la manera —repuso Keegan, asintiendo—. Los eruditos buscarán cualquier mención al respecto en la gran biblioteca. Si yo estuviera planeando atacar, ¿qué mejor que destruir la Capital, que para él es la fuente de poder de Talamh?

—No lo es —dijo Harken—. No es más que el símbolo de sus leyes y su justicia. El poder de Talamh reside en su corazón.

—Odran nunca le arrebatará el corazón. ¿Sedric? —añadió Keegan.

—Sí, iré, claro. Haré todo lo posible por encontrarlo. No soy tan joven como era, pero sí más sabio.

—Iremos los dos —dijo Marg, y le dio la mano—. Puedo ayudar. Cuida de lo mío mientras esté fuera, *taoiseach*.

—Lo haré.

—Los niños se han despertado, los oigo —dijo Aisling, que se levantó—. Me los llevaré a casa, lejos de las tramas bélicas.

—Necesito que Mahon se quede un poco más.

—Lo sé. —Recorrió con los dedos la trenza de guerrero del susodicho mientras ponía la otra mano sobre la criatura que le crecía en el vientre—. Estoy contigo en esto, *mo dheartháir*. No lo dudes.

Cuando Aisling salió, Breen se levantó de la mesa.

—Necesito unos minutos para decirle a Marco que estaré aquí... no sé cuánto tiempo. Me dijo que se iba a llevar a Botarate a la bahía.

—No hace falta. Necesito a Mahon para que me ayude a decidir quién viajará a dónde y cuándo, quién vigilará y dónde, y a Sedric, ya que conoce más portales que nosotros. Te llamaré de nuevo, como miembro del consejo, cuando todo esté organizado.

—Tampoco me necesitan a mí —dijo Morena—. Me iré contigo. Buen viaje —añadió, dirigiéndose a Marg y a Sedric—. Y buena caza.

—Volved pronto a casa —les dijo Breen antes de abrazarlos—. Y tened cuidado. Encontrad el árbol de las serpientes. —Se apartó de golpe—. No sé qué significa eso. Solo sé que debéis buscarlo.

—Entonces, lo haremos.

—Serpientes —repitió Morena mientras tiraba de Breen hacia el exterior—. ¿Un árbol hecho de serpientes?

—No lo sé, pero es inquietante. Y no puede ser eso. Alguien se habría fijado hace tiempo en un árbol así.

—Tienes razón. Keegan enviará a mi padre, a mis hermanos. Mi padre seguro que viaja, ya que ha estado en muchos mundos. Y mis hermanos vigilarán.

—Estás preocupada por ellos.

—No puedo estarlo —repuso Morena, que procuró quitarse la idea de la cabeza mientras alargaba un brazo. Amish voló hacia él—. Ellos son así, es lo que son. Y, si viene Odran, yo blandiré una espada. He crecido sabiendo que podría llegar ese día. Así que… —añadió, y levantó el brazo para que Amish echara a volar— viviremos el hoy, que es un día estupendo. Contemplaremos la belleza de mi halcón y pasaremos un rato con tu buen perro y nuestro amigo. Como es probable que Mahon se pase gran parte de la tarde y la noche con todo esto, Harken irá a la casa de Aisling para hacerle compañía y ayudar con los niños.

—Creo que es uno de los mejores hombres que he conocido.

—Lo es, en todos los sentidos. Lo quiero —dijo sin más—. Y esta noche acudiré a su cama, ya que los dos lo necesitamos. Pero primero te pediré que me invites a cenar.

—Claro. Siempre eres bienvenida.

—No les puedo contar nada de esto a mis abuelos, y eso me fastidia. Otra razón más por la que no querría lo que tiene Keegan. No se lo puedes contar a Marco.

—Lo sé, y sí, fastidia.

—Muy pronto tendremos la ocasión de contárselo, en un momento mucho más preocupante. Así que… —El halcón voló de nuevo hacia ella—. Ahí está tu buen perro, jugando en el agua con las sirenas mientras otro buen hombre se sienta y espera. Aprovecharemos el resto de este bonito día con ellos, ¿verdad?

—Sí. Me alegro de tenerte a mi lado, Morena.

—Ahora todos nos tenemos a todos. —Chocó su hombro contra el de Breen mientras caminaban—. ¿Qué crees que preparará de cena?

Como las sirenas le dieron peces, Marco probó a hacer *fish and chips*. Los tres comieron mientras el fuego de la chimenea ardía bajo, la música sonaba de fondo y las velas titilaban.

Aquella cena sencilla, unida a una charla relajada, ayudó a Breen a quitarse de la cabeza durante un rato a las elfas vengativas (y posiblemente psicóticas) y a los dioses asesinos. Era muy importante para ella ver a sus dos mejores amigos, uno de cada mundo, borrar las fronteras para forjar una gran amistad entre ellos.

—Soy una experta en pescado con patatas fritas —dijo Morena mientras se ventilaba la segunda ración de patatas y agitaba el tenedor en dirección a Marco—. Así que puedo decir con conocimiento de causa que es el mejor que he probado, tanto en este lado como en Talamh.

—Es la primera vez que lo hago, con el pescado que me regalaron las niñas sirena. Puede que eso le dé un toque extra.

—Les caes bien, y también cierto perro.

—Un perro que, quizás por primera vez en su vida, ha jugado tanto que ha caído rendido —dijo Breen, y miró a Botarate, que estaba despatarrado y dormido frente al fuego.

—El primo de Clancy, del extremo occidental, tiene una hembra a punto de parir. Estoy pensando en pedirle uno de los cachorros para Harken —dijo Morena—. Perdieron a su Angel el invierno pasado, que era una perra buenísima, y él no ha tenido valor de buscarse otro. Pero echa de menos tener a uno correteando por allí. Aceptaría el cachorro de regalo y así disfrutaría de ese amor en su vida.

—Oooh, qué boniiito —dijo Marco medio en broma.

Morena se rio y levantó la cerveza para brindar con él.

—Tengo que reconocer que ese hombre es mi debilidad, pero, si te fueran las mujeres, me libraría de él sin pensármelo, cariño.

—Por mi *fish and chips*.

—Inclina mucho la balanza a tu favor.

—La verdad es que el punto culminante de mi vida fue venir a Irlanda con Breen el verano pasado. Ver cosas que solo conocía por los libros o las películas. Estar aquí de verdad. Pero colarme en Talamh con ella lo supera todo. Conoceros a ti, a Keegan y a su familia, a la yaya y a Sedric, ir a un puñetero castillo, aprender a montar, descubrir que mi mejor amiga es una bruja..., todo eso. Y conocer a Brian ha sido la mejor guinda del mejor pastel de la historia.

—Ahora me toca a mí lanzarte un «Oooh, qué boniiito» —le dijo Morena, que se apoyó la barbilla en el puño—. Estás loco por él, ¿no?

—Supongo que sí. Qué coño, nada de suponer: estoy completamente loco por él. Esperaba que llegara para la cena.

Breen aceptó la punzada de culpa, porque sabía que no podía hablar sobre la reunión del nuevo consejo.

—Me imagino que Keegan habrá enviado a casi todos sus jinetes a hacer reconocimientos aéreos o como quiera que lo llamen —dijo—. Como he hablado un poquito con él esta mañana, con Brian, me refiero, resulta que sé que el sentimiento es mutuo.

—¿Has hablado con él? ¿Sobre mí? ¿Qué te ha dicho?

Breen agitó un dedo en el aire.

—Lo siento, mis labios están sellados.

—¡Oye!

—Pero, en general —empezó a decir, y se levantó y se inclinó para besar a Marco—, te quiere como en las películas románticas navideñas más cursis, con la misma fuerza que un traje de Iron Man. Así que lo apruebo y, como tú has preparado el mejor pescado de dos mundos, yo me encargo de los platos.

—Te ayudo —se ofreció Morena—, pero ¿qué es eso de las películas románticas navideñas cursis, quién es Iron Man y por qué su traje es tan fuerte?

—Siéntate con Marco, que te lo explique. Yo me pongo con los platos —respondió Breen.

—Vale —empezó Marco—. Tienes que venir un día para ver pelis navideñas y también *Iron Man*, todas las películas, y *Los Vengadores*. Como va a llevarnos un tiempo, te contaré lo esencial.

Breen pensó que era agradable escuchar a Marco explicarle la cultura popular a Morena. Y se divertía con las preguntas y las respuestas de ella; parecía mucho más entusiasmada por los superhéroes que por los romances vacacionales. Pero, al parecer, Marco estaba empeñado en ofrecerle ambas cosas, con una noche de pelis a la semana.

Cuando se fue Morena, a Breen la reconfortó acomodarse en su dormitorio con Botarate, la chimenea y su tablet mientras escuchaba a Marco practicar el arpa abajo.

Mientras él esperaba a Brian, pensó.

Sí, cursi y fuerte. ¿Quién no querría ambas cosas en su vida?

Cuando las preocupaciones intentaron colarse de nuevo en su cabeza, procuró olvidarlas durante un poco más. Decidió escribir en su blog y publicarlo, acompañado de fotos, por la mañana. Así tendría más tiempo libre para escribir.

Podía terminar el primer borrador de la novela en cuestión de días, de una semana como mucho. Lo creía de verdad. Después pretendía aparcarla un tiempo, dejarla reposar mientras terminaba el segundo libro de Botarate. Era maravilloso saber que podía ocupar sus mañanas en lo que siempre había querido hacer. Odran no podía robarle eso. Pasara lo que pasara, había disfrutado de ese tiempo, había logrado su objetivo.

Si la novela no iba a ninguna parte, al menos la habría escrito. Y lo habría hecho lo mejor que sabía.

Si Odran atravesaba un portal e iba a por las criaturas feéricas y a por ella, lucharía, emplearía todo lo que tuviera para detenerlo. Lo haría lo mejor que supiera. Con esa idea en la cabeza, con esa determinación como acicate, empezó con su entrada de blog. Casi había terminado cuando la cabeza de Botarate se alzó. Ella también lo había oído: era el batir de unas alas de dragón. Se levantó a toda prisa y corrió a la ventana. Tuvo que reconocer su decepción al ver que se trataba del dragón de Brian. Se dijo que eso también tendría que quitárselo de la cabeza, aunque no le costó superar el chasco al ver a Marco salir para recibirlo, al verlos abrazarse. Suspiró cuando fue testigo del beso de bienvenida.

—Hacen muy buena pareja, Botarate.

Suspiró de nuevo y le acarició el copete al perro mientras su mejor amigo y su amado se daban la mano y se alejaban paseando, camino de la bahía.

—Un paseo a la luz de la luna. Qué romántico —añadió—. Marco ha encontrado a alguien que entiende el romance. Ha dado unos cuantos pasos en falso antes de este. —Miró al perro—. Te podría contar algunas historias… Pero parece que esta vez ha dado en el clavo, ¿verdad? Y, pase lo que pase, siempre les quedará esto.

Se los quedó mirando otro momento y después dio un paso atrás.

—Vamos a darles un poco de intimidad. Tengo que terminar el blog.

Cuando iba de camino de la cama, su tablet la avisó de una petición de videollamada.

—¡Sally! —Se dejó caer en el colchón, aceptó la llamada y repitió—: ¡Sally! Justo la persona que necesitaba. Estaba… ¡Madre mía, estás estupenda!

La otra se echó hacia atrás la melena roja despuntada y ladeó la cabeza.

—¿Te gusta?

—Me encanta. Es maravillosa, sexy, atractiva.

—Estamos haciendo un tributo a los años ochenta. Las heroínas del rock de la década. Mucho antes de tu época, niña.

—¿Y no vas a hacer tu maravillosa imitación de Cher?

—Quería cambiar un poco, probar algo nuevo. Así que voy a darles todo lo fuerte que pueda.

—¡Ah, sí, ya lo tengo! Claro. Pat Benatar. *Hit Me with Your Best Shot*. Vas a estar genial.

—Voy después de la Tina Turner de Dell, así que no va a ser fácil. Pero alguien tenía que hacerlo, y el local es mío. Hablando de estar estupenda, qué bien ver esa cara, tan estupenda y feliz. Te echo de menos.

—Y yo a ti. De verdad, te echo mucho de menos y me alegro mucho de que hayas llamado.

—Se me ocurrió probar, a ver si os pillaba a los dos. ¿Dónde está mi chico?

Breen miró hacia la ventana.

—En una cita. ¿Te ha contado que ha conocido a alguien?

—Nos contó alguna cosita a Derrick y a mí, pero no todo el pastel. Lo conoció en una fiesta hace una semana o así, ¿es ese?

—Ese. Brian. Sally, están enamorados.

—Hum —comentó la otra mientras se servía una copa de vino—. Sí que ha sido rápido.

—Supongo que sí, pero es real. Nunca lo había visto tan contento ni con alguien que lo entendiera tan bien y que lo quisiera porque lo entiende. Me sentía culpable por haberme traído a Marco. Fue muy repentino, como si te lo robara.

—No seas tonta. Me gusta saber que está contigo. Y me gusta mirarte ahora mismo y saber que lo que has encontrado ahí te hace feliz y te da lo que necesitas.

—Es así. Poder escribir aquí me ha dado justo lo que necesitaba… y más: me lo ha dado cuando yo ni siquiera sabía qué era lo que necesitaba hasta que lo tuve.

—Derrick y yo leemos tu blog todos los días, lo necesito, como madre honorífica tuya que soy, para saber que ahora eres fuerte y feliz. Estar ahí te ha abierto, mi dulce Breen; la escritura y el volar sola.

—Me ha cambiado.

—No, cariño, no te ha cambiado: te ha revelado. —Sally agitó una mano y bebió un poco de vino—. Tengo que parar o me pondré cursi y me cargaré mi maravillosa línea del ojo estilo años ochenta.

Breen rebosaba amor.

—¿Cómo has sabido que tu llamada era justo lo que necesitaba esta noche?

Sally se dio un toquecito cerca del flequillo.

—Instinto de madre. ¿Qué pasa con Keegan, el irlandés sexy y, sin embargo, encantador? ¿Todavía lo ves?

—Ah, bueno, sí. Quiero decir, no es como con Marco y Brian. Los dos estamos muy ocupados.

—Nadie está demasiado ocupado para el amor, la lujuria o un poco de romance. ¿A qué se dedica, por cierto? Creo que no me lo contó.

Pregunta complicada. Sally era capaz de ver a través de las mentiras como si fueran de cristal.

—Bueno, está en un puesto de gestión. Dirige un grupo importante.

—¿En serio? —Hizo una pausa para repasarse el pintalabios—. No me parecía un ejecutivo. Creía que tenía una granja.

—Sí, tienen una granja familiar. Keegan, su hermano y su hermana, y él se pasa cuando puede. Tiene otra base en el este. Viaja mucho de un lado al otro. Son muchas responsabilidades. Es una persona responsable. Mucha gente depende de él y él se lo toma en serio.

—Bueno es saberlo. Me caía bien, pero tengo que cuidar de mi chica, aunque sea de lejos. Y estoy pensando que, si Marco y tú os quedáis ahí en primavera o en verano, Derrick y yo tenemos que visitaros.

—¿En serio? —preguntó Breen, sintiendo que le recorría el cuerpo tanto la alegría como la inquietud—. ¿Vais a venir a Irlanda?

—Tengo que ver a mis niños y, si lo de Brian es de verdad, quiero verlo en persona. Y quiero conocer a tu abuela.

—Te encantaría. Y tú a ella.

Y ya se las apañaría para arreglarlo, se dijo Breen. De algún modo, encontraría la forma de hacerlo.

—Tendremos que hablarlo —dijo Sally—. Mientras tanto, una cosa más antes de sacar al escenario mi tonificado culo envuelto en cuero. Si piensas quedarte ahí mucho tiempo, tengo a una chica nueva de camarera. Es muy inteligente y da la casualidad de que viene de Irlanda.

—¿En serio?

—No de la zona de Galway, donde estás tú. De Dublín, y Meabh sabe atender la barra como si hubiera nacido para ello. Quizás te interese pensar en subarrendarle el piso.

—Vaya, no se me había ocurrido… Tiene sentido.

—Te enviaré la información. Puedes dar tu visto bueno, aunque yo ya se lo he dado. En Sally's no contratamos a cualquiera.

—Sí, gracias, pero, si tú confías en ella, yo también. Hablaré con Marco, pero creo que deberíamos hacerlo. Total, está ahí vacío.

—Puedes subarrendarlo amueblado o podemos recogerlo todo y guardar lo que no quieras dejar allí.

—No, no pasa nada, amueblado está bien. Tenemos todo lo que necesitamos. Mañana hablaré con Marco. Gracias, Sally. Dale a Derrick un beso muy grande de mi parte.

—No lo dudes. Te quiero. Hablamos pronto.

—Te queremos. Déjalos pasmados.

Sally parpadeó y dijo:

—Eso tampoco lo dudes.

Cuando Breen terminó la llamada, regresó a su blog, pero oyó que alguien tocaba suavemente con los nudillos en la madera. No había cerrado la puerta del dormitorio al entrar y Keegan estaba agachado en el umbral, acariciando a Botarate.

—Tenías la puerta abierta, pero no quería interrumpirte.

—Era Sally —dijo mientras apartaba la tablet y se levantaba—. No te he oído entrar. Si quieres que sigamos hablando del tema, podemos bajar. Puedo preparar té o servirte una cerveza.

Él entró y la miró a los ojos. Cerró la puerta.

—Ya he hablado bastante por hoy.

«No es de los que te sacan a pasear a la luz de la luna», pensó Breen. Sin embargo, su forma de observar y esperar también era curiosamente romántica. La elección era de Breen.

—Qué coincidencia. Yo también.

Una vez tomada la decisión, fue hacia él.

28

Se sorprendió al ver que Keegan seguía allí al romper el alba. Se sorprendió al desear que pudiera quedarse, y ella con él, para tomarse un día libre de responsabilidades y deberes. Pero esa no era su forma de ser, y Breen tenía también sus responsabilidades y sus deberes.

Empezó a levantarse para enfrentarse a ellas y, en la habitación en penumbra, él le dio la mano.

—Un momento. A veces el día comienza demasiado pronto.

—Es verdad.

Keegan hizo un gesto hacia el fuego para que prendieran las llamas.

—La cama está caliente, pero tú no lo estarás cuando salgas. Te pediría que te quedaras aquí dentro, conmigo, si el mundo se detuviera por un puñetero día. Pero no lo hace. —Se sentó y se echó el pelo hacia atrás—. Tengo que ir a la Capital. Seguramente tendría que haberme quedado ayer, en vez de regresar. Puede que vuelva esta noche o puede que no.

Breen se sentó a su lado y le recorrió el brazo con una mano antes de hacer lo mismo con el suyo.

—Sin ataduras —dijo, y, como vio que él parecía desconcertado, añadió—: Es una expresión.

—Sí. Sé lo que significa, creo.

Como estaba desnuda, decidió ponerse la ropa de gimnasia. Se abrigaría con una chaqueta para su ritual matutino con Botarate.

—Creo que veo ataduras entre Brian y Marco —dijo Keegan.

—Sí, son muy claras. Llegado cierto punto, tendrán que plantearse la situación.

La vio ponerse las mallas y un sujetador deportivo.

—Me gusta la ropa que usas para hacer ejercicio.

Ella volvió la vista para mirarlo.

—¿Porque te parece práctica?

—No, aunque supongo que lo es. Me gustaría darme una ducha antes de irme, si no te importa.

Ella regresó y se sentó en el borde de la cama.

—Vamos a hacer una cosa. Digamos que, cuando vengas, cuando duerma contigo, cuando estés aquí por la mañana, no tienes que pedir permiso para usar la ducha, ni para comer algo, ni para preparar un té, ni para tomarte una cerveza, ¿vale?

—No quiero ser desconsiderado contigo.

—Eres impaciente, a menudo abrupto, a veces dictatorial, pero no desconsiderado.

—Creo que lo fui con ella. Con Shana. No la estoy excusando, pero, al volver la vista atrás, veo que fui desconsiderado al dar por supuesto que los dos sabíamos lo que teníamos y lo que no teníamos entonces ni tendríamos nunca.

—Yo no soy Shana.

—No, lo sé, y no te pareces en nada a ella. Ni a nadie. No debería estar contigo así, esa es la verdad. No debería haber mezclado así las cosas, pero lo he hecho. Mi preocupación por ti solo tendría que deberse a que eres la clave para proteger mi mundo, el tuyo y todos los demás, pero ya no es así y no puede volver a serlo.

Ella reprimió el impulso de correr a acariciarlo y calmarlo, porque esa tampoco era la forma de ser de Keegan.

—Ya veo, así que es todo culpa tuya. Yo no he tenido nada que ver.

—Muy lista —repuso él al levantarse—. Tienes una mente ágil y astuta. La admiro. —Desnudo, se acercó a la ventana—. Me he pasado más de media vida como *taoiseach*. Blandiré la espada y sostendré el bastón hasta que muera, para proteger Talamh. Puede que Odran consiga que ese momento llegue antes de lo que me gustaría.

—No digas eso. No.

—No temo morir por mi mundo, por mi gente —le aseguró Keegan—. Llevo la trenza y he jurado luchar y dar mi vida, si es necesario, como hicieron mi padre y el tuyo. Pero sí que temo que te suceda algo, y eso es nuevo y no debería ser así. No solo por Talamh, sino por mí.

—Así que me derribarás, insultarás mi dominio de la espada y te burlarás de mi manejo del arco.

—No tienes ningún manejo del arco, pero, sí, te derribaré siempre que pueda. Eso no es ser desconsiderado contigo, tal y como yo lo veo, sino todo lo contrario.

—A mí tampoco se me dan demasiado bien las relaciones, pero estoy bastante segura de una cosa: cuando se tiene una relación personal, esta fortalece a las dos personas que la mantienen.

—¿Y cómo has llegado a esa conclusión?

—Porque todo te importa más cuando te preocupas por alguien. Voy a bajar a sacar al perro y preparar el café.

«Qué raro», pensó cuando Botarate bajó corriendo los escalones delante de ella. Había sido la conversación más romántica de su vida. No sabía bien qué decía eso de ambos, pero le parecía bien.

Bajo una lluvia constante y fría, Keegan voló a la Capital. Se reunió con su madre en la sala del consejo, tal como le había pedido. Los dos solos, por el momento. Ella se levantó para saludarlo, seria.

—Un viaje mojado —comentó mientras le servía el té a su hijo.

—Gracias.

—Uwin y Gwen se fueron hace una hora. Les he buscado una casa en las tierras medias. Es sencilla y tranquila. Tienen sus caballos y sus pertenencias, y los he abastecido de comida y otros artículos necesarios. Has hecho bien en sacarlos de aquí —añadió, poniéndole una mano en el brazo—. Sé que ha sido difícil para ti tomar la decisión, pero era lo correcto. Como lo es que yo los ayude a comenzar su nueva vida.

—¿Sedric? —preguntó él, tras asentir.

—Marg y él ya están de vuelta en el bosque. Hay mucho terreno que cubrir, Keegan, pero no se detendrán. Habría ido con ellos para ayudarlos, pero sabía que venías y que querías hablar conmigo. Loren se ha presentado voluntario para ayudar.

Keegan alzó la vista.

—Quiere encontrar el portal —siguió explicando Tarryn—. No me cabe duda. Y parte de él cree que puede salvar a Shana de algún modo. De eso tampoco me cabe duda. Pero quiere encontrarlo y es hábil.

—De acuerdo. No hay nadie en quien confíe más que en ti. Pareces cansada.

—Ah, bien, justo lo que cualquier mujer desea escuchar.

—Mamá —dijo Keegan, y fue a cogerle la mano.

—No he dormido mucho. Descansaré mejor ahora que Uwin y Gwen se han puesto en camino. Y tengo tres candidatos elfos para que los tengas en cuenta para el consejo.

—Ninguno de la Capital.

Tarryn arqueó las cejas.

—Supuse que querrías una elección rápida, de alguien que conociera los protocolos.

—Creo que nos apoyamos demasiado en los de aquí, en los que ven poco del resto de Talamh. Conozco a alguien del sur. Es joven, pero quizás eso sea bueno. Tengo que volar allí de todos modos para ver cómo van avanzando, así que se lo preguntaré.

—Nila. La que rescató a la niña que robaron los píos. Conozco a mi hijo. Es una buena elección, Keegan, y espero que acceda.

—Eso me ahorra el tiempo que creía que tardaría en convencerte.

—Soy tu mano y tu madre. Tú eres el *taoiseach*. Y creía que esta vez te traerías a Breen, sería útil en el bosque. Y con el hechizo que Marg y yo hemos empezado a planear.

—Lo pensé, pero no podemos poner todos nuestros huevos en la misma cesta, ¿no? Puede que exista un portal y puede que Odran pretenda usarlo, pero hay más. El de la cascada, que ya han usado... Si dejo a Breen por allí cerca, puede que perciba algo o tenga otra visión. Y el del extremo occidental, ese umbral del que hablaba Sedric. Tal y como están las cosas, creo que tú también serías más útil allí.

—¿En el valle? —preguntó Tarryn, y sonrió—. Ahórrate el esfuerzo de convencerme. Como he dicho, conozco a mi hijo. Quieres apartarme del centro de la acción, puesto que, por lógica, Odran atacará aquí. Así que, aunque no me vas a pedir que abandone mi deber, intentarás que parezca que puedo hacer más allí que aquí. No.

Como sabía que era una causa perdida antes incluso de intentarlo, Keegan bebió más té.

—Tengo un razonamiento muy bien preparado para acompañar la idea —comentó.

—Pues nada, guárdatelo para otra vez. ¿Quieres convocar el consejo?

—No, ni por mil infiernos. Me voy al bosque y a la lluvia.

—Entonces, voy contigo.

—¿Crees que debería haber traído a Breen?

—Creo que tendrás que hacerlo antes de que acabe todo.

Primero encontró a Marg, que trabajaba con Loren y un elfo. Ojalá todo fuera más rápido, pero sabía que era más importante ser meticuloso y eficiente que impaciente. Dividieron los numerosos acres de bosque en una cuadrícula, y, como había descubierto el día anterior, cubrir cada cuadrado requería una hora o más.

—Debería tardarse menos —le dijo Marg—, pero aquí hay muchas cosas. Mucha energía, muchos corazones, muchos ecos de poder.

Permanecieron bajo la lluvia, rodeados del olor a pino y tierra mojados, en medio de una densa penumbra. Como la madre de Keegan, Marg llevaba una capa con capucha sobre unos pantalones recios, un jersey y botas. La mujer levantó las manos, las extendió y las movió en círculo. El mapa de la cuadrícula se formó en el aire.

—Verás que hemos marcado los cuadros que ya hemos recorrido.

—Y habéis avanzado.

—Un poco. —Conociéndolo, Marg esbozó una sonrisa—. Vamos despacio. Sedric va por el norte del bosque mientras nosotros trabajamos por el sur. Los demás que has escogido, el émpata Glenn con la joven cambiaformas, eh, Naill, van por el este; y Phelin McGill está en el oeste con otro émpata. Los elfos, como Yoric, aquí presente, hacen de mensajeros.

—No hemos visto nada que se parezca a un árbol de serpientes —dijo Yoric.

—Ya tenemos suerte de vernos las manos, con esta oscuridad. Mi madre y yo nos ocuparemos de la cuadrícula central antes de que vuele al sur. Si conseguimos recorrer un par de cuadrados, eso que ganamos.

Y todo podría ser para nada, pensó Keegan mientras Tarryn y él caminaban a través de la lluvia. Una historia contada por un viejo mago a un joven hombre gato hacía mucho tiempo. Aun así, le dedicó tres horas y después comió, porque, adulto o no, le costaba decirle que no a su madre.

A lomos de Cróga voló al norte primero, donde el aire glacial convertía la lluvia en piedras heladas y, a continuación, en remolinos de nieve. En los altos picos que apuñalaban el cielo a lo largo del mar revuelto, desmontó sobre la nieve, que le cubría las botas.

El portal se abría a un mundo que había visitado en una ocasión, brevemente, ya que le pareció que su dependencia de las máquinas y su falta de interacción entre sus residentes le resultaban muy inhóspitas. Como en ese mundo no se habían encontrado ni registrado más portales, le parecía de poco probable a imposible que Odran entrara por allí. Aun así, tenía a seis personas de guardia.

Un fuego ardía sobre una roca plana y ancha, y la ola de calor que emitía casi logró derretirle los helados huesos. La nieve caía en forma de copos gordos que el viento enviaba allá donde le placía. Si la lluvia había sido una desgracia, aquello era directamente una brutalidad, pensó.

De todos modos, Hugh, la persona a la que Keegan había dejado a cargo de las tareas del día, lo saludó con una sonrisa que iba de punta a punta de sus mejillas sonrosadas.

—Hace un bonito día en las alturas.

—No queda un trasero sin congelar en diez kilómetros a la redonda —respondió Keegan.

—Pero es que la sangre de los norteños es demasiado espesa y caliente para congelarse. Todo bien por aquí. Uno de nosotros entra y sale cada hora, como ordenaste. Al otro lado sienten tan poco interés por nosotros como nosotros por ellos.

—Seguid así, pues, Hugh.

—Eso haremos. Agradezco poder servir aquí, ya que mi casa… Bueno, no se ve con la nieve, pero está justo abajo, en la falda de la montaña. Así puedo ver a mi señora y a nuestro bebé cada vez que rotamos.

—Espero que tu señora te mantenga caliente por la noche —le dijo Keegan mientras montaba en Cróga.

—Lo hará.

Recorrió Talamh haciendo zigzag de camino al sur y se detuvo en cada portal. Se alejó de la nieve y el frío glacial, por suerte, y pasó por más lluvia, por un momento de sol demasiado breve y por la niebla gris que lo siguió. Paró en campos, en bosques y a la orilla de un lago muy pequeño llamado Lough Beag en referencia a su tamaño.

Cuando sobrevoló el valle, llevó a Cróga a la granja, donde la lluvia no era ya más que llovizna y el sol latía débilmente contra la acumulación de nubes grises. Encontró a Harken en el granero, afilando las rejas del arado. En la mesa había otras herramientas, entre ellas tres espadas, ya terminadas de afilar.

—En el norte hace más frío que en el trasero de un muerto y en el sur están más mojados que unas ratas ahogadas. Y en las tierras medias se puede cortar la penumbra con un hacha.

—Aquí estamos sequitos y calientes.

Keegan cogió el hervidor de la cocina achaparrada y vertió el agua sobre un colador lleno de hojas de té fuerte.

—¿Quieres comer? —le preguntó Harken cuando se sentó en lo alto de un barril.

—No, gracias. Nuestra madre me incordió para que comiera antes de irme de la Capital. Tengo poco tiempo, pero quería hablar contigo antes de seguir adelante.

—Aquí sigue todo tranquilo. Vi a Brian cuando cruzó y me dijo que Breen y Marco se quedarán hoy al otro lado, hasta que los necesitemos. Tienen trabajo allí.

—Me alegro.

Con golpes firmes y manos certeras y pacientes, Harken siguió pasando la hoja por la piedra de afilar.

—Noto que me estás tanteando, Keegan. Sé dónde se me necesita, como ya te he dicho. Aquí. Si me quieres en otra parte, solo tienes que decirlo.

—Y tú irás. —Keegan le dio un trago largo a su té y notó que se le calentaba el cuerpo, no ya solo de la bebida caliente y el fuego, sino también de estar en casa—. He tenido mucho tiempo para pensar…, como lo tendrás tú cuando vueles a través de una puñetera tormenta de nieve, un aguacero y cubos y más cubos de granizo infernal.

Harken sonrió mientras seguía trabajando.

—El lujo y el glamour del *taoiseach*.

—Y una puñetera mierda. Sé que hay muchos que lo darían todo, que ya lo dan, y los valoro por ello, a todos. Pero es la familia lo que me sostiene, Harken. Aisling y tú, Mahon, los niños, mamá. Saber que puedo acudir a cualquiera de vosotros. A este lugar. No lo trabajo como tú, pero también lo necesito.

—Lo sé. —Harken levantó la cabeza, sin dejar de trabajar, y miró a Keegan a los ojos—. No soy líder, como tú, *mo deartháir*, pero necesito saber que llevas la espada y el bastón. Saberlo me sostiene.

—Sin embargo, mantienes tu espada afilada y lista.

—Igual que lo estará el arado cuando termine.

—Quieran los dioses que pueda ayudarte a usarlo cuando la rueda gire hasta el nuevo año. —Se levantó—. Tengo que irme. Me quedan tres portales por visitar y después tengo que volver a la Capital. Regresaré mañana, si puedo.

—*Turas sábháilte.*

—Tendré cuidado, aunque seguro que me mojo de todos modos. Harken, si estamos en lo cierto y Odran cruza a través del dichoso portal que no logramos encontrar en la Capital, y si no conseguimos detenerlo allí…

—No ocurrirá. —Después de probar el filo, cogió una hoja en curva—. Pero defenderemos el valle y nuestra casa.

—Confío en que así sea.

Cuando se marchó Keegan, Harken siguió con su tarea y esperó.

Unos minutos después, la puerta de la granja se abrió de nuevo con un crujido y Morena entró por ella.

—Iba a entrar antes, pero he visto a Keegan y me ha parecido que manteníais una charla entre hermanos, así que he vuelto a salir.

—Era justo eso, gracias por esperar.

El ala del sombrero con el que ella se había protegido de la lluvia chorreaba agua. Tenía las botas cubiertas de barro. Harken pensó, como hacía siempre, que era la criatura más bella que había existido. Pero esperó mientras se paseaba por la estancia; su nerviosismo, su tensión y su irritación eran evidentes.

—Esta mañana te has ido muy deprisa —dijo él.

—La yaya y el abuelo me necesitaban. El abuelo está haciendo una mecedora para Bridie Riley, que quiere regalársela a su hija. Dará a luz a su primer bebé en Yule. Y la yaya ha estado horneando tartas de manzana para intercambiarlas. Cuesta no contarles lo de ese portal que quizás ni siquiera exista.

—Claro que existe.

—¿Cómo lo sabes?

—Porque tiene mucho sentido.

Alzó las manos, frustrada, y unas chispitas de luz roja le salieron disparadas de los dedos.

—Bueno, pues para mí no tiene ningún sentido. ¿Por qué no nos deja en paz? ¿Es que lo molestamos? Qué va. Tiene su mundo, ¿no? Y puede gobernarlo como le dé la gana. ¿Qué gana destruyéndonos? ¿Y por qué sonríes así?

—Porque veo que estás haciendo todo lo posible por enfadarte para no tener que decirme la razón por la que has venido. O por qué te fuiste esta mañana tan deprisa, por qué has vuelto y por qué estás paseándote por el granero como si te ardieran los pies.

—Ya te he dicho por qué me fui, y solo he venido por aquí por si podía ver a Breen.

—Marco y ella se van a quedar todo el día en el otro lado.

—Pues iré allí.

Harken siguió trabajando.

—Ir por ahí dando zapatazos no cambiará lo que pasa.

—No estoy dando zapatazos. ¿A qué te refieres?

—A que no cambiará lo que sientes y lo que quieres —dijo él, que dejó las herramientas a un lado y se levantó.

—No sabes lo que siento y no tienes derecho a mirar en mi interior —repuso ella.

—No tengo que hacerlo. Te lo veo todo en los ojos. Me encanta —dijo mientras se acercaba a Morena—. Me encanta lo que veo en ellos, siempre, pero llevo mucho esperando a ver lo que veo ahora. Te quiero, Morena. Te quiero desde hace tiempo y te querré durante todo el tiempo que me quede.

—No es el momento de hablar de amor. Lo que se avecina, porque, si yo lo percibo, tú también…, es horrible.

—Lo es, sí, así que no hay mejor momento que este para hablar de amor. Sin él, nada tiene sentido, ¿no? Solo nos quedaría la supervivencia, y eso no basta. Estás preparada.

Harken le cogió las manos y, aunque ella hizo un intento poco entusiasta de retirarlas, él se las llevó a los labios.

—¿Preparada para qué? ¿Para luchar? Lo haré, como lo haremos todos. Eso no es…

Él se limitó a besarla en los labios.

—Por todos los demonios, cuando empezamos con esto creía que nos acabaríamos cansando. Que nos cansaríamos y volveríamos a ser amigos —dijo Morena.

—Siempre seré tu amigo, pero no solo eso. He esperado a que estuvieras lista, y ya lo estás. Así que, Morena Mac an Ghaill, te pido que te comprometas conmigo como yo, a partir de este instante, me comprometo contigo. Que te cases conmigo y construyamos nuestra vida juntos.

—Estoy enamorada de ti hasta las trancas. Y eso a veces me cabrea.

—Lo sé y, bueno, aun así, aquí estamos —dijo Harken.

—No prometo cocinar para ti.

—Como eres una cocinera horrenda, te lo agradezco.

Morena no pudo evitar reírse.

—Soy una cocinera horrenda, es verdad. Ha sido… cuando estaba sentada a la mesa, en el consejo. No esperaba que me pidieran algo así. Y al estar allí sentada, escuchando, sabiendo lo que pasaba, aunque ya lo hubiera escuchado y sabido antes, solo podía pensar: «¿Por qué me resisto a lo que mi corazón desea, cuando hay tanta oscuridad?». Ya ha llegado el momento de dejarse de juegos. Así que me comprometo contigo, Harken O'Broin. Quiero que vivamos juntos y quererte pase lo que pase, incluso cuando me cabree.

Los dos se abrazaron y se fundieron en un beso largo, lento e intenso, en aquel granero que olía a heno, aceite y turba quemada.

—Quiero casarme en primavera —dijo Morena—. No quiero empezar mi vida contigo en la oscuridad del invierno, sino en la promesa de la primavera.

—Puedo esperar —respondió él antes de besarla de nuevo.

Mientras su hermano conseguía lo que su corazón más deseaba, Keegan fue a la cascada, al extremo occidental y después al sur. El aire se caldeó, los cielos se despejaron y el frío helado del norte parecía ya un mal sueño.

Le agradó ver que en la colina no quedaba ni una sola piedra de la Casa de los Rezos. En su lugar, los artesanos trabajaban para erigir una columna de granito blanco. La pulirían y tallarían el estandarte de Talamh en el centro. En la base habría un estanque de fuego y agua, una llama que no se apagaría jamás. Y, sobre ella, en la lengua antigua: LOS VALIENTES VIVEN EN LA LUZ. Y Keegan se prometió que todos los que la mirasen lo sabrían y los recordarían y honrarían.

Mientras sobrevolaba la zona, Mahon alzó el vuelo con su dragón para unirse a él.

—Es un monumento bueno, fuerte. Es lo correcto.

—Sí. ¿Y el portal?

—El aquelarre jura que los cierres y el sello aguantan. No hay grietas ni han intentado cruzarlo.

—Lo intentarán si consiguen cruzar por el este. Veo que las reparaciones avanzan deprisa.

—Techadores, carpinteros y albañiles llegan a montones. Después de la batalla, arreglar y construir sirve de pócima reparadora. Es como si se les hubiera quitado un peso de encima al desaparecer las sombras que proyectaba la Casa de los Rezos, Keegan. Cuando llegue el bebé, creo que Aisling y yo traeremos a los niños. Quiero que vean el monumento, que construyan castillos en la arena y corran por la espuma.

—Bueno, por esta noche, puedes volar de vuelta a tu casa conmigo.

—Todavía queda trabajo por aquí.

—Y puedes volver a él mañana. ¿Has mandado llamar a la elfa?

—Sí. La he sacado de su ronda y está abajo, trabajando con los albañiles. A esta Nila se le da bien la piedra.

—Entonces, hablaré con ella. Decide a quién quieres dejar al mando hasta mañana. De ella solo necesito que me diga sí o no, así que no tardaré mucho.

Aterrizó con Cróga en la playa, lo que dejó encantados a un grupo de niños que jugaban en la orilla. Y, mientras Keegan caminaba hacia las tiendas y casas, pensó que Mahon estaba en lo cierto: era como si se les hubiese quitado un peso de encima.

Encontró a la elfa reconstruyendo un muro. Ella, al verlo, se levantó a toda prisa.

—*Taoiseach.*

—Estás haciendo un buen trabajo. Mahon me ha dicho que se te da bien.

—Me gusta construir cosas. Y ver cómo las construyen. El monumento se ha convertido en un símbolo muy potente.

—¿Me acompañas a dar un paseo?

—Por supuesto.

—Quiero darte las gracias por tus palabras en el juicio.

—Dije la verdad, como debía. Y no me importa añadir que también fue un placer.

Keegan asintió. «Es joven», pensó. Una elfa joven y bonita, con trenza de guerrera, que ya había visto batallas y sangre.

—Me preguntaba si estarías dispuesta a hacerte cargo de otro deber.

—Sirvo a Talamh.

Él asintió de nuevo mientras se alejaban del pueblo y caminaban hacia los árboles.

—Habrás oído hablar de Shana, de sus delitos, su huida y su decisión de unirse a Odran.

—Sí, claro. —El rostro de Nila se volvió duro como las piedras que acababa de colocar—. ¿Quieres que cruce al otro lado y la encuentre?

—¿Encontrarla? —preguntó Keegan, que bajó la vista.

—Y traerla de vuelta para su juicio. Como dice la ley.

Era la respuesta correcta, la respuesta sincera, y la había dado sin vacilar.

—Eso dice la ley, sí. Pero no, no voy a enviar a nadie al mundo de Odran a por ella. Ya llegará su momento cuando tenga que llegar. Su padre estaba en el consejo, pero ya no. Me gustaría pedirte que ocuparas su lugar.

Ella se detuvo en seco y lo miró.

—No lo entiendo. *Taoiseach*, no soy política ni erudita.

—Eres leal, valiente y cuentas con mi confianza. Conoces la ley y la honras, Nila. Te quiero en mi consejo. Tu hogar está en el sur y tendrías que crear uno nuevo en la Capital. Sé que te pido mucho.

—Mi hogar estará allá donde se me necesite, y mi familia lo sabe y lo apoya. Pero no tengo experiencia.

—Tampoco la tenía yo cuando saqué la espada del lago. Era más joven que tú. Es una elección, Nila, y no es deshonroso decir que no.

Keegan miró a su alrededor. Algunos de los árboles lucían cicatrices de la batalla, mientras que otros no eran más que cascarones achicharrados. Aun así, allí había belleza. Y de ella florecería más.

—¿Cómo está la niña? —le preguntó a Nila.

—¿Alanis? Es fuerte.

Keegan se puso frente a ella y le dijo:

—Lo sabes porque has ido a verla para asegurarte. Otra razón más por la que te pido que te unas al consejo. La ley debe tener corazón, debe latir con ella o, si no, se vuelve de piedra.

—Me has dejado atónita, la verdad. Pero sería un honor servir a Talamh y servirte a ti en el consejo. Aunque tendría que pedirle a alguien que me enseñara…, bueno, que me enseñara a hacerlo, vamos.

—Para eso tendrás a mi madre. Ahora debo volver a la Capital, así que me ocuparé de que te preparen unos aposentos y todo lo que necesites. ¿Tienes caballo?

—Sí, aunque soy más rápida a pie.

—De todos modos, vas a necesitarlo —repuso Keegan—. Te estoy muy agradecido.

—Espero ser merecedora de ello.

29

No se pasó por la casa ni esa noche ni la siguiente. Breen supo de los (lentos) avances en la Capital gracias a Marg, a través del espejo mágico. Oyó algunos cotilleos de Brian, que llegaba tarde y se marchaba temprano, así que se enteró de que Keegan recorría Talamh todos los días y se pasaba horas en el bosque, en busca del portal oscuro. Ella se concentró en el trabajo, ya que le daba algo que hacer, mantenía la preocupación a raya y, durante unas cuantas horas, evitaba que se sintiera inútil.

Así que se sorprendió al comprobar que lo había terminado. Aunque, mientras miraba la pantalla del portátil, se recordó que tampoco era así. Tenía que repasarlo entero, corregirlo, fijarlo, pulirlo, obsesionarse... En cualquier caso, allí estaba todo. Quinientas treinta y seis páginas llenas de sus palabras.

Tuvo que levantarse y caminar por la habitación, así que Botarate, que estaba echándose una siesta en la cama, levantó la cabeza. Breen abrió la puerta del jardín porque necesitaba respirar aire fresco. Y, como percibía su humor (alegría contenida), en vez de salir disparado, Botarate se puso de pie sobre las patas traseras y bailoteó a su alrededor.

—Sí, vamos a bailar.

Extendió los brazos para que le apoyara las patas en las manos. Los ojos del perro proyectaban su júbilo sobre los de Breen.

—En el libro te he convertido en un perro demoniaco, espero que no te importe. Eres un buen perro demoniaco. Un perro demoniaco asombroso, el mejor de toda la historia de los perros demoniacos. No sé qué hacer ahora. ¡Sí que lo sé! Tenemos que contárselo a Marco.

Encantado con la propuesta, Botarate corrió con ella hasta su amigo, que estaba sentado a la mesa, trabajando. Breen olió salsa de tomate y carne con especias. Espaguetis con albóndigas, comprendió. Perfecto. Todo era perfecto.

—Hola, chica —la saludó sin dejar de teclear—. Ya casi he terminado por aquí y, si puedes hacer tu flusflús con el fuego de la cocina, estaba pensando en cruzar y montar un rato a caballo. ¿Quién se iba a imaginar que aprendería a montar y que, encima, echaría de menos hacerlo? Tienes que tomarte un descanso después de dos días de escribir casi sin parar.

—Marco.

—Sí, dos segundos, que ya termino. He hablado con Abby, de publicidad, sobre montar cuentas en las redes sociales para Botarate... Como si fueran suyas, ¿lo pillas? A primeros de año, que la gente se interese por él, ¿sabes?

—Marco —repitió ella.

—Ya está. Sí, ¿qué? —Levantó la vista y le vio la cara—. Algo pasa. —Se puso de pie poco a poco—. Creo que es bueno, pero algo pasa que no me estás contando. O que no puedes contar. Y Brian tampoco puede. Así que dime de una vez si es algo bueno.

—Es bueno. Es genial. Es absurdo. He terminado el libro. La novela. De fantasía. Bueno, no del todo, porque todavía queda...

Acabó la frase con una carcajada, porque Marco la levantó en volandas y la hizo girar. Para no quedarse atrás, Botarate levantó de nuevo las patas delanteras y añadió unos cuantos aullidos de alegría.

—¡Mimosas! ¡Ahora mismo!

—¿Mimosas? —preguntó Breen, y se rio otra vez, aferrada a él—. Si apenas son las dos de la tarde.

—Has escrito un libro, tía, otro libro. —La soltó para darle un sonoro beso—. Y vamos a tomarnos unas mimosas.

—He escrito un libro. Dos. Bueno, uno y medio, puede que uno y un tercio, porque todavía tengo que corregir y ampliar o reducir, pulirlo o…

—Dos libros —afirmó Marco con decisión—. Estoy muy orgulloso de ti, amiga.

—Tú has tenido mucho que ver. Si hubiera tenido que hacer yo sola todo esto, no lo habría conseguido —añadió, señalando el portátil y los archivos—. Me tomaré esa mimosa. Creo que tengo que sentarme. Me parece que voy a llorar un poco.

—Llora todo lo que quieras. —La abrazó de nuevo—. Voy a llorar contigo. Mi Breen.

Botarate dejó escapar un ladridito y Morena entró por la puerta.

—¿Qué es todo esto? —preguntó—. ¿Por qué estáis llorando?

—Es de alegría —le dijo Marco—. Ha terminado su libro.

—Vaya, eso es maravilloso —dijo ella, y miró a los ojos ansiosos de Breen—. Y todo va bien.

—Acabo de comentarle que sé que no me estáis contando algo. Botarate y yo nos vamos a dar un paseo.

—Siento mucho eso, Marco —le dijo Morena—. Pero no hace falta. Todo sigue como hace dos días, y dos días hace que no vais por allí. Así que he venido yo a veros.

—Menuda puntería, porque íbamos a preparar mimosas.

Morena sonrió a Marco.

—Conozco esa bebida. Es echarle champán a zumo de naranja, así que me tomaré una y brindaré por nuestra narradora. ¿Puedo leerlo?

—Todavía no está terminado del todo. Tengo que... Básicamente, tengo que repasarlo y mejorarlo.

—Pues lo harás y beberemos de nuevo cuando termines.

—Como si estuviera en su casa, Morena se quitó la chaqueta y la gorra. Después olisqueó el aire—. ¿Qué es ese olor tan estupendo?

—Espaguetis con albóndigas. —Marco se metió en la cocina para remover la olla antes de ir a por el champán—. Deberías venir a cenar. Total, tengo comida para un regimiento. Tráete a Harken y, si vuelve Keegan, montamos una fiesta.

—Ojalá pudiera, créeme, pero es mejor que Harken y yo nos quedemos en Talamh, por ahora.

—Por esa cosa que no podéis contarme.

—Deja que te diga algo, porque sé que Breen es demasiado cuidadosa para hacerlo...

—Morena.

—Sé lo que me hago. —También entró en la cocina para oler la salsa—. Ay, dioses, es una olla milagrosa. El *taoiseach* ha formado un consejo aquí, en el valle, y Breen y yo estamos en él, y hemos jurado no hablar de lo que pasa allí hasta que nos den permiso.

—Vale —dijo Marco, que, con sus manos de camarero, abrió el champán; el corcho dejó escapar un alegre petardazo—. Ya me avisaréis cuando pueda ayudar en algo.

—Sin duda.

—A ti también te pasa algo —comentó Breen, que, con el ceño fruncido, examinaba el rostro de Morena—. Lo percibo, pero no es... no es eso de lo que no podemos hablar.

—No tiene nada que ver con eso, no, y estaba esperando a que cruzarais al otro lado para contároslo. Y para hablar con vosotros de una puñetera vez, pero nada.

Marco, que agitaba una botella de zumo de naranja, hizo una pausa.

—¿Es bueno o malo? —preguntó—. Tengo que saber estas cosas.

—Es bueno. Todavía es muy extraño, pero es bueno. Estaba preparada, ¿sabéis? Me di cuenta gracias a la reunión del consejo. —Salió de nuevo de la cocina y volvió a entrar—. Y él lo sabía, por supuesto. La mayor parte del tiempo conoce mis estados de ánimo mejor que yo, lo que me resulta irritante y, bueno, reconfortante también, supongo. Así que ya está.

—¿El qué? —preguntó Marco antes de dejar la botella y levantar las manos, desconcertado, mientras Breen sonreía y se echaba a llorar de nuevo—. Por lo menos dadme una pista, jo.

—Estamos comprometidos, Harken y yo. En vuestro lado diríais prometidos, aunque creo que nuestra palabra tiene más sentido.

Antes de que Breen la abrazara, Marco la agarró y la levantó en volandas.

—¡Tía! —La hizo girar, como a Breen..., lo que hizo que el perro volviera a ponerse a dos patas—. ¿Una boda navideña? Madre mía, me encantan las bodas en Navidad.

—No, en invierno no —respondió ella mientras Breen los abrazaba a ambos—. Quiero que sea en primavera, con la luz, las flores y la promesa que trae consigo. Ay, joder, he perdido la cabeza, ¡voy a ser la mujer de un granjero!

—Sois perfectos el uno para el otro. Perfectos —exclamó Breen—. Y tienes razón con lo de la primavera, porque trae esperanza y promesas, y es como un palo afilado clavado en el feo ojo de Odran.

—Casi me vuelvo loca esperando para contártelo. Cuando se lo dije a la yaya y al abuelo, él se fue derecho a la granja afirmando que asaría a Harken como a una trucha si no me hacía feliz. Cosa que no hará, claro, porque lo quiere como si fuese su propio hijo. La yaya lloró, después se lanzó a una cháchara incesante sobre vestidos, flores y demás, y ahora está en el espejo con mi madre, o enviándole halcones para planearlo todo. Se lo dejaré a ellas, que se lo han ganado y lo harán mucho mejor que yo. —Respiró hondo—. Ahora soy yo la que parlotea, pero quiero deciros que, si alguno de los dos quiere colaborar, adelante, que sé que también se os da mejor que a mí. Según la tradición, cuando te casas, tienes a uno o varios amigos a tu lado cuando haces tus votos y unes tu vida a la otra persona. Estarás ahí, ¿verdad? —le dijo a Breen—. Mi amiga más antigua, y tú, Marco, ya que ella te hizo mío y a mí tuya. ¿Estaréis los dos a mi lado?

—Por supuesto.

—Voy a preparar esas copas antes de empezar a lloriquear como un bebé —dijo Marco, secándose las lágrimas—. Y que le den al zumo de naranja.

Esa noche, Breen se llevó el portátil a su dormitorio. Quería trabajar, pero también darles algo de intimidad a Marco y a Brian, si aparecía. Así podía ponerse con el segundo libro de Botarate, algo feliz que la amarrara a todas las buenas sensaciones de aquel día.

Quizás se presentara Keegan. Se sentiría más segura si lo viera, si le llegara la información directamente de él. En sus charlas con Marg, comprendió que ahora dudaban de la existencia del portal. Tras días de búsqueda, no había ni rastro de él ni nadie lo percibía.

Ni el portal ni el árbol de las serpientes.

No sabía lo que significaba eso, solo que había visto la frase con tanta claridad y certeza que tenía que significar algo.

A no ser que no fuera así.

Había intentado mirar en el fuego y en el orbe, pero nada.

La incesante lluvia en el este dificultaba la búsqueda y, sin duda, la frenaba. Pero Marg le había dicho que se había trasladado al mar aquella noche y que el día siguiente prometía levantarse despejado. Se preguntó si debería ir a la Capital, a ayudar. Y se preguntó si esperar a que se lo pidieran (u ordenaran) era una debilidad o una fortaleza.

En cualquier caso, iría a Talamh al día siguiente y practicaría en el taller de su abuela. Le pediría a Morena o a Harken que la ayudaran a entrenar. Y se prepararía para lo que viniera.

Pero, por ahora, escribiría y esperaría.

Estuvo dándole a la tecla hasta tarde, hasta que la casa guardó silencio, dormida. Después se puso una bata y las botas para sacar a Botarate a su último paseo de la noche mientras los *pixies* revoloteaban como puntos de luz en la oscuridad.

Con su mascota sentada frente al fuego, ella se acomodó en la cama. Trabajaría más en el libro del perro por la mañana, pero iría a Talamh más temprano de lo habitual. Iría a caballo con Marco, pararía en casa de Finola para hablar de los planes de boda y llamaría a Lonrach para disfrutar con él de un vuelo. Trabajaría en su entrenamiento, tanto mágico como físico. Ocuparía así su día, pero, si no cambiaba nada, le pediría a Harken que le permitiera usar el espejo de Keegan. El *taoiseach* tenía que encontrar un hueco para hablar con ella y aceptar que Breen debía ir a la Capital y ayudar con la búsqueda.

—Árbol de serpientes —masculló al apagar la luz.

¿Cómo iba a saber si no significaba nada? Quizás en el taller de su abuela, con toda la magia a su alrededor, encontraría las respuestas.

«Mañana», pensó antes de quedarse dormida.

Cuando el sueño acudió a ella, llegó dulce y suave, con un cielo de un azul desgarrador. Un arroyo borboteaba a través del campo y, a lo largo de sus orillas, crecían los dedos violetas de las dedaleras, las elegantes trompetas de las aguileñas y las flores estrelladas del tomillo silvestre. Las mariposas revoloteaban y los pájaros cantaban mientras ella paseaba con Keegan.

—Es precioso.

—La paz —dijo él, y se llevó la mano de Breen a los labios—. No hay nada más bello. La conseguiremos y disfrutaremos de mil días como este.

—Me alegro de que hayas venido. Echaba de menos verte, hablar contigo. ¿Has encontrado el portal?

—Mejor no hablemos de eso ahora. Tenemos esto, la tranquilidad. A ambos nos gustan los momentos de calma.

—Sí. Supongo que es algo que tenemos en común. —Sonrió cuando él se agachó para recoger un ranúnculo y ponérselo a Breen detrás de la oreja—. No disfrutas de muchos momentos de calma.

—Podría disfrutar de más si renunciara al bastón, si enviara la espada de vuelta al lago.

—No lo harías. No podrías.

—¿Quieres que luche todos los días de mi vida, que cargue con el peso de juzgar a los demás? —La volvió hacia él—. ¿O preferirías que estuviera en la cama contigo? ¿Que fuera a tu mundo y lo convirtiera en el mío?

—No puedes...

Él la atrajo hacia su cuerpo.

—¿Acaso no deseas que te elija a ti por encima de todo lo demás? ¿Como no ha hecho nadie nunca? Incluso tu padre, al final, eligió Talamh, la espada y su poder.

—Su deber, no su poder —empezó a decir ella, pero él volvió a besarla y el beso la dejó mareada.

—Podría haberle traspasado esos deberes a otro para quedarse contigo. —La miró a los ojos, se llevó su mano a los labios y le besó la palma—. No eras lo bastante para él.

—Eso no es verdad. Keegan...

—Yo te elegiría a ti antes que a Talamh. —Le besó la muñeca, y el pulso se le desbocó. Después el cuello, y el corazón se le aceleró aún más—. Pídemelo.

Débil de anhelo, estuvo a punto de hacerlo.

—No puedo —repuso.

—Si me quieres, pídemelo. Dime que debo elegirte a ti. —Sus manos la recorrían; sus labios se tornaron calientes y ansiosos—. Tendremos paz y momentos de calma. Lo serás todo para mí. ¡Dímelo! ¡Exígemelo!

—Si te quisiera, no podría. Si te quisiera, te querría por lo que eres, por quien eres. Para. Me estás haciendo daño.

—¿Te hago daño? —La empujó, y la ira de su rostro hizo que el corazón se le subiera a la garganta—. ¿Qué me haces tú a mí con tus débiles gimoteos? ¿Prefieres que luche contra un dios por un prado de flores? ¿Prefieres que me mate? ¿Eso es lo que deseas para mí?

Keegan se pasó las manos por el cuerpo. La sangre le brotó del pecho y le corrió por las manos hasta gotearle de los dedos.

—No. Para. Deja que te ayude.

Breen corrió a él para intentar encontrar las heridas y curarlas.

—Tienes mi sangre en las manos. Recuérdalo, patética hija de las hadas. Me has matado.

La oscuridad cayó y él desapareció. Se quedó sola con su sangre, todavía caliente y húmeda, en las manos. Sola, pero no en el prado bañado por el sol. Ahora se encontraba en un bosque tan espeso que le daba la impresión de que los árboles la apretaban. Mil corazones rugían en su cabeza. Aterrados, airados, apenados.

Ante ella se erguía un árbol negro como la brea, con las ramas retorcidas y enroscadas. Las raíces se clavaban en un suelo que no albergaba vida, ya que el árbol había ahogado su aliento, su latido.

Mientras lo contemplaba y comprendía que se encontraba ante el reflejo oscuro del Árbol de la Bienvenida, las ramas enroscadas empezaron a moverse, a reptar.

A sisear.

—No —dijo Breen, que lo frenó con todo su poder—. No pasaréis.

Pero oyó los gritos, el estrépito de la batalla.

Habían llegado.

Así que corrió, sin más armas que ella misma, hacia el sonido de la refriega. Lanzó luz hacia delante y ahogó un grito cuando vio sangre en el sendero. Y los muertos tirados entre los árboles. No podía salvarlos, así que corrió a socorrer a otros.

Sin embargo, cuando salió del bosque, el castillo ardía. Las llamas se comían los puentes y el río hervía bajo ellos. Cróga, con las escamas esmeralda y oro manchadas de sangre y ceniza, yacía muerto sobre la tierra quemada. Con un grito de horror, cayó de rodillas a su lado.

Odran caminó hacia ella con una espada en una mano y el bastón en la otra. Y el poder que se arremolinaba a su alrededor y lo atravesaba hablaba de muerte.

—Jinete y dragón, ambos muertos. ¿Oyes los gritos, *iníon*? ¿Oyes cómo chillan, cómo suplican, cómo maldicen el día que naciste? Pronto no quedarán más hadas y el mundo será mío. Talamh ha caído porque no hiciste nada.

Se rio y se acercó a ella, con la túnica negra henchida de viento. El cabello dorado le revoloteaba alrededor de la cara y el gris de sus ojos pasó a ser un rojo ribeteado de negro.

—Tu sangre es mi sangre. Tu poder es mi poder. Ahora, ven y deja que beba.

Breen se despertó con un grito estrangulado en la garganta y Botarate en la cama, dándole con el hocico mientras gemía. Empezó a abrazarlo para consolarse y consolarlo, pero, en la penumbra, a la luz del alba, vio que tenía sangre en las manos.

—Dios mío, Dios mío.

Horrorizada, salió de la cama y corrió al baño para lavársela. Se sentía mareada y enferma, tuvo que aferrarse al lavabo para reprimir el fuerte espasmo de las náuseas.

—No ha sido solo un sueño. ¿Un presagio? ¿Ha sido él o he sido yo?

Levantó la vista para mirarse en el espejo: estaba blanca como la cal y cubierta de sudor.

Aterrada.

—Da igual.

Corrió de vuelta al dormitorio y al orbe.

—Enséñame Talamh tal y como está ahora, en este preciso instante. Enséñame la Capital y más allá.

Lo que vio fue la llegada del alba y el castillo entero y tranquilo, con su estandarte flotando, iluminado por los primeros rayos de sol. Vio dragones en el aire y campos. Ovejas, vacas y caballos, y humo saliendo por las chimeneas.

—No era ahora. Si todavía no ha pasado, queda tiempo para evitarlo.

Cogió su ropa y se vistió a toda prisa: mallas, jersey y botas. No tenía ninguna espada en la casa, pero fue a por su varita y su *athame*. En realidad, no tenía más arma que ella misma, así que con eso tendría que bastar. Corrió por el pasillo y llamó a la puerta de Marco tres veces antes de abrirla directamente.

—¡Breen! ¿Qué coño pasa?

Cuando se levantó de la cama, vio que había llegado demasiado tarde para tomar prestada la espada de Brian o llevárselo con ella.

—Tengo que irme. Tengo que irme ahora mismo a la Capital.

—¿Qué? ¿Por qué? ¿Qué pasa? —Sacudió la cabeza como si intentara despejársela—. Dios, café.

—No tengo tiempo. No sé cuánto queda. Necesito que te quedes aquí. No vayas hoy a Talamh. No vayas hasta que vuelva.

Si volvía.

—Quédate a Botarate. Tengo que irme ya.

Cuando salió corriendo escaleras abajo, el perro la adelantó.

—No, tienes que quedarte con Marco. ¡Quédate!

Cogió una chaqueta de camino a la puerta y se metió las mangas sobre la marcha. Como ya había llamado a Lonrach, la estaba esperando fuera. Mientras abría la puerta, Marco bajó volando las escaleras vestido tan solo con sus calzoncillos de Baby Yoda.

—¿Qué coño está pasando, Breen?

—No tengo tiempo. Tengo que irme. Prométeme que te vas a quedar aquí. Si no voy, morirán. Se acerca.

—Si tú vas, yo voy. Dame dos minutos para vestirme.

—Quédate aquí.

Cuando lo agarró del brazo, le dio una pequeña descarga de poder.

—¡No uses esa mierda conmigo! —gritó él.

Corrió detrás de ella, pero Breen montó en su dragón, al que Botarate ya se había encaramado.

—¡Baja! Quédate con Marco.

El muy testarudo del perro se limitó a dirigirle una mirada de acero.

—Mierda. Me lo llevo. Quédate aquí, Marco.

El dragón alzó el vuelo y sobrevoló los árboles.

—Y una mierda —respondió él, que cerró de un portazo y corrió escaleras arriba para vestirse.

Breen no estaba segura de conocer el camino, pero confiaba en que Lonrach sí. Bajo ella, Talamh empezaba a despertar. Las lámparas se encendían dentro de las casas donde las madres urgían a los niños para que se vistieran, desayunaran e hicieran las tareas antes de ir a clase. Los granjeros conducían a las vacas para ordeñarlas. Los guardias nocturnos se iban a la cama y otros, como Brian, ocupaban sus puestos.

Se prometió que ese día no sería el último. Odran no pasaría. No ganaría.

Se preguntó si debería haber probado el portal del extremo occidental, pero calculó que, en lo que tardaría en explicarse, intentar abrirlo y arriesgarse a usarlo, estaría ya a medio camino de la Capital.

Ahora conocía el árbol de las serpientes y sabía en qué punto del bosque encontrarlo. Parecía imposible que llevaran varios días buscándolo sin dar con él, pero ella los conduciría. Con Keegan, la yaya y Sedric, con todo ese poder, lo sellarían.

No quería pensar en la primera parte del sueño ni en el anhelo que había sentido, en la guerra entre ese anhelo y el deber. ¿De verdad deseaba que Keegan renunciara a todo para ir con ella? ¿Tanto se parecía a su madre?

—No, no, no. No soy así. Era solo una forma de ayudarme a ver el resto. En el bosque era de noche. Vi las lunas cuando salí, así que era de noche. Tenemos tiempo para detenerlo.

Siguió volando hacia el sol naciente.

Como la dichosa lluvia había parado por fin, Keegan decidió seguir con la búsqueda durante las primeras horas de la mañana antes de empezar la laboriosa tarea de viajar a los demás portales. Para supervisar a los guardias y ver si seguían alerta. Y quizás, cuando se levantara la penumbra, lograrían encontrar el maldito árbol de las serpientes sobre el que Breen había alertado a Sedric.

Consciente de lo que pensaba su hijo, Tarryn se encogió de hombros.

—Los augurios son un tema complicado, como ya sabemos. Puede que se trate de algún tipo de símbolo, que sea literal y esté al otro lado, o que, simplemente, no lo hayamos encontrado todavía.

—Hemos cubierto casi cada centímetro de terreno.

—Pero no todos. Si no tenemos éxito hoy, deberías ir a verla esta noche. Y traértela contigo mañana. Puede que ella sea lo que nos falta.

Keegan miró a su alrededor. Árboles, pensó, llenos de ardillas y pájaros. Oía el picoteo de un pájaro carpintero después de su desayuno y el crujido de las hojas bajo un zorro o un conejo que iba en busca del suyo.

—Creo que me voy a ir ya. Si ella es lo que nos falta, no deberíamos perder otro día. Me pareció mejor dejarla donde está. No sé bien por qué, pero es lo que sentí en ese momento. Pero ahora… —Dejó la frase a la mitad y levantó la vista—. Un dragón y su jinete se acercan a toda velocidad. Cróga los ve y quiere que… Por todos los demonios, le dije que se quedara.

—¿Breen?

—Sí, y le dije que se quedara en el valle o en su casa.

—Estabas a punto de ir a por ella, así que eso que te ahorras.

—Le dije que se quedara —repitió él cuando la sombra del dragón los cubrió. Como el bosque era demasiado tupido para aterrizar, siguió planeando.

—Iré a por ella.

—¡No la envíes de vuelta solo porque estás enfadado! —le gritó su madre cuando ya se alejaba.

Keegan, que sabía que podía caer en esa tentación, siguió andando. El perro fue el que llegó primero hasta él, pero Breen, a paso ligero, apareció justo detrás.

—Tenía que venir. —Aunque sabía que no era la mejor idea del mundo, al verlo entero, vivo e indemne, el alivio la impulsó a abrazarlo—. En el sueño estabas muerto. Y yo tenía tu sangre en las manos.

—Por el amor de todos los dioses, mujer, no se recorre medio mundo volando por un mal sueño, y menos cuando te dije que no vinieras.

—No era solo un mal sueño —repuso ella, apartándose de él—. Tenía sangre en las manos cuando desperté, y eso no era lo peor. Odran cruzó. Llegué demasiado tarde, llegamos demasiado tarde y cruzó. Y… ¿recuerdas la visión anterior, el sueño en el que te metí cuando intentabas sacarme?

—Sí.

—Pues como ese. El castillo ardía, había muerte por todas partes. Y Odran tenía tu espada y tu bastón.

—Mi espada cuelga de mi costado —dijo él, pero se pasó una mano por el pelo—. Mi bastón está donde lo dejé.

—Por ahora. Cruzará si no lo detenemos. Si yo no hago algo. Me dijo que este mundo era suyo porque yo no había hecho nada. Tenía sangre en las manos, Keegan.

—Vale. —Le dio un beso en la frente, distraído, mientras lo meditaba—. De acuerdo. De todos modos, iba a buscarte.

—¿Lo habéis encontrado?

—No, ese es el problema.

—No lo es, porque sé dónde está. Lo he visto. He visto el árbol en el sueño y sé dónde está.

—Enséñamelo.

—No está lejos.

—Hemos cubierto todo el terreno que no está lejos.

—Eso ya no puedo solucionarlo.

Le agarró la mano a Keegan y empezó a recorrer el camino que había visto empapado de sangre. Él silbó y, unos segundos después, apareció un elfo.

—Reúne a todos los demás y seguidnos.

El miedo la dominaba por completo y amenazaba con borrar todo lo demás.

—Corrí por este camino después de que el árbol empezara a moverse.

—¿Moverse?

—Unas serpientes formaban sus ramas y su tronco. Corrí porque oí los gritos y la batalla. Por aquí. —Torció a la izquierda—. Nosotros, tú y yo, estábamos primero bañados por a luz del sol. Un campo, flores, muy bonito. Pero me decías cosas que tú nunca me habrías dicho, querías que dijera cosas que yo nunca te diría. Entonces te cubriste de sangre.

—¿Qué cosas?

—Después. Es por aquí.

Su madre llegó primero, guiada por otra elfa que salió de nuevo a toda prisa. Tarryn no dijo nada mientas Breen seguía avanzando. El sendero se estrechó hasta convertirse en un camino de piedras y baches que luego se bifurcaba. Ella lo señaló.

—Ahí.

—Veo un árbol, sí, y es bastante grande, pero nada que se parezca a serpientes. Y ya hemos cubierto esta zona.

—Ahí —repitió ella—. Se esconde, espera y contiene el aliento. Ningún pájaro anida en él, ninguna criatura busca su cobijo. Sus hojas son falsas cuando empieza el verano, otra máscara, porque nada crece en él ni de él. Se come la luz y la vida siempre que puede, en secreto, mientras protege la puerta al infierno. —Dejó escapar el aire—. No tenía ese aspecto en el sueño, pero es una ilusión. La magia oscura lo oculta e impide que la luz lo vea o lo perciba. Pero yo lo siento.

Intentó alargar una mano para tocarlo, pero Tarryn la detuvo.

—Espera a los demás. Si es tan fuerte, necesitaremos ayuda.

—Él lo creó, lo conjuró para poder ir y venir a su antojo y tomar lo que deseara. Pero el árbol tomaba más y sus poderes disminuyeron, y más, y sus poderes se acabaron. Así que necesitaba un niño. Engendró varios, pero no eran suficiente. Hasta que llegó mi padre. —Se volvió hacia Keegan—. Lo sé. No sé cómo, pero lo sé. Y sé que no ha sido capaz de volver a abrirlo. No desde que lo mató. El árbol absorbe mucho, cada vez más, así que lo ha intentado de otros modos.

Una elfa llegó corriendo con un gato plateado sobre los hombros. El felino saltó al suelo y Sedric se enderezó para estudiar el árbol.

—¿Este? —Como Breen asintió con la cabeza, él le acarició el hombro—. No lo percibo. Lo siento. Deja que me acerque.

—Todavía no —dijo Tarryn—. Y creo que debe ser ella la que rompa la ilusión.

Marg llegó en brazos de otra hada, después Loren, y luego todos los demás que se habían repartido por el bosque.

—Creo que el portal está dentro… o que el árbol es el portal. Como la antítesis del Árbol de la Bienvenida.

—Sí —coincidió Keegan—. Creo que tienes razón. Ilusión o no, lo sellamos. Aunque destruirlo resultaría satisfactorio, puede que lo abramos sin querer, así que mejor lo sellamos.

—Sin verlo ni percibirlo, ¿cómo lo sabremos? —preguntó Marg.

—Creamos el círculo y empezamos. Lo cerramos desde Talamh.

Al lado de Breen, Botarate dejó escapar un gruñido, y ella misma se mareó un poco.

—¿No lo veis? —dijo; el árbol se estaba volviendo negro, las ramas se movían y reptaban—. Está tragándose la luz.

Levantó una mano y, mientras se tambaleaba y Keegan la cogía, ella apareció al otro lado, con el castillo negro de fondo.

—Qué aguerrida —se rio Odran—. La llave, dicen, pero no solo para ellos. La sangre de tu padre lo cerró y la tuya lo abre. Sangre en tus manos.

Le cortó la palma extendida con un cuchillo.

Mientras Keegan la sostenía, Breen mantuvo la mano extendida y le enseñó la sangre.

—Ya viene.

30

El árbol sangraba. Chorreaba ríos negros de sangre que bajaba hirviendo por el tronco y lo atravesaba hasta convertirlo en un humo que olía a fétido azufre; cuando este se disipó, Keegan alzó la espada y se volvió hacia la elfa que tenía al lado.

—Ve.

Ella desapareció al instante mientras Breen, aturdida, se miraba la mano ensangrentada.

Marg se la cogió y esa repentina puñalada de dolor la trajo de vuelta.

—Lucha. No dejaremos que te lleve ni que se apodere de ti, pero tienes que luchar.

La oscuridad salió de detrás del humo. A medida que las grietas se alargaban, las garras se aferraban a los bordes para ensancharlas. Una cabeza asomó por ellas, con ojos negros enloquecidos y largos dientes que mordían el aire. Keegan la atravesó, pero se abrieron más grietas, que destrozaron la basta corteza como si se tratara de un espejo.

La oscuridad que brotaba de él absorbía la luz.

Con un espada larga, Sedric ensartó a un perro demoniaco que había cruzado de un salto y, mientras el cuerpo se retorcía en el suelo, acudieron más. Botarate dejó escapar un gruñido salvaje y se abalanzó sobre ellos. Breen lo vio engancharse al cuello de un demonio antes de que los dos cayeran rodando y se perdieran entre el humo.

Lanzó poder, más por instinto que con un objetivo claro, mientras la luz moría y se hacía el crepúsculo, mientras la grieta seguía escupiendo criaturas.

Eran muchas, demasiadas, las que cruzaban el portal arrastrándose, trepando, saltando. Y el portal era cada vez más grande.

Como se había quedado paralizada, Phelin la apartó de un empujón para protegerla de las astas de punta de diamante de un ciervo negro.

—Defiéndete —le dijo antes de destruirlo—. Y defiéndenos a todos.

Salió disparado hacia el cielo para derribar a un hada oscura. Cuando esta aterrizó a los pies de Breen, ella retrocedió dando traspiés. Sangraba y le faltaba un ala, pero se puso en pie para atacarla.

Marg la bañó en llamas.

—¡Lucha! —le ordenó, y se volvió para rajar con su espada corta al elfo que se le aproximaba.

Pero Breen apenas veía a Keegan, salpicado de sangre, luchando con la espada y la magia, mientras más llegaban a través del portal, y a su madre, luchando con él, espalda contra espalda. Entonces Botarate corrió hacia ella a través del humo con el hocico ensangrentado y mirada feroz.

Y entonces sintió. Sintió.

«Lucha. Defiende. Destruye».

Cuando el perro saltó sobre el demonio que la atacaba para ponerse entre ella y la espada, la rabia sustituyó al miedo.

Como la niebla se volvió más densa, le parecía luchar sola, furiosa y desesperada, enfurecida y aterrada. Rodeada de enemigos, de chillidos y gritos, prácticamente ahogada por el hedor a humo y muerte, hizo acopio de todo lo que tenía.

«Lucha. Defiende. Destruye».

Con la varita redujo a polvo a una gárgola que se acercaba arañando el suelo y lanzó llamaradas a un demonio con alas de murciélago que ardió entre gritos. No tenía nada que ver con contemplar una batalla en el fuego, ni con luchar contra espíritus en el campo de entrenamiento. Allí no era una mera observadora, y las consecuencias serían algo más que chichones y moratones.

Luchaba por la supervivencia, por su mundo de nacimiento y los de más allá. Luchaba, a pesar de saber que los superaban en número y era imposible ganar. Entonces otros llegaron para luchar a su lado. Conducidos por los veloces elfos, seguidos de hadas, jinetes y más sabias que iluminaban la bruma, entraron a la carga en el bosque.

A través del horrible ruido de la guerra, oyó a Keegan gritar órdenes.

Las flechas pasaban zumbando junto a ella y, aunque dos de sus enemigos la hicieron retroceder con su poder y sus colmillos, el entrenamiento de Breen acudió en su ayuda. Convocó una ráfaga de viento que los alejó a ambos de ella. Cuando tropezó con un cadáver, procuró bloquear el horror y le quitó la espada a la mano muerta.

A su lado estalló un árbol; era una bomba de llamas rojas que lanzó metralla en todas direcciones. Una rama afilada como una lanza ensartó al mago que la había prendido y lo dejó retorciéndose en el suelo.

Botarate corrió hacia ella, atrapó a una gárgola entre los dientes y la sacudió como si fuera una muñeca de trapo. La lanzó a un lado y fue a por otra mientras Breen rebanaba a la tercera por la mitad con la espada.

A través de la niebla, Loren se abría paso hacia ella. Tenía el pelo y la cara manchados de hollín y el jubón empapado de sangre, tanto suya como de otros.

—¡Tenemos que retroceder! —gritó—. Te llevaré a un sitio seguro.

—Tengo que luchar.

«Luchar, defender, destruir», seguía sonándole dentro de la cabeza como un tambor.

—Y lo harás. Pero algunos han logrado atravesar nuestras líneas y van hacia el este y hacia el castillo. Keegan quiere… ¡Shana, no!

Empujó a Breen a un lado cuando Shana salió de un árbol y atacó con un cuchillo. La empuñadura enjoyada relucía en la penumbra cuando se la clavó a Loren. Y se rio.

—¡Ups, me equivoqué! Te has interpuesto en mi camino.

—Shana —se limitó a repetir él.

Al caer, no solo cayó su espada, sino que también derribó a Breen. La dura caída solo le hizo perder un instante, pero, cuando se levantó para atacar, Shana ya no estaba.

Breen se puso de rodillas y presionó la herida de Loren, que le cubría el pecho de sangre.

—Puedo ayudar.

Pero él le sujetó la muñeca.

—Envenenado, magia oscura. Demasiado tarde. —Una espuma ensangrentada le brotó entre los labios y lo único que Breen le leyó en los ojos era pena—. La quería, pero no conseguí salvarla.

Murió en la linde del bosque, donde se enfrentaban la luz y la oscuridad.

Breen quería llorar, simplemente derrumbarse y llorar, pero se obligó a levantarse y avanzar hacia la luz.

El castillo no ardía, ni tampoco los puentes, pero allí la batalla también estaba en pleno furor. Alzó la espada e hizo acopio de poder; daría todo lo que tenía, costara lo que costara. Entonces se volvió al notar un cambio en el aire. Allí estaba Yseult, con sus serpientes de dos cabezas enroscadas en la cintura como si fueran un cinturón. Por instinto, Breen le lanzó un rayo de luz al que la otra respondió con oscuridad, de modo que los dos poderes opuestos chocaron, lanzaron chispas y se transformaron en humo.

Una niebla silenciosa y furtiva se arrastró por el suelo hacia ella. Con el corazón acelerado (aunque no de miedo, no, esta vez no), Breen la quemó.

—Ya has usado antes ese truco. No te volverá a funcionar —le dijo a Yseult.

—Veo que has aprendido unas cuantas cosas —repuso ella, que, tras echarse el pelo hacia atrás, empezó a caminar a su alrededor—. ¿Y crees que es suficiente? ¿Que eres suficiente? Odran te creó para él. Ese es tu destino.

—No. —Sin dejar de mirarla, Breen reunió de nuevo su poder. El ruido de la batalla se apagó hasta desaparecer y se quedaron solas. Sabía que se trataba de una ilusión de su oponente—. Mi destino es detenerlo. Pero empezaré contigo.

—¡Qué seguridad! Qué espíritu.

Yseult atacó. Breen sintió el aguijonazo en la mejilla, como la picadura de una avispa enfadada, pero siguió acumulando poder. Y esperando.

—¿Por qué no me enseñas lo que crees tener? —dijo la otra—. Nunca has estado a la altura, da igual lo que te digan en sus lamentables intentos de usarte.

De nuevo, Breen quemó la niebla.

—Entonces ¿por qué no dejas de intentar drogarme?

—Es solo para que te resulte menos doloroso, querida. Justo antes de matarla, le he prometido a Marg que mitigaría tu dolor. Es lo único que me ha pedido.

—Mientes —respondió Breen mientras sentía que su mundo se tambaleaba.

—Ha luchado con valentía, pero no bien, ya que estaba demasiado preocupada por ti. Al igual que el que eligió después de Odran para compartir su cama fría y mojigata.

—No te creo.

—Claro que sí. Los gatos son astutos y se dice que tienen siete vidas. Bueno, pues este ha gastado hoy la última. Ya se han ido, y los perros se alimentan de lo que queda de tu *taoiseach*. Todos están muertos o muriendo por tu culpa. Ahora, dame la mano y ven conmigo, y puede que Odran perdone al resto.

Se vació mientras la niebla se acercaba, mientras Yseult le ofrecía la mano y las serpientes de su cintura le enseñaban los colmillos y siseaban. Y se llenó no del poder frío y calculador que buscaba, sino de ira volcánica.

—Regresa al infierno y dile a Odran que después le toca a él.

Nada de fuego, esta vez no. El calor de su furia era demasiado intenso para unas simples llamas. Salió disparado en rayos y dagas de luz abrasadora. La niebla dio media vuelta y avanzó hacia Yseult achicharrando el fuego a su paso, seguida de Breen. Entre gritos de dolor y sorpresa, la bruja llamó al viento para desviar el punzante ataque, pero la desgarraron y atravesaron la carne de todos modos.

—Acabaré contigo —dijo Breen—. Te debo un final doloroso y terrible.

Con la mirada enloquecida, sangrando por mil heridas diminutas, Yseult se rodeó de niebla. Cuando ella la hizo jirones, la otra ya no estaba.

—Acabaré contigo —repitió, e, impulsada por su rabia, salió del bosque dispuesta a luchar.

Dos hadas la atacaron. Primero acabó con la mujer, ya que parecía más fuerte; cerró la mano en un puño y le aplastó las alas como si fueran de papel. El hombre tuvo el tiempo justo para agarrar a su compañera del brazo y prepararse para huir antes de que Breen le diera la vuelta a la espada y, con un golpe hacia atrás, lo atravesara con ella. Pero siguieron llegando más y, a pesar de su rabia y su furia, sabía que no podría con ellos.

Oyó rugidos sobre ella. Dragones y jinetes surcaban el cielo, procedentes del oeste, y las hadas volaban tras ellos como una nube de tormenta. Con las alas extendidas, Morena, que montaba detrás de Harken, saltó al suelo y, asestando mandobles con la espada, aterrizó junto a Breen.

—¿Estás sola? —rugió Morena mientras atravesaba a un elfo.

—No había tiempo. ¡Oh, no, Marco!

Lo vio montado junto a Brian, cuyo dragón escupía una lluvia de fuego sobre el enemigo.

—¡Tenemos que hacerlos retroceder hacia el portal! —gritó Morena.

La batalla continuó en el aire igual que lo hacía en el suelo. Las alas ardieron, y los heridos y los muertos caían como piedras desde las alturas.

—No sé dónde está. Tienes que conducirnos. Harken se encargará de esto. Él los hará retroceder —dijo Morena—. Y también nosotras.

Así que lucharon desandando el camino, a través del humo y del hedor, por encima de los cadáveres y de la sangre. Breen percibió a Botarate, que siempre estaba cerca. Y que seguía vivo. Llamó a Lonrach para que se uniera a los demás dragones, y, con Morena y los guerreros recién llegados, hizo retroceder al enemigo.

Algunos corrieron a cruzar el portal, saltaron sobre él o volaron a su interior; otros lo hicieron arrastrándose o aullando de dolor por sus heridas. Al otro lado, donde latía la oscuridad, oyó gritos, pero no les prestó atención, porque Marg estaba allí, viva, con Tarryn, las dos de la mano para amplificar la luz, cerrar el portal y sellar las grietas.

De nuevo sintió ganas de llorar, de sollozar sin más, pero corrió hacia ellas, le cogió la mano a su abuela y sumó su poder. Y aquella unión de poderes se exhibió con toda su fuerza. La batalla continuaba a su alrededor, aunque cada vez más enemigos rompían filas para correr de vuelta al portal, pero las tres mujeres permanecieron concentradas y firmes.

Botarate cargó contra un perro herido y acabó con él, y Breen siguió reuniendo luz y extendiéndola. Ardía como aliento de dragón, así que algunos de los que se retiraban estallaron en llamas. Donde antes la negrura se había tragado la luz, ahora esta palpitaba con la fuerza de mil corazones para cercar la oscuridad.

—¡Los hemos derrotado! —gritó Sedric—. Tú, tú y tú, vigilad el árbol. El resto, id tras los rezagados.

«Está vivo —pensó—. Vivo». Yseult no sabía más que mentir. Todavía no era capaz de pensar en Keegan, no podía. Aún necesitaba la ira, aunque ahora era fría y reflexiva, para encontrar más poder y reunir el suficiente para cerrar el portal y la oscuridad del otro lado.

«Todo lo que somos y todo lo que tenemos», pensó. Y le dio un último empujón. El portal se cerró de golpe y cortó por la mitad al demonio que intentaba cruzarlo.

—Cerrado —dijo Tarryn—. Debemos sellarlo.

—Odran dijo que la sangre de mi padre lo cerró y que la mía lo abrió. Pero… tuvo que llevarse una parte de mí al otro lado para usarla. —Se miró la palma. Se la había curado para poder usar la espada—. ¿Puedo sellarlo desde este lado? —dijo, mirando a Marg.

—Sí. Dentro de la luz y ofreciéndola por decisión propia —respondió su abuela.

Breen extendió ambas manos.

—Deberías hacerlo tú —le dijo—. Mi sangre y mi poder proceden de ti.

—*Mo stór* —repuso ella, y le besó las manos. Después se sacó el *athame* del cinturón y le hizo un corte en ambas palmas. Después, en las suyas—. De la mía a la de mi hijo, de la de él a la tuya. —Apretó las palmas contra las de Breen—. Un regalo limpio y resplandeciente.

La nieta lo aceptó, se acercó al árbol y apoyó las palmas de las manos en el tronco.

—Con este regalo de luz, la oscuridad se apaga —dijo—. En esta puerta dejo mi marca. Lo que ha abierto mi sangre, mi sangre lo cierra y con la luz lo sella. Con este regalo de poder, tal es mi orden, así debe ser.

La sintió atravesarla y, con las manos sobre el portal, con la sangre que se filtraba en él, sintió la ira oscura del otro lado.

—Aprieta los puños, Odran —masculló Breen—. Hazlo lo peor que sepas. No volverás a usarme.

Se quedó vacía, completamente hueca, y se volvió para abrazar a Marg.

— Yseult me dijo que te había matado. A Sedric, a Keegan y a ti. Creía que estabais todos muertos.

—No, no mi niña. Te mintió para herirte, para debilitarte.

—Me hirió, pero me hizo más fuerte. —Se abrazó con fuerza a su abuela, más fuerte—. Le he hecho daño, yaya, pero no la he matado. He jurado que acabaría con ella y lo haré. He oído a Sedric, así que sé que está vivo. ¿Y Keegan?

Miró a Tarryn por encima del hombro de Marg.

—Llamó a Cróga unos minutos antes de que llegaras para unirse con él a los otros dragones y sus jinetes. Para unirse a su hermano. Darán caza a los que queden con vida en Talamh. Así que… —añadió, tomando las manos de Breen para curarle con delicadeza los cortes—. Mientras ellos hacen su trabajo, nosotras terminaremos el nuestro. —Entonces la atrajo hacia sí para abrazarla—. Tu padre está orgulloso de ti.

—Lo querías —afirmó Breen—. Lo percibo.

—Sí —respondió Tarryn, y la soltó—. Ahora vamos a formar el círculo y echar sal en la tierra para que esta cosa malvada no vuelva a ocultar de nuevo lo que es.

Breen estaba muy afectada. Saber lo que era capaz de hacer la había dejado temblando por dentro. Podía arrebatar vidas y más con una furia terrible. Temblaba por dentro porque sabía que volvería a hacerlo cuando fuera necesario.

Así que, al salir por fin del bosque con Botarate, cruzar los terrenos todavía empapados de sangre y abrasados y ver a Marco al lado del dragón, con Brian, el llanto que había estado reprimiendo brotó libre. Él corrió hacia ella, la abrazó, la acunó y meció, y repitió su nombre una y otra vez.

—Se suponía que ibas a quedarte en casa —le dijo ella, con la cara contra su hombro—. Te dije que no te movieras de allí.

—Oye, no eres mi jefa. Bueno, un poco sí, pero no en todo. No cuando tengo que cuidar de mi mejor amiga.

—Has montado en un dragón.

—Sí, y no es algo que quiera repetir pronto.

—Ah, bueno, aprenderás a disfrutarlo —le dijo Brian mientras le daba una palmada en el hombro y le besaba la cabeza a Breen—. No quería quedarse atrás y, si lo dejaba allí, temía que no me lo perdonara nunca. ¿Cómo iba a pedirle que lo hiciera?

—Habéis venido —dijo ella, que volvió la cabeza para mirarlo a los ojos, aunque sin separarla del hombro de su amigo—. Vosotros y todos los demás del valle.

—Marco fue directamente a hablar con Harken, y entre Morena y él reunieron a un grupo lo bastante grande, pero dejando atrás un contingente que protegiera el valle, en caso necesario. Ahora creo que nos hemos librado de todos los rezagados, pero voy a hacer otro pase.

—Buena suerte —le dijo Marco, y movió a Breen para besarlo—. Yo me quedo aquí, en tierra firme.

—Aprenderás a disfrutarlo —repitió Brian, y montó.

Después salió volando.

—Te quiero, Marco —dijo Breen—, tanto como para hipnotizarte y volar contigo de vuelta a casa, pero, por mucho que quiera estar allí, creo que todavía no puedo marcharme. Debo hablar con Keegan. Tengo que verlo. Y quiero darme la ducha más larga y caliente de la historia de las duchas. Y puede que beberme varias botellas de vino para quitarme de la cabeza algunas imágenes. He matado, Marco. Sé que eran malvados y que es la guerra, pero he matado.

—Yo también —respondió él con una emoción que era el fiel reflejo de la de Breen—. A tres *sidhe*. Uno era una chica. Quiero decir, que era hembra. Creía que no podría, pero lo he hecho. No lo siento, pero sí me noto un poco revuelto por dentro.

—Vamos a sentarnos en alguna parte para respirar hondo. Y que Botarate nade un poco. Él… Él también ha matado. El perro más dulce del mundo, de cualquier mundo, ha matado para protegerme a mí y a los demás. Y… le han hecho daño. —Las lágrimas cayeron de nuevo—. Tenía cortes y heridas.

—Ay, no. —Marco se agachó para acariciar al perro—. ¿Está bien? No le veo nada.

—Lo he curado y lo he llevado a un arroyo para que se lavara la sangre. No soportaba vérsela encima. Y a ti, ¿te han herido?

—Ni un arañazo. ¿Y tú?

—Poca cosa. Vamos a sentarnos un minuto en algún sitio tranquilo.

—Breen —le dijo Marco tras cogerla por los hombros—, tengo que decirte una cosa. Es sobre Morena.

—No, ¿está herida?

—No es ella, es su hermano. Phelin. Es Phelin.

—¿Está herido? ¿Dónde está? Puedo ayudar.

—No, cariño, no puedes.

Ella lo miró y, de repente, entendió lo que pasaba.

—No, no, no… ¡Lo he visto luchar! Lo vi justo al principio.

Una vez, hacía mucho tiempo, había enviado a unas ranas a perseguirlo. Había bailado con él en la Bienvenida. Había conocido a su mujer. Él le había dicho que iba a ser padre.

—¿Dónde está ella? ¿Dónde está Morena?

—Ha ido a contárselo a sus padres, a su familia. —Marco le secó las lágrimas de las mejillas y también se enjugó las suyas—. Te va a necesitar, pero ahora está con su familia. Harken ha tenido que contárselo. Acabó con el que mató a Phelin, pero ha tenido que contárselo.

—Todo esto, toda esta muerte, por mí.

—Breen.

—No quiero decir que sea por mi culpa. Ya lo tengo claro, y más ahora. Pero Odran me usó, Marco. Me usó, y Morena ha perdido a su hermano. Habrá más partidas. Habrá niños cuyo padre o cuya madre no vuelva a casa. No pienso sentirme mal de nuevo por lo que he hecho hoy. —Se volvió hacia él—. Si te suplicara que te fueras a casa, a Filadelfia, no lo harías.

—Ni de coña.

—Tengo miedo por ti, Marco.

—El sentimiento es mutuo, así que nos quedamos juntos. —La miró a los ojos, le cogió la mano y entrelazaron los dedos—. Como siempre.

Ella respiró hondo.

—Habría sido peor, habrían muerto más personas si me hubieras hecho caso esta mañana. Así que, vale, voy a intentar dejar de hacerlo. No será fácil, pero voy a intentarlo. Nos quedamos juntos.

—Menos ahora. Keegan —dijo Marco, y lo señaló—. Parece que está descendiendo, y tenéis que hablar. Voy a ver si todavía tengo una habitación en el castillo.

Le dio un beso enérgico y se fue.

Cróga planeó hasta aterrizar. Cuando Keegan desmontó, Breen se preguntó si se parecía en algo al de siempre. Tenía sangre en la cara y en la ropa. ¿Antes también tenía los ojos tan cansados?

Se quedaron inmóviles un momento, a un par de metros de distancia, mientras la brisa del mar se llevaba volando el hedor de la batalla. No sabía bien qué decirle, cómo empezar, pero, cuando Keegan empezó a acercarse, ella se reunió con él a medio camino.

—¿Estás herida?

—No. ¿Y tú?

—Nada. No.

Pero ella supo, percibió, que parte de la sangre que le cubría era suya.

—No te he protegido —dijo él—. Nos han separado y no he podido defenderte.

—Me entrenaste para luchar. Con una espada, con los puños y con mi poder. Y lo he hecho. No es como en el campo de entrenamiento. Eso también intentaste enseñármelo, pero no lo sabía. —Se le formó un nudo en la garganta; se le saltaron las lágrimas—. No lo sabía. Ahora sí.

—No llores, te lo suplico. Si lloras, me hundo.

—Venía para ayudar con el portal, por el sueño, pero él quería que viniera —dijo ella—. Necesitaba que lo hiciera, quería usarme para abrirlo. Y no lo vi.

—¿Cómo ibas a verlo? Ninguno de nosotros lo vio. Planeó muy bien sus tácticas y su estrategia para hacernos creer que usaría la cascada para entrar mientras trabajaba aquí. Pero lo volvimos en su contra y ya teníamos tropas preparadas. —Apartó la vista y miró hacia el bosque—. No las suficientes, no para la emboscada, no sin que Harken trajera más. Pensaba que lo sellaríamos, que lo encontraríamos y lo sellaríamos, y que así le joderíamos sus putos planes.

—Y, en vez de eso, yo lo abrí.

—No es culpa tuya —repuso él.

—No, ya lo sé, ni tuya. Es suya. Phelin ha muerto. —Al decirlo, regresaron las lágrimas—. Morena...

—Lo sé. —Cerró los ojos un momento y se restregó la cara con las manos—. Éramos amigos desde la infancia. Todavía no sé a cuántas personas hemos perdido.

Pero lo sabría, pensó Breen. Conocería todos los nombres, hablaría con todas las familias y dirigiría otra partida.

—Loren... —dijo Breen, y él asintió—. Pero no sabes cómo. Yo estaba allí. Ha sido Shana.

—Por los dioses...

—Tienes que saberlo. Se interpuso entre ella y yo. Creo que intentaba salvarnos a ambas. Y recibió la puñalada que iba dirigida a mí. Me dijo que la hoja estaba envenenada y que yo no podía curarlo. Keegan, sucedió tan deprisa que no pude... Shana se rio, había algo diferente en ella.

—Ahora es de Odran. Pero él no te quería muerta, así que el cuchillo envenenado era idea de Shana.

—Hoy he matado —dijo ella sin más adornos, y Keegan la miró de nuevo a los ojos—. Nunca volveré a ser la misma después de eso.

—Lo siento.

—No lo sientas. Ahora sé quién soy. Hoy he luchado por Talamh, por ti, por mí, por mi padre. Cuando Yseult me dijo...

—¿Yseult? —preguntó él, y la tocó por primera vez, agarrándola del brazo.

—¿No te lo ha contado tu madre?

—No hemos tenido tiempo para hablar. Sé que está bien y que, junto con Marg y contigo, ha sellado el portal. Pero... tenía que verte en persona, así que no hemos podido hablar aún.

—Yseult me encontró... o me atrajo hacia ella, no sé. Intentó engañarme de nuevo con el truco de la niebla. —La mirada de Breen se volvió dura—. No funcionó. Me dijo que todo esto era culpa mía. No la creí —dijo cuando vio que Keegan iba a hablar—. Y me dijo que la yaya y Sedric estaban muertos. Y tú también. Respondí que no la creía, pero parte de mí se lo creyó. Me lo creí y le hice daño. Debería haberla matado de inmediato, pero no quería que fuera rápido. Quería hacerla sufrir. Usó la niebla para huir porque yo no quise matarla deprisa.

—Espera —la detuvo él, y le levantó la cara para seguir mirándola a los ojos—. Te tenía para ella sola y ¿huyó de ti?

—Entre gritos. Chillidos, en realidad. Y sangraba. Lo primero que me vino a la mente fueron mil agujas. Bueno, no a la mente, no sé de dónde salió.

—Es una de las personas más poderosas que conozco y, sin duda, desde que eligió a Odran, lo es más. Y ha huido de ti. Te llevé hasta tu dragón porque había llegado el momento de tu devenir. Pero lo cierto es que ese devenir se ha producido hoy.

—La mataré antes de que acabe todo esto.

Keegan suspiró y apoyó la frente en la de Breen.

—La verdad es que no quiero esto para ti. Sé que debe ser así, pero ojalá no lo fuera.

—He nacido para esto —dijo ella.

—Y para mucho más, *mo bandia*.

—Odran encontrará otro modo de cruzar, tarde o temprano.

—Sí, hasta que lo destruyamos seguirá intentándolo. Pero pregúntate una cosa: ¿por qué no ha cruzado hoy? Lo han hecho muchos de sus demonios y guerreros. Incluso Shana. Ha enviado a Yseult por un único motivo: llevarte hasta él. No ha cruzado para robarte ni intentarlo. ¿Por qué?

—No se me había ocurrido.

Tantos momentos de confusión, con otros tantos instantes de claridad meridiana..., pero no había pensado en eso.

—Tienes un cerebro ahí dentro —le dijo Keegan, dándole unos toquecitos en la cabeza—. Y bastante bueno. Así que piénsalo. Nos tomaron por sorpresa y nos sobrepasaban en número. Incluso con los soldados que esperaban a nuestra señal, estábamos en desventaja hasta que Harken trajo a los guerreros del valle. Shana te encontró. Yseult te encontró. ¿Por qué él no?

—¿No podía cruzar? —Entornó los ojos mientras transformaba la pregunta en una afirmación—. No podía cruzar, aún no. Todavía no ha reunido el poder suficiente para hacerlo de nuevo.

—Los dioses lo desterraron a ese mundo y tardó varios siglos en reunir el poder suficiente, en beber lo suficiente para cruzar a Talamh. Y ¿qué hizo?

—Engendrar un bebé…, a mi padre. Para robarle el poder, porque no tenía suficiente para conquistar el mundo, para dominar Talamh. La yaya lo detuvo y él tardó muchos años más en ir a por mí. Envía a otros a robar niños, hadas jóvenes, para los sacrificios, para obtener más poder, pero no basta.

—Y seguirá sin bastar, creo. Es un dios en ese mundo, pero en este… Hay puntos débiles y riesgos.

—Es un cobarde —dijo Breen, y, al comprenderlo, agarró la camiseta ensangrentada de Keegan—. Es un puto cobarde. Roba y mata niños, impone su voluntad a un puñado de demonios feos e imbéciles y… y a unos cuantos ultras.

—¿Ultras?

—Fanáticos. Personas que deciden pertenecer a una secta demencial y retorcida porque, por lo que sea, así se sienten bien, superiores.

Se sacudió un poco, se alejó unos pasos y volvió mientras Botarate seguía tirado en el suelo y la miraba con adoración.

—He sido una cobarde, así que sé que vencer a uno no solo es posible, sino probable. Si cree que hoy ha ganado algo, se equivoca. Solo está un paso más cerca de perder.

—Creía que hoy no lograría sonreír, pero lo has conseguido —dijo Keegan.

Breen se detuvo frente a él.

—Necesito más entrenamiento.

—Sí, por supuesto. Y lo tendrás. Aunque me queda claro que derribarte me será más difícil que antes.

—Hoy he matado.

—Ay, Breen.

—He matado a unas criaturas malvadas y no me parece mal. —Levantó el brazo para girar la muñeca y enseñarle su tatuaje—.

Misneach. Valor. Ya no es un deseo. Hace varios meses que no lo es. Así que me vas a entrenar para matar criaturas malvadas, y la yaya y tú me ayudaréis a aprender a usar la magia como un arma contra ellas.

—Creo que Yseult diría que eso ya lo has aprendido bien.

—Ataqué con tantas ganas de hacerle daño como de matarla, y eso fue un error. Le quité una espada a un cadáver y la usé. No te habría gustado mi estilo, pero la usé. Me enseñarás a utilizarla mejor.

Keegan cedió al impulso que llevaba reprimiendo desde que la había visto en el campo y le besó la muñeca.

—Puede que eso esté más allá de mis habilidades.

—Quizás te sorprenda.

—Lo haces, todos los días —le aseguró él—. Si te beso ahora mismo, puede que no pare nunca.

—Me parece bien.

La atrajo hacia sí y le acarició el pelo, que estaba lleno de humo infernal, pero seguía brillando como una llama. Le rozó los labios a Breen con los suyos con delicadeza, una vez, dos. Después se rindió a su anhelo y lo volcó todo en ese beso: el alivio, el deseo y la esperanza.

Ella se abrazó a él dentro de la luz y respondió a todo.

—¿Podemos quedarnos así? —preguntó ella, con la cara contra su hombro—. Solo un minuto. Estoy deseando volver a casa, al valle, a Irlanda, así que, si podemos quedarnos así un minuto… Debo quedarme por Morena, por su familia. Por la Partida. Tengo que estar aquí por Finola y Seamus, cuando vengan. He de ayudarte con todos los tristes deberes que te esperan.

Keegan murmuró algo en talamhés y enterró la cara en su pelo.

—Y tengo que aprender el idioma para saber qué dices cuando murmuras o me gritas —añadió ella.

—Me gustaría que no lo aprendieras todavía. Si vienes conmigo a ver a la familia de Phelin, serás un consuelo para ellos.

E inspirarás fortaleza, consuelo y esperanza en todos los que te vean en la Partida.

Breen asintió y se apartó un poco.

—Voy a necesitar una habitación.

Él la besó de nuevo, suavemente, y dijo:

—Comparte la mía.

Le dio la mano y juntos caminaron hacia el castillo, bajo el vuelo de los dragones. Regresaron para encargarse de los tristes deberes que tenían por delante.

Y Botarate trotaba a su lado.

EPÍLOGO

Al otro lado del portal, donde bramaba una tormenta porque así lo deseaba él, Odran se alzaba ante Yseult.

Ella sufría, tumbada en la blanda cama que le había regalado. Él podía acabar con su sufrimiento (matarla o curarla), pero su desgracia era un pequeño placer del que disfrutar en un día repleto de decepciones.

—Me has vuelto a fallar.

Yseult lo miró con ojos vidriosos por culpa del dolor. No suplicaría, y la respetaba por eso. Aun así, un día repleto de decepciones.

—Estás manchando la cama con tu sangre. ¿Por qué no te curas?

—Algunos de los aguijones se han clavado a demasiada profundidad. El dolor es enorme y embota mis poderes.

En el exterior cayó un rayo y se oyó un grito.

—Podría acabar con tu dolor y usar tu sangre de bruja para mejorar la mía.

—Si es lo que deseas, mi rey, mi señor, mi mundo entero.

—¿Puedo quedarme sus joyas? —preguntó Shana, que cogió uno de los colgantes de Yseult y posó con él frente al espejo—. Si se muere, no las va a necesitar. —Sonriente, se volvió hacia ellos—. Hoy he matado a un brujo, uno que me amaba. Un alquimista poderoso. Es más de lo que ha hecho ella.

Odran apenas se dignó mirarla.

—Ella abrió el portal, tú simplemente lo cruzaste. Ahora, déjanos —dijo él.

—¿Me voy a mis aposentos o a los tuyos?

—A los míos.

Shana le lanzó a Yseult una mirada eufórica antes de marcharse.

—Me temo, mi rey, que está completamente loca —dijo la segunda.

—Y es fértil. Ya está encinta con un hijo para mí, así que me resulta útil. No sé si decir lo mismo de ti. —Se acercó a la ventana para contemplar la tormenta—. Tanto tiempo, tanta sangre y tanto trabajo para abrir el portal solo para que no seas capaz de traérmela, para que vuelvan a cerrarlo.

—Hay otras formas de cruzar.

—Y por eso la elfa loca me resulta útil. —Se volvió hacia Yseult—. Pero ¿tú? Estás marcada, ensangrentada, débil y gimiente. Te ha derrotado una persona que apenas ha tenido unos meses para aprender a utilizar su magia.

—Tiene tu sangre, Odran, y esa es la razón de su fortaleza y de mi debilidad frente a ella. Mi vida es tuya para que hagas con ella lo que te plazca. Si me la quitas, rezaré para seguir sirviéndote con mi muerte. Si me la perdonas, usaré cada momento que me concedas para abrir el camino y traértela.

—Te creo. Sé que dices la verdad. Aun así, me disgusta el fracaso.

Regresó junto a la cama y acercó un dedo a una de las heridas de su brazo. La agonía ardiente hizo que Yseult pusiera los ojos en blanco y que el cuerpo se le arqueara en un rígido puente de dolor.

Cuando lo apartó, ella cayó sin fuerzas, estremecida.

—Sufrirás —dijo Odran, y se inclinó hasta que su cara quedó a pocos centímetros de la de ella, que vio el ribete rojo de sus iris y deseó que la muerte le llegara deprisa.

Pero no suplicó.

Sonriendo, él se enderezó.

—Pero vivirás. Por ahora. Trabaja tu magia, bruja, y sírveme bien. O el dolor que sientes ahora no será nada en comparación con lo que te espera.

Cuando se marchó, la tormenta cesó de golpe. En aquel silencio repentino, Yseult cerró los ojos. El frío, puesto que Odran le había negado un fuego, la hacía temblar a pesar del ardor de las heridas, que le abrasaban la sangre. Sufriría y lo aceptaba. Le había fallado y el fracaso tenía un precio.

Pero se curaría. Sí, recuperaría sus fuerzas y amasaría más poder. Y, con él, abriría la siguiente puerta para su rey, su señor, su mundo entero. Lo juraba por lo menos sagrado.

Luego arrastraría a la diosa zorra de vuelta a Odran y la lanzaría a sus pies. La oiría gritar. Y, después de que su dios la hubiera dejado seca, de que le sacara todo lo que necesitaba y dejara a la niña mestiza de las hadas convertida en poco más que un cascarón vacío, le haría pagar por cada minuto del dolor que estaba sufriendo.

Se lo pagaría durante toda la eternidad.